Paranoja

JOSEPH FINDER

Paranoja

Z angielskiego przełożyła
PAULINA BRAITER

Wydawnictwo
A. Kuryłowicz

Tytuł oryginału:
PARANOIA

Redakcja: Marta Bogacka

Projekt graficzny okładki: Andrzej Kuryłowicz

Zdjęcie filmowe wykorzystano dzięki uprzejmości Monolith Films

Skład: Laguna

ISBN 978-83-7885-748-8

Książka dostępna także jako e-book

Pierwsze polskie wydanie książki ukazało się nakładem Świata Książki

Dystrybutor
Firma Księgarska Olesiejuk sp. z o.o. sp. k.-a.
Poznańska 91, 05-850 Ożarów Maz.
t./f. 22.535.0557, 22.721.3011/7007/7009
www.olesiejuk.pl

Sprzedaż wysyłkowa – księgarnie internetowe
www.merlin.pl
www.fabryka.pl
www.empik.com

Wydawca
WYDAWNICTWO ALBATROS A. KURYŁOWICZ
Hlonda 2A/25, 02-972 Warszawa
www.wydawnictwoalbatros.com

2013. Wydanie I
Druk: B.M. Abedik S.A., Poznań

Książkę tę dedykuję Henry'emu:
mojemu bratu i consigliere,
a także, jak zawsze,
dwóm dziewczynom mojego życia:
żonie Michele i córce Emmie.

CZĘŚĆ PIERWSZA

ZMIĘKCZANIE

Zmiękczanie: określenie CIA pochodzące z czasów zimnej wojny, oznaczające szantaż, kompromitację bądź podobne działania, mające zmusić daną osobę do wykonywania poleceń Agencji.

Słownik terminów szpiegowskich

1

Zanim to wszystko się zdarzyło, nie wierzyłem w mądrości głoszące, że lepiej uważać, o czym się marzy, bo a nuż się spełni. Teraz już wierzę. Wierzę we wszystkie ostrzegawcze przysłowia. Wierzę, że duma rodzi upadek, że niedaleko pada jabłko od jabłoni, nieszczęścia chodzą parami, nie wszystko złoto, co się świeci, a kłamstwo ma krótkie nogi. Co tylko chcecie — ja w to wierzę.

. . .

Mógłbym próbować wam wmówić, że cała sprawa zaczęła się od gestu hojności. Ale to nie do końca prawda. Prędzej był to przejaw głupoty. Wołanie o pomoc. A może nawet wystawiony wulgarnie palec. Tak czy inaczej, wina leżała po mojej stronie. Po części miałem nadzieję, że mi się upiecze, po części przypuszczałem, że mnie wyleją.

Przyznam, że kiedy sięgam pamięcią do początków całej sprawy, zadziwia mnie, jakim byłem aroganckim dupkiem. Nie zaprzeczam, dostałem, na co zasłużyłem. Tyle że nie spodziewałem się akurat tego. Ale kto mógłby się czegoś takiego spodziewać?

Nie zrobiłem nic wielkiego. Wykonałem jedynie kilka telefonów. Udając wicedyrektora działu HR, zadzwoniłem do drogiej firmy cateringowej, zajmującej się obsługą przyjęć Wyatt Telecom. Kazałem zrobić wszystko dokładnie tak, jak wcześniej podczas imprezy na cześć najlepszego sprzedawcy roku (oczywiście nie wiedziałem, jak bardzo była wystawna), podałem właściwe numery, z góry autoryzowałem przelew funduszy. Wszystko okazało się zdumiewająco łatwe.

Właściciel Przyjęć z Klasą oznajmił, że nigdy nie organizował imprezy na rampie załadowczej firmy. Że wiąże się to z problemami natury estetycznej. Ale wiedziałem, że nie zrezygnuje z tłuściutkiego czeku z Wyatt Telecom.

Wątpię też, by Przyjęcia z Klasą organizowały kiedykolwiek pożegnanie odchodzącego na emeryturę zastępcy magazyniera.

Chyba to najbardziej wkurzyło Wyatta. Opłacenie przyjęcia pożegnalnego Jonesiego — zwykłego magazyniera! — było pogwałceniem naturalnego porządku rzeczy. Gdybym za te pieniądze kupił kabriolet Ferrari 360 Modena, Nicolas Wyatt może by to zrozumiał, uznał moją zachłanność za dowód człowieczeństwa, podobnie jak słabość do wódki czy lasek, jak nazywał kobiety.

Czy gdybym wiedział, jak to się skończy, i tak bym to zrobił? Do diabła, nie.

Muszę jednak przyznać, że było super. Spodobał mi się fakt, że całe przyjęcie zostało opłacone z funduszu przeznaczonego, między innymi, na ośrodek wypoczynkowy dla dyrektora i najważniejszych wicedyrektorów w Guanahani na Wyspie Świętego Bartłomieja.

Miałem też satysfakcję, że pracownicy magazynów i rampy w końcu posmakowali życia szefów. Dla większości rozrzutność oznaczała dotąd krewetkową ucztę w sieciówce albo żeberka z grilla. Nie mieli pojęcia, co począć z dziwacznymi potrawami, takimi jak kawior z jesiotra czy comber cielęcy po prowansalsku, pochłaniali za to polędwicę pieczoną w cieście francuskim, żeberka jagnięce i ravioli z homarem. Wielkim przebojem okazały się rzeźby lodowe. Dom pérignon lał się strumieniami, choć nie tak obficie jak budweiser (tak zresztą podejrzewałem; w piątki często wpadałem na papierosa na rampę wyładowczą, a wtedy ktoś, zwykle Jonesie albo Jimmy Connolly, magazynier, przychodził z przenośną lodówką pełną piwa, aby uczcić koniec kolejnego tygodnia).

Jonesie, starszy facet o pobrużdżonej twarzy smutnego psiaka, która natychmiast budzi sympatię, cały wieczór promieniał radością. Esther, jego żona od czterdziestu dwóch lat, z początku nieco się boczyła, ale później okazała się wspaniałą tancerką. Wynająłem świetny jamajski zespół reggae i muzyka porwała wszystkich, nawet facetów, których nigdy nie spodziewalibyście się zobaczyć na parkiecie.

Wszystko to rzecz jasna działo się po wielkim załamaniu rynku elektronicznego. Naokoło firmy zwalniały ludzi i wprowadzały politykę oszczędności, zgodnie z którą pracownicy musieli płacić za kiepską kawę i mogli się pożegnać z darmową colą. Jonesie miał po prostu skończyć w piątek pracę, spędzić kilka godzin w dziale kadr, podpisując dokumenty, i iść do domu na resztę życia bez żadnego pożegnania, przyjęcia, bez niczego. Tymczasem szefostwo Wyatt Telecom jak zwykle wybrało się na wyspę w swoich odrzutowcach, by tam w prywatnych willach posuwać żony albo przyjaciółki, wmasowywać w rosnące brzuchy olej kokosowy i omawiać politykę oszczędności przy obscenicznych śniadaniach, złożonych z papai i języczków kolibrów. Jonesie i jego kumple nie zastanawiali się, kto płaci za całą zabawę, ale ja obserwowałem wszystko ze skrywaną, dziwaczną rozkoszą.

Aż do wpół do drugiej rano, gdy dźwięk elektrycznych gitar i krzyki młodszych, spitych do nieprzytomności facetów zwróciły w końcu uwagę strażnika, nowego nabytku (przy kiepskich pensjach ludzie cały czas odchodzą), który nie znał nikogo z nas i nie zamierzał nam popuszczać.

Pulchny facet o rumianej, świńskiej twarzy, ledwo dobiegający trzydziestki, pojawił się znikąd i unosząc krótkofalówkę niczym naładowaną broń, powiedział:

— Co się tu dzieje, do diabła?

I moje dotychczasowe życie dobiegło końca.

2

Kiedy jak zwykle spóźniony zjawiłem się w pracy, czekały już na mnie wiadomości na poczcie głosowej.

Przyznaję, tym razem spóźniłem się bardziej niż zwykle. Czułem się kiepsko, w głowie pulsował mi ból, serce kołatało po olbrzymim kubku taniej kawy, którą wypiłem w metrze. Żołądek zalała fala kwasu. Zastanawiałem się, czy wziąć wolne, lecz cichutki głos rozsądku w mojej głowie szeptał, że po wydarzeniach zeszłego wieczoru najrozsądniej będzie zjawić się w pracy i stawić czoło burzy.

Przyznaję, spodziewałem się, że mnie wyleją — niemal nie mogłem się tego doczekać, tak jak z przerażeniem i niecierpliwością czeka się na borowanie bolącego zęba. Kiedy wysiadłem z windy i ruszyłem w półkilometrowy marsz między boksami, dostrzegłem głowy wynurzające się znad ścianek działowych niczym pieski preriowe z nor i odprowadzające mnie ciekawskie spojrzenia. Stałem się sławny, wieści już się rozeszły. Bez wątpienia po firmie krążyły dziesiątki e-maili.

Oczy miałem przekrwione, włosy rozczochrane. Wyglądałem jak chodząca reklama kampanii antyalkoholowej.

Mały świecący ekranik mojego telefonu poinformował mnie: masz jedenaście wiadomości. Włączyłem głośnik i przesłuchałem wszystkie. Słuchanie tych nagrań — nerwowych, spokojnych, lizusowskich — wystarczyło, by skoczyło mi ciśnienie. Z dolnej szuflady biurka wyjąłem fiolkę z advilem i przełknąłem bez popijania dwie pastylki. To było już sześć advili od rana, więcej niż zalecana maksymalna dawka. I co z tego? Co niby może mnie spotkać? Śmierć z przedawkowania ibuprofenu tuż przed wylaniem z pracy?

Byłem asystentem szefa produkcji routerów w dziale produkcji korporacyjnej. Nie warto, żebym tłumaczył to wam na ludzki język, to zbyt ogłupiające i nudne. Całymi dniami wysłuchiwałem tekstów w stylu „emulacja łącza z dynamicznym przydziałem pasma", „zintegrowane urządzenia dostępowe", „urządzenia działające pod kontrolą IOS", „sieć szkieletowa ATM" czy „protokół tunelowania IP Security". Przysięgam, że nie miałem pojęcia, co znaczy połowa tych bzdur.

Oto wiadomość od gościa z działu sprzedaży, niejakiego Griffina, który nazywał mnie twardzielem i przechwalał się, jak to sprzedał kilkadziesiąt routerów z mojej działki, zapewniając klienta, że mają specjalny protokół multicastowy do transmisji wideo na żywo — którego, jak doskonale wiedział, akurat nie mają. Byłoby jednak miło, gdyby udało nam się dodać tę funkcję do produktu. Najlepiej w ciągu najbliższych dwóch tygodni, nim zrealizujemy zamówienie. Jasne, śnij dalej.

Pięć minut później zadzwonił kierownik Griffina, który chciał „sprawdzić nasze postępy przy implementacji protokołu multicastowego, nad którym podobno pracujemy", zupełnie jakbym osobiście zajmował się techniczną robotą.

A potem usłyszałem spokojny, stanowczy głos Arnolda Meachama, który przedstawił się jako dyrektor ochrony i poprosił, abym „odwiedził jego biuro, gdy tylko się zjawię".

Nie miałem pojęcia, kim jest Arnold Meacham, nigdy wcześniej nie słyszałem jego nazwiska. Nie orientowałem się nawet, gdzie są biura ochrony.

To zabawne. Kiedy usłyszałem tę wiadomość, moje serce nie wystartowało do biegu, jak można by się spodziewać. Wręcz przeciwnie, zwolniło. Zupełnie jakby ciało zdawało sobie sprawę, że

13

to koniec. Coś jakby zen: wewnętrzny spokój i świadomość, że i tak nic nie mogę zrobić. Niemal napawałem się tą chwilą.

Przez kilka minut wpatrywałem się w ściany boksu, pokryte gruzełkowatą grafitową tkaniną, przypominającą tapety w mieszkaniu mojego ojca. Ściany mojego boksu nie nosiły żadnego śladu ludzkiej obecności. Nie było na nich zdjęć żony i dzieci (to łatwe, nie miałem żony ani dzieci), komiksów z Dilbertem, żadnych błyskotliwych, ironicznych cytatów świadczących o tym, że w duchu protestuję przeciw swojej obecności tutaj, bo tak naprawdę jestem ponad to. Miałem jedną półkę z książkami, a na niej przewodnik po protokołach routingu i cztery grube czarne skoroszyty, pełne dokumentacji routera MG-50K. Nie będę za nimi tęsknił.

W końcu nie czekało mnie rozstrzelanie. Wiedziałem, że i tak już nie żyję. Pozostawało pozbyć się ciała i zmyć krew. Pamiętam, że kiedyś w college'u czytałem o roli gilotyny w historii Francji. Pewien kat, lekarz medycyny, przeprowadził upiorne doświadczenie (cóż, dla każdego coś miłego): kilka sekund po odcięciu głowy patrzył, jak poruszają się wargi i powieki. W końcu powieki opadły i twarz znieruchomiała. Wtedy wykrzyknął nazwisko nieboszczyka. Oczy w odciętej głowie otwarły się i spojrzały wprost na niego. Po kilku sekundach, gdy znowu się zamknęły, ponownie wykrzyknął głośno nazwisko i oczy jeszcze się otworzyły. Słodkie. Trzydzieści sekund po dekapitacji głowa wciąż reaguje. Tak właśnie się czułem — ostrze już opadło, a oni wykrzykiwali moje nazwisko.

Podniosłem słuchawkę i zadzwoniłem do biura Arnolda Meachama. Poinformowałem jego asystentkę, że już idę. Spytałem też, jak tam trafić.

Zaschło mi w gardle, więc po drodze zatrzymałem się w pokoju rekreacyjnym, by wziąć napój — kiedyś były darmowe, a teraz kosztowały po pięćdziesiąt centów. Pokój ów mieścił się na tyłach, pośrodku piętra, w pobliżu wind. Kiedy szedłem w jego stronę, pogrążony w dziwacznym transie, kolejni koledzy dostrzegali mnie i zakłopotani szybko odwracali wzrok.

Przejrzałem zaparowaną szklaną szafę pełną puszek. Uznałem, że nie mam ochoty na moją zwyczajową dietetyczną pepsi — w tej chwili nie potrzebowałem kolejnej dawki kofeiny — i zamiast tego wybrałem sprite'a. W przypływie buntu nie wrzuciłem do słoika pieniędzy. Dopiero pójdzie im w pięty. Otworzyłem puszkę i ruszyłem do windy.

Nienawidziłem swojej pracy, szczerze nią gardziłem, dlatego myśl o jej utracie niespecjalnie mnie wzruszała. Z drugiej strony nie miałem też funduszu powierniczego i zdecydowanie potrzebowałem pieniędzy. Dlatego przecież się tu znalazłem. Wróciłem, aby pomóc w leczeniu mojego ojca. Tego samego, który uważał mnie za popaprańca. Na Manhattanie, gdzie pracowałem jako barman, zarabiałem połowę tego, co tutaj, ale żyłem lepiej. Mówimy przecież o Manhattanie! Teraz mieszkałem w zapyziałej, cuchnącej spalinami kawalerce na parterze przy Pearl Street. Od piątej rano szyby w oknach drżały, gdy po ulicy przejeżdżały kolejne ciężarówki. Owszem, kilka razy w tygodniu spotykałem się z przyjaciółmi, ale zazwyczaj kończyło się to debetem na koncie tydzień przed wypłatą. A potem, piętnastego każdego miesiąca, jak za dotknięciem różdżki na koncie pojawiał się przelew z kadr, podarunek od korporacyjnego Świętego Mikołaja.

No dobra, nie płacili mi super, ale specjalnie się nie przepracowywałem. Po prostu utrzymywałem się na powierzchni. Spędzałem w pracy minimum wymaganych godzin, przychodziłem późno, wychodziłem wcześnie, ale robiłem, co do mnie należało. Nie zbierałem najlepszych ocen, to prawda. Uznawano mnie za pracownika drugiej klasy, zaledwie o poziom ponad najniższą klasą, której przedstawiciele mogli od razu pakować manatki.

Wsiadłem do windy i spojrzałem po sobie. Czarne dżinsy, szara koszulka polo, adidasy. Pożałowałem, że nie założyłem krawata.

3

Kiedy pracujesz w wielkiej korporacji, nigdy nie wiesz, w co wierzyć. Wokół ciągle słyszysz groźne gadki w stylu macho. Mówią ci o wygryzaniu konkurencji, wbijaniu jej kołka w serce, każą zabijać albo ginąć, pożerać albo zostać pożartym, podrzynać gardła, łamać nogi, mordować własne młode.

Niezależnie od tego, czy jesteś programistą, kierownikiem produkcji czy przedstawicielem handlowym, po jakimś czasie zaczynasz się czuć tak, jakbyś podczas podróży trafił do plemienia Papuasów, którzy przekłuwają nozdrza kłami dzików, a na fiutach noszą tykwy. Tymczasem prawda jest taka, że wystarczy posłać e-mailem jeden ryzykowny, politycznie niepoprawny dowcip kumplowi z działu, który przekaże go koledze kilka boksów dalej — i lada chwila trafisz do cuchnącej potem sali w dziale kadr, gdzie przejdziesz tygodniowe rozpaczliwie nudne szkolenie na temat różnorodności kulturowej. Każdy, kto zwędzi kilka spinaczy, dostanie po łapach zniszczoną linijką życia.

Oczywiście ja zrobiłem coś znacznie poważniejszego niż najazd na szafkę ze sprzętem biurowym.

Przetrzymali mnie w poczekalni pół godziny, może czterdzieści pięć minut, lecz zdawało mi się, że znacznie dłużej. Nie było tam nic do czytania poza pismem dla pracowników ochrony. Recepcjonistka, popielata blondynka uczesana w kok, o podkrążonych oczach palaczki, odbierała telefony, stukała w klawiaturę i od czasu do czasu zerkała na mnie przelotnie niczym ktoś, kto próbuje dostrzec ofiary wypadku, a jednocześnie stara się skupić wzrok na drodze.

Siedziałem tam tak długo, że zacząłem powoli tracić pewność siebie. I myślę, że właśnie o to chodziło. Regularne miesięczne wypłaty wydawały się coraz atrakcyjniejsze. Może bezczelność to nie najlepsze wyjście, może powinienem trochę powłazić im w dupę — a może czas na to już minął?

Kiedy recepcjonistka wprowadziła mnie do środka, Arnold Meacham nie wstał. Siedział za olbrzymim czarnym biurkiem, jakby z polerowanego granitu. Sam Meacham miał około czterdziestki, był szczupły, lecz silnej postury. Miał długą kanciastą głowę, długi cienki nos, usta tak wąskie, jakby wcale ich nie było. Siwiejące brązowe włosy, wysokie zakola. Był ubrany w granatową dwurzędową marynarkę i granatowy krawat w paski, wyglądał niczym prezes jachtklubu. Posłał mi gniewne spojrzenie zza wielkich lotniczych okularów w stalowych oprawkach. Od razu dostrzegłem, że to człowiek całkowicie pozbawiony poczucia humoru. Na krześle po prawej stronie biurka siedziała kobieta kilka lat starsza ode mnie i sporządzała notatki. W wielkim, przestronnym gabinecie na ścianach wisiało mnóstwo oprawionych w ramki dyplomów. Na wpół otwarte drzwi wiodły do ciemnej sali konferencyjnej.

— Więc ty jesteś Adam Cassidy — rzekł. Sposób mówienia miał sztywny i rzeczowy. — Imprezowicz, co? — Zacisnął usta, wykrzywiając je wzgardliwie.

O Boże, nie wyglądało to dobrze.

— Czym mogę służyć? — spytałem, starając się przybrać zdumioną minę.

— Czym możesz mi służyć? Zacznijmy od mówienia prawdy. To wystarczy.

Zazwyczaj ludzie mnie lubią, potrafię zdobywać ich sympatię — nieważne, czy chodzi o wkurzonego nauczyciela matematyki, klienta, którego zamówienie spóźnia się już półtora miesiąca, czy kogoś w tym stylu. Jednak szybko się zorientowałem, że tym razem nie zabłysnę. Szanse ocalenia mojej żałosnej posady malały z każdą sekundą.

— Jasne — odparłem. — Prawdy o czym?

Prychnął z rozbawieniem.

— Co powiesz o wczorajszej imprezie z pełnym cateringiem? Odczekałem chwilę.

— Mówi pan o naszym małym przyjęciu pożegnalnym?

Nie miałem pojęcia, jak dużo wie. Starałem się zatrzeć wszystkie ślady przepływu gotówki. Musiałem uważać na każde słowo. Kobieta z notesem, drobna, rudowłosa i zielonooka, pewnie występowała w roli świadka.

— Małym? Może według standardów Donalda Trumpa. — W jego głosie dosłyszałem cień akcentu z Południa.

— Wspaniale podreperuje morale — oznajmiłem. — Proszę mi wierzyć, coś takiego zdziała cuda, podniesie wydajność całego działu.

Jego wąskie usta się wygięły.

— Morale. Wiemy, kto podprowadził fundusze na tę reperację morale.

— Fundusze?

— Daj sobie spokój, Cassidy.

— Nie jestem pewien, czy dobrze rozumiem...

— Uważasz mnie za głupca? — Oddzielały nas prawie dwa metry sztucznego granitu, lecz poczułem na twarzy kropelki jego śliny.

— Chyba... nie, proszę pana. — Uśmiechnąłem się półgębkiem. Nie mogłem się powstrzymać. Duma zawodowa. Wielki błąd.

Bladą twarz Meachama oblał rumieniec.

— Myślisz, że to zabawne? Włamanie się do tajnej bazy danych, żeby zdobyć numery autoryzacyjne? Sądzisz, że to sprytne, że to rozrywka, że to się nie liczy?

— Nie, proszę pana...

— Ty kłamliwy dupku, ty fiucie, to tak samo jakbyś ukradł staruszce torebkę w pieprzonym metrze!

18

Starałem się przybrać pokorną minę, wiedziałem jednak, dokąd prowadzi ta rozmowa, i uznałem, że mój wysiłek jest bezcelowy.

— Ukradłeś siedemdziesiąt osiem tysięcy dolarów z firmowego funduszu reprezentacyjnego po to, żeby urządzić pieprzone przyjęcie dla kumpli z magazynu?

Głośno przełknąłem ślinę. Cholera. Siedemdziesiąt osiem tysięcy dolarów? Wiedziałem, że zaszalałem, ale nie miałem pojęcia, jak bardzo.

— Tamten gość w tym uczestniczył?

— Kogo pan ma na myśli? Chyba pan nie rozumie...

— „Jonesie”, ten emeryt, nazwisko na torcie.

— Jonesie nie miał z tym nic wspólnego — oświadczyłem gwałtownie.

Meacham odchylił się z triumfalnym uśmiechem. W końcu znalazł punkt zaczepienia.

— Jeśli chcecie mnie wywalić, proszę bardzo. Ale Jonesie jest niewinny.

— Wywalić? — Meacham zrobił minę, jakbym powiedział coś po serbsku lub chorwacku. — Myślisz, że rozmawiamy tu o zwolnieniu? Zdolny z ciebie facet, radzisz sobie z komputerami i matematyką, więc umiesz dodawać, prawda? No to zacznij dodawać. Malwersacja funduszy, pięć lat więzienia i dwieście pięćdziesiąt tysięcy dolarów grzywny. Oszustwo elektroniczne i pocztowe, kolejnych pięć lat więzienia. Ale chwileczkę. Jeśli dotyczy instytucji finansowej... co za szczęściarz z ciebie, nasrałeś w naszym banku i w banku tamtej firmy! To twój szczęśliwy dzień, dupku, dostaniesz za to trzydzieści lat więzienia i milion dolarów grzywny. Słuchasz mnie? Ile już mamy? Trzydzieści pięć lat więzienia? I nie zapominajmy o fałszerstwie i przestępstwach komputerowych, kradzieży danych z chronionego komputera. To wyrok od roku do dwudziestu lat więzienia i kolejne grzywny. Ile mamy w sumie? Czterdzieści, pięćdziesiąt, pięćdziesiąt pięć lat więzienia? Masz w tej chwili dwadzieścia sześć lat. Jak wyjdziesz, policzmy, będziesz miał osiemdziesiąt jeden.

W przepoconej koszulce czułem lepkość i chłód. Trzęsły mi się nogi.

— Ale — zacząłem ochryple, odchrząkując cicho — dla korporacji, która obraca trzydziestoma miliardami dolarów, siedemdziesiąt osiem tysięcy to drobiazg.

— Proponuję, żebyś zamknął cholerną jadaczkę — powiedział cicho Meacham. — Zwróciliśmy się do naszych prawników. Są przekonani, że mają dość dowodów, by przedstawić oskarżenie o malwersację. Co więcej, mogłeś spokojnie ukraść więcej i uważamy, że to zaledwie element układanki. Fragment spisku zmierzającego do defraudacji funduszy Wyatt Telecommunications. Wierzchołek góry lodowej.

Po raz pierwszy odwrócił się do myszowatej kobiety sporządzającej notatki.

— Tego proszę nie notować — oświadczył i znów spojrzał na mnie. — Prokurator generalny to kolega ze studiów naszego radcy prawnego, Cassidy. Zapewnił nas, że nie będzie się z tobą patyczkował. Poza tym, o czym pewnie nie wiesz, biuro prokuratora zamierza dobrać się do białych kołnierzyków. Szukają sztandarowej sprawy, wzorcowej ofiary, Cassidy.

Patrzyłem na niego. Znów rozbolała mnie głowa. Czułem, jak strużka potu spływa mi spod pachy aż do pasa.

— Po naszej stronie są prawnicy i federalni. Mamy cię, rozumiesz? Pozostaje tylko pytanie, jak mocno chcemy cię przycisnąć. Jak wielkich zniszczeń zamierzamy dokonać. I nie wyobrażaj sobie, że trafisz do ośrodka wypoczynkowego. Taki przystojniak jak ty szybko będzie musiał zacząć nadstawiać tyłek w jakiejś celi federalnego więzienia. Wyjdziesz stamtąd jako bezzębny starzec. A gdybyś nie śledził zmian w prawie karnym, na poziomie federalnym nie ma już zwolnień warunkowych. W tej chwili twoje życie całkowicie się zmieniło. Masz przerąbane, koleś.

Zerknął na kobietę z notesem.

— Proszę notować. Posłuchajmy, co masz do powiedzenia, i lepiej, żeby to było przekonujące.

Przełknąłem głośno, ale w ustach miałem sucho. Kątem oka widziałem przebłyski bieli. Facet mówił poważnie.

W czasach liceum i studiów często zatrzymywano mnie za przekroczenie prędkości i zyskałem sławę wirtuoza w wykręcaniu się od mandatów. Cała sztuka polega na tym, by policjant poczuł twój ból. To wojna psychologiczna. Właśnie dlatego noszą lustrzane okulary, żebyśmy nie mogli patrzeć im w oczy. Policjanci to też ludzie. Zwykle miałem na przednim siedzeniu kilka podręczników na temat ochrony porządku publicznego i mówiłem, że uczę się w szkole policyjnej i mam nadzieję, iż mandat mi nie zaszkodzi. Albo pokazywałem pustą fiolkę po lekarstwie, twierdząc, że się śpieszę, bo muszę jak najszybciej kupić matce lekarstwo na epilepsję. Bardzo szybko zrozumiałem, że jak już zacznę, to muszę przeć do przodu bez zahamowań i całkowicie włożyć w to serce.

Teraz nie chodziło już tylko o ocalenie posady. Nie potrafiłem uwolnić się od upiornej wizji pryczy w więzieniu federalnym. Śmiertelnie się bałem.

Nie jestem dumny z tego, co zamierzałem zrobić, ale nie miałem wyboru. Wiedziałem, że albo sięgnę w głąb serca i zaserwuję temu psychologowi najlepszą historyjkę mojego życia, albo wyląduję w pudle jako czyjś kochaś.

Odetchnąłem głęboko.

— Proszę posłuchać — oznajmiłem. — Będę z panem szczery.

— Najwyższy czas.

— Chodzi o to, że Jonesie... no cóż, Jonesie ma raka.

Meacham uśmiechnął się ironicznie i odchylił na krześle, jakby mówił: no dobra, zabaw mnie.

Westchnąłem i przygryzłem wnętrze policzka, jakbym zdradzał tajemnicę wbrew swojej woli.

— Raka nerek, nieoperacyjnego.

Meacham patrzył na mnie z kamienną miną.

— Zdiagnozowali go trzy tygodnie temu. Nic nie mogą zrobić, facet umiera. A Jonesie, no wie pan. Nie zna go pan, ale on zawsze robi dobrą minę do złej gry. Powiedział do onkologa: „To znaczy, że mogę przestać myć zęby?" — Uśmiechnąłem się ze smutkiem. — Cały Jonesie.

Kobieta na moment przestała pisać, spojrzała na mnie wstrząśnięta, po czym wróciła do notatek.

Meacham oblizał wargi. Docierałem do niego? Nie byłem pewien. Musiałem podkręcić historię, pójść na całość.

— Niby dlaczego miałby pan o tym wiedzieć — podjąłem. — W końcu Jonesie nie jest tu nikim ważnym, żadnym VIP-em, tylko zwykłym facetem z rampy wyładowczej. Ale dla mnie jest ważny, bo... — Przymknąłem oczy na kilka sekund, odetchnąłem głęboko. — Chodzi o to... nigdy nie chciałem tego nikomu mówić, to nasza tajemnica, ale Jonesie to mój ojciec.

Meacham pochylił się w moją stronę. Teraz słuchał mnie bardzo uważnie.

— Mamy różne nazwiska i tak dalej, mama zmieniła mi nazwisko na swoje, kiedy odeszła dwadzieścia lat temu i zabrała mnie ze sobą. Byłem dzieciakiem, nic nie wiedziałem. Ale tato... — Przygryzłem dolną wargę, w oczach miałem łzy. — Cały czas nas wspierał, pracował na dwóch, czasem trzech posadach i nigdy o nic nie prosił. Mama nie chciała, żeby mnie widywał, ale w każde święta... — Gwałtowny oddech, niemal zachłyśnięcie. — Tato przychodził w każde święta, czasami godzinę dzwonił do drzwi i stał na mrozie, nim mama go wpuściła. Zawsze miał dla mnie prezent, coś dużego i kosztownego, na co nie było go stać. Później, kiedy mama oświadczyła, że nie stać jej na mój college, nie z pensji pielęgniarki, tato zaczął przysyłać pieniądze. Powiedział, że chce dla mnie życia, jakiego sam nie miał. Mama nigdy nie okazywała mu szacunku i nastawiała mnie przeciw niemu. I wie pan... nigdy mu nawet nie podziękowałem. Nie zaprosiłem go na rozdanie dyplomów. Wiedziałem, że mama nie czułaby się z tym dobrze. Ale i tak przyszedł. Zauważyłem, jak trzymał się z boku, ubrany w paskudny stary garnitur. Nigdy wcześniej nie widziałem, żeby nosił garnitur albo krawat. Pewnie kupił go w Armii Zbawienia, bo chciał zobaczyć, jak kończę studia, i nie narobić mi wstydu.

22

Oczy Meachama lekko zwilgotniały. Kobieta przestała notować. Obserwowała mnie, mrugając gwałtownie, by powstrzymać łzy.

Byłem na fali. Meacham zasłużył na najlepsze i właśnie to dostawał.

— Kiedy zacząłem pracować w Wyatcie, nie miałem pojęcia, że zobaczę tu tatę, zatrudnionego na pieprzonej rampie. To największy zbieg okoliczności na świecie. Mama umarła parę lat temu. A ja nagle znalazłem się tutaj i nawiązałem kontakt z ojcem, cudownym, uroczym facetem, który nigdy mnie o nic nie prosił, nigdy niczego nie żądał. Harował jak wół, żeby utrzymywać cholernego niewdzięcznika, którego nawet nie widywał. Zupełnie jakby zadziałał los, przeznaczenie. A potem dowiedział się, że ma nieoperacyjnego raka nerek, i zaczął mówić, że się zabije, nim rak go dopadnie i...

Kobieta od notatek sięgnęła po chusteczkę i wytarła nos. Posłała Arnoldowi Meachamowi wrogie, oskarżycielskie spojrzenie. Meacham się wzdrygnął.

— Po prostu — szepnąłem — musiałem mu pokazać, ile dla mnie znaczy. Ile znaczy dla nas wszystkich. Chciałem zabawić się w złotą rybkę. Powiedziałem mu... że trafiłem tryplę na wyścigach. Nie chciałem, żeby się martwił. Proszę mi uwierzyć, wiem, że postąpiłem źle. Absolutnie źle. Mój czyn był zły ze stu różnych powodów. Nie będę pana oszukiwać. Ale może z jednego drobnego powodu był też słuszny.

Kobieta sięgnęła po kolejną chusteczkę. Patrzyła na Meachama jak na najgorszego zbira. Meacham spuścił wzrok, zarumieniony, niezdolny popatrzeć mi w oczy. Nawet ja sam poczułem dreszcz.

I wtedy w ciemnym kącie gabinetu szczęknęła klamka. Usłyszałem klaskanie. Powolne, głośne klaskanie.

To był Nicholas Wyatt, założyciel i prezes Wyatt Telecommunications. Podszedł do nas, wciąż klaszcząc i uśmiechając się szeroko.

— Wspaniałe przedstawienie — oznajmił. — Rewelacyjne.

Zaskoczony uniosłem wzrok i ze smutkiem pokręciłem głową.

23

Wyatt był wysokim mężczyzną, wzrostu około metra dziewięćdziesięciu pięciu, zbudowanym niczym zapaśnik. Gdy się zbliżał, stawał się coraz większy i większy, aż w końcu kompletnie mnie przytłoczył. Słynął z wyczucia stylu. Miał na sobie garnitur, pewnie od Armaniego, szary w delikatne prążki. Nie tylko był potężny, on emanował potęgą.

— Panie Cassidy, zadam panu jedno pytanie.

Nie wiedziałem, co robić, wstałem więc i wyciągnąłem rękę na powitanie.

Wyatt zignorował mój gest.

— Jak ma na imię Jonesie?

Wahałem się ułamek sekundy za długo.

— Al — odparłem w końcu.

— Al? To znaczy...?

— Al. Alan — odparłem. — Albert. Cholera.

Meacham spojrzał na mnie zaskoczony.

— Szczegóły, Cassidy — mruknął Wyatt. — Zawsze cię załatwią. Ale muszę przyznać, że mnie wzruszyłeś. Naprawdę mnie wzruszyłeś. Ten kawałek o garniturze z Armii Zbawienia trafił mnie w samo serce. — Poklepał się pięścią w pierś. — Nadzwyczajne.

Uśmiechnąłem się głupawo. Naprawdę czułem się jak kretyn.

— Mówił, że ma brzmieć przekonująco. — Ruchem głowy wskazałem Meachama.

Wyatt się uśmiechnął.

— Jesteś niezwykle uzdolnionym młodym człowiekiem, Cassidy. Pieprzoną Szeherezadą. Myślę, że powinniśmy porozmawiać.

4

Nicholas Wyatt był naprawdę przerażającym gościem. Nigdy wcześniej z nim nie rozmawiałem, ale pojawiał się w telewizji, w CNBC i na stronie firmowej, na której umieszczał krótkie filmiki. Podczas trzech lat pracy w jego firmie kilka razy widziałem go nawet na żywo — z daleka. Z bliska wydawał się jeszcze groźniejszy. Jego skórę pokrywała mocna opalenizna. Czarne jak smoła nażelowane włosy zaczesywał do tyłu. Zęby miał idealnie równe i białe jak u hollywoodzkiej gwiazdy.

Nie wyglądał na swoje pięćdziesiąt sześć lat, choć w sumie nie wiem, jak powinien wyglądać pięćdziesięcioszesciolatek. Z całą pewnością nie przypominał mojego ojca w tym wieku — brzuchatego, łysiejącego faceta w tak zwanej pełni sił. Widać było, że przeszedł operację plastyczną. Skórę na twarzy miał napiętą, oczy lekko skośne jak u Eskimosa.

Co właściwie tu robił? Czym mógł mi zagrozić prezes firmy? Meacham wyczerpał już arsenał gróźb. Co jeszcze mnie czekało? Śmierć od tysiąca skaleczeń papierem biurowym? Pożarcie żywcem przez dzikie świnie?

W skrytości ducha fantazjowałem, że przybije mi piątkę, pogratuluje świetnego numeru i powie, że podoba mu się moja odwaga i hart ducha. Ale to żałosne marzenie obumarło tak szybko, jak się pojawiło. Nicholas Wyatt nie był księdzem grającym w koszykówkę, lecz mściwym, pamiętliwym sukinsynem.

Słyszałem o nim mnóstwo historii. Wiedziałem, że rozsądni ludzie starają się go unikać. Lepiej się nie wychylać, nie przyciągać jego uwagi. Słynął z ataków furii, wrzasków i awantur. Miał zwyczaj zwalniać ludzi w trybie natychmiastowym, kazał ochronie pakować ich manatki i eskortować do wyjścia. Na naradach kierownictwa zawsze wybierał sobie ofiarę i poniżał podczas całego spotkania. Nikt nie śmiał przekazywać mu złych wieści ani marnować choćby sekundy jego czasu. Pechowiec, który miał przedstawić mu prezentację w PowerPoincie, ćwiczył do upadłego, póki nie osiągnął perfekcji, a na widok najdrobniejszego błędu Wyatt przerywał, krzycząc: „Niewiarygodne!".

Ludzie twierdzili, że bardzo zmiękł od czasów młodości, więc jaki musiał być wcześniej? Był przecież wściekle ambitny. Ćwiczył podnoszenie ciężarów i triatlon. Pracownicy firmowego centrum fitnessu mówili, że ma w zwyczaju rzucać wyzwania rosłym mięśniakom, kto zdoła więcej razy podciągnąć się na drążku. Nigdy nie przegrywał. A kiedy przeciwnik rezygnował, Wyatt drwił: „Mam kontynuować?". Mówiono, że posturą przypomina Arnolda Schwarzeneggera — był jak brązowy kondom wypchany orzechami.

Zawsze musiał wygrywać, ale to mu nie wystarczało. Zwycięstwo nabierało słodyczy dopiero wtedy, gdy wykpił przegranego. Kiedyś na firmowym przyjęciu świątecznym napisał na butelce wina nazwę głównego konkurenta, Trion Systems, i rozbił ją o ścianę do wtóru pijackich śmiechów i wiwatów.

Kierował firmą bardzo ostro. Jego dyrektorzy ubierali się tak jak on, w garnitury za siedem tysięcy dolarów od Armaniego, Prady, Brioniego, Kitona czy innych projektantów, o których nawet nie słyszałem, i znosili wybryki szefa, bo zarabiali nieprzyzwoicie dużo. Wśród ludzi krążył o nim dowcip, wszyscy już go znają. Jaka jest różnica między Bogiem i Nicholasem Wyattem? Bóg nie uważa się za Nicholasa Wyatta.

Nick Wyatt sypiał trzy godziny na dobę, na śniadanie i lunch jadał batony energetyczne, był reaktorem kipiącym nerwową energią i mocno się pocił. Ludzie nazywali go Eksterminatorem. Rządził w atmosferze strachu, nigdy nie zapominał urazy. Gdy jego eksprzyjaciel został zwolniony z pozycji prezesa wielkiej firmy technologicznej, Wyatt posłał mu wieniec czarnych róż — asystentki Wyatta zawsze wiedziały, gdzie dostać czarne róże. Jego słynne motto życiowe, które powtarzał tak często, że powinno się je wyryć w granicie nad głównym wejściem i zrobić z niego wygaszacz ekranu we wszystkich komputerach, brzmiało: „Oczywiście, że jestem paranoikiem. Chcę, żeby wszyscy moi ludzie byli paranoikami. Sukces wymaga paranoi".

• • •

W ślad za Wyattem wyszedłem z biur ochrony i udałem się do jego gabinetu. Z trudem dotrzymywałem mu kroku — chodził jak lekkoatleta, musiałem niemal biec. Za nami podążał Meacham, wymachując czarną skórzaną teczką niczym pałką. Widziałem, że zbliżamy się do siedzib kierownictwa. Biały tynk na ścianach zastąpił mahoń, wykładzina stała się miękka i gruba. W końcu znaleźliśmy się w gabinecie Wyatta, jego smoczej jamie.

Gdy weszliśmy do poczekalni, dwie sekretarki jednocześnie uniosły głowy i uśmiechnęły się promiennie. Pasowały do siebie: jedna blondynka, jedna czarna.

— Linda, Yvette — powiedział, jakby je podpisywał. Nie zaskoczyło mnie, że przypominały modelki. Tu wszystko było najwyższej próby: ściany, wykładzina, meble. Zastanawiałem się, czy w umowach o pracę mają obowiązki pozaurzędowe, na przykład obciąganie. Tak przynajmniej głosiła fama.

Gabinet Wyatta był olbrzymi; spokojnie zmieściłaby się w nim cała bośniacka wioska. Za dwiema szklanymi ścianami roztaczał się niesamowity widok na miasto. Pozostałe dwie ściany pokrywała boazeria z eleganckiego ciemnego drewna. Wisiało na nich mnóstwo zdjęć, dyplomów, okładek pism, a wszystkie z jego gębą: „Fortune", „Forbes", „Business Week". Rozglądałem się oszołomiony, pół idąc, pół biegnąc. Zdjęcie Wyatta i paru innych facetów ze świętej pamięci księżną Dianą. On sam z jednym i drugim George'em Bushem. Poprowadził mnie do kącika rozmów: dwóch wyścielanych foteli z czarnej skóry i kanapy. Meble wyglądały jak żywcem wyjęte z muzeum sztuki współczesnej. Wyatt zajął miejsce po jednej stronie olbrzymiej kanapy.

Kręciło mi się w głowie. Byłem zdezorientowany, znalazłem się w obcym świecie. Nie miałem pojęcia, czemu tu jestem, czemu trafiłem do gabinetu Nicholasa Wyatta. Może niegdyś należał do chłopców, którzy pincetą odrywają owadom nóżki, a potem palą je za pomocą szkła powiększającego?

— Wykręciłeś nam imponujący numer — oznajmił. — Robi wrażenie.

Uśmiechnąłem się i skromnie skłoniłem głowę. Nie było sensu zaprzeczać. Dzięki Bogu, pomyślałem. Wyglądało na to, że jednak przybije mi piątkę.

— Ale nikt nie kopie mnie w jaja i nie odchodzi bezkarnie. Powinieneś już to wiedzieć. Nikt, kurwa, nikt.

Właśnie wyjął pincetę i szkło powiększające.

— Jak to właściwie z tobą jest? Pracujesz tu od trzech lat, zbierasz mierne oceny, od początku nie dostałeś ani awansu, ani podwyżki, działasz na autopilocie, nie przemęczasz się. Trudno cię nazwać ambitnym, co?

Mówił szybko, co zaniepokoiło mnie jeszcze bardziej.

Znów się uśmiechnąłem.

— Chyba nie. Jak by to powiedzieć... inne priorytety.

— To znaczy?

Zawahałem się. Miał mnie. Wzruszyłem ramionami.

— Każdemu na czymś zależy — rzekł Wyatt. — Inaczej nic nie jest wart. Bez wątpienia nie zależy ci na pracy. Więc na czym?

Prawie nigdy nie odbiera mi mowy, ale tym razem nie wiedziałem, co mądrego mógłbym powiedzieć. Meacham mnie obserwował. Jego ostrą, twardą twarz rozjaśniał paskudny sadystyczny uśmieszek. Znałem gości w naszej firmie, w moim dziale, którzy cały czas kombinowali, jak spotkać się z Wyattem choćby na pół minuty. W windzie, na lunchu, gdziekolwiek. Przygotowywali sobie przemowy do windy. A ja siedziałem w gabinecie wielkiego szefa i milczałem jak głupek.

— Masz jakieś hobby, może jesteś aktorem amatorem? — naciskał.

Pokręciłem głową.

— Cóż, jesteś dobry. Pieprzony Marlon Brando. Sprzedawanie routerów idzie ci do dupy, ale we wciskaniu kitu jesteś cholernym geniuszem.

— Jeśli to komplement, to dziękuję.

— Słyszałem, że świetnie naśladujesz Nicka Wyatta. To prawda? Pokaż.

Zarumieniłem się i pokręciłem głową.

— Cała sprawa sprowadza się do jednego. Orżnąłeś mnie i najwyraźniej uważasz, że ci się upiecze.

Spojrzałem na niego ze zgrozą.

— Nie, proszę pana. Nie uważam, że mi się upiecze.

— Oszczędź sobie. Nie potrzebuję kolejnej demonstracji. Załatwiliśmy to na początku. — Pstryknął palcami niczym cesarz rzymski i Meacham wręczył mu teczkę. Wyatt zajrzał do środka. — Twoje wyniki testów mieszczą się w górnym przedziale. W college'u specjalizowałeś się w inżynierii. Jakiej?

— Elektrycznej.

— Chciałeś być inżynierem, gdy dorośniesz?

— Mój ojciec życzył sobie, żebym skończył studia, które pozwolą mi znaleźć pracę. Ja chciałem grać na gitarze w Pearl Jam.

— Dobry jesteś?

— Nie — przyznałem.

Uśmiechnął się lekko.

— Nauka w college'u zabrała ci pięć lat. Co się stało?

— Na rok mnie wyrzucili.

— Doceniam szczerość. Przynajmniej nie próbujesz wciskać mi kitu z wyjazdem za granicę. Co się stało?

— Głupi wybryk. Miałem kiepski semestr, więc włamałem się do systemu i zmieniłem stopnie. Sobie i współlokatorowi.

— Więc to twój stały numer. — Zerknął na zegarek, spojrzał na Meachama i z powrotem na mnie.

— Mam pewien plan co do ciebie, Adamie. — Nie spodobał mi się sposób, w jaki wymówił moje imię. Zabrzmiało upiornie. — Bardzo dobry plan. Niezwykle hojną ofertę.

— Dziękuję panu. — Nie miałem pojęcia, o czym mówi, ale z pewnością o niczym dobrym.

— To, co teraz powiem, musi pozostać między nami. Zaprzeczę, że kiedykolwiek coś takiego mówiłem. Nie tylko temu zaprzeczę. Jeśli komukolwiek piśniesz słowo, oskarżę cię o zniesławienie. Jasne? Zmiażdżę cię jak robaka.

Cokolwiek miał na myśli, dysponował niezbędnymi środkami. Był miliarderem, trzecim czy czwartym najbogatszym człowiekiem w Ameryce. Kiedyś zajmował drugie miejsce, ale potem cena naszych akcji spadła. Chciał być najbogatszy, zamierzał wyprzedzić Billa Gatesa, ale nie wydawało się to prawdopodobne.

Serce zatrzepotało mi w piersi.

— Jasne.

— Dobrze rozumiesz swoją sytuację? Za bramką numer jeden masz pewne, absolutnie pewne dwadzieścia lat więzienia. Możesz wybierać: to albo nagroda ukryta za zasłoną. Zagramy?

Przełknąłem ślinę.

— Jasne.

— Pozwól więc, że powiem ci, co jest za zasłoną, Adamie. Świetlana przyszłość dla inteligentnego inżyniera. Tyle że musisz grać według zasad. Moich zasad.

Paliła mnie twarz.

— Chcę, żebyś zajął się specjalnym projektem.

Przytaknąłem.

— Podejmiesz pracę w Trionie.

— W... Trion Systems? — Nie rozumiałem.

— Przy marketingu nowego produktu. Mają kilka wolnych posad w strategicznych miejscach.

— Nigdy mnie nie zatrudnią.

— Masz rację. Nigdy cię nie zatrudnią. Nie takiego leniwego nieudacznika. Ale supergwiazdora z Wyatta, młodego geniusza, który niedługo rozbłyśnie pełnym blaskiem... jego zatrudnią, w ułamku sekundy.

— Nie rozumiem.

— Taki spryciarz jak ty? Właśnie straciłeś kilka punktów IQ. Zastanów się, kurzy móżdżku. Lucid to przecież twoje dziecko, prawda?

Miał na myśli flagowy produkt Wyatt Telecom, osobisty organizer, coś jak palmtop na sterydach. Niesamowita zabawka. Nie przyłożyłem ręki do jego produkcji, nawet takiego nie miałem.

— Nigdy w to nie uwierzą.

— Posłuchaj mnie, Adamie. Największe decyzje biznesowe podejmuję, kierując się instynktem. I instynkt podpowiada mi, że masz dość sprytu, tupetu i talentu, by ci się udało. Wchodzisz w to czy nie?

— Mam nadal pracować dla pana, tak?

Czułem na sobie jego świdrujący stalowy wzrok.

— Coś więcej. Chcę, żebyś zdobył dla mnie informacje.

— Jak szpieg, kret? Coś w tym stylu?

Otworzył dłonie, jakby chciał powiedzieć: nie udawaj kretyna.

— Nazywaj to, jak zechcesz. Trion ma cenne informacje, które chcę zdobyć, a ich ochrona jest właściwie nie do przejścia. Tylko ktoś wewnątrz może zdobyć to, czego potrzebuję. I to nie zwykły pracownik, ale pierwszoligowy. Można takiego zrekrutować, podkupić albo zwyczajnie zatrudnić. Tak się składa, że mamy na podorędziu młodego, inteligentnego, reprezentacyjnego człowieka ze wspaniałymi referencjami. Myślę, że szanse są spore.

— A jeśli mnie złapią?

— Nie złapią — odparł Wyatt.

— A jeśli...?

— Jeżeli spiszesz się, jak należy — wtrącił Meacham — nie przyłapią cię. A jeśli coś spieprzysz i wpadniesz, możesz liczyć na naszą pomoc.

Niespecjalnie mu uwierzyłem.

— Będą strasznie podejrzliwi.

— Dlaczego? W tym biznesie ludzie cały czas przechodzą z firmy do firmy. Łowcy głów stale podkradają najlepszych. To dla nich smakowite kąski. Niedawno zapunktowałeś w Wyatcie. Może czujesz się niedoceniany, pragniesz większej odpowiedzialności, większej gotówki i tak dalej.

— Od razu mnie przejrzą.

— Nie, jeśli dobrze to rozegrasz. Będziesz musiał nauczyć się marketingu. Stać się mistrzem świata. Pracować ciężej niż kiedykolwiek w całym twoim żałosnym życiu. Wziąć się w karby. Tylko poważny gracz zdoła zdobyć to, czego chcę. Spróbuj olewactwa w Trionie, to albo cię zestrzelą, albo odsuną na bok. A wówczas nasz eksperyment dobiegnie końca i pozostanie ci bramka numer jeden.

— Myślałem, że faceci od nowych produktów muszą mieć MBA.

— Nie, Goddard uważa, że MBA to bzdura. Co do tego akurat się zgadzamy. On sam nie ma dyplomu. Twierdzi, że to człowieka ogranicza. A skoro mowa o ograniczeniach... — Pstryknął i Meacham wręczył mu niewielkie metalowe pudełko, które wyglądało znajomo. Pudełko po miętówkach. Otworzył je. Wewnątrz leżało kilka białych pigułek przypominających aspirynę. Ale to nie była aspiryna. Wyglądały zdecydowanie znajomo. — Musisz skończyć z tym gównem. Z tą ecstasy czy cokolwiek to jest. — Pudełko trzymałem na stoliku w domu. Zastanawiałem się, jak i kiedy je zabrali. Byłem jednak zbyt oszołomiony, by się wkurzyć. Wyatt wrzucił je do niewielkiego czarnego skórzanego kosza na śmieci obok kanapy. Wylądowało w środku z cichym brzękiem. — To samo dotyczy trawki, wódki i tak dalej. Masz być czysty i zmierzać wprost do celu, mój chłopcze.

Uznałem, że to najmniejszy z moich problemów.

— A jak mnie nie zatrudnią?

— Bramka numer jeden. — Uśmiechnął się paskudnie. — Tylko wtedy nie zabieraj butów do gry w golfa. Raczej lubrykant.

— Nawet jeśli dołożę wszelkich starań?

— Twoje zadanie to nie spieprzyć sprawy. Oferujemy ci kwalifikacje i pomoc takiego trenera jak ja, musisz dać radę.

— O jakich pieniądzach właściwie mówimy?

— Pieniądzach? Skąd mam, kurwa, wiedzieć? Wierz mi, znacznie większych, niż zarabiasz tutaj. Mówimy o sześciocyfrowej sumie.

Starałem się nie przełknąć śliny zbyt głośno.

— Plus moja pensja tutaj.

Wyatt spojrzał na mnie ostro. Jego oczy były pozbawione wyrazu. Zastanawiałem się, czy to botoks.

— Żartujesz?

— Podejmuję ogromne ryzyko.

— Słucham? To ja podejmuję ryzyko. Ty jesteś cholerną czarną skrzynką, jednym wielkim znakiem zapytania.

— Gdyby naprawdę pan tak sądził, nie powierzałby mi pan tego zadania.

Wyatt odwrócił się do Meachama.

— Własnym uszom nie wierzę.

Meacham wyglądał, jakby połknął łajno.

— Ty mały fiucie — rzekł. — Powinienem od razu zadzwonić...

Wyatt wyniosłym gestem uniósł dłoń.

— W porządku. Ma jaja. To mi się podoba. Jeśli cię zatrudnią i dobrze się spiszesz, dostaniesz podwójną stawkę. Ale jeśli spieprzysz sprawę...

— Wiem — wtrąciłem. — Bramka numer jeden. Proszę pozwolić mi to przemyśleć. Jutro dam odpowiedź.

Szczęka Wyatta opadła. Jego oczy patrzyły obojętnie. Po krótkiej chwili rzekł lodowato:

— Daję ci czas do dziewiątej rano. O tej porze prokurator generalny zaczyna pracę.

— I radzę ci nie wspominać o niczym swoim kumplom, ojcu, nikomu — dodał Meacham. — Albo oberwiesz tak, że się nie pozbierasz.

— Rozumiem — powtórzyłem. — Nie musicie mi grozić.

— Och, to nie groźba — odparł Nicholas Wyatt. — To obietnica.

5

Nie widziałem powodu, żeby wracać do pracy, toteż poszedłem do domu. Dziwnie się czułem, siedząc w metrze o pierwszej po południu w otoczeniu staruszków, studentów i matek z dziećmi. Od tego wszystkiego wciąż kręciło mi się w głowie. Zaczynało mnie mdlić.

Ze stacji metra do mieszkania miałem dziesięć minut spacerkiem. Był piękny dzień. Kretyńsko pogodny.

Moja wilgotna koszula pachniała słodkawo potem. Kilka młodych dziewcząt w fartuchach, z mnóstwem kolczyków, ciągnęło za sobą na długiej linie grupkę małych dzieci, które piszczały radośnie. Garstka Murzynów grała w kosza na asfaltowym boisku otoczonym metalową siatką. Potknąłem się o wystającą płytę chodnikową i o mało nie upadłem. Nagle poczułem pod butem coś obrzydliwie śliskiego. Wdepnąłem w psie gówno. Doskonałe podsumowanie dnia.

Brama mojego domu cuchnęła moczem — nie wiadomo, kocim czy ludzkim. Poczta jeszcze nie przyszła. Zabrzęczały klucze; otworzyłem trzy zamki w drzwiach do mieszkania. Staruszka z naprzeciwka uchyliła własne na długość łańcucha i głośno trzasnęła. Była za niska, by sięgnąć wizjera. Pomachałem jej przyjacielsko.

W pokoju panował mrok, mimo że rolety były podniesione. W powietrzu unosiła się woń zastałego dymu. Mieszkałem na parterze i nie mogłem zostawiać otwartych okien, żeby się wywietrzyło.

Powiodłem wzrokiem po żałosnej kolekcji mebli. Na środku pokoju stała zielonkawa kraciasta kanapa, rozkładana, z wysokim oparciem, pokryta plamami z piwa. Wśród zieleni połyskiwały złote nitki. Naprzeciwko ustawiłem dziewiętnastocalowy telewizor Sanyo, już dawno pozbawiony pilota. W kącie przycupnęła wysoka wąska półka z surowych sosnowych desek. Usiadłem na kanapie, w powietrze wzbił się obłok kurzu. Metalowy pręt pod poduszkami wbijał mi się w tyłek. Pomyślałem o czarnej skórzanej sofie Nicholasa Wyatta. Ciekawe, czy kiedykolwiek żył w takiej norze. Podobno pochodził z ubogiej rodziny, ale nie mogłem w to uwierzyć. Nie potrafiłem go sobie wyobrazić mieszkającego w podobnej dziurze. Pod szklanym stolikiem znalazłem zapalniczkę. Zapaliłem papierosa i spojrzałem na stos rachunków na blacie. Już nawet nie otwierałem kopert. Miałem dwie karty MasterCard i trzy Visy, wszystkie z całkiem sporymi limitami, a ledwie było mnie stać na opłacenie podstawowych rachunków.

Oczywiście podjąłem już decyzję. Nie miałem przecież wyboru.

6

— Udupili cię? — Seth Marcus, mój najlepszy kumpel od czasów liceum, przez trzy dni w tygodniu stał za barem w japiszońskiej knajpie Pod Kotem. Za dnia pracował jako aplikant w firmie prawniczej w centrum. Twierdził, że potrzebuje kasy, ale podejrzewałem, że tak naprawdę chce zachować resztkę odlotowości, nie stać się jednym z korporacyjnych pajaców, z których obaj lubiliśmy się nabijać.

— Udupili mnie? Za co? — Ile mu opowiedziałem? Czy mówiłem o telefonie Meachama, szefa ochrony? Miałem nadzieję, że nie. Teraz nie mogłem mu już powiedzieć, w jakie kleszcze mnie schwytali.

— Za twoją wielką imprezę. — Był hałas, źle go słyszałem. Jakiś gość po drugiej stronie baru gwizdał głośno i przenikliwie, wkładając palce w usta. — Na mnie gwiżdże? Kim ja jestem, pieprzonym psem? — Seth zignorował go całkowicie.

Pokręciłem głową.

— Upiekło ci się? Chociaż wyciąłeś taki numer? Niewiarygodne. Czym chcesz to uczcić?

— Brooklyn brown?

Pokręcił głową.

— Nie.

— Newcastle, może guinness?

— Może jasne z kija? Nie połapią się.

37

Wzruszyłem ramionami.

— Spoko.

Nalał mi piwa, żółtego, z dużą pianą. Najwyraźniej nie miał wprawy. Odrobina chlupnęła na podrapany drewniany bar. Seth był wysoki, ciemnowłosy, przystojny. Laski go uwielbiały. Miał idiotyczną kozią bródkę i kolczyk w uchu. Był w połowie Żydem, ale chciał być czarny. Grał i śpiewał w kapeli zwanej Slither. Słyszałem ich parę razy, byli kiepscy. Seth wciąż gadał o kontrakcie. Próbował też przebić się w biznesie śpiewania dżingli reklamowych. Okazało się to jednak równie trudne jak podpisanie kontraktu z dużą wytwórnią płytową. Cały czas kombinował kilka spraw na boku, a wszystko po to, by nie przyznawać się, że w istocie jest zwykłym biurowym etatowcem.

Ze wszystkich moich znajomych tylko on był bardziej cyniczny ode mnie. Pewnie dlatego zostaliśmy przyjaciółmi. A także dlatego, że nie miał do mnie pretensji o ojca, choć grał w licealnej drużynie, trenowanej (i tyranizowanej) przez Franka Cassidy'ego. W siódmej klasie wylądowaliśmy na tych samych zajęciach i natychmiast się polubiliśmy, bo obaj stanowiliśmy obiekty drwin nauczyciela matematyki, pana Pasquale. W dziewiątej klasie przeszedłem ze szkoły publicznej do Bartholomew Browninga & Knightleya, eleganckiej prywatnej szkoły, w której ojca zatrudniono jako trenera drużyn futbolowej i hokejowej, a mnie zapewniono darmową naukę. Przez dwa lata rzadko widywałem Setha, a potem ojca wywalono za to, że złamał jakiemuś smarkaczowi kości przedramienia w obu rękach. Matka dzieciaka była szefową rady szkolnej Bartholomew Browninga. Darmowe czesne przepadło i wróciłem do szkoły publicznej. Tato także zaczął tam pracować, przestałem więc grać w futbol.

Pod koniec liceum obaj z Sethem dorabialiśmy na tej samej stacji benzynowej Gulf. Potem Seth znudził się przestojami i zatrudnił w Dunkin' Donuts na nocną zmianę. Kilka lat z rzędu latem myliśmy okna dla firmy obsługującej wieżowce w centrum. W końcu Seth uznał, że wiszenie na linie na wysokości dwudziestego szóstego piętra tylko brzmi super.

Gwizdy stały się głośniejsze. Ludzie patrzyli na gwiżdżącego, pulchnego łysiejącego faceta w garniturze. Kilka osób zachichotało.

— Zaraz wyjdę z siebie — powiedział Seth.

— Spokojnie — rzuciłem, ale spóźniłem się, bo Seth zdążał już w tamtą stronę.

Wyjąłem papierosa i zapaliłem, obserwując, jak nachyla się nad barem z gniewną miną. Wyglądał, jakby chciał złapać gościa za klapy, ale się powstrzymał. Coś powiedział. Ludzie wokół wybuchnęli śmiechem. Seth, spokojny i odprężony, wrócił do mnie. Po drodze zatrzymał się, zamienił kilka słów z dwiema pięknymi kobietami, blondynką i brunetką. Błysnął olśniewającym uśmiechem.

— Nie do wiary, że wciąż palisz — stwierdził. — Po tym, jak twój ojciec zachorował? Totalna głupota. — Poczęstował się moim papierosem, zapalił, zaciągnął się i odłożył na popielniczkę.

— Dzięki, że nie podziękowałeś za niepalenie — odparłem. — A ty jaką masz wymówkę?

Wydmuchnął dym nosem.

— Lubię robić kilka rzeczy naraz. Poza tym w mojej rodzinie nikt nie chorował na raka. Co najwyżej na głowę.

— Ojciec nie ma raka.

— Rak, rozedma, jeden chuj. Co z twoim starym?

— W porządku. — Wzruszyłem ramionami, nie chciałem o tym mówić, Seth także.

— Człowieku, jedna z tych lasek chce cosmopolitana, druga mrożonego drinka. Nie znoszę tego.

— Czemu?

— To zbyt pracochłonne, a potem zostawią mi ćwierć dolara napiwku. Kobiety nigdy nie dają napiwków, tego się nauczyłem. facetowi otworzysz dwa piwa i zarabiasz parę dolców. Mrożone drinki. — Pokręcił głową i prychnął. — Człowieku.

Zniknął na kilka minut. Słyszałem, jak pobrzękuje naczyniami, potem zawył mikser. Seth podał dziewczynom drinki, obdarzając je dodatkowo zabójczym uśmiechem. Nie zamierzały mu dawać napiwku. Obie odwróciły się do mnie i uśmiechnęły.

— Co robisz później? — spytał, podchodząc do mnie.

— Później? — Dochodziła już dziesiąta, a o wpół do ósmej rano miałem spotkanie z jednym z inżynierów w Wyatcie, specjalistą od projektu Lucid. Kilka dni szkolenia u niego, potem kolejne z szefem marketingu nowych produktów, i stałe sesje z „trenerem dyrektorów". Przygotowali mi bardzo intensywny plan zajęć. Istny obóz szkoleniowy dla wazeliniarzy. Koniec opieprzania się, przychodzenia o dziewiątej czy dziesiątej. Ale nie mogłem powiedzieć o tym Sethowi ani nikomu innemu.

— Kończę o pierwszej — oznajmił. — Te dwie laski spytały, czy wybierzemy się z nimi do Nightcrawlera. Powiedziałem, że jestem z przyjacielem. Właśnie cię obczajały. Wchodzą w to.

— Nie mogę — odparłem.

— Hę?

— Rano muszę być w pracy, i to punktualnie.

Seth spojrzał na mnie z niedowierzaniem.

— Co się dzieje?

— W pracy robi się poważnie. Jutro mam długi dzień, ważny projekt.

— To jakiś żart, prawda?

— Niestety, nie. A ty nie pracujesz rano?

— Stajesz się jednym z nich? Marketoidów?

Uśmiechnąłem się szeroko.

— Czas dorosnąć. Koniec dziecinnych zabaw.

Seth skrzywił się z niesmakiem.

— Chłopie, nigdy nie jest za późno na szczęśliwe dzieciństwo.

7

Po dziesięciu dniach harówki, nauki i indoktrynacji prowa-
dzonej przez inżynierów i speców od marketingu, zajmujących
się Lucidem, głowa dosłownie puchła mi od bezużytecznych
informacji. Przydzielono mi niewielkie „biuro" na piętrze dyrektorskim, niegdyś podręczny składzik. Jednak rzadko tam bywałem. Przychodziłem co rano na czas, nie sprawiałem żadnych
kłopotów. Nie wiedziałem, jak długo wytrzymam, nim mi odbije,
lecz wizja więziennej pryczy skutecznie mnie motywowała.

Pewnego poranka wezwano mnie do gabinetu oddalonego
o dwoje drzwi od gabinetu samego Nicholasa Wyatta. Na mosiężnej tabliczce wygrawerowano nazwisko: Judith Bolton. Wewnątrz
niepodzielnie królowała biel — biały dywan, białe wyściełane
meble, biały marmurowy blat biurka. Nawet kwiaty były białe.

Na białej skórzanej kanapie siedział Nicholas Wyatt, a obok
niego atrakcyjna kobieta około czterdziestki, która gawędziła
z nim przyjacielsko i śmiejąc się, dotykała jego ramienia. Miała
miedzianorude włosy, długie nogi i smukłe ciało. Musiała ciężko
pracować nad sylwetką. Była ubrana w granatowy kostium,
pasujący do jej niebieskich oczu; miała błyszczące usta w kształcie serca i prowokacyjnie wygięte brwi. Kiedyś musiała być
prawdziwą pięknością, chociaż z wiekiem jej uroda jakby stward-
niała.

Uświadomiłem sobie, że już ją widziałem. W ostatnim tygodniu towarzyszyła Wyattowi, gdy wpadał na krótko na moje sesje szkoleniowe z marketingowcami i inżynierami. Stale szeptała mu coś do ucha, obserwowała mnie, ale nigdy nas sobie nie przedstawiono. A ja stale zastanawiałem się, kim jest.

Nie wstając z kanapy, wyciągnęła rękę — miała długie palce i czerwone paznokcie — i mocno uścisnęła moją dłoń.

— Judith Bolton.

— Adam Cassidy.

— Spóźniłeś się — zauważyła.

— Zabłądziłem — odparłem, starając się rozluźnić atmosferę.

Judith Bolton pokręciła głową, uśmiechnęła się i zacisnęła wargi.

— Masz problem z punktualnością. Od tej pory koniec ze spóźnieniami, czy to jasne?

Odpowiedziałem uśmiechem, tym samym, jaki zwykle rezerwowałem dla gliniarzy, którzy pytali, czy wiem, jak szybko jechałem. Twarda zawodniczka.

— Oczywiście — odparłem i usiadłem.

Wyatt obserwował nas z rozbawieniem.

— Judith to jeden z moich najcenniejszych graczy. Moja trenerka dyrektorów. Moja *consigliere* i twoja Svengali. Radzę, abyś słuchał każdego jej pieprzonego słowa. Ja słucham. — Wstał i przeprosił. Judith pożegnała go skinieniem dłoni.

Ja sam zmieniłem się nie do poznania. Byłem nowym człowiekiem. Koniec z bondomobilem. Teraz jeździłem srebrnym audi A6, należącym do firmy. Miałem też nowe ciuchy. Sekretarka Wyatta, ta czarna, jak się okazało, dawna modelka z Karaibów, zabrała mnie na zakupy do bardzo drogiego sklepu — dotąd oglądałem takie tylko z zewnątrz. Wyjaśniła, że tam kupuje ubrania dla Nicka Wyatta. Wybrała mi kilka garniturów, koszule, krawaty i buty, wszystko na koszt firmy. Kupiła nawet „wyroby pończosznicze", to znaczy skarpetki. I nie były to zwykłe bawełniane śmieci, jakie do tej pory nosiłem, ale także od Armaniego czy Ermenegilda Zegny. Coś w sobie miały, czuło się, że zostały uszyte ręcznie przez włoskie wdowy słuchające Verdiego.

Zdecydowała, że moje baki — które uznała za fajansiarskie — muszą zniknąć. I koniec z artystycznie potarganymi włosami. Zabrała mnie do eleganckiego salonu fryzjerskiego. Gdy z niego wyszedłem, wyglądałem jak model Ralpha Laurena, tyle że nie tak ciotowato. Z przerażeniem pomyślałem o następnym spotkaniu z Sethem. Ale się nasłucham.

Opracowano też dla mnie przykrywkę. Współpracownicy i szefowie z działu routerów zostali poinformowani, że mnie „przeniesiono". Krążyły plotki, że zesłano mnie na Syberię, bo kierownika znudziło moje lekceważące podejście do pracy. Inni mówili, że zastępcy Wyatta spodobał się mój raport i ogólne podejście, i przydzielono mi nowe obowiązki. Nikt nie znał prawdy. Wszyscy wiedzieli tylko, że pewnego dnia nagle zniknąłem ze swojego boksu.

Gdyby ktoś zadał sobie trud i przyjrzał się bliżej strukturze służbowej na firmowej stronie, zauważyłby, że przy moim nazwisku pojawił się tytuł szefa projektów specjalnych przy biurze prezesa.

Informacje zaczynały krążyć.

 •   •   •

Judith odwróciła się do mnie i mówiła dalej, jakby Wyatta nigdy tam nie było.

— Jeśli zatrudnią cię w Trionie, masz się zjawiać w swoim boksie trzy kwadranse przed czasem. Pod żadnym pozorem nie możesz pozwolić sobie na drinka podczas lunchu czy po pracy. Żadnych wypadów do baru, przyjęć, „spotkań integracyjnych" z „przyjaciółmi" z biura. Zero imprez. Jeśli będziesz musiał pojawić się na przyjęciu firmowym, pij colę.

— Mówisz, jakbym należał do Anonimowych Alkoholików.

— Pijaństwo to oznaka słabości.

— Zakładam, że palenie także nie wchodzi w rachubę.

— Niesłusznie — odparła. — To obrzydliwy, paskudny nałóg, oznaka braku samokontroli. Istnieją jednak inne względy, które musimy wziąć pod uwagę. Wizyty w palarni dają znakomitą

43

sposobność poznawania ludzi z innych działów. Nawiązywania kontaktów, zdobywania użytecznych informacji. A co do twojego uścisku dłoni... — Pokręciła głową. — Jest do chrzanu. Decyzję o zatrudnieniu podejmuje się w ciągu pierwszych pięciu sekund: podczas uścisku dłoni. Jeśli ktoś powie ci coś innego, to skłamie. Pracę zdobywasz uściskiem dłoni, podczas rozmowy walczysz o to, by jej nie stracić. Ponieważ jestem kobietą, odpuściłeś mi. Nie rób tego. Bądź stanowczy, twardy i...

Uśmiechnąłem się przekornie.

— Ostatnia kobieta, która mi to powiedziała... — Zauważyłem, że Judith umilkła w połowie zdania. — Przepraszam.

Teraz to ona się uśmiechnęła, kokieteryjnie przechylając na bok głowę.

— Dziękuję. — Na chwilę zapadła cisza. — Przytrzymaj moją dłoń sekundę czy dwie dłużej. Spójrz mi prosto w oczy i się uśmiechnij. Otwórz dla mnie serce. Spróbujmy jeszcze raz.

Wstałem i ponownie uścisnąłem dłoń Judith Bolton.

— Lepiej — przyznała. — Masz wrodzony talent. Ludzie spotykają cię i myślą sobie: w tym facecie jest coś, co mi się podoba. Sam nie wiem co. Potrafisz zauroczyć. — Zmierzyła mnie uważnym spojrzeniem. — Złamałeś kiedyś nos?

Przytaknąłem.

— Niech zgadnę. Grając w futbol?

— W hokeja.

— Ładnie. Jesteś sportowcem, Adamie?

— Byłem.

Usiadłem. Judith pochyliła się ku mnie, opierając głowę na ręce, badając moje reakcje.

— To widać po tym, jak chodzisz, po twojej postawie. Podoba mi się. Ale brak ci synchronizacji.

— Słucham?

— Musisz pamiętać o synchronizacji. Naśladuj. Kiedy ja się pochylam, ty także. Odchylam się w tył, ty odchylasz się w tył. Krzyżuję nogi, ty krzyżujesz nogi. Obserwuj, jak przekrzywiam głowę, i naśladuj mnie, a nawet synchronizuj ze mną swój oddech.

44

Tylko subtelnie, nie bądź zbyt nachalny. W ten sposób nawiązujesz kontakt z ludźmi na poziomie podświadomości. Sprawiasz, że czują się z tobą dobrze. Ludzie lubią ludzi, którzy przypominają im ich samych. Zrozumiałeś?

Uśmiechnąłem się rozbrajająco, a przynajmniej tak sądziłem.

— I jeszcze jedno. — Pochyliła się niżej. Jej twarz znalazła się tuż przy mojej. — Używaj mniej wody kolońskiej — szepnęła.

Zarumieniłem się ze wstydu.

— Niech zgadnę. Drakkar Noir? — Nie czekała na odpowiedź, wiedziała, że ma rację. — W sam raz dla szkolnego pożeracza serc. Założę się, że cheerleaderkom miękły kolana od tego zapachu.

Później dowiedziałem się, kim jest Judith Bolton — wiceprezesem firmy. Zjawiła się w Wyatt Telecom kilka lat wcześniej jako konsultantka McKinsey & Company, miała osobiście doradzać Nicholasowi Wyattowi w delikatnych sprawach personalnych, pomagać w rozwiązywaniu konfliktów na najwyższych szczeblach, zajmować się psychologicznym aspektem kontraktów, negocjacji i zakupów. Miała doktorat z psychologii behawioralnej, więc nazywano ją doktor Bolton, a także „doradcą dyrektorskim" i „głównym strategiem personalnym". W istocie była osobistą olimpijską trenerką Wyatta, jego prywatną nauczycielką. Podpowiadała mu, kto nadaje się na stanowisko kierownicze, a kto nie, kto powinien zostać zwolniony, kto knuje za jego plecami. Potrafiła na kilometr wywęszyć nielojalność. Bez wątpienia podkupił ją od McKinseya za niewiarygodnie wysoką sumę. Była dość pewna siebie i wystarczająco potężna, by mu się sprzeciwić i mówić prosto w oczy rzeczy, których nie wysłuchałby od nikogo innego.

— Nasze pierwsze zadanie to nauka prowadzenia rozmów kwalifikacyjnych — oznajmiła.

— Przecież dostałem tu pracę — odparłem słabo.

— Teraz grasz w nowej lidze, Adamie — rzekła z uśmiechem. — Jesteś wschodzącą gwiazdą i tak właśnie musisz się zachowywać. Jesteś kimś, kogo Trion koniecznie chce nam ukraść. Jak ci się podoba praca w Wyatcie?

45

Spojrzałem na nią. Poczułem się głupio.

— Przecież próbuję stąd odejść, prawda?

Judith wywróciła oczami i westchnęła ciężko.

— Nie. Musisz podejść do tego pozytywnie.

Przekrzywiła głowę, po czym odezwała się, wspaniale naśladując mój głos.

— Jest cudownie! Fantastyczne, inspirujące otoczenie! Moi współpracownicy są świetni! — Naśladowała mnie tak dobrze, że poczułem się dziwnie. Zupełnie jakbym słyszał własny głos w automatycznej sekretarce.

— Więc czemu rozmawiam z Trionem?

— Nowe możliwości, Adamie. Praca u Wyatta bardzo ci odpowiada. Nie jesteś niezadowolony. Po prostu chcesz uczynić kolejny logiczny krok na drodze swojej kariery. Trion oferuje ci sposobność rozwoju, tworzenia nowych, wspanialszych rzeczy. Jaka jest twoja największa słabość, Adamie?

Zastanawiałem się sekundę.

— Tak naprawdę nie mam słabości — odparłem. — Do słabości lepiej się nie przyznawać.

Judith się skrzywiła.

— Och, na miłość boską, pomyślą, że jesteś głupcem albo mitomanem.

— To podchwytliwe pytanie.

— Oczywiście, że podchwytliwe. Rozmowy kwalifikacyjne są jak pola minowe, przyjacielu. Musisz „przyznać się" do słabości, ale nie wolno ci powiedzieć niczego, co mogłoby ci zaszkodzić. Przyznajesz, że jesteś zbyt wiernym mężem, zbyt kochającym ojcem. — Znów odezwała się moim głosem: — „Czasami tak bardzo skupiam się na jednym zastosowaniu oprogramowania, że zaniedbuję inne..." albo „Czasami, gdy przeszkadzają mi różne drobiazgi, nie mówię o tym, bo mam nadzieję, że problem sam się rozwiąże". Za mało narzekasz! Albo co powiesz na to? „Zwykle tak bardzo angażuję się w projekt, że za długo przesiaduję w pracy. Naprawdę kocham tę robotę. Może pracuję więcej niż to konieczne". Rozumiesz? Dostaną ślinotoku, Adamie.

Uśmiechnąłem się i przytaknąłem. Rany boskie, w co ja się wpakowałem?

— A największy błąd, jaki kiedykolwiek popełniłeś w pracy?

— Oczywiście muszę się do czegoś przyznać — powiedziałem nerwowo.

— Szybko się uczysz — zauważyła cierpko.

— Może kiedyś wziąłem na siebie zbyt wiele obowiązków i...

— ...i spieprzyłeś sprawę? Nie znasz własnych możliwości? Raczej nie. Mówisz: „Och, nic wielkiego. Kiedyś pracowałem nad ważnym raportem dla szefa i zapomniałem zrobić kopię. Zepsuł mi się komputer i wszystko straciłem. Musiałem siedzieć do trzeciej rano, żeby całkowicie odtworzyć raport. Przynajmniej czegoś się nauczyłem: zawsze robię kopie". Rozumiesz? Największy błąd, jaki popełniłeś, nie wynikał z twojej winy. A do tego wszystko naprawiłeś.

— Rozumiem.

Miałem wrażenie, że kołnierzyk koszuli zaczyna mnie dusić. Desperacko pragnąłem stamtąd wyjść.

— Masz talent, Adamie — oznajmiła Judith. — Na pewno sobie poradzisz.

8

Wieczorem przed pierwszą rozmową w Trionie poszedłem odwiedzić ojca. Robiłem to co najmniej raz w tygodniu, czasami kilka razy, jeśli zadzwonił i poprosił, żebym zajrzał. Dzwonił często, po trosze dlatego, że czuł się samotny (mama zmarła sześć lat temu), a po trosze z powodu paranoi, w którą popadał od zażywanych sterydów — święcie wierzył, że opiekunki próbują go zabić. Nigdy nie dzwonił po to, żeby pożartować czy pogadać, lecz zawsze narzekał, krzyczał, oskarżał. Twierdził, że znikają mu środki przeciwbólowe i z pewnością podkrada je siostra Caryn. Tlen dostarczany przez firmę medyczną ma gównianą jakość. Siostra Rhonda wciąż potyka się o przewód tlenowy i wyrywa mu z nosa cienkie kaniule, omal nie odrywając uszu.

Stwierdzenie, że trudno było znaleźć ludzi, którzy zechcieliby się nim zaopiekować, to niedopowiedzenie na skalę kosmiczną. Mało kto wytrzymywał dłużej niż kilka tygodni. Francis X. Cassidy, odkąd pamiętam, miał paskudny charakter i stawał się jeszcze gorszy, im był starszy i bardziej chory. Zawsze palił parę paczek dziennie, nieustannie głośno kasłał, wciąż zapadał na zapalenie oskrzeli, więc nikogo nie zdziwiło, gdy zdiagnozowano u niego rozedmę płuc. Czego właściwie się spodziewał? Od lat nie mógł nawet zdmuchnąć świeczek na torcie urodzinowym. Teraz choroba wkroczyła w końcową fazę i mógł umrzeć za kilka tygodni, miesięcy, a może za dziesięć lat. Nikt nie potrafił orzec, ile to potrwa.

Niestety, na moje barki, jako jedynego potomka, spadło organizowanie pomocy i opieki. Ojciec wciąż mieszkał w tym samym mieszkaniu na parterze, w którym się wychowałem. Od śmierci mamy niczego nie zmienił. W kuchni ciągle stała ta sama złota lodówka, która źle działała, kanapa w salonie zapadała się z boku, w oknach wisiały pożółkłe ze starości firanki. Ojciec nie miał żadnych oszczędności. Żałosna emerytura ledwie wystarczyła na pokrycie wydatków medycznych, więc część mojej pensji szła na czynsz i wynagrodzenie opiekunki. Nie oczekiwałem podziękowań, i słusznie. Ojciec nigdy w życiu nie poprosiłby mnie o pieniądze. Obaj udawaliśmy, że żyje z funduszu powierniczego albo czegoś w tym stylu.

Gdy się zjawiłem, siedział w swoim ulubionym składanym fotelu przed wielkim telewizorem. To było jego podstawowe zajęcie i dawało stale świeże powody do narzekania. Półleżał z rurkami w nosie (na tym etapie stale podawano mu tlen) i oglądał kanał reklamowy.

— Cześć, tato — powiedziałem.

Nawet nie uniósł wzroku. Reklama zahipnotyzowała go niczym scena pod prysznicem w *Psychozie*. Bardzo schudł, choć wciąż miał potężną pierś. Ostrzyżone na jeża włosy kompletnie posiwiały. W końcu spojrzał na mnie.

— Wiesz, że ta suka odchodzi?

Rzeczona suka była jego ostatnią opiekunką, ponurą Irlandką po pięćdziesiątce, o chudej twarzy i ogniście rudych farbowanych włosach. Na imię miała Maureen. Jak na zawołanie przykuśtykała przez pokój — miała chore biodro — dźwigając plastikowy kosz z praniem, wypełniony starannie złożonymi białymi podkoszulkami i bokserkami, stanowiącymi całość garderoby ojca. Zaskakujące było tylko to, że tak długo wytrzymała. Ojciec miał na stoliku obok fotela mały dzwonek. Naciskał go, gdy tylko czegoś potrzebował, czyli właściwie bezustannie. Aparat tlenowy nie działał, rurki wysuszały mu nos, potrzebował pomocy, żeby pójść do toalety. Od czasu do czasu Maureen zabierała go na „spacer" wózkiem elektrycznym, by mógł przejechać się po centrum handlowym, ponarzekać na „smarkaczy" i znów ją powyzywać. Twierdził, że kradnie mu środki przeciwbólowe. Doprowadziłby do szału każdego, a Maureen od początku wydawała się dość spięta.

— Może mu powiesz, jak mnie nazwałeś — rzekła, kładąc pranie na kanapie.

— Och, na miłość boską! — Mówił krótkimi, urywanymi zdaniami, bo stale brakowało mu tchu. — Dolewasz mi odmrażacz do kawy. Czuję ten smak. To morderstwo starego człowieka.

— Gdybym chciała cię zabić, użyłabym czegoś mocniejszego niż odmrażacz — odgryzła się. Chociaż od dwudziestu paru lat mieszkała w Stanach, wciąż miała silny irlandzki akcent. Ojciec zawsze oskarżał opiekunki o to, że próbują go zabić. Prawdę mówiąc, trudno byłoby im się dziwić. — Nazwał mnie... słowem, którego nawet nie powtórzę.

— Do kurwy nędzy, nazwałem ją cipą. To uprzejme określenie jak dla niej. Napastowała mnie. Siedzę tu podpięty do pieprzonego aparatu, a ona mnie bije.

— Wyrwałam mu z ręki papierosa — wyjaśniła Maureen. — Próbował ukradkiem zapalić, kiedy robiłam na dole pranie. Jakbym nie czuła zapachu dymu. — Spojrzała na mnie, jedno oko uciekło jej w bok. — Nie wolno mu palić! Nie wiem nawet, gdzie ma papierosy, a gdzieś je chowa. To pewne. Przecież nie wolno mu palić!

Ojciec uśmiechnął się triumfalnie, milczał jednak.

— A zresztą co mnie to obchodzi — dodała z goryczą. — To mój ostatni dzień. Dłużej tego nie zniosę.

Na ekranie płatna widownia w studiu jęknęła z zachwytu i zaczęła głośno klaskać.

— I niby mam się tym przejąć? — odpalił ojciec. — I tak nic nie robi. Zobacz, wszędzie leży kurz. To leniwa suka, i tyle.

Maureen podniosła kosz z praniem.

— Trzeba było odejść miesiąc temu. W ogóle nie powinnam brać tej roboty. — Wyszła z pokoju, utykając jak kucyk.

— Że też od razu jej nie wywaliłem — wymamrotał ojciec. — Jasne, że to kolejna morderczyni.

Oddychał przez ściągnięte usta, jakby wsysał powietrze przez rurkę.

Nie wiedziałem, co robić. Nie mógł mieszkać sam. Bez pomocy nie zdołałby nawet skorzystać z łazienki. Kategorycznie nie zgadzał się na przeprowadzkę do domu opieki. Twierdził, że prędzej się zabije.

Położyłem rękę na jego lewej dłoni, tej, do której palca wskazującego podłączono migający czerwony wskaźnik. Pulsoksymetr, tak go chyba nazywają. Cyferki na ekranie wskazywały osiemdziesiąt osiem procent.

— Znajdziemy kogoś, tato — powiedziałem. — Nie martw się.

Uniósł rękę i strząsnął moją.

— Co to w ogóle za pielęgniarka? Nic jej nie obchodzi. — Rozkasłał się gwałtownie, zakrztusił i splunął do zwiniętej chusteczki, którą wyciągnął z zakamarków fotela. — Czemu właściwie nie wrócisz do domu? Przecież i tak nie masz nic do roboty. Ta praca nie ma sensu.

Pokręciłem głową.

— Nie mogę, tato — rzekłem cicho. — Muszę spłacić kredyt studencki. — Nie chciałem dodawać, że ktoś musi zarabiać na opiekunki, które stale zwalnia.

— Ten durny college na nic ci się nie przydał. Potworna strata pieniędzy, i tyle. A ty marnowałeś czas na zabawach z lalusiowatymi przyjaciółmi. Nie musiałem wydawać dwudziestu tysięcy rocznie na twoje imprezy. Mogłeś imprezować tutaj.

Uśmiechnąłem się, żeby wiedział, że mnie nie obraził. Nie miałem pojęcia, czy to sterydy, prednison, który rozszerzał oskrzela i umożliwiał mu oddychanie, czynią z niego takiego dupka, czy to jego natura.

— Twoja matka, niech spoczywa w spokoju, strasznie cię rozpuściła. Zrobiła z ciebie mięczaka i mazgaja. — Ze świstem wciągnął powietrze. — A teraz marnujesz życie. Kiedy wreszcie znajdziesz prawdziwą pracę?

Ojciec świetnie umiał trafiać w czułe punkty. Poczułem, jak ogarnia mnie fala irytacji. Nie można było traktować go poważnie i nie wpaść w szał. Czasami przypominał mi wściekłego psa. Zawsze uważałem, że jego gniew ma coś z wścieklizny. Nie kontrolował go, więc trudno go winić. Nigdy nie umiał opanować złości. Kiedy byłem mały, na tyle mały, że nie potrafiłem się odgryźć, wystarczył najmniejszy pretekst, by ojciec wyciągnął pas i zlał mnie na kwaśne jabłko. Zaraz potem nieodmiennie mruczał pod nosem: „Widzisz, do czego mnie doprowadziłeś?".

— Staram się — odparłem.

— Zawsze potrafią wywęszyć frajera.

— Kto?

— Te firmy. Nikt nie chce u siebie frajerów, wszyscy pragną zwycięzców. Przynieś mi colę, dobrze?

To była jego mantra jeszcze z czasów trenerskich — jestem frajerem, a jedyna rzecz, jaka się liczy, to zwycięstwo, drugie miejsce oznacza przegraną. Kiedyś te słowa strasznie mnie wkurzały, ale zdążyłem już przywyknąć. Teraz prawie ich nie słyszałem.

Poszedłem do kuchni, zastanawiając się, co robić. Ojciec potrzebował stałej opieki, bez dwóch zdań. Ale żadna agencja już nie przysyłała tu swoich ludzi. Z początku miał prawdziwe pielęgniarki ze szpitali, dorabiające po godzinach. Gdy je wszystkie wyrzucił, zaczęliśmy zatrudniać ledwie wykwalifikowane opiekunki po dwutygodniowych kursach przygotowawczych. Potem każdego, kto odpowiedział na ogłoszenie w gazecie.

Maureen tak uporządkowała wnętrze złocistej lodówki Kenmore, że mogłoby jej pozazdrościć najlepsze rządowe laboratorium. Puszki coli stały w równym rzędzie na metalowej półce, zamocowanej na idealnej wysokości. Nawet szklanki w szafce, zwykle pokryte tłustymi plamami, lśniły czystością. Napełniłem dwie lodem, do każdej wlałem po jednej puszce. Będę musiał usiąść z Maureen, uspokoić ją, przeprosić w imieniu ojca i błagać, może nawet przekupić, by została, przynajmniej do chwili, aż znajdę kogoś na jej miejsce. Może odwołam się do odpowiedzialności wobec starszych ludzi, choć podejrzewałem, że żółć ojca w znacznej mierze osłabiła te uczucia. Byłem zdesperowany. Jeśli jutro schrzanię rozmowę, będę miał mnóstwo czasu, tylko że spędzę go za kratami gdzieś w Illinois. A to w niczym nie pomoże.

Wróciłem do pokoju ze szklankami, pobrzękując lodem. Reklama jeszcze się nie skończyła. Ile one trwają i kto je ogląda, oczywiście oprócz mojego ojca?

— Nie martw się, tato — powiedziałem, dostrzegłem jednak, że śpi.

Stałem bez ruchu kilka sekund, sprawdzając, czy oddycha. Oddychał. Broda opadła mu na pierś, głowę przekrzywił pod dziwnym kątem. Tlen ze świstem ulatywał z jego ust. Gdzieś w piwnicy Maureen trzaskała szafkami. W duchu pewnie ćwiczyła mowę pożegnalną. Postawiłem obie szklanki na małym stoliku, na którym pełno było leków i pilotów.

A potem pochyliłem się i ucałowałem czoło pokryte czerwonymi plamami.

— Kogoś znajdziemy — dodałem szeptem.

9

Główna kwatera firmy Trion Systems wyglądała jak podrasowany Pentagon. Każdy z pięciu boków budynku był wysoki na sześć pięter. Zaprojektował go jakiś słynny architekt. W podziemiach mieścił się parking pełen bmw, rangeroverów i volkswagenów garbusów. Nie dostrzegłem jednak żadnych zarezerwowanych miejsc.

Podałem nazwisko „firmowej ambasadorce" ze skrzydła B. Za tym napuszonym określeniem kryła się zwykła recepcjonistka. Dziewczyna wydrukowała mi identyfikator z napisem „Gość". Przykleiłem go do kieszeni na piersi szarego garnituru od Armaniego i zaczekałem w holu na kobietę imieniem Stephanie.

Stephanie była asystentką wicedyrektora do spraw personalnych, Toma Lundgrena. Starałem się odprężyć, rozluźnić, medytować. W duchu przypomniałem sobie, że nie mogłem marzyć o lepszych okolicznościach. Trion szukał kandydata na stanowisko szefa marketingu nowego produktu. Pracownik odszedł od nich nagle, a mnie idealnie przygotowano do tej posady. Stanowiłem owoc inżynierii genetycznej połączonej z cyfrowym podrasowaniem. W ostatnich tygodniach paru łowców głów poinformowano o smakowitym kąsku, wspaniałym młodym wilku z Wyatta, który aż się prosi, żeby go podkupić. Wieści rozchodziły się nieoficjalnymi kanałami podczas spotkań służbowych. Wkrótce na sekretarce zacząłem znajdować telefony od firm rekrutacyjnych.

W dodatku odrobiłem zadanie domowe, jeśli chodzi o Trion Systems. Dowiedziałem się, że to gigant elektroniki użytkowej, założony na początku lat siedemdziesiątych przez legendarnego Augustine'a Goddarda, nazywanego nie Gus, lecz Jock. Goddard był postacią niemal kultową. Ukończył Cal Tech, służył w marynarce, pracował w Fairchild Semiconductor, a potem u Lockheeda i opracował przełomowy sposób produkcji kineskopów kolorowych. Powszechnie uważano go za geniusza, lecz w odróżnieniu od genialnych tyranów, twórców olbrzymich międzynarodowych korporacji, Goddard nie był dupkiem. Ludzie go lubili, byli wobec niego lojalni. Był kimś w rodzaju odległego, przyjaznego ojca. Rzadkie spotkania z Jockiem Goddardem nazywano „kontaktami", jakby był UFO.

Trion nie produkował już kolorowych kineskopów telewizyjnych, a licencje na kineskop Goddarda sprzedano Sony, Mitsubishi i wszystkim innym Japończykom produkującym amerykańskie telewizory. Później Trion wyspecjalizował się w łączności elektronicznej. Zaczęli od słynnego modemu Goddarda. Teraz produkowali telefony komórkowe i pagery, elementy komputerów, kolorowe drukarki laserowe, osobiste notesy elektroniczne i tym podobne.

W drzwiach holu pojawiła się solidnie zbudowana kobieta o kręconych brązowych włosach.

— Adam?

Mocno uścisnąłem jej dłoń.

— Miło mi panią poznać.

— Jestem Stephanie — oznajmiła. — Asystentka Toma Lundgrena.

Poprowadziła mnie do windy i zawiozła na piąte piętro. Po drodze gawędziliśmy niezobowiązująco. Starałem się sprawiać wrażenie nastawionego entuzjastycznie, ale nie maniaka, a ona wydawała się nieco zdekoncentrowana. Na piątym piętrze ujrzałem typowy labirynt boksów, ciągnących się, jak okiem sięgnąć, wysokich, bezosobowych. Stephanie poprowadziła mnie szlakiem przez ów labirynt. Nie zdołałbym samodzielnie odnaleźć drogi, nawet gdybym sypał za sobą okruszki. Wszystko tu było standardowe i korporacyjne, poza monitorem komputera, który dostrzegłem kątem oka. Za wygaszacz ekranu służyła podobizna Jocka Goddarda. Jego głowa uśmiechała się szeroko i wirowała niczym głowa Lindy Blair w *Egzorcyście*. Gdyby ktoś wyciął taki numer w Wyatcie — z głową Nicka Wyatta — jego przydupasy pewnie połamałyby mu nogi.

W końcu dotarliśmy do sali konferencyjnej. Na drzwiach wisiała tabliczka: STUDEBAKER.

— Studebaker? — mruknąłem.

— Tak, wszystkie sale konferencyjne ochrzczono nazwami klasycznych amerykańskich samochodów. Mustang, thunderbird, corvette, camaro. Jock uwielbia amerykańskie wozy. — Wymówiła jego imię z lekkim naciskiem, niemal w cudzysłowie, jakby chciała podkreślić, że w rzeczywistości nie jest z prezesem po imieniu, ale wszyscy go tak nazywają. — Chciałbyś coś do picia?

Judith Bolton mówiła, że zawsze powinienem odpowiadać twierdząco, bo ludzie lubią robić innym grzeczność, a po spotkaniu może się liczyć zdanie każdego, nawet sekretarki.

— Colę, pepsi, cokolwiek — odparłem. — Dzięki.

Usiadłem po jednej stronie stołu, naprzeciw drzwi. Nie u szczytu. Kilka minut później do środka wmaszerował szybkim i sprężystym krokiem przysadzisty mężczyzna w spodniach khaki i granatowej koszulce polo z logo Trionu. Rozpoznałem go natychmiast z materiałów przygotowanych przez doktor Bolton. Tom Lundgren, wicedyrektor do spraw personalnych. Czterdzieści trzy lata, pięcioro dzieci, zapalony golfista. Tuż za nim dreptała Stephanie, trzymając w rękach puszkę coli i butelkę wody Aquafina.

Lundgren mocno uścisnął mi dłoń.

— Adamie, jestem Tom Lundgren.

— Miło mi pana poznać.

— Cała przyjemność po mojej stronie. Słyszałem o tobie mnóstwo dobrego.

Uśmiechnąłem się i skromnie wzruszyłem ramionami. Lundgren nie miał nawet krawata, a ja wyglądałem jak szef firmy pogrzebowej. Judith Bolton ostrzegała mnie, że tak czasem bywa.

56

Podkreślała jednak, że lepiej przesadnie się wystroić, niż przyjść w zbyt swobodnym stroju. Oznaka szacunku i tak dalej.

Lundgren usiadł obok i odwrócił się w moją stronę. Stephanie wyszła, cicho zamykając za sobą drzwi.

— Założę się, że praca w Wyatcie jest dość absorbująca.

Miał wąskie wargi i uśmiech, który szybko się pojawiał i równie szybko znikał. Poczerwieniała, ogorzała twarz świadczyła o tym, że albo gra za dużo w golfa, albo cierpi na trądzik różowaty. Jego prawa noga nieustannie się kołysała. Lundgren aż kipiał nerwową energią, wyglądał, jakby przedawkował kofeinę. W jego obecności ja także zaczynałem szybciej mówić. Nagle przypomniałem sobie, że to mormon i nie pije kawy. Nie chciałbym go widzieć po paru filiżankach; pewnie wystrzeliłby na orbitę.

— Lubię absorbującą pracę — odparłem.

— Cieszę się, że to słyszę. My także. — Półuśmiech pojawił się i zniknął. — Myślę, że tu, w Trionie, mamy więcej ludzi oddanych pracy niż gdziekolwiek indziej. Wszyscy zaczynają działać szybciej. — Odkręcił nakrętkę i pociągnął łyk wody. — Zawsze powtarzam, że Trion to świetne miejsce pracy... kiedy jesteś na wakacjach. Możesz wtedy odpowiadać na e-maile, telefony, załatwiać mnóstwo spraw. Ale potem musisz zapłacić cenę. Kiedy wracasz, czeka już przepełniona skrzynka, a ciężar roboty przywala cię jak głaz.

Skinąłem głową i uśmiechnąłem się porozumiewawczo. Nawet faceci z marketingu wielkich korporacji lubią rozmawiać jak inżynierowie. Więc się dostosowałem.

— To brzmi znajomo — odparłem. — Człowiek ma tyle obrotów, ile ma, musi wybierać, na co je przeznaczy.

Naśladowałem jego język ciała, niemal go małpowałem, ale jakby tego nie dostrzegał.

— O tak. W tej chwili raczej nie prowadzimy rekrutacji. Kto zresztą prowadzi? Ale jeden z szefów nowych produktów został nagle przeniesiony.

Ponownie skinąłem głową.

— Lucid to dzieło geniuszu. Ocaliło Wyattowi skórę w naprawdę koszmarnym kwartale. To twoje dziecko, prawda?

— Mojego zespołu. Ja nim nie kierowałem.

To mu się spodobało.

— Słyszałem, że odegrałeś ważną rolę.

— Nic mi o tym nie wiadomo. Ciężko pracuję i uwielbiam tę robotę. Po prostu znalazłem się we właściwym miejscu o właściwym czasie.

— Jesteś zbyt skromny.

— Być może.

Uśmiechnąłem się. Chwycił przynętę. Naprawdę złapał się na fałszywą skromność i otwartość.

— Jak tego dokonałeś? W czym tkwi sekret?

Wydmuchnąłem powietrze przez zaciśnięte usta, jakbym wspominał dawny maraton. Pokręciłem głową.

— To nie sekret, tylko praca zespołowa. Zgodna współpraca, motywowanie ludzi.

— Powiesz coś więcej?

— Szczerze mówiąc, zaczęliśmy od pomysłu palmkillera. — Mówiłem o notesie elektronicznym Wyatta, tym, który zepchnął z rynku palmpilota. — Podczas wstępnych sesji orientacyjnych zebraliśmy grupę przekrojową: inżynierów, ludzi z marketingu, wewnętrznego działu projektów, zewnętrznej firmy ID. — ID to zawodowy żargon, projektowanie przemysłowe, industrial design. Recytowałem z pamięci, dokładnie wiedziałem, jak odpowiedzieć. — Przyglądaliśmy się badaniom rynkowym, wyszukiwaliśmy wady produktu Triona, Palma, Handspringa, Blackberry.

— I jaką wadę dostrzegliście u nas?

— Szybkość. Transfer bezprzewodowy macie do kitu, ale pewnie pan o tym wie. — Była to starannie zaplanowana krytyka. Judith zgromadziła dla mnie sporo wypowiedzi Lundgrena z konferencji branżowych, podczas których czynił podobne uwagi. Sam pierwszy bezwzględnie krytykował wszelkie niedociągnięcia własnej firmy. Moja otwartość stanowiła skalkulowane ryzyko. Judith przeanalizowała jego podejście do pracowników i uznała, że nie znosi wazeliny. Woli szczerość.

— Zgadza się — odparł, posyłając mi krótki uśmiech.

— W każdym razie przeszliśmy przez całą serię scenariuszy. Czego naprawdę potrzebuje matka opiekująca się dziećmi, dyrektor firmy, majster na budowie. Dyskutowaliśmy o funkcjonalności, wyglądzie i tak dalej. Swobodnie o tym rozmawialiśmy. Ja sam upierałem się przy eleganckim projekcie połączonym z prostotą.

— Zastanawiam się, czy zbytnia prostota nie zaszkodziła funkcjonalności — wtrącił Lundgren.

— To znaczy?

— Brak karty pamięci flash. To jedyna poważna słabość waszego produktu.

Smakowita przynęta, natychmiast się na nią rzuciłem.

— Zgadzam się, bez dwóch zdań. — Hej, miałem głowę tak nabitą historiami „mojego" sukcesu, że opowieści o pseudoporażkach przychodziły mi tak łatwo, jak historie zwycięskich bitew kombatantom. — Daliśmy ciała. To najważniejsza cecha, jakiej się pozbyliśmy. Była w pierwotnym projekcie, ale nie znalazło się dla niej miejsce, więc usunęliśmy ją w trakcie pracy. — Proszę, przetraw to sobie.

— Zamierzacie coś z tym zrobić przy następnej wersji?

Pokręciłem głową.

— Przykro mi, nie mogę powiedzieć. To tajemnica Wyatt Telecom. Nie chodzi mi tylko o prawo, to kwestia moralności. Dałem słowo i muszę go dotrzymać. Jeśli to problem...

Lundgren obdarzył mnie, jak się wydawało, szczerym uśmiechem uznania. Strzał w dziesiątkę.

— Ależ nie, to żaden problem. Szanuję takie podejście. Ktoś, kto zdradza tajemnice poprzedniego pracodawcy, nam może zrobić to samo.

Natychmiast zauważyłem słowa „poprzedni pracodawca". Lundgren już podjął decyzję i właśnie mi to zdradził.

Wyciągnął pager i szybko zerknął na wyświetlacz. Podczas rozmowy dostał kilka wiadomości. Zdradzały je tylko wibracje.

— Nie będę zabierał ci więcej czasu, Adamie. Chcę, żebyś poznał Norę.

10

Nora Sommers była blondynką około pięćdziesiątki. Miała wielkie oczy dzikiego drapieżnego zwierzęcia. Może to lektura akt opisujących Norę jako bezwzględnego tyrana sprawiła, że wydała mi się niebezpieczna. Była dyrektorką projektu Maestro, skromniejszej wersji telefonu BlackBerry, która stale traciła klientów. Nora słynęła z tego, że lubiła zwoływać narady o siódmej rano. Nikt nie chciał pracować w jej zespole. Właśnie dlatego nie mogli znaleźć odpowiedniego kandydata wewnątrz firmy.

— Pewnie kiepsko ci się pracowało u Nicka Wyatta — zaczęła.

Nie potrzebowałem porad Judith Bolton, by wiedzieć, że nigdy nie wolno narzekać na poprzedniego pracodawcę.

— Prawdę mówiąc — odparłem — jest wymagający, ale to dobrze. To perfekcjonista. Szczerze go podziwiam.

Skinęła głową z mądrą miną i uśmiechnęła się, jakbym wybrał właściwą odpowiedź w teście.

— Nie pozwala spocząć na laurach, co?

Czego oczekiwała? Prawdy o Nicku Wyatcie? Myśli, że przyznam, że to nadęty dupek? Raczej nie, Noro.

— Praca w Wyatcie to jak zdobycie dziesięcioletniego doświadczenia w ciągu jednego roku zamiast rocznego doświadczenia razy dziesięć.

— Ładna odpowiedź — przyznała. — Podoba mi się, kiedy

moi ludzie z marketingu próbują mnie oczarować. To ważny element ich pracy. Jeśli zdołasz oczarować mnie, to z pewnością uda ci się z dziennikarzami z „Wall Street Journal".

Uuu, niebezpieczeństwo. Nie zamierzałem skręcać w tę stronę. Natychmiast dostrzegłem ukrytą pułapkę, więc tylko spojrzałem na nią pustym wzrokiem.

— No cóż — podjęła — wiele o tobie słyszeliśmy. Opowiedz o największej bitwie, jaką stoczyłeś podczas prac nad projektem Lucid.

Powtórzyłem historyjkę, którą przed chwilą sprzedałem To-mowi Lundgrenowi, lecz wyraźnie nie zrobiła na niej wrażenia.

— Nie nazwałabym tego bitwą — zauważyła. — Raczej wymianą.

— Chyba trzeba byłoby tam być — rzekłem. Kiepsko. Po-śpiesznie przeczesałem podłączony do mojej pamięci dysk z anegdotami dotyczącymi prac nad Lucidem. — Mocno się spieraliśmy co do joypada, pięciokierunkowego, z wbudowanym głośnikiem.

— Znam go. Na czym polegał problem?

— Ludzie z naszego ID upierali się, że to podstawowy element produktu. Naprawdę zwracał uwagę. Ale inżynierowie protestowali. Twierdzili, że nie da się tego zrobić, że to za trudne. Koniecznie chcieli oddzielić głośnik od joypada. Dział ID był przekonany, że jeśli je rozdzielimy, cały projekt stanie się nieładny, asymetryczny. Sytuacja była trudna i musiałem rozstrzygnąć sprawę. Jasno przedstawiłem swoje zdanie, twierdziłem, że to przełom. Projekt miał nie tylko być atrakcyjny dla oka, ale też świadczyć o naszych możliwościach technologicznych. Miał pokazać rynkowi, że możemy zrobić coś, czego nie potrafi konkurencja.

Nora przewiercała mnie przenikliwym wzrokiem jak niewinną, bezradną ofiarę.

— Inżynierowie — prychnęła. — Czasami bywają niemożliwi. Zero wyczucia rynku.

Tym razem metalowe szczęki pułapki połyskiwały krwią.

— Prawdę mówiąc, nigdy nie miałem większych kłopotów

z inżynierami — odparłem. — Uważam, że są sercem każdego przedsięwzięcia. Nie sprzeciwiam się im. Raczej staram się ich inspirować. Stanowcze kierowanie projektem, otwarta wymiana myśli to najważniejsze. Dlatego podoba mi się Trion. Tu rządzą inżynierowie. I tak powinno być. Najważniejsze są innowacje.

No dobra, tak naprawdę powtarzałem własnymi słowami wywiad, którego Jock Goddard udzielił kiedyś „Fast Company". Ale uznałem, że radzę sobie nieźle. Inżynierowie z Triona uwielbiali Goddarda, bo był jednym z nich. Uważali firmę za świetne miejsce pracy. Trion znaczną część swoich funduszy poświęcał na badania rozwojowe.

Przez chwilę Nora milczała, jakby odebrało jej mowę. W końcu rzekła:

— Z perspektywy czasu innowacje są najważniejsze.

Jezu, a myślałem, że to ja gadam banały. Ta kobieta władała nimi niczym drugim językiem. Zupełnie jakby poznała je na kursach.

— Bez dwóch zdań — przytaknąłem.

— Powiedz mi, Adamie, jaka jest twoja największa słabość?

Uśmiechnąłem się i skinąłem głową, w duchu odmawiając dziękczynną modlitwę za zdrowie Judith Bolton.

Strzał w dziesiątkę.

Wydawało się to niemal zbyt proste.

11

Wiadomość przekazał mi osobiście Nick Wyatt. Gdy Yvette wpuściła mnie do jego gabinetu, zastałem prezesa na rowerze treningowym w kącie. Miał na sobie przepocony podkoszulek i czerwone szorty gimnastyczne, odsłaniające potężną muskulaturę. Zastanawiałem się przelotnie, czy zażywa sterydy. Ćwicząc, cały czas rzucał polecenia do mikrofonu połączonego z bezprzewodową słuchawką.

Od dnia rozmowy w Trionie upłynął ponad tydzień — tydzień absolutnej ciszy radiowej. Wiedziałem, że poszło mi dobrze, i nie wątpiłem, że otrzymałem rewelacyjne referencje. Ale kto wie? Wszystko mogło się zdarzyć.

Uznałem błędnie, że po rozmowie dostanę urlop ze szkoły KGB. Niestety, szkolenie trwało dalej. Pojawił się też nowy przedmiot — „sekrety rzemiosła" — jak kraść papiery i nie dać się przyłapać, jak kopiować dokumenty i pliki komputerowe, jak przeszukiwać bazy danych Triona, jak nawiązać kontakt, jeśli pojawi się coś, co nie może czekać na zwykłe spotkanie. Meacham i jeszcze jeden weteran firmowej ochrony, który wcześniej dwadzieścia lat służył w FBI, uczyli mnie, jak komunikować się z nimi przez e-mail, wykorzystując fiński anonimizer, serwer przesyłający pocztę i ukrywający prawdziwe dane nadawcy. Jak szyfrować pocztę za pomocą supersilnego, 1024-bitowego klucza, stworzonego wbrew amerykańskiemu prawu gdzieś za granicą.

Uczyli mnie tradycyjnych metod szpiegowskich: znajdowania skrytek, sygnałów, tego, jak ich powiadamiać, że mam dokumenty, które warto przekazać. Uczyli mnie kopiować identyfikatory, wykorzystywane dzisiaj przez większość korporacji, które otwierają drzwi, kiedy machnie się nimi przed czujnikiem. Niektóre z tych rzeczy naprawdę mi się podobały. Zaczynałem się czuć jak prawdziwy szpieg. Przynajmniej przez jakiś czas bardzo mnie to pochłaniało. Nie wiedziałem wtedy jeszcze, co jest grane.

Po kilku dniach oczekiwania na wieści z Triona wpadłem w panikę. Meacham i Wyatt wyraźnie powiedzieli, co mnie czeka, jeśli Trion znajdzie lepszego kandydata.

Nick Wyatt nawet na mnie nie spojrzał.

— Gratulacje — rzekł. — Właśnie odezwał się łowca głów. Wyrok zostaje odroczony.

— Złożyli mi propozycję?

— Sto siedemdziesiąt pięć tysięcy na początek, możliwość wykupu akcji i tak dalej. Zatrudnią cię jako indywidualnego pracownika na poziomie menedżerskim, ale bez podwładnych. Stopień dziesiąty.

Poczułem ulgę, jednocześnie zdumiała mnie zaproponowana suma — jakieś trzy razy więcej, niż zarabiałem do tej pory. Jeśli dodać do tego pensję z Wyatta, wyjdzie dwieście trzydzieści pięć tysięcy. Jezu!

— Pięknie — odparłem. — Co teraz robimy? Negocjujemy?

— Nie będzie żadnych pieprzonych negocjacji. Oprócz ciebie rozmawiali jeszcze z ośmioma facetami. Kto wie, jacy są inni, może to mocni kandydaci, znajomi i tak dalej. Nie ryzykuj, jeszcze nie teraz. Przekrocz próg, pokaż, co potrafisz.

— Co potrafię...

— Pokaż im, jaki jesteś świetny. Już podsyciłeś ich apetyt kilkoma przystawkami. Teraz musisz zwalić ich z nóg. Jeśli nie potrafisz tego dokonać po ukończeniu naszej szkoły wdzięku i ze stałymi podpowiedziami ode mnie i Judith, to jesteś nawet większym pieprzonym frajerem, niż sądziłem.

— Jasne.

Nagle uświadomiłem sobie, że w duchu odtwarzam raz po raz cudowną scenę, w której mówię Wyattowi, żeby się odpieprzył, i wychodzę za drzwi, by pracować w Trionie. Przypomniałem sobie jednak, że Wyatt nie tylko wciąż jest moim szefem, ale też trzyma mnie za jaja.

Wyatt zszedł z roweru zlany potem, chwycił wiszący obok biały ręcznik i osuszył twarz, ręce, pachy. Stał tak blisko mnie, że czułem ostrą woń jego potu, kwaśny oddech.

— A teraz posłuchaj uważnie — rzekł. W jego głosie pobrzmiewała groźna nuta. — Jakieś szesnaście miesięcy temu rada nadzorcza Triona zatwierdziła nadzwyczajny wydatek, niemal pięćset milionów dolarów, przeznaczony na śmierdziela.

— Co takiego?

Wyatt prychnął.

— Śmierdziela, śmierdzącą sprawę, ściśle tajny projekt. To niezwykłe, że rada zatwierdziła tak wielki wydatek, nie dysponując żadnymi informacjami. Zgodzili się na ślepo, opierając się tylko na zapewnieniach prezesa. Goddard założył tę firmę, więc mu ufają. Poza tym zapewnił ich, że technologia, nad którą pracują, stanie się ogromnym przełomem. Naprawdę wielkim, całkowitą zmianą paradygmatu, przeskokiem o lata świetlne, rewolucją od podstaw. Zapewnił ich, że to największe odkrycie od czasu tranzystora i że każdy, kto nie będzie nim dysponował, pozostanie w tyle.

— A co to jest?

— Gdybym wiedział, toby cię tu nie było, idioto! Informatorzy zapewniają mnie, że ta rzecz odmieni cały przemysł telekomunikacyjny, przewróci wszystko do góry nogami. A ja nie zamierzam zostać w tyle. Zrozumiałeś?

Nie zrozumiałem, ale i tak przytaknąłem.

— Zbyt wiele zainwestowałem w tę firmę, żeby pójść w ślady mastodonta i dodo. Twoje zadanie, przyjacielu, jest następujące. Masz dowiedzieć się wszystkiego, co tylko możliwe, na temat śmierdziela. O co w tym chodzi, nad czym pracują. Nawet jeśli przypadkiem konstruują pieprzoną elektroniczną hulajnogę, chcę o tym wiedzieć, nie zamierzam ryzykować. Jasne?

— Jak mam się tego dowiedzieć?

— To twoja sprawa.

Odwrócił się, przeszedł przez olbrzymi gabinet w stronę wyjścia, którego wcześniej nie dostrzegłem. Otworzył drzwi, za którymi ujrzałem lśniącą marmurową łazienkę z prysznicem. Stałem w miejscu, zakłopotany, niepewny, czy mam na niego czekać, czy odejść.

— Zadzwonią do ciebie jeszcze dziś rano — oznajmił Wyatt, nie odwracając głowy. — Udawaj zaskoczonego.

CZĘŚĆ DRUGA

LEGENDA

Legenda: fałszywa tożsamość agenta potwierdzona fałszywymi dokumentami, starannie opracowanymi „wspomnieniami z przeszłości" itp., które pozwolą mu przetrwać nawet dokładne śledztwo.

Słownik terminów szpiegowskich

12

Wykupiłem trzy ogłoszenia w lokalnej gazecie; szukałem opiekunki dla ojca. W ogłoszeniu postawiłem sprawę jasno: każdy będzie mile widziany, a wymagania nie są zbyt wygórowane. Wątpiłem, by pozostał jeszcze ktoś zainteresowany — w przeszłości często czerpałem z tego źródła. Dostałem siedem odpowiedzi. Trzy od ludzi, którzy źle zrozumieli ogłoszenie i sami szukali opiekuna, kolejne trzy od osób mówiących z tak mocnym obcym akcentem, że nie miałem nawet pewności, czy w ogóle mówią po angielsku. Ostatnia pochodziła od mężczyzny o przyjemnym spokojnym głosie, przedstawił się jako Antwoine Leonard.

Nie miałem zbyt wiele wolnego czasu, ale umówiłem się z owym Antwoine'em na kawę. Nie chciałem na razie przedstawiać mu ojca — najpierw zamierzałem go zatrudnić, nim zobaczy na własne oczy, w co się pakuje, by nie mógł tak łatwo się wycofać.

Antwoine okazał się potężnym Murzynem o groźnym wyglądzie, więziennej muskulaturze, z dredami na głowie. Słusznie zgadłem: przy pierwszej okazji poinformował mnie, że właśnie wyszedł z więzienia po odsiedzeniu wyroku za kradzież samochodu. I nie był to jego pierwszy wyrok. Spodobało mi się, że mówi o tym otwarcie i nie próbuje niczego ukrywać. W ramach referencji podał mi nazwisko swojego kuratora. Przyznam szczerze, spodobał mi się. Miał miły głos, zaskakująco uroczy uśmiech, zachowywał się bez zarzutu. Jasne, byłem zdesperowany, ale pomyślałem też, że jeśli ktokolwiek poradzi sobie z moim ojcem, to właśnie on. I od razu go zatrudniłem.

— Posłuchaj, Antwoine — rzekłem, podnosząc się z krzesła. — Co do tego więzienia...

— To problem, prawda? — Spojrzał wprost na mnie.

— Nie, nie o to chodzi. Cieszę się, że byłeś ze mną taki szczery.

Wzruszył ramionami.

— No cóż...

— Myślę po prostu, że nie musisz być równie szczery z moim ojcem.

. . .

Wieczorem przed rozpoczęciem pracy w Trionie położyłem się wcześnie do łóżka. Seth zostawił mi na sekretarce zaproszenie. Wybierał się gdzieś z grupką przyjaciół, bo tego wieczoru nie pracował. Odmówiłem.

Budzik zadzwonił o wpół do szóstej, zupełnie jakby coś było z nim nie tak: to przecież środek nocy. Gdy przypomniałem sobie, co mnie czeka, poczułem gwałtowny przypływ adrenaliny, osobliwe połączenie zgrozy i podniecenia. Rozpoczynałem wielką grę. To było to. Czas ćwiczeń minął.

Wziąłem prysznic, ogoliłem się nowiutką maszynką, powoli, by się nie zaciąć. Po raz pierwszy od niepamiętnych czasów przed snem przygotowałem ubranie. Wybrałem garnitur i krawat. Wyczyściłem buty. Uznałem, że pierwszego dnia powinienem pokazać się w garniturze, nieważne, jeśli będę zbyt wystrojony. W razie potrzeby zdejmę marynarkę i krawat.

Czułem się bardzo dziwnie. Po raz pierwszy w życiu zarabiałem sześciocyfrową sumę, choć nie dostałem jeszcze żadnej wypłaty. A jednak wciąż mieszkałem w tej dziurze. Cóż, wkrótce i to się zmieni.

Gdy wsiadłem do srebrnego audi A6, wciąż pachnącego nowo-

70

ścią, poczułem się nieco pewniej. I aby uczcić mój nowy status, po drodze wpadłem do Starbucksa i zafundowałem sobie dużą potrójną kawę z mlekiem. Prawie cztery dolary za pieprzoną kawę. Ale hej, zarabiałem teraz naprawdę dużo. Podkręciłem dźwięk i słuchałem Rage Against The Machine całą drogę aż do obozu Triona. Gdy dotarłem na miejsce, Zack de la Rocha wrzeszczał akurat: „Kula w łeb!", a ja odpowiadałem: „Nie da się uciec przed masowym praniem mózgu", ubrany w idealny garnitur Zegny, krawat i buty Cole-Haan. Czułem się nakręcony.

Zdumiewające, ale o wpół do ósmej w podziemnym garażu stało już całkiem sporo samochodów. Zaparkowałem na poziomie drugim.

Ambasadorka skrzydła B nie mogła znaleźć mojego nazwiska na żadnej liście gości ani nowych pracowników. Byłem nikim. Poprosiłem, by zadzwoniła do Stephanie, asystentki Toma Lundgrena, lecz Stephanie jeszcze nie przyszła. W końcu dziewczyna dotarła do kogoś w kadrach, kto kazał jej przysłać mnie na drugie piętro skrzydła E. Spory kawałek drogi.

Następne dwie godziny spędziłem w części recepcyjnej działu kadr, wypełniając kolejne formularze: W-4, W-9, rachunek kredytowy, ubezpieczenie, automatyczny przelew na moje konto, wykup akcji, fundusze emerytalne, umowy o tajności... Zrobili mi zdjęcie i wręczyli identyfikator oraz kilka innych doczepionych do niego plastikowych kart. Wciąż powtarzali hasła takie jak: „Trion zmieni twój świat", „Otwarta komunikacja" oraz „Zabawa i oszczędność". Było w tym coś z sowieckiej propagandy, ale w sumie mi nie przeszkadzało.

Pracownik kadr zabrał mnie na krótką wycieczkę po Trionie. Imponujące miejsce. Był tam świetny klub fitness, bankomaty, miejsce, w którym można zostawić pranie, sale rekreacyjne, a w nich darmowe napoje, butelki wody, popcorn, ekspresy do cappuccino.

W pokojach rekreacyjnych na ścianach wisiały wielkie, błyszczące kolorowe plakaty, przedstawiające grupę dobrze zbudowanych mężczyzn i kobiet (Azjatów, Murzynów, białych) pozujących triumfalnie na szczycie planety Ziemi, a pod słowami: „Pij rozsądnie, pij oszczędnie" napisano: „Typowy pracownik Triona spożywa pięć napojów dziennie. Gdyby tylko ograniczył się do czterech zimnych napojów, Trion oszczędziłby 2,4 miliona dolarów rocznie!".

W firmie można było umyć samochód i dokonać przeglądu technicznego, dostać ulgowe bilety na filmy, koncerty i mecze baseballu. Trion miał też program prezentów dla noworodków (jeden prezent na gospodarstwo, na dziecko). Zauważyłem, że winda w skrzydle D nie zatrzymuje się na czwartym piętrze.

— Projekty specjalne — wyjaśniła kadrowa. — Nie mamy tu dostępu.

Starałem się nie zdradzać zainteresowania. Zastanawiałem się, czy tam właśnie kryje się śmierdziel, który tak bardzo interesował Wyatta.

W końcu zjawiła się Stephanie i zabrała mnie na piąte piętro w skrzydle B. Tom rozmawiał przez telefon, ale gestem zaprosił mnie do środka. W całym jego biurze pełno było zdjęć dzieci — jak zauważyłem, pięciu chłopców — indywidualnych i grupowych, a także dziecięcych rysunków. Książki na półce za jego plecami raczej mnie nie zaskoczyły — *Kto zabrał mój ser*, *Po pierwsze: złam wszelkie zasady*, *Jak być dyrektorem*. Tom przebierał nogami jak szalony, jego twarz wydawała się wyszorowana do czysta szorstką gąbką.

— Steph — rzekł — poprosisz tu Norę?

Po kilku minutach gwałtownie odłożył słuchawkę i zerwał się na równe nogi. Uścisnął mi dłoń. Na jego palcu lśniła szeroka błyszcząca obrączka.

— Hej, Adamie, witaj w zespole! Nie masz pojęcia, jak się cieszę, że cię mamy. Usiądź, proszę.

Usiadłem.

— Potrzebujemy cię, przyjacielu, i to bardzo. Jesteśmy zawaleni robotą, mamy potąd wszystkiego. Zajmujemy się dwudziestoma trzema produktami, straciliśmy kilku ważnych pracowników, mamy o wiele za dużo na głowach. Dziewczyna, którą zastąpiłeś, została przeniesiona. Będziesz pracował w zespole Nory, zajmują się odświeżeniem linii Maestro, która, jak wkrótce się przekonasz, przeżywa obecnie spore problemy. Jest wiele spraw niecierpiących zwłoki i... Oto i ona!

Nora Sommers stała w drzwiach z dłonią na klamce, upozowana niczym diwa. Nieśmiało wyciągnęła długą rękę.

— Witaj, Adamie. Cieszę się, że jesteś z nami.

— Ja też się cieszę, że tu jestem.

— Powiem szczerze, to nie była łatwa rekrutacja. Mieliśmy wielu mocnych kandydatów, ale zebraliśmy śmietankę. Przejdziemy do rzeczy?

Jej głos, w którym wibrowały niemal dziewczęce nuty, obniżył się natychmiast, gdy tylko oddaliliśmy się od biura Toma Lundgrena. Zaczęła mówić szybciej, niemal wypluwając kolejne słowa.

— Twój boks jest tutaj — oznajmiła, dźgając w powietrzu palcem wskazującym. — Używamy w firmie telefonów internetowych. Zakładam, że je znasz.

— Jasne.

— Komputer, telefon, wszystko gotowe. Gdybyś potrzebował czegoś jeszcze, zadzwoń do działu obsługi. Ostrzegam, nie siedzimy tu z założonymi rękami. Zostaniesz rzucony od razu na głęboką wodę, ale nie wątpię, że sobie poradzisz. Zasada jest prosta, płyń albo toń. — Spojrzała na mnie, w jej oczach czaiło się wyzwanie.

— Wolę płynąć — odparłem z przebiegłym uśmieszkiem.

— Miło mi to słyszeć — oznajmiła. — Podoba mi się twoje nastawienie.

13

Miałem złe przeczucia co do Nory. Należała do ludzi, którzy bez mrugnięcia okiem nałożyliby mi betonowe buty, wrzucili do bagażnika cadillaca i wepchnęli do rzeki. Płyń albo toń. Tak, jasne.

Zostawiła mnie w nowym boksie, bym skończył czytać materiały orientacyjne i nauczył się kryptonimów wszystkich projektów. Każda firma technologiczna nadaje swoim produktom kryptonimy. W Trionie były to typy kataklizmów — Tornado, Tajfun, Tsunami i tak dalej. Maestro nosił nazwę Wir. Wszystko to było dość mylące — mnóstwo dziwacznych nazw — zwłaszcza że przy okazji próbowałem zorientować się w terenie i przygotować szkic dla Wyatta. Koło południa, gdy zaczynałem czuć się naprawdę głodny, w drzwiach boksu stanął przysadzisty mężczyzna po czterdziestce. Siwiejące czarne włosy związał w kucyk. Nosił staroświecką hawajską koszulę oraz okrągłe okulary w ciężkich czarnych oprawach.

— Ty musisz być najnowszą ofiarą — rzekł. — Świeżym mięsem ciśniętym do klatki z lwami.

— A wszyscy wydawaliście się tacy przyjacielscy — odparłem. — Jestem Adam Cassidy.

— A ja Noah Mordden, zasłużony inżynier w Trionie. To twój pierwszy dzień, nie wiesz, komu ufać, z kim się zaprzyjaźnić, kto chce się z tobą bawić, a kto chce, żebyś runął jak długi. Cóż, odpowiem ci na wszystkie pytania. Masz ochotę na lunch w dotowanej kantynie?

Dziwny facet, ale mnie zaintrygował. Razem ruszyliśmy w stronę windy.

— Więc dali ci robotę, której nie chciał nikt inny?

— Czyżby? — No świetnie.

— Nora próbowała wsadzić na to miejsce kogoś z firmy, ale nikt o odpowiednich kwalifikacjach nie chciał dla niej pracować. Alana, kobieta, która była tu przed tobą, błagała, by uwolnili ją od Nory i przenieśli do innego działu. Krążą plotki, że Maestro jest już skończony. — Ledwie go słyszałem; mamrotał cicho, maszerując w kierunku wind. — Kiedy projekt się nie sprawdza, zwykle szybko ukręcają mu łeb. W tej firmie wystarczy, że złapiesz katar, a już zaczynają brać z ciebie miarę na trumnę.

Skinąłem głową.

— Produkt nie trafia do klienta.

— To zwykły śmieć, już jest skazany. Trion właśnie pracuje nad telefonem komórkowym z dokładnie tym samym systemem przesyłania wiadomości tekstowych, więc po co komu Maestro, lepiej dobić go z litości. A do tego wszystkiego Nora to prawdziwa suka.

— Naprawdę?

— Jeśli sam nie zauważyłeś w ciągu pierwszych dziesięciu sekund, nie jesteś taki bystry, jak mówią. Ale nie popełnij tego błędu, by jej nie doceniać. Ma czarny pas w polityce korporacyjnej, a do tego swoich fagasów. Strzeż się.

— Dzięki.

— Goddard uwielbia stare amerykańskie samochody, więc Nora także je kocha. Ma parę odnowionych starych wozów, ale nigdy nie widziałem, żeby którymś jeździła. Pewno chodzi jej o to, by Jock Goddard dostrzegł, że są z tej samej gliny. Spryciara.

W windzie tłoczyli się inni pracownicy, którzy zjeżdżali na drugie piętro do stołówki. Wielu miało na sobie golfy albo koszulki polo z logo Triona. Winda zatrzymywała się na każdym piętrze. Ktoś za moimi plecami zażartował:

— Cała stołówka nasza.

Przypuszczam, że każdego dnia gdzieś na świecie w jakiejś wielkiej firmie ktoś rzuca podobnym tekstem.

Stołówka — czy też pracownicza kantyna, jak nazywano ją oficjalnie — była olbrzymia. Tłoczyły się w niej setki, może tysiące pracowników Triona. Przypominała restaurację samoobsługową w bajeranckim centrum handlowym, był tam bar z sushi, obsługiwany przez dwóch kucharzy, stanowisko z pizzą — własne dodatki do wyboru — bar teksański, chińskie żarcie, steki i hamburgery, olbrzymi bar sałatkowy, a nawet osobne dania dla wegetarian i wegan.

— Jezu — mruknąłem.

— Daj ludowi chleb i igrzyska — oznajmił Noah. — Odpust. Dobrze odkarmieni chłopi nie zauważą, że są w niewoli.

— Chyba tak.

— Zadowolone krowy dają więcej mleka.

— Skoro to działa. — Rozejrzałem się wokół. — To tyle, jeśli chodzi o oszczędność, co?

— Przyjrzyj się automatom w pokojach rekreacyjnych: dwadzieścia pięć centów za kurczaka satay, dolar za batonika. Napoje z kofeiną są za darmo. W zeszłym roku dyrektor finansowy, Paul Camilletti, próbował skasować cotygodniowe spotkania piwne, ale kierownicy zaczęli wydawać na piwo własne kieszonkowe, a ktoś puścił w obieg e-mail o opłacalności imprez integracyjnych. Piwo kosztuje rocznie X dolarów, zatrudnienie i wyszkolenie nowych pracowników Y, a biorąc pod uwagę pozytywny wpływ na morale i koszt utrzymania pracowników w firmie, zwrot inwestycji i tak dalej, i tak dalej... Chwytasz? Camilletti, którego interesują wyłącznie liczby, ustąpił. Mimo wszystko nadal twardo trzyma się polityki oszczędnościowej.

— Tak samo jest w Wyatcie — zauważyłem.

— Nawet kiedy wysyłają nas do Europy, musimy latać klasą ekonomiczną. Sam Camilletti, podróżując po Stanach, zatrzymuje się w tanich motelach. Trion nie ma dyrektorskiego odrzutowca.

Jasne, żona Jocka Goddarda kupiła mu taki na urodziny, więc nie musimy go żałować.

Kupiłem hamburgera i dietetyczną colę, on dziwną azjatycką potrawę. Wszystko było śmiesznie tanie. Rozejrzeliśmy się po sali, balansując z tacami, lecz Mordden nie dostrzegł nikogo, z kim chciałby usiąść, więc wybraliśmy wolny stolik. Czułem się jak w pierwszym dniu szkoły, gdy jeszcze nikogo nie znasz. Przypomniał mi się początek nauki u Bartholomew Browninga.

— Ale Goddard nie zatrzymuje się chyba w motelach?

— Wątpię. Mimo wszystko nie obnosi się z pieniędzmi. Nie jeździ limuzyną, tylko własnym samochodem, choć przyznam, ma ich jakiś tuzin, same odrestaurowane antyki. Cała dyrektorska góra dostaje od niego po luksusowym samochodzie i wszyscy zarabiają kupę forsy, naprawdę nieprzyzwoicie dużo. Goddard to mądry gość. Wie, że aby zatrzymać utalentowanych ludzi, trzeba im płacić.

— A wy, zasłużeni inżynierowie?

— Och, ja też zarabiam tu nieprzyzwoicie dużo forsy. Teoretycznie mógłbym powiedzieć wszystkim, żeby się pieprzyli, i wciąż miałbym fundusze powiernicze dla moich dzieci. Oczywiście, gdybym miał dzieci.

— Ale nadal pracujesz.

Westchnął.

— Kiedy kilka lat po rozpoczęciu pracy trafiłem na żyłę złota, odszedłem i pożeglowałem dookoła świata. Miałem ze sobą tylko ubrania i parę ciężkich walizek z kanonem międzynarodowym.

— Kanonem międzynarodowym?

Uśmiechnął się.

— Największymi dziełami światowej literatury.

— Na przykład Louisem L'Amourem?

— Raczej Herodotem, Tukidydesem, Sofoklesem, Szekspirem, Cervantesem, Montaigne'em, Kafką, Freudem, Dantem, Miltonem, Burkiem...

— Te zajęcia w college'u przespałem — odparłem szybko.

Uśmiechnął się ponownie. Najwyraźniej uważał mnie za kretyna.

— Tak czy inaczej — podjął — gdy wszystko już przeczytałem, uświadomiłem sobie, że jestem absolutnie niezdolny do tego, by nie pracować. Więc wróciłem do Triona. Czytałeś Étienne'a de La Boétie? *Rozprawę o dobrowolnej niewoli?*

— Czy to będzie na egzaminie?

— Jedyną władzę, jaką dysponuje tyran, dają mu same ofiary.

— Ma też moc rozdawania darmowej coli — dodałem, wznosząc toast puszką. — Więc jesteś inżynierem.

Noah uśmiechnął się uprzejmie. Jego uśmiech bardziej przypominał grymas.

— I to nie zwyczajnym inżynierem, ale, jak mówiłem, zasłużonym. Innymi słowy, mam niski numer w firmie i mogę robić, co tylko mi się podoba. Jeśli zechcę uprzykrzać życie Norze Sommers, proszę bardzo. A teraz przyjrzyjmy się obsadzie ról w marketingu. Toksyczną Norę już poznałeś. I Toma Lundgrena, twojego wspaniałego szefa. To porządny facet. Jego życie to kościół, rodzina i gra w golfa. Jest też Phil Bohjalian, stary jak Matuzalem i w tym samym stopniu zaawansowany technologicznie. Zaczynał pracę w Lockheed Martin, gdy nazywano ją jeszcze inaczej, a komputery były wielkie jak domy i używano do nich kart perforowanych. Jego dni są policzone. A także... Proszę, proszę, oto i Elvis we własnej osobie zstąpił między nas, maluczkich!

Odwróciłem się i podążyłem za jego wzrokiem. Obok baru sałatkowego stał siwowłosy przygarbiony mężczyzna o pomarszczonej twarzy, krzaczastych siwych brwiach, wielkich uszach i łobuzerskim wyrazie twarzy. Miał na sobie czarny golf. Wyczułem nagłą zmianę, jaka zaszła w sali, przypływ rozchodzącej się wokół niego falami energii. Ludzie obracali się, szeptali, starając się nie okazywać po sobie podniecenia.

Oto Augustine Goddard, założyciel i prezes Triona we własnej osobie.

Wyglądał starzej niż na zdjęciach. Obok niego stał znacznie młodszy i wyższy mężczyzna; coś do niego mówił. Był koło czterdziestki, szczupły, wysportowany. Miał czarne włosy prze-

tykane nitkami siwizny. Wyglądał na Włocha, był przystojnia-
kiem. Typowym starzejącym się bohaterem kina akcji, tyle że
jego policzki pokrywały głębokie blizny po trądziku. Poza tym
przypominał mi młodego Ala Pacino w *Ojcu chrzestnym*. Ubrany
był w świetny grafitowy garnitur.

— To jest Camilletti? — spytałem.

— Rzeźnik Camilletti — odparł Mordden, grzebiąc pałeczkami w swoim daniu. — Nasz dyrektor finansowy. Car oszczędności. Spędzają ze sobą mnóstwo czasu. — Mówiąc, przeżuwał
ryż. — Widzisz jego twarz, blizny po *acne vulgaris*? Wieść
niesie, że w alfabecie Braille'a oznaczają „Żryj gówno i zdychaj".
Sam Goddard uważa Camillettiego za drugie wcielenie Chrystusa,
człowieka, który zminimalizuje koszty, zwiększy zyski i sprawi,
że cena akcji Triona znów wystrzeli w stratosferę. Niektórzy
mówią, że Camilletti to *id* Jocka Goddarda, zły Jock, jego Jagon,
diabeł na jego ramieniu. Ja twierdzę, że to zły gliniarz, który
pozwala Jockowi być tym dobrym.

Skończyłem hamburgera. Prezes i jego dyrektor finansowy
stali w kolejce. Zauważyłem, że zapłacili za sałatki. Czy nie
mogli po prostu odejść bez płacenia albo wziąć, co zechcą, bez
stania w kolejce?

— To bardzo typowe dla Camillettiego: lunch w pracowniczej
stołówce — mówił Mordden. — W ten sposób demonstruje
masom, jak bardzo zależy mu na ograniczaniu kosztów. Więcej
niż ograniczaniu. Minimalizacji. W Trionie nie znajdziesz osobnej
stołówki dla dyrekcji ani dyrektorskiego szefa kuchni. Nikt nie
zamawia tu lunchu z zewnątrz, o nie. Wszyscy dzielą się chlebem
z pospólstwem. — Pociągnął łyk dr. peppera. — Gdzie się
zatrzymaliśmy podczas przeglądu obsady? A tak, jest jeszcze
Chad Pierson, złoty chłopiec Nory, jej protegowany, cudowne
dziecko i osobisty wazeliniarz. MBA w Tuck School of Business,
od razu po skończeniu kiepskiego uniwersytetu zatrudnił się
w marketingu w Trionie. Niedawno przeszedł parę kursów i bez
wątpienia uzna cię za zagrożenie, które trzeba wyeliminować.
Następna jest Audrey Bethune, jedyna czarna kobieta w...

Nagle Noah umilkł i wepchnął do ust kolejną porcję jedzenia. Ujrzałem przystojnego jasnowłosego faceta mniej więcej w moim wieku, sunącego w naszą stronę niczym rekin tnący wody oceanu. Miał na sobie niebieską koszulę, bardzo japiszońską, niczym sportowiec. Wyglądał jak jeden z tych jasnych blondynów, których ogląda się na reklamowych rozkładówkach, gdy wraz z innymi członkami rasy panów zabawiają się przy koktajlach na trawnikach patrycjuszowskich rezydencji.

Noah Mordden pośpiesznie opróżnił puszkę i wstał. Przód jego hawajskiej koszuli pokrywały brązowe plamy po jedzeniu.

— Przepraszam — rzekł niezręcznie — mam spotkanie. — Pozostawił talerz na stole i umknął w chwili, gdy blondyn dotarł do nas i wyciągnął rękę.

— Hej, chłopcze, jak ci leci? — spytał. — Jestem Chad Pierson.

Już miałem uścisnąć mu dłoń, kiedy wykonał szybki gest, jedno z tych hiphopowych powitań prawdziwych luzaków. Miał wymanikiurowane paznokcie.

— Chłopie — powiedział — strasznie dużo o tobie słyszałem!

— Same bzdury — odparłem. — No wiesz, to w końcu marketing.

Zaśmiał się porozumiewawczo.

— Ty podobno jesteś gość. Będę się ciebie trzymał, może poznam parę sztuczek.

— Przyda mi się każda pomoc. Słyszałem, że tu albo płyniesz, albo toniesz. A to chyba głęboki koniec basenu.

— Więc ten jajogłowy Mordden nagadał ci już swoich cynicznych bzdur.

Uśmiechnąłem się neutralnie.

— Podzielił się opiniami.

— Pewnie samymi negatywnymi. Uważa, że odgrywa rolę w wielkiej operze mydlanej, w czymś w stylu Machiavellego. Może on odgrywa, ale nie przejmowałbym się tym, co gada.

Zrozumiałem, że popełniłem klasyczny błąd. Pierwszego dnia szkoły usiadłem w jednej ławce z Niepopularnym Dzieciakiem.

Ale paradoksalnie sprawiło to tylko, że zapragnąłem bronić Morddena.

— Polubiłem go — rzekłem.

— To inżynier, oni wszyscy są dziwaczni. Grasz w kosza?

— Jasne.

— W każdy wtorek i czwartek w porze lunchu w sali gimnastycznej gramy krótki mecz. Musisz z nami zagrać. No i może kiedyś wyskoczylibyśmy we dwóch na drinka, obejrzeli mecz, co tam lubisz.

— Świetny pomysł — powiedziałem.

— Ktoś ci już mówił o firmowych piwopojach?

— Jeszcze nie.

— To chyba nie w guście Morddena. W każdym razie zabawa jest świetna. — Był strasznie nakręcony. Kołysał całym ciałem z boku na bok niczym koszykarz usiłujący przebić się przez obronę przeciwnika. — To co, stary, będziesz na naradzie o drugiej?

— Nie mogę jej przegapić.

— Super. Fajnie, że z nami jesteś, stary. Razem nieźle tam namieszamy. — Uśmiechnął się szeroko.

14

Chad Pierson stał przy białej tablicy, wypisując na niej czerwonym i niebieskim flamastrem plan spotkania. Był pierwszą osobą, jaką spotkałem, gdy wszedłem do Corvette — typowej sali konferencyjnej, podobnej do wszystkich innych, jakie zdarzyło mi się oglądać: z wielkim stołem (tyle że zamiast klasycznego orzechowego stał tu nowoczesny czarny), telefonem z zestawem głośnomówiącym ustawionym pośrodku blatu niczym czarny geometryczny pająk, koszem z owocami, pojemnikiem z lodem pełnym puszek i kartonów z sokami.

Siadłem przy dłuższym boku stołu. Chad mrugnął do mnie porozumiewawczo. Oprócz nas w sali było już parę innych osób. U szczytu stołu siedziała Nora Sommers. Na jej szyi na łańcuszku dyndały czarne okulary do czytania. Przeglądała jakąś teczkę, od czasu do czasu mamrocząc coś do Chada, swojego skryby. Udawała, że mnie nie zauważa. Obok mnie siedział szpakowaty mężczyzna w średnim wieku, ubrany w niebieską koszulkę polo z logo Triona. Stukał palcami w klawisze Maestra, pewnie pisał e-mail. Był chudy, lecz ze sporym brzuszkiem. Z krótkich rękawów koszuli wystawały wychudzone ręce i kościste łokcie. Głowę zwieńczała łysina, otoczona wianuszkiem siwiejących włosów. Miał też zdumiewająco długie szpakowate bokobrody i wielkie czerwone uszy. Nosił okulary dwuogniskowe. Gdyby miał na sobie inną koszulę, prawdopodobnie w kieszeni nosiły etui na długopisy. Wyglądał jak typowy inżynier w starym stylu, z czasów kalkulatorów Hewletta-Packarda. Zęby miał małe i brązowe, jakby żuł tytoń.

To musiał być Phil Bohjalian, stary pierdoła, choć z opisu Morddena wynikało, że raczej pisze piórem na pergaminie, a może wręcz papirusie. Cały czas zerkał na mnie nerwowo. Noah Mordden wszedł cicho do sali, nie pozdrawiając mnie ani nikogo innego. Usiadł przy drugim końcu stołu i otworzył notebook. Powoli pojawiali się kolejni ludzie, roześmiani i rozgadani. W sumie było ich z tuzin. Chad skończył pisać i położył swoje rzeczy na pustym miejscu obok mojego. Klepnął mnie po ramieniu.

— Dobrze, że z nami jesteś — rzekł.

Nora Sommers odchrząknęła, wstała i podeszła do tablicy.

— Może już zaczniemy? Najpierw tym z was, którzy nie mieli jeszcze okazji go poznać, przedstawiam najnowszego członka naszego zespołu. Powitajcie Adama Cassidy'ego.

Pomachała w moją stronę czerwonymi paznokciami. Wszystkie głowy odwróciły się ku mnie. Uśmiechnąłem się skromnie i skłoniłem lekko.

— Mieliśmy sporo szczęścia. Udało nam się wykraść Adama z Wyatta, gdzie zajmował się Lucidem. Mamy nadzieję, że jego magia podziała też przy Maestrze. — Uśmiechnęła się błogo.

Chad powiódł wzrokiem po twarzach zebranych, zupełnie jakby dzielił się z nimi ogromnym sekretem.

— Ten koleś to geniusz. Rozmawiałem z nim. Wszystko, co o nim słyszeliście, to prawda. — Odwrócił się do mnie, otwierając szeroko niewinne błękitne oczy, i uścisnął moją dłoń.

— Jak wszyscy wiemy — podjęła Nora — i to aż za dobrze, Maestro ma poważne kłopoty. Sprawa stoi na ostrzu noża, a kaci już się szykują. Nie muszę chyba wymieniać nazwisk. — Odpowiedziały jej ciche śmiechy. — Wisi nad nami ostateczny termin, prezentacja dla samego pana Goddarda, która musi go przekonać, by utrzymał linię Maestro. To coś ważniejszego niż zwykłe spotkanie zespołu, kolejna konferencja. To sprawa życia i śmierci. Nasi wrogowie chcą nas posadzić na krześle elektrycznym. My błagamy o odroczenie egzekucji. Czy to jasne? Spojrzała na nas groźnie i dostrzegła posłuszne skinienia. Potem odwróciła się i fioletowym markerem nieco zbyt gwałtownie skreśliła pierwszy punkt programu. Obracając się ponownie, wręczyła Chadowi plik spiętych zszywaczem papierów. Zaczął je rozdawać na prawo i lewo. Wyglądały jak specyfikacje, opisy produktu albo protokoły. Lecz nazwa, zapewne umieszczona na pierwszej kartce, została zamazana.

— A teraz — oznajmiła — chciałabym przeprowadzić ćwiczenie. Możemy je nazwać demonstracją. Niektórzy z was być może rozpoznają ten produkt. Jeśli tak, zachowajcie tę informację dla siebie. Podczas pracy nad odświeżeniem Maestra chcę, abyśmy wszyscy myśleli niekonwencjonalnie. Teraz poproszę naszą najnowszą gwiazdę o przejrzenie tych materiałów i podzielenie się z nami swoją opinią.

Patrzyła wprost na mnie.

Dotknąłem piersi i spytałem niemądrze:

— Ja?

Uśmiechnęła się.

— Ty.

— Moją... opinią?

— Zgadza się. Tak albo nie. Zielone czy czerwone światło. Adamie, decydujesz o losach produktu. Powiedz nam, co o nim myślisz.

Żołądek ścisnął mi się gwałtownie, serce załomotało w piersi. Próbowałem opanować oddech, czułem jednak, że się rumienię.

Zacząłem pośpiesznie przeglądać papiery. Jeden wielki bełkot. Nie miałem pojęcia, o co chodzi. W ciszy słyszałem nerwowe odgłosy — Norę pstrykającą zakrętką flamastra Expo. Raz-dwa, raz-dwa. Ktoś bawił się plastikową słomką z soku jabłkowego, wsuwając ją i wyciągając z cichym szumem.

Powoli, z mądrą miną, skinąłem głową, przeglądając papiery. Starałem się nie wyglądać niczym łania schwytana w światło reflektorów, choć tak właśnie się czułem. Przed sobą miałem chińszczyznę, analizy segmentu rynku, wstępną ocenę szans rynkowych. O rany. W głowie słyszałem denerwującą melodię z teleturnieju *Vabanque.*

Klik, klik, pisk, pisk.

— I co, Adamie? Tak czy nie?

Przytaknąłem ponownie, starając się przybrać jednocześnie rozbawioną i zafascynowaną minę.

— Podoba mi się — oznajmiłem. — Sprytna rzecz.

— Hm — odparła Nora. Zawtórowały jej ciche śmiechy, coś się działo. Domyśliłem się, że wybrałem złą odpowiedź, ale przecież nie mogłem jej już zmienić.

— Posłuchaj, na podstawie samych specyfikacji produktu trudno jest stwierdzić, czy...

— W tym momencie dysponujemy tylko nimi — przerwała mi. — Zgadza się? Tak czy nie?

Postanowiłem brnąć naprzód.

— Zawsze byłem zwolennikiem śmiałych posunięć. To, co przeczytałem, zaciekawiło mnie. Podoba mi się ogólny projekt, funkcja rozpoznawania pisma ręcznego. Opierając się na tych materiałach i szansach rynkowych, kontynuowałbym pracę, przynajmniej do następnego spotkania.

— Aha — odparła Nora. Kącik jej ust uniósł się w złośliwym uśmiechu. — I pomyśleć, że nasi przyjaciele w Cupertino nie potrzebowali nawet mądrości Adama, by dać zielone światło tej katastrofie. Adamie, to specyfikacje Apple Newtona, jednej z największych klap Cupertino. Na sam projekt wydali ponad pięćset milionów dolarów. A potem, gdy wszedł do sprzedaży, tracili sześćdziesiąt milionów rocznie. — Kolejne śmiechy. — Niewątpliwie jednak dostarczył inspiracji do żartów autorom komiksów i Jayowi Leno.

Ludzie odwracali ode mnie wzrok. Chad z poważną miną przygryzał wnętrze policzka, Mordden zdawał się przebywać w zupełnie innym świecie. Miałem ochotę zedrzeć pazurami uśmiech z gęby Nory Sommers. Robiłem jednak dobrą minę do złej gry.

Nora rozejrzała się wokół z uniesionymi brwiami, mierząc wzrokiem wszystkich uczestników narady.

— Niech to będzie dla was nauczka. Zawsze trzeba zejść głębiej, poza szum marketingowy. Zajrzeć pod maskę. Wierzcie mi, gdy za dwa tygodnie przedstawimy nasze argumenty Jockowi Goddardowi, on zdecydowanie zajrzy pod maskę. Miejmy to na uwadze.

Odpowiedziały jej uprzejme uśmiechy. Wszyscy wiedzieli, że Goddard ma świra na punkcie samochodów.

— W porządku — powiedziała. — Myślę, że się zrozumieliśmy. Idziemy dalej.

Tak, pomyślałem, idziemy dalej. Witaj w Trionie. Dobrze się zrozumieliśmy. Poczułem nagłą pustkę w żołądku.

W co ja się, do diabła, wpakowałem?

15

Spotkanie pomiędzy moim ojcem i Antwoine'em Leonardem nie poszło gładko. Szczerze mówiąc, była to absolutna katastrofa. Ujmijmy to tak: Antwoine spotkał się ze znaczącym oporem, nie pojawił się nawet ślad porozumienia, za to wystąpił kompletny brak kompatybilności.

Tuż po pierwszym dniu pracy w Trionie zjawiłem się w mieszkaniu ojca. Zaparkowałem audi nieco dalej, bo wiedziałem, że kiedy tato nie ogląda telewizji na trzydziestocalowym ekranie, zawsze wygląda przez okno, i nie chciałem, by zaczął suszyć mi głowę i wypytywać o nowy samochód. Nawet gdybym wyjaśnił, że dostałem dużą podwyżkę, znalazłby sposób, by uprzykrzyć mi życie.

Gdy się zjawiłem, Maureen ciągnęła właśnie do taksówki wielką, czarną nylonową walizkę. Minę miała wściekłą. Ubrana była w „elegancki strój": zjadliwie zielony żakiet i spodnie, ozdobione szaloną obfitością tropikalnych kwiatów i owoców, oraz idealnie białe adidasy. Zdołałem ją przechwycić w chwili, gdy zaczynała wrzeszczeć na kierowcę, by umieścił walizkę w bagażniku, i wręczyłem jej ostatni czek (ze sporą premią za wszystko, co musiała znosić). Podziękowałem jej też wylewnie za lojalną pracę, a nawet próbowałem uroczyście ucałować w policzek. Odwróciła jednak głowę. Potem trzasnęła drzwiami i taksówka odjechała.

Biedaczka. Nigdy jej nie lubiłem, ale współczułem jej z powodu tortur, jakim poddał ją mój ojciec.

Gdy wszedłem do domu, tato oglądał Dana Rathera — czy raczej na niego wrzeszczał. Nie znosił szczerze i jednakowo wszystkich dziennikarzy z sieci telewizyjnych, a co dopiero „frajerów" z kablówki. Lubił tylko jeden typ programów — te, w których wygadani prawicowi gospodarze podpuszczają gości i próbują doprowadzić ich do furii. To był obecnie ulubiony sport mojego ojca.

Ubrany był w biały podkoszulek bez rękawów, jaki czasami nazywa się mundurem damskiego boksera. Zawsze czuję lęk na widok tych podkoszulków, mam z nimi złe skojarzenia — za każdym razem, gdy w dzieciństwie ojciec wymierzał mi karę, miał na sobie coś takiego. Wciąż pamiętam jasno i wyraźnie dzień, gdy jako ośmiolatek przypadkiem rozlałem napój Kool-Aid na jego fotel i ojciec zlał mnie pasem. Stał wtedy nade mną w poplamionym podkoszulku, z czerwoną i spoconą twarzą, wrzeszcząc: „Widzisz, do czego mnie doprowadziłeś?".

Nie jest to jedno z moich ulubionych wspomnień.

— Kiedy zjawi się ten nowy facet? — spytał. — Już się spóźnia.

— Jeszcze nie.

Maureen nie zgodziła się zostać nawet minuty dłużej, więc niestety nie pokaże mu wszystkiego.

— Czemuś się tak wystroił? Wyglądasz jak przedsiębiorca pogrzebowy. Nieswojo się czuję.

— Mówiłem, zacząłem dziś nową pracę.

Z powrotem odwrócił się do Rathera, z niesmakiem kręcąc głową.

— Wylali cię, prawda?

— Z Wyatta? Nie, sam odszedłem.

— Próbowałeś się obijać, pracować na odwal się, jak zawsze, i cię wywalili. Wiem, jak to działa. Z daleka wyczują frajera. — Kilka razy odetchnął ciężko. — Matka zawsze cię rozpuszczała. Tak jak w hokeju. Gdybyś się postarał, mógłbyś zostać zawodowcem.

— Nie byłem aż tak dobry, tato.

— Teraz łatwo ci to mówić. To tylko słowa. Tu naprawdę spieprzyłem sprawę. Wysłałem cię do drogiego college'u, żebyś mógł marnować czas na zabawach z koleżkami z dobrych rodzin. — Tylko częściowo mówił prawdę; podczas studiów pracowałem, by opłacać college. Ale niech sobie pamięta to, co chce.

Odwrócił się i spojrzał na mnie przekrwionymi oczami.

— Gdzie są teraz wszyscy twoi kolesie, co?

— Świetnie sobie radzę, tato — odparłem.

Już miał zacząć jedną ze swoich tyrad, gdy na szczęście zadźwięczał dzwonek. Niemal biegiem ruszyłem, by otworzyć.

Antwoine zjawił się dokładnie o czasie. Był ubrany w błękitny strój szpitalny, w którym wyglądał jak salowy albo pielęgniarz. Zastanawiałem się, skąd go wziął. O ile wiedziałem, nigdy nie pracował w szpitalu.

— Kto to? — krzyknął ochryple tato.

— To Antwoine — odparłem.

— Antwoine? Co to, do diabła, za imię? Zatrudniłeś jakiegoś francuskiego pedała? — Ojciec jednak zdążył się już odwrócić. Na widok stojącego w drzwiach Antwoine'a jego twarz posiniała. Zmrużył oczy, ze zgrozą otwierając usta. — Jezu Chryste — rzekł, dysząc ciężko.

— Co słychać? — Antwoine niemal zmiażdżył mi dłoń w uścisku. — To zapewne słynny Francis Cassidy — powiedział, podchodząc do fotela. — Jestem Antwoine Leonard, miło mi pana poznać. — Przemawiał głębokim, dźwięcznym barytonem.

Ojciec nadal gapił się na niego bez słowa, ciężko dysząc. W końcu rzekł:

— Adamie, chcę z tobą porozmawiać, w tej chwili.

— Jasne, tato.

— Powiedz Antwoine'owi... czy jak mu tam... żeby się stąd wynosił. Musimy porozmawiać w cztery oczy.

Antwoine spojrzał na mnie zaskoczony, zastanawiając się, co ma zrobić.

— Może zaniesiesz rzeczy do pokoju? — zaproponowałem. — Drugie drzwi po prawej. Możesz już się rozpakować.

Zabrał ze sobą dwie nylonowe torby. Tato nie zaczekał nawet, aż wyjdzie z pokoju.

— Po pierwsze — rzekł — nie życzę sobie, by opiekował się mną mężczyzna, zrozumiałeś? Znajdź mi kobietę. Po drugie, nie chcę tu czarnego, nie można im ufać. Co ci przyszło do głowy? Zamierzałeś zostawić mnie samego z tym facetem? Spójrz tylko na niego! Tatuaże, warkoczyki. Nie życzę sobie tego w moim domu. Czy proszę o tak wiele? — Oddychał jeszcze głośniej niż zwykle.

Starałem się mówić cicho, byłem jednak zirytowany.

— Po pierwsze, tato, nie mamy wyboru, bo agencje nie chcą nawet z nami rozmawiać. Pamiętasz, zbyt wiele osób odeszło przez ciebie. Po drugie, ja nie mogę z tobą zostać, bo mam pracę. A po trzecie, nie dałeś mu nawet szansy.

Antwoine wyszedł na korytarz i podszedł do nas. Stanął niepokojąco blisko ojca i odezwał się cicho, łagodnie:

— Panie Cassidy, jak pan chce, żebym odszedł, to odejdę. Do diabła, mogę odejść już zaraz, to nie problem. Nie siedzę tam, gdzie mnie nie chcą. Aż tak bardzo nie potrzebuję pracy. Wystarczy, żeby mój kurator wiedział, że poważnie się o nią staram. I tyle.

Tato wpatrywał się w telewizor, w którym szła właśnie reklama pieluch dla dorosłych. Pod jego lewym okiem pulsowała żyłka. Widywałem już tę minę, gdy kogoś opieprzał; była naprawdę przerażająca. Dawniej, w szkole, zmuszał graczy z drużyny, by biegali, póki się nie porzygają, a jeśli któryś odmówił, ojciec robił tę minę. Ale w moim wypadku stosował ją tak często, że kompletnie straciła swoją moc. Teraz odwrócił się i wycelował minę w Antwoine'a. Mógł sobie darować — tamten z pewnością widywał w więzieniu znacznie gorsze rzeczy.

— Powiedziałeś: „kurator"?

— Dobrze pan słyszał.

— Jesteś pieprzonym wyrokowcem?

— Byłem więźniem.

— Co ty, do diabła, sobie myślisz? — Ojciec spojrzał na mnie groźnie. — Chcesz mnie zabić, nim załatwi to choroba? Spójrz tylko, ledwie się ruszam, a ty chcesz zostawić mnie samego w domu z pieprzonym przestępcą?

Antwoine przyjął jego słowa zupełnie spokojnie.

— Już teraz widzę, że nie ma tu nic, co warto ukraść, nawet gdybym chciał — oznajmił obojętnie. — Niech mnie pan nie obraża. Gdybym chciał wyciąć numer, na pewno nie zatrudniałbym się tutaj.

— Słyszałeś to? — prychnął wściekle ojciec. — Słyszałeś?

— Poza tym, jeśli mam zostać, musimy ustalić parę rzeczy, pan i ja. — Antwoine pociągnął nosem. — Czuję dym. Musi pan skończyć z tym gównem, i to już. Przez to gówno pan zachorował. — Wyciągnął potężną rękę i postukał w poręcz fotela. Jej fragment uniósł się, odsłaniając skrytkę, o której istnieniu nie miałem pojęcia. Ze środka wyskoczyła czerwono-biała paczka marlboro. — Tak myślałem. Mój tato też je tu trzymał.

— Hej! — wrzasnął ojciec. — Niewiarygodne!

— I zacznie pan ćwiczyć. Mięśnie panu zanikają. Problem tkwi nie w płucach, ale w mięśniach.

— Chyba cię popieprzyło! — wrzasnął ojciec.

— Przy chorobach układu oddechowego trzeba ćwiczyć. Z płucami nic nie da się zrobić, już po nich. Ale nad mięśniami możemy popracować. Zaczniemy od ćwiczeń nóg w fotelu. Kiedy mięśnie się obudzą, przejdziemy się minutę.

— Powiedz temu wielkiemu wytatuowanemu czarnuchowi — ojciec z trudem chwytał powietrze — żeby zabierał swoje rzeczy i wyniósł się z mojego domu!

Niemal straciłem nad sobą panowanie. To był naprawdę parszywy dzień, czułem się kiepsko i od miesięcy ze wszystkich sił starałem się znaleźć kogoś, kto wytrzymałby ze staruszkiem. Zastępowałem kolejne opiekunki, długą paradę opiekunek. Co za strata czasu. A on, ot tak, odprawiał ostatniego kandydata, może nie idealnego, jasne, ale jedynego, jakiego mieliśmy. Chciałem się na nim wyżyć, wyrzucić to z siebie, ale nie mogłem. Nie mogłem wrzeszczeć na mojego ojca, żałosnego umierającego starca w ostatnim stadium rozedmy. Toteż zdusiłem wściekłość, czując, że zaraz eksploduję.

Nim zdążyłem cokolwiek powiedzieć, Antwoine odwrócił się do mnie.

— O ile mi wiadomo, to pana syn mnie zatrudnił, więc tylko on może mnie zwolnić.

Pokręciłem głową.

— Masz pecha, Antwoine. Nie urwiesz się stąd tak łatwo. Zaczynaj pracę.

16

Musiałem odreagować. Chodziło o wszystko — to, jak podpuściła mnie Nora Sommers, to, że nie mogłem jej powiedzieć, by się odpieprzyła, świadomość, że nie zdołam przetrwać w Trionie dość długo, by ukraść choć kubek kawy, ogólne poczucie, że wszystko mnie przerasta. I wreszcie ukoronowanie pięknego dnia: mój ojciec. Powstrzymywanie złości, świadomość, że nie mogłem powiedzieć mu, co myślę — ty pieprzony, niewdzięczny hipokryto, obyś zdechł! — zżerała mnie od środka.

Zjawiłem się zatem Pod Kotem, wiedząc, że Seth dziś pracuje. Chciałem posiedzieć przy barze i narąbać się darmowym alkoholem.

— Cześć, stary. — Seth rozpromienił się na mój widok. — Pierwszy dzień w nowej robocie?

— Tak.

— Aż tak źle?

— Nie chcę o tym gadać.

— Bardzo źle. Rany.

Nalał mi szkockiej, jakbym był stałym klientem, starym pijakiem. Whisky natychmiast uderzyła mi do głowy. Nie jadłem kolacji i byłem zmęczony. Poczułem się świetnie.

— Nie może być aż tak źle, to przecież twój pierwszy dzień. Pokazują ci, co i jak. — Zerknął na ekran telewizora, na którym toczył się mecz koszykówki, a potem z powrotem na mnie.

Opowiedziałem mu o Norze Sommers i jej sympatycznym numerze z Apple Newtonem.

— Co za suka. Czemu tak mocno ci przywaliła? Czego się spodziewała? Jesteś nowy, nic jeszcze nie wiesz.

Pokręciłem głową.

— Nie, ona...

Nagle uświadomiłem sobie, że opuściłem kluczowy fragment historii — o tym, że w Wyatt Telecom byłem gwiazdą. Cholera. Cała historyjka miała sens tylko wtedy, gdy się wiedziało, że smoczyca próbowała mnie usadzić. Mój mózg przypominał jajecznicę. Próby wybrnięcia z niezręcznej sytuacji wydawały się absolutnie bezcelowe. Zupełnie jakbym porywał się na zdobycie Mount Everestu czy przepłynięcie Atlantyku. Jakbym już dał przyłapać się na kłamstwie. Czułem się oklapły i bardzo, bardzo zmęczony. Na szczęście ktoś pochwycił spojrzenie Setha.

— Niestety, stary, dziś za pół ceny mamy hamburgery — oznajmił i poszedł podać dwa piwa.

Zacząłem myśleć o ludziach, których dziś poznałem, „obsadzie", jak ich nazwał ten dziwak Noah Mordden. Przesuwali się kolejno w mej głowie, coraz bardziej groteskowi. Chciałem się z kimś naradzić, ale nie mogłem. Przede wszystkim potrzebowałem spuścić parę, pogadać o Chadzie i Philu, jak mu tam, weteranie. Chciałem komuś opowiedzieć o Trionie, o tym, jak tam jest i że w stołówce widziałem Jocka Goddarda. Ale nie mogłem, bo nie ufałem samemu sobie. Wątpiłem, bym zdołał zapamiętać, którędy przebiega wielki mur oddzielający to, co ma pozostać tajemnicą.

Rausz zaczynał mijać. Znów ogarnął mnie cichy, dręczący, niemal bolesny niepokój. Stopniowo narastał niczym pisk źle zestrojonego mikrofonu — wysoki, rozdzierający. Nim Seth wrócił, zdążył już zapomnieć, o czym rozmawialiśmy. Poza tym Setha, jak większość facetów, bardziej interesowały jego własne sprawy. Uratował mnie męski narcyzm.

— Boże, kobiety uwielbiają barmanów. Ciekawe czemu?

— Nie wiem, Seth. Może to twój urok? — Podniosłem pustą szklankę w niemym toaście.

— Na pewno, na pewno. — Nalał mi kolejnych kilka centymetrów szkockiej, dodał lodu. Cichym, konfidencjonalnym tonem, ledwie słyszalnym wśród krzyków i ryku telewizora, dodał: — Kierownik mówi, że mu się nie podoba, jak nalewam. Każe mi używać testera, cały czas ćwiczyć i wciąż mnie sprawdza. „Nalej mi. Za dużo, marnujesz towar".

— Ja uważam, że nalewasz świetnie — odparłem.

— Powinienem wystawić ci rachunek.

— Nie ma sprawy, sporo zarabiam.

— Nie, pozwalają nam na cztery drinki dziennie. Nie przejmuj się. Myślisz, że u ciebie w pracy jest kiepsko? Szef w firmie opieprza mnie, jak się spóźnię choćby dziesięć minut.

Pokręciłem głową.

— Shapiro nie umie nawet korzystać z kserokopiarki. Nie wie, jak się wysyła faks. Nie ma pojęcia, jak przeszukać bazę danych. Beze mnie byłby jak dziecko.

— Może chce, żeby ktoś inny załatwiał gówniane drobiazgi?

Seth wydawał się mnie nie słyszeć.

— Opowiadałem ci o ostatnim numerze?

— Powiedz.

— Posłuchaj tylko. Dżingle!

— Hę?

— Dżingle! No wiesz, coś takiego.

Wskazał palcem telewizor. Nadawano właśnie żałosną, tanią reklamę materaców, do wtóru głupiej, wkurzającej piosenki.

— Spotkałem w biurze faceta, który pracuje dla agencji reklamowej. Wszystko mi opowiedział. Mówił, że może mi załatwić przesłuchanie w firmie produkującej dżingle. Megamusic, Crushing czy Rocket. Mówił, że najłatwiej się wybić, pisząc muzykę.

— Ty nawet nie znasz nut, Seth.

— Co za różnica. Mnóstwo utalentowanych facetów nie zna nut. Ile czasu trzeba, by nauczyć się na pamięć trzydziestosekundowej melodyjki? Dziewczyna, która nagrywa wszystkie reklamy JCPenney, podobno ledwie czyta nuty, ale ma głos!

Kobieta siedząca obok mnie przy barze zawołała do Setha:

— Jakie macie tu wino?

— Czerwone, białe i różowe — odparł. — Którego nalać?

Poprosiła o białe i dostała je w szklance na wodę. Seth wrócił do mnie.

— Największą kasę robią ci, co śpiewają. Właśnie zmontowałem demówkę, niedługo wyląduję na topie. Trzeba tylko znać właściwych ludzi. Kumasz? Zero roboty, *mucho* kasy.

— Brzmi świetnie — odparłem, udając entuzjazm.

— Nie rusza cię to?

— Nie, naprawdę brzmi super. — Zmusiłem się do okazania zapału. — Świetny plan.

W ciągu ostatnich kilku lat często rozmawialiśmy z Sethem o tym, jak sobie radzić przy minimum wysiłku. Uwielbiał, gdy opowiadałem mu, jak obijam się w Wyatcie, całymi godzinami siedzę w internecie i przeglądam takie strony jak The Onion czy Znudzony-wpracy.com albo Pieprzonafirma.com. Lubiłem zwłaszcza te wyposażone w przycisk „szef", który można kliknąć, gdy zbliża się kierownik. Wówczas strona znika z ekranu, zastąpiona nudnym arkuszem w Excelu. Obaj szczyciliśmy się tym, jak mało pracujemy. Dlatego Seth uwielbiał robotę w kancelarii — dzięki niej mógł pozostawać na marginesie świata pracy i cynicznie, ze znudzeniem, bez nadzoru zapełniać godziny.

Wstałem, żeby się odlać. W drodze powrotnej kupiłem w automacie paczkę cameli.

— Znów palisz ten syf? — spytał Seth, patrząc, jak zdzieram folię z paczki.

— Jasne, jasne — odparłem tonem sugerującym, by dał mi spokój.

— Nie proś mnie potem o pomoc przy noszeniu butli z tlenem. — Wyjął z zamrażarki schłodzoną szklankę do martini, nalał odrobinę wermutu. — Patrz. — Odstawił wermut przez ramię i nalał ginu Bombay Sapphire. — Oto doskonałe martini.

Pociągnąłem długi łyk szkockiej, patrząc, jak Seth przygotowuje i podaje drinka. Napawałem się tym, jak alkohol pali mi przełyk. Zaczynał już działać, zachwiałem się na stołku. Piłem niczym górnik po wypłacie. Nora Sommers, Chad Pierson i wszyscy ich znajomi zaczęli znikać gdzieś w tle, maleć. Przypominali teraz nieszkodliwe zabawne postaci z kreskówki. No dobra, miałem gówniany dzień. Co w tym dziwnego? Pierwszego dnia pracy każdy czuje się jak ryba wyjęta z wody. Muszę pamiętać, że jestem dobry. Gdybym nie był dobry, Wyatt nie wybrałby mnie do tej misji. Z pewnością ze swoją *consigliere* Judith nie traciłby na mnie czasu, gdyby uznał, że sobie nie poradzę. Po prostu by mnie wylali i rzucili na pożarcie systemowi sądownictwa, a ja wypinałbym tyłek w więzieniu.

Zaczynałem czuć przyjemną alkoholową pewność siebie, graniczącą z megalomanią. Zrzucili mnie na spadochronie na teren hitlerowskich Niemiec. Miałem przy sobie tylko racje żywnościowe i krótkofalówkę. Powodzenie ataku aliantów zależało wyłącznie ode mnie, ponosiłem odpowiedzialność za los całej cywilizacji Zachodu.

— Widziałem dziś w mieście Elliota Krausego — powiedział Seth.

Spojrzałem na niego pytającym wzrokiem.

— Elliota Krausego, pamiętasz? Elliota-kiblota?

Mój czas reakcji znacznie się wydłużył — potrzebowałem kilku sekund, by wybuchnąć śmiechem. Od lat nie słyszałem tego nazwiska.

— Oczywiście jest wspólnikiem w kancelarii.

— Specjalizuje się w... ochronie środowiska, tak? — wtrąciłem, dusząc się ze śmiechu i prychając szkocką.

— Pamiętasz jego twarz?

— Co tam twarz. Pamiętasz jego spodnie?

Właśnie dlatego lubię spotykać się z Sethem. Nadajemy do siebie alfabetem Morse'a, rozumiemy swoje dowcipy i aluzje. Wspólne przeżycia pozwoliły nam stworzyć tajemny język, podobny do tego, jakim porozumiewają się w dzieciństwie bliźnięta. Pewnego lata w liceum Seth pracował jako porządkowy podczas wielkiego międzynarodowego turnieju tenisowego w snobistycznym klubie, raz wpuścił mnie bez biletu. Szefostwo klubu, spodziewając się tłumu widzów, wynajęło przenośne toalety, metalowe kabiny przypominające wielkie lodówki. Drugiego czy trzeciego dnia zbiorniki się zapełniły i wszystkie zaczęły śmierdzieć.

Był taki chłopak, Elliot Krause; nie znosiliśmy go obaj. Częściowo dlatego, że wyrwał Sethowi dziewczynę, a częściowo, bo patrzył z góry na nas, dzieciaki z klasy robotniczej. Zjawił się na turnieju ubrany w pedalski tenisowy sweterek i białe spodnie, z dziewczyną Setha u boku. Popełnił ten błąd, że poszedł do przenośnego kibla, żeby się odlać. Seth, który nabijał właśnie papierki na szpikulec, zauważył go i uśmiechnął się do mnie porozumiewawczo. Podbiegł do kabiny, wepchnął pod klamkę drewnianą rączkę szpikulca i razem ze mną i naszym kumplem, Flashem Flahertym, zaczął huśtać kiblem tam i z powrotem. Słyszeliśmy dobiegające ze środka okrzyki Elliota.

— Hej, hej, co się, do diabła, dzieje? — A także chlupanie obrzydliwej zawartości zbiornika. W końcu udało nam się przewrócić kabinę, z Elliotem wciąż uwięzionym w środku. Wolę nie myśleć, w czym biedak pływał. Seth stracił robotę, ale twierdził, że było warto. Chętnie zapłaciłby sporą sumkę za przyjemność oglądania Elliota wyczołgującego się ze środka w swoim już nie białym stroju tenisowym, rzygającego, wymazanego gównem.

Gdy przypomniałem sobie, jak Elliot nakładał na pokryty gównem nos pochlapane gównem okulary, gramoląc się na trawniku, zacząłem się śmiać tak głośno, że straciłem równowagę i runąłem na ziemię. Kilka sekund leżałem tak, niezdolny się podnieść. Wokół mnie zebrali się ludzie. Olbrzymie głowy pochylały się w skupieniu, pytając, czy nic mi nie jest. Byłem zalany, wszystko zaczynało się rozpływać. Z jakiegoś powodu przed oczami stanęła mi twarz ojca i Antwoine'a Leonarda i widok ten rozśmieszył mnie tak bardzo, że nie mogłem przestać się śmiać.

Poczułem, że ktoś chwyta mnie za ramię, ktoś inny złapał mój łokieć. Seth i jeszcze jakiś koleś pomagali mi wyjść z baru. Miałem wrażenie, że wszyscy się na mnie gapią.

— Przepraszam, stary — wymamrotałem. Zalała mnie fala wstydu. — Dzięki, mój wóz stoi tutaj.

— Nie pojedziesz.

— Ale on jest tutaj — upierałem się słabo.

— To nie twój wóz. To jakieś audi.

— Jest moje — oznajmiłem stanowczo, gwałtownie kiwając głową. — Audi A sześć. Chyba.

— Co się stało z bondomobilem?

Pokręciłem głową.

— Mam nowy wóz.

— Stary, w nowej robocie muszą ci nieźle płacić.

— Tak — odparłem, po czym dodałem, lekko bełkocząc: — Ale nie aż tak dużo.

Zagwizdał na taksówkę, obaj wsadzili mnie do środka.

— Pamiętasz, gdzie mieszkasz? — spytał Seth.

— Daj spokój. Jasne, że pamiętam.

— Chcesz kawy na drogę, żeby trochę otrzeźwieć?

— Nie — rzekłem. — Muszę iść spać. Jutro pracuję.

Seth się roześmiał.

— Nie zazdroszczę ci, stary.

17

W środku nocy moja komórka zaczęła dzwonić, wydając z siebie przeszywające dźwięki. Tyle że to nie był środek nocy. Między zasłonami dostrzegłem smugę światła. Zegarek wskazywał piątą trzydzieści. Rano? Po południu? Byłem tak zdezorientowany, że nie miałem pojęcia. Chwyciłem telefon, żałując, że go nie wyłączyłem.

— Tak?

— Wciąż śpisz? — spytał ktoś z niedowierzaniem.

— Kto mówi?

— Zostawiłeś audi w strefie holowania. — Poznałem go: Arnold Meacham, szef gestapo w Wyatcie. — To nie twój wóz. Należy do Wyatt Telecommunications. Powinieneś przynajmniej o niego dbać, a nie zostawiać gdzie popadnie, jak zużyty kondom.

Wszystko do mnie powróciło: zeszły wieczór, chlanie Pod Kotem, powrót do domu, nienastawiony budzik... Trion!

Szlag! Gwałtownie usiadłem na łóżku, żołądek mi się wywrócił. Potwornie bolała mnie głowa. Miałem wrażenie, że jest wielka jak u obcych w *Star Treku*.

— Ustaliliśmy jasne zasady — ciągnął Meacham. — Koniec z zabawą, żadnych imprez. Masz działać na najwyższych obrotach. — Czy mówił szybciej i głośniej niż zwykle? Takie odniosłem wrażenie. Ledwie nadążałem.

— Wiem — wychrypiałem żałośnie.

— Co więcej, pod koniec każdego dnia masz składać mi meldunek bezpieczną pocztą elektroniczną. Zlekceważyłeś ten obowiązek. To kiepski początek.

— Wczoraj byłem bardzo... bardzo zajęty. To był mój pierwszy dzień i ojciec...

— Zupełnie mnie to nie obchodzi. Zawarliśmy jasną umowę. Masz się jej trzymać. Dowiedziałeś się czegoś o śmierdzielu?

— Śmierdzielu? — Opuściłem nogi na podłogę i usiadłem na skraju łóżka, masując skronie wolną ręką.

— Tajnych projektach Trionu. Co według ciebie tam robisz?

— Nie, jest za szybko, to znaczy za wcześnie. — Powoli mój mózg zaczynał funkcjonować. — Wczoraj wszędzie mnie prowadzali. Nawet na minutę nie zostałem sam. Nie mogłem kombinować, to zbyt ryzykowne. Nie chcecie chyba, żeby pierwszego dnia mnie przejrzeli?

Meacham milczał kilka sekund.

— No dobrze — rzekł w końcu. — Ale wkrótce powinna nadarzyć się sposobność. Spodziewam się, że ją wykorzystasz. Masz zameldować mi o wszystkim dziś wieczór. Czy to jasne?

18

W porze lunchu powoli przestałem czuć się jak kombatant. Postanowiłem odwiedzić salę gimnastyczną — przepraszam, klub fitness — i trochę poćwiczyć. Sala mieściła się na dachu skrzydła E w pewnego rodzaju kopule, kryjącej korty tenisowe, sprzęt do ćwiczeń, steppery i rowery, wszystkie wyposażone w monitory. Szatnia połączona z łaźnią parową i sauną była równie przestronna jak w prawdziwym klubie sportowym.

Przebrałem się i właśnie miałem siąść do atlasa, gdy do szatni wpadł Chad Pierson.

— O, jesteś — rzucił. — Jak się masz, wielkoludzie? — Otworzył szafkę obok mojej. — Przyszedłeś zagrać w kosza?

— Prawdę mówiąc, miałem zamiar...

— Pewnie mecz już trwa. Zagrasz?

Zawahałem się sekundę.

— Jasne.

Na sali nie było nikogo. Odczekaliśmy kilka minut, kozłując i rzucając do kosza. W końcu Chad do mnie podbiegł.

— Może zagramy jeden na jednego?

— Okay.

— Do jedenastu. Pasuje?

— Pasuje.

— Mały zakładzik? Nie jestem zbyt ambitny, może to mnie podkręci.

Jasne, pomyślałem. Nie jesteś zbyt ambitny.

— O co się założymy? O sześciopak?

— Daj spokój, stary. Stówkę. Sto dolców.

Stówkę? Czyżbym znalazł się w Vegas wśród złotej młodzieży?

— No dobra — odparłem z wahaniem. — Jak chcesz.

To był błąd. Chad okazał się całkiem dobry, grał agresywnie, a ja miałem kaca. Podbiegł do linii za trzy punkty, rzucił i trafił. Potem z zadowoloną miną ułożył palce w pistolet, zdmuchnął z lufy dymek i rzucił.

— Strzał w dziesiątkę!

Zaczęliśmy grać. Napierał na mnie, kilka razy trafił z wyskoku i wyszedł na prowadzenie. Od czasu do czasu popisywał się, wysuwając na przemian obie ręce niczym rewolwerowiec powalający kolejnych przeciwników. Strasznie mnie to wkurzało.

— Chyba nie jesteś dziś w formie — zauważył. Minę miał błogą i pogodną, przemawiał z nutą troski, lecz w jego oczach lśniła pogarda.

— Chyba nie — odparłem.

Starałem się być miły, dobrze się bawić, nie atakować go jak fiut, ale powoli zaczynał mnie wkurzać. Gdy przejmowałem piłkę, brakowało mi rytmu, jeszcze jej nie czułem. Kilka razy nie trafiłem. Potem mnie zablokował. Później jednak zaliczyłem parę punktów. Wkrótce mieliśmy sześć do trzech. Zacząłem zauważać, że znosi go w prawo.

Chad uniósł pięść w powietrze, znów zrobił numer z pistoletem. Skręcił w prawo, znowu trafił.

— Forsa! — wrzasnął.

Wtedy poczułem, że w moim mózgu coś się przestawia. Zawrzała w nim ambicja. Widziałem, że Chad skręca w prawo i rzuca z prawej. Najwyraźniej miał kiepską lewą rękę. Zacząłem zabierać mu prawą, zmuszać, by szedł w lewą stronę. Potem podszedłem pod kosz i trafiłem.

Dobrze zgadłem, nie trafiał z lewej. Parę razy z łatwością odebrałem mu piłkę. Wyprzedziłem go, nagle skoczyłem w tył i w prawo, zmuszając go, by szybko zmienił kierunek. Zacząłem

103

łapać rytm gry, ale od początku trzymałem się ziemi. Chad uznał pewnie, że nie potrafię rzucać z wyskoku. Zupełnie go zatkało, gdy to zrobiłem.

— Pogrywałeś ze mną — powiedział przez zaciśnięte zęby. — Umiesz rzucać z wyskoku. Ale i tak cię zablokuję.

Zacząłem mieszać mu w głowie — zrobiłem zwód w górę, zmuszając go, by wyskoczył w powietrze. Wtedy go minąłem. Udało się tak dobrze, że spróbowałem ponownie. Chad był zdenerwowany i za drugim razem poszło mi jeszcze lepiej. Wkrótce wyrównałem.

Zaczynałem działać mu na nerwy. Udawałem, że się potykam, drobny ruch, zwód w lewo, on skakał, pozwalając mi wyjść na prawą. Przy każdym rzucie coraz bardziej się denerwował.

Skręciłem, podszedłem pod kosz i trafiłem z odbicia. Wyszedłem na prowadzenie. Chad dyszał ciężko, czerwony na twarzy. Koniec głupawych tekstów.

Prowadziłem dziesięć do dziewięciu, gdy ostro ruszyłem do przodu i nagle się zatrzymałem. Chad zachwiał się i upadł na tyłek. Spokojnie ustawiłem się i rzuciłem — czysto, w siatkę. Ułożyłem palce w pistolet, zdmuchnąłem dym i z szerokim uśmiechem mruknąłem:

— Strzał w dziesiątkę.

Chad, w połowie opierając się o wyściełaną ścianę sali, a w połowie leżąc na podłodze, dyszał ciężko.

— Zaskoczyłeś mnie, wielkoludzie — rzekł. — Jesteś ostrzejszy, niż myślałem. — Odetchnął głęboko. — Było fajnie, ale następnym razem skopię ci tyłek. Wiem już, jak grasz. — Uśmiechnął się szeroko, jakby tylko żartował. Wyciągnął rękę i położył mi na ramieniu lepką, spoconą dłoń. — Jestem ci winien Benjamina.

— Daj spokój. Nie lubię grać o pieniądze.

— Nalegam. Kupisz sobie nowy krawat albo coś.

— Nie ma mowy, Chad. Nie wezmę.

— Jestem ci winien...

104

— Nic nie jesteś mi winien, stary. — Zastanowiłem się chwilę. Jest jedna rzecz, którą wszyscy uwielbiają dawać innym: rady. — Może poza paroma informacjami o Norze.

Oczy mu pojaśniały. Wszedłem na jego podwórko.

— A, zawsze tak traktuje nowicjuszy. Taki ma sposób ustalania hierarchii, poza tym to nic nie znaczy. Wierz mi, to nic osobistego. Kiedy zaczynałem, potraktowała mnie tak samo.

Dostrzegłem niewypowiedziane „a spójrz na mnie teraz". Bardzo uważał, by nie krytykować Nory. Wiedział, że musi być ostrożny i nie wolno mu się otwierać.

— Jestem dużym chłopcem — powiedziałem. — Zniosę to.

— Mówię, że nie będziesz musiał, bracie. Dała ci do zrozumienia to, co chciała: uważaj, co robisz. A teraz odpuści. Nie zrobiłaby tego, gdyby nie uważała, że masz potencjał. Podobasz się jej. Inaczej nie walczyłaby o to, żebyś dołączył do zespołu.

— Okay. — Nie potrafiłem stwierdzić, czy coś przede mną ukrywa, czy nie.

— No wiesz, jeśli chcesz... na przykład dziś po południu na spotkanie przyjdzie Tom Lundgren, mamy przejrzeć specyfikacje. Od tygodni przelewamy z pustego w próżne, cały czas dyskutując o tym, czy dodać GoldDust. — Wywrócił oczami. — Daj spokój, Nora potrafi narzekać na niego godzinami. Warto, żebyś miał na ten temat swoje zdanie. Nie musisz się z nią zgadzać i mówić, że to totalny śmieć i potworna strata kasy. Chodzi o to, żebyś przedstawił opinię. Nora lubi, kiedy pracownicy są przygotowani.

Dobrze wiedziałem, co to jest GoldDust: najnowszy krzyk mody w elektronice użytkowej. Jakiś komitet obdarzył tą dźwięczną nazwą mało wydajne urządzenie do bezprzewodowej transmisji danych na krótką odległość i pozwalające podłączyć palmtopa, Blackberry czy Lucida do telefonu, laptopa albo drukarki — w promieniu sześciu metrów. Komputer może rozmawiać z drukarką, sprzęty komunikują się ze sobą, i to bez kabli. GoldDust miał nas uwolnić z kablowych kajdan. Oczywiście maniacy, którzy go wynaleźli, nie przewidzieli eksplozji Wi-Fi. Nim Wyatt wysłał mnie na czołówkę marszu śmierci, musiałem wiedzieć, co

105

to jest Wi-Fi. O GoldDuście dowiedziałem się od inżynierów z Wyatta, którzy bezlitośnie go wyśmiewali.

— Tak, w Wyatcie ktoś zawsze usiłował nam go wtrynić, ale trzymaliśmy się dzielnie.

Chad pokręcił głową.

— Inżynierowie chcą ładować wszędzie każdy dodatek, bez względu na koszty. Co ich obchodzi, że cena produktu przekroczy pięć stów? W każdym razie ten temat z całą pewnością się pojawi. Założę się, że masz tu sporo do powiedzenia.

— Wiem tylko to, co przeczytam.

— Podrzucę ci temat na spotkaniu, będziesz go mógł rozwinąć, zarobić parę strategicznych punktów u szefowej.

Chad był niczym szyba, przezroczysty; od razu dostrzegłem jego motywy. To żmija, wiedziałem, że nigdy nie mogę mu zaufać. Ale najwyraźniej próbował zawrzeć ze mną sojusz, prawdopodobnie wychodząc z założenia, że lepiej sprzymierzyć się z nowym ostrym zawodnikiem i zostać jego kumplem, niż dać się zepchnąć na defensywną pozycję. Choć oczywiście już na niej tkwił.

— W porządku, dzięki, stary — rzekłem.

— Przynajmniej tyle mogę zrobić.

Gdy wróciłem do swojego boksu, do spotkania zostało pół godziny. Wszedłem do sieci i zacząłem szukać wiadomości o GoldDuście, żebym przynajmniej sprawiał wrażenie dobrze poinformowanego. Skupiłem się na informacjach negatywnych. Przerzucałem dziesiątki stron różnej jakości, niektóre branżowe, inne (GoldDustGeek.com) prowadzone przez świrów z obsesją na punkcie tego syfu. W końcu zauważyłem, że ktoś stoi mi za plecami. To był Phil Bohjalian.

— Gorliwy pracuś, co? — spytał i przedstawił się. — To twój drugi dzień, i proszę bardzo. — Pokręcił głową ze zdumieniem. — Nie pracuj zbyt ciężko, bo się wypalisz. Poza tym przy tobie będziemy kiepsko wyglądali. — Prychnął, jakby sądził, że to szczyt sarkazmu, i wyszedł, znikając za kulisami.

19

Grupa marketingowa Maestra ponownie spotkała się w Corvette. Wszyscy zajęli te same miejsca, jakby przydzielono im je
na stałe.

Tym razem w sali przebywał także Tom Lundgren. Siedział na
krześle pod ścianą, nie przy stole konferencyjnym. Nagle, tuż
zanim Nora ogłosiła otwarcie spotkania, do środka wmaszerował
Paul Camilletti, dyrektor finansowy Triona. Wyglądał super-
elegancko, niczym gwiazdor z *Miłości po włosku*, w grafitowej
marynarce z gruzełkowatego materiału i czarnym półgolfie. Zajął
miejsce obok Toma Lundgrena. Poczułem, że w całym pomieszczeniu zapada naładowana elektrycznością cisza. Zupełnie jakby
ktoś nacisnął przełącznik.

Nawet Nora sprawiała wrażenie poruszonej.

— No cóż — rzekła. — Od czego zaczniemy? Miło mi
powitać u nas Paula Camillettiego, naszego dyrektora finansowego. Witaj, Paul.

Wywołany lekko pochylił głowę, jakby chciał powiedzieć:
„nie zwracajcie na mnie uwagi, po prostu posiedzę tu sobie
incognito, anonimowo, niczym słoń w składzie porcelany".

— Kto jeszcze jest dziś z nami?

W głośniku interkomu odezwał się głos.

— Ken Hsiao z Singapuru.

A potem:

— Mike Matera z Brukseli.

— W porządku — rzuciła Nora. — Jesteśmy w komplecie. — Rozejrzała się wokół podniecona. Nie potrafiłem określić, czy to szczery entuzjazm, czy gra na użytek Toma Lundgrena i Paula Camillettiego. — To dobra pora, by przyjrzeć się prognozom sprzedaży, jeszcze raz sprawdzić, na czym stoimy. Nikt z nas nie chce, byśmy dostali etykietkę wymierającego produktu, prawda? Maestro trzyma się świetnie. Nie będziemy torpedować efektu wielu lat pracy, tu w Trionie, żeby zastąpić go jakąś nowinką. Myślę, że wszyscy się z tym zgadzamy.

— Noro, mówi Ken z Singapuru.

— Tak, Ken?

— Mamy tu sporą konkurencję. Muszę powiedzieć, że Palm, Sony i Blackberry bardzo na nas naciskają, zwłaszcza na rynku biznesowym. Zamówienia na Maestro Gold w rejonie Azji i Pacyfiku wyglądają słabo.

— Dziękuję, Ken — powiedziała pośpiesznie Nora, wyłączając go. — Kimberly, co ty na to?

Kimberly Ziegler, blada i nerwowa dziewczyna o mocno kręconych włosach i w okularach w rogowej oprawie, uniosła wzrok.

— Mam zupełnie inne zdanie niż Ken.

— Naprawdę? Pod jakim względem?

— Uważam, że zróżnicowanie produktów działa na naszą korzyść. Mamy lepsze ceny niż Blackberry czy najnowsze produkty Sony. Owszem, marka ma już swoje lata, ale nowy procesor i dodatkowa pamięć zwiększą jej wartość. Myślę, że trzymamy się nieźle, zwłaszcza na rynkach pionowych.

Lizuska, pomyślałem.

— Wspaniale. — Nora uśmiechnęła się promiennie. — Dobrze to słyszeć. Bardzo interesuje mnie też wasze zdanie o Gold-Duście. — Dostrzegła, jak Chad podnosi palec. — Tak, Chad?

— Pomyślałem, że może Adam wniesie coś do tematu.

Odwróciła się do mnie.

— Wspaniale, posłuchajmy — rzekła, jakbym właśnie zgłosił się do zagrania koncertu fortepianowego.

— GoldDust... — Uśmiechnąłem się wzgardliwie. — Czy żyjemy w dziewięćdziesiątym dziewiątym? To jak kaseta wideo w świecie transferów bezprzewodowych. Zupełnie jak laserdyski, zimna fuzja czy nowy model zastawy. Odpowiedziały mi potakujące szmery. Nora obserwowała mnie uważnie.

— Problemy z kompatybilnością są tak wielkie, że nie ma co nawet w nie wchodzić. Urządzenia z GoldDustem działają jedynie z produktami tej samej marki. Brak standardowych kodów. Philips twierdzi, że wkrótce wypuści nową wersję GoldDusta. Uwierzę w to, gdy wszyscy zaczniemy mówić w esperanto.

Kolejne śmiechy, choć dostrzegłem przelotnie, że połowa ludzi słucha z kamiennymi minami. Mordden przyglądał mi się zafascynowany z miną, jaką zwykle przybierają ciekawscy otaczający miejsce wypadku samochodowego i gapiący się na poszarpane zwłoki na asfalcie. Tom Lundgren uśmiechał się dziwnie, kołysząc prawą nogą.

Naprawdę wpadłem w rytm. Zaczynałem się rozgrzewać.

— Jaki ma transfer? Niecały megabit na sekundę. Żałosne. To mniej niż jedna dziesiąta tego, co oferuje Wi-Fi. Furmanka obok samochodu. I nie zapominajmy o łatwości przechwytywania sygnału. Brak mu przecież zabezpieczeń.

— Zgadza się — powiedział ktoś cicho, choć nie dosłyszałem kto.

Mordden uśmiechał się błogo. Phil Bohjalian obserwował mnie, mrużąc oczy. Jego twarz była nieprzenikniona. A potem uniosłem głowę i ujrzałem Norę. Na jej policzki wystąpiły rumieńce, widać było falę czerwieni podnoszącą się z dołu aż ku szeroko rozstawionym oczom.

— Skończyłeś już? — warknęła.

Nagle poczułem się słabo. Nie takiej reakcji oczekiwałem. Czyżbym mówił za długo?

— Jasne — odparłem czujnie.

Mężczyzna siedzący naprzeciwko — wyglądał na Hindusa — odezwał się niewywołany:

— Czemu znów o tym mówimy? Sądziłem, że tydzień temu podjęliśmy ostateczną decyzję, Noro. Twierdziłaś stanowczo, że dodatkowa funkcjonalność warta jest poniesionych kosztów. Czemu marketingowcy odgrzewają starą dyskusję? Przecież klamka zapadła.

Chad, dotąd wbijający wzrok w blat, uniósł głowę.

— Spokojnie, ludzie, dajcie spokój nowemu. Nie oczekujcie, że będzie wiedział wszystko od razu. Nawet się jeszcze nie zorientował, gdzie stoi ekspres do kawy.

— Myślę, że nie ma co tracić więcej czasu — oznajmiła Nora. — Decyzja zapadła, dodajemy GoldDusta. — Posłała mi zimne, wściekłe spojrzenie.

Kiedy po dwudziestu niekończących się minutach spotkanie dobiegło końca i ludzie zaczęli wychodzić z sali, Mordden w przelocie poklepał mnie po ramieniu. Zrozumiałem, że spieprzyłem sprawę, i to na całej linii. Ludzie patrzyli na mnie dziwnie.

— Hej, Noro — odezwał się Paul Camilletti, unosząc palec. — Mogłabyś chwilkę zostać? Chciałbym omówić z tobą parę rzeczy.

Gdy wychodziłem, Chad podszedł do mnie i odezwał się cicho:

— Chyba kiepsko to przyjęła, ale uwagi były cenne.

Jasne, skurwysynu.

20

Jakiś kwadrans po spotkaniu w moim boksie zjawił się Mordden.

— Zaimponowałeś mi — rzekł.

— Naprawdę? — spytałem bez entuzjazmu.

— O tak, masz większe jaja, niż przypuszczałem. Sprzeciwić się szefowej, krwawej Norze, i to w sprawie jej ukochanego projektu... — Pokręcił głową. — To niewątpliwie powoduje twórcze napięcie. Ale powinieneś być świadom konsekwencji takiego działania. Nora nie zapomina. Pamiętaj, że najokrutniejszymi strażnikami w niemieckich obozach koncentracyjnych były kobiety.

— Dzięki za radę — mruknąłem.

— Powinieneś uważać na drobne oznaki niezadowolenia Nory. Na przykład puste pudła ustawione pod twoim boksem. Albo nagłe kłopoty z zalogowaniem się do komputera czy telefony z kadr z żądaniem zwrotu przepustki. Ale nie martw się, dostaniesz świetne referencje, a Trion za darmo udziela konsultacji zwalnianym pracownikom.

— Rozumiem, dzięki.

Dostrzegłem, że mam wiadomość na poczcie głosowej. Gdy Mordden wyszedł, podniosłem słuchawkę.

To była wiadomość od Nory Sommers. Prosiła — nie, rozkazywała mi — abym natychmiast zjawił się w jej gabinecie.

Gdy tam wszedłem, stukała na komputerze. Zerknęła na mnie z ukosa niczym jaszczurka i wróciła do pracy. Ignorowała mnie pełne dwie minuty. Stałem bez ruchu, czułem się bardzo niezręcznie. Znów zaczynała się rumienić. Pożałowałem jej przelotnie. Trudno się żyje, gdy własna skóra od razu cię zdradza.

W końcu Nora ponownie uniosła wzrok, obróciła się na krześle i spojrzała wprost na mnie. Jej oczy lśniły. Nie dostrzegłem w nich jednak smutku, lecz coś zupełnie innego, niemal drapieżnego.

— Posłuchaj, Noro — powiedziałem — chciałbym cię przeprosić za...

Odezwała się tak cicho, że ledwie ją słyszałem:

— Radzę, byś to ty posłuchał, Adamie. Dość już się dziś nagadałeś.

— Byłem idiotą... — zacząłem.

— I w dodatku powiedziałeś coś takiego w obecności Camillettiego, naszego włodarza oszczędności, króla zysków... Przez ciebie muszę teraz wszystko wyprostować.

— Powinienem był trzymać gębę na kłó...

— Jeśli spróbujesz kopać pode mną dołki, pożałujesz, że w ogóle się tu zjawiłeś.

— Gdybym tylko wiedział... — spróbowałem znowu.

— Nawet nie zaczynaj. Phil Bohjalian mówił, że przechodził obok twojego boksu tuż przed spotkaniem i widział, jak gorączkowo przeszukujesz sieć, żeby znaleźć informacje o Gold-Duście. A potem „mimochodem" lekko „skrytykowałeś" naszą kluczową technologię. Zapewniam cię, Cassidy, może sądzisz, że jesteś ostry, bo miałeś osiągnięcia w Wyatcie, ale na twoim miejscu nie czułabym się zbyt komfortowo tu w Trionie. Możesz wsiąść do pociągu albo dać się przejechać. Ale to ja siedzę w lokomotywie.

Stałem kilka sekund, podczas gdy ona świdrowała mnie spojrzeniem tych swoich szeroko rozstawionych oczu drapieżnika. Spuściłem wzrok i uniosłem go ponownie.

— Naprawdę schrzaniłem sprawę — rzekłem. — I jestem ci

winien ogromne przeprosiny. Źle oceniłem sytuację. Pewnie odezwały się we mnie stare uprzedzenia z Wyatt Telecom, ale to żadne wytłumaczenie. To się nie powtórzy.

— Nie będziesz miał szansy, żeby to się powtórzyło — powiedziała cicho. Była twardsza od każdego policjanta, który zatrzymał mnie za szybką jazdę.

— Rozumiem — odparłem. — Gdyby ktokolwiek powiedział mi, że klamka już zapadła, nie odezwałbym się ani słowem. Zakładałem po prostu, że słyszeliście w Trionie o decyzji Sony. To wszystko. Myliłem się.

— Sony? — powtórzyła. — Co to znaczy „o decyzji Sony"?

Ludzie z wywiadu branżowego w Wyatt sprzedali mi tę informację. Miałem ją wykorzystać w strategicznym momencie. Uznałem, że ratowanie własnej skóry można uznać za taki moment.

— No wiesz, zrezygnowali z GoldDusta w swoim nowym sprzęcie.

— Czemu? — spytała podejrzliwie.

— Najnowsza wersja Microsoft Office'a go nie uwzględnia. Ci z Sony uznali, że mogą stracić miliony dolarów na rynku biznesowym. Zdecydowali się na BlackHawka do lokalnego bezprzewodowego transferu danych, który jest kompatybilny z nowym Office'em.

— Jesteś pewien?

— Całkowicie.

— Możesz ufać swoim źródłom?

— Absolutnie, sto procent. Dam za nie głowę.

— A karierę zawodową? — Jej wzrok wwiercał się we mnie.

— Chyba właśnie to zrobiłem?

— Bardzo interesujące — powiedziała. — Niezwykle interesujące, Adamie. Dziękuję.

21

Tego wieczoru zostałem do późna.

Przed ósmą firma zaczynała pustoszeć. Nawet najtwardsi pracoholicy zabierali robotę do domu, gdzie podłączali się do systemu Triona. Nie musieli tkwić dłużej w biurze. O dziewiątej nie widziałem już nikogo. Jarzeniówki na suficie wciąż świeciły, lekko mrugając. Sięgające od sufitu do podłogi okna pod kątem wydawały się zupełnie czarne. Kiedy patrzyło się wprost, widać było za nimi rozświetlone miasto. Po ulicach bezszelestnie przemykały reflektory.

Siedziałem w boksie, grzebiąc w wewnętrznej sieci Triona.

Skoro Wyatt chciał wiedzieć, kto w ciągu ostatnich dwóch lat pracował przy śmierdzielach, to najlepiej było sprawdzić, kogo Trion w ciągu tych dwóch lat zatrudnił. Uznałem, że to niezły początek. Baza pracowników miała różne opcje wyszukiwania. Problem w tym, że tak naprawdę nie wiedziałem, kogo ani czego szukam.

Po jakimś czasie znalazłem odpowiedź: numer pracownika. Każdy pracownik Triona otrzymuje własny numer. Niższe oznaczają, że człowieka zatrudniono wcześniej. Po sprawdzeniu kilkunastu losowo wybranych biogramów pracowników zacząłem orientować się w zakresach numerów przypadających na kolejne lata. Szczęśliwie (przynajmniej dla moich celów) rynek przeżywał ostatnio okres stagnacji, więc nie było ich zbyt wielu. Wkrótce dysponowałem listą kilkuset nowo zatrudnionych — czyli w tym wypadku w ciągu ostatnich dwóch lat. Ściągnąłem ich dane na płytkę. To już coś.

Trion miał własny wewnętrzny komunikator zwany InstaMail. Działał podobnie jak inne komunikatory, takie jak Yahoo Messenger czy AOL Instant Messenger — można było zapisać listę znajomych informującą, kto akurat jest online. Zauważyłem, że Nora Sommers jest zalogowana. Nie było jej w biurze, ale pracowała, co oznaczało, że wzięła robotę do domu.

Doskonale, bo dzięki temu mogłem spróbować włamać się do jej gabinetu, nie ryzykując, że zjawi się niezapowiedziana.

Sama myśl o tym sprawiła, że żołądek gwałtownie mi się ścisnął. Wiedziałem jednak, że nie mam wyboru. Arnold Meacham domagał się informacji, i to na wczoraj. Nora Sommers zasiadała w kilkunastu grupach marketingowych zajmujących się nowymi produktami Triona. Może wie coś o nowych produktach albo technologiach rozwijanych w sekrecie? W każdym razie warto sprawdzić.

Jeśli ma jakieś dane, to najprawdopodobniej przechowuje je w swoim komputerze w gabinecie.

Na drzwiach wisiała tabliczka: N. SOMMERS. Przywołałem całą swoją odwagę i nacisnąłem klamkę. Zamknięte. To mnie nie zdziwiło — przechowywała przecież w środku cenne dane z działu kadr. Przez szybę w drzwiach widziałem wnętrze pogrążonego w ciemności gabinetu. Trzy na trzy metry. W niemal pustym pokoju panował idealny, nieskazitelny porządek.

Wiedziałem, że w biurku sekretarki musi być klucz. Ściśle mówiąc, asystentka biurowa — potężna, grubokoścista, twarda kobieta około trzydziestki, niejaka Lisa McAuliffe — nie pracowała tylko dla Nory. Teoretycznie obsługiwała całą grupę, łącznie ze mną. Zgodnie z polityką firmy tylko VIP-y miały własne sekretarki. Lecz w istocie była to jedynie formalność. Niemal od razu zorientowałem się, że Lisa McAuliffe pracuje dla Nory i nie znosi, gdy ktoś wchodzi jej w paradę.

Lisa miała bardzo krótkie włosy, przycięte niemal na jeża.

Zwykle nosiła ogrodniczki albo szerokie spodnie. Dziwne, że ktoś taki jak Nora, zawsze modna, elegancka i kobieca, zatrudniał podobną sekretarkę. Lecz Lisa McAuliffe była wobec Nory absolutnie lojalna. Rezerwowała dla niej swoje nieliczne uśmiechy, a resztę przerażała samym spojrzeniem.

Lisa lubiła koty, w jej boksie roiło się od pluszowych Garfieldów, figurek Kotberta, rysunków z kotami. Rozejrzałem się wokół, nikogo nie dostrzegłem i zacząłem wysuwać szuflady. Po kilku minutach znalazłem klucz — zagrzebany w ziemi, w doniczce z kwiatkiem lubiącym światło jarzeniówek, ukryty w plastikowym pudełeczku po spinaczach. Odetchnąłem głęboko, zabrałem kółko z kluczami — było ich na nim ze dwadzieścia — i zacząłem sprawdzać po kolei. Szósty klucz otworzył drzwi gabinetu Nory.

Zapaliłem światło, usiadłem za biurkiem i włączyłem komputer.

Gdyby ktoś niespodziewanie się zjawił, byłem gotowy. Arnold Meacham nauczył mnie różnych strategii — przechodź do ofensywy, ty zadawaj pytania — ale jakie były szanse, że sprzątacz mówiący po portugalsku czy hiszpańsku domyśli się, że przebywam w cudzym biurze? Skupiłem się zatem na swoim zadaniu.

Niestety, okazało się niełatwe. Na ekranie mrugały literki UŻYTKOWNIK/HASŁO. Cholera. Chroniony hasłem, powinienem był się domyślić. Wystukałem NSOMMERS, standardowo. Następnie w miejsce hasła również wpisałem NSOMMERS. Nauczono mnie, że siedemdziesiąt procent ludzi używa jako hasła swojego loginu użytkownika.

Ale nie Nora.

Miałem przeczucie, że Nora nie należy do osób zapisujących hasło na karteczce i przechowujących je w biurku. Lecz musiałem się upewnić. Sprawdziłem wszystkie typowe miejsca — pod podkładką myszki, pod klawiaturą, z tyłu komputera, w szufladach biurka. Nic. Musiałem coś wymyślić.

Sprawdziłem samo SOMMERS, datę urodzenia, pierwsze i ostatnie siedem cyfr numeru ubezpieczenia społecznego, numer

116

pracownika. Mnóstwo różnych kombinacji. Hasło NIEPRAWID-
ŁOWE. Po dziesiątej próbie przerwałem. Musiałem założyć, że
każda próba jest rejestrowana. Dziesięć prób to i tak za dużo;
ludzie zwykle mylą się najwyżej dwa czy trzy razy.

Niedobrze.

Istnieją jednak inne sposoby złamania hasła. Przeszedłem na
ten temat wielogodzinne szkolenie. Dostałem również sprzęt,
którym mógł posłużyć się nawet kretyn. Nie byłem żadnym
hakerem, ale nieźle sobie radziłem z komputerami. W końcu tak
właśnie napytałem sobie biedy w Wyatcie, prawda? A zabawka,
którą od nich dostałem — keylogger — z łatwością dawała się
zainstalować.

Keylogger może być programem albo urządzeniem, zapisuje
potajemnie każde uderzenie w klawiaturę. Jednak przy instalacji
programu należy bardzo uważać. Nigdy nie wiadomo, jak dokładnie administratorzy monitorują sieć. Mogą wykryć nową
instalację. Arnold Meacham nalegał zatem, bym używał sprzętu.

Dał mi cały zestaw zabaweczek. Jedną z nich była maleńka
przejściówka umieszczana pomiędzy klawiaturą i komputerem,
właściwie niedostrzegalna. Wbudowany w środek chip rejestrował
i przechowywał do dwóch milionów znaków. Wystarczyło później
wrócić, zdjąć wihajster i miałeś rejestr wszystkiego, co napisała
ofiara.

Zabrało mi to dziesięć sekund: odłączyłem klawiaturę Nory,
podpiąłem maleńkie urządzenie, a następnie podłączyłem klawiaturę z powrotem do komputera. Nora niczego nie zauważy.
Za parę dni po niego wrócę.

Nie zamierzałem jednak wychodzić z pustymi rękami. Przejrzałem leżące na biurku rzeczy. Niewiele. Znalazłem szkic
e-maila, adresowanego do grupy Maestro. Jeszcze go nie wysłała.
„Moje najnowsze badania rynkowe wskazują, że choć GoldDust
jest niewątpliwie lepszy, Microsoft Office zamiast niego wyko-
rzysta technologię Black Hawk. Dlatego, choć może to zakłócić
pracę naszych wspaniałych inżynierów, zgodzimy się chyba, że
lepiej płynąć z prądem Microsoftu...".

Szybka robota Noro, pomyślałem. Modliłem się, by Wyatt miał rację.

Pozostały mi jeszcze szafki. Nawet w tak stechnicyzowanej firmie jak Trion cenne dane niemal zawsze przechowuje się na papierze, nieważne, czy to oryginały, czy też kopie. Taka jest prawda o tak zwanych biurach bez papieru: im więcej danych przechowujemy w komputerach, tym więcej trzymamy wydruków. Otworzyłem pierwszą przypadkową szafkę i odkryłem, że kryje biblioteczkę. Ciekawe, czemu Nora chowa te książki, pomyślałem. Przyjrzałem się tytułom i zaśmiałem w głos.

Miała całe mnóstwo książek z tytułami w rodzaju: *Biegnąca z wilkami* i *Hardball for Women* (Ostra gra dla kobiet), i *Rozgrywaj jak mężczyzna, zwyciężaj jak kobieta*. Kolejne tytuły: *Grzeczne dziewczynki stoją w miejscu... a przebojowe kobiety robią karierę*, *Seven Secrets of Succesful Women* (Siedem tajemnic kobiet sukcesu) i *The Eleven Commandments of Wildly Succesful Women* (Jedenaście przykazań kobiety sukcesu).

Noro, Noro, pomyślałem, nieźle się starasz.

Cztery szafki były otwarte. Przejrzałem je najpierw, przerzucając niewiarygodnie nudną zawartość: plany marketingowe, specyfikacje produktów, kolejne fazy projektów, plany finansowe; wyglądało na to, że Nora dokumentuje wszystko. Prawdopodobnie drukuje każdy e-mail, który wysyła bądź otrzymuje. Wiedziałem, że najlepsze kąski czekają w zamkniętych szafkach. W przeciwnym razie nikt by ich nie zamykał.

Wkrótce wśród kluczy Lisy znalazłem mały kluczyk do szafek. W zamkniętych szufladach leżały teczki z kadr wszystkich podwładnych Nory. Ciekawa lektura, lecz nie miałem na nią czasu. Osobiste informacje finansowe świadczyły o tym, że od dawna pracuje w Trionie. Wykorzystała sporo opcji na akcje. Grała na giełdzie, musiała być warta co najmniej milion. Znalazłem własną teczkę, cienką i skromną. Nic ciekawego.

Potem przyjrzałem się bliżej kilku wydrukom e-maili, które Nora otrzymała od kogoś z wysoka. Wyglądało na to, że niejaka

Alana Jennings, zajmująca wcześniej moje stanowisko, została niespodziewanie przeniesiona wewnątrz firmy. Okropnie wkurzyło to Norę, tak bardzo, że nie przestawała się skarżyć, wysyłając listy coraz wyżej, aż do starszego wiceprezesa. Śmiały ruch.

Temat: Re: Przeniesienie Alany Jennings
Data: wtorek, 8 kwietnia, 8:42:19
Od: GAllred
Do: NSommers

Noro,
przekazano mi kilka twoich e-maili
oprotestowujących przeniesienie Alany Jennings do
innego działu firmy. Rozumiem twoją troskę, bo
Alana ma doskonałe wyniki i była wartościowym
członkiem zespołu.
Niestety, twoje obiekcje zostały odrzucone przez
najwyższą instancję. Umiejętności Alany są
niezbędne w projekcie AURORA.
Zapewniam, że nie stracisz pracownika. Przyznano
ci prawo zatrudnienia nowej osoby. Możesz
zastąpić Alanę dowolnym zainteresowanym
i dysponującym stosownymi kwalifikacjami
pracownikiem naszej firmy. Proszę, daj znać, czy
mogę jakoś pomóc.

Pozdrawiam
Greg Allred
Starszy wiceprezes
Dział badań zaawansowanych
Trion Systems
Pomagamy zmienić przyszłość

A potem, dwa dni później, kolejny e-mail:

Temat: Re: Przeniesienie Alany Jennings
Data: czwartek, 10 kwietnia, 14:13:07
Od: GAllred
Do: NSommers

Noro,
co do AURORY, bardzo mi przykro, lecz nie mogę
ujawnić natury tego projektu, poza tym, że
odgrywa kluczową rolę w przyszłości Triona.
Ponieważ AURORA jest tajnym projektem
najwyższej wagi, uprzejmie proszę, byś dalej nie
naciskała.
Doskonale rozumiem, że masz problemy
z zastąpieniem Alany kimś o równych kwalifikacjach.
Miło mi cię poinformować, że w tym wypadku
pozwolono na złamanie ogólnej zasady
zabraniającej zatrudniania ludzi z zewnątrz.
Pozycję tę określono jako krytyczną, więc możesz
zatrudnić kogoś spoza Triona. Mam nadzieję, że to
rozwieje twoje obawy.
Jeśli masz jeszcze jakieś pytania, nie wahaj się pisać.

Pozdrawiam
Greg Allred
Starszy wiceprezes
Dział badań zaawansowanych
Trion Systems
Pomagamy zmienić przyszłość

Rany. Nagle wszystko zaczęło nabierać więcej sensu. Zatrudniono mnie na miejsce tej Alany, którą przeniesiono do tajnego projektu AURORA.

Projekt AURORA był tak tajny, że mogło to oznaczać tylko jedno — śmierdziela.

Znalazłem go.

Uznałem, że kserowanie e-maili to nie najlepszy pomysł, toteż wziąłem notatnik z szafki Nory i zacząłem sporządzać zapiski. Nie wiem, jak długo siedziałem na podłodze jej gabinetu, notując na kartce. Musiało minąć cztery albo pięć minut. Nagle uświadomiłem sobie, że kątem oka coś widzę. Uniosłem wzrok i ujrzałem stojącego w otwartych drzwiach strażnika. Patrzył na mnie.

Trion nie zatrudniał firmy ochroniarskiej, mieli własnych ochroniarzy. Ich granatowe bluzy i białe koszule sprawiały, że nieco przypominali policjantów, a może kościelnych. Ten facet był wysoki, ciemnoskóry, miał siwe włosy, a na policzkach mnóstwo pieprzyków przypominających piegi. Jego smutne oczy spaniela za okularami w drucianej oprawie obserwowały mnie uważnie.

Choć wcześniej wiele razy ćwiczyłem w pamięci, co powiem, teraz nie potrafiłem wydusić ani słowa.

— Co my tu mamy? — powiedział strażnik. Przeniósł spojrzenie na biurko Nory, na komputer... keylogger? Nie, Boże, proszę, nie.

— Przepraszam? — spytałem.

— Patrzcie, patrzcie. O tak, poznaję.

Serce zatrzepotało mi w piersi. Chryste Wszechmogący, mam przesrane.

22

Strażnik zamrugał i nadal patrzył na biurko. Widział, jak instaluję sprzęt? Nagle przyszła mi do głowy kolejna przerażająca myśl. Czy zauważył nazwisko Nory na drzwiach? Nie zastanawia go, co mężczyzna robi w biurze kobiety? Czemu przerzuca jej akta?

Zerknąłem na tabliczkę na otwartych drzwiach tuż za plecami strażnika. Napis głosił N. SOMMERS. N. Sommers to może być każdy, mężczyzna albo kobieta. Ale równie dobrze facet mógł patrolować to piętro od lat i świetnie znać Norę.

Strażnik nadal stał w drzwiach, blokując wyjście. Co miałem robić, do diabła? Mógłbym spróbować uciec, ale najpierw musiałbym obok niego przejść. W takim razie musiałbym chyba rzucić się na niego, powalić na ziemię i ogłuszyć. Był wielki, ale stary, pewnie nie za szybki. To może się udać. Ale o czym ja rozmyślam? O napaści na staruszka i pobiciu? Chryste!

Zastanawiałem się szybko. Mam powiedzieć, że jestem nowy? Przejrzałem w myślach serię wyjaśnień. Jestem nowym asystentem Nory Sommers. Jestem jej podwładnym — to akurat prawda — pracuję do późna na jej polecenie. Ale co on mógł wiedzieć? Był przecież zwykłym strażnikiem.

Postąpił kilka kroków naprzód i pokręcił głową.

— O rany, a sądziłem, że widziałem już wszystko.

— Proszę posłuchać, do jutra muszę skończyć ważny projekt — zacząłem z oburzeniem.

— Ma pan tu wóz z *Bullitta*. Autentyk.

I wtedy zrozumiałem, na co patrzy — wiszące na ścianie wielkie kolorowe zdjęcie w srebrnej ramce. Na zdjęciu był przepięknie odnowiony stary samochód. Strażnik szedł ku niemu oszołomiony, jakby zbliżał się do Arki Przymierza.

— Do diabła, bracie to prawdziwy mustang GT trzysta dziewięćdziesiąt z tysiąc dziewięćset sześćdziesiątego ósmego roku.

— Westchnął, jakby ujrzał właśnie oblicze Boga.

Poczułem gwałtowny napływ adrenaliny. Ogarnęła mnie obezwładniająca ulga. Jezu.

— Tak — rzekłem z dumą. — Świetny, prawda?

— A niech mnie. To autentyk z GT?

Skąd niby miałem wiedzieć? Nie odróżniłbym mustanga od dodge'a. Równie dobrze mógłby to być AMC Gremlin.

— Jasne — odpowiedziałem.

— Jest mnóstwo fałszywek. Sprawdzał pan pod tylnym siedzeniem, czy ma dodatkowe metalowe wzmocnienia rury wydechowej?

— O tak — odparłem wyniośle. Wstałem i wyciągnąłem rękę. — Nick Sommers.

Jego dłoń była sucha, potężna; moja całkowicie w niej zniknęła.

— Luther Stafford — odrzekł. — Nie widziałem pana wcześniej.

— Nigdy nie zostaję na noc. To przez ten cholerny projekt. Jak zwykle potrzebujemy go na dziewiątą rano, wielki pośpiech, do roboty i tak dalej. — Starałem się mówić lekko, od niechcenia. — Dobrze wiedzieć, że nie tylko ja pracuję do późna.

Ale on nie odpuszczał tematu samochodu.

— Nigdy chyba nie widziałem tego modelu w odcieniu szkockiej zieleni. Oczywiście poza kinem. Wygląda identycznie jak ten, którym Steve McQueen ścigał czarnego dodge'a chargera do stacji benzynowej. Ale wtedy latały dekle! — Zaśmiał się nisko, gardłowo. W jego głosie znać było tysiące wypalonych papierosów i wypitych szklaneczek whisky. — *Bullitt*. Mój ulubiony film, oglądałem go z tysiąc razy.

— Zgadza się — mruknąłem. — To właśnie ten.

Podszedł bliżej. Nagle zorientowałem się, że na półce tuż obok zdjęcia stoi duża złota statuetka z wygrawerowanym na czarno napisem „Kobieta roku 1999: Nora Sommers". Szybko przeszedłem za biurko, zasłaniając strażnikowi nagrodę, jakbym ja także chciał z bliska obejrzeć zdjęcie.

— Ma tylny spoiler, wszystko — ciągnął. — Podwójną rurę wydechową. Zgadza się?

— O tak.

— Z wygiętym końcem i tak dalej.

— Owszem.

Ponownie pokręcił głową.

— Rany, bracie, sam go odnowiłeś?

— Nie, nie mam tyle czasu.

Zaśmiał się ponownie, basowo.

— Rozumiem.

— Kupiłem od gościa, który trzymał go w stodole.

— Trzysta dwadzieścia koni?

— Właśnie — odparłem, jakbym wiedział, o czym mówi.

— Spójrz tylko na osłonę sygnalizatora. Miałem kiedyś podobny model, ale musiałem się go pozbyć. Żona mnie zmusiła po pierwszym dziecku. Od tamtego czasu marzę o takim cacku, ale nowego mustanga nie tknąłbym nawet kijem.

Pokręciłem głową.

— Nie ma mowy.

Nie miałem pojęcia, o czym on gada. Czy wszyscy w tej firmie mieli świra na punkcie samochodów?

— Popraw mnie, jeśli się mylę. Wygląda na to, że masz tu opony GR-siedemdziesiąt na obręczach piętnaście na siedem, American Torque Thrust. Zgadłem?

Boże, moglibyśmy zmienić temat?

— Prawdę mówiąc, Luther, zupełnie nie znam się na mustangach. Nie zasługuję na niego. Dostałem go od żony na urodziny.

124

Oczywiście to ja przez następnych siedemdziesiąt pięć lat będę spłacał raty.

Strażnik zachichotał.

— Rozumiem. Znam to aż za dobrze.

Zauważyłem, że patrzy na biurko, i uświadomiłem sobie, co widzi. Leżała tam wielka brązowa koperta z wypisanym czerwonym flamastrem imieniem i nazwiskiem Nory. Wielkie, drukowane litery: NORA SOMMERS. Rozejrzałem się szybko w poszukiwaniu czegoś, czym mógłbym ją zasłonić, przykryć, na wypadek gdyby nie zdążył jeszcze odczytać nazwiska. Lecz Nora utrzymywała biurko w idealnym porządku. Starając się nie zdradzać zdenerwowania, wydarłem z notatnika pierwszą kartkę i upuściłem na blat, po czym lewą ręką zasłoniłem kopertę. Świetnie, Adamie. Na kartce widniały notatki sporządzone moim pismem, ale dla przypadkowego obserwatora nie miały one sensu.

— Kim jest Nora Sommers? — spytał.

— A, to moja żona.

— Nick i Nora, co? — Zaśmiał się.

— Tak, ciągle z nas żartują. — Uśmiechnąłem się szeroko. — Dlatego się z nią ożeniłem. Cóż, muszę wracać do roboty albo zostanę tu całą noc. Miło było cię poznać, Luther.

— Ciebie też, Nick.

Gdy strażnik wyszedł, byłem tak zdenerwowany, że zdołałem jedynie skończyć przepisywać e-maile. Potem zgasiłem światło i zamknąłem drzwi gabinetu Nory. Odwróciłem się, by odnieść klucze do boksu Lisy McAuliffe, i dostrzegłem przechodzącą nieopodal postać. Pewnie to znowu Luther, pomyślałem. Chciał jeszcze pogadać o mustangach? Pragnąłem jedynie niepostrzeżenie odłożyć klucze i zniknąć z biura.

Ale to nie był Luther, lecz brzuchaty facet w rogowych okularach, z włosami związanymi w kucyk.

Ostatnia osoba, której oczekiwałem o tej porze w biurze. Ale inżynierowie też często pracują do późna.

Noah Mordden.

Czy widział, jak zamykam gabinet Nory? Może nawet dostrzegł, jak byłem w środku? A może ma kiepski wzrok? Może w ogóle nie zwracał na mnie uwagi, przebywał we własnym świecie. Ale co tu robi?

Nic nie powiedział, nie pozdrowił mnie. Nie byłem pewien, czy w ogóle mnie zauważył. Ale nie był przecież ślepy. Poza nami dwoma w biurze panowały pustki.

Skręcił w następny korytarz i zostawił teczkę na czyimś biurku. Swobodnym krokiem przeszedłem obok boksu Lisy. Jednym szybkim ruchem wepchnąłem klucze w ziemię, dokładnie tam, gdzie je znalazłem. Następnie ruszyłem naprzód.

Byłem w połowie drogi do wind, gdy usłyszałem jego głos:

— Cassidy.

Odwróciłem się.

— A sądziłem, że tylko my, inżynierowie, czuwamy po nocach.

— Próbuję rozplątać parę spraw — oznajmiłem niepewnie.

— Jakich? A w co się wplątałeś? — Ton jego głosu sprawił, że po plecach przebiegły mi ciarki.

— Słucham?

— Co starasz się rozplątać?

— Chyba nie rozumiem. — Czułem jak wali mi serce.

— Zapamiętaj i to.

— Słucham?

Ale Mordden ruszył już w kierunku windy. Nie odpowiedział.

CZĘŚĆ TRZECIA

KANAŁY

Kanały: w żargonie wywiadowczym infrastruktura oferująca wsparcie szpiegowi, kryjówki, skrytki itp., którymi posługuje się Agencja.

Międzynarodowy słownik terminów szpiegowskich

23

Gdy dotarłem do domu, kompletnie się rozkleiłem. Nie nadawałem się do tej roboty. Chciałem wyjść i znów się narąbać, ale przecież musiałem się położyć i przespać. Mieszkanie wydawało mi się jeszcze ciaśniejsze i nędzniejsze niż zwykle. Miałem sześciocyfrową pensję, powinno mnie być stać na apartament w nowych wieżowcach na nabrzeżu. Nie było powodu, bym cały czas tkwił w tej dziurze, poza jednym: to moja dziura, przypominająca, kim naprawdę jestem — kiepskim obibokiem, kombinatorem, nie zaś dobrze ubranym śliskim pozerem. Poza tym nie miałem czasu szukać nowego mieszkania.

Nacisnąłem wyłącznik przy drzwiach, lecz światło się nie zapaliło. Cholera, a więc żarówka w wielkiej paskudnej lampie obok kanapy, głównym źródle światła, znów zdechła. Zawsze zostawiam lampę włączoną, tak bym mógł ją gasić i zapalać przy drzwiach. Teraz musiałem przedrzeć się przez pogrążone w mroku mieszkanie do szafki, w której przechowuję zapasowe żarówki. Na szczęście znam na pamięć każdy centymetr kwadratowy tej dziupli i umiem trafić wszędzie z zamkniętymi oczami. Pomacałem w pudełku w poszukiwaniu żarówki. Miałem nadzieję, że trafię na setkę, nie na dwudziestkępiątkę. Potem ruszyłem z powrotem w kierunku stolika przy kanapie. Odkręciłem wihajster podtrzymujący abażur, wykręciłem żarówkę, założyłem nową. Wciąż ciemno. Cholera. Wspaniały koniec paskudnego dnia.

Znalazłem przełącznik na podstawie lampy i przekręciłem. W pokoju zrobiło się jasno.

Dopiero w połowie drogi do łazienki uderzyła mnie myśl: jakim cudem lampa była wyłączona? Sam nigdy jej nie wyłączam, nigdy. Czyżbym zaczynał wariować?

Czy ktoś był w moim mieszkaniu?

Z początku ta myśl wydała mi się paranoiczna. A jednak ktoś tu był. Jak inaczej mogło dojść do tego, że zastałem wyłączoną lampę?

Nie miałem współlokatorów ani dziewczyny, nikomu nie dałem klucza. Żałosna firma zarządzająca budynkiem w imieniu żałosnego, nieobecnego właściciela nigdy nie odwiedzała mieszkań, nawet jeśli błagałeś, by przysłali kogoś do naprawy kaloryfera. Nikt tu nigdy nie bywał oprócz mnie.

Patrząc na telefon stojący tuż pod lampą, stary czarny panasonic z automatyczną sekretarką, której nigdy nie używałem, bo miałem przecież pocztę głosową, dostrzegłem, że coś jeszcze jest nie tak. Czarny kabel telefoniczny nie leżał zwinięty z boku jak zawsze, lecz wprost na klawiaturze. Owszem, to drobne, głupie szczególiki, ale kiedy mieszkasz sam, dostrzegasz takie rzeczy. Próbowałem sobie przypomnieć swoją ostatnią rozmowę telefoniczną. Gdzie byłem, co robiłem. Czy byłem tak rozkojarzony, że źle odłożyłem słuchawkę? Ale nie. Z całą pewnością, gdy wychodziłem rano, telefon wyglądał normalnie.

Ktoś niewątpliwie był w mieszkaniu.

Przyglądając się telefonowi i sekretarce, zarejestrowałem coś jeszcze. I nie był to już subtelny szczegół. Sekretarka, której nigdy nie używałem, miała dwie mikrokasety. Jedna rejestrowała wiadomości przychodzące, druga wychodzące.

Kaseta do wiadomości przychodzących zniknęła. Ktoś ją zabrał.

Najwyraźniej ktoś, kto chciał wiedzieć, jakie wiadomości otrzymuję.

Albo, nagle przyszło mi do głowy, ktoś, kto chciał się upewnić, że nie używałem sekretarki do nagrywania rozmów. To musiało być to. Wstałem i zacząłem szukać mojego drugiego urządzenia do nagrywania dźwięku — małego dyktafonu, który kupiłem w college'u, już nawet nie pamiętam po co. Jak przez mgłę przypominałem sobie, że parę tygodni temu, kiedy szukałem zapalniczki, dostrzegłem go w dolnej szufladzie biurka. Otworzyłem ją i zacząłem grzebać w środku. Bez skutku. Nie było go też w drugiej szufladzie.

Im dłużej szukałem, tym większą czułem pewność, że widziałem dyktafon w najniższej szufladzie. Po ponownym przeszukaniu znalazłem zasilacz od kompletu. To potwierdzało moje podejrzenia. Dyktafon również zniknął.

Teraz byłem już pewien. Tajemniczy intruzi szukali wszelkich możliwych nagrań. Pytanie brzmiało: kim byli? Jeśli to ludzie Wyatta i Meachama, to oburzające, skandaliczne.

Ale jeśli nie? Jeśli to Trion? Ta myśl mnie przeraziła. Przypomniałem sobie obojętne pytanie Morddena: „A w co się wplątałeś?".

24

Dom Nicka Wyatta stał w najdroższej dzielnicy na przedmieściach. Słyszeli o nim wszyscy. Był tak kosztowny, że stanowił przedmiot żartów — największa, najbardziej bajerancka i wyrafinowana rezydencja w mieście słynącym z wielkich, bajeranckich i wyrafinowanych rezydencji. Bez wątpienia Wyattowi zależało, by mieszkać w domu, o którym wszyscy gadają, którego zdjęcie umieszcza się na okładce „Architectural Digest", a miejscowi dziennikarze zawsze starają się go odwiedzić pod jakimś pretekstem i napisać kolejny artykuł. Uwielbiali padać na kolana i opisywać na klęczkach owego krzemowego Krezusa. Zachwycali się japońszczyzną — duchem pseudozen, oszczędnością i prostotą, groteskowo kontrastującą z flotyllą bentleyów kabrioletów i całkowicie niepasującą do zen nieugiętością Wyatta.

W dziale PR Wyatt Telecommunications jeden z pracowników zajmował się wyłącznie medialnym wizerunkiem Nicka Wyatta. Załatwiał wywiady i artykuły w „People" i „USA Today", od czasu do czasu także teksty dotyczące majątku Wyatta. Stąd wiedziałem, że dom kosztował pięćdziesiąt milionów dolarów, był znacznie większy i bardziej bajerancki niż rezydencja Billa Gatesa nad jeziorem pod Seattle; że stanowił replikę czternastowiecznego japońskiego pałacu, którą Wyatt kazał zbudować w Osace, a następnie w częściach przewieźć do Stanów. Otaczało go szesnaście hektarów japońskich ogrodów, pełnych rzadkich gatunków kwiatów i ogródków skalnych, wraz ze sztucznym wodospadem, sztucznym stawem i sprowadzonymi z Japonii antycznymi drewnianymi mostkami. Nawet nieregularne kamienne płyty, którymi wyłożono podjazd, ściągnięto z Japonii. Oczywiście jadąc niekończącym się kamiennym podjazdem, nie widziałem tych cudów. Ujrzałem jedynie kamienną budkę strażniczą i wysoką żelazną bramę, która otwarła się automatycznie. Następnie gęsty bambusowy las, parking z sześcioma różnobarwnymi bentleyami kabrioletami (Nick Wyatt preferował bentleye, nie interesowały go stare amerykańskie samochody) i wielki, niski drewniany dom, otoczony wysokim kamiennym murem.

Meacham polecił mi stawić się na spotkanie w wiadomości wysłanej bezpieczną pocztą elektroniczną na konto w Hushmail. E-mail był od Arthura i przeszedł przez fiński anonimizer, serwer pocztowy blokujący informacje o prawdziwym nadawcy. Cała wiadomość była zakodowana, wyglądała na potwierdzenie zamówienia złożonego w sklepie internetowym. W istocie zawierała informacje: gdzie, kiedy i tak dalej.

Meacham udzielił mi również szczegółowych instrukcji, jak i dokąd jechać. Musiałem podjechać na parking pod Dennym i zaczekać na granatowego lincolna, a następnie ruszyć za nim do domu Wyatta. Przypuszczam, że chcieli sprawdzić, czy nikt mnie nie śledzi. Pomyślałem, że to lekka paranoja, ale nie zamierzałem się sprzeciwiać. Ostatecznie to ja nadstawiałem głowę.

Gdy tylko wysiadłem z wozu, lincoln odjechał. Drzwi otworzył Filipińczyk (tak mi się wydawało), który polecił mi zdjąć buty i poprowadził do poczekalni pełnej papierowych parawanów i mat tatami. Na środku stał niski czarny stolik z laki i biała kwadratowa kanapa przypominająca futon, niezbyt wygodna. Przejrzałem pisma ułożone artystycznie na czarnym blacie — „The Robb Report”, „Architectural Digest” (oczywiście także numer z domem Wyatta na okładce), katalog domu aukcyjnego Sotheby's.

W końcu służący, czy jak go nazwać, zjawił się ponownie i skinął na mnie. Podążyłem w ślad za nim długim korytarzem.

Na jego końcu ujrzałem kolejny niemal pusty pokój. U szczytu długiego, niskiego czarnego stołu siedział Wyatt.

Gdy zbliżyliśmy się do drzwi jadalni, usłyszałem nagle wysoki, elektroniczny, przeszywająco głośny alarm. Rozejrzałem się oszołomiony, nim jednak zrozumiałem, co się dzieje, Filipińczyk i drugi facet, który pojawił się znikąd, chwycili mnie i powalili na ziemię.

— Co jest, kurwa? — warknąłem, wyrywając się, ale ci goście byli silni jak zawodnicy sumo.

Drugi facet mnie przytrzymał, a Filipińczyk dokładnie przeszukał. Czyżby podejrzewali, że mam broń? Filipińczyk znalazł mojego iPoda, wyszarpnął go z plecaka, przyjrzał mu się, powiedział coś w języku, którym posługują się na Filipinach, wręczył odtwarzacz drugiemu gościowi, który obejrzał go, obrócił w palcach i odpowiedział coś szorstko, niezrozumiale.

Usiadłem na ziemi.

— Witacie tak wszystkich gości pana Wyatta? — spytałem.

Służący zabrał iPoda, wszedł do jadalni, i podał go Wyattowi, który obserwował całą scenę. Wyatt, nawet nie patrząc, zwrócił mu mój drobiazg.

Wstałem z podłogi.

— Nigdy czegoś takiego nie widzieliście? A może nie wolno tu słuchać własnej muzyki?

— Po prostu są dokładni — odparł Wyatt.

Miał na sobie obcisłą czarną koszulę z długim rękawem, na oko lnianą i zapewne kosztującą więcej, niż zarabiałem w ciągu miesiąca, nawet teraz, w Trionie. Wydawał się jeszcze bardziej opalony niż zwykle. Pewnie sypia w solarium.

— Bał się pan, że mam broń? — spytałem.

— Niczego się nie boję, Cassidy. Lubię, gdy wszyscy grają według zasad. Jeśli będziesz roztropny i nie spróbujesz kombinować, wszystko pójdzie świetnie. Nie myśl nawet o tym, żeby się „ubezpieczać", bo zawsze będziemy krok przed tobą.

Zabawne. Aż do tej chwili nic takiego nie przyszło mi do głowy.

— Nie rozumiem.

— Mówię, że jeśli planujesz coś niemądrego, na przykład nagrywanie naszych rozmów, spotkań ze mną czy z moimi współpracownikami, czeka cię przykra niespodzianka. Nie potrzebujesz ubezpieczenia, Adamie. Ja jestem twoim ubezpieczeniem.

Nagle znikąd zjawiła się piękna Japonka w kimonie. W rękach miała tacę. Srebrnymi szczypcami wręczyła Wyattowi zwinięty rozgrzany ręcznik. Wytarł dłonie i oddał go jej.

— Twój domowy telefon nie jest bezpieczny — podjął. — Podobnie domowa poczta głosowa, komputer czy komórka. Masz nawiązywać z nami kontakt jedynie w razie absolutnej konieczności. My będziemy się z tobą kontaktować wyłącznie przez bezpieczną zaszyfrowaną pocztę elektroniczną. A teraz pokaż, co masz.

Wręczyłem mu płytę z danymi wszystkich nowo zatrudnionych pracowników Triona, ściągniętymi z intranetu, a także kilka zapisanych na maszynie kartek. Kiedy czytał moje notatki, Japonka wróciła z kolejną tacą. Zaczęła ustawiać przed Wyattem całą gamę idealnie ulepionych artystycznych sushi i sashimi na lakierowanych mahoniowych pudełkach pośród niewielkich wzgórków białego ryżu, bladozielonego wasabi i różowych plastrów marynowanego imbiru. Wyatt nie uniósł nawet wzroku; całkowicie zaczytał się w moich zapiskach. Po kilku minutach wziął ze stołu niewielki czarny telefon, którego wcześniej nie dostrzegłem, i powiedział coś cicho. Wydało mi się, że dosłyszałem słowo „faks".

W końcu spojrzał na mnie.

— Dobra robota — rzekł. — To bardzo ciekawa lektura.

W jadalni zjawiła się druga kobieta, surowa, w średnim wieku — siwiejące włosy, pomarszczona twarz, okulary do czytania na łańcuszku. Uśmiechnęła się, wzięła od niego plik papierów i wyszła bez słowa. Czyżby pod telefonem cały czas dyżurowała sekretarka?

Wyatt wziął pałeczki i podniósł do ust kęsek surowej ryby. Zaczął żuć powoli, patrząc na mnie.

— Czy rozumiesz, na czym polega wyższość japońskiej diety? — spytał.

Wzruszyłem ramionami.

— Lubię tempurę i takie tam.

Wyatt skrzywił się i pokręcił głową.

— Nie mówię o tempurze. Jak sądzisz, czemu Japończycy żyją najdłużej? Mają dietę niskotłuszczową, wysokobiałkową, bogatą w pokarmy roślinne, w przeciwutleniacze. Japończycy jedzą czterdzieści razy więcej soi niż my. Od wieków odmawiają spożywania mięsa czworonogów.

— Rozumiem — odparłem, myśląc: a mówisz to, bo...

Wyatt sięgnął po kolejny kęs ryby.

— Powinieneś poważnie zastanowić się nad zmianą stylu życia. Ile masz lat? Dwadzieścia pięć?

— Dwadzieścia sześć.

— Przed tobą jeszcze kilkadziesiąt lat. Zadbaj o swoje ciało. Palenie, picie, hamburgery, wszystkie te śmieci. Musisz z tym skończyć. Ja sypiam trzy godziny na dobę. Nie potrzebuję więcej. Dobrze się bawisz, Adamie?

— Nie.

— I słusznie. Ty nie masz się bawić. Jak się czujesz w Trionie w swojej nowej roli?

— Powoli się oswajam. Moja szefowa to prawdziwa suka...

— Nie mówię o przykrywce, ale o twej prawdziwej roli, o penetracji.

— Jak się czuję? Jeszcze niepewnie.

— Gra toczy się o wysoką stawkę. Czuję twój ból. Wciąż spotykasz się z dawnymi przyjaciółmi?

— Jasne.

— Nie oczekuję, że z nimi zerwiesz. To mogłoby wzbudzić podejrzenia. Ale pamiętaj, żeby trzymać gębę na kłódkę, albo znajdziesz się po uszy w gównie.

— Zrozumiałem.

— Zakładam, że nie muszę ci przypominać o możliwych konsekwencjach.

136

— Nie musi pan.

— To dobrze. Twoje zadanie jest trudne, lecz niepowodzenie byłoby o wiele gorsze.

— Prawdę mówiąc, nawet podoba mi się w Trionie. — Mówiłem szczerze, lecz wiedziałem, że potraktuje to jako przytyk. Wyatt uniósł wzrok i skrzywił się złośliwie, wciąż żując.

— Miło mi to słyszeć.

— Wkrótce mój zespół będzie miał prezentację przed samym Augustine'em Goddardem.

— Poczciwy stary Jock Goddard. Niedługo się przekonasz, że to pretensjonalny, sentymentalny dupek. Chyba sam wierzy w swój lizusowski wizerunek. Wszystkie te bzdury o głosie sumienia w świecie technologii, jakie wypisują w „Fortune". Naprawdę sądzi, że jego gówno nie śmierdzi.

Skinąłem głową. Co miałem powiedzieć? Nie znałem Goddarda, więc nie mogłem się zgodzić ani zaprzeczyć. Wyraźnie jednak dostrzegałem, że Wyatta zżera zazdrość.

— Kiedy wystąpisz przed starym pierdzielem?

— Za parę tygodni.

— Może zdołam pomóc.

— Wsparcie mi się przyda.

Zadzwonił telefon, Wyatt odebrał natychmiast.

— Tak. — Słuchał minutę. — W porządku — rzekł i odłożył słuchawkę. — Trafiłeś na coś ciekawego. W ciągu tygodnia lub dwóch dostaniesz pełne dossier dotyczące Alany Jennings.

— Takie jak o Lundgrenie i Sommers?

— Nie, znacznie bardziej szczegółowe. To inna skala.

— Dlaczego?

— Bo musisz się nią zająć. Ona zaprowadzi cię do środka. A teraz, skoro znasz już nazwę projektu, chcę, żebyś zdobył nazwiska wszystkich osób z nim związanych. Wszystkich. Od dyrektora aż po sprzątaczkę.

— Jak? — Gdy tylko to wypowiedziałem, pożałowałem własnych słów.

— Wymyśl coś. To twoja praca. I chcę mieć listę na jutro.

— Na jutro?

— Zgadza się.

— W porządku — odparłem. W moim głosie zadźwięczała nuta oporu. — Wtedy dostanie pan to, czego chce. I z nami koniec, tak?

— O nie. — Uśmiechnął się, błyskając wielkimi białymi zębami. — To dopiero początek, mój drogi. Zaledwie naruszyliśmy powierzchnię.

25

Wyrabiałem teraz potworne nadgodziny i cały czas byłem niewyspany. Oprócz normalnej pracy w Trionie wieczorem i nocą całymi godzinami siedziałem w internecie, szukając informacji, albo ślęczałem nad danymi od Meachama i Wyatta dotyczącymi konkurencji, dzięki którym sprawiałem wrażenie świetnie poinformowanego. Kilka razy zdarzyło się, że podczas długiej, powolnej jazdy w korkach o mało nie zasnąłem za kierownicą. Gwałtownie otwierałem oczy, budziłem się i powstrzymywałem w ostatniej sekundzie przed zjechaniem na przeciwny pas albo uderzeniem w wóz przede mną. Po lunchu zwykle zaczynałem przysypiać i trzeba było potężnej dawki kofeiny, bym nie położył się na biurku i nie zasnął. Marzyłem o tym, że wracam wcześniej do domu, otulam się kołdrą w mojej ciemnej dziurze i zasypiam po południu.

Przy życiu trzymały mnie kawa, dietetyczna cola i red bull. Oczy miałem stale podkrążone. Pracoholicy przynajmniej czują jakąś chorą satysfakcję, ja byłem po prostu wykończony jak zabatożony koń w starej rosyjskiej powieści.

Lecz to, że ciągnąłem ostatkiem sił, nie stanowiło największego problemu. Powoli zaczynałem się gubić w tym, co jest moją „prawdziwą" pracą, a co jedynie „przykrywką". Byłem tak zajęty przetrwaniem kolejnych spotkań i narad, utrzymaniem się na powierzchni, unikaniem drapieżnej Nory, że ledwie starczyło mi czasu, by powęszyć za projektem AURORA.

Od czasu do czasu widywałem Morddena — na naradach w sprawie Maestra albo w stołówce. Gawędził ze mną, ale nigdy nie wspominał owego wieczoru, gdy widział mnie — albo i nie — wychodzącego z gabinetu Nory. Może mnie nie zauważył, a może zauważył, lecz z jakiejś przyczyny nie poruszał tego tematu.

No i każdego wieczoru dostawałem e-mail od „Arthura" z pytaniem, jak stoję ze śledztwem, co u mnie słychać i czemu to trwa tak długo.

Co dzień kładłem się bardzo późno i rzadko bywałem w domu. Seth zostawił mi kilkanaście wiadomości. Po jakimś tygodniu zrezygnował. Większość przyjaciół przestała dzwonić. Starałem się od czasu do czasu wykroić pół godzinki, by odwiedzić tatę i zobaczyć, co u niego słychać, lecz za każdym razem był tak wkurzony, że go unikam, że w ogóle ze mną nie rozmawiał. Między ojcem i Antwoine'em zapanowało zawieszenie broni, coś w rodzaju zimnej wojny. Przynajmniej Antwoine nie groził, że odejdzie. Na razie.

Pewnego wieczoru wróciłem do gabinetu Nory i usunąłem keylogger. Wszystko poszło szybko i gładko. Mój uwielbiający mustangi przyjaciel zwykle robił obchód między dziesiątą a dziesiątą trzydzieści, więc wybrałem wcześniejszą porę. Cała operacja zabrała mi minutę. Sprawdziłem też najpierw, czy w pobliżu nie ma Noaha Morddena.

Maleńka przejściówka kryła teraz setki tysięcy zapisanych przez Norę znaków, a wśród nich wszystkie jej hasła. Wystarczyło tylko podłączyć urządzenie do mojego komputera i skopiować tekst. Nie śmiałem jednak zrobić tego w boksie. Kto wie, jakie programy ochronne działały w sieci Triona. Nie warto ryzykować. Załatwię to w domu.

Zamiast tego zalogowałem się na stronę firmową Triona. W polu wyszukiwania wstukałem AURORA. Nic. Nie żeby mnie to zdziwiło. Miałem jednak inny pomysł. Odszukałem Alanę Jennings. Nie było zdjęcia — większość ludzi umieszczała swoje fotografie, ale nie wszyscy — za to znalazłem podstawowe informacje: numer wewnętrzny, oficjalne stanowisko (dyrektor marketingu, dział badań przełomowych), numer działu, taki sam jak numer skrzynki pocztowej.

Wiedziałem, że ten mały numerek to niezwykle pożyteczna informacja. W Trionie, podobnie jak w Wyatcie, każdy dział otrzymywał swój numer. Wystarczyło wprowadzić ów numer do firmowej bazy danych — i proszę. Lista wszystkich współpracowników Alany Jennings, ludzi zaangażowanych w projekt AURORA.

Nie znaczyło to, rzecz jasna, że miałem kompletną listę wszystkich pracowników AURORY. Mogli przecież należeć do innych działów na tym samym piętrze. Ale przynajmniej dysponowałem zestawem czterdziestu siedmiu nazwisk. Wydrukowałem dane każdego pracownika i wsunąłem kartki do teczki w torbie. Uznałem, że to na jakiś czas powinno zadowolić ludzi Wyatta.

Gdy tego wieczoru wróciłem do domu z zamiarem włączenia komputera i skopiowania danych z komputera Nory, coś innego przykuło moją uwagę. Pośrodku kuchennego stołu — kulawego mebla z fornirowym blatem, kupionego w sklepie z używanymi rzeczami za czterdzieści pięć dolców — tkwiła nowiusieńka, gruba, zaklejona brązowa koperta.

Rano jej tam nie było. Znów ktoś z Wyatta się do mnie włamał. Zupełnie jakby chcieli dać mi do zrozumienia, że potrafią dotrzeć wszędzie. No dobra, pojąłem. Może uznali, że to najlepsza metoda dostarczenia mi czegoś niepostrzeżenie, ja jednak odebrałem ten ruch niemal jak groźbę.

W kopercie znalazłem obiecane przez Nicka Wyatta grube dossier dotyczące Alany Jennings. Otworzyłem teczkę, ujrzałem kilka zdjęć i nagle całkowicie straciłem zainteresowanie hasłami Nory Sommers. Alana Jennings była, delikatnie mówiąc, niezłą laską.

* * *

Usiadłem w fotelu i zagłębiłem się w lekturze.

Od razu dostrzegłem, że ludzie Wyatta przyłożyli się do pracy. Musiało to kosztować sporo czasu i pieniędzy. Prywatni detektywi śledzili ją na okrągło. Zapisywali wszystkie wyjścia, notowali zwyczaje, upodobania. W teczce znalazłem zdjęcia Alany wchodzącej do budynku Triona, w restauracji z kilkoma przyjaciółkami, w klubie tenisowym, ćwiczącej w centrum fitnessu dla kobiet, wysiadającej z błękitnej mazdy miaty. Miała lśniące czarne włosy i niebieskie oczy oraz świetną figurę (wyraźnie widoczną w obcisłym stroju do ćwiczeń). Czasami zakładała okulary w grubej czarnej oprawie, z rodzaju tych, które noszą piękne kobiety, by pokazać światu, że są tak poważne i inteligentne, a zarazem piękne, że mogą założyć wszystko, nawet paskudne szkła. Wyglądała w nich jeszcze seksowniej. Może właśnie o to chodziło.

Po godzinie wiedziałem o niej więcej niż o jakiejkolwiek dziewczynie, z którą się spotykałem. Była nie tylko piękna, ale i bogata. Podwójne zagrożenie. Dorastała w Darien w stanie Connecticut, uczęszczała do Miss Porter's School w Farmington, a potem do Yale, gdzie studiowała filologię angielską i specjalizowała się w literaturze amerykańskiej. Zrobiła też kursy informatyki i inżynierii elektrycznej. Ukończyła studia z najwyższymi ocenami. Już na drugim roku wybrano ją do Phi Beta Kappa. Oznaczało to, że jest także inteligentna. Potrójne zagrożenie.

Ludzie Meachama zbadali również historię finansową jej i rodziny. Alana miała fundusz powierniczy na kilkanaście milionów. Jej ojciec, prezes niewielkiej firmy w Stanford, dysponował portfelem akcji wartym znacznie więcej. Miała dwie młodsze siostry, jedna wciąż studiowała w Westleyan, druga pracowała w domu aukcyjnym Sotheby's na Manhattanie.

Ponieważ co dzień dzwoniła do rodziców, łatwo wywnioskować, że była z nimi blisko (do akt dołączono billingi z ostatniego roku, lecz na szczęście dla mnie ktoś już je przejrzał i zaznaczył, do kogo dzwoniła najczęściej). Była samotna, nie spotykała się z nikim, mieszkała we własnym apartamencie w eleganckiej dzielnicy, niedaleko siedziby Triona.

Każdej niedzieli robiła zakupy spożywcze w drogim supermarkecie. Wyglądało na to, że jest wegetarianką, bo nigdy nie kupowała mięsa, kurcząt ani ryb. Jadła jak ptaszek, i to ptaszek z tropikalnej dżungli — mnóstwo owoców, jagód, ziaren. Nie bywała w barach ani pubach, lecz od czasu do czasu dostarczano jej alkohol ze sklepu w sąsiedztwie. Miała zatem przynajmniej jedną słabość. Preferowała wódkę Grey Goose i gin Tanqueray Malacca. Raz czy dwa razy w tygodniu bywała w restauracjach, i to nietanich. Wybierała eleganckie, drogie knajpy o dziwacznych nazwach: Chakra, Alto, Buzz, Om. Najwyraźniej lubiła tajską kuchnię.

Przynajmniej raz w tygodniu chodziła do kina. Zwykle kupowała bilety z wyprzedzeniem przez telefon. Od czasu do czasu oglądała typowe babskie filmy, lecz przeważnie produkcje zagraniczne. Oto kobieta, która woli obejrzeć *Drzewo na saboty* niż *Świntucha*. No cóż. Zamawiała mnóstwo książek w sieci, z Amazonu i innych dużych księgarni. Zwykle wybierała ambitną beletrystykę, czasami iberoamerykańską. Było też sporo książek na temat kina i ostatnio buddyzmu, mądrości Wschodu i innych podobnych pierdoł. Kupowała też sporo płyt DVD, w tym wszystkie części *Ojca chrzestnego* oraz klasykę *noir* z lat czterdziestych, na przykład *Podwójne ubezpieczenie*. W istocie kupiła je dwa razy, raz na wideo kilka lat temu, a później, niedawno, na DVD. W ciągu ostatnich lat musiała sprawić sobie odtwarzacz DVD, a stary film z Fredem MacMurrayem i Barbarą Stanwyck należał do jej ulubionych. Miała też wszystkie płyty Ani DiFranco i Alanis Morissette.

Starannie rejestrowałem fakty w pamięci. Zaczynałem już tworzyć w myślach obraz Alany Jennings, a także plan.

26

W sobotnie popołudnie, ubrany w biały strój do tenisa (kupiłem go tego ranka; zwykle grywam w tenisa w obciętych dżinsach i podkoszulku), z błyszczącym na ręku potwornie drogim włoskim zegarkiem do nurkowania, moim najnowszym szalonym wydatkiem, zjawiłem się w snobistycznym, ekskluzywnym klubie Tennis and Racquet. Należała do niego Alana Jennings. Z dokumentów wynikało, że grywała w tenisa niemal w każdą sobotę. Dzień wcześniej potwierdziłem tę informację, dzwoniąc do klubu i mówiąc, że się z nią umówiłem, ale zapomniałem, o której. Łatwizna. Miała zapisanego debla na wpół do piątej.

Pół godziny wcześniej spotkałem się z dyrektorem do spraw członkowskich, który oprowadził mnie po klubie. Wymagało to nieco starań, bo nie przyjmowano tu byle kogo. Nie można było wejść ot tak, z ulicy. Poprosiłem Arnolda Meachama, by Wyatt załatwił mi rekomendację od jakiegoś bogatego członka klubu — znajomego znajomego znajomego, którego nie da się łatwo z nim powiązać. Facet zasiadał w radzie członkowskiej i jego nazwisko chyba sporo znaczyło, bo dyrektor Josh na każdym kroku wyrażał entuzjazm. Dał mi przepustkę dla gościa, żebym mógł wypróbować korty (ziemne i pod dachem), może nawet zagrać. Sam klub mieścił się w niedużym pseudorustykalnym budynku pośród morza szmaragdowych, idealnie przystrzyżonych trawników. W końcu uwolniłem się od Josha w kawiarence, udając, że do kogoś macham. Zaproponował, że załatwi mi partnera, ale odparłem, że sobie poradzę, znam tu sporo ludzi.

Kilka minut później ją ujrzałem. Trudno byłoby ją przeoczyć. Miała na sobie koszulkę od Freda Perry'ego, pod którą dostrzegłem (z jakichś przyczyn fotografie szpiegowskie pominęły ten szczegół) bardzo zgrabny biuścik. Jej błękitne oczy lśniły oszałamiająco. Weszła do kawiarni z drugą kobietą, mniej więcej w jej wieku. Obie zamówiły pellegrino. Znalazłem stolik blisko, ale nie za blisko, za jej plecami, poza polem widzenia. Zamierzałem obserwować, słuchać, patrzeć i przede wszystkim pozostać niezauważonym. Gdyby mnie dostrzegła, miałbym poważny problem, kiedy następnym razem próbowałbym się zbliżyć. Nie jestem może Bradem Pittem, ale też nie takim ostatnim łazęgą. Kobiety zwykle mnie zauważają. Musiałem zachować ostrożność.

Nie potrafiłem stwierdzić, czy towarzyszka Alany Jennings to sąsiadka, przyjaciółka ze studiów czy ktoś taki, z pewnością jednak nie rozmawiały o pracy. Raczej nie należały razem do zespołu AURORY. Szkoda. Miałem nadzieję, że podsłucham coś ciekawego. Potem zadzwoniła jej komórka.

— Alana, słucham. — Głos miała gładki jak aksamit, akcent z wyższych sfer, wyrafinowany, lecz nie afektowany. — Naprawdę? Wygląda na to, że rozwiązałeś problem.

Nadstawiłem uszu.

— Keith, właśnie udało ci się skrócić o połowę czas produkcji. To niewiarygodne.

Z całą pewnością mówiła o interesach. Zbliżyłem się nieco, by słyszeć wyraźniej. Dobiegające zewsząd śmiechy, brzęk naczyń i odgłosy uderzanych piłek tenisowych niezwykle utrudniały podsłuchiwanie rozmowy. Ktoś przecisnął się obok mojego stolika — wielki facet z potężnym brzuchem, który potrącił szklankę z colą. Śmiał się głośno, całkowicie zagłuszając Alanę.

Rusz się, ty dupku.

Facet oddalił się rozkołysanym krokiem i usłyszałem kolejny strzęp rozmowy. Alana ściszyła głos, moich uszu dobiegały tylko urwane fragmenty. Usłyszałem, jak mówi:

— To jest właśnie pytanie za milion dolarów. Chciałabym wiedzieć... — Potem głośniej dodała: — Dzięki, że dałeś mi znać. Świetna robota. — Krótki pisk zakończył rozmowę. — Praca — powiedziała przepraszającym tonem Alana do swojej towarzyszki. — Wybacz, chciałabym go wyłączyć, ale teraz muszę być ciągle pod telefonem. O, jest Drew.

Do stolika podszedł wysoki przystojniak — nieco po trzydziestce, opalony, o szerokiej, płaskiej sylwetce wioślarza — i pocałował ją w policzek. Zauważyłem, że nie powitał tak drugiej kobiety.

— Cześć, mała — rzucił.

No świetnie, pomyślałem, bandziory Wyatta nie zauważyły, że jednak się z kimś spotyka.

— Cześć, Drew. Gdzie George?

— Nie dzwonił? — spytał Drew. — Sklerotyk. Zapomniał, że w ten weekend ma u siebie córkę.

— Więc brak nam czwartego? — wtrąciła druga kobieta.

— Możemy kogoś poprosić — odparł Drew. — Nie wierzę, że nie zadzwonił. Co za ciota.

Nagle w głowie rozbłysło mi światełko. Całkowicie odrzuciłem starannie obmyślony plan, zakładający anonimową obserwację, i w ułamku sekundy podjąłem śmiałą decyzję. Wstałem.

— Przepraszam.

Spojrzeli na mnie.

— Potrzebujecie czwartego?

• • •

Przedstawiłem się prawdziwym nazwiskiem. Powiedziałem, że zwiedzam klub. Nie wspomniałem o Trionie. Z ulgą przyjęli moją propozycję. Myślę, że na widok mojej tytanowej profesjonalnej rakiety Yonex uznali, że jestem naprawdę dobry, choć poinformowałem ich, że radzę sobie nieźle, ale od dawna nie grałem, co zresztą było prawdą.

Mieliśmy otwarty kort. Na dworze było ciepło, słonecznie, wiał lekki wiatr. Po jednej stronie stanęli Alana i Drew, po drugiej ja i kobieta, która przedstawiła się jako Jody. Ona i Alana grały na podobnym poziomie, lecz Alana czyniła to ze znacznie większym wdziękiem. Nie była szczególnie agresywna, miała jednak niezły backhand, dobrze odbierała serwis, nie chybiała, nie czyniła żadnych zbędnych ruchów. Serwowała prosto i celnie. Niemal zawsze piłka miała obronę. Grała równie naturalnie, jak oddychała.

Niestety, nie doceniłem przystojniaczka. Okazał się całkiem zaawansowanym graczem. Zacząłem niepewnie, trochę zardzewiałem, i całkiem schrzaniłem pierwszy serwis ku widocznej irytacji Jody. Wkrótce jednak umiejętności zaczęły powracać. Tymczasem Drew grał niczym na turnieju w Wimbledonie. Im lepiej mi szło, tym stawał się agresywniejszy. W końcu przekroczył granicę śmieszności. Zaczął wypadać pod siatkę, przechodzić na drugą stronę, odbierać zagrywki kierowane do Alany, jakby piłka należała tylko do niego. Dostrzegłem, jak dziewczyna się krzywi, i zacząłem wyczuwać, że coś ich łączyło. Widać było rosnące między nimi napięcie.

Jednocześnie na korcie działo się coś jeszcze — walka samców alfa. Drew zaczął serwować wprost na mnie, bardzo mocno; czasami jego piłki były zbyt długie. I choć serwował szybko, nie panował nad piłką. Wkrótce zaczęli przegrywać. W dodatku po jakimś czasie go przejrzałem, zacząłem przewidywać jego ruchy, nie sygnalizowałem uderzeń, posyłałem mu loby. Przystojniak działał mi na nerwy, poczułem falę agresji, chciałem pokazać mu, gdzie jego miejsce. Chciałem kobiety drugiego jaskiniowca. Wkrótce zacząłem się pocić. Uświadomiłem sobie, że zanadto się wysilam, jestem zbyt gwałtowny jak na towarzyską grę. Nie wyglądało to dobrze, więc wyhamowałem. Zacząłem grać cierpliwie, utrzymywałem piłkę w grze, pozwalałem, by Drew popełniał kolejne błędy.

Gdy skończyliśmy, podszedł do siatki i uścisnął mi dłoń. Potem poklepał mnie po plecach.

— Masz nieźle opanowane podstawy — rzekł fałszywie przyjacielskim tonem.

— Ty też — odparłem.

Wzruszył ramionami.

— Musiałem kryć połowę kortu.

Alana dosłyszała te słowa i jej błękitne oczy błysnęły gniewnie. Odwróciła się do mnie.

— Masz czas na drinka?

. . .

Siedzieliśmy z Alaną na „werandzie", jak ją nazywali — potężnym drewnianym podeście, z którego roztaczał się widok na korty. Jody pożegnała się, wyczuwając kobiecym instynktem, że Alana nie pragnie jej towarzystwa. Powiedziała, że ma coś do załatwienia. Po chwili Drew zorientował się, co się dzieje, i także poszedł, choć z wyraźną niechęcią.

Zjawiła się kelnerka. Alana powiedziała, żebym zamówił pierwszy, bo jeszcze nie podjęła decyzji. Poprosiłem o gin Tanqueray Malacca z tonikiem. Spojrzała na mnie zdumiona, ale natychmiast odzyskała samokontrolę.

— Dwa razy — dodała szybko.

— Sprawdzę, czy go mamy — oznajmiła kelnerka, jasnowłosa studentka z końską szczęką. Po kilku minutach wróciła z drinkami.

Jakiś czas rozmawialiśmy o klubie, jego członkach („banda snobów" — powiedziała), kortach („zdecydowanie najlepsze w okolicy"). Była jednak zbyt dobrze wychowana, by zacząć nudną gadkę w rodzaju „czym się zajmujesz". Nie wspomniała o Trionie, zatem ja także tego nie zrobiłem. Zacząłem naprawdę bać się chwili, gdy rozmowa zejdzie na pracę. Nie miałem pojęcia, jak przejść do porządku dziennego nad niezwykłym zrządzeniem losu: oboje pracujemy w Trionie, a ona kiedyś zajmowała moje stanowisko. Nie mogłem uwierzyć, że sam zaproponowałem im grę. Zamiast zachować dystans, wskoczyłem wprost na jej orbitę. Dobrze, że nigdy nie widzieliśmy się w pracy. Zastanawiałem się, czy ludzie z projektu AURORA korzystają z osobnego wejścia. Jednak gin szybko uderzył mi do głowy. Był piękny słoneczny dzień, a rozmowa płynęła jak rzeka.

— Przykro mi, że Drew tak odbiło — powiedziała.

— Jest dobry.

— Czasem bywa dupkiem. Stanowiłeś dla niego zagrożenie. To chyba typowo męskie. Walka na rakiety.

Uśmiechnąłem się.

— O czymś takim śpiewa Ani DiFranco, prawda? *Każde narzędzie to broń, zależy, jak go użyjesz.*

Jej oczy pojaśniały.

— Właśnie. Lubisz Ani?

Wzruszyłem ramionami.

— *Nauka goni pieniądze, pieniądze własny ogon.*

— *I najlepsze umysły mego pokolenia nic tu nie pomogą* — dokończyła. — Niewielu mężczyzn lubi Ani.

— Chyba jestem wrażliwym facetem — rzuciłem żartobliwie.

— Chyba tak. Powinniśmy kiedyś się spotkać.

Dobrze usłyszałem? Czy właśnie zaproponowała mi randkę?

— Świetny pomysł — odparłem. — Lubisz tajską kuchnię?

27

Dotarłem do mieszkania ojca tak podniecony pierwszym spotkaniem z Alaną Jennings, że czułem się jak rycerz zakuty w zbroję. Nic, co mógłby powiedzieć bądź zrobić, mnie nie zrani. Już na trzeszczących drewnianych schodach słyszałem, jak się kłócą — dobiegał mnie wysoki, nosowy głos ojca, coraz bardziej przypominający ptasie krzyki, i basowe odpowiedzi Antwoine'a, głębokie, dźwięczne. Znalazłem ich w łazience na parterze, pełnej pary z inhalatora. Ojciec leżał na brzuchu na ławie. Pod głową i piersią miał poduszki. Antwoine, jak zwykle ubrany w błękitny pielęgniarski strój, teraz całkiem przemoczony, uderzał wielkimi łapami w nagie plecy ojca. Gdy otworzyłem drzwi, uniósł wzrok.

— Cześć, Adam.

— Ten sukinsyn próbuje mnie zabić — wyjęczał ojciec.

— W ten sposób porusza się flegmę w płucach — wyjaśnił Antwoine. — Syf odkłada się tam z powodu uszkodzonych rzęsek. — Wrócił do roboty, wymierzając kolejny cios. Plecy ojca były chorobliwie białe, jak papier, wiotkie, ciastowate. Zdawały się kompletnie pozbawione mięśni. Przypomniałem sobie, jak wyglądały, gdy byłem dzieckiem: żylaste, twarde, muskularne, niemal przerażające. Teraz pokrywała je skóra starca. Pożałowałem, że to zobaczyłem.

— Sukinsyn mnie okłamał — oznajmił ojciec głosem stłumionym przez poduszki. — Mówił, że będę tylko wdychał parę.

Nie powiedział, że zamierza połamać mi pieprzone żebra. Jezu Chryste, zażywam sterydy, mam kruche kości, ty pieprzony czarnuchu!

— Hej, tato — krzyknąłem — wystarczy!

— Nie jestem twoją więzienną suką, czarnuchu — dodał ojciec.

Antwoine nie zareagował. Cały czas okładał plecy ojca, miarowo, rytmicznie.

— Tato — rzekłem — on jest od ciebie silniejszy i większy. Obrażanie go to kiepski pomysł.

Antwoine spojrzał na mnie sennymi, rozbawionymi oczami.

— Hej, człowieku, w kiciu musiałem znosić bractwo aryjskie. Wierz mi, w porównaniu z nimi pyskaty stary kaleka to drobiazg.

Wzdrygnąłem się.

— Ty pieprzony sukinsynu! — wrzasnął ojciec.

Zauważyłem, że nie nazwał go już czarnuchem.

• • •

Nieco później tato zasiadł przed telewizorem, podłączony do aparatu, z rurką w nosie.

— Ten układ się nie sprawdza — oznajmił, krzywiąc się i nie spuszczając wzroku z ekranu. — Widziałeś królicze żarcie, którym usiłuje mnie karmić?

— Nazywamy je owocami i warzywami — wtrącił Antwoine siedzący na krześle kilka kroków dalej. — Wiem, co lubi twój ojciec, widziałem w spiżarce. Gulasz wołowy Dinty Moore w dużych puszkach, parówki, pasztetową. Póki tu jestem, nie ma o tym mowy. Musisz się zdrowo odżywiać, Frank. Wzmocnić odporność. Jak się zaziębisz, złapiesz zapalenie płuc i wylądujesz w szpitalu, to co ze sobą pocznę? W szpitalu nie będę ci już potrzebny.

— Chryste!

— I koniec z colą, ani kropli więcej tego badziewia. Potrzebujesz płynów, żeby rozrzedzić śluz. Zero kofeiny. Potrzebny ci potas i wapń z powodu sterydów. — Podkreślał kolejne słowa, dźgając palcem wskazującym w dłoń niczym trener mistrza świata w boksie.

— Przyrządzaj sobie tę gównianą zieleninę, i tak jej nie tknę — oznajmił ojciec.

— To sam się zabijesz. Oddychając, zużywasz dziesięć razy więcej energii niż zwykły facet. Musisz jeść, żeby zachować siłę, rozwijać masę mięśniową i tak dalej. Jak wykitujesz na mojej zmianie, to mnie nie wińcie.

— Tak jakby cię to obchodziło — prychnął ojciec.

— Myślisz, że chcę ci pomóc umrzeć?

— Na to wygląda.

— Gdybym chciał cię zabić, czemu miałbym zwlekać? — spytał Antwoine. — Chyba że sądzisz, że to mnie bawi. Że ta gówniana robota sprawia mi przyjemność.

— Świetnie wam idzie — wtrąciłem.

— Rany, widziałeś ten zegarek? — powiedział nagle Antwoine.

Zapomniałem zdjąć paneraia. Może podświadomie uznałem, że ojciec i Antwoine niczego nie zauważą.

— Pokaż go. — Podszedł do mnie i obejrzał go z bliska. — Człowieku, musi kosztować z pięć tysięcy.

Trafił całkiem blisko. Zawstydził mnie; to było więcej, niż zarabiał przez dwa miesiące.

— To jeden z tych włoskich zegarków do nurkowania?

— Tak — odparłem szybko.

— Co za pieprzenie. — Głos ojca zaskrzypiał niczym zardzewiałe zawiasy. — Nie wierzę, kurwa, własnym uszom. — Teraz on także patrzył na moją rękę. — Wydałeś pięć tysięcy dolarów na pieprzony zegarek? Co za frajer! Masz pojęcie, jak musiałem harować, by zdobyć pięć tysięcy, gdy ty studiowałeś? A ty wydajesz tyle na cholerny zegarek!

— To moje pieniądze, tato — rzekłem i dodałem słabo: — Zresztą to inwestycja.

— Na miłość boską, masz mnie za idiotę? Inwestycja?

— Tato, właśnie dostałem potężny awans. Pracuję w Trion Systems, zarabiam dwa razy więcej niż w Wyatcie. Rozumiesz?

Spojrzał na mnie przebiegle.

— Ile ci płacą, że możesz wyrzucać za okno pięć tysięcy? Jezu, ledwo mi to przechodzi przez gardło.

— Dużo, tato. I jak zechcę wyrzucać pieniądze za okno, będę je wyrzucał. Ja je zarobiłem.

— Ty je zarobiłeś — powtórzył sarkastycznym tonem. — Jeśli kiedyś zapragniesz mi oddać — odetchnął głęboko — nie wiem ile dziesiątków tysięcy dolarów, które w ciebie wpakowałem, nie będę miał nic przeciwko.

Miałem na końcu języka odpowiedź, ile ja wpakowałem w niego, ale powstrzymałem się w ostatniej chwili. Chwilowe zwycięstwo nie było tego warte. Zacząłem powtarzać sobie w myślach raz po raz: to nie twój ojciec, to wredna postać z kreskówki Hanny-Barbery, odmieniony nie do poznania przez prednison i mnóstwo innych leków wpływających na umysł. Oczywiście wiedziałem, że to nie do końca prawda. Że w istocie rozmawiam z tym samym dupkiem, tyle że podkręconym na wyższy poziom.

— Żyjesz w świecie marzeń — ciągnął ojciec. Odetchnął głośno. — Myślisz, że jak tylko kupisz garnitur za dwa tysiące, buty za pięćset i zegarek za pięć tysięcy, staniesz się jednym z nich. — Oddech. — Pozwól, że coś ci powiem. To zwykły kostium na Halloween, nic poza tym. Przebierasz się. Mówię ci to, bo jesteś moim synem i nikt inny nie powie ci prawdy w twarz. Jesteś tylko małpą w pieprzonym fraku.

— Co to niby znaczy? — wymamrotałem. Zauważyłem, że Antwoine taktownie wyszedł z pokoju. Byłem cały czerwony.

To chory człowiek, powtarzałem w myślach. Ma rozedmę w ostatnim stadium, umiera. Sam nie wie, co mówi.

— Myślisz, że kiedykolwiek staniesz się jednym z nich? Chciałbyś tak sądzić, prawda? Myślisz, że przyjmą cię do siebie, pozwolą wstąpić do prywatnych klubów, pieprzyć ich córki i grać z nimi w cholerne polo? — Wciągnął w płuca niewielki haust powietrza. — Ale oni wiedzą, kim jesteś, synu, skąd przychodzisz. Może przez jakiś czas pozwolą ci się pobawić w swojej piaskownicy. Lecz gdy tylko zaczniesz zapominać, kim jesteś naprawdę, ktoś z całą pewnością ci przypomni.

Nie potrafiłem dłużej się powstrzymywać; doprowadzał mnie do szału.

— W świecie biznesu to wygląda inaczej, tato — powiedziałem cierpliwie. — To nie klub, tu chodzi o zarabianie pieniędzy. Jeśli pomagasz im zarabiać pieniądze, jesteś im potrzebny. Dotarłem tak wysoko, bo mnie potrzebują.

— Aha, potrzebują cię — powtórzył ojciec, przeciągając każde słowo i kiwając gwałtownie głową. — Niezła mowa. Potrzebują cię tak, jak srający facet potrzebuje papieru toaletowego. Rozumiesz? A kiedy skończą podcierać tyłek, nacisną spłuczkę. Powiem ci coś. Ich obchodzą wyłącznie zwycięzcy. Widzą, że ty stale przegrywasz, i nie pozwolą ci o tym zapomnieć.

Przewróciłem oczami, pokręciłem głową i nie odpowiedziałem. Czułem pulsowanie krwi w skroni.

Oddech.

— A ty jesteś zbyt głupi i nadęty, by to pojąć. Żyjesz w świecie pieprzonych złudzeń, tak jak twoja matka. Zawsze uważała, że jest dla mnie za dobra, ale tak naprawdę była nikim. Wciąż tylko marzyła. Ty też jesteś nikim. Parę lat chodziłeś do szpanerskiej szkółki, masz kosztowny, ale bezużyteczny dyplom, i wciąż jesteś nikim.

Znów głęboko odetchnął, jego głos odrobinę złagodniał.

— Mówię ci to, bo nie chcę, żeby spieprzyli ci życie, tak jak spieprzyli moje, synu. Tak jak w tamtej cholernej szkole. Bogaci rodzice patrzyli na mnie z góry, jakbym nie był jednym z nich. I wiesz co? Potrzebowałem trochę czasu, by to pojąć. Ale mieli rację. Nie byłem jednym z nich. I ty też nie jesteś. Im wcześniej to sobie uświadomisz, tym lepiej się urządzisz.

— Lepiej, czyli tak jak ty? — wtrąciłem. Słowa same mi się wymknęły.

Spojrzał na mnie błyszczącymi oczami.

— Ja przynajmniej wiem, kim jestem — powiedział. — Ty nie masz o tym najbledszego pojęcia.

28

Następnego dnia była niedziela, jedyny dzień, w którym mogłem pospać trochę dłużej, więc oczywiście Arnold Meacham uparł się na wczesne spotkanie. Odpowiedziałem na codzienny e-mail, podpisując go imieniem Donnie, co oznaczało, że mam coś do przekazania. Zareagował natychmiast. Kazał mi się zjawić na parkingu wybranego sklepu Home Depot punktualnie o dziewiątej rano.

Mimo wczesnej pory roiło się tam od ludzi — nie wszyscy sypiają dłużej w niedzielę — kupujących drewno, glazurę, narzędzia, worki nasion trawy i nawozu. Dobre pół godziny czekałem w samochodzie.

W końcu obok mnie zaparkowało czarne bmw 745i, jaskrawo wyróżniające się pośród półciężarówek i wozów terenowych. Arnold Meacham miał na sobie błękitny rozpinany sweter; wyglądał, jakby wybierał się na partyjkę golfa. Gestem polecił mi wsiąść do swojego wozu, co uczyniłem. Wręczyłem mu płytę i teczkę.

— Co my tu mamy? — spytał.

— Listę zatrudnionych przy projekcie AURORA.

— Wszystkich?

— Nie, części.

— Czemu nie wszystkich?

— Tu jest czterdzieści siedem nazwisk — powiedziałem. — To niezły początek.

— Potrzebna nam pełna lista.

Westchnąłem.

— Zobaczę, co da się zrobić. — Odczekałem sekundę, rozdarty pomiędzy sprzecznymi pragnieniami: niemówienia mu niczego, czego nie muszę (im więcej mu mówiłem, tym więcej ode mnie wymagał), i pochwalenia się poczynionymi postępami. — Mam hasła szefa projektu — oznajmiłem w końcu.

— Którego szefa? Lundgrena?

— Nory Sommers.

Skinął głową.

— Użyłeś programu?

— Nie, keyloggera. Jest bezpieczniejszy.

— Co z nimi zrobisz?

— Przeszukam archiwum e-maili. Może dostanę się do kalendarza i sprawdzę, z kim się spotyka.

— To wszystko drobiazgi — oznajmił Meacham. — Myślę, że czas już spenetrować AURORĘ.

— W tej chwili to zbyt ryzykowne. — Pokręciłem głową.

— Czemu?

Jakiś facet przetoczył obok okna Meachama wózek wyładowany zielonymi workami z nawozem. Wokół biegała czwórka czy piątka dzieci. Meacham zerknął na bok, zamknął okno i odwrócił się z powrotem do mnie.

— Czemu? — powtórzył.

— Mają inne karty.

— Na miłość boską, idź za kimś, ukradnij kartę, zrób, co trzeba. Przeszedłeś przecież szkolenie.

— Rejestrują wszystkie wejścia. W każdych drzwiach jest blokada. Nie można tak po prostu się zakraść.

— A ekipa sprzątająca?

— Mają kamery przemysłowe. To nie będzie łatwe. Nie chcesz, żeby mnie złapali, nie teraz.

Dostrzegłem, że wycofał się niechętnie.

— Jezu, nieźle tego miejsca pilnują.

— Mogliby cię pewnie nauczyć paru sztuczek.

— Pieprz się — warknął. — A akta w kadrach?

— Dział kadr też jest dobrze strzeżony.

— Nie tak jak AURORA. To powinno być względnie łatwe. Dostarcz nam pełne dane wszystkich powiązanych z AURORĄ, a przynajmniej osób z tej listy. — Uniósł płytę.

— Spróbuję w przyszłym tygodniu.

— Zrób to dziś wieczór. Niedzielna noc to świetna pora.

— Mam jutro wielki dzień. Prezentację przed Goddardem.

Spojrzał na mnie z niesmakiem.

— Za bardzo zajęła cię przykrywka? Mam nadzieję, że nie zapomniałeś, dla kogo naprawdę pracujesz.

— Muszę dobrze się spisać. To ważne.

— Kolejny powód, żebyś dziś wieczór popracował w biurze — odparł, przekręcając kluczyk w stacyjce.

29

Wczesnym wieczorem podjechałem pod budynek Triona. W garażu było niemal zupełnie pusto. O tej porze w firmie przebywali zapewne tylko ludzie z ochrony, personel całodobowych centrów operacyjnych i garstka pracoholików. Sam też udawałem pracoholika. Nie rozpoznałem recepcjonistki, Latynoski, która siedziała na swoim miejscu, wyraźnie niezadowolona. Gdy przechodziłem obok, ledwie uniosła wzrok, pozdrowiłem ją jednak z niemądrą czy może zaaferowaną miną. Usiadłem w swoim boksie, jakiś czas pracowałem spokojnie, przygotowując arkusze dotyczące sprzedaży Maestra w regionie nazywanym tu EBWA, czyli w Europie, na Bliskim Wschodzie i w Azji. Ogólne wskaźniki trendów nie wyglądały obiecująco, ale Nora chciała, żebym jeszcze raz wszystko przejrzał i postarał się wyciągnąć jak najwięcej zachęcających wniosków.

Niemal na całym piętrze było ciemno. Musiałem zapalić światła w mojej części. Dziwnie się czułem.

Meacham i Wyatt chcieli dostać pełne akta wszystkich ludzi związanych z AURORĄ. Chcieli znać historię zatrudnienia każdego z nich. Dowiedzieliby się w ten sposób, w jakich firmach pracowali wcześniej i czym się zajmowali. Dobra metoda, żeby odgadnąć, o co chodzi w AURORZE.

Ale jak mogłem tak po prostu wmaszerować do działu kadr, otworzyć szafki i wyciągnąć potrzebne teczki? Dział kadr w Trionie, w odróżnieniu od reszty firmy, stosował zabezpieczenia. Po pierwsze, ich komputery zostały odcięte od głównego intranetu. Tworzyły osobną sieć. W sumie to miało sens — w aktach osobowych przechowywano prywatne informacje: oceny pracowników, wartość ich premii i akcji i tak dalej. Może w kadrach obawiali się, że jeśli szeregowi pracownicy dowiedzą się, ile zarabiają dyrektorzy, w boksach wybuchnie rewolucja.

Kadry mieściły się na drugim piętrze skrzydła E, daleko od marketingu nowych produktów. Od celu dzieliło mnie mnóstwo zamkniętych drzwi. Najpewniej moja karta otworzy wszystkie.

Nagle przypomniałem sobie, że ukryty gdzieś komputer rejestruje wszystkie wejścia wraz z godziną. Informacje te są przechowywane. Niekoniecznie ktoś je przegląda albo cokolwiek z nimi robi, ale w razie późniejszych kłopotów kiepsko bym wyglądał, gdyby odkryto, że w niedzielę wieczór z jakiejś przyczyny poszedłem z nowych produktów do kadr, pozostawiając po drodze ślad z cyfrowych okruszków.

Wyszedłem zatem z budynku, zjechałem windą i otworzyłem jedno z tylnych wyjść. System bezpieczeństwa śledził jedynie osoby wchodzące. Przy wychodzeniu nie trzeba korzystać z karty. Możliwe, że nakazują to przepisy przeciwpożarowe, nie wiem. Ale dzięki temu mogłem wyjść bez niczyjej wiedzy.

Na zewnątrz panował już mrok. Budynek Triona jaśniał w ciemności. Jego chromowa skóra połyskiwała, szklane okna miały barwę granatu. O tej porze w okolicy panował względny spokój, tylko od czasu do czasu słychać było pomruk przejeżdżającego samochodu.

Przeszedłem do skrzydła E, w którym mieściły się działy administracji, zakupów, zarządzania systemem i tak dalej, i zobaczyłem, jak ktoś wychodzi wyjściem służbowym.

— Hej, mógłbyś przytrzymać drzwi?! — krzyknąłem. Machnąłem kartą Triona. Facet wyglądał na sprzątacza albo dozorcę. — Cholerna karta nie działa.

Mężczyzna przytrzymał dla mnie drzwi, nie zaszczycając mnie nawet spojrzeniem. Wszedłem do środka. Nie zostawiłem śladów.

Według systemu bezpieczeństwa wciąż przebywałem na górze w moim boksie.

Na drugie piętro dotarłem schodami. Drzwi były otwarte. To także kwestia przepisów przeciwpożarowych: w budynkach przekraczających określoną wysokość należy zapewnić swobodny dostęp schodami na każde piętro, na wypadek gdyby coś się zdarzyło. Zapewne na niektórych piętrach mają czytniki kart za drzwiami, ale nie na drugim. Przekroczyłem próg i znalazłem się w recepcji przed działem kadr.

Recepcja wyglądała dokładnie tak, jak powinna — stały tam mahoniowe meble, świadczące o tym, że jesteśmy poważni i że tu chodzi o poważną karierę, oraz barwne, miękkie, wygodne fotele. Ich znaczenie? Gdy odwiedzasz kadry, spodziewaj się, że bardzo dużo czasu zejdzie ci na oczekiwaniu.

Rozejrzałem się w poszukiwaniu kamer przemysłowych, ale żadnej nie dostrzegłem. Nie żebym się ich spodziewał — w końcu to nie bank ani tajne laboratorium. Wolałem jednak mieć pewność, przynajmniej częściową.

Przygaszone światła sprawiały, że wnętrze wyglądało jeszcze poważniej... albo bardziej niesamowicie. Sam nie mogłem się zdecydować.

Kilka sekund stałem bez ruchu, pogrążony w myślach. Nie dostrzegłem żadnej sprzątaczki, która mogłaby mnie wpuścić. Zapewne przychodziły późną nocą albo wczesnym rankiem. Zatem najlepszy sposób odpadał. Będę musiał znów spróbować sztuczki z niedziałającą kartą. Jak dotąd się sprawdziła. Wróciłem na dół i skierowałem się do holu. Recepcjonistka o wielkiej, napuszonej rudej fryzurze oglądała na jednym z monitorów powtórkę *Ryzykantów*.

— A już myślałem, że tylko ja muszę pracować w niedzielę — powiedziałem.

Uniosła wzrok, zaśmiała się uprzejmie i wróciła do programu. Wyglądałem jak zwykły pracownik, z kartą przypiętą do paska, i przyszedłem ze środka, więc z pewnością miałem prawo tu przebywać. Recepcjonistka nie należała do tych gadatliwych —

i dobrze. Chciała, bym sobie poszedł i pozwolił jej w spokoju oglądać telewizję. Zrobi wszystko, byle się mnie pozbyć.

— Przepraszam, że przeszkadzam — zagadnąłem — masz może urządzenie do naprawy kart? Nie żeby specjalnie zależało mi na dostaniu się do biura, ale muszę. Inaczej mnie wyrzucą. A cholerny czytnik mnie nie wpuszcza. Zupełnie jakby wiedział, że powinienem siedzieć w domu i oglądać mecz.

Kobieta się uśmiechnęła. Zapewne nie przywykła do tego, by pracownicy Triona w ogóle ją dostrzegali.

— Wiem, jak to jest — odparła. — Ale, niestety, dziewczyna, która naprawia karty, przyjdzie dopiero rano.

— O Boże, to jak się tam dostanę? Nie mogę czekać do jutra. Mam przesrane.

Recepcjonistka skinęła głową i podniosła słuchawkę.

— Frank — powiedziała — mógłbyś nam pomóc?

Kilka minut później zjawił się Frank, strażnik — niski, żylasty, śniady facet po pięćdziesiątce z rzucającym się w oczy tupecikiem, smoliście czarnym pośród wianuszka siwiejących włosów. Nigdy nie rozumiałem, dlaczego ludzie noszą tupety, jeśli nie chce im się nawet ich uaktualniać, tak by wyglądały przekonująco. Windą wjechaliśmy na drugie piętro. Powiedziałem kilka bzdur o tym, że kadry używają innych kart, ale zupełnie go to nie interesowało. Wolał rozmawiać o sporcie. Nie ma sprawy. Był wkurzony przegraną Denver Broncos; udałem, że ja także.

Gdy dotarliśmy na miejsce, wyjął kartę — prawdopodobnie pozwalała mu wejść do każdego patrolowanego działu — i machnął przed czytnikiem.

— Nie siedź tam zbyt długo — rzekł.

— Dzięki, bracie — odparłem.

Odwrócił się i spojrzał na mnie.

— I napraw sobie kartę — dodał.

Byłem w środku.

30

Gdy pokonałeś obszar recepcji, dział kadr wyglądał zupełnie jak inne biura w Trionie: te same boksy, te same korytarze, tyle że o tej porze paliły się jedynie światła awaryjne, nie jarzeniówki. Zauważyłem, że wszystkie boksy były puste, podobnie gabinety. Wkrótce zorientowałem się, gdzie przechowują akta; pośrodku piętra dostrzegłem długie rzędy beżowych szafek.

Zastanawiałem się nad wyszpiegowaniem danych z komputera, ale nie udałoby się bez hasła. Uznałem, że warto założyć tu keylogger. Później po niego wrócę, a to Wyatt Telecom płacił, nie ja. Skręciłem do boksu i zainstalowałem urządzenie.

Pozostało mi jedynie przejrzenie kolejnych szuflad i odszukanie ludzi z AURORY. Musiałem działać szybko — im dłużej tu zostanę, tym większe ryzyko, że mnie przyłapią.

Pytanie brzmiało: jak ułożono teczki? Alfabetycznie według nazwisk, według numerów pracowniczych? Im więcej szuflad przeglądałem, tym większe czułem zniechęcenie. Sądziłem, że tak po prostu wejdę do środka, otworzę drzwi i wezmę to, czego potrzebuję? Przed sobą miałem rzędy szufladek z opisami: „Rozdzielanie premii", „Emerytury, renty, odprawy" i „Rejestry zwolnień chorobowych, okolicznościowych i innych". Szuflady zawierające „Skargi, rekompensaty" i „Skargi, procesy". Cały regał „Rejestrów imigracyjnych i naturalizacyjnych"... i tak dalej, i dalej. Oszałamiające.

Z jakiejś przyczyny w mojej głowie dźwięczała stara ckliwa piosenka — Band on the Run Paula McCartneya z czasów jego nieszczęsnej przygody z zespołem Wings. Nie znoszę tego numeru nawet bardziej niż przebojów Celine Dion. Melodia jest irytująca, lecz chwytliwa, a słowa nie mają sensu. *Na rynku w mieście dzwonił dzwon dla królików uciekających stąd.* Tak, jasne.

Sprawdziłem jedną szufladkę. Oczywiście była zamknięta. Każda szafka miała na górze zamek. Rozejrzałem się w poszukiwaniu biurka sekretarki. Tymczasem w głowie nadal słyszałem słowa piosenki *Miejscowy sędzia... nic nie powiedział....* I rzeczywiście, klucze tam były — cały pęk w najwyższej otwartej szufladzie. Meacham miał rację, cholera. Klucze zawsze łatwo znaleźć.

Zająłem się ułożonymi alfabetycznie teczkami pracowników. Wybrałem jedno nazwisko z listy AURORY — Oren — i zajrzałem pod O. Nic. Sprawdziłem kolejne personalia, Sanjay Kumar. Nic z tego. Spróbowałem z Peterem Dautem. Nic. Dziwne. Na wszelki wypadek poszukałem tych nazwisk w szufladach „Ubezpieczenia, wypadki losowe". Zero. To samo przy emeryturach. Szczerze mówiąc, w ogóle nic nie znalazłem.

Wybrałem z listy kolejne nazwiska. Ich także nie było.

Z więzienia tam i marynarz Sam. Zupełnie jak chińska tortura wodna. Co znaczyły te kretyńskie słowa? Czy ktokolwiek to wie?

Najdziwniejsze, że tam, gdzie powinny tkwić teczki, czasami dostrzegałem odrobinę wolnego miejsca, jakby ktoś usunął akta. A może tylko to sobie wyobraziłem? Już miałem się poddać, lecz raz jeszcze przeszedłem się między rzędami szafek i nagle dostrzegłem oddzielną wnękę, otwarte pomieszczenie obok rzędów szafek z aktami. Nad wejściem wisiała tabliczka:

TAJNE AKTA OSOBOWE
DOSTĘP TYLKO PO BEZPOŚREDNIEJ AUTORYZACJI
JAMESA SPERLINGA ALBO LUCY CELANO

Wszedłem do wnęki i odkryłem z ulgą, że wszystko wygląda prosto. Szuflady ułożono według numerów działów. James Sperling był dyrektorem działu kadr, a Lucy Celano jego osobistą asystentką. Odszukanie jej biurka zabrało mi zaledwie kilka minut. Po następnych trzydziestu sekundach miałem już klucz (był w prawej dolnej szufladzie).

Potem wróciłem do pokoju z tajnymi danymi. Znalazłem szufladę z numerami oznaczającymi projekt AURORA. Otworzyłem szafkę, wysunąłem szufladę. Zabrzmiał mechaniczny szczęk, jakby mocowanie z tyłu szuflady nagle się urwało. Zastanawiałem się, jak często ktokolwiek sięga do tych papierów. A może pracują w sieci, a kopie przechowują tylko na wypadek audytu albo kłopotów prawnych?

I wtedy ujrzałem coś naprawdę dziwnego: wszystkie akta działu AURORY zniknęły. Pozostała po nich wolna przestrzeń, jakieś pół metra, może więcej, w miejscu przypadającym na odpowiednie numery. Szuflada była w połowie pusta.

Ktoś usunął wszystkie akta AURORY.

Przez sekundę miałem wrażenie, że serce zamarło mi w piersi. Zakręciło mi się w głowie.

Kątem oka dostrzegłem błysk: jedno z alarmowych stroboskopowych świateł, zamontowanych wysoko na ścianie, tuż pod sufitem. Co się stało? Kilka sekund później błyskom zawtórowało niewiarygodnie głośne gardłowe zawodzenie. Uua-uua. Syrena.

W jakiś sposób uruchomiłem alarm antywłamaniowy, chroniący tajne dane.

Syrena ryczała tak głośno, że zapewne słychać ją było w całym skrzydle.

31

W każdej sekundzie mogła zjawić się ochrona. Zapewne nie było ich tu jeszcze wyłącznie dlatego, że w weekendy pracowało mniej osób.

Popędziłem do drzwi i gwałtownie nacisnąłem blokadę. Nawet nie drgnęły. Zabolało mnie całe ciało.

Spróbowałem ponownie. Zamknięte. O Jezu. Sprawdziłem kolejne drzwi. To samo. Zamknięte od wewnątrz.

Teraz zrozumiałem, co oznaczał dziwny metaliczny szczęk sprzed minuty — otwierając szufladę, uruchomiłem mechanizm blokujący wszystkie wyjścia z tej części piętra. Przebiegłem na drugą stronę. Tam także były drzwi, ale i one zostały zablokowane. Nawet wyjście przeciwpożarowe, prowadzące na małą klatkę schodową, nie dało się otworzyć, a to z pewnością stanowiło naruszenie przepisów.

Byłem uwięziony niczym szczur w pułapce. W każdej chwili mogła zjawić się ochrona. Z pewnością przeszukają wszystko.

Zastanawiałem się gorączkowo. Czy mógłbym jakoś ich zbajerować? Udać, że jestem pracownikiem, który „przypadkiem" otworzył niewłaściwą szufladę? Jeden ze strażników, Frank, sam mnie wpuścił — może zdołałbym go przekonać, że niechcący wszedłem na obcy teren i zajrzałem nie tam, gdzie trzeba. Chyba mnie polubił, to mogłoby się udać. Ale gdyby jednak chciał zrobić wszystko, jak należy, poprosił mnie o kartę i przekonał się, że pracuję zupełnie gdzie indziej? Co wtedy?

Nie, nie mogłem ryzykować. Nie miałem wyboru, musiałem się ukryć.

Byłem tu uwięziony.

Uwięziony w czterech ścianach, zadźwięczała mi w głowie piosenka Wings. Chryste.

Lampa alarmowa pulsowała oślepiająco. Syrena wyła, uua-uua, jakby lada moment miało dojść do stopienia rdzenia w elektrowni jądrowej.

Ale gdzie mógłbym się schować? Wiedziałem, że najpierw muszę stworzyć zasłonę dymną. Wiarygodne, niewinne wyjaśnienie, czemu włączył się alarm. Cholera, nie miałem czasu!

Jeśli mnie tu złapią, to koniec wszystkiego. Nie tylko stracę pracę w Trionie. Znacznie gorzej. To będzie katastrofa, absolutny koszmar.

Chwyciłem najbliższy metalowy kosz na śmieci. Był pusty, toteż złapałem kartkę z pierwszego lepszego biurka, zgniotłem ją, wziąłem zapalniczkę i podpaliłem. Rzuciłem się biegiem w stronę wnęki z tajnymi danymi i postawiłem kubeł pod ścianą. Następnie wyjąłem z paczki papierosa i cisnąłem go do kubła. Papier zajął się ogniem, płomień strzelił w górę, posyłając w powietrze wielki obłok dymu. Może jak znajdą kawałek papierosa, uznają, że to wina niedopałka. Może.

Usłyszałem donośne kroki i podniesione głosy dobiegające z klatki schodowej.

Nie, Boże, proszę. To koniec, koniec.

Nagle dostrzegłem drzwi. Były uchylone, prowadziły do schowka z materiałami biurowymi, niezbyt szerokiego, lecz głębokiego na jakieś trzy metry. Wypełniały go rzędy wysokich regałów, uginających się pod ryzami papieru i materiałami piśmienniczymi.

Nie odważyłem się zapalić światła, toteż ledwie cokolwiek widziałem, ale dostrzegłem wolną przestrzeń pomiędzy dwoma regałami z tyłu. Uznałem, że zdołam się tam wcisnąć.

W chwili gdy zamknąłem za sobą drzwi, usłyszałem szczęk zamka i stłumione krzyki.

Zamarłem. Alarm wciąż zawodził ogłuszająco. Na zewnątrz biegali ludzie, krzyczeli, byli coraz bliżej.

— Tutaj! — wrzasnął jeden z nich.

Serce waliło mi w piersi, wstrzymałem oddech. Gdy poruszyłem się odrobinę, półka za moimi plecami zaskrzypiała. Przesunąłem się i musnąłem ramieniem pudło, które podskoczyło z głośnym szelestem. Wątpiłem, by ktokolwiek przechodzący obok usłyszał te ciche dźwięki — nie przy takim hałasie na zewnątrz, krzykach, syrenach i tak dalej. Mimo wszystko zamarłem w absolutnym bezruchu.

— Cholerny papieros! — usłyszałem z ulgą.

— Gaśnica! — krzyknął ktoś.

Długi, długi czas — to mogło być dziesięć minut albo pół godziny, nie miałem pojęcia, nie mogłem ruszyć ręką, by zerknąć na zegarek — stałem w miejscu, w niewygodnej pozycji, zgrzany i spocony, zastygły w bezruchu. Czułem, że drętwieją mi stopy.

Czekałem, aż ktoś otworzy drzwi schowka, zapali światło i zakończy całą sprawę.

Nie wiedziałem, co mógłbym powiedzieć w takiej sytuacji. Tak naprawdę to nic. Złapaliby mnie i w żadnym razie nie zdołałbym się wyłgać. Miałbym szczęście, gdyby skończyło się na zwolnieniu. Pewnie czekałoby mnie śledztwo i sprawa sądowa. Nie miałem żadnego wyjaśnienia, dlaczego znalazłem się w kadrach.

I po co to wszystko? Co znalazłem? Nic. Wszystkie akta AURORY zniknęły. Słyszałem przeciągły wilgotny syk uruchamianej gaśnicy. Krzyki ucichły. Zastanawiałem się, czy ochrona wezwała dyżurnych strażaków, czy też zadzwonili po straż. I czy pożar w koszu na śmieci był dla nich dostatecznym wyjaśnieniem alarmu. A może nadal będą szukać?

Stałem więc, czując rosnące mrowienie w zlodowaciałych stopach. Po twarzy, ramionach i nękanych skurczami plecach spływał mi pot.

Czekałem.

Z zewnątrz wciąż dobiegały głosy. Brzmiały spokojniej, mniej nerwowo. Kroki, lecz już powolne.

Po nieskończenie długim czasie wszystko ucichło. Spróbowałem zerknąć na zegarek, ale lewa ręka mi zdrętwiała. W końcu zdołałem unieść ją do twarzy i spojrzeć na świecącą tarczę. Kilka minut po dziesiątej. Tkwiłem tam tak długo, iż byłem pewien, że dawno minęła północ.

Powoli się wyprostowałem, zmieniając wyczerpującą pozycję, i bezszelestnie ruszyłem w stronę drzwi. Tam zatrzymałem się na kilka chwil, wytężając słuch. Nic nie usłyszałem. Mogłem bezpiecznie założyć, że już poszli — zgasili pożar i przekonali się, że nie doszło do włamania. Ludzie, zwłaszcza strażnicy, w gruncie rzeczy szczerze nie cierpią komputerów, które niemal odebrały im pracę, i zwykle im nie ufają. Bardzo chętnie zwalą wszystko na karb błędu w systemie alarmowym. Może, jeśli naprawdę mi się poszczęści, nikogo nie zastanowi, czemu alarm przeciwwłamaniowy włączył się przed przeciwpożarowym.

W końcu odetchnąłem głęboko i powoli uchyliłem drzwi.

Spojrzałem na boki, potem prosto. Pusto, nikogo nie było. Zrobiłem kilka kroków naprzód, zatrzymałem się i znów rozejrzałem.

Nikogo.

Wszędzie cuchnęło gryzącym dymem i jakąś substancją chemiczną, pewnie pianą z gaśnicy.

Powoli ruszyłem wzdłuż ściany, trzymając się jak najdalej od zewnętrznych okien i oszklonych drzwi. W końcu dotarłem do wyjścia, nie głównych drzwi recepcji i nie tych prowadzących na tylną klatkę schodową, z której przyszli strażnicy.

Drzwi były zamknięte.

Wciąż zamknięte.

O Boże. Nie.

Nie wyłączyli autozamka. Poruszając się nieco szybciej, gnany adrenaliną, przeszedłem do drzwi recepcji i pchnąłem blokadę. One też były zamknięte.

Nadal tkwiłem tu uwięziony.

I co teraz?

Nie miałem wyboru. W żaden sposób nie zdołałbym otworzyć

drzwi od wewnątrz. Nie nauczono mnie takich sztuczek. Nie mogłem też zadzwonić po pomoc do ochrony, zwłaszcza po tym, co tu się działo.

Nie. Będę musiał zostać w środku, aż ktoś mnie wypuści. Co może nastąpić dopiero rano, kiedy zjawią się sprzątaczki. Albo, co gorsza, pierwsi pracownicy działu kadr. A wtedy naprawdę będę musiał się tłumaczyć.

Znalazłem sobie boks daleko od drzwi i okien, usiadłem. Byłem wykończony, potrzebowałem snu. Splotłem więc ręce i niczym zaganiany student w bibliotece uniwersyteckiej odpłynąłem w nicość.

32

Około piątej rano obudził mnie łoskot. Wyprostowałem się gwałtownie. Zjawili się sprzątacze, wyposażeni w wielkie, żółte plastikowe wiadra i mopy oraz odkurzacze, które nosi się na ramieniu. Dwaj mężczyźni i kobieta rozmawiali ze sobą szybko w języku przypominającym portugalski. Podczas snu z moich półotwartych ust wyciekła na biurko niewielka kałuża śliny. Starłem ją rękawem, potem wstałem i szybkim krokiem ruszyłem w stronę otwartych drzwi, przytrzymywanych gumową podporą.

— *Bom dia, como vai?* — rzuciłem. Pokręciłem głową, przybierając zawstydzoną minę, i zerknąłem znacząco na zegarek.

— *Bem, obrigato e o senhor?* — odparła kobieta. Uśmiechnęła się szeroko, demonstrując kilka złotych zębów. Najwyraźniej zrozumiała: biedny urzędnik pracował całą noc, a może zjawił się tak wcześnie. Nie miała pojęcia i zupełnie jej to nie obchodziło.

Jeden z mężczyzn przyglądał się osmalonemu metalowemu koszowi na śmieci. Powiedział coś do drugiego. Pewnie się zastanawiali, co, do diabła, się tu stało.

— *Cançado* — powiedziałem do kobiety. Jestem zmęczony, oto, jak się czuję. — *Bom, até logo.* — Do zobaczenia później.

— *Até logo, senhor* — odparła kobieta w chwili, gdy przekraczałem próg.

Przez moment zastanawiałem się nad powrotem do domu, zmianą ubrania i ponowną jazdą do biura. Ale nie miałem na to siły. Wyszedłem zatem ze skrzydła E — w biurach pojawiali się pierwsi pracownicy — wróciłem do skrzydła B i mojego boksu. No dobra, jeśli ktoś sprawdzi rejestry kart, uzna, że wszedłem do budynku w niedzielę wieczorem, koło siódmej, i wróciłem o wpół do szóstej rano w poniedziałek. Ot, pracuś. Miałem tylko nadzieję, że nie natknę się na znajomego. Wiedziałem, że wyglądam jak człowiek, który przespał noc w ubraniu, co zresztą się zgadzało. Na szczęście nikogo nie spotkałem. W pokoju rekreacyjnym otworzyłem butelkę dietetycznej coli z cytryną i pociągnąłem głęboki łyk. O tej porze smakowała ohydnie, toteż zaparzyłem dzbanek kawy i ruszyłem do toalety, by się umyć. Koszulę miałem nieco wygniecioną, ale w sumie wyglądałem całkiem dobrze, choć czułem się fatalnie. Dziś był wielki dzień, musiałem zrobić najlepsze wrażenie.

Godzinę przed spotkaniem z Augustine'em Goddardem zebraliśmy się w Packardzie, jednej z największych sal konferencyjnych, by przeprowadzić próbę. Nora miała na sobie piękny niebieski kostium. Wyglądała, jakby specjalnie z tej okazji odwiedziła fryzjera. Była cała nakręcona, tryskała nerwową energią. Uśmiechała się, szeroko otwierając oczy. Wraz z Chadem ćwiczyli, a wokół nich powoli zbierała się reszta. Chad odgrywał Jocka. Przerzucali się tekstami niczym stare małżeństwo, odtwarzające tradycyjną kłótnię, gdy nagle zadzwonił telefon Chada, otwierany model Motoroli. Podejrzewałem, że wybrał go, by móc kończyć rozmowę zatrzaśnięciem klapki.

— Tu Chad. — Jego głos nagle złagodniał. — Cześć, Tony. — Chad uniósł palec wskazujący, nakazując Norze zaczekać, i odszedł w kąt.

— Chad! — zawołała z irytacją Nora. Odwrócił się ku niej, pokiwał głową i ponownie uniósł palec. Minutę później usłyszałem, jak zatrzaskuje telefon. Wrócił do Nory, mówiąc szybko, przyciszonym głosem. Stali na środku, a my ich obserwowaliśmy, wytężając słuch.

— To był mój kumpel, pracuje w biurze kontroli — oznajmił cicho Chad z ponurą miną. — Decyzja w kwestii Maestra już zapadła.

— Skąd wiesz? — spytała Nora.

— Kontroler polecił właśnie zrobić jednorazowy odpis, pięćdziesiąt milionów dolarów. Decyzja zapadła na samej górze. Spotkanie z Goddardem to czysta formalność.

Nora mocno poczerwieniała i odwróciła głowę. Podeszła do okna i wyjrzała na zewnątrz. Przez minutę nie odezwała się nawet słowem.

33

Sala konferencyjna VIP-ów mieściła się na szóstym piętrze skrzydła A, tylko korytarz dzielił ją od gabinetu Goddarda. Wmaszerowaliśmy tam zwartą grupą, w kiepskim nastroju. Nora oznajmiła, że dołączy do nas za parę minut.

— Droga dla skazańców — wyśpiewywał idący obok mnie Chad. — Droga dla skazańców!

Skinąłem głową. Mordden zerknął na Chada i utrzymał dystans. Bez wątpienia myślał o mnie jak najgorzej i nie mógł zrozumieć, czemu spokojnie idę obok tego fiuta. Co kombinuję? Od dnia, gdy zakradłem się do gabinetu Nory, znacznie rzadziej odwiedzał mój boks. Trudno ocenić, czy zachowywał się dziwnie — dla niego wszak dziwność stanowiła normę. Nie chciałem poddać się paranoi — czyżby osobliwie na mnie patrzył i tak dalej — ale nie mogłem powstrzymać cisnących się do głowy pytań. A może schrzaniłem całą misję przez jedną drobną nieostrożność? Czy Mordden narobi mi kłopotów?

— Zajęcie właściwego miejsca to podstawowa sprawa, wielkoludzie — szepnął do mnie Chad. — Goddard zawsze siada pośrodku, przy drzwiach. Jak chcesz pozostać niewidzialny, usiądź po prawej. Jak wolisz, żeby zwrócił na ciebie uwagę, usiądź po lewej albo dokładnie naprzeciwko.

— A chcę, żeby zwrócił na mnie uwagę?

— Sam wiesz najlepiej. W końcu to szef.

— Uczestniczyłeś w wielu taki naradach?

— Nie tak wielu. — Wzruszył ramionami. — W kilku.

Zanotowałem w pamięci, by usiąść w miejscu odradzanym przez Chada, najlepiej po prawej stronie Goddarda. Nigdy nie popełniaj dwa razy tego samego błędu i tak dalej. Sala konferencyjna była naprawdę imponująca. Wypełniał ją olbrzymi stół z pięknego tropikalnego drewna. Jedną z mniejszych ścian całkowicie przesłaniał ekran do prezentacji. Okna wyposażono w ciężkie wygłuszające rolety, które po naciśnięciu przycisku zsuwały się z sufitu i zapewne służyły nie tylko do zaciemniania, ale też zapobiegały podsłuchowi z zewnątrz. W stół wbudowano telefony głośnomówiące i małe ekraniki, które po naciśnięciu guzika wynurzały się z blatu przed każdym krzesłem. Wokół szeptano, śmiano się nerwowo, mamrotano pod nosem żarty. Nie mogłem się doczekać spotkania ze słynnym Jockiem Goddardem, choćby miał mi nawet nie uścisnąć ręki. Nie musiałem się odzywać ani uczestniczyć w prezentacji, ale i tak trochę się denerwowałem.

Za pięć dziesiąta Nora jeszcze się nie zjawiła. Czyżby rzuciła się z okna? A może wydzwania rozpaczliwie i gorączkowo próbuje lobbingu, stara się za wszelką cenę ocalić swój ukochany produkt, pociągając za wszelkie dostępne sznurki?

— Myślicie, że zabłądziła? — zażartował Phil.

Za dwie dziesiąta Nora wmaszerowała do sali. Wyglądała spokojnie, promiennie, jeszcze atrakcyjniej niż zwykle. Miałem wrażenie, że odświeżyła makijaż, nałożyła szminkę, eyeliner i tak dalej. Może nawet medytowała, bo zdawała się odmieniona.

A potem, dokładnie o dziesiątej, w sali zjawili się Jock Goddard i Paul Camilletti. Wszyscy umilkli. „Rzeźnik" Camilletti, ubrany w czarną marynarkę i oliwkową jedwabną koszulkę, zaczesał włosy do tyłu i wyglądał jak Gordon Gekko w *Wall Street*. Zajął miejsce daleko w rogu olbrzymiego stołu. Goddard, w zwyczajowym czarnym półgolfie i tweedowej brązowej marynarce, podszedł do Nory i szepnął jej coś zabawnego. Nora zaśmiała się głośno. Położył jej rękę na ramieniu; przez kilka sekund oparła na niej dłoń. Zachowywała się dziewczęco, zalotnie. Nigdy wcześniej nie widziałem jej takiej.

Następnie Goddard usiadł u szczytu stołu, naprzeciw ekranu. Dzięki, Chad. Siedziałem po drugiej stronie, po jego prawej — widziałem go doskonale i zdecydowanie nie czułem się niewidzialny. Miał zaokrąglone ramiona, lekko się garbił. Niesforne siwe włosy czesał z przedziałkiem z boku. Krzaczaste białe brwi przypominały ośnieżone wierzchołki gór. Czoło pokrywały głębokie zmarszczki, oczy spoglądały na nas szelmowsko.

Na kilka sekund w sali zapadła głęboka cisza. Goddard rozejrzał się po zebranych przy wielkim stole ludziach.

— Wydajecie się zdenerwowani — rzekł. — Spokojnie, ja nie gryzę. — Głos miał przyjemny: lekko zachrypnięty miękki baryton. Zerknął na Norę, mrugnął i dodał: — A przynajmniej niezbyt często. — Zaśmiała się. Kilka osób zachichotało uprzejmie. Ja sam uśmiechnąłem się, jakbym mówił: doceniam, że próbuje nas pan oswoić ze swoją obecnością.

— Tylko w razie zagrożenia — uzupełniła Nora. Goddard się uśmiechnął, jego usta wygięły się, tworząc V. — Jock, pozwolisz, że ja zacznę?

— Proszę.

— Jock, wszyscy bardzo ciężko pracowaliśmy nad odświeżeniem Maestra. Tak ciężko, że trudno nam oderwać się od problemów i spojrzeć z boku na całokształt projektu. Przez ostatnie trzydzieści sześć godzin myślałam wyłącznie o tym. I widzę, że istnieje kilka sposobów, dzięki którym zdołamy unowocześnić, poprawić Maestra, dodać mu atrakcyjności, zwiększyć nasz udział w rynku, może nawet znacząco.

Goddard pokiwał głową, splótł palce i zerknął do swoich notatek. Nora postukała palcem w laminowaną broszurę do prezentacji.

— Opracowaliśmy strategię, i to dobrą, która zakłada dodanie dwunastu nowych funkcji i unowocześnienie Maestra. Muszę jednak powiedzieć szczerze, że gdybym była na twoim miejscu, zamknęłabym produkcję.

Goddard odwrócił się nagle, jego gęste siwe brwi powędrowały w górę. Wszyscy patrzyliśmy na nią wstrząśnięci. Nie wierzyłem własnym uszom. Uwalała cały swój zespół.

— Jock — podjęła Nora — jeśli przez te wszystkie lata czegoś mnie nauczyłeś, to tego, że czasem prawdziwy przywódca musi poświęcić to, co kocha najbardziej. Słowa te przychodzą mi z najwyższym trudem, ale nie mogę ignorować faktów. Maestro był świetny, jak na swój czas. Ale jego czas już minął. Czyż nie tak brzmi zasada Goddarda: jeśli produkt nie ma szansy zdobyć pierwszego albo drugiego miejsca na rynku, należy go zamknąć?

Goddard milczał długą chwilę. Wydawał się zaskoczony. Nora wyraźnie mu zaimponowała. Po kilku sekundach pokiwał głową z wymownym uśmiechem, jakby mówił: podoba mi się to, co słyszę.

— Czy wszyscy się z tym zgadzają? — spytał, przeciągając słowa.

Powoli ludzie zaczęli kiwać głowami, wskakując do odjeżdżającego ze stacji pociągu. Chad przytakiwał, przygryzając wargę, jak to kiedyś czynił Bill Clinton. Mordden energicznie kiwał głową, jakby w końcu mógł dać upust swoim prawdziwym uczuciom. Pozostali inżynierowie mamrotali „tak" i „zgadzam się".

— Muszę przyznać, że mnie zaskoczyliście — rzekł Goddard. — Nie to spodziewałem się dziś usłyszeć. Oczekiwałem argumentów, głosów sprzeciwu. Zaimponowaliście mi.

— To, co na krótką metę jest dobre dla zespołu — wtrąciła Nora — niekoniecznie musi dobrze służyć Trionowi.

Niewiarygodne, pomyślałem. Nora sama zainicjowała upadek projektu. Podziwiałem jej przebiegłość, iście makiaweliczny spryt.

— Cóż — rzekł Goddard — nim ostrze opadnie, zaczekajcie jeszcze chwilę. Ty. Nie widziałem, żebyś potakiwał.

Wydawało mi się, że patrzy wprost na mnie. Rozejrzałem się wokół i spojrzałem z powrotem na niego. Zdecydowanie patrzył na mnie.

176

— Ty, młody człowieku — powtórzył. — Nie widziałem, żebyś kiwał głową razem z resztą.

— Jest nowy — wtrąciła szybko Nora. — Właśnie zaczął pracę.

— Jak się nazywasz, młodzieńcze?

— Adam — odparłem. — Adam Cassidy. — Serce zaczęło walić mi w piersi. O cholera, zupełnie jak w szkole, gdy wzywano mnie do tablicy. Czułem się jak pierwszoklasista.

— Nie podoba ci się decyzja, którą tu podjęliśmy, Adamie? — spytał Goddard.

— Hę? Nic podobnego.

— Więc zgadzasz się, że powinniśmy zakończyć produkcję Maestra?

Wzruszyłem ramionami.

— Zgadzasz się czy nie? Wybieraj.

— Rozumiem argumenty Nory — odrzekłem.

— A gdybyś był na moim miejscu? — naciskał Goddard.

Odetchnąłem głęboko.

— Na pana miejscu nie zamykałbym produkcji.

— Nie?

— I nie dodawałbym dwunastu nowych funkcji.

— Nie dodawałbyś?

— Nie, tylko jedną.

— A jakąż to?

Kątem oka dostrzegłem twarz Nory; była purpurowa. Nora patrzyła na mnie, jakby z mojej piersi wyskakiwał właśnie Obcy. Jej oczy lśniły. Odwróciłem się z powrotem do Goddarda.

— Bezpieczny protokół transmisji danych.

Brwi Goddarda opadły.

— Bezpieczne przesyłanie danych? Czemu, do licha, miałoby to przyciągnąć klientów?

Chad odchrząknął głośno.

— Daj spokój, Adamie — wtrącił. — Spójrz na badania rynkowe. Bezpieczna transmisja jest na siedemdziesiątym piątym miejscu listy funkcji, które interesują klientów. — Uśmiechnął się złośliwie. — Chyba że sądzisz, że nasz przeciętny klient to Austin Powers, agent specjalnej troski.

Po drugiej stronie stołu rozległo się kilka złośliwych chichotów. Uśmiechnąłem się dobrodusznie.

— Nie, Chad, masz rację. Przeciętnego klienta nie interesuje bezpieczna transmisja danych. Ale ja nie mówię o przeciętnym kliencie. Mówię o wojsku.

— O wojsku? — Goddard uniósł jedną brew.

— Adamie... — zaczęła Nora cichym, ostrzegawczym tonem.

Goddard pomachał jej ręką.

— Nie, chcę tego posłuchać. Wojsko, powiadasz?

Odetchnąłem głęboko, starając się nie zdradzać ogarniającej mnie paniki.

— Proszę posłuchać. Armia, lotnictwo, Kanadyjczycy, Brytyjczycy, wszystkie struktury wojskowe w Stanach Zjednoczonych, Wielkiej Brytanii i Kanadzie niedawno przebudowały swój globalny system łączności. Zgadza się? — Wyciągnąłem z teczki i uniosłem wycinki z „Defense News" i „Federal Computer Week", pism, które czytuję sobie ot tak, dla rozrywki, prawda? Czułem, że drży mi ręka, miałem nadzieję, że nikt tego nie zauważy. Wyatt dobrze mnie przygotował, obym tylko nie pominął żadnych szczegółów. — Nazywają go Systemem Łączności Obrony, DMS. To bezpieczny system łączności, używany przez miliony wojskowych na całym świecie. Komunikacja odbywa się za pośrednictwem komputerów stacjonarnych i Pentagonowi rozpaczliwie zależy na systemie bezprzewodowym. Wyobraźcie to sobie: bezpieczny, bezprzewodowy zdalny dostęp do tajnych danych i wiadomości, pozwalający na autentykację nadawców i odbiorców, szyfrowanie, ochronę i spójność danych. To dziewiczy rynek!

Goddard przechylił głowę na bok.

— A Maestro to idealny produkt do tych celów. Jest mały, solidny, właściwie niezniszczalny, do tego niezawodny. W ten sposób jego wady zmienimy w zalety: dla wojska to plus, że Maestro jest przestarzały technologicznie, ponieważ zachował

178

kompatybilność z ich protokołami bezprzewodowej transmisji danych, które mają od pięciu lat. Wystarczy tylko dodać bezpieczeństwo. Koszty są minimalne, a potencjalny rynek olbrzymi. Naprawdę olbrzymi.

Goddard obserwował mnie uważnie. Nie potrafiłem orzec, czy zrobiłem na nim wrażenie, czy też uważa, że zupełnie mi odbiło.

— Więc zamiast podrasowywać ten stary i, szczerze mówiąc, nie najlepszy produkt, zaadresujmy go do nowego targetu. Dorzućmy obudowę z utwardzonego plastiku i bezpieczną transmisję danych, i mamy żyłę złota. Jeśli szybko zaczniemy działać, przejmiemy cały segment rynku. Zapomnijcie o pięćdziesięciu milionach strat. Mowa tu o setkach milionów dochodu rocznie.

— Jezu — mruknął Camilletti ze swojego kąta, notując pośpiesznie.

Goddard zaczął kiwać głową, z początku powoli, potem coraz szybciej.

— Niezwykle intrygujące — powiedział i odwrócił się do Nory. — Jak się nazywa ten młody człowiek? Elijah?

— Adam — poprawiła sucho Nora.

— Dziękuję, Adamie — rzekł. — Ładnie się spisałeś.

Nie dziękuj mnie, pomyślałem. Podziękuj Nickowi Wyattowi. I wtedy dostrzegłem Norę. Patrzyła na mnie z czystą i nieskrywaną nienawiścią.

34

Jeszcze przed lunchem otrzymaliśmy e-mailem oficjalną wiadomość: Goddard wstrzymał egzekucję Maestra. Zespołowi polecono przygotować propozycję niewielkich zmian w celu przystosowania produktu dla wojska. Tymczasem Zespół Kontraktów Rządowych Triona miał rozpocząć negocjacje z Pentagonem, a konkretnie — z Działem Zakupów i Logistyki w Agencji Systemów Informacyjnych Obrony.

Tłumaczenie: strzał w dziesiątkę. Stary produkt nie tylko powrócił do życia. Przeszczepiono mu serce i przetoczono młodą krew.

A ja wpadłem po uszy w gówno.

Byłem właśnie w kiblu, stałem przed pisuarem i rozpinałem rozporek, gdy do środka wmaszerował tanecznym krokiem Chad. Zauważyłem już wcześniej, że miał jakiś szósty zmysł, który podpowiadał mu, że nie lubię sikać w towarzystwie. Stale chodził za mną do toalety, by pogadać o pracy albo sporcie i skutecznie zakręcić mój kurek. Tym razem podszedł do sąsiedniego pisuaru, promiennie uśmiechnięty, jakby wręcz zachwycił go mój widok. Usłyszałem dźwięk zamka błyskawicznego. Mój pęcherz się zacisnął. Wbiłem wzrok w płytki nad pisuarem.

— Hej! — rzucił Chad. — Świetna robota, wielkoludzie. Tak się zdobywa punkty u szefa. — Powoli pokręcił głową; miałem wrażenie, że splunął. Mocz polał się hałaśliwie na niewielkie kwadratowe dno pisuaru. — Chryste. — Jego głos ociekał sarkazmem; Chad przekroczył niewidzialną granicę. Już nawet nie udawał.

Mógłbyś iść sobie w cholerę i pozwolić mi się odlać, pomyślałem.

— Uratowałem produkt — przypomniałem głośno.

— Jasne, a przy okazji uwaliłeś Norę. Było warto tylko po to, żeby zaliczyć parę punktów u prezesa, zyskać chwilową sławę? Tu się tak nie robi, bracie. Popełniłeś wielki kurewski błąd. — Otrząsnął fiutka, zasunął zamek i nie umywszy rąk, wyszedł z toalety.

Gdy wróciłem do boksu, na poczcie głosowej czekała już na mnie wiadomość od Nory.

• • •

— Noro — powiedziałem, wchodząc do jej gabinetu.

— Adamie, usiądź, proszę. — Uśmiechała się łagodnie, ze smutkiem. To był zły znak.

— Noro, chciałbym ci powiedzieć...

— Adamie, jak wiesz, tu w Trionie szczycimy się tym, że zawsze staramy się dopasować stanowisko do pracownika, dopilnować, by nasi najlepsi ludzie dostali stosowny przydział obowiązków. — Uśmiechnęła się ponownie, jej oczy rozbłysły. — Dlatego złożyłam podanie o przeniesienie pracownika i poprosiłam Toma, żeby się tym zajął.

— Przeniesienie?

— Wszystkim nam zaimponował twój talent, pomysłowość, głębia wiedzy. Dzisiejsze spotkanie pokazało to doskonale. Uważamy, że ktoś twojego kalibru świetnie poradzi sobie w PB. Kierownictwu Działu Koordynacji Dostaw przydałby się silny zespołowy gracz, taki jak ty.

— PB?

— W Parku Badawczym w Raleigh-Durham, w Karolinie Północnej.

— W Karolinie Północnej? — Dobrze usłyszałem? — Mówisz o przeniesieniu mnie do Karoliny Północnej?

— Adamie, zachowujesz się, jakbym chciała zesłać cię na Syberię. Byłeś kiedyś w Raleigh-Durham? To urocza miejscowość.

— Ale... ja nie mogę się przenieść. Mam tu obowiązki, mam...

— Dział transferu pracowników wszystko zorganizuje. Pokryją koszty przeprowadzki, oczywiście w granicach rozsądku. Poruszyłam już sprawę w dziale kadr. Rzecz jasna, każdy transfer wywołuje nieco zamieszania, ale zwykle załatwiają to bezboleśnie. — Jej uśmiech stał się jeszcze szerszy. — Będziesz zachwycony tamtą pracą, a oni będą zachwyceni tobą!

— Noro — powiedziałem. — Goddard prosił o moje zdanie, a ja naprawdę jestem pod wrażeniem wszystkiego, co zrobiłaś z linią Maestro. Wcale nie zamierzałem cię wkurzyć.

— Wkurzyć? — powtórzyła. — Adamie, wręcz przeciwnie, byłam wdzięczna za twój wkład w dyskusję. Żałuję tylko, że nie przekazałeś mi swoich przemyśleń przed spotkaniem. Ale co było, minęło. Teraz czekają nas nowe, większe wyzwania. I ciebie także!

. . .

Do przeniesienia miało dojść w ciągu następnych trzech tygodni. Byłem przerażony. W Karolinie Północnej zajmowano się wyłącznie sprawami papierkowymi, miliony kilometrów od działów badawczych. Wyattowi na nic się tam nie przydam i obwini mnie za to, że schrzaniłem sprawę. Słyszałem już w duchu świst opadającego ostrza gilotyny.

Zabawne, dopiero po wyjściu z gabinetu Nory pomyślałem o ojcu. Wówczas w pełni uderzyło mnie znaczenie tego, co miało nadejść. Nie mogłem się przeprowadzić, nie mogłem zostawić tu staruszka. Ale jak miałbym odmówić wyjazdu? Chyba że zdecydowałbym się na eskalację konfliktu i poszedł wyżej albo przynajmniej spróbował, co z pewnością odbiłoby się na mnie. Jaki pozostał mi wybór? Gdybym odmówił wyjazdu do Karoliny Północnej, musiałbym odejść z Triona, a wtedy rozpętałoby się piekło.

Miałem wrażenie, jakby cały budynek powoli wirował. Musiałem usiąść, pomyśleć. Gdy mijałem boks Noaha Morddena, ten kiwnął na mnie palcem, wzywając do środka.

— A, Cassidy — mruknął. — Nasz trionowski Julien Sorel. Bądź lepiej miły dla pani de Renal.

— Co takiego? — Nie miałem pojęcia, o czym on gada.

Mordden, ubrany w swoją zwyczajową koszulę hawajską i z wielkimi okrągłymi czarnymi okularami na nosie, z każdą chwilą coraz bardziej przypominał karykaturę samego siebie. Jego telefon zadzwonił, oczywiście jednak nie wydał z siebie zwykłego dźwięku dzwonka, lecz fragment piosenki Davida Bowie *Suffragette City*: *Oh wham bam, thank you ma'am*.

— Przypuszczam, że wywarłeś wrażenie na Goddardzie — powiedział. — Jednocześnie jednak musisz uważać, by nie zrazić do siebie bezpośredniej przełożonej. Zapomnij o Stendhalu. Lepiej poczytałbyś Sun Zi. — Skrzywił się kwaśno.

Mordden udekorował swój boks bardzo osobliwie. Dostrzegłem szachownicę z rozstawionymi figurami, plakat z wizerunkiem H.P. Lovecrafta i dużą lalkę o kręconych jasnych włosach. Z pytającą miną wskazałem szachownicę.

— Tal-Botwinnik, dziewięćdziesiąty szósty rok — oznajmił Mordden, jakby to cokolwiek znaczyło. — Jedno z najlepszych posunięć szachowych wszech czasów. Chcę przez to powiedzieć, że nie należy oblegać umocnionych miast, jeśli da się tego uniknąć. Co więcej, i to już nie słowa Sun Zi, lecz rzymskiego cesarza Domicjana, jeśli atakujesz króla, musisz go zabić. Ty natomiast zorganizowałeś atak na Norę, nie zapewniając sobie z góry wsparcia powietrznego.

— Nie zamierzałem przeprowadzać ataku.

— Cokolwiek zamierzałeś, popełniłeś poważny błąd, przyjacielu. Ona cię zniszczy.

— Przenosi mnie do Parku Badawczego.

Uniósł brwi.

— Mogłeś trafić znacznie gorzej. Byłeś kiedyś w Jackson w stanie Missisipi?

Byłem i całkiem mi się spodobało, jednakże nie miałem nastroju do długich rozmów z tym dziwakiem. W jego obecności czułem się niepewnie. Skinąłem głową w kierunku paskudnej lalki siedzącej na półce.

— To twoja?

— Love Me Lucille — odparł. — Potężna klapa. I, co dodam z dumą, mój własny pomysł.

— Zajmowałeś się tworzeniem... lalek?

Wyciągnął rękę i uścisnął dłoń lalki. Ta ożyła, jej upiornie realistyczne oczy otwarły się i zmrużyły zupełnie jak u człowieka. Nadąsane usta rozchyliły się i wygięły w grymasie.

— Wątpię, żebyś widział kiedyś lalkę robiącą coś takiego.

— I chyba więcej nie chcę — dodałem.

Mordden uśmiechnął się przelotnie.

— Lucille dysponuje pełną gamą ludzkich min. Jest w pełni zrobotyzowana, to naprawdę imponujące dzieło. Płacze, marudzi, gra na nerwach, zupełnie jak prawdziwe dziecko. Musi się jej odbić, śmieje się, gaworzy, a nawet sika w pieluchę. Zdradza objawy kolki, ma wszystko poza pokrzywką na pupie. Także czujnik lokalizacji mowy, więc patrzy na tego, kto z nią rozmawia. Sam uczysz ją mówić.

— Nie wiedziałem, że zajmowałeś się lalkami.

— Mogę tu robić, co zechcę. Jestem zasłużonym inżynierem Triona. Zbudowałem Lucille dla mojej siostrzenicy, która nie chciała się nią bawić. Twierdziła, że jest straszna.

— Owszem, jest dość paskudna — przyznałem.

— Nadali jej kiepski wygląd. — Odwrócił się do lalki i przemówił powoli: — Lucille, przywitaj się z naszym prezesem.

Lucille wolno zwróciła głowę ku Morddenowi. Usłyszałem cichy mechaniczny szum. Zamrugała, znów się skrzywiła i przemówiła głębokim głosem Jamesa Earla Jonesa. Jej wargi układały się, artykułując słowa.

— Możesz mi skoczyć, Goddard.

— Jezu. — Westchnąłem.

Lucille powoli odwróciła się do mnie, zamrugała i posłała mi słodki uśmiech.

— Technologiczne bebechy tego ohydnego trolla znacznie wyprzedzały swój czas — wyjaśnił Mordden. — Stworzyłem kompletny wielowątkowy system operacyjny, działający na ośmiobitowym procesorze. Prawdziwa sztuczna inteligencja, ciasno skompilowany kod. Architektura też jest raczej sprytna. Lucille ma w swoim brzuszysku trzy odrębne, zaprojektowane przeze mnie układy ASIC.

Wiedziałem, że ASIC to w mowie maniaków komputerowych bajerancki chip, zarządzający różnymi rzeczami.

— Lucille — powiedział Mordden i lalka odwróciła ku niemu głowę, mrugając. — Pieprz się, Lucille. — Oczy lalki zmrużyły się powoli, usta wygięły żałośnie. Wydała z siebie płaczliwy jęk, samotna łza spłynęła po jej policzku. Mordden podciągnął falbaniastą górę od pidżamy, odsłaniając niewielki prostokątny ekran LCD. — Mamusia i tatuś mogą ją zaprogramować i sprawdzić ustawienia na tym ekranie zastrzeżonym dla Triona. Jeden ASIC steruje ekranem, drugi silnikami, trzeci ośrodkiem mowy.

— Niewiarygodne — mruknąłem. — I to wszystko dla lalki.

— Zgadza się. A potem firma produkująca zabawki, z którą zawarliśmy umowę, kompletnie spieprzyła wejście na rynek. Niech to będzie dla ciebie nauką. Marketing był do dupy. Wysłali produkt do sklepów dopiero w ostatnim tygodniu listopada. Osiem tygodni za późno. Mamusia i tatuś przygotowali już listę świątecznych prezentów. Co gorsza, cena była do bani. W obecnej sytuacji ekonomicznej mamusia i tatuś nie chcieli wydać ponad stu dolarów na pieprzoną zabawkę. Oczywiście, geniusze marketingowi z Działu Produktów Użytkowych Triona sądzili, że wynalazłem nowe tamagochi, więc zgromadziliśmy zapas kilkuset tysięcy chipów zrobionych na zamówienie, w Chinach, za ogromne pieniądze, i nienadających się do niczego innego. W magazynach Triona zostało niemal pół miliona ohydnych lalek i trzysta tysięcy części czekających na montaż. Do dziś zalegają w magazynie w Van Nuys.

— Rany.

— Nie martw się. Nikt nie może mnie tknąć. Mam kryptonit.

Nie wyjaśnił, co miał na myśli, ale przecież rozmawiałem z Morddenem, praktycznie świrem, więc nie rozwijałem tematu. Wróciłem do boksu i odkryłem, że czeka na mnie kilka wiadomości. Gdy odtworzyłem drugą, przeżyłem nagły wstrząs. Natychmiast rozpoznałem głos, jeszcze nim dzwoniący zdążył się przedstawić.

— Panie Cassidy — usłyszałem. — Naprawdę... A, mówi Jock Goddard. Bardzo zainteresowały mnie pana uwagi podczas dzisiejszego spotkania. Zastanawiam się, czy mógłby pan odwiedzić mój gabinet. Może zechce pan zadzwonić do mojej asystentki Flo i się umówić.

CZĘŚĆ CZWARTA

WSYPA

Wsypa: wykrycie agenta, kryjówki bądź techniki wywiadowczej przez gracza strony przeciwnej.

Słownik terminów szpiegowskich

35

Gabinet Jocka Goddarda nie był wcale większy niż biura Toma Lundgrena i Nory Sommers. Odkrycie to mnie poraziło. Miejsce pracy prezesa było tylko nieznacznie obszerniejsze od mojego żałosnego boksu. Za pierwszym razem przeszedłem obok, pewien, że źle trafiłem, ale na mosiężnej tabliczce na drzwiach widniało imię i nazwisko — AUGUSTINE GODDARD — a szef we własnej osobie stał tuż za progiem, rozmawiając z sekretarką. Był ubrany w jeden ze swoich czarnych półgolfów, bez marynarki. Na nosie miał okulary do czytania w czarnej oprawie. Kobieta, z którą rozmawiał — założyłem, że to Florence — była potężna i ciemnoskóra, w przepięknym srebrzystoszarym kostiumie. Wśród czarnych włosów na skroniach lśniły siwe pasma. Wyglądała naprawdę imponująco.

Gdy się zbliżyłem, oboje unieśli głowy. Kobieta nie miała pojęcia, kim jestem, Goddard też przez chwilę nie był pewien. Od wielkiego spotkania minął już cały dzień. W końcu rzekł do mnie:

— Och, panie Cassidy, świetnie, dziękuję, że pan przyszedł. Napije się pan czegoś?

— Nie, dziękuję, niczego mi nie trzeba — odparłem i nagle przypomniałem sobie rady doktor Bolton. — No, może wodę.

Z bliska wydawał się jeszcze drobniejszy i bardziej zgarbiony. Jego słynna chochlikowa twarz, wąskie wargi, błyszczące oczy —

wszystko to bardzo przypominało halloweenowe maski Jocka Goddarda, przygotowane przez dział handlowy na zeszłoroczne firmowe przyjęcie. Widziałem taką maskę wiszącą na ścianie czyjegoś boksu. Podobno cały dział je nałożył i każdy odegrał krótki skecz.

Flo wręczyła mu brązową kopertę — dostrzegłem natychmiast, że to moje akta z działu kadr — a on polecił jej nie łączyć żadnych rozmów i zaprowadził mnie do siebie. Nie miałem pojęcia, czego chce, więc wyrzuty sumienia zaatakowały mnie z nową siłą. W końcu, co tu ukrywać, węszyłem po firmie mojego gospodarza jak prawdziwy szpieg. Owszem, byłem ostrożny, ale popełniłem kilka błędów.

Ale czy naprawdę chodziło o coś złego? Prezes nigdy osobiście nie wykonuje egzekucji. Ma od tego katów. Jednak nie mogłem uwolnić się od wątpliwości. Byłem potwornie zdenerwowany i nie umiałem tego opanować.

Goddard otworzył ukrytą w szafce niewielką lodówkę i wręczył mi butelkę aquafiny. Następnie usiadł za biurkiem — w istocie nie miał raczej wyboru — i natychmiast odchylił się w wysokim skórzanym fotelu. Zająłem jedno z dwóch krzeseł po drugiej stronie biurka. Rozejrzałem się wokół i ujrzałem zdjęcie nieciekawej kobiety, zapewne jego żony, bo była w tym samym wieku. Miała siwe włosy, była brzydka i zdumiewająco pomarszczona (Mordden nazywał ją shar peiem). Nosiła naszyjnik w stylu Barbary Bush, złożony z trzech sznurów pereł, mający prawdopodobnie ukryć obwisłą skórę. Zastanawiałem się, czy Nick Wyatt, zżerany potworną zazdrością w stosunku do Jocka Goddarda, wie w ogóle, do kogo każdego wieczoru wraca jego rywal. Laski Wyatta podlegały stałej rotacji — co parę dni zjawiała się kolejna, każda z cyckami jak panna z rozkładówki. Był to warunek angażu.

Całą półkę w gabinecie zajmowały staroświeckie blaszane modele samochodów — kabrioletów ze sterczącymi listwami i opływowymi maskami, kilku starych ciężarówek mleczarskich Divco. Modele pochodziły z lat czterdziestych — gdy Goddard był dzieckiem, i pięćdziesiątych — gdy stał się młodym mężczyzną.

Dostrzegł, że na nie patrzę.

— Czym jeździsz?

— Jeżdżę? — Przez moment nie zrozumiałem, o co mu chodzi. — Audi A sześć.

— Audi — powtórzył, jakby to słowo pochodziło z obcego języka. No dobra, faktycznie pochodziło. — Podoba ci się?

— Jest w porządku.

— Sądziłem, że jeździsz raczej porsche dziewięćset jedenaście albo przynajmniej boxsterem. Czymś w tym stylu. Pasowałby do kogoś takiego jak ty.

— Nie mam świra na punkcie motoryzacji — odparłem. Była to starannie skalkulowana odpowiedź. Świadomie prowokująca. Judith Bolton, *consigliere* Wyatta, poświęciła dużą część jednej sesji na rozmowy o samochodach, abym mógł dopasować się do korporacyjnej kultury Triona, lecz instynkt podpowiadał mi, że tym razem nie powinienem jej słuchać. Lepiej w ogóle ominąć ten temat.

— Sądziłem, że wszyscy w Trionie interesują się samochodami. — Dostrzegłem rezerwę, z jaką Goddard wypowiadał te słowa. Wyśmiewał się ze swoich niewolniczych wielbicieli. To mi się spodobało.

— Przynajmniej ci ambitni — uzupełniłem z szerokim uśmiechem.

— No cóż, samochody to moja jedyna ekstrawagancja i mam po temu powody. Na początku lat siedemdziesiątych, gdy Trion wypuścił pierwsze akcje i zacząłem zarabiać więcej pieniędzy, niż umiałem wydać, pewnego dnia kupiłem sobie piękny dwudziestometrowy jacht. Byłem z niego wielce dumny, póki nie zauważyłem na przystani innego jachtu, dwudziestotrzymetrowego. Był dłuższy o całe pieprzone trzy metry. I, rozumiesz, poczułem nagłe ukłucie. Przebudził się mój instynkt rywalizacji. Nagle pomyślałem... wiem, że to dziecinne, ale nie mogłem się powstrzymać. Pomyślałem: potrzebuję większej łodzi. I wiesz, co zrobiłem?

— Kupił pan większą łódź?

— Nie. Mogłem bez problemu ją kupić. Ale zawsze gdzieś znalazłby się dupek z jeszcze większą łodzią... i kto wówczas okazałby się prawdziwym dupkiem? Ja. W ten sposób nie da się wygrać.

Przytaknąłem.

— Więc sprzedałem to cholerstwo następnego dnia. Zresztą i tak unosiła się na wodzie wyłącznie dzięki szklanym włóknom i mojej zazdrości. — Zachichotał. — Stąd ten ciasny gabinet. Uznałem, że jeśli szef będzie miał taki sam gabinet jak wszyscy kierownicy, przynajmniej w tej dziedzinie unikniemy w firmie konkurencji. Ludzie zawsze ścigają się o to, kto ma więcej. Niech więc skupią się na czymś innym. No więc, Elijah, jesteś tu nowy.

— Nazywam się Adam.

— Cholera, wciąż się mylę. Przepraszam, Adamie. Adam. Już pamiętam. — Pochylił się naprzód, założył okulary do czytania i przejrzał moje akta. — Wcześniej pracowałeś w Wyatcie, gdzie uratowałeś Lucida.

— Nie uratowałem Lucida, proszę pana.

— Tylko bez fałszywej skromności.

— Nie jestem skromny, ale dokładny.

Uśmiechnął się, jakbym go rozbawił.

— Jak wypada Trion w porównaniu z Wyattem? Nie, zapomnij, że zapytałem. I tak nie chcę znać odpowiedzi.

— Nie ma sprawy, chętnie odpowiem — powiedziałem z udawaną szczerością. — Podoba mi się tutaj, to ciekawe miejsce. Podobają mi się ludzie. — Zastanowiłem się przez chwilę i zrozumiałem, jak bardzo lizusowato to brzmi. Co za bzdury. — No, przynajmniej większość.

Jego kpiące oczy zalśniły.

— Przyjąłeś pierwszą zaoferowaną pensję — zauważył. — Młody człowiek o takich referencjach i osiągnięciach mógł wynegocjować dwa razy więcej.

Wzruszyłem ramionami.

— Zainteresowały mnie możliwości w Trionie.

— Może, ale przypuszczam też, że bardzo chciałeś się stamtąd urwać.

Zaczynałem naprawdę się niepokoić. Wiedziałem jednak, że Goddard wolałby, żebym zachował dyskrecję.

— Myślę, że Trion jest bardziej w moim stylu.

— Dostałeś tu szansę, na jaką liczyłeś?

— Oczywiście.

— Paul, mój dyrektor finansowy, wspomniał o twojej interwencji w sprawie GoldDusta. Najwyraźniej masz swoje źródła.

— Nie tracę kontaktu z przyjaciółmi.

— Adamie, podoba mi się twój nowy pomysł na Maestra, ale martwię się, że dodanie protokołu bezpiecznej transmisji danych wymaga zbyt wiele czasu. Pentagon z pewnością zażąda działających prototypów, i to na wczoraj.

— To żaden problem — odparłem. Wciąż miałem w pamięci wszystkie szczegóły, jakbym przygotował się do egzaminu z chemii organicznej. — Kasten Chase opracował już protokół bezpiecznego dostępu RASP, mają kartę szyfrującą Fortezza, bezpieczny modem Palladium. Istnieją już sprzęt i oprogramowanie służące do tych celów. Upchnięcie ich w Maestrze może potrwać jakieś dwa miesiące. Będziemy gotowi na długo przed sfinalizowaniem kontraktu.

Goddard pokręcił głową, sprawiał wrażenie oszołomionego.

— Cały cholerny rynek uległ zmianie. Wszystko jest e-to i i-tamto, technologie stale się łączą. To era wszystkiego w jednym. Konwergencji. Konsumenci nie chcą już telewizorów, magnetowidów, faksów, komputerów, wież stereo i telefonów, ale chcą wszystko w jednym. — Spojrzał na mnie kątem oka. Najwyraźniej mnie podpuszczał, żeby poznać moje przemyślenia. — Przyszłość to konwergencja, nie sądzisz?

Przybrałem sceptyczną minę, odetchnąłem głęboko.

— Moja odpowiedź brzmi... nie.

Po kilku sekundach Goddard się uśmiechnął. Dobrze odrobiłem lekcje. Czytałem transkrypt nieoficjalnych uwag, które poczynił rok temu podczas jednej z konferencji na temat technologii przyszłości w Palo Alto. Wygłosił wtedy długą przemowę i wyśmiał, jak go nazywał, „żałosny futuryzm", a ja wykułem ją całą na pamięć, uznając, że kiedyś w Trionie może mi się przydać.

— Dlaczego?

— To futurystyczne bzdury. Pakowanie do urządzeń coraz to nowych funkcji kosztem łatwości użytkowania, prostoty, elegancji. Myślę, że wszyscy już mamy dosyć sytuacji, kiedy aby obejrzeć dziennik, musimy nacisnąć kolejno trzydzieści sześć guzików na dwudziestu dwóch pilotach. Coraz więcej ludzi wkurza się, kiedy musi sprawdzić światełko silnika w samochodzie i nie może po prostu podnieść maski i zajrzeć do środka. Wóz trzeba zabrać do wyspecjalizowanego mechanika z komputerem diagnostycznym i tytułem naukowym z MIT.

— Nawet gdy ma się świra na punkcie motoryzacji. — Goddard uśmiechnął się ironicznie.

— Nawet. Zresztą cała ta konwergencja to jeden wielki mit. Modne hasło, niebezpieczne, jeśli potraktować je serio. Nie służy interesom. Telefon z faksem Canona okazał się klapą: średni faks i jeszcze gorszy telefon. Nie widujemy raczej pralek połączonych z suszarkami czy mikrofalówek z piekarnikami gazowymi. Jeśli potrzebuję schłodzić colę, nie kupię mikrofalówki połączonej z lodówką ani kuchenki elektrycznej z telewizorem. Minęło pięćdziesiąt lat od wynalezienia komputera. I co? Połączył się? Z czym? Z niczym. Moim zdaniem cała ta konwergencja to nowa wersja królonka.

— Czego?

— Królonka. To mityczne dzieło zwariowanego taksydermisty, połączenie królika i jelonka. Pocztówki z jego zdjęciami sprzedaje się na całym Zachodzie.

— Lubisz walić prosto z mostu, prawda?

— Tak, kiedy uważam, że mam rację.

Goddard odłożył moją teczkę i ponownie odchylił się w fotelu.

— A widok z lotu ptaka?

— Słucham?

— Trion jako całość. Masz jakieś przemyślenia na temat firmy?

— Owszem.

— Posłuchajmy.

Wyatt nieustannie zamawiał analizy porównawcze dotyczące Triona. A ja wykułem je na pamięć.

— Cóż, Trion Medical Systems to piękne portfolio. Najlepsze produkty w świecie rezonansów magnetycznych, medycyny nuklearnej i ultrasonografii. Trochę słabiej z serwisem, informacją dla klientów i zarządzaniem zasobami.

Uśmiechnął się, pokiwał głową.

— Zgadzam się. Mów dalej.

— Trion Business Solutions jest do bani, zresztą nie muszę tego panu mówić, ale mamy większość elementów umożliwiających poważną penetrację rynku, zwłaszcza w zakresie usług telefonii IP, tradycyjnych usług głosowych i przesyłania danych. Tak, wiem, w tej chwili światłowody to katastrofa, ale usługi szerokopasmowe stanowią pieśń przyszłości, musimy się ich trzymać. Dział Kosmiczny miał parę kiepskich lat, ale wciąż dysponuje całą gamą wyspecjalizowanych produktów obliczeniowych.

— A co z elektroniką użytkową?

— To niewątpliwie podstawa naszej działalności, właśnie dlatego się tu przeniosłem. Nasze odtwarzacze DVD z górnej półki na głowę biją Sony. Telefony bezprzewodowe trzymają się mocno jak zawsze. Telefony komórkowe to przebój, rządzimy tym rynkiem. Mamy mocną markę, możemy sprzedawać telefony o trzydzieści procent drożej niż konkurencja tylko dlatego, że na obudowie wypisano słowo Trion. Pozostaje jednak wiele słabych punktów.

— Na przykład?

— To wariactwo, że nie mamy czegoś, co wypchnęłoby z rynku BlackBerry. Bezprzewodowe urządzenia komunikacyjne powinny być naszą specjalnością. Tymczasem wygląda na to, że ustępujemy całkowicie pola RIM, Handspringowi i Palmowi. Potrzebujemy przeboju z tej działki.

— Pracujemy nad tym. Szykuje nam się całkiem ciekawy produkt.

— Cieszę się — rzekłem. — Uważam też, że stanowczo nie doceniamy potencjału technologii i produktów do przesyłania internetem muzyki i filmów. Powinniśmy skoncentrować na tym nasze badania, może nawiązać z kimś współpracę. To potężne potencjalne źródło dochodów.

— Myślę, że masz rację.

— I, proszę mi wybaczyć, ale uważam, że to żałosne, że nie mamy linii produktów adresowanych do dzieci. Spójrzmy na Sony, ich konsola PlayStation wielokrotnie pozwalała im wyjść spod kreski. Popyt na komputery i elektronikę domową co parę lat spada, cały czas walczymy z producentami elektroniki z Korei Północnej i Tajwanu. Toczymy wojny cenowe na polu monitorów ciekłokrystalicznych, magnetowidów cyfrowych i telefonów komórkowych. Takie jest życie. Powinniśmy więc sprzedawać produkty dzieciom. Bo dzieci nie obchodzi recesja. Sony ma PlayStation, Microsoft ma Xboxa, Nintendo GameCube. A co my mamy do gier wideo? Nic. To poważna słabość naszych produktów użytkowych.

Zauważyłem, że Goddard znów się wyprostował. Patrzył na mnie z tajemniczym uśmieszkiem na pomarszczonej twarzy.

— Co byś powiedział, gdybym ci zaproponował kierowanie przeróbkami Maestra?

— To działka Nory. Szczerze mówiąc, nie czułbym się z tym dobrze.

— Odpowiadałbyś przed nią.

— Wątpię, by jej się to spodobało.

Jego wargi wygięły się mocniej.

— Przejdzie jej. Nora wie, gdzie stoją konfitury.

— Oczywiście, nie będę się sprzeciwiał, ale obawiam się, że to zaszkodziłoby morale.

— W takim razie miałbyś ochotę pracować dla mnie?

— A nie pracuję?

— Tutaj, na szóstym piętrze. Jako asystent specjalny prezesa do spraw strategii nowych produktów. Teoretycznie odpowiedzialny przed działem technologii zaawansowanych. Dam ci gabinet po drugiej stronie korytarza. Ale nie większy niż mój, rozumiesz? Jesteś zainteresowany?

Nie wierzyłem własnym uszom. Miałem wrażenie, że zaraz eksploduję z podniecenia.

— Oczywiście. Podlegałbym bezpośrednio panu?

— Zgadza się. To co? Umowa stoi?

Uśmiechnąłem się powoli. Gdy się powiedziało „a", pomyślałem, i tak dalej.

— Myślę, że większe obowiązki wymagają większych pieniędzy, prawda?

Roześmiał się.

— Czyżby?

— Chciałbym dostać dodatkowe pięćdziesiąt tysięcy, o które powinienem był prosić, gdy zaczynałem tu pracę. I opcje zakupu jeszcze czterdziestu tysięcy akcji.

Goddard roześmiał się ponownie, głęboko niczym Święty Mikołaj.

— Masz jaja, młody człowieku.

— Dziękuję.

— Powiem ci, co zrobię. Nie dam ci pięćdziesięciu tysięcy dolarów podwyżki. Nie wierzę w dawkowanie pensji. Zamiast tego ci ją podwoję. To na pewno cię zachęci, żeby dla mnie tyrać.

Przygryzłem wargę, by nie zachłysnąć się głośno. Jezu.

— Gdzie mieszkasz? — spytał. Kiedy odpowiedziałem, pokręcił głową. — To nie pasuje do kogoś na twoim stanowisku. Poza tym przy twoich godzinach pracy wolę, byś nie spędzał rano trzech kwadransów w samochodzie i tyluż wieczorem. Będziesz pracował do późna, więc powinieneś zamieszkać w pobliżu. Może sprawisz sobie apartament w kompleksie na nabrzeżu? Stać cię na to. Współpracownica działu elektronicznego zajmuje się mieszkaniami korporacyjnymi. Znajdzie ci coś ładnego.

Przełknąłem ślinę.

— Brzmi świetnie — powiedziałem, starając się zdusić nerwowy chichot.

197

— Wiem, że nie pociągają cię samochody. Ale to audi... Na pewno jest bardzo wygodne, ale spraw sobie coś fajnego. Uważam, że mężczyzna powinien kochać swój samochód. Spróbuj. Co ty na to? Nie szalej, ale znajdź coś fajnego. Flo ci pomoże. Czyżby mówił, że kupi mi samochód? Dobry Boże.

Goddard wstał.

— Więc wskakujesz na pokład? — Wyciągnął rękę. Uścisnąłem ją.

— Nie jestem głupcem — odparłem wesoło.

— To akurat oczywiste. Cóż, witaj w naszym zespole, Adamie. Nie mogę się doczekać wspólnej pracy.

Chwiejnym krokiem wyszedłem z gabinetu i z głową w chmurach ruszyłem w stronę wind. Ledwo trzymałem się na nogach.

Nagle zszedłem na ziemię. Przypomniałem sobie, dlaczego tu jestem, na czym polega moja prawdziwa praca, jak się tu znalazłem — w firmie, w gabinecie Goddarda. Właśnie zostałem awansowany znacznie poza zakres moich umiejętności.

Choć w sumie już nie wiedziałem, co właściwie umiem.

36

Nie musiałem nikogo informować. Załatwił to za mnie cud poczty elektronicznej i komunikatorów. Nim dotarłem do boksu, wieści rozeszły się po całym dziale. Najwyraźniej Goddard wierzył w zasadę działania błyskawicznego.

Kiedy tylko zamknąłem za sobą drzwi męskiej toalety, żeby ulżyć pełnemu pęcherzowi, do środka wpadł Chad i stając przy sąsiednim pisuarze, rozpiął rozporek.

— Te plotki są prawdziwe, bracie?

Spojrzałem niecierpliwie na pokrytą glazurą ścianę. Naprawdę musiałem się odlać.

— Jakie plotki?

— Chyba należą ci się gratulacje.

— A, to. Nie, gratulacje byłyby przedwczesne. Ale dzięki.

Wpatrywałem się w małą automatyczną spłuczkę przytwierdzoną do pisuaru. Zastanawiałem się, kto ją wynalazł, czy się wzbogacił, czy jego rodzina żartowała sobie dobrodusznie, że ich majątek pochodzi z toalet. Marzyłem, by Chad sobie poszedł.

— Nie doceniłem cię — powiedział, wypuszczając z siebie potężny strumień. Tymczasem moja wewnętrzna rzeka zagrażała wszelkim tamom.

— Ach tak?

— Ach tak. Wiedziałem, że jesteś dobry, ale nie miałem pojęcia, jak dobry. Nie doceniłem cię.

— Po prostu mam szczęście. Albo długi jęzor. Z jakiegoś powodu Goddardowi się to spodobało.

— Nie, nie sądzę. To coś między wami przypomina wulkańskie zlanie jaźni. Doskonale wiesz, gdzie nacisnąć. Założę się, że nawet nie musicie rozmawiać. Taki jesteś dobry. Zaimponowałeś mi, wielkoludzie. Nie mam pojęcia, jak to zrobiłeś, ale jestem pod wrażeniem.

Zapiął rozporek i poklepał mnie po ramieniu.

— Zdradź mi swój sekret, okay? — rzucił, ale nie czekał na odpowiedź.

Gdy wróciłem do boksu, zastałem w nim Noaha Morddena. Przeglądał właśnie leżące na szafce książki. W dłoni trzymał ozdobną paczuszkę, sądząc po kształcie, również książkę.

— Cassidy — powiedział — nasz własny Windmerpool.

— Słucham? — Facet uwielbiał tajemnicze aluzje.

— Chcę ci to dać.

Podziękowałem mu i rozpakowałem prezent. To była książka, stara książka śmierdząca pleśnią. Na płóciennej oprawie odciśnięto słowa: Sztuka wojenna Sun Zi.

— To wydanie z tysiąc dziewięćset dziesiątego — oznajmił Mordden. — Według mnie najlepszy przekład. Nie pierwsze wydanie, tego nie można dostać. Ale wczesny dodruk.

Wzruszył mnie.

— Jak znalazłeś czas, żeby to kupić?

— Zrobiłem to tydzień temu, w sieci. Nie przeznaczyłem jej na prezent pożegnalny, ale proszę. Teraz przynajmniej nie będziesz miał wymówki.

— Dziękuję — powiedziałem. — Przeczytam ją.

— Koniecznie. Przypuszczam, że teraz tym bardziej ci się przyda. Przypomnij sobie japońskie powiedzonko: „gwóźdź, który wystaje, zostaje wbity pierwszy". Masz szczęście, że znikasz z orbity Nory, ale zbyt szybki awans w każdej organizacji wiąże się z dużym niebezpieczeństwem. Jastrzębie szybują po niebie, lecz pieski preriowe nie giną w silnikach odrzutowców.

Pokiwałem głową.

— Zapamiętam to sobie.

— Ambicja to przydatna cecha, ale zawsze pilnuj, by nie zostawiać śladów.

Bez wątpienia robił aluzję — musiał widzieć, jak wychodziłem z gabinetu Nory. Naprawdę mnie to przeraziło. Bawił się ze mną sadystycznie jak kot z myszą.

Nora e-mailem wezwała mnie do siebie. Poszedłem, psychicznie nastawiony na burzę z piorunami.

— Adamie! — zawołała, gdy się zbliżyłem. — Właśnie usłyszałam nowinę!

Uśmiechała się.

— Usiądź. Tak bardzo się cieszę. Może nie powinnam ci tego mówić, ale jestem szczęśliwa, że poważnie potraktowali mój entuzjazm co do twojej osoby. Bo, jak sam wiesz, nie zawsze słuchają.

— Wiem.

— Zapewniłam ich jednak, że jeśli posłuchają, nie pożałują. Adam ma wszystko, czego trzeba, powiedziałam. Dołoży wszelkich starań, daję na to słowo. Znam go.

Jasne, pomyślałem, sądzisz, że mnie znasz. Nie masz bladego pojęcia.

— Widziałam, że nie zachwyciła cię idea transferu, więc wykonałam parę telefonów — ciągnęła Nora. — Strasznie się cieszę, że wszystko dobrze się ułożyło.

Nie odpowiedziałem. Byłem zbyt zajęty rozmyślaniem, jak zareaguje Wyatt.

37

— Do diabła! — Nicholas Wyatt westchnął. Na ułamek sekundy jego wyrafinowana, opanowana, mocno opalona i arogancka otoczka pękła. Obdarzył mnie spojrzeniem niemal graniczącym z szacunkiem. Niemal. W każdym razie był to zupełnie nowy Wyatt i widok ten dał mi dużą satysfakcję. — To jakiś cholerny żart. — Wciąż na mnie patrzył. — Lepiej, żebyś mówił prawdę. — W końcu odwrócił wzrok. Co za ulga. — Kurwa, to niewiarygodne!

Siedzieliśmy w jego prywatnym samolocie, ale donikąd nie lecieliśmy. Czekaliśmy na przyjazd najnowszej laski Wyatta; wybierali się razem na Hawaje. Wyatt miał tam dom w ośrodku Hualalai. W spotkaniu uczestniczył też Arnold Meacham. Nigdy wcześniej nie byłem we wnętrzu prywatnego odrzutowca, a ten należał do najlepszych. Był to gulfstream G-IV, z kabiną o wymiarach trzy i pół metra na prawie dziesięć. Nie widziałem dotąd tak dużo pustej przestrzeni w samolocie. Można by tam zagrać w piłkę. Zaledwie dziesięć foteli, odrębny pokój konferencyjny, dwie duże łazienki z prysznicami.

Wierzcie mi, nie leciałem z nim na Hawaje, to tylko podpucha. Przed odlotem ja i Meacham mieliśmy wysiąść.

Wyatt miał na sobie koszulę z czarnego jedwabiu. Oby dostał raka skóry.

Meacham uśmiechnął się do szefa.

— To był świetny pomysł, Nick — rzekł cicho.

— To zasługa Judith — odparł Wyatt. — Ona wpadła na ten pomysł. — Pokręcił głową. — Ale wątpię, by nawet ona przewidziała, do czego dojdzie. — Podniósł komórkę, nacisnął dwa przyciski. — Judith — odezwał się. — Nasz chłopak pracuje teraz bezpośrednio dla wielkiego szefa. Jako specjalny asystent prezesa. — Zawiesił głos, uśmiechnął się do Meachama. — Nie, nie żartuję. — Kolejna przerwa. — Judith, skarbie, musisz urządzić mu przyśpieszony kurs drugiego stopnia. — Przerwa. — Tak, oczywiście, to sprawa o najwyższym priorytecie. Chcę, żeby Adam poznał go od podszewki. Ma zostać najlepszym pieprzonym asystentem, jakiego Goddard kiedykolwiek zatrudniał. Zgadza się. — Bez słowa pożegnania zakończył rozmowę, po czym spojrzał na mnie. — Właśnie ocaliłeś swój tyłek, przyjacielu. Arnie?

Meacham wyglądał, jakby czekał na te słowa.

— Sprawdziliśmy wszystkie nazwiska z projektu AURORA — rzekł ponuro. — Ani jedno donikąd nie doprowadziło.

— Co to znaczy? — spytałem. Boże, jak ja go nienawidziłem.

— Nie mają numerów ubezpieczenia, niczego. Lepiej nas nie nabieraj, stary.

— O czym ty mówisz? Ściągnąłem je bezpośrednio z bazy danych Triona.

— Tak, ale to nie są prawdziwe nazwiska, durniu. Personel administracyjny się zgadza, ale nazwiska z działu badawczego to pseudonimy. Tak głęboko ich ukryli. Nie wymieniają nawet prawdziwych nazwisk na własnej stronie. Nigdy o czymś takim nie słyszałem.

— Dziwnie to wygląda. — Pokręciłem głową.

— Niczego przed nami nie ukrywasz? — spytał Meacham. — Bo jeśli tak, to daję słowo, że cię zmiażdżymy. — Spojrzał na Wyatta. — Całkowicie spieprzył sprawę z aktami osobowymi. Niczego nie znalazł.

— Akta zniknęły, Arnoldzie — odpaliłem. — Zostały usunięte. Oto, jacy są ostrożni.

— Co masz na tę pannę? — wtrącił Wyatt.

Uśmiechnąłem się szeroko.

— Spotykam się z „tą panną" w przyszłym tygodniu.

— Jak chłopak z dziewczyną?

Wzruszyłem ramionami.

— Jest mną zainteresowana i pracuje przy AURORZE. Mamy bezpośredni kontakt ze śmierdzielem.

Ku mojemu zdumieniu Wyatt tylko skinął głową.

— Ładnie.

Meacham natychmiast wyczuł, skąd wieje wiatr. Dotąd skupiał się wyłącznie na tym, jak nawaliłem w kadrach i że nazwiska ludzi z AURORY są fałszywe. Lecz jego szef docenił to, co idzie dobrze — to szczęśliwe zrządzenie losu — i Meacham nie chciał pozostać w tyle.

— Teraz będziesz miał dostęp do gabinetu Goddarda. Możesz tam zainstalować różne urządzenia.

— Niewiarygodne, kurwa — mruknął Wyatt.

— Nie musimy mu już chyba płacić pensji — oznajmił Meacham. — Nie przy tym, ile teraz zarabia w Trionie. Chryste, pieprzony latawiec zarabia więcej ode mnie.

Wyatt spojrzał na niego z rozbawieniem.

— Nie, zawarliśmy układ.

— Jak mnie nazwałeś? — spytałem Meachama.

— Przelewanie korporacyjnych funduszy na konto dzieciaka jest ryzykowne, nieważne, przez ilu pośredników to załatwimy — upierał się Meacham.

— Nazwałeś mnie latawcem — naciskałem. — Co to znaczy?

— Sądziłem, że nie da się tego wyśledzić — odparł Wyatt.

— Kto to jest latawiec? — Byłem jak pies, który chwycił w zęby kość i nie zamierza jej puścić, nieważne, jak bardzo wkurzało to Meachama.

Szef ochrony nawet nie słuchał, ale Wyatt na mnie zerknął.

— To żargon wywiadu korporacyjnego — wymamrotał. — Latawcem nazywamy „specjalnego konsultanta", który zatrudnia się u konkurencji i gromadzi informacje wszelkimi dostępnymi sposobami. Załatwia całą robotę.

— Latawiec? — powtórzyłem.

— Wypuszczasz latawca, a jak zaplącze się w gałęzie, po prostu odcinasz sznurek — wyjaśnił Wyatt. — Słyszałeś kiedyś o „wiarygodnym zaprzeczeniu zarzutom"?

— Odcinasz sznurek — powtórzyłem głucho.

W pewnym sensie nie miałbym nic przeciwko temu, ponieważ sznurek w istocie pełnił funkcję smyczy. Wiedziałem jednak, że u nich oznacza to pozostawienie mnie w bagnie po uszy.

— Jeśli coś pójdzie nie tak — dodał Wyatt. — Po prostu nie pozwól, by coś poszło nie tak, i nikt nie będzie musiał odcinać sznurka. Gdzie, do cholery, podziewa się ta suka? Jak nie przyjdzie w ciągu dwóch minut, startuję bez niej.

38

Potem zrobiłem coś całkowicie szalonego, lecz jednocześnie wspaniałego. Pojechałem do sklepu i kupiłem sobie porsche za osiemdziesiąt tysięcy dolarów.

Dawniej uczciłbym poważny sukces, upijając się do nieprzytomności, może wydałbym kasę na szampana czy parę płyt. Teraz grałem w zupełnie innej lidze. Spodobał mi się pomysł odcięcia od Wyatta i zamiany audi na porsche, które Trion wziął w leasing.

Byliście kiedyś u dealera porsche? Nie wygląda to jak zakup hondy accord. Nie wchodzicie ot tak z ulicy i nie prosicie o jazdę próbną. Musicie najpierw przejść całą grę wstępną, wypełnić ankietę, wyjaśnić, czemu tu przychodzicie, czym się zajmujecie, jaki macie znak zodiaku.

W dodatku wybór jest taki, że można zwariować. Ksenonowe światła, deska w kolorze arktycznego srebra, zwykła skóra czy miękka, model kół Sport Design, Sport Classic II czy Turbo-Look I?

Ja po prostu chciałem porsche, bez czekania pół roku na to, aż zbudują go na zamówienie w Zuffenhausen pod Stuttgartem. Chciałem wyjechać nim ze sklepu. Chciałem dostać go już teraz. Na miejscu mieli tylko dwa modele 911 carrera coupé, jeden w kolorze strażackiej czerwieni, drugi w bazaltowej czerni. Wszystko sprowadzało się do szwów na tapicerce. Czerwony samochód miał czarną tapicerkę, w dotyku przypominającą zwykły skaj, co gorsza zszytą czerwonymi szwami. Przywodziła na myśl dekoracje z westernu. Ohyda. Za to tapicerka w „bazaltowej czerni" była miękka i elegancka, w kolorze naturalnego brązu, kierownica i przekładnia biegów miały skórzane obicie. Natychmiast po jeździe próbnej oznajmiłem, że biorę samochód. Możliwe, że dealer uznał mnie za zwykłego pozera, który wpada do sklepu, by popatrzeć i pomacać, ale nigdy nie zdecyduje się na zakup. Ja jednak zrobiłem ten krok, a on zapewnił mnie, że to mądry wybór. Zaproponował nawet, że ktoś od niego zwróci audi do dealera — bez żadnych dopłat.

Zupełnie jakbym pilotował samolot — gdy przycisnąłem gaz do dechy, silnik zabrzmiał niczym boeing 767. Trzysta dwadzieścia koni mechanicznych, przyspieszenie od zera do stu kilometrów na godzinę w pięć sekund. Niewiarygodna moc. Silnik mruczał i porykiwał. Wsunąłem do odtwarzacza moją najnowszą ulubioną, osobiście wypaloną składankę. Pędząc do pracy, słuchałem The Clash, Pearl Jam i Guns N'Roses. Wszystko układało się, jak należy.

. . .

Nim zdążyłem wprowadzić się do nowego gabinetu, Goddard zażyczył sobie, abym poszukał mieszkania bliżej siedziby Trionu. Nie zamierzałem się sprzeciwiać; czas na to już dawno minął.

Jego ludzie ułatwili mi wyprowadzkę z dziury, w której mieszkałem tyle lat, i przenosiny do nowego apartamentu na dwudziestym ósmym piętrze południowej wieży Harbor Suites. W każdej wieży mieściło się sto pięćdziesiąt mieszkań na trzydziestu siedmiu piętrach, od dużych kawalerek po sześciopokojowe apartamenty. Wieże zbudowano przy najbardziej szpanerskim hotelu w okolicy; jego restauracja otrzymała najwyższe noty w przewodniku Zagat.

Sam apartament wyglądał jak żywcem wyjęty z rozkładówki magazynu „InStyle". Miał około dwustu metrów kwadratowych, trzy i pół metra wysokości, parkiety i kamienne posadzki, a także

„główną sypialnię" i „bibliotekę", mogącą w razie potrzeby stać się gościnną sypialnią, osobną jadalnię i olbrzymi salon. Z sięgających od sufitu do podłogi okien roztaczał się absolutnie niewiarygodny widok. Okna salonu z jednej strony wychodziły na miasto w dole, a z drugiej na morze.

Kuchnia przypominała wystawę najdroższego sklepu wnętrzarskiego. Same najlepsze marki: lodówka Sub-Zero, zmywarka Miele, kuchenka i piekarnik Viking, szafki z Poggenpohl, granitowe blaty, nawet wbudowana „grota" na wino.

Nie żebym kiedykolwiek musiał korzystać z kuchni. Jeśli miałbym ochotę na domowy obiad, wystarczyło podnieść słuchawkę telefonu wewnętrznego w kuchni i nacisnąć przycisk. Po chwili zjawiał się kelner z restauracji hotelowej, przynosząc zamówienie. Można było nawet zamówić hotelowego kucharza, który przychodził do mieszkania i gotował obiad dla gospodarza i gości.

W wieżowcu mieścił się też olbrzymi, supernowoczesny klub fitnessowy, o powierzchni tysiąca metrów kwadratowych. Mnóstwo bogaczy, także spoza grona lokatorów, grywało tam w squasha albo uprawiało taoistyczną jogę, pociło się w saunach i popijało w kafejce wysokobiałkowe drinki.

Nie trzeba było nawet parkować własnego wozu. Po prostu podjeżdżało się przed budynek, parkingowy zabierał samochód i gdzieś go odstawiał. Przed wyjściem z domu dzwoniło się po wóz.

Windy pędziły z prędkością naddźwiękową, tak szybko, że czułem ucisk w uszach. Miały mahoniowe ściany i marmurowe podłogi. Wielkością przypominały moje dawne mieszkanie.

Budynek miał też znakomitą ochronę. Bandziorom Wyatta niełatwo będzie się włamać i przeszukać moje rzeczy. To mi odpowiadało.

Żaden z apartamentów w Harbor Suites nie kosztował mniej niż milion dolarów. Cena mojego przekraczała dwa miliony, ale dostałem go za darmo, łącznie z umeblowaniem, od Trion Systems, jako premię. Przeprowadzka była bezbolesna, bo ze starego mieszkania prawie nic nie wziąłem. Goodwill i Armia Zbawienia zaopiekowały się paskudną kraciastą kanapą, kuchennym stołem, tapczanem i materacem oraz wszystkimi pozostałymi śmieciami, nawet obleśnym starym biurkiem. Gdy poruszyli kanapę, posypały się z niej śmieci — różne papierki, zdechłe karaluchy, podręczne drobiazgi ćpuna. Zachowałem wyłącznie komputer, ubrania i czarną żeliwną patelnię, należącą kiedyś do matki (z powodów sentymentalnych, nie zamierzałem jej używać). Wszystkie rzeczy wpakowałem do porsche — to najlepiej świadczy o tym, jak mało ich miałem, bo bagażnik w porsche jest mikry. Meble zamówiłem w modnym sklepie Domicile (zasugerowanym przez agenta) — wielkie miękkie kanapy, w które człowiek zapadał się aż po uszy, dopasowane fotele, stół jadalny i krzesła jak żywcem wyjęte z Wersalu, wielkie łóżko z żelazną ramą, perskie dywany, superdrogi materac Dux. Wszystko kosztowało kupę szmalu, ale co tam — nie ja płaciłem.

Domicile dostarczał właśnie meble, gdy zadzwonił portier Carlos i powiedział, że na dole czeka gość, pan Seth Marcus. Poprosiłem, by przyszedł na górę.

Drzwi stały już otworem, bo czekałem na meblarzy, lecz Seth i tak nacisnął dzwonek. Miał na sobie koszulkę Sonic Youth i poszarpane dżinsy Diesel. Jego zwykle żywe, wręcz szalone brązowe oczy sprawiały wrażenie martwych. Wydawał się przygaszony — nie potrafiłem stwierdzić, czy czuł się tu nieswojo, czy zżera go zazdrość, czy może jest wkurzony, że zniknąłem z jego radaru. Najpewniej wszystkie trzy rzeczy naraz.

— Cześć, stary — rzucił. — Wytropiłem cię.

— Cześć, stary — odparłem i uścisnąłem go mocno. — Witaj w mych skromnych progach.

Nie wiedziałem, co jeszcze powiedzieć. Z jakiegoś powodu ogarnął mnie wstyd. Nie chciałem, żeby oglądał mieszkanie. Seth nie ruszył się z miejsca.

— Nie zamierzałeś mi powiedzieć, że się przeprowadzasz?

— To się zdarzyło dość nagle. Planowałem, że zadzwonię.

Z brezentowej torby kurierskiej wyciągnął flaszkę taniego nowojorskiego szampana i wręczył mi ją.

— Przyszedłem to uczcić. Uznałem, że jesteś już za dobry na skrzynkę piwa.

— Super. — Przyjąłem butelkę, ignorując przytyk. — Wchodź.

— Ty sukinsynu, świetna chata! — Cały czas mówił głuchym, pozbawionym entuzjazmu głosem. — Wielka, co?

— Prawie dwieście metrów, sam zobacz. — Oprowadziłem go. Cały czas rzucał zabawne, a jednocześnie kąśliwe uwagi. Na przykład: „Skoro to biblioteka, nie przydałyby ci się książki?" albo „Teraz w sypialni do kompletu brakuje ci tylko panny". Oznajmił też, że moje mieszkanie jest „chore" i „walnięte", co w jego pseudogangsterskim slangu oznaczało, że mu się podoba.

Pomógł mi zedrzeć folię i taśmę z olbrzymiej kanapy, abyśmy mogli na niej usiąść. Kanapę ustawiono pośrodku salonu; wyglądała zupełnie tak, jak gdyby płynęła. Widać z niej było ocean.

— Ładnie — rzekł, zapadając się w mebel. Miał chyba ochotę oprzeć o coś nogi, ale tragarze nie przynieśli jeszcze stolika. I dobrze, bo wcale nie chciałem, aby kładł na nim swoje zabłocone martensy.

— Chodzisz teraz na manikiur? — spytał podejrzliwie.

— Od czasu do czasu — przyznałem cicho. Niewiarygodne, że zauważył taki szczegół. Jezu. — Wiesz, muszę wyglądać jak szycha.

— Co zrobiłeś z włosami?

— Co znowu?

— Nie masz wrażenia, że są jakby, no, ciotowate?

— Ciotowate?

— No wiesz, wymuskane. Wcierasz w nie żel czy coś takiego?

— Odrobinę żelu — broniłem się. — I co z tego?

Zmrużył oczy i pokręcił głową.

— I ta woda kolońska.

Zapragnąłem zmienić temat.

— Myślałem, że dziś pracujesz.

— A, chodzi ci o bar. Nie, rzuciłem to. Robota okazała się totalnie frajerska.

210

— Knajpa wydawała się fajna.

— Nie kiedy tam pracujesz. Traktowali mnie jak pieprzonego kelnera.

O mało nie wybuchnąłem śmiechem.

— Mam teraz coś lepszego — rzekł. — Jestem w mobilnym zespole Red Bulla. Dają ci fajny wózek, żebyś nim jeździł. Po prostu rozdajesz próbki, rozmawiasz z ludźmi i tak dalej. Mam elastyczne godziny pracy, mogę to robić po robocie w kancelarii.

— Brzmi super.

— Pewnie. I daje dużo wolnego czasu. Mogę spokojnie pracować nad hymnem korporacyjnym.

— Hymnem korporacyjnym?

— Każda wielka firma ma swój hymn, pseudorockowy, rapowy czy jakiś inny. — Podniósł głos i zaśpiewał, fałszując: — *Trion, zmienimy twój świaaat*. Coś takiego. Jeśli Trion nie ma hymnu, może szepnąłbyś słówko, komu trzeba. Założę się, że dostawałbym tantiemy za każdym razem, kiedy byłby odśpiewywany na firmowym pikniku.

— Zobaczę — obiecałem. — Słuchaj, nie mam kieliszków. Mają mi je przywieźć, ale jeszcze nie przyjechali. Podobno szkło wydmuchiwano aż we Włoszech. Ciekawe, czy wciąż śmierdzi czosnkiem?

— Nie przejmuj się, szampan i tak pewnie jest gówniany.

— Wciąż pracujesz w kancelarii?

— To mój jedyny stały zarobek — odparł zakłopotany.

— Hej, to ważne.

— Wierz mi, stary, pracuję, jak najmniej się da. Robię tylko tyle, by Shapiro się nie czepiał: wysyłam faksy, kseruję, szukam w sieci i tak dalej. I wciąż mam kupę czasu, żeby połazić po necie.

— Super.

— Dostaję dwadzieścia dolców za godzinę za grę w sieci, wypalanie płytek i udawanie, że pracuję.

— Fajnie — powiedziałem. — Nieźle się na nich odgrywasz. — Szczerze mówiąc, uważałem, że to żałosne.

— Otóż to.

A potem, sam nie wiem czemu, spytałem:

— A jak myślisz, kogo bardziej oszukujesz? Ich czy siebie?

Seth spojrzał na mnie dziwnie.

— O czym ty gadasz?

— No wiesz, opieprzasz się w pracy, prześlizgujesz, robisz jak najmniej. Zadawałeś sobie kiedyś pytanie, po co to robisz? Jaki w tym w ogóle sens?

Seth zmrużył oczy, posłał mi wrogie spojrzenie.

— Co ci odbiło?

— W końcu trzeba się na coś zdecydować, no wiesz.

Umilkł.

— Tak, jasne. Masz ochotę gdzieś wyskoczyć? To mieszkanie jest dla mnie za dorosłe. Zaraz dostanę od niego wysypki.

— Jasne.

Zastanawiałem się, czy zadzwonić do hotelu i zamówić kucharza, aby przyrządził nam w domu kolację — może zaimponowałbym tym Sethowi. Ale potem rozsądek przeważył. To nie był dobry pomysł; całkowicie zbiłby Setha z pantałyku. Z ulgą zadzwoniłem do odźwiernego i poprosiłem o przyprowadzenie wozu.

Gdy dotarliśmy na dół, już tam czekał.

— To twój? — Seth sapnął. — Niemożliwe.

— Możliwe — odparłem.

W końcu cyniczna i wyniosła maska opadła.

— To cacko musiało kosztować ze sto kafli.

— Mniej, znacznie mniej. Zresztą to leasing firmowy.

Powoli podszedł do porsche, oszołomiony, tak jak małpy w *Odysei kosmicznej* zbliżały się do monolitu, i z szacunkiem pogładził lśniące bazaltowoczarne drzwi.

— No dobra, stary — rzucił. — Co za numer wykręciłeś? Weź mnie do spółki.

— To nie numer. — Czułem się niezręcznie. Wsiedliśmy do samochodu. — Samo się tak złożyło.

— Daj spokój, stary. W końcu gadasz ze mną, z Sethem. Pamiętasz mnie? Sprzedajesz prochy czy coś w tym stylu? Bo jeśli tak, to lepiej dopuść i mnie.

Zaśmiałem się głucho. Ruszyliśmy pędem naprzód. Po drodze ujrzałem durny fajansiarski wóz, zaparkowany na poboczu. Musiał należeć do niego. Miał wielką niebiesko-srebrno-czerwoną puszkę Red Bulla zamontowaną na dachu. Żenada.

— To twój?

— Tak. Fajny, nie? — W jego głosie nie dosłyszałem entuzjazmu.

— Fajny — odparłem. Był idiotyczny.

— Wiesz, ile mnie kosztował? *Nada*, nic. Po prostu nim jeżdżę.

— Niezły układ.

Seth odchylił się w fotelu obitym miękką skórą.

— Co za wóz — mruknął. Odetchnął głęboko, wciągając w płuca zapach nowego samochodu. — Stary, jest ekstra. Zamienisz się ze mną na życie?

39

Oczywiście nie było mowy, bym znów spotkał się z doktor Judith Bolton w siedzibie Wyatta. Ktoś mógłby mnie zauważyć przy wejściu. Lecz teraz, gdy polowałem wśród wielkich drapieżników, potrzebna mi była dodatkowa sesja. Wyatt upierał się przy tym, a ja nie oponowałem.

Spotkaliśmy się zatem w Marriotcie w sobotę, w apartamencie przystosowanym do celów biznesowych. Jego numer wysłali mi e-mailem. Gdy się zjawiłem, ona już tam była. Podłączyła swój laptop do monitora wideo. Zabawne, ale wciąż czułem się przy niej niepewnie. Po drodze wpadłem na kolejne strzyżenie za stówę, włożyłem też przyzwoity strój, nie zwykłe weekendowe szmaty.

Zapomniałem już, jak wielkie wywiera wrażenie — lodowato błękitne oczy, miedzianorude włosy, lśniące czerwone usta, krwistoczerwone paznokcie — i jednocześnie jaka jest twarda. Mocno uścisnąłem jej dłoń.

— Przychodzisz punktualnie — zauważyła z przebiegłym uśmieszkiem.

Wzruszyłem ramionami i odpowiedziałem półuśmiechem mówiącym, że zrozumiałem, ale mnie to nie bawi.

— Dobrze wyglądasz. Sukces ci służy.

Zasiedliśmy przy bajeranckim stole konferencyjnym, który wyglądał, jakby pochodził z czyjejś jadalni — może nawet mo-

214

jej — i spytała, jak mi idzie. Powiedziałem jej o wszystkim, dobrych i złych aspektach pracy, nawet o Chadzie i Norze.

— To oczywiste, że narobisz sobie wrogów — odparła. — Zupełnie zrozumiałe. Jednak stanowią oni zagrożenie. Zupełnie jakbyś zostawił w lesie niedopałek. Jeśli tego nie załatwisz, możesz mieć na głowie pożar.

— Jak mam to załatwić?

— Jeszcze o tym porozmawiamy. Dziś chcę, żebyś skupił się na Jocku Goddardzie. I gdybyś z dzisiejszej sesji miał zapamiętać tylko jedno, to niech będzie to następująca informacja: jest patologicznie uczciwy.

Nie zdołałem powstrzymać uśmiechu. Co za słowa w ustach głównej *consigliere* Nicka Wyatta, który oszukiwałby nawet w anonimowej ankiecie.

W jej oczach błysnęła irytacja. Pochyliła się ku mnie.

— Ja nie żartuję. Wybrał cię nie tylko dlatego, że podobają mu się twoje pomysły, które, rzecz jasna, tak naprawdę nie są twoje. Urzekła go także twoja szczerość. Mówisz to, co myślisz. On to lubi.

— To ma być patologia?

— Uczciwość to właściwie jego fetysz. Im brutalniej i szczerzej będziesz się wyrażać, im mniejsze zdradzać wyrachowanie, tym lepiej wypadniesz. — Zastanowiłem się przelotnie, czy Judith dostrzega ironię w tym, co robi: doradza mi, jak oszukać Jocka Goddarda, udając szczerość. Za pomocą stuprocentowo syntetycznej uczciwości, bez dodatków naturalnych. — Jeśli wyczuje w twoim zachowaniu fałsz, służalczość czy wyrachowanie, jeśli uzna, że próbujesz mu się podlizać albo go podpuścić, szybko cię odstawi. A gdy raz stracisz jego zaufanie, zapewne nigdy go nie odzyskasz.

— Pojmuję — odparłem niecierpliwie. — Nie będę go podpuszczał.

— Słońce moje, w jakim świecie ty żyjesz? — odpaliła. — Oczywiście, że będziemy go podpuszczać. Oto lekcja numer dwa w sztuce awansu błyskawicznego. Musisz mieszać mu w głowie, ale mieszać niezwykle umiejętnie. Nie rób nic oczywistego, nic, co zdołałby wywęszyć. Goddard umie wyczuć podpuchę, tak jak psy wyczuwają strach. Musisz więc sprawiać wrażenie krańcowo uczciwego, przekazywać mu złe wieści, które inni próbują przed nim ukryć. Pokazać plan, który mu się spodoba, a potem podkreślić wszystkie jego wady. Prawość to rzadka cecha w naszym świecie. Kiedy nauczysz się ją udawać, zdobędziesz szklaną górę.

— Bo zawsze o tym marzyłem — wtrąciłem cierpko.

Judith nie miała cierpliwości do moich sarkastycznych uwag.

— Ludzie zawsze twierdzą, że nikt nie lubi lizusa. Ale prawda jest taka, że większość kierowników uwielbia lizusów, nawet gdy zdają sobie sprawę z tego, że ktoś im się podlizuje. Dzięki temu czują się potężniejsi, pewniejsi siebie, mogą podbudować swoje kruche ego. Jock Goddard natomiast nie potrzebuje wazeliniarzy. Wierz mi, i tak ma o sobie dostatecznie wysokie mniemanie. Nie zaślepia go próżność, potrzeba samopotwierdzenia. Nie jest Mussolinim, który otacza się potakiwaczami. — W odróżnieniu od naszego wspólnego znajomego? W ostatniej chwili ugryzłem się w język. — Spójrz, kogo ma wokół siebie. Inteligentnych, bystrych ludzi, którzy potrafią wyrazić swoje zdanie.

Skinąłem głową.

— Uważasz, że nie lubi pochlebstw.

— Nie, wcale tak nie uważam. Każdy lubi pochlebstwa. Ale muszą wydawać się prawdziwe. Pozwól, że przytoczę anegdotę: Napoleon wraz z Talleyrandem, który rozpaczliwie pragnął wkraść się w łaski wielkiego wodza, wybrał się kiedyś na łowy do Lasku Bulońskiego. W lesie roiło się od królików i Napoleon z zachwytem zabił ich pięćdziesiąt. Gdy później doniesiono mu, że nie były to dzikie króliki, że Talleyrand posłał służącego na targ, żeby kupił ich dziesiątki i wypuścił w lesie, Napoleon wpadł w furię. Nigdy już nie zaufał Talleyrandowi.

— Będę o tym pamiętał następnym razem, gdy Goddard zaprosi mnie na polowanie.

— Chodzi o to — warknęła — że kiedy mu się przypochlebiasz, nie rób tego wprost.

— Nie zadaję się już z królikami, Judith. Raczej z wilkami.

— No proszę. A co wiesz o wilkach?

— Mów.

— To bardzo proste. W stadzie zawsze jest samiec alfa. Co ciekawe, hierarchia podlega nieustannym próbom. Jest bardzo niestabilna. Czasem samiec alfa upuszcza kawał mięsa na ziemię tuż przed innymi, a potem odchodzi parę kroków i patrzy, jakby rzucał im wyzwanie.

— A jeśli spróbują, już po nich.

— Błąd. Alfa zwykle nie musi nic robić, wystarczy, że popatrzy. Może trochę się popuszy, podniesie uszy i ogon, warknie, przybierając groźną pozę. Ale jeśli dojdzie do walki, alfa zaatakuje najmniej odsłonięte części ciała pretendenta. Nie chce poważnie okaleczyć członka swojego stada, z pewnością nie zabić. Bo widzisz, samiec alfa potrzebuje pozostałych. Wilki to niewielkie zwierzęta. Samotny wilk bez pomocy stada nie upoluje łosia, jelenia ani karibu. Ważne, że stale sprawdza resztę samców.

— To znaczy, że ja też będę podlegał nieustannym próbom? — Jasne, nie potrzebowałem MBA, by pracować dla Goddarda. Potrzebne były mi raczej studia weterynaryjne.

Judith zerknęła na mnie z ukosa.

— Chodzi o to, Adamie, że próby są zawsze subtelne. Jednocześnie przywódca stada chce, by jego podwładni byli silni. Dlatego od czasu do czasu pozwala im na pokaz agresji. To dowód siły i witalności całego stada. Dlatego liczy się uczciwość, strategiczna otwartość. Gdy mu pochlebiasz, rób to subtelnie i nie wprost. Tak, by Goddard sądził, że zawsze usłyszy od ciebie brutalną prawdę. Jock Goddard rozumie to, czego nie rozumie wielu innych prezesów: jeśli chce wiedzieć, co dzieje się wewnątrz firmy, musi liczyć na otwartość swoich asystentów. Jeżeli przestanie dostrzegać firmową rzeczywistość, będzie skończony. I pozwól, że powiem ci jeszcze coś, co musisz wiedzieć. W każdym męskim związku między mentorem a protegowanym tkwi element związku ojca z synem. Podejrzewam, że w tym wypadku to coś więcej. Najpewniej przypominasz mu jego syna, Elijaha.

Pamiętałem, że Goddard kilka razy nazwał mnie tak przez pomyłkę.

— Jest w moim wieku?

— Byłby. Zmarł parę lat temu, miał dwadzieścia jeden lat. Niektórzy twierdzą, że od tej tragedii Goddard się zmienił. Stał się zbyt miękki. Chodzi o to, że tak jak ty możesz dostrzec w Goddardzie idealnego ojca, jakiego pragnąłbyś mieć — uśmiechnęła się; jakimś cudem wiedziała o moim tacie — jemu możesz kojarzyć się z synem, którego stracił. Powinieneś zdawać sobie z tego sprawę, bo może uda ci się to wykorzystać. Musisz też uważać. Czasem Goddard może niespodziewanie nieco ci odpuścić, innym razem okaże się przesadnie wymagający.

Włączyła laptop i nacisnęła kilka klawiszy.

— A teraz uważaj. Obejrzymy serię wywiadów telewizyjnych, których Goddard udzielił przez lata, od *Wall Street Week With Louis Rukeyser* poprzez CNBC po *The Today Show* z Kate Couric.

Na ekranie pojawił się obraz znacznie młodszego Jocka Goddarda. Już wtedy wyglądał dość chochlikowato. Judith obróciła się na krześle i spojrzała wprost na mnie.

— Adamie, nadarza ci się niezwykła sposobność, ale też twoja sytuacja w Trionie stała się znacznie niebezpieczniejsza, bo jesteś teraz bardziej widoczny. Nie możesz już swobodnie krążyć po firmie ani spotykać się ze zwykłymi ludźmi, by wymieniać informacje. Paradoksalnie twoja misja stała się znacznie trudniejsza. Będziesz potrzebował wszelkiej dostępnej amunicji. Więc zanim skończymy dzisiejszą sesję, musisz go poznać od podszewki. Rozumiesz?

— Rozumiem.

— To dobrze. — Obdarzyła mnie lekkim przerażającym uśmiechem. — Wiem, że to rozumiesz. — Nagle zniżyła głos niemal do szeptu. — Posłuchaj, Adamie, muszę ci powiedzieć, dla twojego własnego dobra, że Nick zaczyna się już niecierpliwić. Od ilu tygodni jesteś w Trionie? A on wciąż nie dowiedział się, o co chodzi w śmierdzielu.

— Istnieje granica agresywności — zacząłem — której...

— Adamie — odparła cicho Judith. W jej głosie pojawiła się wyraźna nuta groźby. — Nick nie jest człowiekiem, z którym chciałbyś zadzierać.

40

Alana Jennings mieszkała w dwupoziomowym apartamencie w ceglanej kamienicy nieopodal siedziby Triona. Natychmiast rozpoznałem ten budynek. Wcześniej widziałem go na zdjęciach.

Znacie to uczucie, kiedy zaczynacie spotykać się z dziewczyną i zauważacie wszystko? Gdzie mieszka, jak się ubiera, jakich używa perfum. I wszystko wydaje się takie inne, nowe? Tymczasem ja wiedziałem o niej więcej, niż mężowie wiedzą o swoich żonach. A przecież spędziłem z nią zaledwie godzinę.

Podjechałem pod dom swoim porsche — czy nie do tego właśnie służą porsche, żeby imponować laskom? — wspiąłem się na schodki i nacisnąłem dzwonek. W domofonie odezwał się jej głos. Oznajmiła, że zaraz zejdzie.

Miała na sobie białą, haftowaną ludową bluzkę i czarne legginsy. Upięła włosy i zrezygnowała na tę okazję z przerażających czarnych okularów. Zastanowiłem się przelotnie, czy lud naprawdę nosi ludowe bluzki i czy na tym świecie w ogóle pozostał jeszcze jakiś lud, a jeśli tak, czy nazywa siebie ludem. Alana wyglądała wspaniale, pięknie pachniała, inaczej niż większość dziewczyn, z którymi się spotykałem. Używała kwiatowych perfum Fleurissimo; podobno za każdą wizytą w Paryżu kupowała je w House of Creed.

— Cześć — rzuciłem.

— Cześć, Adam. — Usta pomalowała lśniącą czerwoną szminką. Na ramieniu miała niewielką czarną kwadratową torebkę.

— Mój wóz stoi tutaj — powiedziałem, starając się zachować nonszalancję w obliczu nowiutkiego, lśniącego czarnego porsche. Alana zmierzyła go spojrzeniem pełnym uznania, ale nic nie powiedziała. Prawdopodobnie dodawała w myślach kolejne elementy. Samochód, marynarka i spodnie od Zegny, czarna koszula z rozpiętym kołnierzykiem, może też włoski zegarek za pięć tysięcy. Uznała pewnie, że albo lubię się popisywać, albo za bardzo się staram. Ona włożyła ludową bluzkę, ja ciuchy od Ermenegilda Zegny. Doskonale. Udawała, że jest biedna, a ja starałem się wyglądać na bogacza i pewnie nieco przegiąłem.

Otworzyłem przed nią drzwi. Wcześniej cofnąłem fotel tak, by miała sporo miejsca. Wnętrze mocno pachniało nową skórą. Z tyłu po lewej tkwił na szybie znaczek parkingowy Triona. Na razie go nie zauważyła. Ze środka też nie zobaczy. Ale wkrótce, gdy wysiądziemy pod restauracją, dowie się. Świetnie. Zresztą i tak niedługo się zorientuje, że także pracuję w Trionie i że zatrudniono mnie na jej dawne miejsce. Zbieg okoliczności może wydać się bardzo osobliwy, zwłaszcza że nie spotkaliśmy się w pracy. Im wcześniej dojdzie do tej rozmowy, tym lepiej. Prawdę mówiąc, byłem gotowy, przyszykowałem sobie cały zestaw głupich odzywek. Na przykład: żartujesz? Poważnie? Ja też! Niesamowite...

W samochodzie panowała pełna skrępowania cisza. Jechałem w stronę jej ulubionej tajskiej restauracji. Alana zerknęła na prędkościomierz i z powrotem na drogę.

— Powinieneś tu uważać — powiedziała. — Lubią tu stać z radarem. Czekają tylko, żebyś przekroczył osiemdziesiątkę, i masz przechlapane.

Uśmiechnąłem się, pokiwałem głową i przypomniałem sobie cytat z jej ulubionego filmu, *Podwójnego ubezpieczenia*, który wypożyczyłem poprzedniego wieczoru.

— Jak szybko jechałem, panie władzo? — spytałem głuchym, beznamiętnym głosem Freda MacMurraya, wprost z filmu *noir*.

Natychmiast się połapała. Mądra dziewczynka. Uśmiechnęła się szeroko.

— Powiedziałabym: koło setki. — Idealnie naśladowała uwodzicielski głos Barbary Stanwyck.

— Może zejdzie pani z motoru i wystawi mi mandat?

— Może tym razem zadowolę się ostrzeżeniem? — odpaliła, ciągnąc grę. Jej oczy zabłysły psotnie.

Zawahałem się zaledwie kilka sekund, po czym pamięć podpowiedziała dalszy ciąg.

— Może nie zadziała?

— Może będę musiała dać panu linijką po łapach?

Uśmiechnąłem się; była dobra i natychmiast się wciągnęła.

— Może wybuchnę płaczem i położę głowę na pani ramieniu?

— Może położy pan głowę na ramieniu mojego męża?

— Wygrała pani.

Koniec sceny, cięcie. Doskonale. Następne ujęcie. Alana roześmiała się zachwycona.

— Skąd to znasz?

— Za dużo czasu spędziłem na oglądaniu starych, czarno--białych filmów.

— Tak samo jak ja! I do tego *Podwójne ubezpieczenie*. To chyba mój ulubiony.

— Zaraz bo *Bulwarze Zachodzącego Słońca*. — Kolejny film z kolekcji Alany.

— Zgadza się. „Jestem wielka. To filmy stały się małe".

Wolałem zmienić temat, bo wyczerpałem już swój zasób cytatów z filmów *noir*. Przerzuciłem się na tenisa, to bezpieczny grunt. Po chwili zajechałem pod restaurację i jej oczy znów pojaśniały.

— Znasz to miejsce? Jest najlepsze.

— Jeśli o mnie chodzi, nie ma lepszej tajskiej kuchni w całym mieście.

Parkingowy zjawił się natychmiast, by odprowadzić wóz — nie mogłem uwierzyć, że wręczam kluczyki mojego nowiutkiego porsche osiemnastoletniemu dzieciakowi, który pewnie w wolnej chwili wybierze się nim na przejażdżkę — toteż Alana nie zobaczyła naklejki z Triona. Wkrótce będę musiał poruszyć drażliwy temat pracy. Lepiej, żebym zrobił to sam, niż miałaby to ze mnie wyciągnąć.

Przez jakiś czas świetnie się bawiłem. Rozmowa z *Podwójnego ubezpieczenia* sprawiła, że moja towarzyszka wyraźnie się rozluźniła. Uznała, że spotkała bratnią duszę. I do tego facet lubił Ani DiFranco. Czego jeszcze mogła pragnąć? Może odrobiny głębi — kobiety zwykle wolą głębokich facetów, a przynajmniej pozorujących głębię. Ale i z tym sobie poradzę.

Zamówiliśmy sałatkę z zielonej papai i wegetariańskie sajgonki. Zastanawiałem się, czy oznajmić, że podobnie jak ona jestem wegetarianinem, ale uznałem, że to byłaby już przesada. Poza tym nie wytrzymałbym dłużej niż jeden posiłek. Poprosiłem więc o curry masaman z kurczakiem, a ona o wegetariańskie curry bez mleka kokosowego — pamiętałem, że miała alergię na krewetki. Do tego oboje wzięliśmy tajskie piwo.

Z tematu tenisa przeszliśmy na klub Tennis and Racquet. Szybko jednak opuściłem te niebezpieczne wody, żeby uniknąć pytań, czemu i jak znalazłem się tam akurat tego dnia. Potem rozmawialiśmy o golfie i wakacjach. Szybko się zorientowała, że pochodzimy z różnych środowisk, ale jej to nie przeszkadzało. Nie zamierzała wychodzić za mnie za mąż ani przedstawiać mnie ojcu. A ja nie chciałem okłamywać jej co do mojej rodziny, za dużo tego dobrego. Poza tym uznałem, że to niekonieczne — i tak jej się podobałem. Opowiedziałem parę anegdot o tym, jak w czasach liceum pracowałem w klubie tenisowym i na nocną zmianę na stacji benzynowej. Chyba poczuła się nieco niezręcznie ze swoim statusem uprzywilejowanej, bo odpowiedziała niewinnym kłamstewkiem, jak to rodzice zmuszali ją do praktykowania latem w „firmie, gdzie pracuje ojciec". Pominęła jedynie drobny szczegół, iż jej ojciec był tam prezesem. Poza tym wiedziałem, że nigdy nie pracowała w jego firmie. Letnie wakacje spędzała na ranczu w Wyoming bądź na safari w Tanzanii, mieszkała z paroma koleżankami w paryskim apartamencie opłacanym przez tatusia albo praktykowała u Peggy Guggenheim przy Canal Grande w Wenecji. Nie nalewała ludziom benzyny.

Gdy wspomniała firmę, w której „pracuje" jej ojciec, spiąłem się, gotów na nieuniknione pytania o pracę. Ale nie padły, przynajmniej jeszcze nie wtedy. Zdumiało mnie, gdy w końcu poruszyła ten temat okrężną drogą, jakby przekornie.

— Cóż... — Westchnęła. — Chyba powinniśmy pomówić teraz o pracy. Prawda?

— No cóż...

— Wtedy będziemy mogli prowadzić niekończące się rozmowy o naszych karierach. Ja pracuję w firmie elektronicznej. A ty? Zaczekaj, nie mów, sama zgadnę.

Żołądek ścisnął mi się mocno.

— Masz kurzą fermę.

— Jak się domyśliłaś?

— To proste. Hodowca kurczaków, który jeździ porsche i nosi ciuchy od Fendiego.

— Od Zegny.

— Nieważne. Przepraszam, jesteś facetem, więc pewnie uwielbiasz gadać o pracy.

— Szczerze mówiąc, nie. — Nieco zmieniłem modulację głosu, tak by zabrzmiała w nim nuta szczerości i lekkiej przygany. — Wolę żyć w teraźniejszości i być świadomy. Jest taki buddyjski mnich, Wietnamczyk, mieszkający we Francji, Thich Nhat Hanh, który mówi...

— O mój Boże! — wtrąciła. — To niesamowite. Nie mogę uwierzyć, że znasz Thich Nhat Hanha!

Co prawda nie czytałem żadnej książki z jego tytułów, ale kiedy zobaczyłem, ile jego książek zamówiła w Amazonie, sprawdziłem gościa na paru buddyjskich stronach w sieci.

— Jasne — odparłem, jakby wszystkie dzieła Thich Nhat Hanha były lekturą obowiązkową. — „Cud to nie chodzenie po wodzie, lecz stąpanie po zielonej ziemi". — Zdawało mi się, że dobrze powtórzyłem cytat, ale w tym momencie komórka tkwiąca w mojej kieszeni zaczęła wibrować. — Przepraszam — powiedziałem, wyjmując telefon i spoglądając na wyświetlacz. — Tylko sekundkę — przeprosiłem i odebrałem.

— Adamie — w słuchawce zadźwięczał głęboki głos Antwoine'a. — Lepiej przyjeżdżaj. Chodzi o twojego tatę.

41

Ledwie zdążyliśmy napocząć kolację. Odwiozłem ją do domu, przepraszając wylewnie. Okazała ogromne zrozumienie. Zaproponowała nawet, że pojedzie ze mną do szpitala, ale nie mogłem narazić jej na kontakt z moim ojcem. Nie tak wcześnie. Perspektywa była zbyt potworna.

Gdy zostawiłem ją przed drzwiami, rozpędziłem porsche do ponad setki i w ciągu kwadransa dotarłem do szpitala. Na szczęście nikt mnie po drodze nie zatrzymał. Wpadłem na izbę przyjęć niczym w transie, potwornie zdenerwowany, przerażony, skupiony wyłącznie na jednym. Chciałem zobaczyć się z tatą, nim umrze. Byłem przekonany, że w każdej cholernej sekundzie, którą spędziłem, czekając przy recepcji, tata może umrzeć i nie zdążę się z nim pożegnać. Niemal wykrzyczałem jego nazwisko pielęgniarce, a gdy poinformowała mnie, gdzie jest, popędziłem biegiem. Pamiętam, myślałem wtedy, że gdyby umarł, chybaby mi powiedziała, musiał więc wciąż żyć.

Najpierw zobaczyłem Antwoine'a, który stał przed zieloną zasłoną. Z niewiadomej przyczyny twarz miał podrapaną i zakrwawioną. Sprawiał wrażenie wystraszonego.

— Co się dzieje?! — krzyknąłem. — Gdzie on jest?

Antwoine wskazał zieloną zasłonę, zza której dobiegały głosy.

— Nagle zaczął ciężko oddychać. Potem jego twarz pociemniała, palce zaczęły sinieć. Wtedy wezwałem karetkę. — W jego głosie dosłyszałem defensywną nutę.

— Czy on...?

— Tak, wciąż żyje. Człowieku, jak na starego kalekę ma cholernie dużo pary.

— On ci to zrobił? — Wskazałem jego twarz. Antwoine przytaknął, uśmiechając się głupio.

— Odmówił wejścia do karetki. Upierał się, że nic mu nie jest. Przez pół godziny z nim walczyłem, a powinienem po prostu go podnieść i wrzucić do wozu. Mam nadzieję, że nie zwlekaliśmy zbyt długo.

Jakby znikąd pojawił się drobny ciemnoskóry mężczyzna w zielonym fartuchu.

— Pan jest synem?

— Tak — odparłem.

— Jestem doktor Patel — przedstawił się. Na oko był w moim wieku; pewnie rezydent albo praktykant.

— Miło mi. — Urwałem. — Czy on przeżyje?

— Na to wygląda. Pański ojciec się przeziębił, to wszystko. Ale nie ma żadnych rezerw oddechowych. Dla niego nawet drobne przeziębienie jest bardzo groźne.

— Mogę go zobaczyć?

— Oczywiście.

Podszedł do zasłony i rozsunął ją. Pielęgniarka podłączała właśnie kroplówkę do ręki taty. Jego usta i nos zakrywała przejrzysta plastikowa maska. Patrzył na mnie. Wyglądał tak samo jak zwykle, tyle że wydawał się drobniejszy i nieco bledszy. Podpięto go do kilku monitorów.

Wyciągnął rękę i zdjął maskę.

— Co za zawracanie głowy — rzekł. Głos miał słaby.

— Jak pan się czuje, panie Cassidy? — spytał doktor Patel.

— O, świetnie — odparł sarkastycznie. — Nie widać?

— Myślę, że lepiej niż pański opiekun.

Antwoine podszedł bliżej. Ojciec przybrał skruszoną minę.

— A, to. Przykro mi z powodu twojej twarzy, Antwoine.

227

Antwoine, który z pewnością zdawał sobie sprawę, że lepszych przeprosin się nie doczeka, westchnął z ulgą.

— Na przyszłość będę mądrzejszy. Nie dam się tak łatwo.

Tato uśmiechnął się niczym mistrz wagi ciężkiej.

— Ten człowiek ocalił panu życie — oznajmił doktor Patel.

— Naprawdę?

— O tak.

Tacie udało się przekręcić nieco głowę i spojrzał wprost na Antwoine'a.

— No i po co to zrobiłeś? — spytał.

— Nie chciałem tak szybko szukać nowej pracy — odparł Antwoine.

Doktor Patel odwrócił się do mnie.

— Prześwietlenie klatki piersiowej wygląda normalnie, oczywiście jak na tego pacjenta. Białe krwinki są na poziomie osiem i pół; to też norma. Saturacja wskazuje na ostrą niewydolność układu oddechowego, ale teraz jego stan już się ustabilizował. Podajemy mu dożylnie antybiotyki, a także tlen i sterydy.

— Do czego ta maska? — spytałem. — Do tlenu?

— To inhalator. Dostaje albuteral i antrovent. Leki rozkurczające oskrzela. — Pochylił się nad ojcem i z powrotem założył mu maskę. — Prawdziwy z pana twardziel, panie Cassidy.

Ojciec zamrugał.

— To mocne niedopowiedzenie. — Antwoine zaśmiał się cicho.

— Proszę wybaczyć. — Doktor Patel zasunął zasłonę i cofnął się kilka kroków. Poszedłem za nim, podczas gdy Antwoine został z tatą. — Czy on wciąż pali? — spytał ostro lekarz.

Wzruszyłem ramionami.

— Na palcach ma plamy z nikotyny. To przecież szaleństwo.

— Wiem.

— On się zabija.

— Umiera tak czy inaczej.

— Ale przyśpiesza ten proces.

— Może właśnie tego chce? — rzekłem.

42

Pierwszy dzień oficjalnej pracy dla Jocka Goddarda zacząłem od nieprzespanej nocy.

Nim dotarłem ze szpitala do nowego mieszkania, dochodziła czwarta. Zastanawiałem się, czy zdrzemnąć się godzinkę, ale odrzuciłem ten pomysł, bo wiedziałem, że zaśpię. To nie najlepszy początek nowej pracy. Wziąłem zatem prysznic, ogoliłem się i posiedziałem trochę w sieci, czytając o konkurencji Triona, przeglądając News.com i Slashdot w poszukiwaniu najświeższych nowinek technicznych. Włożyłem lekki czarny sweter (z moich ciuchów on najbardziej kojarzył się z typowym czarnym półgolfem Jocka Goddarda), spodnie khaki i brązową tweedową marynarkę, jeden z nielicznych mniej oficjalnych elementów garderoby, wybranych przez egzotyczną sekretarkę Wyatta. Teraz wyglądałem jak pełnoprawny członek prywatnej świty Goddarda. Potem zadzwoniłem do portiera i poprosiłem o przyprowadzenie porsche.

Wczesnym rankiem i późnym wieczorem, gdy najczęściej wychodziłem i wracałem, dyżury pełnił Latynos po czterdziestce, Carlos Avila. Miał dziwny zduszony głos, jakby przełknął coś ostrego, co utkwiło mu w gardle. Lubił mnie — pewnie głównie dlatego, że go nie ignorowałem, inaczej niż wszyscy inni.

— Ciężko pracujesz, Carlos? — spytałem, mijając go. Zwykle to on tak mnie zagadywał, gdy wracałem do domu idiotycznie późno, potwornie wykończony.

— Owszem, panie Cassidy — odparł z szerokim uśmiechem i powrócił do oglądania telewizji.

Podjechałem parę przecznic do Starbucksa — właśnie otwierali — i zamówiłem potrójną kawę z mlekiem. Czekając, aż zakolczykowany pseudogrunge'owiec w stylu Seattle zagrzeje dwuprocentowe mleko, podniosłem z lady „Wall Street Journal" i żołądek ścisnął mi się gwałtownie.

Na pierwszej stronie ujrzałem artykuł o Trionie, czy też, jak go zatytułowali, „Troskach Triona". Ozdobiono go rysunkiem przedstawiającym Goddarda, niestosownie radosnego, jakby całkowicie stracił kontakt z rzeczywistością i nic już nie rozumiał. Jeden z podtytułów głosił: „Czy dni założyciela Augustine'a Goddarda są policzone?". Musiałem przeczytać to dwa razy, mój mózg nie funkcjonował w pełni sprawnie i bardzo potrzebowałem potrójnej kawy, z którą wciąż zmagał się ten dzieciak. Artykuł był ostry i błyskotliwy. Napisał go stały korespondent „Wall Street Journal", William Bulkeley, niewątpliwie dysponujący świetnymi kontaktami w Trionie. W skrócie artykuł sprowadzał się do tego: cena akcji Triona spada, jego produkty są przestarzałe, firma (do tej pory uznawana za lidera rynku telekomunikacyjnej elektroniki użytkowej) ma kłopoty, a Jock Goddard, założyciel Triona, traci kontakt ze swoją firmą. Nie ma już serca do pracy. Stale przewijał się wątek długiej tradycji firm technologicznych, w których założycieli zastępuje się, gdy koncern osiągnie pewne rozmiary. Autor pytał, czy Jock nie jest przypadkiem niewłaściwą osobą do kierowania firmą podczas okresu stagnacji, który następuje po fazie gwałtownego rozwoju. Dużo pisał też o filantropii Goddarda, jego działalności dobroczynnej, kolekcjonowaniu starych amerykańskich samochodów. O tym, że całkowicie przebudował swojego ukochanego buicka roadmastera z 1949 roku. W sumie z artykułu wynikało, że Goddard jest na krawędzi upadku.

No świetnie, pomyślałem. Jeśli Goddard poleci, zgadnijcie, kto poleci wraz z nim.

A potem nagle sobie przypomniałem: sekundkę, Goddard nie

jest moim prawdziwym pracodawcą, tylko celem. Mój prawdziwy pracodawca to Nick Wyatt. Łatwo było zapomnieć, komu winien jestem lojalność, zwłaszcza w podnieceniu towarzyszącym pierwszemu dniowi nowej pracy.

W końcu dostałem kawę, wrzuciłem do niej parę torebek cukru, pociągnąłem duży łyk, parząc przy okazji gardło, i nakryłem kubek plastikowym wieczkiem. Usiadłem przy stole, by dokończyć artykuł. Dziennikarz wyraźnie uwziął się na Goddarda. Ludzie z Triona udzielali mu informacji. Noże poszły w ruch.

Przez resztę drogi starałem się słuchać płyty Ani DiFranco, kupionej w Tower w ramach Projektu Alana, lecz po kilku próbach zrezygnowałem. Nie mogłem tego znieść. Kilka piosenek w ogóle nie miało melodii, były to zwykłe recytacje. Gdybym miał ochotę na coś takiego, posłuchałbym Jaya-Z albo Eminema. Wielkie dzięki.

Rozmyślałem nad artykułem w „Wall Street Journal", próbując wymyślić, co powiem, gdyby ktoś mnie o niego zapytał. Czy mam powiedzieć, że to bzdura, podrzucona przez konkurencję, by podważyć naszą wiarygodność? A może że reporter nie dostrzegł naprawdę interesującego tematu (ale jakiego)? Albo zadał kilka dobrych pytań, na które trzeba odpowiedzieć? Uznałem, że najlepsza będzie trzecia wersja, z pewnymi modyfikacjami — że niezależnie od prawdziwości zarzutów, liczy się opinia naszych akcjonariuszy, którzy czytają „Wall Street Journal", musimy zatem potraktować artykuł poważnie.

Osobiście zastanawiałem się, jacy wrogowie Goddarda wkroczyli do akcji. I czy Jock Goddard naprawdę ma kłopoty? Czy wsiadłem właśnie na tonący okręt? Albo, ściśle biorąc, czy Nick Wyatt nie wsadził mnie na tonący okręt? Pomyślałem też, że facet musi być w kiepskiej formie. W końcu mnie zatrudnił.

Pociągnąłem łyk kawy. Pokrywka nie trzymała się zbyt dobrze i ciepły mlecznobrązowy płyn polał mi się na kolana. Wyglądałem, jakbym przypadkiem popuścił. Świetny początek nowej pracy. Powinienem potraktować to jako ostrzeżeni

43

W drodze powrotnej z męskiej toalety, gdzie starałem się sprać plamę po kawie — po tym zabiegu spodnie pozostały wilgotne i pomięte — minąłem niewielki stojak z gazetami w holu skrzydła A głównego budynku. Sprzedawano tam lokalne gazety, a także „USA Today", „New York Times" oraz „Financial Times" i „Wall Street Journal". Ze zwykle wysokiego stosu tej ostatniej zniknęła już połowa, a była zaledwie siódma rano. Niewątpliwie w Trionie pilnie czytano gazetę. Domyślałem się, że artykuł trafił już do wszystkich skrzynek pocztowych. Pozdrowiłem firmową ambasadorkę i windą wjechałem na szóste piętro.

Główna sekretarka Goddarda, Flo, przesłała mi już e-mailem informacje dotyczące wyposażenia mojego nowego gabinetu. Zgadza się — nie boksu, lecz prawdziwego gabinetu, tej samej wielkości co gabinet Jocka Goddarda (a także Nory i Toma Lundgrena). Wchodziło się do niego z tego samego korytarza co do biura Goddarda, w którym, podobnie jak we wszystkich innych, było jeszcze ciemno. W moim natomiast paliło się światło. Przy biurku przed wejściem siedziała moja nowa sekretarka, Jocelyn Chang, około czterdziestoletnia Chinka urodzona w Ameryce. Miała nieskazitelny niebieski kostium, idealnie wyprofilowane brwi, krótkie czarne włosy i małe, wygięte w łuk usta, pomalowane wilgotną brzoskwiniową szminką. Właśnie opisywała segregator korespondencji. Gdy się zbliżyłem, uniosła wzrok, ściągając wargi, i wyciągnęła rękę.

— Pan Cassidy, prawda?

— Adam — poprawiłem.

Sam nie wiedziałem — może popełniłem pierwszy błąd? Czy powinienem utrzymać dystans, zachowywać się oficjalnie? Wydawało mi się to śmieszne i zupełnie zbędne. Ostatecznie niemal wszyscy tu nazywali swojego prezesa Jockiem. Poza tym byłem prawie dwukrotnie młodszy od niej.

— Ja jestem Jocelyn — odparła. Miała płaski nosowy akcent z okolic Bostonu; dziwnie brzmiał w jej ustach. — Miło mi cię poznać.

— Mnie ciebie też. Flo mówiła, że pracujesz tu od wieków. Bardzo się z tego cieszę.

Ups. Kobiety nie lubią, kiedy wypomina im się wiek.

— Od piętnastu lat — powiedziała czujnie. — Ostatnie trzy lata byłam sekretarką Michaela Gilmore'a, twojego poprzednika. Przeniesiono go parę tygodni temu. Od tego czasu czekałam.

— Piętnaście lat. Znakomicie. Będę potrzebował każdej pomocy.

Skinęła głową bez cienia uśmiechu. Nagle jakby zauważyła egzemplarz „Wall Street Journal", który trzymałem pod pachą.

— Nie wspomnisz chyba o tym panu Goddardowi, prawda?

— Szczerze mówiąc, miałem właśnie poprosić, żebyś załatwiła mi ramkę, to oprawię okładkę i dam mu w prezencie, żeby zawiesił sobie na ścianie.

Posłała mi długie, przerażone spojrzenie, potem uśmiechnęła się powoli.

— To żart — rzekła. — Prawda?

— Prawda.

— Przepraszam. Pan Gilmore nie słynął raczej z poczucia humoru.

— Nie szkodzi, ja też nie słynę.

Przytaknęła, niepewna, jak zareagować.

— Jasne. — Zerknęła na zegarek. — Na siódmą trzydzieści jesteś umówiony z panem Goddardem.

— Jeszcze nie przyszedł.

Ponownie sprawdziła zegarek.

— Przyjdzie. Założę się, że właśnie wszedł. Ma stałe nawyki. Chwileczkę. — Wręczyła mi imponującą dokumentację, na oko co najmniej sto stron, oprawioną w błękitną sztuczną skórę z wytłoczonym na okładce napisem Bain & Company. — Flo powiedziała, że pan Goddard chce, abyś przeczytał to przed spotkaniem.

— Spotkanie jest za dwie i pół minuty.

Wzruszyła ramionami.

.   .   .

To był mój pierwszy test. W żaden sposób nie zdołałbym przeczytać przed spotkaniem nawet jednej strony tego korporacyjnego bełkotu, a z całą pewnością nie zamierzałem się spóźniać. Bain & Company to wysoko ceniona międzynarodowa firma konsultingowa, która zatrudnia facetów w moim wieku, wiedzących jeszcze mniej niż ja, i zaharowuje ich niemożebnie, posyłając do kolejnych firm, aby pisali raporty i wystawiali rachunki na setki tysięcy dolarów w zamian za swoje pseudomądrości. Ten raport opatrzono pieczęcią „Tajemnica służbowa". Przerzuciłem go szybko i natychmiast rzuciły mi się w oczy wszystkie banały i modne frazy — „płynny management", „przewaga konkurencyjna", „optymalizacja wydajności", „chirurgiczne cięcia", „spadek makroekonomiczny", „minimalizacja pracy nieprzynoszącej dochodów", bla, bla, bla — i zorientowałem się, że nie muszę nawet czytać, by wiedzieć, co oznaczają.

Zwolnienia. Żniwa śmierci na niższych poziomach.

Super, pomyślałem. Witaj w świecie na szczycie.

44

Gdy Flo wprowadziła mnie do gabinetu Goddarda, ten siedział już przy okrągłym stole z Paulem Camillettim i jeszcze jednym facetem. Gość był mocno po pięćdziesiątce, łysy, z wianuszkiem siwiejących włosów, ubrany w niemodny szary kraciasty garnitur, koszulę i krawat wprost z supermarketu. Na prawej ręce miał masywny szkolny pierścień. Natychmiast go rozpoznałem. Jim Colvin, dyrektor wykonawczy Triona.

Pomieszczenie, w którym się znaleźliśmy, było tej samej wielkości co pierwszy gabinet Goddarda, trzy na trzy metry. Obecność nas czterech i dużego stołu sprawiała, że wydawał się zatłoczony. Zastanawiałem się przelotnie, czemu nie spotkaliśmy się w sali konferencyjnej, miejscu stosowniejszym dla ludzi na tak wysokich stanowiskach. Pozdrowiłem ich, uśmiechnąłem się nerwowo, siadłem na krześle obok Goddarda i położyłem na blacie raport Baina oraz firmowy kubek z kawą, który wręczyła mi Flo. Wyjąłem notatnik i długopis i czekałem, gotów do notowania. Goddard i Camilletti byli w samych koszulach, nie mieli marynarek ani czarnych golfów. Goddard sprawiał wrażenie jeszcze starszego i bardziej zmęczonego niż ostatnio. Na jego szyi dyndały okulary w czarnej półoprawie. Na stole leżało kilka egzemplarzy artykułu z „Wall Street Journal", jeden z nich pokreślony żółtym i zielonym markerem.

Camilletti skrzywił się na mój widok.

— Kto to jest? — spytał.

Miłe powitanie na pokładzie.

— Pamiętasz pana Cassidy'ego, prawda?

— Nie.

— Z narady w sprawie Maestra? Tego od pomysłu z wojskiem?

— To twój nowy asystent — rzekł bez entuzjazmu Camilletti.

— Zgadza się.

— Witaj w centrum kryzysowym, Cassidy.

— Jim, to jest Adam Cassidy — przedstawił mnie Goddard. — Adamie, Jim Colvin, nasz dyrektor wykonawczy.

Colvin skinął głową.

— Właśnie rozmawialiśmy o tym przeklętym artykule — oznajmił Goddard — i jak należy zareagować.

— No cóż — powiedziałem z powagą. — To tylko jeden artykuł. Za parę dni wszyscy o nim zapomną.

— Bzdura — warknął Camilletti, patrząc na mnie z miną tak przerażającą, iż miałem wrażenie, że zaraz zamienię się w kamień. — To „Wall Street Journal", pierwsza strona. Wszyscy go czytają. Członkowie rady nadzorczej, poważni inwestorzy, analitycy, wszyscy. To prawdziwa katastrofa.

— Nie jest dobrze — zgodziłem się. W duchu postanowiłem od tej pory trzymać gębę na kłódkę.

Goddard głośno wypuścił powietrze.

— Najgorsza rzecz, jaką możemy zrobić, to za mocno podkręcić sytuację — oznajmił Colvin. — Nie chcemy wysłać sygnałów, które wzbudzą panikę w całym przemyśle.

Spodobało mi się to określenie: za mocno podkręcić. Jim Colvin niewątpliwie grywał w golfa.

— Chcę tu ściągnąć szefa kontaktów z inwestorami i rzecznika korporacyjnego. Razem przygotujemy wstępną wersję odpowiedzi, listu do wydawcy — rzucił Camilletti.

— Zapomnijcie o „Wall Street Journal" — powiedział Goddard. — Raczej zaproponuję wywiad na wyłączność „New York Timesowi". Będzie okazja poruszyć zagadnienia interesujące całą branżę. Z pewnością połkną haczyk.

— Nieważne — odparł Camilletti. — Tak czy inaczej, nie możemy protestować zbyt głośno. Nie chcemy zmusić „Wall Street Journal", by pociągnął temat i jeszcze bardziej zmącił wodę.

— Wygląda na to, że dziennikarz rozmawiał z ludźmi z firmy — wtrąciłem, zapominając o tym, by trzymać język za zębami. — Wiadomo, skąd wyciekły informacje?

— Parę dni temu dostałem od tego dziennikarza wiadomość, ale nie było mnie wtedy w kraju — powiedział Goddard. — Więc „nie skomentowałem".

— Możliwe, że dzwonił i do mnie. Nie wiem, mogę sprawdzić pocztę głosową. Ale z całą pewnością nie oddzwoniłem — dodał Camilletti.

— Nie wyobrażam sobie, by ktoś z Triona świadomie wziął w tym udział — ciągnął Goddard.

— Może to ktoś z konkurencji — zasugerował Camilletti. — Na przykład Wyatt?

Nikt na mnie nie spojrzał. Zastanawiałem się, czy tamci dwaj wiedzą, że poprzednio pracowałem u Wyatta.

— Jest tu mnóstwo wypowiedzi naszych pośredników — podjął Camilletti — British Telecom, Vodafone, DoCoMo. Mówią, że nowe telefony się nie sprzedają. Psy nie chcą nowej kości. Skąd dziennikarz z Nowego Jorku wiedział, żeby zadzwonić do DoCoMo w Japonii? Musiał dostać cynk od Motoroli, Wyatta albo Nokii.

— Tak czy inaczej — odparł Goddard — to już przeszłość. Nie kieruję w końcu mediami, tylko tą cholerną firmą. A ten paskudny artykuł, pomijając jego nieobiektywność i niesprawiedliwość, nie jest w końcu aż tak straszny. Co w nim nowego poza krzyczącym nagłówkiem? W każdym kwartale wykonywaliśmy plan, nigdy nie zanotowaliśmy strat, od czasu do czasu mieliśmy nawet zyski. Byliśmy ukochanym dzieckiem Wall Street. No dobrze, zyski nie rosną. Ale, dobry Boże, cała branża przeżywa kryzys. Wyczuwam w tym tekście odrobinę *Schadenfreude*. „Niekiedy i świetny Homer zadrzemie".

— Homer? — powtórzył Colvin, wyraźnie nie łapiąc aluzji.

— Ale te wszystkie zarzuty, że po raz pierwszy od piętnastu lat zanotujemy w tym kwartale straty, to bzdury. Prawda? — naciskał Goddard.

Camilletti pokręcił głową.

— Nie — odparł cicho. — Jest jeszcze gorzej.

— O czym ty mówisz? Wróciłem właśnie z konferencji handlowej w Japonii. Wszystko idzie znakomicie.

— Wczoraj wieczorem, gdy dostałem wiadomość o tym artykule — powiedział Camilletti — posłałem listy do regionalnych wicedyrektorów finansowych w Europie, Azji i Pacyfiku. Poprosiłem o wszystkie dane do ostatniego tygodnia, informacje o wpływach z podziałem na klientów.

— Covington z Brukseli skontaktował się ze mną godzinę temu. Brody z Singapuru w środku nocy. Sytuacja wygląda tragicznie. Detal trzyma się nieźle, ale hurt to katastrofa. Azja i Pacyfik oraz EBWA to w sumie sześćdziesiąt procent naszych zysków. Spadamy w przepaść. Fakty są jasne, Jock. W tym kwartale będziemy mieli stratę, i to bardzo dużą. To prawdziwa klęska.

Goddard zerknął na mnie.

— Zdajesz sobie sprawę, Adamie, że słuchasz tajemnic firmowych, dostępnych jedynie wąskiemu gronu? Czy to jasne? Ani słowo...

— Oczywiście.

— Mamy... — zaczął Goddard, zawahał się, w końcu rzekł: — Na miłość boską, mamy AURORĘ...

— Wpływy z AURORY pojawią się dopiero za kilka kwartałów — odparł Camilletti. — Na razie musimy zająć się chwilą obecną, bieżącymi operacjami. A wierz mi, kiedy te dane przedostaną się do wiadomości publicznej, cena akcji gwałtownie spadnie. — Camilletti mówił cicho, spokojnie. — Nasze wpływy z czwartego kwartału zmalały o dwadzieścia pięć procent. Dodatkowo czekają nas opłaty za magazynowanie niesprzedanego towaru.

Camilletti zawiesił głos, spojrzał znacząco na Goddarda.

— Oceniam, że przed podatkiem nasza strata wyniesie niemal pół miliarda dolarów.

Goddard się wzdrygnął.

— Mój Boże.

— Wiem przypadkiem — ciągnął Camilletti — że Credit Suisse First Boston już zamierza zmienić nasz status z „kupuj" na „trzymaj". Oceniają, że w ciągu dwunastu miesięcy cena akcji nie przekroczy czterdziestu sześciu dolarów. A informacje jeszcze nie wyszły na jaw.

— Jezu Chryste! — Goddard jęknął, kręcąc głową. — To takie niesprawiedliwe, zważywszy na to, co mamy w rękawie.

— Dlatego musimy raz jeszcze przejrzeć cały raport. — Camilletti dźgnął palcem w swój egzemplarz błękitnego raportu Baina.

Goddard zabębnił o niego palcami. Zauważyłem, że palce ma grube, wierzch dłoni pokrywały plamy wątrobowe.

— Ładna oprawa — zauważył. — Ile kosztował nas ten dokument?

— Nie chcesz tego wiedzieć — odparł Camilletti.

— Nie chcę, prawda? — Goddard skrzywił się, jakby podkreślając znaczenie swoich słów. — Paul, przysiągłem, że nigdy tego nie zrobię. Dałem słowo.

— Jezu, Jock, tu nie chodzi o twoje ego, twoją próżność...

— Nie, tu chodzi o moje słowo i moją wiarygodność.

— Więc nie trzeba było składać takich obietnic. Nigdy nie mów nigdy. Zresztą stan gospodarki od tego czasu całkowicie się zmienił. To już prehistoria, cholerny mezozoik. Trzeba wystrzelić rakietę Trion z nadświetlną prędkością. Jesteśmy jedną z nielicznych firm elektronicznych, które nie przeszły jeszcze fazy zwolnień.

— Adamie. — Goddard odwrócił się do mnie i spojrzał nad okularami. — Czy miałeś okazję przebić się przez ten bełkot?

Pokręciłem głową.

— Dostałem go zaledwie kilka minut temu. Tylko przerzuciłem kartki.

— Chcę, żebyś przyjrzał się bliżej prognozom na temat elektroniki użytkowej. Strona osiemdziesiąta któraś. Znasz przecież to zagadnienie.

— W tej chwili?

— Owszem. I powiedz mi, czy wyglądają realistycznie.

— Jock — wtrącił Jim Colvin — nie dostaniesz wiarygodnych prognoz od szefów działów. Wszyscy chronią swoich pracowników. Chronią własne tyłki.

— Po to właśnie mamy Adama — odparł Goddard. — On nie ma kogo chronić.

Zacząłem gorączkowo przerzucać raport Baina, starając się wyglądać jak człowiek, który wie, co robi.

— Paul — rzucił Goddard — już to wszystko przerabialiśmy. Zaraz mi powiesz, że jeśli chcemy utrzymać pozycję, musimy zredukować zatrudnienie o osiem tysięcy.

— Nie, Jock, jeśli chcemy zachować płynność finansową. I mówię raczej o dziesięciu tysiącach.

— Jasne. Więc mi coś powiedz. Nigdzie w całym tym cholernym traktacie nie napisano, że firma, która zwalnia, dokonuje restrukturyzacji... czy jak to nazywacie... lepiej sobie radzi na dłuższą metę. Mowa tylko o najbliższej przyszłości. — Camilletti wyglądał, jakby chciał coś powiedzieć, lecz Goddard mówił dalej: — Tak, wiem, wszyscy to robią. To odruchowa reakcja. Interesy idą kiepsko, więc pozbądźmy się ludzi. Wyrzućmy balast. Ale czy zwolnienia kiedykolwiek doprowadziły do trwałego wzrostu cen akcji albo udziału w rynku? Do diabła, Paul, wiesz równie dobrze jak ja, że gdy tylko chmury się rozejdą, z powrotem zatrudnimy większość tych ludzi. Naprawdę warto przez to wszystko przechodzić?

— Jock — wtrącił Jim Colvin — tu działa tak zwana zasada osiemdziesiąt na dwadzieścia. Dwadzieścia procent ludzi wykonuje osiemdziesiąt procent pracy. Pozbywamy się obciążenia.

— To obciążenie to oddani pracownicy Triona — odpalił Goddard — którym wydajemy karty i od których domagamy się lojalności i poświęcenia. Ale to działa w obie strony. Żądamy lojalności, ale oni nie mogą jej oczekiwać od nas? Osobiście uważam, że jeśli raz wejdziemy na tę ścieżkę, stracimy coś więcej niż ludzi. Stracimy ich zaufanie. Skoro nasi pracownicy dotrzymali swojej części umowy, czemu my nie musimy zrobić tego samego? To naruszenie zaufania.

— Jock — odpowiedział Colvin — fakty są takie, że dzięki tobie w ciągu ostatnich dziesięciu lat mnóstwo pracowników Triona bardzo się wzbogaciło.

Ja tymczasem przerzucałem wykresy prognozowanych wpływów, próbując porównać je z tym, co czytałem w ciągu ostatnich tygodni.

— To nie pora na wzniosłe ideały, Jock — dodał Camilletti. — Nie stać nas na ten luksus.

— To nie ideały — odparł Goddard, bębniąc palcami o blat — tylko brutalny pragmatyzm. Nie przeszkadza mi, gdy zwalnia się obiboków, malkontentów, oportunistów. Pieprzyć ich. Lecz zwolnienia na taką skalę doprowadzą do wzrostu zwolnień lekarskich. Ludzie będą zbierać się w korytarzach i wypytywać o najnowsze plotki. Nastąpi paraliż. Ujmując rzecz w sposób, który do ciebie trafia, Paul, to oznacza spadek produktywności.

— Jock... — zaczął Colvin.

— Teraz ja podam wam przykład zasady osiemdziesiąt na dwadzieścia — Goddard nie dał sobie przerwać. — Jeśli to zrobimy, osiemdziesiąt procent pracowników, którzy pozostaną w firmie, zaledwie w dwudziestu procentach skupi się na pracy. Adamie, jak oceniasz te prognozy?

— Panie Goddard...

— Zwolniłem ostatniego asystenta, który tak się do mnie zwracał.

Uśmiechnąłem się.

— Jock, posłuchaj, nie będę się popisywał. Nie znam większości tych danych i nie zamierzam strzelać na oślep. Nie w tak ważnej sprawie. Znam jednak dane dotyczące Maestra i szczerze mówiąc, z tego, co widzę, prognozy wyglądają przesadnie optymistycznie. Póki nie zaczniemy sprzedawać Pentagonowi, o ile zdobędziemy kontrakt, są bardzo zawyżone.

— Więc sytuacja może być jeszcze gorsza, niż mówią nam konsultanci za sto tysięcy?

— Tak. Jeśli oczywiście dane dotyczące Maestra stanowią wskazówkę.

Goddard skinął głową.

— Jock — powiedział Camilletti — spójrzmy na to z punktu widzenia zwykłego człowieka. Mój ojciec uczył w szkole, wiesz? Z nauczycielskiej pensji opłacił college szóstki dzieci. Nie pytaj mnie, jak to zrobił, ale mu się udało. Teraz razem z matką żyją ze skromnych oszczędności, których większość zainwestowali w akcje Triona, bo powiedziałem im, że to świetna firma. To nie jest dużo pieniędzy, nie według naszych standardów. Ale już teraz stracili dwadzieścia sześć procent oszczędności swojego życia. I wkrótce stracą znacznie więcej. Zapomnij o wielkich funduszach inwestycyjnych. Większość naszych akcjonariuszy to ludzie podobni do Tony'ego Camillettiego. Co im powiemy?

Podejrzewałem, że Camilletti wymyślił całą historię, że w rzeczywistości jego ojciec bankier żyje sobie w luksusie w chronionej dzielnicy i spędza czas na grze w golfa. Lecz Goddardowi zwilgotniały oczy.

— Adamie — rzekł cicho. — Ty przynajmniej rozumiesz, o co mi chodzi. Prawda?

Przez chwilę poczułem się jak łania schwytana w światła reflektorów. Było jasne, co Goddard chce ode mnie usłyszeć. Lecz po kilku sekundach pokręciłem głową.

— Według mnie — powiedziałem powoli — jeśli w tej chwili tego nie zrobisz, za rok będziesz musiał zwolnić jeszcze więcej ludzi. Muszę tu poprzeć pana... Paula.

Camilletti wyciągnął rękę i poklepał mnie po ramieniu. Wzdrygnąłem się lekko; nie chciałem, by wyglądało na to, że występuję przeciwko szefowi. Kiepski początek nowej pracy.

— Jakie warunki proponujesz? — spytał Goddard z westchnieniem.

Camilletti się uśmiechnął.

— Czterotygodniową odprawę.

— Niezależnie od tego, jak długo dla nas pracowali? Nie, dwa tygodnie za każdy przepracowany rok. Plus dodatkowe dwa tygodnie za każdy rok powyżej dziesięciu lat.

— To obłęd, Jock. W niektórych wypadkach wypłacimy im roczną pensję, może jeszcze więcej.

— To nie odprawa — mruknął Jim Colvin — to renta.

Goddard wzruszył ramionami.

— Albo zwolnimy na tych warunkach, albo w ogóle. — Posłał mi ponure spojrzenie. — Adamie, jeśli kiedyś wybierzesz się na kolację z Paulem, nie pozwól, by to on wybierał wino. — Z powrotem odwrócił się do swojego dyrektora finansowego. — Chcesz, by zwolnienia weszły w życie pierwszego czerwca, prawda?

Camilletti ostrożnie przytaknął.

— Jak przez mgłę przypominam sobie, że rok temu, gdy zakupiliśmy dział CableSign, podpisaliśmy umowę chroniącą ich przed zwolnieniami, która wygasa trzydziestego pierwszego maja, dzień wcześniej.

Camilletti wzruszył ramionami.

— Paul, to niemal tysiąc pracowników, którzy dostaliby miesięczną pensję i dodatkowo miesięczną pensję za każdy przepracowany rok. Jeśli zwolnimy ich dzień wcześniej. To uczciwa odprawa. Ten dzień oznacza dla nich dużą różnicę. Potem dostaliby zaledwie dwa tygodnie.

— Pierwszy czerwca to początek kwartału...

— Nie zgadzam się, przykro mi. Trzydziesty maja. A w przypadku pracowników z opcjami na akcje damy im dwanaście miesięcy na ich wykorzystanie. Sam także zmniejszam swoją pensję, do dolara. Co ty na to, Paul?

Camilletti uśmiechnął się nerwowo.

— Masz znacznie więcej opcji akcji niż ja.

— Zrobimy to raz a dobrze — oznajmił Goddard. — Nie zgodzę się na kolejne zwolnienia.

— Zrozumiałem — przytaknął Camilletti.

— W porządku. — Goddard znów westchnął. — Sam zawsze wam powtarzam, że czasami trzeba wsiąść do pociągu, pójść z postępem. Najpierw jednak chcę, by wypowiedziało się całe kierownictwo. Ściągnijcie ich wszystkich. Chcę też skontaktować się z bankami inwestycyjnymi. Jeśli się zgodzą, a obawiam się, że tak się stanie, sam nagram informację dla pracowników i wyemitujemy ją jutro po zamknięciu giełdy. Jednocześnie ogłosimy wszystko publicznie. Nie chcę, żeby cokolwiek wypłynęło wcześniej. To źle działa na morale.

— Jeśli wolisz, sam to ogłoszę — powiedział Camilletti. — Dzięki temu będziesz miał czyste ręce.

Goddard zerknął na niego.

— Nie zwalę tego na ciebie. Odmawiam. To moja decyzja. Skoro to mnie przypada sława, chwała i okładki pism, to także wina. Tak jest uczciwie.

— Mówię to tylko dlatego, że w przeszłości wiele razy wypowiadałeś się w tej sprawie. Zniszczą cię.

Goddard wzruszył ramionami, minę miał jednak nietęgą.

— Teraz pewnie wszyscy nazwą mnie Katem Goddardem, czy jakoś podobnie.

— Myślę, że Neutronowy Jock brzmi lepiej — wtrąciłem i po raz pierwszy tego dnia Goddard się uśmiechnął.

45

Wyszedłem z gabinetu Goddarda, czując jednocześnie ulgę i ciężar odpowiedzialności.

Przeżyłem pierwsze spotkanie z szefem i zanadto się nie wygłupiłem. Ale poznałem też ważną firmową tajemnicę. Kluczowe informacje, które odmienią życie wielu ludzi.

Jednakże podjąłem decyzję, że nie przekażę ich Wyattowi i jego kumplom. Nie były częścią mojego zadania, nie do tego mnie zatrudnili. Nie miały nic wspólnego ze śmierdzielem, więc nie muszę im nic mówić. Zresztą nie orientowali się, że wiem. Niech dowiedzą się o zwolnieniach w Trionie wraz z całą resztą świata.

Zatopiony w myślach wysiadłem z windy na trzecim piętrze skrzydła A, by zjeść coś szybko w stołówce. Nagle ujrzałem znajomą twarz. Był to wysoki chudy chłopak przed trzydziestką, kiepsko ostrzyżony.

— Cześć, Adam! — zawołał i wsiadł do windy.

Jeszcze przed upływem ułamka sekundy potrzebnego do skojarzenia twarzy z nazwiskiem mój żołądek ścisnął się boleśnie. Zwierzęcy instynkt wcześniej niż świadomy umysł wyczuł zagrożenie.

Skinąłem głową, nie zwalniając kroku. Policzki mi płonęły.

Facet nazywał się Kevin Griffin. Był miłym gościem, choć z wyglądu trochę niewydarzonym. Nieźle grał w kosza. Grywaliśmy razem w Wyatt Telecommunications. Pracował w dziale sprzedaży routerów. Pamiętałem, że pod maską luzaka skrywał nieprzeciętną inteligencję i potężną ambicję. Zawsze z nadwyżką wykonywał plan i często dobrodusznie żartował z mojego olewactwa.

Innymi słowy, wiedział, kim jestem naprawdę.

— Adam — powtórzył. — Adam Cassidy. Co ty tu robisz?

Nie mogłem go dłużej ignorować, toteż się odwróciłem. Jedną ręką przytrzymywał drzwi windy, by się nie zamknęły.

— Cześć, Kevin — rzuciłem. — Teraz tu pracujesz?

— Tak, w sprzedaży.

Sprawiał wrażenie zachwyconego, jak uczeń na zjeździe koleżeńskim. Zniżył głos.

— Nie wyrzucili cię z Wyatta przez tę imprezę? — Zaśmiał się cicho, konspiracyjnie, bez cienia złośliwości.

— Nie. — Zawahałem się przez sekundę, starając się mówić lekko, z rozbawieniem. — To było tylko nieporozumienie.

— Jasne — mruknął z powątpiewaniem. — W jakim dziale tu pracujesz?

— Tam gdzie zawsze — powiedziałem. — Miło cię widzieć, stary. Przepraszam, muszę lecieć.

Mimo zamykających się drzwi windy czułem na sobie ciekawskie spojrzenie.

Niedobrze.

CZĘŚĆ PIĄTA

WPADKA

Wpadka: ujawnienie jednego z elementów tajnej operacji (na przykład kryjówki) bądź organizacji. Wpadka agenta oznacza ujawnienie jego tożsamości przeciwnikowi.

Księga szpiegów: Encyklopedia szpiegostwa

46

Miałem przerąbane.

Kevin Griffin wiedział, że nie pracowałem w Wyatcie nad projektem Lucid. Wiedział, że nie jestem żadną supergwiazdą. Znał prawdę. Zapewne zdążył już wrócić do swojego boksu i właśnie sprawdza moje nazwisko w intranecie, odkrywając ze zdumieniem, że mam stanowisko „Osobistego asystenta prezesa". Ile czasu trzeba, by zaczął gadać, wypytywać o mnie, opowiadać, co wie? Pięciu minut? Pięciu sekund?

Jak, do diabła, doszło do czegoś takiego? Po wszystkich starannych przygotowaniach, wstępnej pracy ludzi Wyatta, jak mogli pozwolić, by Trion zatrudnił kogoś, kto mógł zrujnować cały plan?

Oszołomiony powiodłem wzrokiem po ladzie. Zupełnie straciłem apetyt. Wziąłem jednak kanapkę z szynką i serem, bo potrzebowałem białka. Chwyciłem też puszkę dietetycznej pepsi i wróciłem do nowego gabinetu.

Jock Goddard stał w korytarzu, rozmawiając z jakimś dyrektorem. Zauważywszy mnie, uniósł palec na znak, że chce ze mną pomówić, toteż zatrzymałem się w pewnej odległości, pozwalając mu dokończyć rozmowę.

Po paru minutach z poważną miną położył rękę na ramieniu tamtego i pierwszy skręcił do mojego gabinetu.

— Adamie — rzekł, siadając na krześle przeznaczonym dla

gości. Dla mnie pozostało tylko jedno miejsce, za biurkiem. Niedobrze, to przecież cholerny szef, ale nie miałem wyboru. Usiadłem i uśmiechnąłem się nieśmiało, nie wiedząc, czego oczekiwać.

— Rzekłbym, że śpiewająco zdałeś egzamin — podjął Goddard. — Gratulacje.

— Naprawdę? Myślałem, że schrzaniłem sprawę — odparłem. — Nie czułem się zbyt dobrze, biorąc stronę kogoś innego.

— Właśnie dlatego cię zatrudniłem. Nie żebyś występował przeciw mnie, ale żebyś mówił mi prawdę, niezależnie od tego, jak wygląda.

— To nie była prawda — wtrąciłem — tylko opinia jednego faceta. — No, może nieco przesadziłem.

Goddard potarł oczy kanciastą dłonią.

— Najłatwiejszą rzeczą pod słońcem i najbardziej niebezpieczną dla każdego dyrektora jest utrata kontaktu z dołem. Nikt nie chce mi mówić brutalnej prawdy. Każdy stara się na mnie wpływać, ma własny cel. Lubisz historię?

Nigdy nie myślałem o historii jako o przedmiocie, który można lubić. Wzruszyłem ramionami.

— Trochę.

— Podczas drugiej wojny światowej Winston Churchill ustanowił poza hierarchią dowodzenia nowe biuro. Jego pracownicy mieli przekazywać mu prawdę, całą brutalną prawdę. Nazwał je chyba Biurem Statystycznym czy jakoś podobnie. Chodziło o to, że nikt nie chciał mu przekazywać złych wieści, lecz Churchill wiedział, że musi je znać. W przeciwnym razie nie zdołałby wykonać swojej pracy.

Skinąłem głową.

— Zakładasz własną firmę, kilka razy uśmiecha się do ciebie szczęście i nagle stajesz się niemal obiektem kultu naiwnych ludzi — ciągnął Goddard. — Ale nie potrzebuję, by ktokolwiek całował mnie w... hm... pierścień. Potrzebuję szczerości i otwartości. Najbardziej teraz. W tym biznesie panuje przekonanie, że firmy elektroniczne pozbywają się swoich założycieli. Spotkało to Roda Caniona z Compaqua, Ala Shugarta z Seagate. Apple wyrzucił nawet Steve'a Jobsa, pamiętasz? Póki ten nie wrócił na białym koniu i nie uratował firmy. Nie ma czegoś takiego jak potężni starzy założyciele. Moja rada zawsze darzyła mnie głębokim zaufaniem, ale podejrzewam, że jego źródła zaczynają wysychać.

— Czemu pan to mówi?

— Daj wreszcie spokój z tym panem! — warknął Goddard. — Artykuł z „Wall Street Journal" to cios poniżej pasa. Wcale by mnie nie zdziwiło, gdyby źródłem okazało się kilku niezadowolonych członków rady nadzorczej. Część z nich uważa, że nadeszła pora, bym się wycofał, zamieszkał w wiejskim domku i poświęcił się majstrowaniu przy samochodach.

— A ty tego nie chcesz?

Skrzywił się.

— Zrobię to, co najlepsze dla Triona. Ta przeklęta firma to całe moje życie. Samochody to tylko hobby. Jeśli zajmujesz się wyłącznie hobby, przestaje ono być zabawne. — Wręczył mi grubą brązową teczkę. — W skrzynce znajdziesz kopię w PDF-ie. To nasz plan strategiczny na następnych osiemnaście miesięcy: nowe produkty, upgrade'y i tak dalej. Chcę poznać twoją szczerą opinię na jego temat. Możesz to nazwać panoramą, spojrzeniem z lotu ptaka.

— Na kiedy mam się przygotować?

— Jak najszybciej. A jeśli znajdziesz jakiś projekt, w który chciałbyś się zaangażować jako mój przedstawiciel, bardzo proszę. Przekonasz się, że pracujemy w tej chwili nad wieloma interesującymi rzeczami. Niektóre z nich są tajne. Mój Boże, jeden z nich, nazywamy go AURORA, może całkowicie odmienić naszą przyszłość.

— AURORA? — powtórzyłem, głośno przełykając ślinę. — Chyba wspomniałeś o nim na spotkaniu, prawda?

— Kierowanie tym projektem powierzyłem Paulowi. To naprawdę bomba. Musimy jeszcze tylko rozwiązać parę drobnych problemów z prototypem, poza tym jest właściwie gotowy.

— Brzmi intrygująco. — Starałem się przemawiać swobodnie. — Chętnie bym przy nim pomógł.

— Och, pomożesz, bez wątpienia. Ale wszystko w swoim czasie. Na razie nie chcę cię rozpraszać. Najpierw musimy posprzątać, bo kiedy zajmiesz się AURORĄ... nie zamierzam kłaść ci na głowę zbyt wielu rzeczy naraz. Skup się na jednym. — Wstał, klaskając w dłonie. — Teraz muszę pójść do studia i nagrać wystąpienie, na co wcale nie mam ochoty. Wierz mi.

Uśmiechnąłem się ze współczuciem.

— W każdym razie — rzekł Goddard — przepraszam, że to wszystko spadło na ciebie już pierwszego dnia. Ale wierzę, że sobie poradzisz.

47

Zjawiłem się w domu Wyatta w tym samym momencie co Meacham, który nawet zażartował sobie złośliwie z mojego porsche. Wprowadzono nas do osobistej siłowni Wyatta, mieszczącej się na poziomie piwnicy, choć z powodu ukształtowania terenu nie pod ziemią. Wyatt podnosił właśnie ciężary na ławeczce — siedemdziesiąt pięć kilo. Miał na sobie jedynie skąpe szorty gimnastyczne. Wyglądał jeszcze potężniej niż zwykle — istny Conan Barbarzyńca. Bez słowa zakończył serię ćwiczeń. Potem wstał i się wytarł.

— I co? Zwolnili cię już? — spytał.

— Jeszcze nie — odparłem.

— Nie, Goddard ma na głowie inne rzeczy. Na przykład to, że jego firma się wali. — Spojrzał na Meachama i obaj zaśmiali się cicho. — Co na ten temat mówił święty Augustyn?

Nie powiem, że nie oczekiwałem tego pytania, ale padło tak nagle, że nie zdążyłem się przygotować.

— Niewiele.

— Bzdura! — Wyatt podszedł bliżej, patrząc na mnie, próbując mnie zastraszyć samą swoją obecnością. Jego ciało otaczał obłok rozgrzanego powietrza cuchnącego amoniakiem; woń ciężarowca spożywającego za dużo białka.

— W każdym razie nie w mojej obecności — poprawiłem się

szybko. — Myślę, że artykuł naprawdę im dokopał. Cały czas coś się działo, więcej niż zwykle.

— Skąd wiesz, jak tam jest zwykle? — wtrącił Meacham. — To twój pierwszy dzień na szóstym piętrze.

— Takie odniosłem wrażenie — odparłem niezręcznie.

— Ile z tego, co piszą, jest prawdą? — spytał Wyatt.

— Więc to nie wy zaaranżowaliście artykuł?

Wyatt spojrzał na mnie z ukosa.

— Będą mieli stratę czy nie?

— Nie mam pojęcia — skłamałem. — Nie siedziałem przecież u Goddarda cały dzień.

Nie wiem, czemu tak bardzo upierałem się, by nie ujawnić im katastrofalnych danych ani informacji o zbliżających się zwolnieniach. Może czułem, że Goddard powierzył mi swój sekret i nie mogę zawieść jego zaufania. Chryste, byłem przecież szpiegiem, pieprzonym kretem. Więc skąd te wyrzuty sumienia? Czemu nagle zacząłem zakreślać granice: „To wam powiem, a tego nie"? Kiedy jutro wieści o zwolnieniach się rozejdą, Wyatt zrobi ze mnie prawdziwą jesień średniowiecza. Nie uwierzy, że o niczym nie słyszałem. Toteż postanowiłem odrobinę ustąpić.

— Ale coś się dzieje — oznajmiłem. — Coś wielkiego. Szykują się do jakiegoś ważnego oświadczenia.

Wręczyłem Wyattowi teczkę zawierającą kopię strategicznego planu, który przekazał mi Goddard.

— Co to? — spytał Wyatt. Odłożył teczkę na ławkę, wciągnął przez głowę podkoszulek i zaczął przerzucać papiery.

— Plan strategiczny Triona na następnych osiemnaście miesięcy. Łącznie ze szczegółowymi opisami wszystkich nowych produktów.

— Także AURORY?

Pokręciłem głową.

— Ale Goddard o niej wspomniał.

— Co?

— Powiedział, że pracują nad ważnym projektem o kryptonimie AURORA, który spowoduje prawdziwe trzęsienie ziemi. Mówił, że przekazał go Camillettiemu.

— Hm, Camilletti zajmuje się wszystkimi zakupami. A według moich źródeł w skład projektu AURORA wchodzą różne firmy, które Trion w ostatnich latach kupił w sekrecie. Goddard mówił, o co chodzi?

— Nie.

— I nie spytałeś?

— Oczywiście, że spytałem. Powiedziałem mu, że chętnie zaangażuję się w coś tak znaczącego.

Wyatt milczał, przerzucając plan strategiczny. Podniecony przebiegał wzrokiem kolejne strony.

Ja tymczasem wręczyłem Meachamowi świstek.

— Numer prywatnej komórki Jocka.

— Jocka? — powtórzył z niesmakiem Meacham.

— Wszyscy go tak nazywają. To nie znaczy, że jesteśmy kumplami. Powinno wam to pomóc wyśledzić sporo ważnych rozmów.

Meacham wziął numer bez słowa podziękowania.

— I jeszcze jedno — powiedziałem do niego. Wyatt cały czas czytał zafascynowany. — Mam problem.

Meacham spojrzał na mnie groźnie.

— Nawet nie zaczynaj.

— W Trionie jest nowy pracownik, Kevin Griffin z działu sprzedaży. Przeszedł do nich od was, z Wyatta.

— I co?

— Byliśmy kumplami.

— Kumplami?

— Tak jakby. Graliśmy razem w kosza.

— Znał cię w firmie?

— Tak.

— Cholera — mruknął Meacham. — Mamy kłopot.

Wyatt uniósł wzrok znad dokumentu.

— Zdmuchnij go — polecił.

Meacham przytaknął.

— Co to znaczy? — spytałem.

— To znaczy, że się nim zajmiemy — wyjaśnił Meacham.

— To bardzo cenne informacje — oznajmił w końcu Wyatt. — Wyjątkowo użyteczne. Co masz z nimi zrobić?

— Goddard chce poznać moje zdanie na temat tych planów. Co wygląda obiecująco, co nie, co może okazać się problemem. Wszystko.

— To niezbyt dokładne.

— Powiedział, że chodzi mu o spojrzenie z lotu ptaka.

— Z samolotu pilotowanego przez Adama Cassidy'ego, geniusza marketingu — dodał wyraźnie rozbawiony Wyatt. — Wyciągaj więc notes i długopis i zacznij pisać. Zrobię z ciebie gwiazdę.

48

Nie spałem prawie całą noc. Niestety, zaczynałem do tego przywykać.

Odrażający Nick Wyatt ponad godzinę przekazywał mi swoje opinie dotyczące produktów Triona, uzupełniając je o dodatkowe informacje, znane jedynie nielicznym. Zupełnie jakbym słuchał Rommla mówiącego o Montgomerym. Oczywiście doskonale znał rynek — był przecież jednym z głównych konkurentów Triona. Dysponował też różnymi cennymi informacjami, którymi chętnie się dzielił po to, bym mógł zaimponować Goddardowi. Krótkoterminowa strategiczna strata na dłuższą metę miała przynieść mu poważne zyski.

O północy wróciłem do apartamentu i zabrałem się do szykowania prezentacji dla Goddarda. Szczerze mówiąc, byłem mocno podkręcony. Wiedziałem, że nie mogę się obijać. Muszę cały czas działać na najwyższych obrotach. Dopóki będę dysponował dodatkowymi informacjami od Wyatta, Goddard się nie połapie, ale co się stanie, gdy ich zabraknie? Jeśli spyta mnie o zdanie, a ja zdradzę się ze swoją ignorancją? Co wtedy?

Gdy nie mogłem już dłużej pracować nad prezentacją, zrobiłem sobie przerwę i sprawdziłem konta na Yahoo, Hotmailu i Hushmailu. Znalazłem wyłącznie spam — „Viagra online, kupisz tutaj, viagra bez recepty!" i „Najlepsza strona xxx!", i „Kredyty hipoteczne!". Nic więcej, nic od „Arthura". Potem zalogowałem się do konta służbowego w Trionie.

Natychmiast rzucił mi się w oczy jeden e-mail. Nadawca: KGriffin@trionsystems.com. Kliknąłem na niego.

Temat: Hej
Od: KGriffin
Do: ACassidy

Stary, co za spotkanie! Miło widzieć, jak dobrze ci idzie. Brawo. Zrobiłeś tu prawdziwą karierę. Dodają tu może czegoś do wody? Daj mi trochę!
Dopiero poznaję ludzi w Trionie. Chętnie zaproszę cię na lunch czy coś w tym stylu. Odezwij się.
Kev

Nie odpowiedziałem. Musiałem najpierw zaplanować, jak to załatwię. Gość niewątpliwie mnie sprawdził, zobaczył moje nowe stanowisko i wyraźnie coś mu nie pasowało. Niezależnie od tego, czy chciał mnie wypytać, czy się podlizać, oznaczało to dla mnie kłopoty. Meacham i Wyatt powiedzieli, że go „zdmuchną", do tego czasu jednak będę musiał zachować szczególną ostrożność. Kevin Griffin był niczym naładowana spluwa — w każdej chwili mógł wypalić. Wolałem się do niego nie zbliżać.

Wylogowałem się i ponownie wszedłem na stronę, tym razem używając loginu i hasła Nory. Była druga rano. Uznałem, że Nora już nie pracuje; dobra pora, by dostać się do jej archiwum pocztowego, przejrzeć e-maile i skopiować wszystko, co wiąże się z projektem AURORA.

Na ekranie zobaczyłem tylko komunikat: „Hasło nieprawidłowe. Proszę spróbować ponownie".

Po raz drugi wpisałem hasło, bardzo uważnie. „Hasło nieprawidłowe". Tym razem byłem pewien, że nie popełniłem błędu.

Hasło Nory zostało zmienione. Dlaczego?

Gdy w końcu padłem na łóżko, myśli wirowały mi w głowie.

Rozważałem gorączkowo wszystkie możliwe wyjaśnienia. Dlaczego Nora zmieniła hasło? Może któregoś wieczoru strażnik Luther zjawił się akurat wtedy, gdy została w pracy dłużej, i spodziewał się, że zastanie tam mnie, pogada trochę o mustangach czy czymś takim. Zamiast mnie zobaczył Norę. Zaciekawiło go, co robi w gabinecie. Może — nie było to wcale nieprawdopodobne — spytał ją o to? A potem podał opis, ona zaś wszystkiego się domyśliła. Nie zabrałoby jej to dużo czasu.

Gdyby tak było w istocie, nie skończyłoby się na zmianie hasła, prawda? Nora zrobiłaby coś więcej. Chciałaby się dowiedzieć, czemu odwiedziłem gabinet bez jej zgody. Wolałem nawet nie myśleć, do czego to mogło doprowadzić.

A może powód był kompletnie niewinny? Może po prostu zmieniała hasło rutynowo co sześćdziesiąt dni, tak jak powinien robić każdy pracownik Triona?

Zapewne tak właśnie było.

Mimo to nie mogłem zasnąć. Po paru godzinach przewracania się z boku na bok postanowiłem wstać, wziąć prysznic, ubrać się i jechać do pracy. Chwilowo skończyłem z robotą dla Goddarda. Miałem natomiast tyły w pracy dla Wyatta, mojej misji szpiegowskiej. Jeśli dość wcześnie dotrę do pracy, może dowiem się czegoś o AURORZE.

Wychodząc, zerknąłem przelotnie w lustro. Wyglądałem koszmarnie.

— Już pan wstał? — spytał portier Carlos, podprowadzając moje porsche. — Nie może pan tyle pracować, panie Cassidy. Rozchoruje się pan.

— Nie — odparłem. — Dzięki temu nie mam siły kłamać.

49

Tuż po piątej garaż Triona był niemal pusty i sprawiał dziwnie upiorne wrażenie. Światła jarzeniowe buczały cicho i rzucały lekko zielonkawą poświatę. W powietrzu unosiła się ciężka woń benzyny, oleju i innych płynów wyciekających z samochodów — płynu hamulcowego i z chłodnicy, pewnie też sporej ilości rozlanego mountain dew. Słyszałem echo własnych kroków. Windą z zaplecza wjechałem na szóste piętro, także kompletnie puste, i ruszyłem ciemnym korytarzem do gabinetu, mijając po drodze biura Colvina, Camillettiego i innych ludzi, których jeszcze nie zdążyłem poznać. Wszystkie były ciemne i zamknięte. Nikt jeszcze nie przyszedł.

Mój gabinet stanowił na razie zaledwie niespełnioną obietnicę — puste biurko, krzesła i komputer, podkładka pod mysz z logo Triona, szafka na akta (pusta), wąska komoda, a na niej parę książek. Przypominał gabinet najemnika, człowieka pozbawionego jakichkolwiek więzi, kogoś, kto w każdej chwili może spakować się i odejść w środku nocy. Pilnie potrzebował elementów osobistych — rodzinnych zdjęć, paru pamiątek sportowych, czegoś zabawnego, czegoś poważnego i inspirującego. Osobistego piętna. Może kiedy już się wyśpię, coś z tym zrobię.

Wpisałem swoje hasło, zalogowałem się, znów sprawdziłem pocztę. Gdzieś między północą a piątą rano do skrzynek wszystkich pracowników Triona na całym świecie trafił oficjalny list z prośbą, by oglądali transmisję na stronie firmowej o piątej po południu według czasu Wschodniego Wybrzeża, bo zostanie udostępnione „ważne oświadczenie prezesa Augustine'a Goddarda". To powinno uruchomić lawinę plotek. Poczta zacznie krążyć. Zastanawiałem się, ilu ludzi z samej góry — do której to grupy ja także należałem; niesamowite, co? — zna prawdę. Na pewno niewielu.

Goddard wspomniał, że AURORA, ów oszałamiający projekt, o którym nie chciał mówić, to poletko Paula Camillettiego. Pomyślałem, że może w jego oficjalnej biografii znajdzie się coś, co rzuci światło na AURORĘ, toteż wpisałem nazwisko Camillettiego do firmowej bazy danych.

Znalazłem jego zdjęcie; wyglądał na nim surowo, nieprzystępnie i, o dziwo, był przystojniejszy niż w rzeczywistości. Według krótkiej notki biograficznej urodził się w Geneseo w stanie Nowy Jork, kształcił się w stanowych szkołach publicznych — w tłumaczeniu oznaczało to, że pewnie nie dorastał w bogatej rodzinie — studiował w Swarthmore, Harvard Business School, zrobił błyskawiczną karierę w firmie produkującej elektronikę użytkową, która niegdyś była wielkim rywalem Triona, a później została przez niego wykupiona. Był starszym wiceprezesem w Trionie, po niecałym roku mianowano go dyrektorem finansowym. Szedł jak burza. Kliknąłem na link, by sprawdzić jego miejsce w hierarchii, i na ekranie pojawiło się małe drzewko: wszystkie działy i jednostki, które mu podlegały.

Jedną z nich był dział badań technologii przełomowych, podlegający wprost Camillettiemu. Szefową marketingu była Alana Jennings.

Paul Camilletti bezpośrednio kierował projektem AURORA. Nagle okazał się bardzo, bardzo ważny.

. . .

Przeszedłem obok jego gabinetu, z sercem tłukącym się w piersi, i oczywiście nie dostrzegłem ani śladu Camillettiego — nie o piątej piętnaście rano. Zauważyłem też, że sprzątacze zrobili już swoje i wyszli: kosz na śmieci przy biurku sekretarki wyłożyli świeżym workiem, na wykładzinie rysowały się nienaruszone ślady po odkurzaniu. Wokół pachniało płynem do czyszczenia. Na całym korytarzu nie było nikogo. Zapewne też na całym piętrze.

Właśnie miałem przekroczyć granicę, zrobić coś ryzykownego w całkiem nowej skali.

Nie przejmowałem się zbytnio perspektywą niespodziewanej wizyty strażnika. Powiedziałbym, że jestem nowym asystentem Camillettiego. Kto mógłby zaprzeczyć?

Ale gdyby jego sekretarka zjawiła się wcześniej, by nadgonić poranną robotę, co wtedy? Albo, co bardziej prawdopodobne, pojawił się Camilletti we własnej osobie? Zważywszy na planowane ważne oświadczenie, mógł zechcieć wysłać serię e-maili, wykonać telefony, przekazać faksy do europejskich biur Triona. W Europie znacznie wcześniej zaczynano pracę; o wpół do szóstej rano tam dochodziło południe. Jasne, e-maile mógł wysłać z domu, ale wczesne przybycie akurat dzisiaj bardzo do niego pasowało.

Zatem włamanie do jego biura akurat dziś to szaleństwo, pomyślałem.

Ale z jakiejś przyczyny i tak zdecydowałem się to zrobić.

50

Tyle że nigdzie nie mogłem znaleźć klucza do gabinetu Camillettiego.

Sprawdziłem wszystkie zwykłe miejsca — szuflady w biurku sekretarki, doniczki, pojemnik na spinacze, nawet szafki. Biurko sekretarki stało tuż przy wyjściu na korytarz, całkowicie odsłonięte, i czułem się bardzo niepewnie, gdy tak w nim grzebałem. Nie zdołałbym się z tego wytłumaczyć. Zajrzałem za telefon, pod klawiaturę, pod komputer. Może ukryła go pod szufladami? Nie. Pod biurkiem? Też nie. Obok biurka mieściła się niewielka poczekalnia — kanapa, stolik, parę krzeseł. Rozejrzałem się tam, na próżno. Ani śladu klucza.

Może to nawet logiczne, że główny dyrektor finansowy wielkiej firmy zachowuje pewne środki ostrożności i stara się utrudnić włamanie do biura. Godna podziwu roztropność, prawda?

Po dziesięciu minutach nerwowych poszukiwań uznałem, że widać nie było mi to pisane. Lecz nagle przypomniałem sobie osobliwy szczegół z własnego nowego gabinetu. Podobnie jak we wszystkich innych biurach na piętrze dyrektorskim, zamontowano w nim detektor ruchu. Nie jest to wcale taki wyrafinowany sprzęt, jak można by sądzić. W istocie używa się ich często w nowoczesnych biurach po to, by nikt nie pozostał zamknięty we własnym gabinecie. Póki czujnik wykrywa ruch, drzwi nie dają się zamknąć (kolejny dowód na to, że gabinety na szóstym piętrze nie były mimo wszystko takie elitarne).

Jeśli zadziałam szybko, zdołam to wykorzystać...

Drzwi gabinetu Camillettiego zrobiono z ciężkiego mahoniu. Były solidne, błyszczące. Ich dół zagłębiał się w grubą wykładzinę. Nie dałoby się wsunąć pod nie nawet kartki. To trochę komplikowało sprawę. Ale nie do końca.

Potrzebowałem krzesła, na którym mógłbym stanąć. Nie krzesła sekretarki, bo było na kółkach i nie utrzymałbym równowagi. W poczekalni znalazłem zwykłe drewniane krzesło. Ustawiłem je obok szklanej ściany gabinetu Camillettiego. Potem wróciłem do poczekalni. Na stoliku ułożono w wachlarz typowe pisma i gazety — „Financial Times", „Institutional Investor", „CFO", „Forbes", „Fortune", „Business 2.0", „Barron's"...

„Barron's", o tak, ten świetnie się nada. Miał wielkość, kształt i grubość zwykłego brukowca. Zabrałem go. A potem, raz jeszcze rozejrzawszy się, by mieć pewność, że nikt nie przyłapie mnie na czymś, czego w życiu nie zdołałbym wyjaśnić, wspiąłem się na krzesło i pchnąłem mocno jeden z kwadratowych dźwiękoszczelnych paneli sufitowych.

Wsunąłem rękę w odsłoniętą dziurę, w mroczną, zakurzoną przestrzeń pełną kabli, drutów i różnych instalacji. Wymacałem następny panel, już w gabinecie, i także go uniosłem, opierając o metalową sieć.

Potem wziąłem pismo, wyciągnąłem rękę, obniżyłem powoli i zacząłem nim wymachiwać, sięgając jak najdalej. Powoli zwiększałem tempo. Nic. Może czujniki ruchu nie sięgały tak wysoko. W końcu stanąłem na palcach, maksymalnie wygiąłem łokieć i obniżyłem gazetę jeszcze jakieś ćwierć metra, machając nią szaleńczo. Czułem rosnące napięcie mięśni.

I wtedy usłyszałem szczęk. Cichy, jakże znajomy szczęk.

Pośpiesznie cofnąłem rękę z gazetą, umieściłem panel na miejscu, poprawiłem, zeskoczyłem z krzesła i odstawiłem je. Sprawdziłem klamkę Camillettiego.

Drzwi się otwarły.

* * *

W plecaczku przyniosłem trochę narzędzi, między innymi latarkę Maglite. Natychmiast zaciągnąłem żaluzje, zamknąłem drzwi i zapaliłem latarkę.

Gabinet Camillettiego był pozbawiony osobowości tak jak wszystkie inne — mieścił typowy zbiór zdjęć rodzinnych w ramkach, plakietki i nagrody, te same książki biznesowe, które czytają wszyscy... czy raczej udają, że czytają. W sumie okazał się sporym rozczarowaniem. Nie był to gabinet narożny, nie miał wielkich okien jak w Wyatt Telecom. Nawet nie ma co wspominać o widoku. Zastanawiałem się, czy Camillettiego nie wkurza konieczność podejmowania ważnych gości w tak skromnym wnętrzu. Był on niewątpliwie w stylu Goddarda, ale nie w stylu Camillettiego, który — choć skłonny do oszczędności — z pewnością lubił przepych. Słyszałem, że w penthousie w dyrektorskim skrzydle A urządzono kilka eleganckich sal przyjęć, lecz nikt, kogo znałem, nigdy żadnej nie widział. Może to tam Camilletti przyjmował ważniaków?

Zostawił włączony komputer, gdy jednak kliknąłem spacją supernowoczesnej czarnej klawiatury i monitor ożył, ujrzałem okienko z napisem „Wprowadź hasło" i mrugającym kursorem. Bez hasła nie dostanę się do danych. Jeśli zapisał je gdzieś pod ręką, mnie nie udało się go znaleźć — w szufladach, pod klawiaturą ani przyklejonego z tyłu wielkiego płaskiego monitora. Nigdzie. Ot tak dla jaj wpisałem login PCamilletti@trionsystems.com, a potem hasło: PCamilletti.

Lecz Paul Camilletti nie należał do siedemdziesięciu procent ludzi, których hasło pokrywa się z loginem. Był na to zbyt ostrożny. Poddałem się po kilku próbach.

Będę musiał zdobyć jego hasło w sposób staroświecki, podstępem. Uznałem, że pewnie nie zauważy, jeśli do kabelka klawiatury podepnę keyloggera. To właśnie uczyniłem.

Przyznaję, że w gabinecie Camillettiego denerwowałem się jeszcze bardziej niż wcześniej u Nory. Można by sądzić, że zdążyłem już przywyknąć do takich włamań. Ale nie. W tym pomieszczeniu panowała atmosfera, która mnie wręcz przerażała.

Jego właściciel sam w sobie był przerażającym człowiekiem. O skutkach przyłapania wolałem nawet nie myśleć. Poza tym musiałem założyć, że środki bezpieczeństwa na piętrze dyrektorskim są bardziej rygorystyczne niż w innych biurach Triona. Musiały takie być. Owszem, większość nauczono mnie pokonywać, ale zawsze pozostawały niewidoczne gołym okiem systemy alarmowe, które nie uruchamiają żadnych dzwonków ani świateł. Ta możliwość przerażała mnie najbardziej.

Rozejrzałem się w poszukiwaniu inspiracji. Z jakichś przyczyn gabinet wydawał się porządniejszy, przestronniejszy niż inne w Trionie. Nagle uświadomiłem sobie dlaczego: nie dostrzegłem w nim szafek. Dlatego sprawiał wrażenie większego. Gdzie zatem Camilletti przechowywał akta?

Gdy w końcu znalazłem rozwiązanie, poczułem się jak idiota. Oczywiście, nie było ich tutaj, bo nie było na nie miejsca. Nie trzymał ich też u sekretarki, bo jej stanowisko nie miało żadnych zabezpieczeń i było otwarte.

Musiał zatem przechowywać je w drugim pokoju. Podobnie jak Goddard, każdy z najważniejszych dyrektorów Triona miał podwójne biuro — na tyłach pierwszego drugi, identyczny pokój, służący do narad. W ten sposób w Trionie obchodzono zasadę równości w przestrzeni biurowej. Wszystkie gabinety były jednakowe, tyle że ci z góry dostawali po dwa.

Drzwi drugiego pokoju były otwarte. Poświeciłem wokół latarką, ujrzałem niewielką kopiarkę. Zauważyłem, że pod wszystkimi ścianami ustawiono mahoniowe regały na akta. Pośrodku stał okrągły stół, podobny do tego u Goddarda, tylko mniejszy. Każdą szufladę starannie opisano pismem technicznym. Większość zawierała dane finansowe i księgowe. Pewnie mógłbym z nich niejedno wyczytać, gdybym tylko wiedział, gdzie i czego szukać.

Kiedy ujrzałem szuflady podpisane „Zagadnienia rozwoju korporacyjnego", straciłem zainteresowanie czymkolwiek innym. Rozwój korporacyjny to modne określenie fuzji i wykupów. Trion znany był z tego, że łakomie połyka małe i średnie firmy. Częściej zdarzało się to w latach dziewięćdziesiątych niż obecnie, lecz wciąż przejmowaliśmy kilka firm rocznie. Domyślałem się, że akta muszą być właśnie tutaj, ponieważ Camilletti doglądał wszystkich zakupów, skupiając się głównie na kosztach, wartości inwestycji i tak dalej.

A jeśli Wyatt miał rację, że na projekt AURORA złożyło się kilka firm kupionych w sekrecie przez Trion, rozwiązanie tajemnicy AURORY musiało kryć się właśnie tutaj.

Te szafki także były otwarte — kolejny łut szczęścia. Prawdopodobnie ich właściciel rozumował następująco: skoro nikt nie może się dostać do drugiego biura, nie znajdzie się nawet w pobliżu szafek, toteż zamykanie ich stanowiłoby zwykłą uciążliwość.

W środku znalazłem sporo akt firm, które Trion zakupił albo od razu, albo po kawałku, albo też sprawdził dokładnie i uznał, że nie warto się angażować. Niektóre z nich rozpoznałem, większości nie. Zacząłem otwierać kolejne teczki i próbowałem ustalić, czym zajmowała się dana firma. Szło to bardzo powoli, a ja nie wiedziałem nawet, czego tak naprawdę szukam. Jak się zorientować, czy któraś firemka należy do AURORY, skoro nie wiem nawet, czym zajmuje się AURORA? Zadanie to wydawało się kompletnie niewykonalne.

Potem nagle mój problem sam się rozwiązał.

Na jednej z szuflad przyporządkowanych „rozwojowi korporacyjnemu" był napis „Projekt AURORA".

Bardzo proszę. Sprawa okazała się niezwykle prosta.

51

Oddychając szybko, otworzyłem szufladę, niemal spodziewając się, że będzie pusta, tak jak miejsce po aktach AURORY w dziale kadr. Ale nie. Pękała w szwach od teczek z kolorowymi etykietami, których znaczenia nie pojmowałem. Na każdej była pieczątka „Tajne materiały Triona". Trafiłem w dziesiątkę.

Najwyraźniej akta dotyczyły kilku małych, rozwijających się firemek: dwóch w Dolinie Krzemowej w Kalifornii, kolejnych paru w Cambridge w Massachusetts, niedawno zakupionych przez Trion w najściślejszej tajemnicy. Akta miały „Najwyższy poziom tajności".

Wiedziałem, że trafiłem na coś wielkiego, wyjątkowo ważnego. Moje tętno gwałtownie przyśpieszyło. Na każdej stronie widniała pieczątka „tajne" albo „poufne". Nawet w utajnionych dokumentach przechowywanych w zamkniętym biurze dyrektora finansowego posługiwano się tajemniczym, zawoalowanym językiem. Dostrzegłem zdania takie jak „zalecany jak najszybszy zakup" i „należy zachować ścisłą tajemnicę".

Tu zatem krył się sekret AURORY.

Im dłużej przeglądałem dokumenty, tym mniej rozumiałem. Jedna z firm opracowała sposób połączenia komponentów elektronicznych i optycznych w jeden układ scalony. Nie wiedziałem, co to znaczy. Według dopisku firma rozwiązała problem „niskiego zysku wafli krzemowych".

Inna firma wymyśliła sposób masowej produkcji obwodów fotonowych. No dobra, ale co to znaczy? Kolejne zajmowały się oprogramowaniem. Nie miałem pojęcia, do czego służyło. Następna firma, Delphos Inc. — ta wydała mi się interesująca — opracowała proces produkcji i rafinacji związku chemicznego zwanego fosforkiem indu, składającego się z „dwuskładnikowych kryształów, o cechach metalicznych i niemetalicznych", cokolwiek to znaczyło. Miał on „niezwykłe własności optyczne: pochłaniania i przewodnictwa"; tak przynajmniej wynikało z informacji patentowej. Najwyraźniej służył do konstrukcji jakiegoś typu laserów. Z tego, co widziałem, Delphos Inc. właściwie zmonopolizował rynek fosforku indu. Byłem pewien, że umysły tęższe od mojego wymyślą, do czego mogą służyć duże ilości fosforku indu. W końcu nikt nie potrzebuje aż tak wielu laserów.

A oto najciekawsza rzecz związana z Delphosem: na teczce był napis „Zakup w trakcie negocjacji". Zatem Trion dopiero ustalał warunki przejęcia firmy. Znalazłem mnóstwo dokumentów finansowych, z których kompletnie nic nie zrozumiałem, między innymi dwunastostronicowe ustalenia warunków zakupu firmy Delphos. Wyglądało na to, że Trion oferował za nią pięćset milionów dolarów, a dyrektorzy firmy, grupa naukowców z Palo Alto oraz firma kapitałowa z Londynu, do której należała większa część Delphosu, zgodzili się na te warunki. Tak, jasne, pół miliarda dolarów to naprawdę niezła zachęta. W tej chwili ostatecznie wszystko dogrywali. Wstępnie ustalono, że transakcja zostanie sfinalizowana za tydzień.

Ale jak miałem te dane skopiować? Trwałoby to godzinami, a zbliżała się już szósta rano. Skoro Jock Goddard przychodził do pracy o wpół do ósmej, założę się, że Paul Camilletti zjawiał się wcześniej. Naprawdę musiałem już się zbierać. Nie miałem czasu na skopiowanie.

Nie mogłem wymyślić innego sposobu niż je wszystkie zabrać. Może przyniosę inne akta, by zapełnić puste miejsce. A wtedy...

A wtedy w firmie ogłoszą alarm, gdy tylko Camilletti bądź jego sekretarka spróbują zajrzeć do akt AURORY. Nie, kiepski pomysł.

Dlatego z każdej z ośmiu teczek wziąłem stronę albo dwie strony z kluczowymi informacjami, włączyłem kopiarkę i odbiłem je. Po pięciu minutach odłożyłem je na miejsce. Kopie schowałem do teczki.

Skończyłem i uznałem, że czas się zmywać. Podniosłem listewkę w żaluzji i wyjrzałem, żeby sprawdzić, czy nikt nie kręci się w pobliżu.

Za piętnaście szósta siedziałem już we własnym gabinecie. Wiedziałem, że przez resztę dnia będę musiał nosić przy sobie supertajne akta AURORY, ale lepsze to niż zostawić je w szufladzie biurka, bo wtedy Jocelyn mogłaby je znaleźć. Wiedziałem, że brzmi to paranoicznie, musiałem jednak założyć, że sekretarka może sprawdzić moje szuflady. Teoretycznie pracowała dla mnie, lecz nie ja jej płaciłem, ale Trion Systems.

Jocelyn zjawiła się punktualnie o siódmej. Wsunęła głowę do gabinetu, unosząc wysoko brwi.

— Dzień dobry — powiedziała zaskoczona.

— Dzień dobry, Jocelyn.

— Wcześnie przyszedłeś.

— Tak — mruknąłem.

Zmrużyła oczy i spojrzała na mnie.

— Jesteś tu jakiś czas?

Głośno wypuściłem z płuc powietrze.

— Nawet nie chcesz wiedzieć.

52

Moja wielka prezentacja przed Goddardem wciąż odsuwała się w czasie. Z początku zaplanowano ją na wpół do dziewiątej, lecz dziesięć minut przed czasem dostałem wiadomość od Flo, że narada, w której uczestniczy Jock, nieco się wydłużyła, więc „przesuńmy to na dziewiątą". Potem kolejna wiadomość: „narada trwa w najlepsze, przełóżmy na dziewiątą trzydzieści".

Domyślałem się, że dyrektorzy walczą o jak najmniejsze cięcia. Wszyscy popierali zwolnienia w sensie ogólnym, ale nie we własnych działach. Trion nie różnił się pod tym względem od innych korporacji: im więcej ludzi ci podlega, tym większą dysponujesz władzą. Nikt nie chciał tracić podwładnych.

Konałem z głodu, przełknąłem więc szybko batonik odżywczy. Byłem padnięty, lecz zbyt podkręcony, by skupić się na czymkolwiek poza moją prezentacją w PowerPoincie. Cały czas ją dopieszczałem. Dołączyłem efekt płynnego przenikania między slajdami i animowaną figurkę faceta drapiącego się w głowę, nad którą widnieje znak zapytania — ot tak, dla zabawy. Nieustannie przycinałem tekst; czytałem gdzieś o Zasadzie Siedmiu — nie więcej niż siedem słów w wierszu i siedem wierszy na stronie. A może to była Reguła Pięciu? Uznałem, że po ostatnich paru dniach Jock może być mniej cierpliwy i uważny niż zwykle, toteż jeszcze bardziej skróciłem tekst, starając się, by zabrzmiał chwytliwie.

Im dłużej czekałem, tym bardziej się niepokoiłem i tym bardziej minimalistyczne stawały się moje slajdy. Za to efekty specjalne coraz bardziej się rozrastały. Wymyśliłem, jak sprawić, by wykresy same się rozwijały. Z pewnością zaimponuję Goddardowi.

W końcu o wpół do dwunastej dostałem wiadomość od Flo, że mogę udać się do dyrektorskiej sali konferencyjnej, bo narada właśnie się kończy. Gdy dotarłem na miejsce, ludzie akurat stamtąd wychodzili. Niektórych rozpoznałem — Jima Colvina, dyrektora wykonawczego, Toma Lundgrena, Jima Sperlinga, szefa działu kadr, parę energicznych kobiet. Żadne z nich nie wyglądało radośnie. Goddarda otaczał wianuszek ludzi, bez wyjątku wyższych od niego. Wcześniej nie dotarło do mnie, jaki jest drobny. Wyglądał zresztą strasznie — miał przekrwione, podkrążone oczy, a pod nimi worki większe niż zwykle. Obok niego stał Camilletti; najwyraźniej się spierali. Dosłyszałem jedynie urwane fragmenty.

— ...musimy podnieść metabolizm w tej firmie...

— ...opór, upadek morale, negatywne reakcje — mamrotał Goddard.

— Najlepszą metodą pozbycia się oporu jest parę szybkich egzekucji — oznajmił Camilletti.

— Osobiście preferuję tradycyjną perswazję — rzekł ze znużeniem Goddard. Otaczający ich ludzie słuchali bez słowa.

— Al Capone powiedział kiedyś, że znacznie więcej osiągniesz dzięki miłemu słowu i spluwie niż dzięki samemu miłemu słowu — zauważył Camilletti i się uśmiechnął.

— Przypuszczam, że zaraz mi powiesz, że nie da się zrobić omletu, nie tłukąc przy tym jajek.

— Zawsze wyprzedzasz mnie o krok.

Camilletti poklepał Goddarda po plecach i odszedł. Ja tymczasem zająłem się podłączaniem laptopa do wbudowanego w stół konferencyjny projektora. Nacisnąłem przycisk i rolety zaczęły opadać.

Teraz w ciemnej sali pozostaliśmy tylko Goddard i ja.

— Co my tu mamy? Seans filmowy?

— Przykro mi, to tylko pokaz slajdów — odparłem.

— Nie jestem pewien, czy gaszenie światła to dobry pomysł. Jeszcze zasnę — powiedział Goddard. — Niemal całą noc nie spałem, głowiłem się nad tym wszystkim. Uważam zwolnienia za osobistą porażkę.

— To nie porażka — zaprotestowałem i skuliłem się w duchu. Kim niby jestem, żeby dodawać otuchy prezesowi firmy? — Poza tym — dodałem szybko — będę się streszczał.

Zacząłem od bardzo fajnej animacji przedstawiającej Maestro. Kolejne części przylatywały zza ekranu i razem tworzyły całość. Potem pojawił się człowieczek drapiący się w głowę, nad którą wisiał znak zapytania.

— Jedyną rzeczą niebezpieczniejszą niż uczestniczenie w dzisiejszym rynku elektroniki użytkowej — powiedziałem — jest pozostawanie poza nim. — Teraz na ekranie pojawił się samochód Formuły 1, pędzący z maksymalną prędkością. — Bo jeśli nie siedzimy za kierownicą, ktoś może nas przejechać.

Pojawił się następny slajd z napisem „Trion — elektronika użytkowa. Dobrzy, źli i brzydcy".

— Adamie.

Odwróciłem głowę.

— Słucham?

— Co to ma być, do diabła?

Po karku spłynęła mi strużka potu.

— To tylko wstęp. — Najwyraźniej nieco przesadziłem. — Teraz przejdziemy do rzeczy.

— Wspomniałeś Flo, że zamierzasz użyć, jak to się nazywa, PowerPointa?

— Nie...

Goddard wstał, podszedł do włącznika światła i zapalił lampy.

— Uprzedziłaby cię. Nie znoszę tego syfu.

Poczułem, że się czerwienię.

— Przepraszam, nikt nic nie mówił.

— Dobry Boże, Adamie, jesteś bystrym, kreatywnym, niekonwencjonalnym młodym człowiekiem. Myślisz, że chcę, abyś tracił czas na zastanawianie się, czy lepiej użyć Ariala osiemnastki, czy Times Romana dwadzieścia cztery? Może po prostu powiesz mi, co myślisz. Nie jestem dzieckiem, nie musisz karmić mnie łyżeczką.

— Przepraszam... — zacząłem raz jeszcze.

— Nie, to ja przepraszam, nie powinienem był na ciebie warczeć. To pewnie niski poziom cukru we krwi. Mamy porę lunchu i umieram z głodu.

— Mogę zjechać na dół i przynieść nam parę kanapek.

— Mam lepszy pomysł — oznajmił Goddard.

53

Goddard jeździł idealnie odnowionym kabrioletem Buick Roadmaster z 1949 roku. Miał żółtawobeżowy lakier, piękne kształty i chromową kratę przypominającą paszczę krokodyla. Do tego dwubarwne opony i wspaniałą tapicerkę z czerwonej skóry. Lśnił jak samochód rodem z hollywoodzkiego filmu. Goddard przed wyjazdem z garażu na rozsłonecznioną ulicę złożył kryty tkaniną dach.

— Sunie jak po maśle — powiedziałem ze zdumieniem, gdy przyśpieszył, zjeżdżając na autostradę.

— Pięć tysięcy dwieście centymetrów sześciennych, osiem cylindrów — oznajmił Goddard.

— Cudo.

— Nazywam go moim statkiem Tezeusza.

— Uhm — mruknąłem, jakbym wiedział, o czym mowa.

— Trzeba go było widzieć, kiedy go kupiłem: jedna wielka kupa złomu. Żona sądziła, że oszalałem. Przez pięć lat w każdy weekend i wieczór odnawiałem wóz od podstaw. Wymieniłem chyba wszystko. Oczywiście części są autentyczne, ale z tamtych nie pozostała chyba ani jedna.

Uśmiechnąłem się i odchyliłem głowę. Tapicerka była gładka jak krem i pachniała przyjemnie starą skórą. Słońce świeciło mi w twarz, wiatr wichrzył włosy. Oto siedzę w pięknym starym kabriolecie wraz z prezesem firmy, którą szpieguję. Nie potrafiłem się zdecydować, czy czuję się świetnie, jakbym osiągnął szczyt, czy też paskudnie, obleśnie i nieuczciwie. Może jedno i drugie.

Goddard nie był bogatym kolekcjonerem jak Wyatt, zbierającym samoloty, jachty i ferrari, nie był też jak Nora z jej mustangami ani jak liczne klony w Trionie, kupujące samochody na aukcjach. Był prawdziwym staroświeckim samochodziarzem, na palcach naprawdę miał smar silnikowy.

— Czytałeś kiedyś *Żywoty* Plutarcha? — spytał.

— Chyba nie skończyłem nawet *Zabić drozda* — przyznałem.

— Nie wiesz, o czym gadam, gdy nazywam ten samochód moim statkiem Tezeusza, prawda?

— Niestety, nie.

— Mam na myśli słynną zagadkę tożsamości, nad którą uwielbiali debatować starożytni Grecy. Pierwszy raz pojawia się u Plutarcha. Pewnie znasz Tezeusza: wielkiego bohatera, który w labiryncie zabił Minotaura?

— Jasne. — Przypomniałem sobie, że czytałem coś o labiryncie.

— Ateńczycy postanowili zachować statek Tezeusza jako pomnik. Oczywiście z biegiem lat deski zaczęły próchnieć, toteż zastępowali je nowymi, i znów kolejnymi, i kolejnymi, aż w końcu każda deska i belka statku została zastąpiona nową. A pytanie zadane przez Greków, zagadka filozoficzna, brzmiało: czy to naprawdę nadal jest statek Tezeusza?

— Czy też zupełnie nowa wersja — podsunąłem.

Goddard jednak nie żartował. Wyglądało na to, że jest w poważnym nastroju.

— Założę się, że znasz ludzi dokładnie takich jak ten statek, prawda, Adamie? — Zerknął na mnie, a potem znów na drogę. — Ludzi, którzy w życiu awansują i zaczynają zmieniać wszystko wokół siebie. Aż wreszcie inni przestają poznawać oryginał.

Moje wnętrzności ścisnęły się nagle. Jezu, nie mówiliśmy już o buickach.

— No wiesz, zamieniasz dżinsy i adidasy na garnitury i drogie buty. Stajesz się bardziej wyrafinowany, obyty towarzysko, zdobywasz nowych przyjaciół. Kiedyś piłeś budweisera, teraz najlepsze roczniki pauillaca. Kupowałeś hamburgery w barze dla zmotoryzowanych, teraz zamawiasz labraksa w soli. Twój sposób widzenia świata kompletnie się zmienia. Tak samo twoje myślenie. — Mówił z ogromnym naciskiem. Wciąż patrzył na drogę, a gdy od czasu do czasu zerkał na mnie przelotnie, jego oczy lśniły. — W pewnym momencie musisz zadać sobie pytanie, czy nadal jesteś tym samym człowiekiem. Twój kostium się zmienił, twoje otoczenie także. Jeździsz bajeranckim samochodem, mieszkasz w wielkim bajeranckim domu, chodzisz na bajeranckie przyjęcia, masz bajeranckich przyjaciół. Ale jeśli pozostaniesz uczciwy, zachowasz kręgosłup, w głębi serca będziesz wiedział, że wciąż jesteś tym samym statkiem.

Mój żołądek wywrócił się na lewą stronę. On mówił o mnie. Poczułem, jak ogarnia mnie nagła fala paskudnego wstydu, zakłopotania, jakby przyłapał mnie na czymś wstydliwym. Przejrzał mnie na wylot. A może nie. Ile zauważył? Ile wiedział?

— Człowiek musi szanować to, kim był kiedyś, swoją przeszłość. Nie możesz pozostawać jej niewolnikiem, ale nie możesz jej też odrzucić. To część ciebie.

Zastanawiałem się, jak odpowiedzieć, gdy oznajmił radośnie:

— No i jesteśmy na miejscu.

Zobaczyłem staroświecki opływowy stalowy wagon restauracyjny. Neon w ręcznej czcionce układał się w napis „Niebieska łyżka".

Pod spodem wisiały czerwone neony „Klimatyzacja", a także „Otwarte" i „Śniadanie cały dzień".

Goddard zaparkował samochód. Wysiedliśmy.

— Nigdy tu nie byłeś?

— Nie.

— Spodoba ci się. To autentyk, nie żadne stylizowane retro. — Drzwi trzasnęły z głośnym szczękiem. — Nic się tu nie zmieniło od tysiąc dziewięćset czterdziestego drugiego roku.

* * *

Usiedliśmy w boksie na siedzeniach obitych czerwonym skajem. Blat stołu pokrywał szary laminat udający marmur, rant był obity stalową listwą. Na blacie stała mała szafa grająca. Z boku ustawiono długą ladę z obrotowymi stołkami, przyśrubowanymi do podłogi. Pod szklanymi pokrywami piętrzyły się ciastka i placki. Na szczęście nie dostrzegłem pamiątek z lat pięćdziesiątych, a z szafy grającej nie dobiegało żadne *Sza-na-na*. Był za to automat z papierosami, taki z dźwignią, która zwalnia blokadę. Cały dzień podawano tu śniadanie (Wiejskie śniadanie — dwa jajka, domowe frytki, kiełbaska, boczek albo szynka i naleśniki, 4,85), lecz Goddard zamówił bułkę z mielonym mięsem. Kelnerka najwyraźniej go znała; mówiła mu Jock. Ja poprosiłem frytki, cheeseburgera i colę. Jedzenie było nieco tłuste, lecz przyzwoite. Jadałem już lepiej, ale mruczałem z zachwytu, jak trzeba.

Obok mnie na siedzeniu leżała teczka kryjąca dokumenty wykradzione z biura Paula Camillettiego. Sama ich obecność sprawiała, że stawałem się nerwowy, zupełnie jakby poprzez warstwę skóry wydzielały promieniowanie gamma.

— Posłuchajmy więc, co myślisz — rzekł Goddard, przeżuwając potężny kęs. — Tylko nie mów, że nie potrafisz myśleć bez komputera i projektora.

Uśmiechnąłem się, pociągnąłem łyk coli.

— Przede wszystkim myślę, że produkujemy stanowczo za mało dużych telewizorów z płaskim ekranem — oznajmiłem.

— Za mało? Przy tym stanie gospodarki?

— Mój kumpel pracuje w Sony. Mówi, że mają poważne problemy. Krótko mówiąc, NEC, która produkuje dla nich ekrany plazmowe, ma przestój z powodu trudności technicznych. Dysponujemy sporą przewagą, najmniej sześciu albo i ośmiu miesięcy.

Goddard odłożył bułkę i skupił się na mnie.

— Ufasz swojemu kumplowi?

— Całkowicie.

— Nie podejmę poważnej decyzji biznesowej jedynie na podstawie pogłosek.

278

— Nie dziwię się — rzekłem. — Choć za jakiś tydzień ogłoszą to publicznie. Moglibyśmy zwiększyć zamówienie u innego dostawcy, nim cena ekranów plazmowych wzrośnie. A wzrośnie na pewno.

Jego brwi powędrowały w górę.

— Poza tym — ciągnąłem — Guru zapowiada się naprawdę świetnie.

Pokręcił głową i z powrotem zajął się bułką.

— Nie tylko my planujemy wprowadzenie na rynek nowego komunikatora. Nokia zamierza zetrzeć go na proch.

— Zapomnijmy o Nokii, na tym etapie to tylko miraże. Ich prototyp to jak na razie bezsensowna zbieranina elementów z różnych półek. Nie będzie gotowy co najmniej przez półtora roku, jeśli im się poszczęści.

— A wiesz to od tego samego kumpla czy od innego? — Skrzywił się sceptycznie.

— Mam swoje źródła u konkurencji — skłamałem. Od Nicka Wyatta, kogóż by innego. Ale on dał mi przykrywkę. — Jeśli chcesz, pokażę ci raport.

— Nie teraz. Powinieneś wiedzieć, że Guru także ma problemy produkcyjne, tak poważne, że zapewne nie dotrzymamy daty wysyłki.

— Jakie problemy?

Westchnął.

— To zbyt skomplikowane. Na razie to zostawmy. Choć, jeśli chcesz, możesz brać udział w naradach zespołu Guru. A nuż w czymś pomożesz.

— Jasne. — Miałem ochotę znów zaproponować, że zajmę się AURORĄ, ale uznałem, że byłby to błąd i mógłby wzbudzić podejrzenia.

— Posłuchaj, w sobotę odbywa się moje doroczne barbecue w domku nad jeziorem. Oczywiście nie uczestniczy w nim cała firma, najwyżej jakieś siedemdziesiąt pięć do stu osób. W dawnych czasach zapraszaliśmy wszystkich, ale teraz już nie możemy. Przyjmujemy tylko pracowników z dużym stażem, kierowników i dyrektorów, ich współmałżonków. Dasz radę na trochę oderwać się od swoich źródeł u konkurencji?

— Bardzo chętnie. — Starałem się zachowywać jak gdyby nigdy nic, ale wiedziałem, że to wielka rzecz. W barbecue u Goddarda uczestniczył wyłącznie najbliższy krąg wtajemniczonych. Ponieważ zapraszano tak nielicznych, przyjęcia w domku nad jeziorem stanowiły obiekt zazdrości w firmie i świadczyły o wysokim statusie. Słyszałem już teksty w rodzaju: „O rany, Fred, przepraszam, ale nie mogę w tę sobotę. Umówiłem się na... barbecue. No wiesz".

— Niestety, nie podajemy labraksa w soli morskiej ani pauillaca — ciągnął Goddard. — Raczej hamburgery, hot dogi, sałatkę z makaronem, nic wykwintnego. Zabierz kąpielówki. A teraz co do ważniejszych spraw. Mają tu najlepszy placek z rodzynkami, jaki kiedykolwiek jadłeś. Szarlotka też jest znakomita, pieczona na miejscu, choć osobiście uwielbiam czekoladowe bezy. — Pochwycił wzrok kelnerki, która czekała w pobliżu. — Debby — rzekł — przynieś temu młodemu człowiekowi kawałek szarlotki, a mnie to co zwykle.

Odwrócił się do mnie.

— Proszę cię, żebyś nie mówił znajomym o tym miejscu. To będzie nasz mały sekret. — Uniósł brew. — Umiesz chyba zachować sekret, prawda?

54

Wróciłem do Triona nakręcony po lunchu z Goddardem, i to wcale nie za sprawą przeciętnego żarcia ani nawet nie dlatego, że prezentacja poszła mi jak po maśle. Liczył się wyłącznie fakt, że ten ważny człowiek słuchał mnie z całkowitą uwagą, może podziwem. No dobra, odrobinę przesadzałem. Traktował mnie poważnie. Pogarda, jaką okazywał mi Nick Wyatt, wydawała się nieskończona; przy nim czułem się jak zwykły szczur. Przy Goddardzie zaczynałem odnosić wrażenie, że jego decyzja, by mnie wyróżnić, uczynić swym asystentem, była uzasadniona. Miałem ochotę się dla niego zaharowywać. Niesamowite.

Camilletti był w swoim gabinecie, za zamkniętymi drzwiami. Rozmawiał z kimś ważnym. Dostrzegłem go przez okno: pochylał się skupiony. Zastanawiałem się, czy po wyjściu gościa zapisze coś w komputerze. Wkrótce poznam każde wpisane przez niego słowo, hasła i tak dalej, łącznie z informacjami na temat projektu AURORA. I wtedy po raz pierwszy poczułem dziwne ukłucie. Czyżby wyrzuty sumienia? Legendarny Jock Goddard, naprawdę porządny człowiek, zabrał mnie właśnie do swojej ulubionej tandetnej jadłodajni i wysłuchał moich pomysłów (nie pomysłów Wyatta; w myślach nazywałem je już swoimi), a ja zakradam się do gabinetów jego dyrektorów, podrzucam sprzęt szpiegowski i wykradam informacje dla tego sukinsyna Wyatta.

Coś tu było nie w porządku.

Gdy wszedłem, Jocelyn uniosła wzrok.

— Lunch smakował? — spytała. Bez wątpienia plotki już krążyły i wiedziała, że jadłem lunch z prezesem.

Skinąłem głową.

— Dzięki. A tobie?

— Zjadłam kanapkę przy biurku. Mam mnóstwo pracy.

Zmierzałem już do gabinetu, gdy dodała:

— A, odwiedził cię jakiś facet.

— Podał nazwisko?

— Nie, mówił, że jest twoim przyjacielem... czy raczej kumplem. Był jasnowłosy, przystojny.

— Chyba wiem, o kim mowa.

Czego chciał ode mnie Chad?

— Mówił, że zostawiłeś mu coś na biurku, ale nie wpuściłam go do gabinetu. Nic o tym nie wspominałeś. Mam nadzieję, że dobrze zrobiłam? Wydawał się nieco urażony.

— Świetnie, Jocelyn. Dziękuję.

Zdecydowanie to był Chad. Czemu chciał węszyć w moim gabinecie?

Zalogowałem się do komputera, ściągnąłem pocztę. Natychmiast w oczy rzucił mi się jeden e-mail — informacja od ochrony, adresowana do pracowników poziomu C i obsługi.

ALARM BEZPIECZEŃSTWA

W zeszłym tygodniu po pożarze w dziale kadr Triona rutynowe dochodzenie ujawniło obecność nielegalnego urządzenia szpiegowskiego. Podobne naruszenie bezpieczeństwa wzbudziło głęboki niepokój wszystkich w Trionie. Ochrona rozpoczęła zatem profilaktyczne przeszukiwanie wszystkich ważnych stanowisk w firmie, biur i sprzętu, w poszukiwaniu śladów włamań bądź nielegalnego sprzętu. Wkrótce ktoś skontaktuje się z każdym z Was. Będziemy wdzięczni za współpracę w tej ważnej sprawie.

Na czoło wystąpiły mi kropelki potu; poczułem wilgoć pod pachami.

Znaleźli keylogger, który jak kretyn podłączyłem po włamaniu do działu kadr.

O Chryste. Teraz ochrona przeszuka biura i komputery na wszystkich ważnych stanowiskach w firmie, co z pewnością obejmowało też szóste piętro.

Jak szybko znajdą kabelek przy komputerze Camillettiego?

A jeśli na korytarzu przed gabinetem były kamery, które zarejestrowały włamanie?

Jakim cudem ci ludzie w ogóle cokolwiek znaleźli?

Coś było nie tak, coś nie pasowało. Żadne rutynowe dochodzenie nie odkryłoby podmienionego kabelka. Brakowało mi faktów, ukrytego ogniwa w łańcuchu.

Wyszedłem z gabinetu i spojrzałem na Jocelyn.

— Widziałaś ten e-mail od ochrony?

— Mhm. — Uniosła wzrok znad komputera.

— Będziemy musieli wszystko pozamykać? O co tu chodzi?

Pokręciła głową, niezbyt zainteresowana.

— Pomyślałem, że pewnie znasz kogoś w ochronie.

— Złotko — odparła — znam kogoś w każdym dziale tej firmy.

— Hm. — Wzruszyłem ramionami i pomaszerowałem do łazienki.

Gdy wróciłem, Jocelyn rozmawiała przez telefon. Pochwyciła moje spojrzenie, uśmiechnęła się i skinęła głową, jakby chciała mi coś powiedzieć.

— Chyba już czas, by Greg powiedział „pa, pa" — rzuciła do słuchawki. — Słonko, muszę lecieć. Miło się gadało.

Popatrzyła wprost na mnie.

— Typowe bzdury ochrony. — Skrzywiła się wyniośle. — Gdyby tylko mogli, przypisaliby sobie zasługę za to, że słońce wschodzi i zachodzi. Tak jak sądziłam, po prostu im się poszczęściło. Po pożarze jeden z komputerów w kadrach zaczął szwankować, więc wezwali techników. Któryś zauważył dziwne urządzenie podłączone do klawiatury czy coś takiego. Jakiś dodatkowy kabel, nie wiem. Ci z ochrony nie są raczej najbystrzejsi.

— Więc naruszenie bezpieczeństwa to bzdura?

— No cóż, moja przyjaciółka Caitlin twierdzi, że naprawdę znaleźli coś szpiegowskiego. Ale ta banda Sherlocków Holmesów nigdy by na to nie wpadła, gdyby im się nie poszczęściło.

Prychnąłem z rozbawieniem i wróciłem do siebie. Moje wnętrzności zamieniły się w lód. Słusznie podejrzewałem, ochronie się poszczęściło, ale najważniejsze było co innego. Odkryli keyloggera. Będę musiał jak najszybciej wrócić do gabinetu Camillettiego i zabrać stamtąd mój kabelek, nim go znajdą.

Podczas mojej nieobecności na ekranie pojawiło się okienko komunikatora.

Do: Adam Cassidy
Od: ChadP

Cześć, Adam.
Zjadłem bardzo interesujący lunch z twoim starym kumplem z Wyatta, ciekawie nam się rozmawiało. Odezwij się.
C.

Miałem wrażenie, że ściany zaciskają się wokół mnie. Ochrona Triona przeszukuje budynek. A do tego Chad.

W jego słowach czaiła się wyraźna groźba, jakby dowiedział się właśnie tego, co chciałem ukryć. Samo „ciekawie" było już dostatecznie złe, podobnie „stary kumpel", ale najgorsze to „odezwij się". Zupełnie jakby mówił: „teraz cię mam, dupku". On nie zamierzał dzwonić, nie, chciał, żebym trochę się powił, spocił, spanikował... Ale jak mogłem nie zadzwonić? Czy naturalna ciekawość nie kazałaby mi spytać o starego kumpla? Musiałem się odezwać.

Nagle poczułem, że muszę poćwiczyć. Owszem, nie miałem

na to czasu, ale ostatnie wydarzenia sprawiły, że zapragnąłem nieco oczyścić umysł. Gdy wychodziłem z gabinetu, Jocelyn odezwała się szybko:

— Prosiłeś, żeby ci przypomnieć o oświadczeniu Goddarda o piątej.

— A tak, dziękuję.

Zerknąłem na zegarek. Jeszcze dwadzieścia minut. Nie chciałem przeoczyć wystąpienia Goddarda, ale mogłem obejrzeć je na siłowni, na monitorze podłączonym do sprzętu. Dwie pieczenie na jednym ogniu.

Wtedy przypomniałem sobie o swojej teczce i jej morderczej zawartości. Leżała na podłodze gabinetu obok biurka, otwarta. Każdy mógł do niej sięgnąć i wyciągnąć dokumenty, które ukradłem z biura Camillettiego. Co teraz? Zamknąć je w szufladzie? Ale Jocelyn ma przecież klucz nie tylko do biurka. Miała dostęp do każdego miejsca w gabinecie.

Wróciłem szybko, usiadłem na krześle, wyjąłem z teczki dokumenty Camillettiego, wsadziłem do dużej koperty i zabrałem ze sobą na siłownię. Będę musiał nosić je przy sobie, aż wrócę do domu i wyślę je bezpiecznym faksem, a potem zniszczę. Nie uprzedziłem Jocelyn, dokąd idę, a ponieważ miała dostęp do mojego kalendarza, wiedziała, że nie jestem z nikim umówiony.

Była jednak zbyt dobrze wychowana, by spytać.

55

Przed piątą na siłowni wciąż panowały pustki. Wszedłem na stepper, podłączyłem słuchawki. Podczas rozgrzewki skakałem po kanałach — MSNBC, CSPAN, CNN, CNBC — i natrafiłem na wiadomości giełdowe. Zarówno NASDAQ, jak i Dow Jones spadły. Kolejny paskudny dzień. Dokładnie o piątej przerzuciłem się na wewnętrzny kanał Triona, zwykle nadający nudziarstwa: prezentacje, reklamy i tak dalej.

Na ekranie pojawiło się logo Triona, następnie stop-klatka: Goddard siedzący w studiu, ubrany w ciemnoniebieską rozpiętą pod szyją koszulę. Zwykle rozczochrany wianuszek białych włosów miał starannie przylizany. Tło, czarne i niebieskie kropki, przypominałoby mocno program Larry'ego Kinga w CNN, gdyby nie logo Triona, widoczne nad prawym ramieniem Goddarda. Ze zdumieniem odkryłem, że zaczynam się denerwować. Czemu? Wystąpienie nie szło na żywo, nagrał je wczoraj i wiedziałem dokładnie, co powie. Chciałem jednak, by dobrze wypadł. Chciałem, żeby zdołał przekonać ludzi do konieczności zwolnień, bo wiedziałem, że wiele osób będzie naprawdę wkurzonych.

Nie musiałem się martwić. Był nie tylko dobry, był zdumiewający. W pięciominutowej przemowie ani razu nie zabrzmiała fałszywa nuta. Zaczął prosto: „Witam, jestem Augustine Goddard, prezes i dyrektor generalny Trion Systems. Dziś mam przed sobą nieprzyjemne zadanie. Muszę wam przekazać przykre wieści".

Przez chwilę opowiadał o stanie przemysłu i ostatnich problemach Triona. „Nie będę owijał w bawełnę. Nie nazwę zwolnień restrukturyzacją ani przebudową strategiczną — rzekł. — W naszym biznesie nikt nie lubi się przyznawać, że coś poszło nie po jego myśli. Że szefostwo firmy źle osądziło sytuację, popełniło błąd, pomyliło się. Cóż, mówię wam dzisiaj, że się pomyliliśmy. Popełniliśmy błędy. Jako prezes firmy ja sam popełniłem błędy". Mówił też: „Uważam stratę wartościowych pracowników, członków naszej rodziny, za dowód, że poniosłem bolesną klęskę. Zwolnienia są niczym paskudna rana. Boli od nich całe ciało". Aż chciało się go uściskać i powiedzieć: nie martw się, to nie twoja wina, wybaczymy ci. Potem dodał: „Chcę was zapewnić, że biorę na siebie pełną odpowiedzialność i zrobię wszystko, co w mojej mocy, by firma znów mocno stanęła na nogi". Dodał, że czasami myśli o firmie jak o wielkim psim zaprzęgu. On jednak jest tylko przewodnikiem, nie gościem, który siedzi w saniach, wymachując batem. Przypomniał, że od lat — jak wszyscy wiedzą — sprzeciwiał się wszelkim zwolnieniom. Ale czasami trzeba podjąć trudną decyzję, popłynąć z prądem. Przyrzekł solennie, że jego kierownictwo zrobi wszystko, by zatroszczyć się o każdego, kogo dotknie zwolnienie. Dodał, że według niego odprawy, które proponują, są najlepsze w całej branży. Tyle przynajmniej mogą zrobić dla lojalnych pracowników. Zakończył, mówiąc o tym, jak powstał Trion i jak branżowi weterani raz po raz zapowiadali jego upadek. A firma z każdego kryzysu wychodziła silniejsza niż przedtem. Gdy skończył, w oczach miałem łzy, zapomniałem o tym, by ruszać stopami. Stałem na stepperze niczym zombie, zapatrzony w ekranik. Usłyszałem w pobliżu podniesione głosy, obejrzałem się i dostrzegłem grupki ludzi rozmawiających z ożywieniem. Sprawiali wrażenie oszołomionych. Wówczas ściągnąłem słuchawki i z powrotem zabrałem się do ćwiczeń.

Kilka minut później ktoś zajął maszynę tuż obok. Kobieta w legginsach z lycry. Miała świetny tyłek. Podłączyła słuchawki do monitora, chwilę przy nich pomajstrowała, a potem poklepała mnie po ramieniu.

— Masz u siebie dźwięk? — spytała.

Natychmiast rozpoznałem jej głos. Alana. Jej oczy rozszerzyły się gwałtownie.

— Co ty tu robisz? — spytała lekko oskarżycielskim tonem.

— O mój Boże — odparłem. Byłem naprawdę oszołomiony, nie musiałem udawać. — Pracuję tu.

— Pracujesz? Ja też. To zdumiewające.

— Rany!

— Nie mówiłeś mi, że... ale też nie pytałam, prawda?

— Niesamowite — dodałem. Teraz już udawałem i może zabrakło mi nieco entuzjazmu. Kompletnie mnie zaskoczyła, choć wiedziałem, że może do tego dojść. O ironio, byłem zbyt wstrząśnięty, by przekonująco udać zaskoczenie.

— Co za zbieg okoliczności — powiedziała. — Niewiarygodne.

56

— Od jak dawna tu pracujesz? — spytała, schodząc z maszyny. Nie potrafiłem rozszyfrować wyrazu jej twarzy. Sprawiała wrażenie cierpko rozbawionej.

— Zacząłem parę tygodni temu. A ty?

— Całe lata, ściśle biorąc, pięć. W jakim jesteś dziale?

Sądziłem, że mój żołądek nie może ścisnąć się mocniej, a jednak właśnie tak się stało.

— Zatrudnił mnie dział produktów użytkowych, marketing nowych produktów.

— Żartujesz? — W jej głosie zadźwięczało zdumienie.

— Nie mów mi, że jesteśmy w tym samym dziale. Zorientowałbym się, z pewnością bym cię zauważył.

— Kiedyś tam byłam.

— Kiedyś? A teraz?

— Zajmuję się marketingiem działu technologii przełomowych — odparła z wahaniem.

— Poważnie? Super. A co to?

— Nudziarstwo. To skomplikowane, bardziej fantazja niż rzeczywistość. — Jej słowa nie zabrzmiały przekonująco.

— Hm. — Nie chciałem sprawiać wrażenia przesadnie zainteresowanego. — Słyszałaś oświadczenie Goddarda?

Pokiwała głową.

— Mocna rzecz. Nie miałam pojęcia, że jesteśmy w tak

kiepskiej sytuacji. Zwolnienia? No wiesz, zwolnienia to coś, co zdarza się wszędzie, ale nie w Trionie.

— Jak według ciebie mu poszło?

Chciałem ją przygotować na nieunikniony moment, gdy sprawdzi mnie w intranecie i odkryje, czym naprawdę się zajmuję. Przynajmniej później będę mógł powiedzieć, że niczego nie ukrywałem. Po prostu zbierałem opinie w imieniu szefa, jakbym miał cokolwiek wspólnego z mową Goddarda.

— Fakt, byłam wstrząśnięta. Ale w jego ustach to miało sens. Mnie łatwo mówić, bo pewnie mnie nie zwolnią. Ale ty, świeżo zatrudniony...

— Za bardzo się nie boję, ale kto wie. — Naprawdę chciałem zmienić temat, nim dojdziemy do tego, czym się zajmuję. — Był brutalnie szczery.

— Taki już jest. To świetny facet.

— O tak. — Zawiesiłem głos. — Przepraszam za naszą randkę.

— Przepraszasz? Nie ma za co. — Jej głos złagodniał. — Jak się miewa twój tato? — Nazajutrz rano zostawiłem jej wiadomość, żeby wiedziała, że przeżył.

— Trzyma się. W szpitalu ma do dyspozycji nowych ludzi, których może ochrzaniać i zastraszać. To dla niego nowy powód, by żył.

Uśmiechnęła się uprzejmie. Chyba nie chciała się natrząsać z umierającego człowieka.

— Ale gdybyś miała ochotę, chętnie spróbuję jeszcze raz.

— Ja także. — Wróciła na stepper i zaczęła poruszać stopami, wystukując cyferki na konsoli. — Wciąż masz mój numer? — A potem uśmiechnęła się szczerze, szeroko i uśmiech odmienił jej twarz. Była piękna, zdumiewająco piękna. — Co ja mówię? Możesz go przecież sprawdzić na naszej stronie.

Choć minęła siódma, Camilletti wciąż siedział w swoim gabinecie. Jasne, wszyscy mieliśmy mnóstwo zajęć, ale chciałem, by wreszcie sobie poszedł, żebym mógł dostać się do jego biura przed przybyciem ochrony. Chciałem też wrócić do domu i trochę się przespać, bo powoli zaczynałem się wypalać.

Starałem się wymyślić, jak wciągnąć Camillettiego na moją listę znajomych bez jego zgody — wówczas wiedziałbym, kiedy jest w sieci — gdy nagle na ekranie monitora pojawiło się okienko z wiadomością od Chada.

ChadP: Nie dzwonisz, nie piszesz. Nie mów, że jesteś zbyt ważny dla starych znajomych.

Przepraszam, Chad. Mamy tu obłęd, odpisałem.

Minęło pół minuty, a potem:

Pewnie wiedziałeś wcześniej o zwolnieniach. Na szczęście ciebie nie tkną.

Nie miałem pomysłu, co odpowiedzieć, toteż przez minutę milczałem. Nagle zadzwonił telefon, Jocelyn poszła już do domu, więc rozmowy przełączano wprost do mnie. Na wyświetlaczu pokazało się nazwisko. Nie znałem go. Podniosłem słuchawkę.

— Cassidy.

— To wiem — odezwał się w słuchawce ociekający sarkaz-mem głos Chada. — Nie wiedziałem tylko, czy jesteś w domu, czy w biurze. Mogłem się domyślić, że taki ambitny gość jak ty przyjeżdża wcześnie i zostaje do późna. Tak jak zalecają wszyst-kie poradniki.

— Co słychać, Chad?

— Przepełnia mnie podziw dla ciebie, nawet większy niż zwykle.

— To miło.

— Zwłaszcza po lunchu z twoim starym kumplem Kevinem Griffinem.

— Prawdę mówiąc, ledwie go znałem.

— On twierdzi co innego. To ciekawe, niezbyt dobrze wspo-minał twoje osiągnięcia w Wyatcie. Mówił, że byłeś leniem i imprezowiczem.

— Gdy byłem młody i nieodpowiedzialny, byłem naprawdę młody i nieodpowiedzialny — rzekłem, całkiem udatnie naśladując George'a Busha juniora.

— Nie pamiętał też, żebyś pracował w zespole Lucida.

— A on czym się zajmuje, sprzedażą? — Uznałem, że jeśli mam zasugerować, że Kevin nie orientuje się w zawiłościach firmy, lepiej zrobić to subtelnie.

— Zajmował się. Dziś był jego ostatni dzień, jeśli jeszcze o tym nie słyszałeś.

— Nie sprawdził się? — Mój głos zadrżał lekko. Zamaskowałem to, odchrząkując i kaszląc kilka razy.

— Przepracował w Trionie trzy dni, a potem do ochrony zadzwonił ktoś z Wyatta z informacją, że biedny Kevin ma paskudny zwyczaj oszukiwania w podsumowaniach wydatków własnych. Podali dowody i tak dalej. Wszystko przysłali faksem. Uznali, że w Trionie powinniśmy o tym wiedzieć. Oczywiście Trion zwolnił go natychmiast. Biedak zaprzeczał zażarcie, ale wiesz, jak to jest. Nie jesteśmy w sądzie i tak dalej.

— Jezu — westchnąłem — nie do wiary. Nie miałem pojęcia.

— Nie miałeś pojęcia, że zadzwonią?

— Nie miałem pojęcia o Kevinie. Już ci mówiłem, że prawie go nie znałem, ale wydawał się miłym facetem. O rany, jak widać, nie można robić takich rzeczy i liczyć, że ujdą płazem.

Chad roześmiał się tak głośno, że musiałem odsunąć słuchawkę.

— A to dobre. Niezły jesteś, wielkoludzie. — Znów się zaśmiał, donośnie, serdecznie, jakbym powiedział najlepszy dowcip, jaki słyszał w życiu. — Święta racja. Nie można robić takich rzeczy i liczyć, że ujdą płazem. — Odwiesił słuchawkę.

Pięć minut wcześniej miałem ochotę odchylić się na krześle i zasnąć, ale teraz byłem zbyt zdenerwowany. Zaschło mi w ustach, toteż poszedłem do pokoju rekreacyjnego po butelkę aquafiny. Wybrałem dłuższą drogę, obok gabinetu Camillettiego. Nie było go już. Światło zgasło, lecz wciąż pozostawała sekretarka. Gdy wróciłem pół godziny później, ona też zniknęła.

Minęła ósma. Tym razem bez problemów dostałem się do gabinetu, miałem już opracowaną technikę. W pobliżu nikt się nie kręcił. Zaciągnąłem rolety, zdjąłem keylogger i podniosłem listewkę, by się rozejrzeć. Nikogo nie dostrzegłem, choć nie byłem tak ostrożny, jak powinienem. Podniosłem żaluzję, powoli otworzyłem drzwi, patrząc najpierw w lewo, potem w prawo. Pod ścianą poczekalni u Camillettiego stał przysadzisty mężczyzna w hawajskiej koszuli i okularach w rogowej oprawie.

Noah Mordden.

Na jego ustach błąkał się osobliwy uśmieszek.

— Cassidy — mruknął — nasz błyskotliwy Phineas Finn.

— Cześć, Noah — pozdrowiłem go.

Poczułem gwałtowny przypływ paniki, ale zdołałem ją ukryć. Nie miałem pojęcia, o czym mówi, pewnie to znów jakaś dziwaczna aluzja literacka.

— Co tu robisz?

— Mógłbym ci zadać to samo pytanie.

— Wpadłeś z wizytą?

— I wybrałem niewłaściwy pokój. Poszedłem do tego z tabliczką „Adam Cassidy". Niemądre, prawda?

— Pracuję tu dla wszystkich. — Nie umiałem wymyślić lepszego wyjaśnienia; nie zabrzmiało zbyt przekonująco. Naprawdę sądziłem, że uwierzyłby, iż mam prawo przebywać w biurze Camillettiego o ósmej wieczorem? Mordden był na to za sprytny i zbyt podejrzliwy.

— Masz wielu panów — rzekł. — Pewnie trudno ci spamiętać, dla kogo naprawdę pracujesz.

Uśmiechnąłem się nieszczerze. Wewnątrz umierałem. On wiedział. Widział mnie u Nory, a teraz u Camillettiego. I wiedział.

To koniec, Mordden odkrył prawdę. I co teraz? Komu powie? Gdy Camilletti dowie się, że u niego byłem, zwolni mnie natychmiast, a Goddard mu w tym nie przeszkodzi.

— Noah — powiedziałem. Odetchnąłem głęboko, lecz w głowie miałem pustkę.

— Chciałem ci pogratulować stroju — rzekł. — Ostatnio wyglądasz bardzo ambitnie.

— Dzięki. Chyba tak.

— Czarna koszula z dzianiny i tweedowa marynarka. Bardzo w stylu Goddarda. Coraz bardziej przypominasz naszego nieulękłego przywódcę. Nowy, szybszy model, wersję beta. Z mnóstwem nowych, nie do końca dopracowanych funkcji. — Uśmiechnął się. — Zauważyłem, że masz nowe porsche.

— Tak, to świetny wóz.

— W tej firmie trudno uciec przed kulturą samochodową. Jednakże pędząc autostradą życia, Adamie, zwolnij czasem i chwilę się zastanów. Jeśli wszyscy jadą z naprzeciwka, to może ty jedziesz niewłaściwym pasem.

— Zapamiętam to sobie.

— Ciekawe wieści o zwolnieniach.

— Ty jesteś bezpieczny.

— To pytanie czy propozycja? — Z niewiadomych przyczyn zdawałem się go bawić. — Nieważne, mam kryptonit.

— Co to znaczy?

— Powiedzmy po prostu, że nie mianowano mnie zasłużonym inżynierem wyłącznie z powodu moich zasług.

— O jakim kryptonicie mówimy? Złotym, zielonym, czerwonym?

— Wreszcie coś, w czym się orientujesz? Ale gdybym ci go pokazał, Cassidy, straciłby swoją moc. Prawda?

— Tak sądzisz?

— Dobrze zacieraj ślady i pilnuj własnych pleców, Cassidy — rzucił Noah, po czym odwrócił się i zniknął w korytarzu.

CZĘŚĆ SZÓSTA

DZIUPLA

Dziupla, inaczej skrytka: w fachowym żargonie oznacza ukryte miejsce, służące do przekazywania materiałów pomiędzy agentem i kurierem, oficerem prowadzącym bądź innym agentem działającym w tej samej sieci.

Międzynarodowy słownik wywiadowczy

57

Do domu wróciłem wcześnie jak na mnie — o wpół do dziesiątej. Byłem niczym kłębek nerwów. Marzyłem tylko o tym, by przespać ciurkiem trzy dni. Podczas jazdy raz po raz odtwarzałem w myślach spotkanie z Morddenem, próbując zrozumieć, co właściwie zaszło. Czy zamierza komuś powiedzieć, wszystko ujawnić? A jeśli nie, o co mu chodzi? Może chce mieć na mnie haka? Nie wiedziałem, jak sobie z tym poradzić. To właśnie było najgorsze.

Marzyłem też o swoim nowym, wspaniałym łóżku z materacem Dux, o tym, jak padnę na nie, gdy tylko przekroczę próg mieszkania. Co się stało z moim życiem? Fantazjowałem o śnie. Żałosne.

Zresztą i tak nie mogłem się położyć, miałem przecież pracę. Musiałem pozbyć się z moich lepkich rąk papierów Camillettiego i przekazać je Meachamowi i Wyattowi. Nie chciałem przechowywać ich ani chwili dłużej niż to konieczne.

Użyłem zatem skanera, który dostarczył mi Meacham, przerobiłem skany na PDF-y, zaszyfrowałem i wysłałem bezpiecznym e-mailem przez anonimizer.

Gdy to załatwiłem, wyciągnąłem instrukcję do keyloggera, podłączyłem go do komputera i zacząłem ściągać dane. Po otwarciu pierwszego dokumentu poczułem gwałtowną irytację. Przed sobą miałem jeden wielki ciąg bzdur. Najwyraźniej coś schrzaniłem. Jednak gdy przyjrzałem się uważniej, dostrzegłem pewną regularność. A może wszystko było okay? Odczytałem nazwisko Camillettiego, serię cyfr i liter, a potem całe zdania. Kilkanaście stron tekstu, wszystko, co tego dnia wpisał w komputer, czyli całe mnóstwo.

Po pierwsze i najważniejsze: przechwyciłem jego hasło, sześć cyfr z końcówką 82 — może to data urodzin jego dziecka albo data ślubu, coś w tym stylu.

Znaczniej ciekawsze okazały się jednak e-maile. Było ich mnóstwo, pełnych poufnych informacji dotyczących firmy i zakupu, który właśnie nadzorował, firmy Delphos. Widziałem jej nazwę w aktach. To ta, za którą mieli zapłacić całą kupę szmalu w gotówce i w akcjach.

Znalazłem też kilka e-maili oznaczonych jako „Tajemnica służbowa" i dotyczących nowej, tajnej metody kontroli towaru, którą wprowadzili w życie kilka miesięcy temu, aby walczyć z fałszerstwami i piractwem, zwłaszcza w Azji. W każdym urządzeniu Triona, od telefonu i notesu elektronicznego po skaner medyczny, montowano część, na której laserem grawerowano logo firmy i numer seryjny. Te mikroznaki można było odczytać jedynie pod mikroskopem, nie dawało się ich sfałszować i dowodziły, że przedmiot istotnie został wyprodukowany w Trionie.

Natrafiłem na mnóstwo informacji dotyczących producentów chipów w Singapurze, których Trion przejął lub w których akcje zainwestował. Ciekawe, Trion zamierzał zająć się produkcją chipów komputerowych, a przynajmniej zaangażować tam środki.

Czytając o tym wszystkim, czułem się dziwnie, zupełnie jakbym przeglądał cudzy pamiętnik. Dręczyły mnie potworne wyrzuty sumienia — nie z powodu Camillettiego, lecz Goddarda. Niemal widziałem jego chochlikową twarz unoszącą się w chmurce i patrzącą z dezaprobatą, jak przeglądam e-maile, korespondencję i zapiski Camillettiego. Może to wina zmęczenia, ale poczułem się paskudnie. Wiem, to brzmi dziwnie. Nie przeszkadzało mi wykradanie informacji dotyczących projektu AURORA i przekazywanie ich Wyattowi, lecz udostępnianie dodatkowych materiałów poza moim zadaniem uznałem za zdradę nowego pracodawcy.

Nagle rzuciły mi się w oczy litery WSJ. Musiały oznaczać „Wall Street Journal". Chciałem sprawdzić, jak zareagował na artykuł, toteż przebiegłem wzrokiem szeregi słów i o mało nie spadłem z krzesła. Z tego, co potrafiłem stwierdzić, Camilletti korzystał z kilku różnych kont pocztowych poza Trionem — Hotmaila, Yahoo i lokalnego dostawcy internetu. Używał ich do celów osobistych — rozmów z maklerem, korespondencji z bratem, siostrą, ojcem i tak dalej.

Ale to listy z Hotmaila przykuły moją uwagę. Jeden z nich zaadresowano do BulkeleyW@WSJ.com. Brzmiał tak:

Bill,
smród już się rozszedł. Będą poważne naciski, żebyś ujawnił źródła. Nie poddawaj się. Zadzwoń dziś wieczór o 9.30.
Paul

No proszę, czarno na białym. Paul Camilletti zaaranżował przeciek. To on przekazał „Wall Street Journal" informacje niekorzystne dla Triona i Goddarda.

Nagle wszystko nabrało parszywego sensu. Camilletti pomaga „Wall Street Journal" zaszkodzić wizerunkowi Jocka Goddarda, przedstawić go jako starego, niedomagającego umysłowo tetryka. Goddard odchodzi. Rada nadzorcza Triona, analitycy i bankierzy inwestycyjni, wszyscy z pewnością czytali ten artykuł. A kogo rada mianuje nowym prezesem?

To oczywiste, prawda?

• • •

Mimo wyczerpania długo przewracałem się z boku na bok, nim zasnąłem. Spałem lekko, nerwowo. Cały czas myślałem o drobnym, przygarbionym Augustinie Goddardzie, siedzącym w tej głupawej jadłodajni nad bezą, zmęczonym i przegranym po spotkaniu z kadrą dyrektorską. Śnili mi się Wyatt i Meacham — grozili, poniżali, cały czas gadali o więzieniu. W snach stawiłem im czoło, powiedziałem, żeby się odwalili, naprawdę wpadłem w szał. Śniło mi się, że włamuję się do biura Camillettiego i zostaję przyłapany — przez Chada i Norę.

Gdy w końcu o szóstej rano zadzwonił budzik i uniosłem z poduszki pulsującą bólem głowę, wiedziałem już, że muszę powiedzieć Goddardowi o Camillettim.

I wtedy uświadomiłem sobie, że jestem w pułapce. Jak mogłem mu powiedzieć o Camillettim, skoro zdobyłem dowody, włamując się do jego biura?

I co teraz?

58

Fakt, że Rzeźnik Camilletti, fiut, który udawał strasznie wkurzonego artykułem w „Wall Street Journal", w istocie stał za całą
sprawą, naprawdę mnie wkurzył. Facet nie tylko zachował się
jak śmieć. Gorzej, był nielojalny wobec Goddarda.

Może ogarnęła mnie ulga na myśl, że mimo wielu tygodni
paskudnego oszukiwania i węszenia mam jednak nad kimś moral-
ną wyższość. Może potrzeba chronienia Goddarda sprawiała, że
sam także poczułem się nieco lepiej. Może wkurzając się na
nielojalność Camillettiego, mogłem przy okazji puścić w niepa-
mięć swoją własną. A może po prostu byłem wdzięczny Goddardowi za to, że mnie wyróżnił, dostrzegł we mnie coś wyjąt-
kowego, lepszego niż u innych. Trudno określić, w jakim stopniu
oburzenie, które przepełniało mnie z powodu postępku Camillettiego, było szczere i niewinne. Czułem gwałtowne ukłucie bólu,
gdy uświadamiałem sobie, że wcale nie jestem lepszy od niego.
Co ja tu robię? Pracuję w Trionie, udaję supermana, który chodzi
po wodzie, a w rzeczywistości włamuję się do gabinetów, kradnę
dokumenty i próbuję wydrzeć serce korporacji Jocka Goddarda,
z którym odbywam przejażdżki odnowionym buickiem...

Miałem dosyć wszystkiego. Te zmagania z samym sobą
o czwartej rano zaczynały mnie wykańczać, zagrażały mojemu
zdrowiu psychicznemu. Lepiej nie myśleć, działać na autopilocie.

Może faktycznie miałem sumienie twarde jak boa dusiciel, ale i tak chciałem przyłapać tego drania Camillettiego.

Ja przynajmniej nie miałem wyboru, zostałem zmuszony. Tymczasem zdrada Camillettiego należała do zupełnie innej kategorii. Spiskował przeciw Goddardowi, człowiekowi, który ściągnął go do firmy, zaufał mu. Kto wie, czym jeszcze zajmował się Camilletti.

Goddard musi się o tym dowiedzieć, ale potrzebowałem przykrywki — wiarygodnej metody, która pozwoliłaby mi odkryć prawdę bez włamywania się do gabinetu.

Przez całą drogę do pracy, gdy moje uszy napawały się głośnym rykiem silnika porsche i iście odrzutowym przyśpieszeniem, umysł pracował nad rozwiązaniem problemu.

Praca w gabinecie prezesa dawała mi poważną przewagę. Gdybym zadzwonił do nieznajomego i przedstawił się jako przeciętniak Adam Cassidy, prawdopodobnie nic bym nie wskórał. Lecz „Adam Cassidy z biura prezesa" albo „z gabinetu Jocka Goddarda" — zupełnie jakbym siedział w pokoju staruszka, a nie sto metrów dalej w tym samym korytarzu — natychmiast wywoływał stosowny oddźwięk.

Gdy zatem zadzwoniłem do działu IT Triona i oznajmiłem, że „prosimy" o kopie wszystkich zarchiwizowanych e-maili z gabinetu głównego dyrektora finansowego z ostatnich trzydziestu dni, natychmiast uzyskałem pomoc. Nie chciałem wskazywać Camillettiego palcem, udałem więc, że Goddarda niepokoją przecieki z gabinetu dyrektora.

Dowiedziałem się jednej niezwykle intrygującej rzeczy: Camilletti miał zwyczaj usuwać kopie niektórych e-maili, nieważne, wysłanych czy otrzymanych. Najwyraźniej nie chciał przechowywać ich w komputerze. Musiał wiedzieć — nie był przecież głupi — że kopie przechowuje się też w bazach danych firmy. Dlatego preferował konta zewnętrzne. Z takiego właśnie korespondował z „Wall Street Journal". Zastanawiałem się, czy zdaje sobie sprawę z tego, że komputery Triona przechwytują wszystkie e-maile przechodzące przez światłowody firmy, niezależnie, czy zostały wysłane z konta na Yahoo, Hotmailu, czy gdzie indziej.

Mój nowy przyjaciel w dziale IT, któremu najwyraźniej zdawało się, że wyświadcza Goddardowi osobistą przysługę, zdobył dla mnie też rejestry wszystkich rozmów telefonicznych prowadzonych z gabinetu dyrektora finansowego. Oznajmił, że to żaden problem. Firma oczywiście nie nagrywała rozmów, ale rejestrowano wszystkie numery przychodzących i wychodzących telefonów. To standardowa polityka korporacyjna. Mógł nawet ściągnąć nagrania na poczcie głosowej każdego pracownika, ale to wymagało czasu.

Po godzinie dysponowałem już dowodami. W ciągu ostatnich dziesięciu dni dziennikarz „Wall Street Journal" wielokrotnie dzwonił do Camillettiego. Jeszcze bardziej obciążające było to, że również Camilletti dzwonił do dziennikarza. Z jednego czy dwóch podobnych telefonów mógłby się jeszcze wytłumaczyć, twierdząc, że tylko oddzwaniał, choć wcześniej upierał się, że nigdy z nim nie rozmawiał.

Ale dwanaście rozmów, niektóre trwające pięć, siedem minut? Nie wyglądało to dobrze.

I do tego kopie e-maili. „Od tej chwili — pisał Camilletti — dzwoń do mnie jedynie pod numer domowy. Nie dzwoń, powtarzam, nie dzwoń do mnie do Triona. E-maile powinny iść na adres na Hotmailu".

Z tego się nie wyłgasz, Rzeźniku.

Nie mogłem się doczekać chwili, gdy pokażę moje małe dossier Goddardowi. Od rana do późnego popołudnia miał on jednak całą serię spotkań. Spotkań, na które mnie nie zaprosił.

Dopiero gdy ujrzałem Camillettiego wychodzącego z gabinetu Goddarda, nadarzyła się szansa, by działać.

59

Camilletti ujrzał mnie, gdy oddalał się korytarzem, ale jakby mnie nie dostrzegł. Równie dobrze mógłbym być meblem. Goddard spojrzał mi w oczy i pytająco uniósł brwi. Flo zaczęła coś do niego mówić. Uniosłem palec wskazujący, tak jak zawsze czynił to Goddard, pokazując, że potrzebuję tylko minutki jego czasu. Szybko odprawił gestem Flo i wezwał mnie do siebie.

— Jak mi poszło? — spytał.

— Słucham?

— Z tą mową do całej firmy.

Obchodziło go moje zdanie?

— Byłeś świetny — rzekłem.

Uśmiechnął się z wyraźną ulgą.

— Zawsze przypisuję zasługę nauczycielowi gry aktorskiej z czasów college'u. Niezwykle pomógł mi w mojej karierze, w udzielaniu wywiadów, wystąpieniach publicznych i tak dalej. Zajmowałeś się kiedyś aktorstwem, Adamie?

Paliły mnie policzki. Tak, codziennie. Jezu, co on sugerował?

— Szczerze mówiąc, nie.

— Człowiek uczy się rozluźniać. Nie jestem oczywiście Cyceronem ani nikim takim, ale... Masz do mnie jakąś sprawę?

— Chodzi o artykuł z „Wall Street Journal".

— Tak...? — W jego głosie dosłyszałem pytającą nutę.

— Odkryłem, skąd wziął się przeciek.

Goddard patrzył na mnie, jakby nie rozumiał, co mówię.

— Pamiętasz, wiedzieliśmy, że ktoś z firmy musi przekazywać informacje dziennikarzowi „Wall Street Journal"?

— Tak, tak — rzucił niecierpliwie.

— To... No cóż, to Paul Camilletti.

— O czym ty mówisz?

— Wiem, że trudno w to uwierzyć, ale mam tu dowody. Są bezsporne. — Podsunąłem mu wydruki. — Przeczytaj pierwszy e-mail.

Goddard zdjął z szyi okulary do czytania i nałożył na nos. Krzywiąc się boleśnie, przejrzał papiery. Jego twarz pociemniała.

— Skąd to masz?

Uśmiechnąłem się.

— Z działu IT. — Poruszyłem się niespokojnie. — Poprosiłem IT o rejestry rozmów wszystkich z Triona z „Wall Street Journal". Potem, kiedy zobaczyłem telefony z aparatu Paula, uznałem, że to pewnie sekretarka, więc zażądałem kopii e-maili.

Goddard, co zrozumiałe, nie wydawał się zachwycony. W istocie sprawiał wrażenie bardzo zdenerwowanego.

— Przykro mi — dodałem. — Wiem, że to szokujące. — Co za banał. — Sam tego nie rozumiem.

— Mam nadzieję, że jesteś z siebie zadowolony — rzucił Goddard.

Pokręciłem głową.

— Zadowolony? Nie, chciałem tylko dojść do sedna...

— Bo dla mnie to jest wstrętne. — Jego głos drżał. — Co ty sobie, do diabła, myślałeś? Co to ma być? Biały Dom za czasów Nixona? — Ostatnie słowa niemal wykrzyczał. Z jego ust wystrzeliwały krople śliny.

Pokój wokół mnie zawirował. Pozostaliśmy tylko on i ja, a między nami metrowy blat. W uszach tętniła mi krew. Byłem zbyt oszołomiony, by cokolwiek powiedzieć.

— Naruszanie prywatności ludzi, wyciąganie brudów, wygrzebywanie zapisów prywatnych rozmów i e-maili, może jeszcze otwieranie prywatnej korespondencji? Coś takiego jest po prostu obrzydliwe. Nie życzę sobie, by to się kiedykolwiek powtórzyło. A teraz wynoś się stąd.

Wstałem chwiejnie, oszołomiony. Kręciło mi się w głowie. W drzwiach zatrzymałem się i odwróciłem.

— Chciałbym przeprosić — powiedziałem ochryple. — Myślałem, że pomogę. Ja... opróżnię swój gabinet.

— Och, na miłość boską, siadaj! — Najwyraźniej burza minęła. — Nie masz czasu, żeby uprzątnąć biuro, przygotowałem dla ciebie zbyt wiele zajęć. — Jego głos złagodniał. — Rozumiem, że próbowałeś mnie chronić, naprawdę pojmuję, Adamie, i doceniam to. I nie przeczę, że informacja o Paulu mną wstrząsnęła. Istnieją jednak właściwe i niewłaściwe metody postępowania. A ja wolę te właściwe. Jeśli zaczniesz monitorować e-maile i rejestry rozmów, wkrótce będziesz podsłuchiwał telefony i ani się obejrzysz, jak znajdziesz się w państwie policyjnym, nie w zwykłej firmie. Firma nie może funkcjonować w ten sposób. Nie wiem, jak to załatwialiście w Wyatcie, ale tu tak nie postępujemy.

Skinąłem głową.

— Rozumiem. Przepraszam.

Uniósł ręce dłońmi do góry.

— To się nigdy nie zdarzyło. Zapomnij o wszystkim. I powiem ci coś jeszcze. Gdy pierwszy szok minie, zrozumiesz, że żadna firma nie padła tylko dlatego, że jeden z dyrektorów donosił do prasy. Niezależnie od powodów takiego postępowania. Wymyślę, jak to załatwić. Po mojemu.

Klasnął w dłonie, jakby na znak, że rozmowę uważa za skończoną.

— W tej chwili nie potrzebuję dodatkowych kłopotów. Mamy na głowie znacznie ważniejsze problemy. A teraz chcę cię poprosić o pomoc w ściśle tajnej sprawie. — Usiadł za biurkiem, nałożył okulary do czytania i wyjął z kieszeni sfatygowany notes w czarnej skórzanej oprawie. Spojrzał na mnie surowo znad szkieł. — Nie mów nikomu, że założyciel i prezes Trion Systems nie potrafi zapamiętać własnych haseł do komputera. I w żadnym razie nie wspominaj nikomu, w jak wyrafinowanej postaci je przechowuje. — Zerkając z bliska do notesu, wystukał coś na klawiaturze.

Po chwili jego drukarka ożyła i wypluła kilka kartek. Zebrał je i wręczył mi.

— Jesteśmy w ostatniej fazie bardzo poważnego zakupu — oznajmił. — Zapewne najważniejszego zakupu w dziejach Triona. I, jak przypuszczam, naszej najlepszej inwestycji. Na razie nie mogę ci podać szczegółów. Zakładając jednak, że negocjacje Paula się powiodą, powinniśmy ogłosić nowiny pod koniec przyszłego tygodnia.

Pokiwałem głową.

— Chcę, żeby wszystko poszło idealnie. To są podstawowe informacje dotyczące nowej firmy: liczba pracowników, wymagania biurowe i tak dalej. Gdy tylko dojdzie do zakupu, musimy włączyć tamtą firmę do nas, umieścić ją w tym budynku. Oczywiście, w tym celu należy przenieść inne działy. Ktoś musi opuścić główną siedzibę i wyprowadzić się do Yarborough bądź Trójkąta Badawczego. Chcę, żebyś ustalił, które działy należy usunąć, by zrobić miejsce nowemu nabytkowi. Dobrze? Przejrzyj te dokumenty, a kiedy skończysz, zniszcz je. I jak najszybciej przekaż swoje wnioski. Dobrze?

60

Dzięki Bogu Jocelyn z każdym dniem robiła sobie coraz dłuższe przerwy na kawę bądź wyjścia do toalety dla dziewczynek. Gdy następnym razem opuściła stanowisko, wziąłem dotyczące Delphosu dokumenty od Goddarda — wiedziałem, że musi chodzić o Delphos, choć nigdzie nie padła nazwa firmy — i skopiowałem je szybko na jej kopiarce. Następnie wsunąłem kserówki do koperty.

Wysłałem e-mail do „Arthura", informując go szyfrem, że mam do przekazania coś nowego — że chcę „zwrócić" kupione w sieci „ciuchy".

Wiedziałem, że wysyłanie poczty z pracy to pewne ryzyko, nawet jeśli posługiwałem się szyfrem. Brakowało mi jednak czasu. Nie chciałem czekać do powrotu do domu i znów tu wracać.

Meacham odpowiedział niemal natychmiast. Polecił, bym nie wysyłał zwrotu na skrzynkę pocztową, lecz na główny adres firmy. Tłumaczenie: mam nie skanować dokumentów i nie wysyłać kopii e-mailem. Chciał dostać egzemplarze papierowe, choć nie wyjaśnił dlaczego. Czyżby wolał się upewnić, że są autentyczne? Czy mi nie ufali?

Chciał też dostać je natychmiast i z jakichś powodów nie życzył sobie spotkania twarzą w twarz. Zastanawiałem się dlaczego. Czyżby niepokoił się, że mnie śledzą? Tak czy inaczej, zażądał, bym zostawił dokumenty w jednej ze skrytek przygotowanych parę tygodni wcześniej.

Kilka minut po szóstej wyszedłem z pracy i podjechałem do McDonalda około trzech kilometrów od siedziby Triona. Tamtejsza męska toaleta była niewielka — ot, jednoosobowa kabina z zamykanymi drzwiami. Zamknąłem je zatem, znalazłem pojemnik z papierowymi ręcznikami, otworzyłem, wsunąłem do środka zwiniętą kopertę i zatrzasnąłem pokrywę. Póki nie zabraknie ręczników, nikt nie otworzy pojemnika. Nikt poza Meachamem.

Następnie kupiłem kanapkę McRoyal — nie żebym miał na nią ochotę, ale uczono mnie, że zawsze należy mieć przykrywkę. Półtora kilometra dalej był sklep spożywczy. Parking z przodu otaczał niski betonowy mur. Zaparkowałem samochód, wszedłem do środka, kupiłem dietetyczną pepsi. Wypiłem, ile zdołałem, resztę wylałem do kratki na parkingu. Do pustej puszki wrzuciłem ciężarek wędkarski (przechowywałem ich kilka w schowku na rękawiczki) i ustawiłem ją na murze. Puszka po pepsi stanowiła sygnał dla Meachama, który regularnie przejeżdżał koło sklepu. Oznaczała, że skorzystałem ze skrytki numer trzy w McDonaldzie. Ta prosta szpiegowska sztuczka pozwoli mu odebrać dokumenty bez spotkania ze mną.

Wyglądało na to, że przekazanie poszło bardzo gładko. Nie miałem powodów w to wątpić.

No dobrze, nie czułem się z tym może najlepiej, ale jednocześnie ogarnęła mnie absurdalna duma. Robiłem się całkiem niezły w te szpiegowskie klocki.

61

Gdy dotarłem do domu, sprawdziłem pocztę i ujrzałem na koncie Hushmail list od „Arthura". Meacham chciał, abym natychmiast pojechał do restauracji w jakiejś dziurze, ponad pół godziny jazdy od domu. Najwyraźniej sprawę uznali za bardzo pilną.

Restauracja okazała się luksusową knajpą, była to słynna mekka smakoszy zwana Auberge. Na ścianach przedsionka wisiały sławiące ją artykuły z „Gourmet" i podobnych pism.

Natychmiast zrozumiałem, czemu Wyatt chciał się spotkać akurat tam. Nie tylko z powodu znakomitego jedzenia. Restaurację urządzono tak, że zapewniała maksymalną dyskrecję. Była świetnym miejscem na prywatne spotkania, sekretne romanse i tak dalej. Główną salę jadalną otaczały niewielkie alkowy, prywatne pokoje, do których wchodziło się bezpośrednio z parkingu, pomijając główną część restauracji. Pod tym względem przypominała bardzo drogi motel.

Wyatt siedział przy stole w prywatnej salce wraz z Judith Bolton. Judith uśmiechała się serdecznie. Nawet Wyatt sprawiał wrażenie nieco mniej wrogo nastawionego niż zwykle — może dlatego, że dostarczyłem mu to, czego chciał, może sprawił to drugi kieliszek wina, a może obecność Judith, która wywierała na niego tajemniczy wpływ. Byłem pewien, że nic ich nie łączy. Wskazywał na to ich język ciała. Niewątpliwie jednak byli ze sobą blisko i Wyatt ustępował jej jak nikomu innemu.

Kelner przyniósł mi kieliszek sauvignon blanc. Wyatt odprawił go i polecił wrócić za kwadrans po zamówienie. Zostaliśmy sami: ja, on i Judith Bolton.

— Adamie — powiedział, żując kęs *focaccii* — dokumenty, które wykradłeś z biura dyrektora finansowego, okazały się bardzo przydatne.

— To dobrze — odparłem. Teraz byłem dla niego Adamem. Czyżby to był komplement? Ogarnął mnie nagły niepokój.

— Zwłaszcza warunki zakupu firmy Delphos — podjął Wyatt. — To niewątpliwie klucz do wszystkiego, najważniejszy zakup Triona. Nic dziwnego, że są za nią gotowi zapłacić pięćset milionów. Delphos pomógł nam rozwiązać zagadkę, stał się ostatnim elementem układanki. Zrozumieliśmy, o co chodzi w AURORZE.

Spojrzałem na niego obojętnie, jakby zupełnie mnie to nie obchodziło, i skinąłem głową.

— Warto było czekać, zaaranżować to wszystko. Podjęliśmy piekielny wysiłek, by umieścić cię w Trionie, wyszkolić, uwzględnić wszystkie środki ostrożności. Ogromnie ryzykowaliśmy, ale było warto. — Uniósł kieliszek w stronę Judith, która uśmiechnęła się z dumą. — Jestem twoim dłużnikiem — rzekł do niej.

A ja to co? — pomyślałem. Zupełnie się nie liczę?

— A teraz posłuchaj mnie bardzo uważnie — polecił Wyatt — ponieważ stawka jest ogromna i chcę, byś zrozumiał, o co toczy się gra. Trion dokonał największego przełomu technologicznego od czasu stworzenia układów scalonych. Rozwiązał problem, z którym wielu zmagało się od dziesięcioleci. Zmienił historię.

— Jest pan pewien, że powinienem tego słuchać?

— O tak, chcę nawet, żebyś notował. Sprytny z ciebie chłopak. Uważaj. Epoka krzemowych chipów dobiega końca. Trion zdołał opracować chip optyczny.

— I co?

Wyatt spojrzał na mnie z bezgraniczną pogardą. Judith odezwała się szybko, z naciskiem, jakby pragnęła załagodzić moją gafę:

— Intel wydał na te badania miliardy dolarów, bez powodzenia. Pentagon pracuje nad tym od ponad dziesięciu lat. Wiedzą, że to odkrycie zrewolucjonizuje ich systemy nawigacji lotniczej i rakietowej, toteż oddadzą niemal wszystko za chip optyczny.

— Optochip — wtrącił Wyatt — przekazuje sygnały optyczne, światło, zamiast elektronicznych. Wykorzystuje do tego celu fosforek indu.

Przypomniałem sobie, że czytałem coś o nim w aktach Camillettiego.

— Używa się go do produkcji laserów?

— Trion praktycznie zmonopolizował rynek. To była pierwsza wskazówka. Potrzebowali fosforku indu do stworzenia półprzewodnika w chipie. Pozwala na znacznie szybszą transmisję danych niż arsenek galu.

— Kompletnie się pogubiłem — przyznałem. — Co w tym takiego nadzwyczajnego?

— Optochip ma modulator zdolny do przekazywania sygnałów z szybkością stu gigabajtów na sekundę.

Zamrugałem. Wszystko to była dla mnie chińszczyzna. Judith obserwowała Wyatta w napięciu. Zastanawiałem się, czy cokolwiek rozumie.

— To pieprzony Święty Graal. Pozwól, że ci to wyjaśnię najprościej, jak się da. Cząsteczka optochipa licząca jedną setną średnicy ludzkiego włosa będzie zdolna przetwarzać całą łączność dużej korporacji: telefoniczną, komputerową, satelitarną, telewizyjną. A może wolisz inaczej? Pomyśl tylko. Dzięki chipom optycznym ściągnięcie dwugodzinnego filmu z sieci zajmie jedną dwudziestą sekundy. Chwytasz? To przeskok jakościowy. Wpłynie na cały przemysł. Komputery, komunikatory, satelity, telewizję kablową, wszystko. Optochip sprawi, że takie urządzenia — uniósł w dłoni Lucida — będą odbierały bez zakłóceń przekaz telewizyjny.

Ten chip przewyższa istniejące rozwiązania. Pozwala na znacznie szybsze przesyłanie danych, wymaga niższego napięcia, są mniejsze straty sygnału, nie potrzebuje chłodzenia... Niesamowite. To dopiero coś.

— Super — odparłem cicho. Powoli zaczynało docierać do mnie, co właśnie zrobiłem, i poczułem się jak najgorszy zdrajca. Byłem żmiją wyhodowaną na piersi Jocka Goddarda. Właśnie przekazałem parszywemu Nickowi Wyattowi najcenniejsze, najbardziej przełomowe odkrycie od czasu telewizji kolorowej. — Cieszę się, że mogłem się na coś przydać.

— Chcę dostać wszystkie specyfikacje — oznajmił Wyatt. — Chcę mieć ich prototyp, wnioski patentowe, notatki laboratoryjne, wszystko.

— Nie wiem, ile jeszcze uda mi się zdobyć — odparłem. — Poza włamaniem na czwarte piętro...

— O, to także, mój drogi, to także. Umieściliśmy cię na szczycie. Odpowiadasz wprost przed Goddardem, jesteś jednym z jego najbliższych ludzi. Masz dostęp niemal do wszystkiego.

— To nie takie proste, wie pan o tym.

— Goddard ma do ciebie pełne zaufanie, Adamie — wtrąciła Judith. — Możesz zyskać dostęp do najróżniejszych projektów.

— I nie chcę, żebyś cokolwiek przede mną ukrywał. Nawet najmniejszego pieprzonego drobiazgu — przerwał jej Wyatt.

— Nie ukrywam...

— Chcesz powiedzieć, że wiadomość o zwolnieniach cię zaskoczyła?

— Mówiłem, że szykuje się coś wielkiego. Naprawdę nie wiedziałem wtedy, o co chodzi.

— Wtedy — powtórzył groźnie. — Wiedziałeś o zwolnieniach jeszcze przed CNN, dupku. Czemu nie dostałem tej wiadomości? Muszę oglądać CNBC, żeby dowiedzieć się o zwolnieniach w Trionie, choć mam szpiega w biurze cholernego prezesa?

— Ja nie...

— Podłączyłeś keylogger dyrektora finansowego. Co się z nim stało? — Jego przesadnie opalona twarz wydawała się ciemniejsza niż zwykle, oczy miał przekrwione. Czułem na skórze drobinki jego śliny.

— Musiałem go zabrać.

— Zabrać? — powtórzył z niedowierzaniem. — Dlaczego?

— Ochrona firmowa znalazła keylogger, który założyłem w dziale kadr. Zaczęli przeszukiwać wszystkie biura. Musiałem zachować ostrożność, żeby wszystkiego nie popsuć.

— Jak długo tam tkwił, nim go zdjąłeś? — rzucił Wyatt.

— Trochę ponad dzień.

— Dzień to mnóstwo materiałów.

— Nie, bo... musiał nawalić — skłamałem. — Nie wiem, co się stało.

Szczerze mówiąc, nie mam pojęcia, czemu stawiałem opór. Chyba dlatego, że dzięki keyloggerowi odkryłem, że to Camilletti przekazał informacje „Wall Street Journal". Nie chciałem, by Wyatt wiedział wszystko o prywatnych sprawach Goddarda. Szczerze mówiąc, nie przemyślałem tego.

— Nawalił? Jakoś w to wątpię. Chcę, żeby jutro trafił do rąk Arniego Meachama. Technicy go sprawdzą. I wierz mi, potrafią powiedzieć, czy przy nim majstrowałeś albo czy w ogóle zainstalowałeś go w biurze dyrektora. Jeśli mnie okłamujesz, dupku, już jesteś trupem.

— Adamie — wtrąciła Judith. — To bardzo ważne. Musimy być wobec siebie całkowicie szczerzy i otwarci. Niczego nie ukrywaj. Zbyt wiele rzeczy może pójść nie tak. Nie dostrzegasz ogólnego obrazu sytuacji.

Pokręciłem głową.

— Już go nie mam. Musiałem się go pozbyć.

— Pozbyć? — powtórzył Wyatt.

— Byłem... byłem w trudnym położeniu. Faceci z ochrony przeszukiwali biura. Uznałem, że lepiej go zabiorę i wyrzucę do kosza parę przecznic dalej. Nie chciałem spalić całej operacji z powodu jednego uszkodzonego gadżetu.

Kilka sekund przyglądał mi się w milczeniu.

— Nigdy, przenigdy niczego przed nami nie ukrywaj. Rozumiesz? Nigdy. A teraz posłuchaj. Nasi informatorzy twierdzą, że ludzie Goddarda za dwa tygodnie organizują w siedzibie Triona dużą konferencję prasową. Poważna konferencja, poważne wieści. E-maile, które mi przekazałeś, sugerują, że lada moment publicznie ogłoszą istnienie chipa optycznego.

— Nie ogłoszą, dopóki nie zapewnią sobie wszystkich niezbędnych patentów, prawda? — Trochę pogrzebałem na ten temat w internecie. — Z pewnością wasi agenci przeszukują wszystkie wnioski złożone przez Trion w urzędzie patentowym.

— W wolnym czasie studiujesz prawo? — Wyatt uśmiechnął się lekko. — Wniosek do urzędu patentowego składa się w ostatniej chwili, żeby uniknąć przedwczesnego ujawnienia informacji albo naruszenia patentu. Załatwią to tuż przed upublicznieniem. Do tego czasu własność intelektualna pozostaje tajemnicą handlową. Do chwili złożenia wniosków, co może nastąpić w dowolnym momencie w ciągu następnych dwóch tygodni, każdy może użyć tych specyfikacji. Zegar już tyka. Masz nie spać, nie spocząć nawet jednej cholernej minuty, póki nie zdobędziesz wszystkich pieprzonych danych dotyczących chipa optycznego, do najdrobniejszego szczegółu. Czy to jasne?

Przytaknąłem z nadąsaną miną.

— A teraz wybacz, chcielibyśmy zamówić obiad.

Wstałem od stołu i przed wyjściem postanowiłem skorzystać z toalety. Gdy wyszedłem z prywatnej loży, przechodzący obok facet zerknął na mnie.

Wpadłem w panikę.

Obróciłem się na pięcie, przeszedłem z powrotem przez boczną salę i niemal wybiegłem na parking.

Nie miałem stuprocentowej pewności, lecz mężczyzna w holu był bardzo podobny do Paula Camillettiego.

62

W moim biurze byli obcy ludzie.

Następnego ranka po przyjściu do pracy zobaczyłem ich już z daleka — dwóch mężczyzn, jednego młodszego, drugiego starszego. Zamarłem. Było wpół do ósmej rano. Z jakiegoś powodu Jocelyn nie siedziała za swoim biurkiem. W ułamku sekundy w moim umyśle pojawiła się cała gama scenariuszy, jeden gorszy od drugiego: ochrona znalazła coś u mnie albo zostałem wylany i opróżniają moje biurko, albo chcą mnie aresztować.

Otworzyłem drzwi, starając się ukryć panikę.

— Co się dzieje? — spytałem jowialnie, jakbym witał dawno niewidzianych kumpli.

Starszy mężczyzna zapisywał coś w notesie. Młodszy pochylał się nad moim komputerem. Starszy, siwowłosy wąsacz w okularach bez oprawek, rzekł:

— Jesteśmy z ochrony. Wpuściła nas sekretarka, pani Chang.

— Co się stało?

— Przeprowadzamy inspekcję wszystkich gabinetów na szóstym piętrze. Może dostał pan wiadomość o naruszeniu bezpieczeństwa w dziale kadr?

A więc o to chodziło. Poczułem ulgę, lecz tylko na kilka sekund. A jeśli znajdą coś w moim biurku? Może zostawiłem jakiś szpiegowski sprzęt w szufladzie albo szafce? Zawsze pamiętałem, by niczego tu nie chować, lecz jeśli popełniłem błąd... Byłem tak wykończony, że z łatwością mogłem o czymś zapomnieć.

— Świetnie — mruknąłem. — Cieszę się, że przyszliście. Znaleźliście coś?

Zapadła chwila ciszy. Młodszy mężczyzna uniósł wzrok znad komputera, nie odpowiedział.

— Jeszcze nie, proszę pana — oznajmił starszy.

— Nie sądzę, żebym był celem — dodałem. — Kurczę, nie jestem aż tak ważny. Chodziło mi o całe piętro, o gabinety szefostwa.

— Nie wolno nam o tym rozmawiać, ale nie, nic nie znaleźliśmy. Co nie znaczy, że nie znajdziemy.

— Mój komputer jest w porządku? — zwróciłem się do młodszego.

— Jak dotąd nie znalazłem żadnych podejrzanych urządzeń ani niczego podobnego. Ale będziemy musieli przeprowadzić diagnostykę. Może się pan zalogować?

— Jasne.

Nie wysłałem chyba z komputera żadnych kompromitujących e-maili?

No owszem, wysłałem. List do Meachama z konta na Hotmailu, ale treść tego listu nic by im nie powiedziała. Zdecydowanie nie zapisałem na dysku niczego, czego nie powinno tam być. Tego byłem pewien. Podszedłem do biurka, wystukałem hasło. Obaj pracownicy ochrony taktownie odwrócili wzrok.

— Kto ma dostęp do pańskiego gabinetu? — spytał starszy.

— Tylko ja. I Jocelyn.

— I ekipa sprzątaczy — uzupełnił.

— Chyba tak, ale nigdy ich nie widuję.

— Nigdy ich pan nie widuje? — powtórzył sceptycznie. — Przecież pracuje pan do późna.

— Oni przychodzą jeszcze później.

— A przesyłki wewnątrzfirmowe? Czy podczas pańskiej nieobecności nie odwiedzał pana nikt z innych działów?

Pokręciłem głową.

— Przesyłki trafiają na biurko Jocelyn, mnie nigdy nic nie doręczają.

— Czy ktoś z działu IT robił coś z pańskim komputerem albo telefonem?

— Nic mi o tym nie wiadomo.

— Dostał pan jakieś dziwne e-maile? — spytał młodszy.

— Dziwne...?

— Od ludzi, których pan nie zna, z załącznikami i tak dalej.

— Nie przypominam sobie.

— Ale korzysta pan z innych kont e-mailowych? Poza Trionem?

— Jasne.

— Wchodził pan na nie z tego komputera?

— Tak, chyba tak.

— Dostał pan na któreś z nich jakąś dziwną wiadomość?

— No cóż, stale dostaję spam, tak jak wszyscy. No wiecie: viagra, powiększ penisa, jurne farmerki. — Żaden z nich nie zareagował, zero poczucia humoru. — Ale po prostu je kasuję.

— To potrwa tylko pięć, dziesięć minut — oznajmił młodszy mężczyzna, wsuwając płytę do napędu CD. — Może napije się pan kawy?

.   .   .

Szczerze mówiąc, miałem akurat spotkanie, toteż bez specjalnego entuzjazmu zostawiłem ich samych w gabinecie i skierowałem się do Plymoutha, jednej z mniejszych sal konferencyjnych.

Zdecydowanie nie spodobał mi się fakt, że pytali o zewnętrzne konta e-mailowe. Niedobrze. Prawdę mówiąc, mocno mnie to wystraszyło. A jeśli postanowią wykopać wszystkie moje e-maile? Wiedziałem, jakie to łatwe. Co będzie, jeśli się dowiedzą, że zażądałem kopii poczty Camillettiego? Czy to wzbudzi ich podejrzenia?

Mijając gabinet Goddarda, dostrzegłem, że i on, i Flo zniknęli. Wiedziałem, że Jock udał się na spotkanie. Potem przeszedłem obok Jocelyn, niosącej w ręku kubek kawy. Widniał na nim wielki napis: „Wyszłam z siebie, wracam za pięć minut".

— Czy te bandziory z ochrony wciąż dłubią mi przy biurku? — spytała.

— Teraz są u mnie — odparłem, nie zwalniając kroku. Pomachała mi na pożegnanie.

63

Goddard i Camilletti siedzieli przy niewielkim okrągłym stole wraz z dyrektorem operacyjnym Jimem Colvinem, szefem działu kadr Jimem Sperlingiem oraz paroma kobietami, których nie rozpoznałem. Sperling, Murzyn w wielkich okularach w drucianej oprawie, z krótko przystrzyżonymi włosami, przemawiał właśnie dźwięcznym barytonem. Mówił o „grupach balastowych", co, jak przypuszczałem, oznaczało pracowników przeznaczonych do odsiewu. Jim Sperling nie nosił półgolfu w stylu Jocka Goddarda, ale świetnie utrafił w styl — miał sportową marynarkę i ciemną koszulkę polo. Jedynie Jim Colvin założył zwykły tradycyjny garnitur i krawat. Młoda, jasnowłosa asystentka Sperlinga podsunęła mi plik wydruków z listą działów oraz nazwiskami biedaków przeznaczonych do ścięcia. Przebiegłem je szybko wzrokiem i przekonałem się, że nie ma wśród nich zespołu Maestro. Więc jednak ich uratowałem.

Nagle zauważyłem spis nazwisk z działu marketingu nowych produktów. Wśród nich figurował Phil Bohjalian. Zatem staruszek miał wylecieć. Chada ani Nory nie było na liście, ale Phila uwzględniono. Z pewnością to dzieło Nory. Wszyscy wiceprezesi, dyrektorzy i kierownicy mieli ocenić podwładnych i wyeliminować co najmniej jedną dziesiątą. Nora niewątpliwie przeznaczyła do egzekucji Phila.

Całe spotkanie było właściwie formalnością. Sperling pokazywał nam listę, „prezentując" te „pozycje", które pragnął wyeliminować, i przechodził dalej bez dyskusji. Goddard słuchał z ponurą miną, Camilletti wydawał się skupiony, nawet lekko nakręcony.

Gdy Sperling dotarł do marketingu nowych produktów, Goddard odwrócił się ku mnie, w milczeniu prosząc o opinię.

— Mogę coś powiedzieć? — spytałem.

— Uhm, jasne — rzekł Sperling.

— Jest tu jedno nazwisko, Phil Bohjalian. Pracuje w firmie od trzynastu czy czternastu lat.

— Ma też najniższą ocenę — wtrącił Camilletti. Zastanawiałem się, czy Goddard wspomniał mu choćby słowem o przecieku do „Wall Street Journal". Nie potrafiłem wywnioskować tego z zachowania Camillettiego; nie był wobec mnie bardziej szorstki niż zwykle. — Do tego, zważywszy na staż, kosztuje firmę mnóstwo forsy.

— Nie do końca wierzę w jego ocenę. Znam jego pracę i myślę, że to bardziej kwestia stylu i zachowania.

— Stylu? — powtórzył Camilletti.

— Nora Sommers go nie lubi.

Jasne, Phil nie był moim kumplem, ale nie zrobił mi nic złego i pożałowałem go.

— Jeśli to wyłącznie kwestia osobowości, ta ocena stanowi naruszenie systemu ocen — zauważył Jim Sperling. — Chcesz powiedzieć, że Nora Sommers przekracza swoje uprawnienia?

Dostrzegłem wyraźnie, dokąd mógł zaprowadzić nas ten tok rozumowania. Mogłem ocalić głowę Phila Bohjaliana i jednocześnie pozbyć się Nory. Poczułem sporą pokusę. Wystarczyło słowo, by poderżnąć jej gardło. Nikogo w tej sali by to nie obeszło. Wieści trafiłyby do Toma Lundgrena, który raczej nie walczyłby o zatrzymanie Nory. No i gdyby Goddard nie wyrwał mnie z jej szponów, na liście zapewne figurowałoby moje nazwisko.

Goddard obserwował mnie uważnie, podobnie Sperling. Pozostali uczestnicy narady notowali.

— Nie — powiedziałem w końcu. — Nie sądzę, by przekraczała swoje uprawnienia, to po prostu kwestia chemii. Oboje do siebie nie pasują.

— Świetnie — mruknął Sperling. — Możemy iść dalej?

— Posłuchaj — dodał Camilletti. — Zwalniamy cztery tysiące pracowników. Nie możemy dyskutować o każdym przypadku z osobna.

Skinąłem głową.

— Oczywiście.

— Adamie — odezwał się Goddard. — Zrób mi przysługę. Dałem Flo wolny ranek. Zechciałbyś przynieść mi z gabinetu moją, hmm, pamięć zewnętrzną? Chyba jej zapomniałem. — Jego oczy rozbłysły. Miał na myśli swój mały czarny notes; podejrzewam, że żart przeznaczony był wyłącznie dla mnie.

— Jasne — odparłem. — Zaraz wrócę.

Drzwi gabinetu Goddarda były zamknięte, ale nie na klucz. Czarny notes leżał na pustym blacie, obok komputera.

Usiadłem i rozejrzałem się wokoło. Powiodłem wzrokiem po zdjęciach siwowłosej babciowatej żony Goddarda, Margaret, fotografiach domku nad jeziorem. Nie dostrzegłem żadnych zdjęć syna Elijaha; zapewne pamięć o nim była zbyt bolesna.

Siedziałem sam w gabinecie Jocka Goddarda, Flo miała wolne. Jak długo mógłbym tu zostać, nie wzbudzając podejrzeń? Czy mam dość czasu, by dostać się do jego komputera? A jeśli niespodziewanie zjawi się Flo?

Nie, to zbyt ryzykowne. Byłem przecież w gabinecie prezesa, pewnie wciąż ktoś się tu kręci. Nie mogłem też zwlekać dłużej niż dwie, trzy minuty, bo Goddard zacznie się zastanawiać, gdzie się podziewam. Może przed powrotem wyskoczyłem do toalety, lecz to wyjaśniłoby najwyżej pięć minut spóźnienia, nie więcej.

Ale zapewne nigdy nie nadarzy mi się lepsza sposobność.

Szybko otworzyłem podniszczony notes i ujrzałem numery telefonów, zapisane ołówkiem daty... Na wewnętrznej stronie tylnej okładki drukowanymi literami wypisano „GODDARD", a pod spodem „62858".

To musiało być jego hasło.

Nad tymi pięcioma cyframi widniało przekreślone „cze2858".

Przyjrzałem się dwóm seriom znaków i zrozumiałem, że to daty, a raczej ta sama data: 28 czerwca 1958. Niewątpliwie miała dla Goddarda jakieś znaczenie, choć nie wiedziałem jakie. Może to data ślubu? Oba warianty niewątpliwie stanowiły hasło.

Chwyciłem długopis i kartkę i przepisałem hasło oraz login.

Czemu jednak nie skopiować całego notesu? Z pewnością znalazłbym w nim jeszcze mnóstwo ważnych informacji.

Zamknąłem za sobą drzwi gabinetu Goddarda i podszedłem do fotokopiarki przy biurku Flo.

— Chcesz mnie wygryźć z posady, Adamie? — usłyszałem nagle.

Odwróciłem się gwałtownie i ujrzałem sekretarkę Goddarda, trzymającą w ręku torbę z Saks Fifth Avenue. Patrzyła na mnie groźnie.

— Dzień dobry, Flo — odparłem lekko. — Nie, nie bój się, po prostu Jock prosił, żebym coś mu przyniósł.

— To dobrze, bo pracuję tu dłużej od ciebie i nie chciałabym się odwoływać do hierarchii służbowej. — Jej spojrzenie złagodniało, twarz rozjaśnił słodki uśmiech.

64

Po spotkaniu Goddard podszedł do mnie i objął mnie ramieniem.

— Podobało mi się to, co zrobiłeś — oznajmił cicho.

— To znaczy?

Ruszyliśmy korytarzem do jego biura.

— Chodzi mi o Norę Sommers. Wiem, co o niej myślisz.
Wiem też, co ona myśli o tobie. Z łatwością mogłeś się jej
pozbyć, a ja, szczerze mówiąc, nawet bym nie protestował.

Poczułem się niezręcznie, słysząc słowa uznania. Uśmiechnąłem się jednak i pochyliłem głowę.

— Uznałem, że tak będzie najlepiej.

— „Ci, którzy mogą krzywdzić, lecz krzywdy nie czynią —
wyrecytował Goddard. — Ci z woli niebios słusznie ich łaskę
dziedziczą"*. Szekspir. W tłumaczeniu na język współczesny:
„Gdy masz władzę, która pozwala ci kogoś upieprzyć, ale tego
nie robisz...". Cóż, o to właśnie chodzi, prawda?

— Chyba tak.

— A kim jest ten starszy gość, którego posadę uratowałeś?

— To zwykły facet z marketingu.

— Twój kolega?

---

* William Szekspir, *Sonet XCIV*, przełożył Jerzy Sitko, PIW, Warszawa
1975.

— Nie. Wątpię nawet, by mnie lubił. Ale myślę, że to lojalny pracownik.

— Doskonale. — Goddard ścisnął mocno moje ramię. Po drodze do gabinetu na moment przystanął przy biurku Flo. — Dzień dobry, skarbie — rzekł. — Pokaż mi tę sukienkę do komunii.

Flo uśmiechnęła się promiennie, otworzyła torbę z Saks, wyciągnęła małą, białą jedwabną sukienkę i uniosła z dumą.

— Prześliczna — rzekł. — Po prostu prześliczna.

Potem weszliśmy do gabinetu. Jock zamknął za nami drzwi.

— Nie rozmawiałem jeszcze z Paulem — oznajmił Goddard, siadając za biurkiem. — I nie wiem, czy w ogóle o tym wspomnę. Nie mówiłeś nikomu o „Wall Street Journal", prawda?

— Nie mówiłem.

— I dobrze. Posłuchaj, Paul i ja czasem się różnimy. Może w ten sposób chciał mną wstrząsnąć, może sądził, że pomaga firmie. Po prostu nie wiem. — Westchnął. — Jeśli poruszę ten temat... Nie chcę, by wieści się rozeszły. Nie życzę sobie żadnych nieprzyjemnych konfrontacji. Mamy teraz na głowie znacznie ważniejsze sprawy.

— Rozumiem.

Zerknął na mnie z ukosa.

— Nigdy nie byłem w Auberge, ale słyszałem, że to świetna restauracja. A ty jak sądzisz?

Mój żołądek ścisnął się gwałtownie, twarz poczerwieniała. Więc to był jednak Camilletti. Co za pech!

— Prawdę mówiąc, wypiłem tylko kieliszek wina.

— Nigdy nie zgadniesz, kto jeszcze był tam wczoraj. — Goddard patrzył na mnie z nieprzeniknioną miną. — Nicholas Wyatt.

Najwyraźniej Camilletti wypytał tego i owego. Próba zaprzeczania temu, że byłem tam z Wyattem, równałaby się samobójstwu.

— A, to... — Starałem się, by w moim głosie zabrzmiało znużenie. — Odkąd zacząłem pracować w Trionie, Wyatt ciągle mnie ściga...

— Tak? — przerwał mi gniewnie Goddard. — Więc oczywiście nie miałeś wyboru i musiałeś przyjąć zaproszenie na obiad?

— Nie, to zupełnie nie tak. — Przełknąłem ślinę. Ale Goddard
już się uspokoił.

— Zmiana pracy nie oznacza, że musisz zerwać wszystkie
stare przyjaźnie — mruknął.

Pokręciłem głową, marszcząc czoło. Moja twarz z pewnością
była czerwona jak burak.

— Tu nie chodzi o przyjaźń...

— Tak, wiem, jak to jest. Były szef wykorzystuje twoje
poczucie winy i namawia cię na spotkanie, by powspominać
dawne czasy, a ty nie chcesz być niegrzeczny. A potem zaczyna
cię nękać...

— Wiesz, że nie miałem zamiaru...

— Oczywiście, że nie, oczywiście — mruknął Goddard. —
Nie jesteś taki. Jasne. Znam się na ludziach. To jedna z moich
mocnych stron.

* * *

Po powrocie do siebie wstrząśnięty usiadłem za biurkiem.

Skoro Camilletti doniósł Goddardowi o tym, że widział mnie
w Auberge w czasie, gdy przebywał tam Wyatt, najwyraźniej coś
podejrzewał. Może sądził, że w najlepszym razie podsycam
u dawnego szefa nadzieję, że mnie odzyska. Zapewne jednak,
jak to Camilletti, podejrzewał coś znacznie gorszego.

Co za katastrofa. Ciekawe, czy Goddard naprawdę uznał nasze
spotkanie za niewinne. „Znam się na ludziach", powiedział. Czy
był aż tak naiwny? Nie wiedziałem, co o tym myśleć. Jedno było
pewne. Od tej pory będę musiał naprawdę uważać.

Odetchnąłem głęboko, nacisnąłem palcami powieki. Tak czy
inaczej, musiałem brnąć dalej.

Po kilku minutach przeszukałem szybko stronę firmową Triona
i znalazłem nazwisko gościa z działu prawnego, kierującego
zespołem własności intelektualnej. Bob Frankenheimer miał
pięćdziesiąt cztery lata. W Trionie był od ośmiu. Wcześniej

pracował jako radca prawny w Oracle. Jeszcze wcześniej był zatrudniony w wielkiej firmie prawniczej z Doliny Krzemowej, Wilson Sonsini. Na zdjęciu ujrzałem faceta ze sporą nadwagą. Ciemne kręcone włosy, ciemny cień zarostu, grube okulary. Typowy frajer.

Zadzwoniłem do niego od siebie, bo chciałem, by zobaczył mój identyfikator i wiedział, że dzwonię z biura prezesa. Sam podniósł słuchawkę, odzywając się zaskakująco melodyjnym głosem. Brzmiał jak radiowy didżej, pracujący na nocnej zmianie i puszczający ckliwe ballady rockowe.

— Panie Frankenheimer, mówi Adam Cassidy z biura prezesa.

— Czym mogę służyć? — spytał ze szczerym zaangażowaniem.

— Chcielibyśmy sprawdzić wszystkie wnioski patentowe działu trzysta dwadzieścia dwa.

Było to posunięcie śmiałe i ryzykowne. Gdyby wspomniał o tym Goddardowi, w żadnym razie nie zdołałbym się wytłumaczyć. Nastąpiła długa chwila ciszy.

— Chodzi o projekt AURORA?

— Zgadza się — odparłem swobodnie. — Wiem, że powinniśmy mieć tu kopie, ale przez ostatnie dwie godziny szukałem ich wszędzie i nie mogę znaleźć. Jock zaczyna się niecierpliwić. — Zniżyłem głos. — Jestem tu nowy, właśnie zacząłem i nie chciałbym tego spieprzyć.

Kolejna chwila ciszy.

Głos Frankenheimera stał się nagle chłodniejszy, bardziej oficjalny. Jakbym uderzył od niewłaściwej strony.

— Czemu pan do mnie dzwoni?

Nie wiedziałem, o co mu chodzi, ale z całą pewnością popełniłem jakąś gafę.

— Bo pomyślałem, że jest pan jedynym facetem, który może ocalić moją posadę. — Zaśmiałem się ponuro.

— Sądzi pan, że mam tu kopie? — rzucił gniewnie.

— A wie pan może, gdzie one są?

— Panie Cassidy, mam zespół sześciu świetnych specjalistów w dziedzinie własności intelektualnej. Potrafią poradzić sobie ze wszystkim, co się im zleci. Ale projekt AURORA? O nie, nim musi zająć się ktoś z zewnątrz. Czemu? Podobno z przyczyn bezpieczeństwa. — Z każdą chwilą mówił coraz głośniej, był naprawdę wkurzony. — Bo zapewne zewnętrzny konsultant dopilnuje bezpieczeństwa lepiej niż ludzie z Triona. Pytam więc, co mamy o tym myśleć? — Nie przypominał już łagodnego didżeja.

— Nie powinno tak być — przytaknąłem. — Kto zajmuje się wnioskami?

Frankenheimer głośno wypuścił powietrze. Oto pełen goryczy choleryk, świetny kandydat na zawałowca.

— Chciałbym to wiedzieć, lecz najwyraźniej nie jesteśmy dość godni zaufania, by przekazano nam tę informację. Jak to się u nas mówi? Otwartość i szczerość? Cudownie, chyba każę przygotować takie koszulki na firmowe zawody.

Odwiesiłem słuchawkę i wyskoczyłem do toalety. Po drodze minąłem gabinet Camillettiego i przeżyłem gwałtowny wstrząs.

Tam, na krześle, z ponurą miną siedział mój stary znajomy.

Chad Pierson.

· · ·

Przyśpieszyłem kroku, żeby któryś z nich nie dostrzegł mnie przez szklane ściany gabinetu. Nie miałem pojęcia, czemu wolałem, aby mnie nie widzieli. Kierowałem się instynktem.

Chryste, czyżby Chad znał Camillettiego? Nigdy o tym nie wspominał. A biorąc pod uwagę jego skromność i nieśmiałość, z pewnością by się przechwalał. Nie potrafiłem wymyślić żadnego rozsądnego albo przynajmniej niewinnego powodu, dla którego ci dwaj mieliby ze sobą rozmawiać. Z całą pewnością nie było to spotkanie towarzyskie. Camilletti nie marnowałby czasu na takiego szczura jak Chad.

Jedyne prawdopodobne wyjaśnienie przerażało mnie najbardziej: Chad postanowił podzielić się swoimi podejrzeniami co do mojej osoby z samą górą. A przynajmniej prawie samą górą. Tylko dlaczego wybrał Camillettiego?

Bez wątpienia Chad mnie nie znosił. Gdy tylko usłyszał o Kevinie, nowym pracowniku, który przeszedł do nas z Wyatt Telecom, rzucił się na niego jak hiena, by coś na mnie mieć. I mu się poszczęściło.

Ale czy naprawdę?

Ile właściwie wiedział o mnie Kevin Griffin? Znał tylko plotki, pogłoski. Mógł twierdzić, że wie coś o mojej przeszłości w Wyatcie, ale przecież sam ma bardzo wątpliwą reputację. Cokolwiek ludzie z ochrony Wyatta powiedzieli tym z Triona, faceci z Triona uwierzyli. W przeciwnym razie nie pozbyliby się go tak szybko.

Czy zatem Camilletti naprawdę mógłby uwierzyć w oskarżenia z drugiej ręki, i to z tak wątpliwego źródła — gościa podejrzewanego o oszustwa?

Z drugiej strony... Widział mnie razem z Wyattem w restauracji na uboczu, więc może uwierzyć.

Rozbolał mnie żołądek. Zaczynałem się zastanawiać, czy przypadkiem nie mam wrzodów.

Nawet jeśli, byłby to najmniejszy z moich problemów.

65

Następnego dnia, w sobotę, odbywało się barbecue u Goddarda. Dotarcie do domu nad jeziorem zabrało mi półtorej godziny. Większość tego czasu spędziłem na wąskich wiejskich drogach. Z samochodu zadzwoniłem do taty. Duży błąd. Chwilę rozmawiałem z Antwoine'em, a potem odezwał się ojciec, sapiąc i dysząc, jak zwykle uroczy. Od razu zażądał, bym natychmiast się u niego zjawił.

— Nie mogę, tato — powiedziałem. — Mam spotkanie służbowe.

Nie chciałem mówić, że muszę jechać na przyjęcie w wiejskim domu prezesa. Wyobraziłem sobie możliwe reakcje taty i chyba przeciążyłem wyobraźnię. Miałem przecież do wyboru tyrady na temat zepsutych szefów, Adama wazeliniarza, który sam nie wie, kim jest, z którego bogaci się natrząsają, a on nie raczy nawet spędzić trochę czasu z umierającym ojcem.

— Potrzebujesz czegoś? — spytałem, wiedząc, że i tak nigdy się do tego nie przyzna.

— Nie — odparł rozdrażniony. — Zwłaszcza że jesteś taki zajęty.

— Wpadnę jutro rano. Dobrze?

Tato nie odpowiedział, co znaczyło, że go wkurzyłem. Potem oddał telefon Antwoine'owi. Staruszek zupełnie odzyskał siły i znów był wredny jak zawsze.

Dotarłem na miejsce i skończyłem rozmowę. Ujrzałem zwykły drewniany słup i deskę z napisem „Goddard" oraz numerem. Długa wyboista droga gruntowa wiodąca przez gęsty las rozszerzała się nagle, tworząc duży kolisty podjazd, wysypany gniecionymi muszlami. Jakiś dzieciak w zielonej koszuli pełnił obowiązki parkingowego. Niechętnie wręczyłem mu kluczyki do porsche.

Sam dom był niski, przysadzisty, kryty szarą dachówką. Sprawiał wrażenie bardzo wygodnego i chyba zbudowano go pod koniec XIX wieku. Stał na wysokim brzegu nad jeziorem. Z dachu sterczały cztery pękate kamienne kominy. Po szarych dachówkach piął się bluszcz. Przed domem rozciągał się rozległy soczysty trawnik. Wisząca w powietrzu woń świadczyła o tym, że dopiero co go skoszono. Tu i ówdzie rosły masywne stare dęby i poskręcane sosny.

Na trawniku dostrzegłem około dwudziestu, może trzydziestu osób w szortach i podkoszulkach, trzymających w dłoni drinki. Wokół biegała grupka dzieci, krzycząc i przerzucając się piłkami. Przed werandą przy stoliku czekała ładna jasnowłosa dziewczyna. Uśmiechnęła się, znalazła mój identyfikator i wręczyła mi go.

Główna akcja rozgrywała się za domem, na trawniku opadającym łagodnie ku drewnianemu pomostowi. Tam tłum był gęściejszy. Rozejrzałem się w poszukiwaniu znajomej twarzy.

Nikogo nie dostrzegłem. Nagle podeszła do mnie przysadzista kobieta koło sześćdziesiątki, ubrana w długą bordową tunikę. Miała bardzo pomarszczoną twarz i śnieżnobiałe włosy.

— Wyglądasz na zagubionego — rzekła łagodnie. Głos miała głęboki i ochrypły, twarz równie wiekową jak dom.

Natychmiast zrozumiałem, że musi być żoną Goddarda. Nie grzeszyła urodą, Mordden miał rację. Z bliska faktycznie przypominała shar peia.

— Jestem Margaret Goddard. A ty musisz być Adam.

Wyciągnąłem rękę. Czułem się mile połechtany tym, że mnie

rozpoznała. Nagle jednak przypomniałem sobie, że moje imię widnieje na identyfikatorze.

— Miło mi panią poznać, pani Goddard.

Nie poprawiła mnie, nie kazała mówić sobie Margaret.

— Jock dużo mi o tobie opowiadał. — Długą chwilę przytrzymywała moją dłoń. W końcu skinęła głową, jej małe brązowe oczy rozszerzyły się lekko. Chyba jej zaimponowałem, a może po prostu to sobie wyobraziłem. Przysunęła się bliżej. — Mój mąż to stary cynik. Niełatwo zrobić na nim wrażenie, więc naprawdę musisz być dobry.

Zabudowana weranda otaczała dom. Minąłem wielkie czarne grille. Z rozżarzonych brykietów ulatywały pióropusze dymu. Kilka dziewczyn w białych mundurkach doglądało rozłożonych na metalowych kratach syczących hamburgerów, steków i kurcząt. W pobliżu ustawiono długi bar, przykryty białym lnianym obrusem. Para chłopaków, chyba studentów, rozlewała drinki, napoje i piwo do przezroczystych plastikowych szklanek. Przy innym stole ktoś otwierał ostrygi i układał je na lodzie.

Gdy podszedłem bliżej do werandy, zacząłem rozpoznawać ludzi. Większość stanowili ważni dyrektorzy z Triona wraz z małżonkami i dziećmi. Nancy Schwartz, starsza wiceprezeska działu rozwiązań biznesowych, drobna, ciemnowłosa, wiecznie zatroskana kobieta w jaskrawopomarańczowej koszulce Triona z zeszłorocznych firmowych zawodów, grała w krokieta z Rickiem Durantem, dyrektorem marketingu, wysokim, szczupłym i opalonym mężczyzną o eleganckiej czarnej fryzurze. Oboje mieli ponure miny. Sekretarka Goddarda, Flo, odziana w jedwabną hawajską sukienkę w jaskrawe wielobarwne kwiaty, krążyła wokół niczym prawdziwa gospodyni. A potem dostrzegłem Alanę. Jej długie opalone nogi i białe szorty. Ona też mnie zauważyła, jej oczy pojaśniały. Sprawiała wrażenie zaskoczonej. Pomachała mi szybko, uśmiechnęła się lekko i odwróciła głowę. Nie miałem pojęcia, o co chodzi i czy w ogóle to coś znaczy.

Może chciała utrzymać nasze kontakty w tajemnicy, zgodnie z zasadą, że „nie łowi się ryb z firmowej przystani".

Minąłem mojego dawnego szefa, Toma Lundgrena, ubranego w ohydną koszulkę polo w szare i jaskraworóżowe paski. W dłoni trzymał butelkę wody mineralnej. Nerwowo darł etykietę na długie, idealnie proste paski, słuchając ze sztucznym uśmiechem atrakcyjnej ciemnoskórej kobiety, zapewne Audrey Bethune, wiceprezeski i szefowej zespołu Guru. Parę kroków za nim stała kobieta, którą uznałem za jego żonę, odziana w identyczną koszulkę. Twarz miała niemal tak rumianą i ogorzałą jak sam Lundgren. Niezgrabny chłopczyk ciągnął ją za łokieć i prosił o coś piskliwym głosem.

Około piętnastu metrów dalej Goddard śmiał się głośno, otoczony niewielką grupką znajomych mężczyzn. Pociągał piwo z trzymanej w dłoni butelki. Miał na sobie niebieską koszulę z podwiniętymi rękawami, odprasowane spodnie khaki, granatowy pasek w wieloryby i znoszone brązowe mokasyny. Wzorcowy portret wiejskiego milionera. Podbiegła do niego mała dziewczynka, a on pochylił się i wyczarował jej z ucha monetę. Pisnęła zaskoczona, Goddard wręczył jej pieniążek i odbiegła, krzycząc z podniecenia.

Powiedział coś jeszcze. Słuchacze wybuchnęli śmiechem, jakby mieli przed sobą połączenie Jaya Leno, Eddiego Murphy'ego i Rodneya Dangerfielda. Obok Goddarda stał Paul Camilletti w starannie odprasowanych wyblakłych dżinsach i białej rozpinanej koszuli, również z podwiniętymi rękawami. On przynajmniej wiedział, jak się ubrać, ja nie. Włożyłem szorty khaki i koszulkę polo.

Naprzeciwko ustawił się Jim Colvin, dyrektor wykonawczy. Spod szarych prostych bermudów wyglądały białe jak mąka, cienkie nogi. Istny pokaz mody.

Goddard uniósł głowę, dostrzegł mnie i wezwał gestem.

Gdy ruszyłem ku niemu, ktoś zjawił się znikąd i chwycił moje ramię. Nora Sommers, w koszulce z różowej dzianiny z postawionym kołnierzykiem i w obszernych szortach khaki, sprawiała wrażenie zachwyconej moim widokiem.

— Adamie! — wykrzyknęła. — Jak miło cię widzieć. To cudowne miejsce, prawda?

Przytaknąłem i uśmiechnąłem się uprzejmie.

— Przyszłaś z córką?

Przez moment wyglądała na zakłopotaną.

— Megan, biedactwo, przechodzi teraz trudny okres. Nie chce spędzać ze mną czasu. — Zabawne, pomyślałem, widać ja też przechodzę ten okres. — Woli jeździć konno z ojcem, niż zmarnować popołudnie na przyjęcie w towarzystwie matki i jej nudnych kolegów z pracy.

Skinąłem głową.

— Przepraszam...

— Oglądałeś już kolekcję samochodów Jocka? Jest w garażu, o tam. — Wskazała ręką budynek wielki jak stodoła, kilkaset metrów dalej, po drugiej stronie trawnika. — Musisz zobaczyć samochody, są boskie.

— Zobaczę, dzięki.

Postawiłem krok w stronę grupki najbliższych współpracowników Goddarda.

Nora jeszcze mocniej ścisnęła mi ramię.

— Adamie, już wcześniej chciałam ci powiedzieć, jak bardzo cieszy mnie twój sukces. To wiele mówi o Jocku. Zdecydował się zaryzykować i proszę. Całkowicie ci zaufał. Naprawdę się cieszę.

Podziękowałem ciepło i uwolniłem rękę z jej szponów.

Dotarłem do Goddarda i stanąłem skromnie z boku, póki do mnie nie pomachał. Przedstawił mnie Stuartowi Luriemu, jednemu z dyrektorów.

— Co słychać, chłopie? — rzucił tamten i mocno uścisnął mi rękę. Był bardzo przystojnym facetem koło czterdziestki, przedwcześnie wyłysiał i golił resztkę włosów, by wydawało się, że tak właśnie miało być.

— Adam to przyszłość Triona — oznajmił Goddard.

— O rany, miło mi poznać przyszłość. — W głosie Luriego zadźwięczała subtelna nutka sarkazmu. — Z jego ucha nie wyjmiesz monety, co, Jock?

— Nie muszę. Adam sam ma w zwyczaju wyciągać króliki z kapelusza. Prawda, Adamie? — Goddard objął moje ramiona, wyszło to dość niezręcznie, bo byłem o wiele wyższy. — Chodź ze mną — powiedział cicho.

Poprowadził mnie w stronę zabudowanej werandy.

— Niedługo urządzę moją tradycyjną uroczystość — oznajmił, gdy wspinaliśmy się po drewnianych stopniach. Otworzyłem przed nim drzwi. — Rozdaję wszystkim drobne prezenty, niemądre drobiazgi, żartobliwe.

Uśmiechnąłem się. Ciekawe, po co mi to mówił. Chciał, żebym pomógł mu przygotować dowcipne uwagi czy co?

Przeszliśmy przez werandę, wśród starych wiklinowych mebli, przez hol do głównej części domu. Podłogi wyłożono starymi szerokimi deskami sosnowymi, które skrzypiały do wtóru naszych kroków. Ściany były kremowe. Wnętrze jasne, pogodne i przytulne. W powietrzu unosiła się trudna do opisania woń starego domu. Wszystko było tu wygodne, oswojone, prawdziwe. Oto dom bogatego człowieka, prosty i bezpretensjonalny, pomyślałem. Przeszliśmy szerokim korytarzem, mijając salon z wielkim kamiennym kominkiem. Potem skręciliśmy w węższy, wyłożony terakotą. Na półkach po obu stronach ustawiono nagrody i puchary. W końcu znaleźliśmy się w niewielkim pokoju pełnym książek. Pośrodku stał długi stół biblioteczny z komputerem i drukarką. Obok czekało kilka dużych kartonowych pudeł. Bez wątpienia był to gabinet Goddarda.

— Odzywa mi się stary reumatyzm — rzekł przepraszająco Jock, wskazując wielkie pudła czekające na stole. Każde z nich wypełniały barwnie opakowane prezenty. — Jesteś młody i silny. Zechcesz wynieść je na dwór i ustawić przy podium obok baru...?

— Oczywiście — odparłem, nie pokazując po sobie zawodu.
Dźwignąłem jedno z wielkich pudeł, nie tylko ciężkie, ale też niewygodne. Ciężar nie rozkładał się równo, a całość była tak wysoka, że ledwie widziałem, gdzie idę.

— Wyprowadzę cię — powiedział Goddard.

Podążyłem za nim wąskim korytarzem. Pudło ocierało się o półki po obu stronach. Musiałem częściowo odwrócić się bokiem, by móc nim manewrować. Poczułem, jak coś strącam. Rozległ się odgłos tłuczonego szkła.

— Cholera! — wyrzuciłem z siebie.

Obróciłem pudło, by sprawdzić, co się stało. Najwyraźniej strąciłem z półki trofeum. Leżało teraz na ziemi, strzaskane na złote odłamki, które zasypały podłogowe płytki. Kiedyś wyglądało jak odlane ze złota, w istocie zrobiono je z ceramiki.

— O Boże, najmocniej przepraszam. — Odstawiłem pudło i przykucnąłem, by pozbierać odłamki. Byłem bardzo ostrożny, ale w jakiś sposób musiałem zrzucić nagrodę.

Goddard obejrzał się i śmiertelnie zbladł.

— Nic się nie stało — rzekł, panując nad sobą z wysiłkiem.

Zebrałem większość odłamków. To była złota figurka przedstawiająca biegnącego futbolistę. Znalazłem fragment hełmu, pięść, małą piłkę. Do drewnianej podstawy przybito mosiężną plakietkę z napisem „Mistrzowie 1995 — Szkoła Lakewood — Elijah Goddard — rozgrywający".

Elijah Goddard, według słów Judith Bolton, był nieżyjącym synem Goddarda.

— Jock — powiedziałem — tak mi przykro.

Ostry odłamek wbił mi się boleśnie w dłoń.

— Powiedziałem, że nic nie szkodzi. — Głos Goddarda był twardy jak stal. — To nic takiego. Chodź, idziemy dalej.

Nie wiedziałem, co zrobić, czułem się paskudnie, zniszczyłem przecież bezcenną pamiątkę po jego utraconym synu. Chciałem posprzątać, ale nie zamierzałem jeszcze bardziej go wkurzać.

Mogłem się pożegnać z nawiązaną nicią sympatii. Ze skaleczenia na dłoni lała się krew.

— Pani Walsh posprząta — dodał ponuro. — Chodź, proszę, wynieś prezenty.

Przeszedł przez korytarz i gdzieś zniknął. Ja tymczasem, zachowując niezwykłą ostrożność, zaniosłem karton wąskim korytarzem i dalej do wyjścia.

Gdy wróciłem po drugie pudło, ujrzałem Goddarda siedzącego na krześle w kącie gabinetu. Był zgarbiony, jego głowę skrywał cień, w obu rękach trzymał drewnianą podstawę nagrody. Zawahałem się, niepewny, co mam robić. Czy powinienem stąd wyjść, zostawić go samego, czy też dalej przenosić pudła, udając, że go nie zauważyłem?

— Był takim uroczym chłopcem — powiedział nagle Goddard tak cicho, że z początku uznałem, że tylko to sobie wyobraziłem. Zamarłem. Głos miał cichy, ochrypły, słaby, niewiele głośniejszy od szeptu. — Wysportowanym, wysokim, szerokim w piersi jak ty. I miał... dar radości. Gdy wchodził do pokoju, nastrój od razu się zmieniał. Przy nim ludzie czuli się świetnie. Był piękny i miły, a w jego oczach były... iskierki. — Powoli uniósł głowę, patrząc w dal. — Już jako niemowlę prawie nigdy nie płakał ani się nie złościł.

Głos Goddarda ucichł. Stałem pośrodku pokoju jak wmurowany i tylko słuchałem. W ręce zwinąłem serwetkę i przycisnąłem do dłoni, by powstrzymać krwawienie. Czułem, że materiał robi się mokry.

— Polubiłbyś go — powiedział Goddard. Patrzył w moją stronę, lecz nie na mnie. Jakby na moim miejscu widział nieżyjącego syna. — O tak, z pewnością byście się zaprzyjaźnili.

— Przykro mi, że go nie poznałem.

— Wszyscy go kochali. Tego dzieciaka zesłano na ziemię, by dawał ludziom radość. Miał w sobie iskrę, najpiękniejszy uś... — Głos załamał mu się gwałtownie. — Najpiękniejszy... uśmiech. — Goddard opuścił głowę, jego ramiona drżały. Po minucie rzekł: — Tamtego dnia Margaret zadzwoniła do mnie do biura. Krzyczała... Znalazła go w sypialni. Przyjechałem do domu, w ogóle nie myślałem... Elijah rzucił szkołę na trzecim roku Haverford. Tak naprawdę wywalili go. Jego średnia ocen bardzo spadła, przestał chodzić na zajęcia. Ale nie zdołałem go namówić, by się przede mną otworzył. Podejrzewałem, rzecz jasna, że bierze, i próbowałem z nim rozmawiać, ale zupełnie jakbym mówił do ściany. Z powrotem wprowadził się tutaj. Większość czasu spędzał w swoim pokoju albo spotykał się z dzieciakami, których nie znałem. Później od jego przyjaciela usłyszałem, że na początku trzeciego roku zaczął brać heroinę. To nie był młodociany przestępca, tylko utalentowany, przemiły chłopak, dobre dziecko... Lecz w pewnym momencie zaczął... jak to mówią, ćpać. I to go zmieniło. Światło w jego oczach zgasło. Zaczął kłamać, zupełnie jakby próbował przekreślić to, kim był do tej pory. Wiesz, co mam na myśli? — Goddard ponownie uniósł wzrok, po jego policzkach spływały łzy.

Skinąłem głową.

Minęło kilka długich sekund, nim podjął opowieść:

— Chyba po prostu czegoś szukał. Potrzebował czegoś, czego świat nie mógł mu dać. A może za bardzo się wszystkim przejmował i uznał, że musi zabić tę część siebie — jego głos znów zaczął się łamać — oraz całą resztę.

— Jock... — zacząłem. Marzyłem, by umilkł.

— Lekarz patolog uznał, że to przedawkowanie. Oświadczył, że z całą pewnością było rozmyślne, że Elijah wiedział, co robi. — Goddard zakrył oczy kanciastą dłonią. — W takiej sytuacji pytasz sam siebie: co mogłem zrobić inaczej, co spieprzyłem? Kiedyś nawet groziłem mu aresztem. Próbowaliśmy go namówić na terapię. Byłem niemal gotów spakować go i zawieźć do ośrodka, pod przymusem. Ale nie nadarzyła się już sposobność. I wciąż zadawałem sobie to samo pytanie. Czy byłem dla niego za twardy, za surowy? A może nie dość surowy? Czy za bardzo angażowałem się w swoją pracę? Chyba tak. W tamtych czasach byłem znacznie mniej cierpliwy. Zbyt zaprzątnięty rozwijaniem Triona, by być dla niego prawdziwym ojcem.

Teraz spojrzał wprost na mnie, w jego oczach dostrzegłem ból. Zupełnie jakby ktoś wbił mi nóż w żołądek. Moje oczy też zwilgotniały.

— Idziesz do pracy i budujesz własne królestwo, tracąc z oczu to, co najważniejsze. — Zamrugał gwałtownie. — Nie chcę, żebyś ty to stracił, Adamie, nigdy.

W tej chwili Goddard wydawał się mniejszy, mądrzejszy i starszy o sto lat.

— Leżał na łóżku umazany śliną i moczem, jak niemowlę. A ja wziąłem go w ramiona, jakby naprawdę był dzieckiem. Wiesz, jak to jest widzieć swoje dziecko w trumnie? — szepnął. Po moim ciele przebiegł dreszcz, musiałem odwrócić wzrok. — Sądziłem, że nigdy nie wrócę do pracy, że nigdy się z tego nie otrząsnę. Margaret twierdzi, że nie otrząsnąłem się do dziś. Niemal przez dwa miesiące nie wychodziłem z domu, nie umiałem wymyślić powodu, który uzasadniałby moje życie. Kiedy zdarza się coś takiego, zaczynasz kwestionować wagę wszystkiego.

Nagle jakby sobie przypomniał, że w kieszeni ma chusteczkę. Wyciągnął ją, otarł twarz.

— Spójrz na mnie. — Głęboko westchnął i niespodziewanie zachichotał. — Spójrz na starego głupca. Gdy byłem w twoim wieku, wyobrażałem sobie, że kiedy dożyję obecnego, zrozumiem już sens życia. — Uśmiechnął się ze smutkiem. — A jednak nie jestem wcale bliższy tego odkrycia niż wtedy. Przynajmniej wiem, co w życiu nie jest ważne. Dzięki procesowi eliminacji. Musiałem stracić syna, by to pojąć. Zdobywasz wielki dom, świetny samochód, może nawet umieszczają cię na okładce „Fortune" i sądzisz, że zjadłeś wszystkie rozumy. A potem Bóg wysyła ci telegram: „Och, zapomniałem cię uprzedzić, to wszystko nic nie znaczy. Wszyscy, których kochasz na tej ziemi, żyją na kredyt. Więc lepiej ich kochaj, póki możesz". — Po jego policzku wolno spłynęła łza. — Po dziś dzień zadaję sobie pytanie, czy tak naprawdę znałem Eliego. Może nie. Sądziłem, że go znam. Wiem, że go kochałem bardziej niż kogokolwiek na świecie. Ale czy naprawdę znałem mojego syna? Nie potrafię powiedzieć. — Pokręcił głową, powoli dochodził do siebie. — Twój ojciec, kimkolwiek jest, to wielki szczęściarz. Straszny szczęściarz... i nawet o tym nie wie. Ma syna takiego jak ty, syna, który wciąż jest przy nim. Musi być z ciebie dumny.

— Nie jestem taki pewien — odparłem cicho.

— Ale ja jestem — rzekł Goddard. — Bo ja na jego miejscu bym był.

CZĘŚĆ SIÓDMA

KONTROLA

Kontrola: władza centrali nad agentem bądź podwójnym agentem, która ma zapobiec jego zdradzie bądź powrotowi na poprzednią stronę (tak zwanemu potrojeniu).

Międzynarodowy słownik wywiadowczy

66

Następnego ranka sprawdziłem w domu pocztę i znalazłem wiadomość od „Arthura":

Szef jest pod wrażeniem twojej prezentacji i domaga się natychmiast dalszego ciągu.

Przez minutę wpatrywałem się w ekran i uznałem, że nie będę odpowiadał.

. . .

Nieco później zjawiłem się niezapowiedziany w mieszkaniu ojca z pudełkiem pączków z kremem. Zaparkowałem tuż przed domem. Wiedziałem, że tata cały dzień wygląda przez okno, kiedy nie gapi się w telewizor. Dostrzegał wszystko, co działo się na zewnątrz.

Właśnie wyjechałem z myjni i porsche świeciło niczym obsydianowy posąg. Prawdziwe cudo.

Byłem podekscytowany. Tata jeszcze go nie widział. Jego syn frajer, już nie frajer, przybywał z wizytą w wielkim stylu — w rydwanie o mocy trzystu dwudziestu koni mechanicznych.

Ojciec siedział na swoim zwykłym miejscu przed telewizorem i oglądał reportaż o skandalach w wielkich korporacjach. Antwoine zajął miejsce obok niego na mniej wygodnym krześle i całkowicie pogrążył się w lekturze jednego z kolorowych tabloidów, które na moje oko wyglądają identycznie. Chyba to był „The Star".

Tato uniósł wzrok, dostrzegł pudełko z pączkami, którym do niego pomachałem, i pokręcił głową.

— Nie — mruknął.

— W środku powinien być taki z czekoladową polewą, twój ulubiony.

— Nie mogę już jeść tego świństwa. Nasz Mandingo mnie zaszantażował. Może jego poczęstujesz?

Antwoine także odmówił.

— Nie, dzięki, staram się zrzucić parę kilo. Nie kuś.

— Co to ma być? Siedziba sztabu generalnego kampanii dietetycznej?

Postawiłem pudełko z pączkami na błyszczącym stoliku obok Antwoine'a. Tata wciąż nie wspomniał nawet słowem o samochodzie. Uznałem, że pewnie zbyt zaabsorbował go program telewizyjny. A poza tym psuł mu się wzrok.

— Gdy tylko wychodzisz, sięga po bat i przegania mnie po pokoju — oznajmił ojciec.

— Nie ustępuje, co? — spytałem.

Twarz taty nie wyrażała gniewu, raczej rozbawienie.

— Skoro go to kręci. Choć największą radość sprawia mu trzymanie mnie z dala od fajek.

Napięcie panujące między nimi wyraźnie opadło, jakby zawarli niechętny rozejm.

— Wyglądasz znacznie lepiej, tato — skłamałem.

— Bzdura — warknął, nie spuszczając wzroku z ekranu, gdzie prowadzono śledztwo na niby. — Wciąż pracujesz w tej nowej firmie?

— Tak. — Uśmiechnąłem się niemądrze. Nadeszła pora, by przekazać dobre wieści. — Prawdę mówiąc...

— Pozwól, że coś ci powiem. — W końcu odwrócił wzrok od telewizora i posłał mi wrogie spojrzenie. Nie oglądając się, machnął ręką w stronę odbiornika. — Te sukinsyny, ci dranie, wyciągną z ciebie wszystko co do grosza, jeśli im tylko pozwolisz.

— Kto? Korporacje?

— Korporacje, prezesi ze swoimi opcjami na akcje i funduszami powierniczymi, i specjalnymi umowami. Każdy z nich myśli tylko o sobie, każdziusieńki. Nie zapominaj o tym.

Spuściłem wzrok.

— Nie — odparłem cicho — nie każdy.

— Nie oszukuj sam siebie.

— Słuchaj swojego ojca — wtrącił Antwoine, nie odrywając wzroku od gazety. Czy mi się zdawało, czy w jego głosie dosłyszałem nutkę czułości? — To prawdziwa krynica mądrości.

— Tak się składa, tato, że wiem co nieco na temat prezesów. Właśnie dostałem poważny awans, zostałem osobistym asystentem prezesa Triona.

W pokoju zapadła cisza. Zupełnie jakby w ogóle nie słuchał, co mówię. Wpatrywał się w ekran. Uznałem, że może zabrzmiało to nieco arogancko, toteż nieco złagodziłem ton.

— To naprawdę wielka rzecz, tato.

Znów cisza.

Już miałem powtórzyć, gdy w końcu się odezwał:

— Osobisty asystent? To coś jak sekretarka?

— Nie, to wysokie stanowisko, burze mózgów i tak dalej.

— Więc czym dokładnie zajmujesz się na co dzień?

Może i miał rozedmę, ale potrafił spuścić ze mnie parę.

— Nieważne, tato — mruknąłem. Nie powinienem poruszać tego tematu. I rzeczywiście, co, do diabła, obchodziła mnie jego opinia?

— Nie, naprawdę, jestem ciekaw, co musisz robić, żeby kupować sobie takie wozy.

A więc jednak zauważył. Uśmiechnąłem się.

— Jest super, co?

— Ile cię kosztował?

— Prawdę mówiąc...

— Chodzi mi o miesięczną ratę. — Pociągnął długi haust tlenu.

— Nic.

— Nic? — powtórzył, jakby nie zrozumiał.

— Zero. Trion opłaca ratę leasingową. To premia na nowym stanowisku.

Kolejny oddech.

— Premia.

— To samo z nowym mieszkaniem.

— Przeprowadziłeś się?

— Chyba wspominałem. Mam ponad dwieście metrów w jednej z wież Harbor Suites. Trion spłaca kredyt hipoteczny.

Następny łyk powietrza.

— Jesteś dumny? — spytał.

Kompletnie mnie zaskoczył. Nigdy wcześniej nie słyszałem w jego ustach tego słowa.

— Owszem — odparłem, rumieniąc się.

— Dumny z faktu, że teraz do nich należysz?

Powinienem był dostrzec, że w ciastku kryje się żyletka.

— Do nikogo nie należę, tato — odparłem krótko. — To się nazywa sukces. Sprawdź w słowniku, znajdziesz obok „życia na szczycie", „apartamentu dyrektorskiego" i „najwyższych kadr".

Nie mogłem uwierzyć, że te słowa padają z moich ust. Przez cały czas się wściekałem, że jestem tylko marionetką, a teraz się tym szczycę. Widzisz, do czego mnie doprowadziłeś?

Antwoine odłożył gazetę i taktownie się pożegnał, udając, że ma coś do zrobienia w kuchni.

Tata zaśmiał się szorstko i spojrzał na mnie.

— Zobaczmy, czy dobrze zrozumiałem. — Wciągnął w płuca kolejną porcję tlenu. — Samochód ani mieszkanie nie należą do ciebie. Zgadza się? I nazywasz je premią? — Oddech. — Powiem ci, co to znaczy. Wszystko, co ci dali, mogą także odebrać. I zrobią to. Jeździsz pieprzonym firmowym samochodem, mieszkasz w firmowym mieszkaniu, nosisz firmowy mundurek i nic nie należy do ciebie. Całe twoje życie do ciebie nie należy.

Przygryzłem wargę, usiłując powstrzymać wybuch. Staruszek umiera, powtórzyłem sobie w duchu milionowy raz. Zażywa

346

sterydy, to nieszczęśliwy, zgorzkniały człowiek. A jednak słowa same wymknęły mi się z ust.

— Wiesz, tato, niektórzy ojcowie byliby dumni z sukcesu swoich synów.

Odetchnął głośno, jego maleńkie oczy zalśniły.

— Sukces? Tak to nazywasz? Widzisz, Adamie, coraz bardziej przypominasz mi twoją matkę.

— Ach tak? — Spokojnie, tylko spokojnie, powtarzałem sobie. Nie okazuj złości, nie trać nad sobą panowania, w przeciwnym razie on wygra.

— Zgadza się. Wyglądasz jak ona, masz podobną osobowość. Wszyscy ją lubili, wszędzie pasowała. Mogła poślubić bogatego faceta i lepiej się w życiu ustawić. I nie myśl, że mi tego nie wypominała. Podczas wywiadówek w Bartholomew Browningu widziałem, jak przyjaźnie gawędzi z bogatymi draniami. Wystrojona, niemal wpychała im cycki w twarz. Myślisz, że nie zauważyłem?

— Pięknie, tato, naprawdę pięknie. Szkoda, że nie jestem bardziej podobny do ciebie.

Patrzył na mnie bez słowa.

— No wiesz, zgorzkniały, wredny — ciągnąłem. — Wkurzony na cały świat. Chcesz, żebym stał się taki jak ty?

Sapnął, jego twarz poczerwieniała.

Teraz już nie mogłem przestać. Serce uderzało mi w piersi sto razy na minutę, głos z każdą chwilą stawał się donioślejszy. Już prawie krzyczałem.

— Kiedy byłem spłukany i cały czas imprezowałem, uważałeś mnie za frajera. Teraz odniosłem sukces zgodny z każdą możliwą definicją, a ty reagujesz wyłącznie pogardą. Może istnieje powód, dla którego po prostu nie potrafisz być ze mnie dumny, tato?

Skrzywił się wściekle.

— Ach tak?

— Spójrz na siebie, na swoje życie. — Miałem wrażenie, że wewnątrz mojej głowy pędzi pozbawiony hamulców pociąg, którego nic na świecie nie zdoła zatrzymać. — Ciągle mówisz, że świat dzieli się na zwycięzców i przegranych. Więc pozwól, że o coś cię spytam, tato. Kim ty jesteś? Kim jesteś?

Pociągnął haust tlenu, przekrwione oczy wyglądały, jakby zaraz miały wyskoczyć z orbit. Mamrotał coś pod nosem. Dosłyszałem słowa „cholerny", „pieprzony" i „gówniarz".

— Tak, tato — powiedziałem, odwracając się od niego. — Chcę być dokładnie taki jak ty.

Niesiony własnym od dawna tłumionym gniewem ruszyłem w stronę drzwi. Słowa już padły, nie da się ich cofnąć. A ja czułem się gorzej niż kiedykolwiek. Wyszedłem z mieszkania, nim zdążyłem poczynić więcej szkód. Ostatnią rzeczą, jaką widziałem, był ojciec: z czerwoną twarzą, zasapany i mamroczący pod nosem. Szkliste oczy wpatrywały się we mnie z niedowierzaniem, gniewem albo bólem. Sam nie wiem.

67

— Więc naprawdę pracujesz dla samego Jocka Goddarda? — spytała Alana. — Boże, mam nadzieję, że nigdy nie powiedziałam o nim nic złego.

Jechaliśmy windą do mojego mieszkania. Po pracy wpadła do siebie, żeby się przebrać, i wyglądała świetnie. Miała czarną bluzkę z dekoltem w łódkę, czarne legginsy, ciężkie czarne buty. Pachniała tymi samymi ślicznymi kwiatowymi perfumami co na poprzedniej randce. Czarne włosy, długie i lśniące, wspaniale kontrastowały z błękitnymi oczami.

— Zmieszałaś go z błotem, natychmiast o tym zameldowałem.

Uśmiechnęła się, błyskając idealnymi zębami.

— Ta winda jest wielkości mojego mieszkania.

Wiedziałem, że to nieprawda, ale i tak się roześmiałem.

— Jest też znacznie większa niż moje poprzednie — dodałem.

Gdy wspomniałem, że właśnie przeprowadziłem się do Harbor Suites, Alana oznajmiła, iż słyszała o tamtejszych apartamentach. Sprawiała wrażenie zaciekawionej, toteż zaprosiłem ją do siebie. Potem mogliśmy zjeść kolację w restauracji hotelowej na dole. Jak dotąd nie miałem jeszcze okazji z niej skorzystać.

— Rany, niezły widok — powiedziała, gdy tylko weszliśmy do środka.

W tle cicho grała płyta Alanis Morissette.

— Fantastyczne. — Alana rozejrzała się wokół, dostrzegła folię wciąż pokrywającą kanapę i fotel i spytała przekornie: — Kiedy się wprowadzasz?

— Gdy tylko będę miał wolną godzinę albo dwie. Może drinka?

— Hm, jasne, byłoby miło.

— Cosmopolitana? Robię też świetny gin z tonikiem.

— Gin z tonikiem brzmi super, dzięki. Więc dopiero zacząłeś dla niego pracować?

Oczywiście mnie sprawdziła. Podszedłem do świeżo wyposażonego barku we wnęce obok kuchni i sięgnąłem po butelkę ginu Tanqueray Malacca.

— W tym tygodniu.

Podążyła za mną do kuchni. Wyciągnąłem z niemal pustej lodówki parę limonek i zacząłem rozcinać je na pół.

— Ale w Trionie pracujesz od miesiąca. — Przekrzywiła głowę na bok, próbując zrozumieć mój nagły awans. — Ładna kuchnia. Gotujesz?

— Sprzęt jest tylko na pokaz — odparłem. Zacząłem wsuwać połówki limonek do elektrycznej wyciskarki. — Zgadza się, nie od razu pracowałem dla Goddarda. Ale zaangażował się w projekt, którym się zajmowałem. Chyba spodobało mu się moje podejście i pomysły.

— Prawdziwy łut szczęścia — powiedziała, podnosząc głos, żeby przekrzyczeć elektryczny skowyt wyciskarki.

Wzruszyłem ramionami.

— To się jeszcze okaże.

Wrzuciłem lód do dwóch szklanek w stylu francuskim, dolałem po porcji ginu, hojnie doprawiłem tonikiem z lodówki i sokiem z limonek. Wręczyłem jej drinka.

— Więc Tom Lundgren musiał cię zatrudnić do zespołu Nory Sommers. Hej, to jest świetne, pewnie przez limonki.

— Dzięki. Tak, zatrudnił mnie Tom Lundgren. — Udałem zaskoczonego tym, że wie.

— Wiedziałeś, że zaangażowali cię na moje miejsce?

— To znaczy?

— Miejsce, które zwolniłam po przejściu do AURORY.

— Naprawdę? — Spojrzałem na nią ze zdumieniem. Skinęła głową.

— Niewiarygodne.

— Jaki ten świat jest mały. A co to jest AURORA?

— Och, myślałam, że wiesz. — Zerknęła na mnie znad szklanki z nieco zbyt niewinną miną.

Pokręciłem głową.

— Nie...

— Myślałam, że też mnie sprawdziłeś. Przenieśli mnie do marketingu w dziale technologii przełomowych.

— To jest właśnie AURORA?

— Nie. AURORA to projekt, nad którym pracuję. — Zawahała się sekundę. — Chyba uznałam, że skoro pracujesz dla Goddarda, to maczasz palce we wszystkim.

Oho, taktyczny błąd. Chciałem, by sądziła, że możemy swobodnie rozmawiać o wszystkim.

— Mam dostęp do wszystkiego, ale na razie próbuję się zorientować, gdzie stoi kopiarka.

Skinęła głową.

— Lubisz Goddarda?

Co miałem powiedzieć? Że go nie lubię?

— To imponujący facet.

— Na przyjęciu wyglądaliście na bardzo ze sobą zżytych. Widziałam, że cię wezwał i przedstawił swoim ludziom. Pomagałeś mu nosić rzeczy i tak dalej.

— Tak. Mhm, jesteśmy bardzo zżyci — powtórzyłem z sarkazmem. — Jestem jego chłopcem na posyłki i obstawą. Podobało ci się tam?

— To dziwne uczucie znaleźć się nagle wśród tych wszystkich szych. Ale po paru piwach poczułam się lepiej. Byłam tam pierwszy raz.

Bo przydzielono cię do jego ukochanego projektu, AURORY,

pomyślałem. Chciałem jednak zachować się dyplomatycznie, więc na razie porzuciłem temat.

— Zadzwonię do restauracji i każę przygotować stolik.

. . .

— Wiesz, myślałam, że Trion nie zatrudnia ludzi z zewnątrz — powiedziała Alana, patrząc na mnie znad jadłospisu. — Naprawdę musiało im na tobie zależeć, skoro nagięli zasady.

— Chyba sądzili, że mnie podkupują. Nie byłem nikim nadzwyczajnym.

Z ginu i toniku przerzuciliśmy się na sancerre, które zamówiłem, bo z rachunków Alany wynikało, że to jej ulubione wino. Gdy o nie poprosiłem, zareagowała zdumieniem i wyraźnym zadowoleniem. Zaczynałem przywykać do tej reakcji.

— Wątpię — mruknęła. — Co robiłeś w Wyatcie?

Przedstawiłem jej wykutą na pamięć wersję z rozmowy kwalifikacyjnej, ale to nie wystarczyło. Chciała poznać wszystkie szczegóły dotyczące projektu Lucid.

— W zasadzie nie powinienem mówić o tym, co robiłem w Wyatcie, przepraszam. — Starałem się, by zabrzmiało to swobodnie.

Zarumieniła się zakłopotana.

— O Boże, jasne, doskonale to rozumiem.

Pojawił się kelner.

— Są państwo gotowi?

— Ty pierwszy — zaproponowała Alana i znów zajęła się studiowaniem menu.

Zamówiłem paellę.

— Też miałam na nią ochotę — powiedziała.

No dobra, nie jest wegetarianką.

— Wolno nam zamówić to samo, wiesz o tym?

— Ja też poproszę paellę — oznajmiła. — Ale jeśli jest w niej mięso, na przykład kiełbasa, można je pominąć?

— Oczywiście. — Kelner zapisał coś w notesie.

— Uwielbiam paellę — mruknęła. — W domu prawie nigdy nie jadam ryb ani owoców morza. To prawdziwy przysmak.

— Zostaniemy przy sancerre? — spytałem.

— Jasne.

Gdy kelner odwrócił się, by odejść, nagle przypomniałem sobie, że Alana ma uczulenie na krewetki.

— Chwileczkę. Czy w paelli są krewetki?

— Owszem, są — odparł kelner.

— To może być problem.

Alana spojrzała na mnie zaskoczona.

— Skąd wiedziałeś...? — zaczęła. Jej oczy się zwęziły. Nastała długa, przejmująco długa chwila potwornego napięcia.

Z całych sił wytężałem umysł. Nie mogłem uwierzyć, że wpadłem na takim szczególe. Głośno przełknąłem ślinę, z mojej twarzy odpłynęła krew.

— To znaczy, że też masz alergię?

Chwila ciszy.

— Tak, przepraszam. Jakie to dziwne.

Cień podejrzenia zniknął. Oboje przerzuciliśmy się na zapiekane mule.

— No dobra — rzuciłem. — Dość gadania o mnie. Chcę posłuchać o AURORZE.

— No cóż, to w sumie tajne — rzekła przepraszająco.

Wyszczerzyłem zęby w uśmiechu.

— Nie, nie odpłacam pięknym za nadobne, przysięgam — zaprotestowała. — Naprawdę.

— No dobra — rzekłem sceptycznie. — Ale teraz mnie zaciekawiłaś. Naprawdę mam zacząć grzebać i dowiedzieć się wszystkiego sam?

— To nie jest aż tak interesujące.

— Nie wierzę. Może ogólny zarys?

Uniosła wzrok ku niebu i westchnęła ciężko.

— No dobra, wygląda to tak. Słyszałeś kiedyś o Haloid Company?

— Nie — powiedziałem powoli.

— Jasne, że nie. Nie ma powodu, dla którego miałbyś o niej słyszeć. Haloid Company była niewielką firmą produkującą papier fotograficzny. Pod koniec lat czterdziestych kupiła prawa do nowej technologii, którą odrzuciły wszystkie wielkie firmy, IBM, RCA, GE. Chodziło o wynalazek zwany kserografem. Po dziesięciu czy piętnastu latach Haloid Company przekształciła się w Xerox Corporation. Z niewielkiej rodzinnej firmy stała się olbrzymią korporacją. Tylko dlatego, że zaryzykowali i zajęli się technologią, która nikogo innego nie zainteresowała.

— Rozumiem.

— Albo weźmy Galvin Manufacturing Corporation z Chicago. Produkowali radia samochodowe Motorola, a potem weszli na rynek półprzewodników i telefonów komórkowych. Albo małą firmę naftową Geophysical Service, która zaczęła podbijać rynek tranzystorów i układów scalonych i stała się Texas Instruments. Rozumiesz? Historia rozwoju technologii pełna jest firm, które zupełnie odmieniły swoje oblicze, zdobywając właściwe patenty we właściwej chwili i pozostawiając konkurencję z ręką w nocniku. To właśnie próbuje zrobić Jock Goddard z AURORĄ. Uważa, że AURORA zmieni świat i oblicze amerykańskiej gospodarki. Tak jak uczyniły to kiedyś tranzystory, półprzewodniki czy fotokopiarki.

— Technologia przełomowa.

— Zgadza się.

— Ale „Wall Street Journal" uważa, że Jock jest skończony.

— Oboje wiemy, że to nieprawda. Po prostu wszystkich wyprzedza. Przyjrzyj się historii naszej firmy. Zdarzyły się w niej trzy czy cztery okresy, kiedy ludzie sądzili, że Trion pada, że zaraz ogłosi bankructwo. I wtedy nagle zaskakiwał wszystkich i powracał silniejszy niż przedtem.

— Sądzisz, że nadchodzi kolejny przełomowy moment?

— Gdy AURORA będzie gotowa, Jock ogłosi to publicznie. A wtedy zobaczymy, co powie „Wall Street Journal". AURORA sprawi, że ostatnie problemy całkowicie stracą znaczenie.

— Niesamowite. — Zajrzałem do kieliszka z winem i mruknąłem od niechcenia: — Więc co to za technologia?

Alana uśmiechnęła się i pokręciła głową.

— Prawdopodobnie nie powinnam była mówić nawet tyle. — Przekrzywiła głowę i dodała wesoło: — Czyżbyś mnie sprawdzał?

68

Od chwili gdy powiedziała, że ma ochotę na kolację w restauracji w Harbor Suites, wiedziałem, że razem spędzimy noc. Miewałem już randki z kobietami, podczas których napięcie erotyczne wynikało głównie z pytania „zechce czy nie zechce?". Ta wyglądała inaczej, lecz napięcie było jeszcze silniejsze. Towarzyszyło nam cały czas. Niewidzialna granica, którą, jak dobrze wiedzieliśmy, wkrótce przekroczymy. Linia dzieląca przyjaźń od czegoś innego. Pytanie brzmiało: kiedy i jak ją przekroczymy. Kto uczyni pierwszy krok, jak to będzie wyglądało. Po kolacji wróciliśmy do mnie, oboje na lekkim rauszu, po zbyt wielu koktajlach i kieliszkach białego wina. Otoczyłem ręką jej wąską talię. Chciałem poczuć jej miękką skórę na brzuchu, pod piersiami, na pośladkach. Chciałem ujrzeć najintymniejsze części jej ciała, zobaczyć, jak pęka twarda otoczka kryjąca w sobie niewiarygodnie piękną, wyrafinowaną kobietę; jak Alana drży i poddaje się, a jej przejrzyste błękitne oczy zachodzą mgiełką rozkoszy.

Jakiś czas krążyliśmy bez celu po mieszkaniu, podziwiając widok oceanu. Zrobiłem nam martini, którego wcale nie potrzebowaliśmy.

— Nie do wiary, że rano muszę jechać do Palo Alto — powiedziała.

— Co jest w Palo Alto?

Pokręciła głową.

— Nic ciekawego.

Ona także obejmowała mnie w pasie, lecz jej dłoń zsunęła się niby przypadkiem i zatrzymała na moim tyłku, po czym zaczęła rytmicznie go ściskać. Spytała żartobliwie, czy skończyłem już odpakowywać łóżko.

W następnej chwili już ją całowałem. Moje zachłanne palce łagodnie gładziły jej piersi, a jej gorąca dłoń powędrowała do mojego krocza. Oboje szybko się podnieciliśmy i potykając się, ruszyliśmy w stronę kanapy, tej bez folii. Całowaliśmy się, przywierając do siebie i ocierając się biodrami. Jęknęła. Łapczywie wyłowiła ze spodni mojego penisa. Pod czarną bluzką miała białą jedwabną koszulkę. Jej piersi były pełne, krągłe, idealne.

Doszła głośno, z zaskakującą swobodą.

Wywróciłem kieliszek po martini. Przeszliśmy długim korytarzem do sypialni i zrobiliśmy to jeszcze raz, tym razem wolniej.

— Alano? — zagadnąłem, gdy tuliliśmy się do siebie.

— Hm.

— Alana znaczy „piękne" po galijsku, prawda?

— Chyba po celtycku. — Drapała moją klatkę, ja gładziłem jej pierś.

— Alano, muszę ci coś powiedzieć.

Jęknęła.

— Jesteś żonaty.

— Nie...

Odwróciła się do mnie, jej oczy błysnęły gniewnie.

— Masz kogoś.

— Nie, nikogo nie mam. Muszę ci się przyznać, że nie znoszę Ani DiFranco.

— Ale przecież... sam ją cytowałeś. — Patrzyła na mnie zaskoczona.

— Miałem kiedyś dziewczynę, która ciągle jej słuchała. Teraz Ani źle mi się kojarzy.

— To po co ci jej płyta?

Zauważyła cholerstwo obok wieży.

— Starałem się jakoś ją polubić.

— Czemu?

— Dla ciebie.

Zastanowiła się chwilę i zmarszczyła ciemne brwi.

— Nie musisz lubić tego co ja. Ja na przykład nie lubię porsche.

— Nie? — Spojrzałem na nią zaskoczony.

— To fiuty na czterech kołach.

— Fakt.

— Może niektórzy faceci ich potrzebują, ale ty na pewno nie.

— Nikt nie „potrzebuje" porsche. Po prostu uznałem, że jest fajne.

— Dziwne, że nie sprawiłeś sobie czerwonego.

— Nie. Gliny zlatują się do nich jak muchy do miodu, od razu włączają radar.

— Twój ojciec miał porsche? Mój miał. — Wywróciła oczami. — To śmieszne. Lekarstwo na męskie klimakterium.

— Prawdę mówiąc, jak byłem mały, w ogóle nie mieliśmy samochodu.

— Nie mieliście samochodu?

— Korzystaliśmy z transportu publicznego.

— Ach tak. — Wyraźnie się zawstydziła. Po chwili dodała: — Więc to wszystko musi być dla ciebie zupełnie nowe. — Machnęła ręką, wskazując mieszkanie i meble.

— Owszem.

— Hm.

Minęła kolejna minuta.

— Mogę odwiedzić cię kiedyś w pracy? — spytałem.

— Nie. Dostęp na czwarte piętro jest bardzo ograniczony. A zresztą lepiej, by ludzie w pracy nie wiedzieli. Jak myślisz?

— Tak, masz rację.

Zdziwiłem się, gdy zwinęła się w kłębek i zasnęła. Sądziłem, że zaraz się pozbiera, wróci do domu, żeby obudzić się we własnym łóżku. Ale widać miała ochotę spędzić noc u mnie.

. . .

Kiedy wstałem, zegar przy łóżku wskazywał trzecią trzydzieści pięć. Alana wciąż spała, pochrapując cichutko. Przeszedłem na palcach po dywanie i bezszelestnie zamknąłem za sobą drzwi.

Zalogowałem się na konto i jak zwykle zobaczyłem mnóstwo spamu i śmieci, parę listów z pracy, nic pilnego, i jeden z Hotmaila, od „Arthura" z tematem: „Odp: Sprzęt użytkowy". Meacham wydawał się naprawdę wkurzony.

Szef jest bardzo zawiedziony brakiem odpowiedzi.
Domaga się dodatkowych materiałów do jutra, do
osiemnastej. Albo wypowie umowę.

Nacisnąłem odpowiedź i napisałem: „Przykro mi, nie zdołałem znaleźć dodatkowych materiałów". Podpisałem się Donnie. Potem przeczytałem wiadomość raz jeszcze i skasowałem. Nie, w ogóle nie odpowiem. Tak będzie prościej. Skończyłem już z nimi.

Zauważyłem, że kwadratowa czarna torebka Alany wciąż leży na granitowym blacie, tam gdzie ją zostawiła. Nie miała ze sobą komputera ani teczki, bo przebrała się w domu.

W torebce miała kartę, szminkę, miętówki, klucze i swojego Maestra. Klucze prawdopodobnie otwierały mieszkanie, samochód, skrzynkę pocztową i tak dalej. W Maestrze pewnie przechowywała numery telefonów i adresy, ale też daty spotkań. To mogłoby się przydać Wyattowi i Meachamowi.

Ale czy wciąż dla nich pracuję?

Może nie.

Co by się stało, gdybym zrezygnował? Dotrzymałem swojej części umowy. Dostarczyłem im na temat AURORY wszystkiego, czego chcieli — no, prawie wszystkiego. Istniały duże szanse, że uznają, że nie warto dalej mnie nękać. Ujawnienie prawdy nie leżało w ich interesach. Przecież jeszcze kiedyś mogłem im się przydać. Nie przekażą też anonimowej informacji FBI, bo to doprowadziłoby władze wprost do nich.

Co mogli mi zrobić?

I wtedy uświadomiłem sobie prawdę: ja już przestałem dla

nich pracować. Podjąłem decyzję tego popołudnia w gabinecie w domu Jocka Goddarda. Nie zamierzałem dalej go zdradzać. Meacham i Wyatt mogą się wypchać.

Bez trudu mogłem podpiąć Maestra Alany do ładowarki podłączonej do komputera. Jasne, istniało ryzyko, że Alana nagle wstanie — w końcu spała w obcym łóżku — odkryje, że zniknąłem, i zacznie mnie szukać. W takim wypadku mogłaby zobaczyć, jak kopiuję zawartość jej Maestra do swojego komputera. Może niczego by nie dostrzegła. Była jednak szybka i bardzo bystra. Najpewniej odgadłaby prawdę.

A wtedy nieważne, jak szybko bym działał, jak sprytnie kombinował, i tak by się zorientowała, co knuję. Zostałbym przyłapany. Nasza znajomość by się zakończyła. Nagle zrozumiałem, jak bardzo tego nie chcę. Wystarczyły dwie randki i jedna wspólna noc, by Alana całkowicie zawróciła mi w głowie. Dopiero zaczynałem odkrywać jej drugą, ciepłą, nieco szaloną naturę. Uwielbiałem jej swobodny śmiech, śmiałość, cierpkie poczucie humoru. Nie chciałem jej stracić z powodu czegoś, do czego zmuszał mnie ohydny Nick Wyatt.

Przekazałem mu już mnóstwo cennych informacji dotyczących projektu AURORA. Zrobiłem swoje, skończyłem z tymi dupkami.

I cały czas miałem przed oczami Jocka Goddarda, zgarbionego w ciemnym kącie gabinetu. Jego trzęsące się ramiona, chwile objawienia, zaufanie, jakie mi okazał. Czy mam je zawieść dla pieprzonego Nicka Wyatta?

Nie, zdecydowanie nie. Już nie.

Odłożyłem zatem Maestra Alany do jej torebki. Nalałem sobie szklankę zimnej wody z pojemnika na drzwiach lodówki, wychyliłem duszkiem i wróciłem do ciepłego łóżka. Alana mruknęła coś przez sen, a ja przytuliłem się do niej i po raz pierwszy od kilku tygodni poczułem się naprawdę dobrze.

69

Goddard maszerował szybko korytarzem, zmierzając do dyrektorskiej sali konferencyjnej, a ja próbowałem dotrzymać mu kroku, ale przy tym nie biec. Staruszek naprawdę zasuwał jak żółw na amfetaminie.

— Całe to cholerne spotkanie to jeden wielki cyrk — mamrotał do siebie. — Wezwałem zespół Guru na dywanik, jak tylko usłyszałem, że nie wyrobią się z wysyłką do świąt. Wiedzą, że jestem potwornie wkurzony, i będą chodzić na paluszkach, jak rosyjski zespół baletowy tańczący taniec Wróżki Bzu. Za chwilę zobaczysz moje drugie, niezbyt atrakcyjne oblicze.

Nic nie odpowiedziałem — co mógłbym rzec? Widywałem już przebłyski gniewu Goddarda. Były niczym w porównaniu z furią innego prezesa wielkiej korporacji, jedynego, jakiego znałem poza Goddardem. Przy Nicku Wyatcie Goddard wydawał się potulną owieczką. A ja nadal byłem wstrząśnięty i poruszony niezwykle intymną scenką w domu nad jeziorem. Nigdy wcześniej nie widziałem, by ktoś tak bardzo otworzył się przed drugim człowiekiem. Do tej chwili jakaś część mnie nie mogła pojąć, czemu Goddard mnie wyróżnił. Czemu coś go do mnie przyciągało. Teraz już zrozumiałem i to odkrycie wstrząsnęło moim światem. Nie chciałem po prostu mu zaimponować. Pragnąłem jego aprobaty, może nawet czegoś więcej.

Czemu Goddard musiał wszystko spieprzyć i być takim przyzwoitym facetem — zastanawiałem się tysięczny raz. Praca dla Nicka Wyatta była wystarczająco nieprzyjemna bez dodatkowych komplikacji. Do tego musiałem działać przeciw ojcu, za jakim zawsze tęskniłem. I wszystko to potwornie mąciło mi w głowie.

— Szefowa Guru to mądra młoda kobieta, Audrey Bethune. Ma ogromny potencjał — mamrotał Goddard. — Ale ta klęska może złamać jej karierę. Brak mi cierpliwości do tego rodzaju błędów. — Gdy zbliżyliśmy się do drzwi, zwolnił. — Pamiętaj, jeśli coś przyjdzie ci do głowy, nie wahaj się, mów. Ale uważaj, to bardzo wykształceni i pewni siebie ludzie. Nie okażą ci specjalnych względów tylko dlatego, że to ja wciągnąłem cię do tańca.

Zespół Guru czekał nerwowo, usadzony wokół wielkiego stołu konferencyjnego. Kiedy weszliśmy, wszyscy unieśli wzrok. Niektórzy uśmiechnęli się, mówiąc „cześć, Jock" albo „dzień dobry, panie Goddard". Przypominali mi spłoszone króliki. Pamiętałem, jak sam niedawno siedziałem przy tym stole. Dostrzegłem kilka zdumionych spojrzeń skierowanych w moją stronę. Dobiegły mnie szepty. Goddard usiadł u szczytu stołu, obok niego zajęła miejsce czarna kobieta przed czterdziestką, ta sama, którą widziałem z Tomem Lundgrenem i jego żoną na barbecue. Prezes poklepał stół obok siebie, wskazując mi miejsce. Od dziesięciu minut komórka wibrowała mi w kieszeni, toteż pośpiesznie ją wyłowiłem i zerknąłem na wyświetlacz. Pojawiło się kilka telefonów z nieznanego mi numeru. Wyłączyłem aparat.

— Dzień dobry — powiedział Goddard. — To mój asystent, Adam Cassidy. — Wśród uśmiechniętych twarzy dostrzegłem jedną aż nadto znajomą. Była to moja stara przyjaciółka Nora Sommers. Cholera, pracowała też przy Guru? Miała na sobie kostium w czarno-białe prążki, była umalowana, gotowa do walki. Dostrzegła, że na nią patrzę, i uśmiechnęła się promiennie, jakbym był jej dawnym ukochanym kolegą z dzieciństwa. Odpowiedziałem uprzejmym uśmiechem, napawając się tą chwilą.

Audrey Bethune, kierowniczka projektu, była ubrana w piękny granatowy kostium, który uzupełniała biała bluzka i małe złote kolczyki. Miała ciemną skórę, czarne włosy zaczesała w idealnie gładki i okrągły kok. Sprawdziłem jej dane tuż przed spotkaniem, toteż wiedziałem, że pochodzi z dość zamożnej rodziny. Jej ojciec był lekarzem, podobnie dziadek. Każde lato spędzała w rodzinnej posiadłości w Oak Bluffs na wyspie Martha's Vineyard. Uśmiechnęła się do mnie, ukazując szparę między przednimi zębami. Za plecami Jocka sięgnęła, by uścisnąć mi dłoń. Rękę miała suchą i chłodną. Imponujące, w końcu chodziło o jej karierę.

Guru — kryptonim Tsunami — był palmtopem z mnóstwem bajerów, naprawdę zaawansowanym gadżetem. A do tego jedynym urządzeniem wielofunkcyjnym Triona. Ważył dwadzieścia trzy dekagramy, łączył funkcje palmtopa, komunikatora, telefonu komórkowego i miał moc obliczeniową laptopa. Obsługiwał pocztę elektroniczną, komunikatory, arkusz kalkulacyjny, miał przeglądarkę internetową i świetny wyświetlacz z aktywną matrycą TFT.

Goddard odchrząknął.

— Jak rozumiem, pojawiła się drobna przeszkoda — rzekł.

— Można to i tak ująć, Jock — odparła gładko Audrey. — Wczoraj dostaliśmy wyniki wewnętrznego audytu. Pokazują one, że mamy uszkodzony element. Wyświetlacz LCD nie działa.

— Aha. — Widziałem, że Goddard zmusza się do zachowania spokoju. — Uszkodzony wyświetlacz, tak?

Audrey pokręciła głową.

— Wygląda na to, że sterownik wyświetlacza jest uszkodzony.

— We wszystkich egzemplarzach? — spytał Goddard.

— Zgadza się.

— Ćwierć miliona egzemplarzy ma uszkodzone sterowniki. Rozumiem. Kiedy ma się rozpocząć wysyłka? Za trzy tygodnie. Hm, o ile pamiętam, poprawcie mnie, jeśli się mylę, planowaliście wysłanie ich przed końcem miesiąca, żeby podbić wpływy z trzeciego kwartału i zyskać trzynaście przedświątecznych tygodni na powiększenie obrotów.

Audrey skinęła głową.

— Zgodziliśmy się chyba, Audrey, że Guru to największa nadzieja tego działu. Jak wszyscy wiemy, Trion ma problemy, więc terminowa wysyłka Guru jest priorytetem. — Zauważyłem, że Goddard mówi z przesadnym naciskiem. Wiedziałem, że stara się powstrzymać rosnącą złość.

Szef marketingu, gładki Rick Durant, wszedł mu w słowo.

— To rzeczywiście porażka — rzekł żałośnie. — Rozpoczęliśmy już wielką kampanię reklamową. Reklamy są wszędzie: „Elektroniczny asystent nowego pokolenia". — Wywrócił oczami.

— Faktycznie — mruknął Goddard — wygląda na to, że nie wyślemy go przed nadejściem nowego pokolenia. — Zwrócił się do głównego inżyniera, Eddiego Cabrala, śniadego mężczyzny o okrągłej twarzy, ubranego w niemodną marynarkę. — Czy to problem z maską?

— Chciałbym, żeby tak było — odparł Cabral. — Ale nie, trzeba wymienić cały cholerny chip.

— Chipy są od naszego dostawcy w Malezji? — spytał Goddard.

— Zawsze dobrze nam z nimi szło — powiedział Cabral. — Mają dobrą jakość i tolerancję, ale to skomplikowany ASIC. Steruje naszym zastrzeżonym ekranem LCD. I coś idzie nie tak.

— A może by wymienić LCD? — przerwał mu Goddard.

— Nie, proszę pana — rzekł Cabral. — Trzeba by przerobić całą obudowę. To by trwało co najmniej kolejne pół roku.

Wyprostowałem się nagle. Te słowa zabrzmiały znajomo. ASIC... Zastrzeżony dla Triona ekran LCD...

— Taka jest natura układów ASIC — powiedział Goddard. — Część zawsze odpada w selekcji. Ile zostało? Czterdzieści, pięćdziesiąt procent?

Cabral z nieszczęśliwą miną pokręcił głową.

— Zero. Wystąpił błąd na linii montażowej.

Goddard mocno zacisnął wargi. Wyglądał, jakby balansował na granicy.

— Ile potrwa przeróbka ASIC-a?

Cabral się zawahał.

— Trzy miesiące. Jeśli nam się poszczęści.

— Jeśli nam się poszczęści — powtórzył Goddard. Jego głos z każdą chwilą stawał się coraz donioślejszy. — W takim razie wysyłkę zaczniemy dopiero w grudniu, a to kompletna klapa. Prawda?

— Prawda — odparł Cabral.

Postukałem Goddarda po ramieniu, ale mnie zignorował.

— Meksyk nie może wyprodukować ich wcześniej?

Szefowa działu produkcji, Kathy Gornick, uniosła głowę.

— Może, o tydzień albo dwa, ale to nas nie uratuje, a jakość będzie poniżej standardów.

— To pieprzona katastrofa. — Goddard westchnął. Nigdy wcześniej nie słyszałem, by przeklinał.

Podniosłem ze stołu arkusz specyfikacji produktu i ponownie postukałem Goddarda w ramię.

— Mogę na chwilkę przeprosić?

. . .

Wybiegłem z sali, zatrzymałem się w poczekalni i otworzyłem komórkę.

Noaha Morddena nie było przy biurku. Spróbowałem numeru komórkowego. Odpowiedział po pierwszym dzwonku.

— Co?

— To ja, Adam.

— Przecież odebrałem telefon, prawda?

— Chodzi mi o tę paskudną lalkę, którą u siebie trzymasz. Tę, która mówi: „Możesz mi skoczyć, Goddard".

— Love Me Lucille. Nie dostaniesz jej, kup sobie własną.

— Czy ona ma w brzuchu wyświetlacz LCD?

— Do czego zmierzasz, Cassidy?

— Posłuchaj, muszę cię spytać o sterownik, o ASIC.

. . .

Gdy wróciłem do sali konferencyjnej, szefowie inżynierów i produkcji toczyli właśnie gorącą dyskusję. Chodziło o to, czy w małą obudowę Guru da się wmontować inny wyświetlacz LCD.

— Przepraszam — powiedziałem, ale nikt nie zwrócił na mnie uwagi.

— Widzisz — mówił właśnie Eddie Cabral — i właśnie dlatego musimy opóźnić premierę.

— Nie stać nas na opóźnienie premiery Guru — odpalił Goddard.

Odchrząknąłem.

— Przepraszam na moment.

— Adamie? — powiedział Goddard.

— Wiem, że to zabrzmi wariacko, ale pamiętacie lalkę robota Love Me Lucille?

— Co to ma być? — warknął Rick Durant. — Wycieczka do krainy spieprzonych projektów? Nawet mi nie przypominaj. Wysłaliśmy pół miliona tych ohydnych lalek i wszystkie dostaliśmy z powrotem.

— Zgadza się — odparłem. — I dlatego w magazynie w Van Nuys mamy teraz trzysta tysięcy ASIC-ów przystosowanych do zastrzeżonych wyświetlaczy LCD Triona.

W sali rozległo się kilka chichotów, parę głośnych wybuchów śmiechu. Jeden z inżynierów powiedział do drugiego dość głośno, by wszyscy usłyszeli:

— Czy on w ogóle słyszał o kompatybilności?

Ktoś inny dorzucił:

— To śmieszne.

Nora spojrzała na mnie, krzywiąc się z fałszywym współczuciem, i wzruszyła ramionami.

— Chciałbym, żeby to było takie łatwe, Adamie — odparł Eddie Cabral. — Ale ASIC-ów nie da się wymieniać. Muszą mieć zgodne nóżki.

Skinąłem głową.

— ASIC Lucille ma sześćdziesięciooośmiopinowe gniazdo SOLC. Czy to nie ten sam układ nóżek co w Guru?

Goddard spojrzał na mnie.

Na moment w sali zapadła cisza, potem gwałtownie zaszeleściły papiery.

— Sześćdziesięcioośmiopinowe gniazdo SOLC — rzekł jeden z inżynierów. — Tak, powinno pasować.

Goddard rozejrzał się i uderzył dłonią w stół.

— No dobra — rzekł. — To na co czekamy?

Nora uśmiechnęła się do mnie promiennie i uniosła oba kciuki.

W drodze powrotnej do biura wyciągnąłem z kieszeni komórkę. Pięć wiadomości z tego samego numeru, jedna oznaczona jako prywatna. Wybrałem numer poczty głosowej i usłyszałem jakże znajomy wredny głos Meachama.

— Mówi Arthur, nie odzywasz się od trzech dni. To niedopuszczalne. Odpowiedz e-mailem do południa albo poniesiesz konsekwencje.

Poczułem gwałtowne ukłucie strachu. Fakt, że zadzwonił do mnie, co w świetle przedsięwziętych środków bezpieczeństwa stanowiło spore ryzyko, świadczył o tym, że sprawa jest poważna.

Miał rację. Nie odzywałem się i nie miałem zamiaru więcej się odzywać. Przykro mi, stary.

Następną wiadomość zostawił Antwoine. Głos miał wysoki, spięty.

— Adamie, musisz natychmiast jechać do szpitala — powiedział.

Druga, trzecia, czwarta i piąta wiadomość także pochodziły od Antwoine'a, dźwięczała w nich coraz większa desperacja.

— Adamie, gdzie, do diabła, jesteś? No dalej, stary, zasuwaj tu.

Wpadłem do biura Goddarda — on sam wciąż naradzał się z zespołem Guru — i krzyknąłem do Flo:

— Powiesz Jockowi, że zdarzyło się coś ważnego? Chodzi o mojego ojca.

70

Oczywiście od razu wiedziałem, o co chodzi, ale i tak jechałem jak wariat. Każde czerwone światło, każdy skręcający w lewo samochód, każde ograniczenie prędkości do trzydziestu kilometrów na godzinę w czasie zajęć w szkołach było elementem spisku, mającego na celu opóźnić mój przyjazd, nie pozwolić dotrzeć do szpitala przed śmiercią taty.

Zaparkowałem nieprawidłowo, bo szkoda mi było czasu na szukanie miejsca w garażu, i rzuciłem się biegiem do wejścia na izbę przyjęć. Pchnąłem drzwi, jak to czynią sanitariusze wwożący wózek, i podbiegłem do rejestracji. Nadąsana pielęgniarka rozmawiała przez telefon, śmiała się i żartowała.

— Gdzie jest Frank Cassidy? — spytałem.

Spojrzała na mnie, nie przerywając pogawędki.

— Francis Cassidy! — krzyknąłem. — Gdzie on jest?

Odłożyła słuchawkę z wrogą miną i zerknęła na ekran komputera.

— W pokoju numer trzy.

Przebiegłem przez poczekalnię, otworzyłem ciężkie podwójne drzwi wiodące na oddział i ujrzałem Antwoine'a siedzącego na krześle obok zielonej zasłony. Nie zareagował na mój widok, nic nie powiedział. Dostrzegłem jego przekrwione oczy. Gdy się zbliżyłem, powoli pokręcił głową.

— Przykro mi, Adamie.

Szarpnięciem odsunąłem zasłonę i ujrzałem tatę w półleżącej pozycji, z otwartymi oczami. Pomyślałem: Widzisz, Antwoine, myliłeś się, drań wciąż z nami jest. I nagle zrozumiałem, że jego twarz ma niewłaściwą barwę. Była żółta, woskowata. Usta miał otwarte, to było najstraszniejsze. Z jakiejś przyczyny całkowicie skupiłem się na jego ustach, otwartych w zupełnie nienaturalny sposób. Zastygły w bolesnym grymasie, ostatnim rozpaczliwym oddechu, były wykrzywione wściekle, wyzywająco.

— O nie — jęknąłem.

Antwoine stał obok. Położył mi rękę na ramieniu.

— Dziesięć minut temu stwierdzili zgon.

Dotknąłem twarzy taty, jego woskowatego policzka. Był chłodny, ani zimny, ani ciepły. Kilka stopni chłodniejszy, niż powinien, w temperaturze, której nigdy nie miewają żywi. Skóra pod moimi palcami przypominała plastelinę, była martwa.

Zabrakło mi tchu, nie mogłem chwycić powietrza. Czułem się jak uwięziony w próżni. Światła wokół zamrugały. Nagle krzyknąłem:

— Tato! Nie!

Patrzyłem na niego przez łzy, dotykałem czoła, policzka, szorstkiej czerwonej skóry nosa — z porów wyrastały krótkie czarne włoski — a potem pochyliłem się i ucałowałem jego gniewną twarz. Od lat całowałem tatę w czoło albo w policzek. Prawie nie reagował, ale byłem pewien, że w jego oczach dostrzegałem małą iskierkę skrywanej przyjemności. Teraz naprawdę nie reagował. Poczułem się odrętwiały.

— Chciałem, żebyś miał szansę go pożegnać — powiedział Antwoine. Słyszałem jego głos, czułem pomruk basu, ale nie potrafiłem odwrócić się i na niego spojrzeć. — Znów miał kłopoty z oddychaniem. Tym razem nie marnowałem czasu na kłótnie, po prostu wezwałem karetkę. Prawie się dusił. Powiedzieli, że ma zapalenie płuc. Pewnie trwało to już jakiś czas. Spierali się, czy go zaintubować, ale nie zdążyli. Próbowałem się dodzwonić.

— Wiem — odparłem.

— Było trochę czasu... Chciałem, żebyś się pożegnał.

— Wiem, rozumiem. — Przełknąłem ślinę. Nie chciałem patrzeć na Antwoine'a, nie chciałem widzieć jego twarzy, bo wiedziałem, że płacze, i nie potrafiłbym tego znieść. Nie chciałem też, aby on widział, że ja płaczę. To głupie. W końcu jeśli człowiek nie płacze, gdy umrze mu ojciec, to chyba jest z nim coś nie tak. — Czy on... coś mówił?

— Głównie przeklinał.

— No wiesz, o...

— Nie — odparł powoli Antwoine. — Nie pytał o ciebie. Ale tak naprawdę w ogóle nic nie mówił, tylko...

— Wiem. — Chciałem, by umilkł.

— Głównie przeklinał lekarzy i mnie.

— Tak. — Wpatrywałem się w twarz taty. — To mnie nie dziwi.

Czoło miał pomarszczone, zastygłe w gniewie. Wyciągnąłem rękę i dotknąłem zmarszczek. Próbowałem je wygładzić, ale nie mogłem.

— Tato — powiedziałem — tak mi przykro.

Sam nie wiedziałem, co chcę przez to powiedzieć. Dlaczego było mi przykro? On umierał, już dawno powinien był odejść, a śmierć była lepsza niż życie w udręce.

Ktoś odsunął zasłonę po drugiej stronie łóżka. Zobaczyłem ciemnoskórego mężczyznę w fartuchu, ze stetoskopem. Poznałem go, to był doktor Patel. Rozmawiałem z nim poprzednim razem.

— Adamie — rzekł — tak mi przykro. — Sprawiał wrażenie szczerze zasmuconego.

Skinąłem głową.

— Miał ostre zapalenie płuc — oznajmił doktor Patel. — Zapewne jakiś czas się wykluwało, ale szczerze mówiąc, ostatnim razem nic nie wykryliśmy. Pewnie je przeoczyliśmy, bo badania krwi nie wykazały niczego nietypowego.

— Jasne.

— W jego stanie to było za dużo. Zanim zdążyliśmy podjąć decyzję o intubacji, nastąpiła zapaść. Ciało nie zniosło takiego obciążenia.

369

Ponownie skinąłem głową, nie chciałem słuchać szczegółów. Po co?

— Tak jest najlepiej. Zaintubowany mógł pożyć kilka miesięcy. Ale nie chciałbyś tego.

— Wiem, dziękuję. Wiem, że zrobiliście wszystko, co było możliwe.

— Masz... tylko jego, prawda? Nie masz rodzeństwa?

— Nie.

— Musieliście być sobie bardzo bliscy.

Naprawdę? — pomyślałem. A niby skąd o tym wiesz? Czy to opinia lekarza? Jednak po prostu skinąłem głową.

— Adamie, czy mamy zadzwonić do jakiegoś zakładu pogrzebowego?

Próbowałem przypomnieć sobie nazwę zakładu, który zajmował się pogrzebem matki. Po kilku sekundach mi się udało.

— Gdybym mógł jakoś pomóc, po prostu powiedz — rzekł doktor Patel.

Spojrzałem na zwłoki taty, jego zaciśnięte pięści, wściekłą minę, wpatrzone w pustkę oczy, otwarte usta. Potem uniosłem wzrok.

— Czy mógłby pan zamknąć mu oczy?

71

Faceci z zakładu pogrzebowego zjawili się po niecałej godzinie. Ukryli ciało w czarnym worku i wywieźli na wózku. Było to dwóch miłych, przysadzistych gości o krótko ostrzyżonych włosach. Obaj powtórzyli kilka razy: „Przykro nam z powodu pańskiej straty". Zadzwoniłem z komórki do szefa zakładu i jak ogłuszony omówiłem dalsze kroki. On też powiedział, że mu przykro z powodu mojej straty. Chciał wiedzieć, czy zjawią się starsi krewni spoza miasta, kiedy ma odbyć się pogrzeb, czy ojciec uczęszczał do jakiegoś kościoła, w którym chciałbym zamówić mszę. Pytał też, czy mamy rodzinną parcelę na cmentarzu. Powiedziałem, gdzie leży mama i że prawdopodobnie ojciec kupił dwie kwatery, jedną dla mamy, drugą dla siebie. Odparł, że to sprawdzi. Spytał, kiedy chcę przyjść i poczynić ostateczne ustalenia.

Usiadłem w poczekalni izby przyjęć i zadzwoniłem do biura. Jocelyn słyszała już, że coś się stało z moim ojcem.

— Jak twój tato? — spytała.

— Właśnie odszedł — odparłem. Tak mówił ojciec. Ludzie nie umierali, tylko odchodzili.

— Och — westchnęła Jocelyn. — Adamie, tak mi przykro.

Poprosiłem, by odwołała wszystkie moje spotkania z następnych kilku dni i połączyła mnie z Goddardem. Telefon odebrała Flo.

— Cześć, szefa nie ma. Dziś wieczór leci do Tokio. — Zniżając głos, spytała: — Jak się czuje twój ojciec?

— Właśnie odszedł — odparłem i dodałem szybko: — Oczywiście przez kilka dni nie będzie mnie w pracy. Chciałbym, żebyś przeprosiła Jocka.

— Naturalnie — odrzekła — naturalnie. Moje kondolencje. Z pewnością skontaktuje się ze mną przed odlotem i wiem, że zrozumie. Nie martw się.

W poczekalni zjawił się Antwoine. Wydawał się kompletnie zagubiony, nie na miejscu.

— Co mam teraz zrobić? — spytał cicho.

— Nic, Antwoine — odpowiedziałem.

Zawahał się.

— Chcesz, żebym zabrał rzeczy?

— Daj spokój, masz czas.

— Po prostu to się zdarzyło tak nagle i nie mam gdzie się...

— Zostań w mieszkaniu, jak długo chcesz.

Przestąpił z nogi na nogę.

— Wiesz, ojciec mówił o tobie.

— Tak, jasne. — Chyba czuł wyrzuty sumienia, bo wcześniej powiedział, że przed śmiercią tata o mnie nie pytał. — Wiem.

Usłyszałem cichy, melodyjny śmiech.

— Nie zawsze w superlatywach, ale chyba właśnie tak okazywał miłość.

— Wiem.

— Twój ojciec był twardym, starym draniem.

— Tak.

— Potrzebowaliśmy czasu, by się dogadać.

— Był dla ciebie wredny.

— Jak dla wszystkich. Nie przejmowałem się tym.

— Opiekowałeś się nim — powiedziałem. — To wiele dla niego znaczyło, choć nie umiał tego wyrazić.

— Wiem, wiem. Pod koniec nieźle się rozumieliśmy.

— Lubił cię.

— Wątpię. Ale się dogadywaliśmy.

372

— Nie, myślę, że cię lubił. Wiem, że tak.

Milczał chwilę, po czym dodał:

— Był dobrym człowiekiem, wiesz?

Nie potrafiłem na to odpowiedzieć.

— Świetnie sobie z nim radziłeś, Antwoine — oznajmiłem w końcu. — To wiele dla niego znaczyło.

Dziwne. Po tym, jak rozpłakałem się przy łóżku ojca, coś we mnie się zamknęło. Nie płakałem więcej, już nie. Przypominało to uczucie, gdy budzisz się rano i odkrywasz, że w nocy zdrętwiała ci ręka i nie masz w niej władzy.

W drodze do zakładu pogrzebowego zadzwoniłem do Alany, do pracy. Poczta głosowa poinformowała mnie, że jest poza biurem, ale sprawdza wiadomości. Przypomniało mi się, że wyjechała do Palo Alto. Zadzwoniłem na komórkę, odpowiedziała po pierwszym dzwonku.

— Alana, słucham. — Uwielbiałem jej głos, był gładki jak aksamit, z odrobiną zmysłowości.

— Tu Adam.

— Hej, fiucie.

— Co takiego zrobiłem?

— Czy nie powinieneś zadzwonić do dziewczyny po tym, jak się z nią przespałeś? Żeby czuła się mniej winna?

— Boże, Alano, ja...

— Niektórzy przysyłają nawet kwiaty — ciągnęła rzeczowo. — Nie żeby przytrafiło mi się to osobiście, ale czytałam o tym w „Cosmopolitanie".

Oczywiście miała rację. Nie zadzwoniłem, a to bardzo niegrzeczne. Ale co miałem jej powiedzieć? Prawdę? Że nie dzwoniłem, bo zastygłem niczym owad w bursztynie i nie wiedziałem, co robić? Że nie potrafię uwierzyć w swoje szczęście? Że znalazłem taką kobietę i myśli o niej ani na moment nie dają mi spokoju, a jednocześnie czuję się jak obrzydliwy zdrajca? Jasne, pomyślałem, czytałaś w „Cosmo" o tym, jak mężczyźni wykorzystują innych, ale tak naprawdę nie masz o tym pojęcia.

— Jak ci tam w Palo Alto?

— Fajnie, ale nie zmieniaj tematu.

— Alano — powiedziałem — posłuchaj. Chciałem, żebyś wiedziała... Dostałem złe wieści. Mój tato właśnie umarł.

— Och, Adamie, tak mi przykro. O Boże, żałuję, że mnie tam nie ma.

— Ja też.

— Co mogę zrobić?

— Nie martw się, nic.

— Czy wiesz już... kiedy będzie pogrzeb?

— Za parę dni.

— Zostaję tu do czwartku. Adamie, tak mi przykro.

Następnie zadzwoniłem do Setha, który powiedział właściwie to samo: „O rany, stary, tak mi przykro. Co mogę zrobić?". Ludzie zawsze to mówią, to miłe. Ale po chwili zaczynasz się zastanawiać, co właściwie można zrobić? Nie miałem przecież ochoty na obiad. Sam nie wiedziałem, czego chcę.

— W sumie nic.

— Daj spokój, mogę zwolnić się z firmy. To żaden problem.

— Nie, w porządku, stary. Dzięki.

— Będzie pogrzeb i tak dalej?

— Tak, pewnie tak. Dam ci znać.

— Uważaj na siebie, stary, co?

A potem trzymana w dłoni komórka zaczęła dzwonić. Meacham nawet się nie przywitał, jego pierwsze słowa brzmiały:

— Gdzie się, kurwa, podziewałeś?

— Właśnie umarł mój ojciec, jakąś godzinę temu.

Długa chwila ciszy.

— Jezu — mruknął. A potem dodał sztywno, jakby mimochodem: — Przykro mi to słyszeć.

— Tak — odparłem.

— Wybrał kiepską porę.

— Jasne. — Poczułem gwałtowną wściekłość. — Mówiłem mu, żeby zaczekał. — Rozłączyłem się.

72

Okazało się, że dyrektor zakładu pogrzebowego to ten sam facet, który wcześniej zajmował się mamą. Był sympatycznym gościem o odrobinę zbyt czarnych włosach i zjeżonych sumiastych wąsach. Nazywał się Frank. „Tak jak twój tata" — zauważył. Pokazał mi kaplicę, która przypominała nie do końca umeblowany salon w podmiejskim domu: orientalne dywany, ciemne meble. Gabinet miał mały i ciemny. Stało w nim kilka staroświeckich stalowych szafek, na ścianach wisiały kopie obrazów przedstawiających łodzie i pejzaże. W facecie nie było ani krzty fałszu, naprawdę zdawało się, że mi współczuje. Opowiedział o tym, jak sześć lat temu zmarł jego ojciec i jak trudno przyszło mu to znieść. Podsunął paczkę chusteczek, ale ich nie potrzebowałem. Omówiliśmy brzmienie nekrologów do gazet — zastanawiałem się w duchu, kto je przeczyta, kogo naprawdę to obchodzi. Usiłowałem sobie przypomnieć imię nieżyjącej starszej siostry taty oraz imiona jego rodziców. Widziałem ich może z dziesięć razy w życiu i nazywałem babcią i dziadkiem. Tata miał kiepski kontakt z rodzicami, więc prawie ich nie odwiedzaliśmy. Nie do końca orientowałem się również w długiej i zawiłej zawodowej historii taty. Mogłem opuścić parę szkół, ale najważniejsze wymieniłem.

Frank spytał o wojskowe szkolenie ojca. Pamiętałem jedynie, że służbę zasadniczą odbył w jakiejś bazie, nigdy z nikim nie walczył i serdecznie nienawidził wojska. Frank spytał, czy chcę, by na trumnie położono flagę. Ojciec miał do tego prawo jako kombatant. Odparłem, że nie, z całą pewnością by jej sobie nie życzył. Dostałby szału i powiedział: „Kim ja niby, kurwa, jestem? Johnem F. Kennedym wystawionym w trumnie?". Frank pytał też, czy na pogrzebie mają zagrać capstrzyk. Do tego także tato miał prawo. Wyjaśnił, że w dzisiejszych czasach nie robi tego prawdziwy trębacz. Zwykle po prostu na cmentarzu odtwarza się nagranie. Odparłem, że nie, tato nie chciałby capstrzyku. Powiedziałem, że chcę, by pogrzeb odbył się jak najszybciej. Wolałem to mieć z głowy. Frank zadzwonił do kościoła katolickiego, w którym odbył się pogrzeb mamy, i zamówił mszę za dwa dni. O ile wiedziałem, nie mieliśmy żadnych krewnych spoza miasta. Z całej rodziny pozostało jedynie paru kuzynów i ciotka, z którą nigdy się nie widywał. Do tego kilku facetów, których można by nazwać jego kolegami, choć od lat z nimi nie rozmawiał. Wszyscy mieszkali w pobliżu. Frank chciał wiedzieć, czy tato miał garnitur, w którym pragnął być pochowany. Powiedziałem, że to możliwe. Sprawdzę.

A potem zabrał mnie na dół i pokazał trumny. Wszystkie wydawały się wielkie i przesadnie ozdobne. Ojciec zawsze nabijał się z takich trumien.

Pamiętam, jak kiedyś, po śmierci mamy, wygłosił długą tyradę o tym, że cały ten przemysł pogrzebowy to jedno wielkie oszustwo, że każą sobie płacić idiotyczne ceny za trumny, które przecież potem grzebie się w ziemi. Jaki w tym sens? A zresztą słyszał, że zwykle w ostatniej chwili zastępują drogie trumny najtańszymi sosnowymi modelami. Wiedziałem, że to nieprawda. Widziałem na własne oczy, jak grabarze spuszczali trumnę mamy do grobu i zasypywali ziemią. Żadne oszustwo nie było możliwe, chyba że wracali w środku nocy i rozkopywali grób. Ale poważnie w to wątpiłem.

Z powodu tych podejrzeń — przynajmniej tak się tłumaczył — tata wybrał dla mamy jedną z najtańszych trumien, sosnową, tyle że pomalowaną na mahoń.

— Wierz mi, twoja matka nie była zwolenniczką marnowania pieniędzy — powiedział do mnie w zakładzie tuż po śmierci mamy. Byłem tak zapłakany, że prawie nie kontaktowałem. Ja jednak nie zamierzałem potraktować go tak samo, choć już nie żył i o niczym by nie wiedział. Jeździłem porsche, mieszkałem w wielkim apartamencie w Harbor Suites, stać mnie było na ładną trumnę dla mojego ojca. A wszystko dzięki zarobkom z pracy, którą tak gardził. Wybrałem elegancki model z mahoniu, wyposażony w tak zwany sejf pamięci: szufladę, do której wkładało się przedmioty drogie zmarłemu.

Parę godzin później wróciłem do domu i wczołgałem się do nieposłanego łóżka. Natychmiast zasnąłem. Po południu pojechałem do mieszkania ojca i przejrzałem szafę. Zauważyłem, że nie otwierano jej od bardzo dawna. Znalazłem tani niebieski garnitur, nigdy go w nim nie widziałem. Na ramionach zalegała cienka warstewka kurzu. Dobrałem do niego koszulę, ale nie mogłem znaleźć krawata — wątpię, by kiedykolwiek nosił krawat — postanowiłem zatem wziąć jeden ze swoich. Rozejrzałem się po mieszkaniu w poszukiwaniu rzeczy, z którymi chciałby zostać pogrzebany. Może z paczką papierosów?

Bałem się, że wizyta w mieszkaniu okaże się ciężkim przeżyciem, że znów się rozpłaczę. Poczułem jednak tylko smutek, widząc, jak niewiele po sobie pozostawił — słabą woń dymu papierosowego, fotel na kółkach, aparat oddechowy, leżankę. Po bolesnym półgodzinnym przeszukiwaniu rzeczy ojca poddałem się i postanowiłem, że niczego nie włożę do trumny. Pozostawię schowek symbolicznie pusty. Czemu nie?

Gdy wróciłem do domu, wybrałem jeden z najmniej lubianych przeze mnie krawatów, ponury wzór w niebiesko-białe paski. Nie miałem ochoty jechać z powrotem do zakładu, toteż zniosłem pakunek na portiernię i poprosiłem o doręczenie.

Następnego dnia odbywało się czuwanie. Dwadzieścia minut przed rozpoczęciem zjawiłem się w zakładzie pogrzebowym. Klimatyzacja działała pełną parą, w środku panował chłód. Natychmiast poczułem zapach odświeżacza powietrza. Frank spytał, czy chciałbym „pożegnać się" z ojcem na osobności. Odparłem, że tak. Gestem wskazał mi jedno z pomieszczeń w głównym korytarzu. Gdy przekroczyłem próg i ujrzałem otwartą trumnę, poczułem nagłe bolesne ukłucie. Tato leżał w tanim niebieskim garniturze i moim pasiastym krawacie z rękami skrzyżowanymi na piersi. Gardło ścisnęło mi się nagle, lecz to uczucie szybko ustąpiło. Dziwne, ale się nie rozpłakałem. Czułem pustkę.

Nie wyglądał jak za życia, ale przecież zmarli nigdy tak nie wyglądają. Frank, czy ktokolwiek się nim zajął, spisał się całkiem nieźle. Nie nałożył zbyt wiele różu ani nic takiego. Lecz tato wciąż przypominał figurę woskową z muzeum Madame Tussauds, jedną z tych bardziej udanych. Duch opuszcza ciało i nawet najlepszy specjalista nie zdoła przywołać go z powrotem. Twarz miała sztuczną cielistą barwę, usta pokrywała delikatna warstwa brązowej szminki. Wydawał się nieco mniej wściekły niż w szpitalu. Nie zdołali jednak sprawić, by wyglądał pogodnie. Nie do końca udało się wygładzić zmarszczone czoło. Skórę miał teraz zimną i znacznie bardziej woskowatą niż wówczas. Zawahałem się chwilę, w końcu ucałowałem jego policzek. Wydało mi się to dziwne, nienaturalne, nieczyste.

Stałem tam, patrząc na ziemską powłokę, porzucone truchło, ciało, które niegdyś mieściło tajemniczą i groźną duszę mojego ojca. I zacząłem mówić do niego, tak jak pewnie każdy syn mówi do nieżyjącego ojca.

— Cóż, tato — rzekłem — w końcu się uwolniłeś. Jeśli istnieje życie po śmierci, to mam nadzieję, że jesteś tam szczęśliwszy, niż byłeś tutaj.

Żałowałem go — nigdy nie zdołałem tego poczuć, gdy jeszcze żył. Pamiętałem, że parę razy wydawał się naprawdę szczęśliwy. Byłem wtedy młodszy. Nosił mnie na barana, gdy jego drużyna zdobyła mistrzostwo, gdy zatrudniono go w szkole Bartholomew Browning i jeszcze kilka razy. Jednak rzadko się uśmiechał, chyba że z goryczą. Może potrzebował środków antydepresyjnych, może to właśnie był jego problem. Chociaż w to wątpiłem.

— Niezbyt cię rozumiałem, tato — powiedziałem. — Ale naprawdę się starałem.

W ciągu trzech godzin prawie nikt się nie zjawił. Przyszło kilku moich kolegów z liceum, paru nawet z żonami, i dwóch z college'u. Przyszła stara ciotka taty, Irene, i oznajmiła: „Twój ojciec był szczęściarzem, że miał takiego syna". Mówiła z lekkim irlandzkim akcentem i używała w nadmiarze staroświeckich duszących perfum. Seth zjawił się wcześnie i został do końca, dotrzymywał mi towarzystwa. Próbował mnie rozweselić, opowiadając anegdoty o tacie — zabawne historyjki z jego trenerskich czasów, które stały się legendami wśród moich kumpli w Bartholomew Browning. Kiedyś tato wziął flamaster i nakreślił linię biegnącą przez środek maski jednego dzieciaka, wielkiego chudeusza nazwiskiem Pelly, a potem pociągnął ją w dół, przez strój, buty i trawę, prostą linię przez boisko, choć flamaster nie pozostawiał na niej śladu. Na koniec rzekł: „Biegniesz w tę stronę, Pelly, rozumiesz? Tak właśnie biegniesz".

Innym razem ogłosił przerwę, podbiegł do jednego futbolisty, Steve'a, chwycił go za maskę i spytał: „Jesteś głupi, Steve?". A potem, nie czekając na odpowiedź, zaczął szarpać maską w górę i w dół, a głowa Steve'a potakiwała jak u lalki. „Tak, jestem, trenerze", rzekł ojciec, naśladując piskliwy głos chłopaka. Reszta drużyny uznała, że to bardzo zabawne. Większość wybuchnęła śmiechem. „Tak, jestem głupi".

Któregoś dnia poprosił o przerwę podczas meczu hokeja i zaczął wrzeszczeć na jednego dzieciaka, Resnicka, za to, że za ostro gra. Złapał jego kij i powiedział: „Panie Resnick, jak jeszcze raz zobaczę, że pan dźga — po czym dziabnął go kijem prosto w brzuch; Resnick natychmiast zaczął rzygać — albo wali — i rąbnął go znów kijem w brzuch — zniszczę pana!". Resnick przez chwilę wymiotował krwią, potem już tylko wstrząsały nim spazmy. Nikt z graczy się nie roześmiał.

— Tak — odparłem — zabawny był z niego gość. Prawda? — Wolałem, by Seth przestał już gadać. Na szczęście chyba zrozumiał, bo umilkł.

Następnego ranka, na pogrzebie, Seth siedział obok mnie w ławce z jednej strony, a Antwoine z drugiej. Ksiądz, ojciec Joseph Iannucci, zażywny siwowłosy mężczyzna przypominający teleewangelistę, poprosił mnie na bok przed mszą i zadał kilka pytań dotyczących taty — jego wiary, tego, jaki był, jak zarabiał na życie, czy miał jakieś hobby i tak dalej. Na większość pytań nie umiałem odpowiedzieć.

W kościele zebrało się może dwadzieścia osób, byli wśród nich zwykli parafianie, którzy przyszli na mszę i w ogóle nie znali taty. Poza nimi zjawiło się kilku moich kolegów z liceum i college'u, paru znajomych sąsiadów staruszka, a także jeden z „przyjaciół" taty. Razem należeli do organizacji dobroczynnej, wiele lat temu, nim ojciec odszedł w ataku wściekłości z powodu jakiegoś drobiazgu. Gość nie wiedział nawet, że tata chorował. Przyszło też kilku starszych kuzynów, których w zasadzie nigdy nie poznałem.

Wspólnie z Sethem nieśliśmy trumnę, razem z nami paru innych gości z kościoła i zakładu pogrzebowego. Przed kościołem stały kwiaty — nie miałem pojęcia, skąd się tam wzięły, czy ktoś je przysłał, czy też załatwił to zakład pogrzebowy.

Msza należała do tych niewiarygodnie długich, podczas których wciąż wstaje się, siada i klęka, chyba po to, by nie zasnąć. Czułem się wypluty, byłem oszołomiony, wstrząśnięty. Ojciec Iannucci nazywał tatę Francisem. Kilka razy wymienił nawet jego pełne imiona, Francis Xavier, jakby miało to świadczyć o tym, że ojciec był wiernym katolikiem, a nie bezbożnikiem, którego z Bogiem łączyło tylko nadaremne wzywanie Jego imienia. Mówił:

— Smutno nam z powodu odejścia Francisa, opłakujemy jego śmierć. Wierzymy jednak, że poszedł do Boga, znalazł się w lepszym miejscu i zmartwychwstanie jak Jezus, by żyć wiecznie.

Mówił także:

— Śmierć Francisa nie oznacza końca, nadal możemy się z nim połączyć. Czemu Francis musiał tak cierpieć przez ostatnie miesiące? — spytał i powiedział coś o cierpieniu Chrystusa i o tym, że „Jezus nie dał się pokonać cierpieniu".

Niezupełnie rozumiałem, co ma na myśli, ale tak naprawdę wcale go nie słuchałem. Byłem jakby obok tego wszystkiego. Po ceremonii Seth mnie uścisnął, a potem Antwoine o mało nie zmiażdżył mi ręki i całego ciała w uścisku. Ze zdumieniem ujrzałem, jak po twarzy olbrzyma spływa samotna łza. Ja sam nie płakałem podczas pogrzebu, cały dzień nie płakałem. Byłem jak znieczulony. Może pora płaczu już minęła.

Ciotka Irene podeszła do mnie i wzięła moją dłoń w swoje ręce — miękkie, pokryte starczymi plamami. Jaskrawoczerwona szminka wyglądała jak nałożona niepewną dłonią. Otaczała ją tak silna woń perfum, że musiałem wstrzymać oddech.

— Twój ojciec był dobrym człowiekiem — oznajmiła. Najwyraźniej dostrzegła na mojej twarzy cień wątpliwości, której nie chciałem zdradzać, bo dodała: — Wiem, że niezbyt dobrze radził sobie z uczuciami, nie potrafił ich okazywać. Ale wiem też, że cię kochał.

Dobra, skoro tak się upierasz, pomyślałem. Uśmiechnąłem się i podziękowałem. Kolega taty, potężny gość mniej więcej w jego wieku, lecz wyglądający dwadzieścia lat młodziej, uścisnął mi dłoń, mówiąc: „Przykro mi z powodu twojej straty". Nawet Jonesie, emerytowany zastępca brygadzisty w Wyatt Telecom, zjawił się ze swoją żoną Esther. Oboje także powiedzieli, że współczują mi z powodu straty.

Wychodziłem właśnie z kościoła, aby wsiąść do limuzyny i podążyć za karawanem na cmentarz, gdy dostrzegłem mężczyznę siedzącego w ostatniej ławce. Przyszedł już po rozpoczęciu mszy, ale z daleka w półmroku nie zauważyłem wcześniej jego twarzy.

Odwrócił się i wtedy ją zobaczyłem.

To był Goddard.

Nie wierzyłem własnym oczom. Zaskoczony i wzruszony podszedłem do niego powoli, uśmiechnąłem się, podziękowałem, że przyszedł. Pokręcił głową i machnął ręką.

— Myślałem, że jesteś w Tokio — powiedziałem.

— Do diabła, nasza filia z Azji i Pacyfiku też często kazała mi czekać.

— Ja nie... — Zająknąłem się z niedowierzaniem. — Zmieniłeś plany?

— Jedną z niewielu rzeczy, jakich nauczyłem się w życiu, jest to, by starannie ustalać priorytety.

Na moment zabrakło mi słów.

— Jutro wrócę — powiedziałem w końcu. — Może trochę się spóźnię, bo pewnie będę musiał coś załatwić. Ale...

— Nie — przerwał mi. — Nie śpiesz się, zrób to, jak należy.

— Poradzę sobie.

— Bądź dla siebie dobry, Adamie. Jakiś czas damy sobie bez ciebie radę.

— To nie tak... jak z twoim synem, Jock. No wiesz, ojciec długo chorował na rozedmę i... Naprawdę, tak jest lepiej. On chciał odejść.

— Znam to uczucie — rzekł cicho.

— I nie byliśmy tak blisko. — Rozejrzałem się po pogrążonym w półmroku kościele, rzędach drewnianych ławek, złotej i szkarłatnej farbie na ścianach. Przy drzwiach czekało na mnie kilku kolegów. — Chyba nie powinienem tego mówić, zwłaszcza tutaj — uśmiechnąłem się ze smutkiem — ale ojciec był trudnym facetem, starym twardzielem. To trochę ułatwia rozstanie. Nie jestem zrozpaczony ani nic takiego.

— Ależ nie, Adamie. To tylko utrudnia sprawę. Sam zobaczysz. Pojawia się tak wiele sprzecznych emocji...

Westchnąłem.

— Uczucia, jakimi darzyłem ojca, nie są... nie były aż tak sprzeczne.

— Później to do ciebie dotrze. Żal za tym, co straciliście, za wszystkim, co mogliście mieć. Ale chcę, żebyś o czymś pamiętał. Twój ojciec był szczęściarzem, bo miał ciebie.

— Wątpię, by uważał się za...

— Naprawdę był szczęśliwym człowiekiem.

— No, nie wiem. — Nagle bez ostrzeżenia ukryty gdzieś we mnie zawór ustąpił, tama pękła, do oczu napłynęły łzy. Zarumieniłem się ze wstydu i wzruszonym głosem wykrztusiłem: — Przepraszam, Jock.

Goddard wyciągnął ręce, położył mi je na ramionach.

— Jeśli nie możesz płakać, to znaczy, że nie żyjesz — powiedział. Oczy miał wilgotne.

Teraz już płakałem jak dziecko. Czułem jednocześnie przerażenie i dziwną ulgę. Goddard objął mnie, uścisnął mocno, a ja ryczałem jak idiota.

— Chcę, żebyś o czymś wiedział, synu — rzekł bardzo cicho. — Nie jesteś sam.

73

Dzień po pogrzebie wróciłem do pracy. A co niby miałem zrobić? Łazić po mieszkaniu z ponurą miną? Nie byłem przygnębiony, choć czułem się dziwnie nagi, jakby ktoś zdarł ze mnie skórę. Potrzebowałem towarzystwa ludzi. Uznałem, że teraz, gdy tato nie żyje, towarzystwo Goddarda być może przyniesie mi pociechę, ponieważ Goddard stawał się dla mnie kimś w rodzaju ojca. Nie żebym miał poddawać się psychoanalizie, ale jego obecność na pogrzebie coś we mnie zmieniła. Nie czułem już dawnego rozdarcia czy wahania co do mojej „prawdziwej misji" w Trionie, prawdziwego powodu, dla którego się tu znalazłem — bo ten powód już nie istniał.

Uważałem, że zrobiłem, co do mnie należało. Spłaciłem dług, zasłużyłem na nowy początek. Nie pracowałem już dla Nicka Wyatta. Przestałem odpowiadać na telefony i e-maile Meachama. Raz dostałem nawet wiadomość od Judith Bolton; nie przedstawiła się, ale natychmiast rozpoznałem jej głos.

— Adamie — rzekła. — Wiem, że przechodzisz teraz trudny okres. Wszyscy bardzo ci współczujemy z powodu śmierci ojca. Proszę, przyjmij nasze najszczersze kondolencje.

Mogłem sobie wyobrazić strategiczną sesję Judith z Meachamem i Wyattem, wściekłymi, bo ich latawiec właśnie sam przeciął sznurek. Judith powiedziała pewnie, że powinni trochę przystopować, bo facet właśnie stracił ojca, a Wyatt zaklął paskudnie i oznajmił, że gówno go to obchodzi, bo czas płynie. Potem Meacham starał się okazać jeszcze większym twardzielem niż jego szef i stwierdził, że wsadzą mi nogi w ogień i zniszczą życie. A Judith na to: „Nie, trzeba podejść delikatnie. Pozwólcie, że ja spróbuję...".

Dalej jej wiadomość brzmiała następująco:

— Lecz nawet w tym trudnym czasie jest niezmiernie ważne, abyś cały czas utrzymywał z nami kontakt. Chcę, aby nasze relacje pozostały serdeczne i pozytywne, Adamie. Ale musisz się skontaktować jeszcze dzisiaj.

Skasowałem jej wiadomość, podobnie wiadomości Meachama. W końcu zrozumieją. Z czasem wyślę Meachamowi oficjalny e-mail zrywający nasz układ. Na razie jednak uznałem, że lepiej pozostawić sprawy własnemu biegowi. Niech to do nich dotrze. Nie jestem już latawcem Nicka Wyatta.

Dałem im to, czego potrzebowali. Zrozumieją, że nie warto dalej mnie naciskać.

Groźbami nie zmuszą mnie, bym dla nich pracował. Póki będę pamiętał, że tak naprawdę nic mi nie zrobią, mogę po prostu odejść.

Muszę tylko pamiętać — mogę odejść.

74

Następnego ranka komórka zadzwoniła, nim jeszcze zdążyłem zaparkować w garażu Triona. To była Flo.

— Jock chce cię widzieć. — W jej głosie brzmiało napięcie. — Natychmiast.

. . .

Goddard siedział w swoim drugim gabinecie wraz z Camilletitim, Colvinem i Stuartem Luriem, starszym wiceprezesem do spraw rozwoju korporacyjnego. Poznałem go na barbecue. Gdy wszedłem, właśnie mówił Camilletti:

— ...nie, z tego, co słyszałem, sukinsyn poleciał wczoraj do Palo Alto z przygotowaną umową. Zjadł lunch z Hillmanem, prezesem, i do obiadu wszystko podpisali. Zaproponował im dokładnie tyle samo co my, co do grosza, ale gotówką.

— Jak to możliwe, do diabła? — wybuchnął Goddard. Nigdy wcześniej nie widziałem go tak wściekłego. — Na miłość boską, Delphos podpisał umowę pierwokupu!

— Datowaną na jutro. Jeszcze nie ma mocy prawnej. Dlatego tak szybko tam poleciał, by to załatwić, nim wkroczymy do gry.

— O kim mowa? — spytałem cicho.

— O Nicholasie Wyatcie — wyjaśnił Stuart Lurie. — Właśnie wykupił nam sprzed nosa Delphos, za pięćset milionów gotówką.

Żołądek ścisnął mi się gwałtownie. Rozpoznałem tę nazwę,

lecz pamiętałem, że nie powinienem tego okazywać. Wyatt kupił Delphos, pomyślałem ze zdumieniem.

Odwróciłem się do Goddarda, patrząc pytająco.

— To firma, której zakup planowaliśmy. Opowiadałem ci o niej — rzekł niecierpliwie. — Nasi prawnicy właśnie kończyli spisywać ostateczną umowę zakupu... — Jego głos ucichł, po czym zadźwięczał donośnie: — Nie wiedziałem nawet, że Wyatt dysponuje taką gotówką.

— Mają niecały miliard na koncie — wtrącił Jim Colvin. — A konkretnie osiemset milionów. Pięćset milionów niemal pozbawia ich oszczędności, bo przy trzech miliardach zadłużenia roczna obsługa kredytów z pewnością przekracza dwieście milionów.

Goddard walnął otwartą dłonią w blat okrągłego stołu.

— Niech to wszystko szlag! — zagrzmiał. — Po co Wyattowi Delphos? Nie ma przecież AURORY... To nie ma sensu. Wyatt naraża całą swoją firmę. I po co? Chyba tylko po to, żeby nam dokopać.

— Co właśnie zrobił — przypomniał Camilletti.

— Na miłość boską, bez AURORY Delphos jest bezwartościowy — stwierdził Goddard.

— Bez Delphosu AURORA także — rzekł Camilletti.

— Może on wie o AURORZE? — dodał Colvin.

— Niemożliwe — warknął Goddard. — A nawet jeśli wie, to jej nie ma.

— A co, jeśli ma? — zasugerował Stuart Lurie.

Zapadła długa cisza. W końcu odezwał się Camilletti:

— Chronimy AURORĘ takimi samymi metodami, jakich Departament Obrony wymaga od rządowych firm kontraktowych, zajmujących się najtajniejszymi projektami dla armii. — Mówił powoli, z naciskiem. Odwrócił głowę i spojrzał ostro na Goddarda. — Mam na myśli firewalle, przepustki, ochronę sieci, wielopoziomowy bezpieczny dostęp, wszystkie możliwe znane zabezpieczenia. To jak tajemnica państwowa. Nie ma mowy.

— Cóż — mruknął Goddard. — Wyatt w jakiś sposób poznał szczegóły naszych negocjacji.

— Chyba że — przerwał mu Camilletti — ma kogoś wewnątrz. — Nagle, jakby przyszło mu coś do głowy, spojrzał na mnie. — Pracowałeś dla Wyatta, prawda?

Poczułem, jak krew uderza mi do głowy. By to zamaskować, udałem oburzenie.

— Pracowałem — odparłem gniewnie.

— I masz z nim kontakt? — Jego wzrok wwiercał się we mnie.

— Co sugerujesz?

— Zadałem ci proste pytanie. Tak czy nie? Masz kontakt z Wyattem? — odparował Camilletti. — Całkiem niedawno jadłeś z nim obiad w Auberge.

— Paul, wystarczy! — uciął Goddard. — Adamie, siadaj natychmiast. Adam nie ma żadnego dostępu do AURORY ani do szczegółów negocjacji w sprawie Delphosu. Zdaje się, że dziś pierwszy raz usłyszał tę nazwę.

Przytaknąłem.

— Przejdźmy dalej. — Zdawało się, że Goddard nieco się uspokoił. — Paul, chcę, żebyś rozmówił się z prawnikami. Sprawdził, czym dysponujemy. Może zdołamy powstrzymać Wyatta. Za cztery dni ogłaszamy istnienie AURORY. Gdy tylko świat się dowie, czego dokonaliśmy, zacznie się szaleńczy wyścig. Wszyscy będą wykupywać materiały i dostawców z całego łańcucha zaopatrzenia. Więc albo opóźnimy premierę, albo... Nie chcę brać udziału w tym wyścigu. Musimy się pozbierać i poszukać innego zakupu.

— Nikt nie ma tej technologii. Jedynie Delphos — przerwał mu Camilletti.

— Wszyscy jesteśmy rozgarnięci — przypomniał Goddard. — Zawsze jest inne wyjście. — Położył dłonie na poręczach fotela i wstał. — Ronald Reagan opowiadał kiedyś historyjkę o chłopcu, który znalazł wielki stos końskiego łajna i rzekł radośnie: „Gdzieś tu musi ukrywać się kucyk". — Roześmiał się, pozostali także zaśmiali się uprzejmie. Najwyraźniej docenili jego kiepską próbę rozluźnienia atmosfery. — Wracajmy do pracy. Znajdźcie tego kucyka.

75

Wiedziałem, co się stało.

Przemyślałem to wszystko wieczorem w drodze do domu. Im dłużej o tym myślałem, tym bardziej gotowałem się z wściekłości. I tym bardziej przyśpieszałem.

Gdyby nie projekt umowy, który skopiowałem z akt Camillettiego, Wyatt nie miałby pojęcia o istnieniu Delphosu, firmy, którą Trion zamierzał kupić. Im częściej przypominałem sobie o tym fakcie, tym gorzej się czułem. Do diabła, czas już, by Wyatt usłyszał, że to koniec, że już dla niego nie pracuję.

Otworzyłem drzwi mieszkania, zapaliłem światło i skierowałem się wprost do komputera, by napisać e-mail.

Ale nie.

Przy biurku siedział Arnold Meacham. Paru krótko ostrzyżonych twardzieli przetrząsało moje mieszkanie. Wszędzie leżały rozrzucone rzeczy. Strącili z półek wszystkie książki, rozebrali na części odtwarzacze CD i DVD, nawet telewizor. Mieszkanie wyglądało, jakby panoszył się w nim szaleniec, któremu zależy tylko na tym, by poczynić jak największe szkody.

— Co jest, kurwa? — rzuciłem.

Meacham spokojnie uniósł wzrok znad ekranu komputera.

— Już nigdy mnie nie ignoruj.

Musiałem się stamtąd wydostać. Obróciłem się na pięcie i skoczyłem w stronę drzwi — dokładnie w chwili, gdy kolejny ostrzyżony bandzior zatrzasnął je i zasłonił własnym ciałem, obserwując mnie czujnie. Nie było innego wyjścia, chyba że przez okno, lecz skok z dwudziestego szóstego piętra niespecjalnie mnie pociągał.

— Czego chcesz? — spytałem Meachama, wodząc wzrokiem między nim a drzwiami.

— Widzę, że zachowałeś wszystkie moje e-maile — rzekł. — Nie wiedziałem, że tak mnie lubisz.

— Oczywiście, że je zachowałem — odparłem z oburzeniem. — Kopiuję wszystko.

— Program szyfrujący, którego używasz do swoich notatek ze spotkań z Wyattem, Judith i ze mną, został złamany ponad rok temu. Istnieją znacznie lepsze.

— Dzięki, dobrze wiedzieć. — W moim głosie dźwięczał sarkazm. Starałem się sprawiać wrażenie spokojnego. — A teraz zabierz swoich kolesi i wynoście się stąd, nim wezwę policję.

Meacham prychnął i machnął ręką, jakby wzywał mnie do siebie.

— Nie. — Pokręciłem głową. — Powiedziałem już. Zabierz swoich chłopców.

Kątem oka dostrzegłem nagły ruch, szybki jak błyskawica. Coś rąbnęło mnie w tył głowy. Opadłem na kolana, w ustach czułem smak krwi, wszystko miało ciemnoczerwony odcień. Machnąłem ręką, by chwycić napastnika, ale wtedy czyjaś stopa rąbnęła mnie w prawą nerkę. Przez całe moje ciało przebiegła fala bólu. Upadłem na perski dywan.

— Nie! — jęknąłem.

Poczułem kolejny kopniak, tym razem w tył głowy, niewiarygodnie bolesny. Przed oczami rozbłysły mi gwiazdy.

— Zabierz ich — wyjęczałem. — Każ mu... przestać, bo zrobię się gadatliwy.

Tylko to przyszło mi do głowy. Wspólnicy Meachama pewnie nie wiedzieli, czym się zajmujemy. To tylko mięśniacy, Meacham by im nie powiedział. Może trochę się orientowali, dostatecznie

390

dobrze, by wiedzieć, czego szukać, i Meacham z pewnością wolał, by tak pozostało.

Skrzywiłem się i spiąłem w oczekiwaniu na kolejnego kopniaka w tył głowy. W ustach czułem metaliczny smak. Otaczający mnie świat skrzył się jaskrawymi barwami. Przez chwilę w mieszkaniu panowała cisza. Wyglądało na to, że Meacham kazał im przestać.

— Czego chcesz, do diabła? — spytałem.

— Jedziemy na przejażdżkę — oznajmił Meacham.

76

Meacham i jego bandziory wywlekli mnie z mieszkania do windy i garażu, a potem służbowym wyjściem na ulicę. Umierałem ze strachu. Przy wejściu czekał czarny wóz z przyciemnianymi szybami. Meacham wsiadł pierwszy, jego ludzie otaczali mnie, pilnując, bym nie uciekł albo się na niego nie rzucił. Jeden z nich niósł mój laptop, inny domowy komputer.

W głowie pulsował mi ból. Pierś i kręgosłup płonęły żywym ogniem. Musiałem wyglądać okropnie, pobity i posiniaczony.

„Jedziemy na przejażdżkę" znaczyło zwykle, przynajmniej w filmach o mafii, cementowe buty i wyprawę na dno East River. Jeśli jednak chcieli mnie zabić, czemu nie zrobili tego u mnie?

Po chwili odgadłem, że bandziory Meachama to dawni policjanci, zatrudnieni przez ochronę Wyatta. Najwyraźniej ich głównym atutem była brutalna siła. Nie byli jak precyzyjne instrumenty, lecz tępe narzędzia.

Jeden z nich prowadził. Meacham siedział na przednim fotelu, oddzielony ode mnie szybą kuloodporną. Cały czas rozmawiał przez telefon.

Zrobił już swoje, śmiertelnie mnie przeraził. A jego ludzie znaleźli wszystko, co miałem przeciw Wyattowi.

Dwadzieścia minut później wóz zaparkował na kamiennym podjeździe Nicka Wyatta.

Dwaj faceci sprawdzili, czy nie mam broni, jakbym w drodze z mieszkania mógł przypadkiem znaleźć gdzieś glocka. Odebrali mi telefon i wepchnęli do domu. Przeszedłem przez wykrywacz metalu. Zagwizdał. Skonfiskowali mój zegarek, pasek i klucze.

Wyatt siedział przed wielkim płaskim telewizorem w przestronnym, niemal pozbawionym mebli pomieszczeniu. Oglądał CNBC z wyciszonym dźwiękiem i rozmawiał przez komórkę. Po drodze zerknąłem w lustro; wyglądałem fatalnie.

Wszyscy stanęliśmy bez ruchu.

Po kilku minutach Wyatt zakończył rozmowę, odłożył telefon i spojrzał na mnie.

— Dawno się nie widzieliśmy — zauważył.

— No tak — odparłem.

— Spójrz tylko na siebie. Wpadłeś na drzwi, zleciałeś ze schodów?

— Coś w tym stylu.

— Przykro mi z powodu twojego taty. Ale, Chryste, oddychał przez rurkę, miał aparat tlenowy i tak dalej. Jeśli kiedyś to mnie spotka, zastrzelcie mnie, proszę.

— Bardzo chętnie — odparłem, wątpię jednak, by mnie usłyszał.

— W sumie to dobrze, że nie żyje. Przynajmniej już nie cierpi.

Miałem ochotę rzucić się na niego i udusić.

— Dzięki za troskę.

— To ja chcę ci podziękować. Za informację o Delphosie.

— Wygląda na to, że musiałeś opróżnić konto, by go kupić.

— Zawsze trzeba wyprzedzać przeciwnika o trzy posunięcia. Jak sądzisz, w jaki sposób znalazłem się tu, gdzie teraz jestem? Kiedy ogłosimy, że mamy chip optyczny, cena naszych akcji poszybuje w stratosferę.

— Pięknie — mruknąłem. — Wszystko już ustaliłeś. Więcej mnie nie potrzebujesz.

— O nie, przyjacielu, ty jeszcze nie skończyłeś. Nie, póki nie przekażesz mi specyfikacji samego chipa i prototypu.

— Nie — odparłem bardzo cicho. — Już skończyłem.

— Tak sądzisz? Chyba masz omamy. — Zaśmiał się. Odetchnąłem głęboko. Czułem tętniącą krew, bolała mnie głowa.

— Prawo mówi jasno — oznajmiłem, odchrząkując; sprawdziłem to na kilku prawniczych stronach. — Jesteś w znacznie gorszej sytuacji niż ja, bo ty kierowałeś całą akcją. Ja byłem tylko pionkiem, ty szefem.

— Prawo — powtórzył Wyatt z szyderczym uśmiechem. — Mówisz mi o pieprzonym prawie? To dlatego zachowałeś moje e-maile, notatki i tak dalej? Chciałeś zebrać dowody przeciw mnie? O rany, niemal mi cię żal. Ty naprawdę nic nie rozumiesz. Sądzisz, że pozwolę ci odejść, nim skończysz?

— Zdobyłem dla ciebie mnóstwo cennych informacji. Twój plan się udał. To już koniec. Od tej pory nie kontaktuj się ze mną. Koniec transakcji. Jeśli o mnie chodzi, to wszystko nigdy się nie wydarzyło.

Śmiertelna groza ustąpiła miejsca szaleńczej pewności siebie. W końcu przekroczyłem granicę. Rzuciłem się w przepaść i poszybowałem w powietrzu. Będę się tym cieszył, póki nie rąbnę o ziemię.

— Zastanów się — podjąłem.

— Ach tak? — rzucił Wyatt.

— Masz znacznie więcej do stracenia niż ja. Swoją firmę, majątek. Ja jestem zwykłym pionkiem, małą rybką, nawet nie, planktonem.

Jego uśmiech stawał się coraz szerszy.

— I co zrobisz? Pójdziesz do Jocka Goddarda i wyjaśnisz mu, że jesteś jedynie gównianym szpiegiem, którego „błyskotliwe" pomysły pochodziły wprost od głównego konkurenta Triona? Jak myślisz, co wtedy zrobi? Podziękuje ci, zaprosi na lunch w swojej żałosnej ulubionej knajpce i wzniesie toast szklanką lemoniady? Wątpię.

Pokręciłem głową, serce waliło mi jak młot.

— Nie chcesz, by Goddard się dowiedział, jak poznałeś szczegóły ich negocjacji z Delphosem. A może myślisz, że pójdziesz do FBI? Tak? Wyjaśnisz, że byłeś szpiegiem Wyatta? To z pewnością im się spodoba. Wiesz, jacy wyrozumiali są agenci FBI. Zmiażdżą cię jak pieprzonego robala, a ja wszystkiemu zaprzeczę. Nie będą mieli wyjścia, uwierzą mi. A wiesz dlaczego? Bo jesteś zwykłym pieprzonym oszustem. Masz to w papierach, przyjacielu. Wywaliłem cię z firmy, bo sprzeniewierzyłeś firmowe pieniądze. Na wszystko mam dokumenty.

— Więc trudno ci będzie wyjaśnić, czemu wszyscy z Wyatta z takim zapałem mnie polecali.

— Jeśli to by był ktokolwiek z Wyatta. Ale nikt cię nie polecał, rozumiesz? Nie dalibyśmy referencji takiemu oszustowi. Ty jednak, jak przystało na nałogowego kłamcę, sfałszowałeś nasz papier firmowy i sam napisałeś sobie referencje, po czym zgłosiłeś się do Triona. Te listy nie pochodzą od nas, analiza papieru i dokumentów wykaże to bez cienia wątpliwości. Użyłeś innej drukarki, innych cartridge'ów. Sfałszowałeś też podpisy, ty kretynie. — Przerwa. — Naprawdę sądziłeś, że nie pilnowalibyśmy własnych tyłków?

Próbowałem uśmiechnąć się w odpowiedzi, ale nie zdołałem zapanować nad rozedrganymi mięśniami twarzy.

— Przykro mi, ale to nie wyjaśnia telefonów od ludzi z Wyatta do Triona — rzekłem. — Zresztą Goddard się połapie, on mnie zna.

Śmiech Wyatta przypominał warkot rozwścieczonego psa.

— On cię zna? A to dobre. Naprawdę nie wiesz, z kim masz do czynienia, prawda? Tkwisz w gównie po uszy. Sądzisz, że ktokolwiek uwierzy, że ludzie z naszych kadr zadzwonili do Triona i wystawiali ci świetną opinię po tym, jak cię wywaliliśmy? Powęsz trochę, śmieciu, a przekonasz się, że wszystkie telefony z kadr były przełączane. Rejestry wykażą, że pochodziły z twojego działu. Sam do nich dzwoniłeś, dupku, udając swoich przełożonych, wymyślając entuzjastyczne opinie. Jesteś popieprzonym patologicznym oszustem. Wymyśliłeś sobie cholerną historyjkę o tym, że byłeś wielką szychą w projekcie Lucid. Widzisz, dupku, ludzie z mojej ochrony i z ochrony Triona z łatwością porównają rejestry.

Świat wirował mi przed oczami, czułem mdłości.

— Może powinieneś też sprawdzić swoje tajne konto, z którego jesteś taki dumny. To, na które, jak sądzisz, wpłacaliśmy ci pieniądze z zagranicznego banku. Może sprawdzisz prawdziwe źródło tych pieniędzy.

Patrzyłem na niego.

— Pieniądze te — wyjaśnił Wyatt — były przesyłane wprost z kilku rachunków Triona. Każda transakcja ma na sobie twoje cyfrowe odciski palców. Okradłeś ich, tak jak wcześniej nas. — Oczy niemal wychodziły mu z orbit. — Trzymamy cię za jaja, żałosny dupku. Kiedy spotkamy się następnym razem, lepiej, żebyś miał przy sobie wszystkie dane techniczne optycznego chipa Goddarda. W przeciwnym razie możesz pożegnać się z życiem. A teraz wynoś się z mojego domu.

CZĘŚĆ ÓSMA

WEJŚCIE

Wejście: slangowe określenie potajemnego włamania do biura bądź domu przeciwnika w celu nielegalnego zdobycia danych bądź materiałów.

Księga szpiegów: Encyklopedia szpiegostwa

77

— Lepiej, żeby to było ważne, stary — powiedział Seth. — Jest już po północy.

— Jest ważne, uwierz mi.

— Jasne, dzwonisz tylko wtedy, kiedy czegoś chcesz albo jak ktoś ci umrze.

Żartował i zarazem nie żartował. Miał prawo być wkurzony. Odkąd zacząłem pracować w Trionie, niespecjalnie podtrzymywałem kontakt, a on był przy mnie, gdy umarł tato, przez cały pogrzeb. Okazał się znacznie lepszym przyjacielem niż ja.

Spotkaliśmy się godzinę później w całodobowym Dunkin' Donuts, obok mieszkania Setha. W lokalu było pusto, pozostało tylko kilku włóczęgów. Seth miał na sobie te same co zwykle stare dżinsy Diesla i koszulkę ze światowej trasy Dr. Dre.

Spojrzał na mnie zaskoczony.

— Co się stało?

Nie ukrywałem żadnych, nawet najgorszych szczegółów. Niby po co.

Z początku sądził, że wszystko wymyślam. Stopniowo jednak przekonał się, że mówię prawdę. Jego twarz najpierw była rozbawiona i sceptyczna, potem wyrażała grozę i fascynację, a na końcu głębokie współczucie.

— O rany — mruknął, gdy skończyłem. — Strasznie się wkopałeś.

Patrzył na mnie jak przechodzień na makabryczny wypadek samochodowy.

Uśmiechnąłem się ze smutkiem i skinąłem głową.

— Mam przerąbane.

— Nie to miałem na myśli. — W jego głosie zabrzmiała drażliwa nuta. — Ty się na to, kurwa, zgodziłeś.

— Nie zgodziłem się.

— Właśnie że tak, dupku. Miałeś pieprzony wybór.

— Wybór? Jaki? Więzienie?

— Przyjąłeś układ, jaki ci zaproponowali. Złapali cię za jaja, a ty ustąpiłeś.

— Co innego mogłem zrobić?

— Po to są prawnicy, kretynie. Mogłeś powiedzieć mnie, a ja poprosiłbym o pomoc jednego z gości, dla których pracuję.

— Pomoc, jaką? Przecież wziąłem te pieniądze.

— Mogłeś ściągnąć prawnika. Nastraszyć ich, zagrozić, że wszystko ujawnisz.

Przez chwilę milczałem. Wątpiłem, by w rzeczywistości sprawa wyglądała tak prosto.

— No cóż, już na to za późno. Zresztą i tak wszystkiemu by zaprzeczyli. Nawet gdyby któryś z twoich prawników zgodził się mnie reprezentować, Wyatt napuściłby na mnie całe Amerykańskie Stowarzyszenie Adwokatów.

— Może. A może wolałby wszystko wyciszyć. Pewnie zdołałbyś się z tego wykręcić.

— Wątpię.

— Rozumiem. — Głos Setha ociekał sarkazmem. — Więc sam im się nadstawiłeś. Zgodziłeś się na nielegalny plan, zostałeś szpiegiem i właściwie zagwarantowałeś sobie pobyt w więzieniu.

— Jak to, zagwarantowałem sobie pobyt w więzieniu?

— A potem, kierowany niepohamowaną ambicją, naraziłeś się jedynemu facetowi w całej korporacyjnej Ameryce, który kiedykolwiek dał ci szansę.

— Dzięki — odparłem z goryczą, wiedząc, że ma rację.

— Zasłużyłeś na to, co cię spotkało.

— Dzięki za pomoc i moralne wsparcie, przyjacielu.

— Ujmijmy to w ten sposób, Adamie: może w twoich oczach jestem żałosnym frajerem, ale przynajmniej uczciwym. A ty? Jesteś oszustem. Wiesz, kim jesteś? Pieprzoną Rosie Ruiz.

— Kim?

— Dwadzieścia lat temu wygrała maraton w Bostonie, ustanowiła kobiecy rekord. Pamiętasz? Prawie się nie spociła. Okazało się, że dołączyła do biegu kilometr przed metą, resztę trasy przejechała pieprzonym metrem. To właśnie ty, stary. Rosie Ruiz korporacyjnej Ameryki.

Siedziałem tam z coraz bardziej czerwoną i gorącą twarzą. Czułem się okropnie nieszczęśliwy.

— Skończyłeś już? — spytałem wreszcie.

— Na razie tak.

— To dobrze, bo potrzebuję twojej pomocy.

78

Nigdy wcześniej nie byłem w firmie prawniczej, w której Seth pracował — czy też udawał, że pracuje. Zajmowała cztery piętra w jednym z wieżowców w centrum i wyglądała dokładnie tak, jak powinna wyglądać droga firma prawnicza — były tam mahoniowe boazerie, kosztowne wschodnie dywany, współczesne obrazy w wielkich ramach, mnóstwo szkła.

Seth umówił nas na poranne spotkanie ze swoim szefem, starszym wspólnikiem Howardem Shapiro, specjalizującym się w sprawach karnych. Shapiro był kiedyś prokuratorem generalnym. Okazał się niskim, pulchnym, łysiejącym gościem w okrągłych czarnych okularach, kipiącym energią. Błyskawicznie wyrzucał z siebie słowa wysokim piskliwym głosem. Cały czas mi przerywał, naciskał, kazał powtarzać moją historię, patrzył na zegarek. Nieustannie zapisywał coś w notesie. Od czasu do czasu posyłał mi czujne, zdumione spojrzenie, jakby próbował coś zrozumieć, lecz przez większość czasu nie reagował. Seth, zachowujący się nienagannie, po prostu siedział i patrzył.

— Kto cię pobił? — spytał Shapiro.

— Ludzie z jego ochrony.

Zapisał coś.

— Kiedy mu powiedziałeś, że się wycofujesz?

— Już wcześniej przestałem odpowiadać na telefony i e-maile.

— Dali ci nauczkę?

— Chyba tak.

— Pozwól, że o coś spytam. Odpowiedz szczerze. Załóżmy, że dostarczysz Wyattowi to, czego chce, ten chip czy jak mu tam. Myślisz, że da ci spokój?

— Wątpię.

— Sądzisz, że wciąż będzie naciskał?

— Najpewniej tak.

— Nie obawiasz się, że wszystko to w końcu się posypie, a ty wylądujesz w gównie po uszy?

— Myślałem o tym. Wiem, że w Trionie są strasznie wkurzeni, bo nie powiodła im się transakcja. Pewnie przeprowadzą dochodzenie. Kto wie, co wykaże. Do tego dyrektor finansowy widział mnie z Wyattem.

— U Wyatta w domu?

— Nie, w restauracji.

— Niedobrze. Co z tego wynikło?

— Nic.

— Mam dla ciebie złe wieści, Adamie. Przykro mi to mówić, ale jesteś głupcem.

Seth się uśmiechnął.

— Wiem.

— Musisz uderzyć pierwszy albo masz przechlapane.

— Jak?

— Powiedzmy, że wszystko wyjdzie na jaw i zostaniesz złapany, co jest bardzo prawdopodobne. Zdasz się na łaskę sądu i trafisz do więzienia. Proste, gwarantuję ci to.

Zupełnie jakby walnął mnie pięścią w brzuch. Seth skrzywił się boleśnie.

— A gdybym współpracował?

— Za późno. Nikt ci nie odpuści. Do tego jedynym dowodem przeciw Wyattowi jesteś ty. Ale on z pewnością dysponuje wieloma dowodami przeciw tobie.

— Co pan proponuje?

— Albo oni dopadną ciebie, albo ty ich. Mam znajomego w biurze prokuratora generalnego. Ufam mu. Wyatt to rekin, możesz go im podać na srebrnym półmisku. Będą bardzo zainteresowani.

— Skąd będę wiedział, że mnie nie wsadzą do więzienia?

— Przygotuję wstępną ofertę. Zadzwonię do niego, powiem, że mam coś, co mogłoby go zainteresować. Nie podam żadnych nazwisk. Jeśli nie pójdą na ugodę, w ogóle cię nie zobaczą. Jeżeli zechcą się układać, dasz im jednodniową królową.

— Co to jest jednodniowa królowa?

— Jedziemy do nich, siadasz z prokuratorem i agentem. To, co powiesz na tym spotkaniu, nie może być wykorzystane przeciw tobie.

Spojrzałem na Setha, uniosłem brwi i odwróciłem się z powrotem do Shapira.

— Twierdzi pan, że mogłoby mi się upiec?

Shapiro pokręcił głową.

— Zważywszy na twój wybryk w Wyatcie, przyjęcie pożegnalne dla magazyniera, będziemy musieli do czegoś się przyznać. Jesteś brudnym świadkiem. Oskarżyciel musi pokazać, że nie darował ci wszystkiego. Musisz otrzymać jakąś karę.

— To więcej niż wykroczenie?

— Może być nadzór kuratora, kurator i wyrok w zawieszeniu albo do sześciu miesięcy.

— Więzienie? — powiedziałem.

Shapiro przytaknął.

— Jeśli zechcą się układać — dodałem.

— Zgadza się. Posłuchaj, powiedzmy to sobie szczerze: masz potworne kłopoty. Akt o szpiegostwie przemysłowym z tysiąc dziewięćset dziewięćdziesiątego szóstego roku traktuje kradzież sekretów handlowych jako przestępstwo federalne. Mógłbyś dostać dziesięć lat.

— A Wyatt?

— Jeśli go złapią? Według federalnych wytycznych sędzia musi uwzględnić rolę oskarżonego w przestępstwie. W przypadku Wyatta przestępstwo jest dwukrotnie cięższe.

— Więc dostałby więcej?

— Zgadza się. Do tego osobiście nic nie zyskałeś na swoim szpiegostwie.

— Owszem — przytaknąłem. — Dostałem pensję.

— Dostawałeś pensję z Triona za pracę w Trionie.

Zawahałem się.

— Nie, ludzie Wyatta wciąż mi płacili, na tajne konto.

Shapiro spojrzał na mnie dziwnie.

— To źle, prawda?

— To źle — przytaknął.

— Nic dziwnego, że tak łatwo się zgodzili — jęknąłem bardziej do siebie niż do niego.

— Owszem — mruknął Shapiro. — Sam połknąłeś haczyk. Mam zadzwonić czy nie?

Spojrzałem na Setha, który skinął głową. Wyglądało na to, że nie mam innego wyboru.

— Zaczekajcie na zewnątrz — polecił Shapiro.

79

Siedzieliśmy w milczeniu w poczekalni. Nerwy miałem napięte do granic wytrzymałości. Zadzwoniłem do biura i poprosiłem Jocelyn, by przełożyła parę spotkań.

Przez kilka minut intensywnie myślałem.

— Wiesz — powiedziałem w końcu — najgorsze jest to, że dałem Wyattowi wszystko, żeby mógł nas załatwić. Spieprzył już bardzo ważny zakup, a teraz kompletnie nas pogrąży. I to wszystko moja wina.

Seth patrzył na mnie długą chwilę.

— Nas, czyli kogo?

— Triona.

Pokręcił głową.

— Nie jesteś Trionem. Kiedy mówisz o tej firmie, wciąż powtarzasz „my" i „nas".

— To przejęzyczenie.

— Nie sądzę. Chcę, żebyś w domu wziął kostkę swojego francuskiego mydła za dziesięć dolarów i napisał na lustrze w łazience: „Nie jestem Trionem, a Trion nie jest mną".

— Daj spokój — mruknąłem. — Gadasz jak mój ojciec.

— Czy kiedykolwiek przyszło ci do głowy, że może twój tata nie zawsze się mylił? Nawet zepsuty zegar dwa razy na dobę wskazuje dobrą godzinę.

— Chrzań się.

Drzwi biura otworzyły się i stanął w nich Howard Shapiro.

— Usiądź — polecił.

Po jego minie poznałem, że rozmowa nie poszła dobrze.

— Co powiedział pański kolega?

— Mój kolega został przeniesiony do Departamentu Sprawiedliwości. Jego następca to prawdziwy kutas.

— Jest aż tak źle?

— Powiedział: „Przyznajcie się i zobaczymy, co z tego wyniknie".

— Co to ma znaczyć?

— To znaczy, że przyznasz się do winy potajemnie. Nikt się o tym nie dowie.

— Nie rozumiem.

— Jeśli dasz mu coś wielkiego, napisze ci świetny Pięć-K. To taki list, który prokurator pisze do sędziego, prosząc, by odstąpił od wytycznych procesowych.

— Czy sędzia musi go posłuchać?

— Oczywiście, że nie. I nie ma gwarancji, że fiut naprawdę napisze ci porządny list. Szczerze mówiąc, nie ufam mu.

— Jaka jest jego definicja czegoś wielkiego? — wtrącił Seth.

— Chce, żeby Adam wprowadził tam tajnego agenta.

— Tajnego agenta? — powtórzyłem. — To wariactwo. Wyatt nigdy na to nie pójdzie. Nie zgodzi się spotkać z kimkolwiek oprócz mnie. Nie jest głupi.

— A może podsłuch? — zaproponował Seth. — Też się nie zgodzi?

— Ja się nie zgodzę — odparłem. — Za każdym razem, gdy spotykam się z Wyattem, sprawdzają, czy mam przy sobie sprzęt elektroniczny. Z pewnością mnie przyłapią.

— Nie szkodzi — powiedział Shapiro. — Nasz przyjaciel w biurze prokuratora generalnego i tak się na to nie zgodzi. Interesuje go wyłącznie wprowadzenie agenta.

— Nie zrobię tego — oznajmiłem. — To się nigdy nie uda. Jaką mam gwarancję, że jeśli się zgodzę, nie trafię do więzienia?

— Żadnej — przyznał Shapiro. — Prokurator federalny nie

może dać ci stuprocentowej gwarancji, że sędzia zgodzi się na zawieszenie. Sędzia może nie ustąpić. W każdym razie dają ci siedemdziesiąt dwie godziny.

— Albo co?

— Albo sprawy potoczą się swoim torem. Nie zgodzi się na jednodniową królową, jeśli nie zagrasz według jego zasad. Oni ci nie ufają, nie sądzą, że sam sobie poradzisz. I musisz się z tym pogodzić. Ruch należy do nich.

— Nie potrzebuję siedemdziesięciu dwóch godzin — oznajmiłem. — Już podjąłem decyzję. Nie wchodzę w to.

Shapiro spojrzał na mnie dziwnie.

— Nadal będziesz pracował dla Wyatta?

— Nie. Sam to załatwię.

Teraz to Shapiro się uśmiechnął.

— Jak?

— Chcę ustalić własne warunki.

— Jak? — powtórzył Shapiro.

— Powiedzmy, że zdobędę konkretne dowody przeciw Wyattowi. Poważne, niezaprzeczalne dowody jego działalności przestępczej. Czy możemy z nimi pójść do FBI i zyskać lepsze warunki?

— Teoretycznie? Jasne.

— To dobrze — powiedziałem. — Chyba zajmę się tym sam.

— Jesteś szalony, stary — rzucił Seth.

— Zgadza się.

80

Dostałem e-mail od Alany z informacją, że już wróciła, że wyjazd do Palo Alto został skrócony — nie wyjaśniła, ale wiedziałem dlaczego — i że chętnie się spotka. Zadzwoniłem do niej do domu. Jakiś czas rozmawialiśmy o pogrzebie, o tym, jak sobie radzę i tak dalej. Powiedziałem, że nie mam ochoty mówić o tacie. I wtedy spytała:

— Zdajesz sobie sprawę z tego, że masz poważne kłopoty służbowe?

Wstrzymałem oddech.

— A mam?

— No wiesz, kodeks pracowników Triona wyraźnie zakazuje romansów w miejscu pracy. Niewłaściwe zachowania seksualne w miejscu pracy szkodzą wydajności i sprawności całej organizacji, wpływają negatywnie na uczestników i współpracowników.

Powoli wypuściłem powietrze z płuc.

— Nie pracujesz w moim pionie. Poza tym uważam, że działamy bardzo sprawnie i wydajnie, a nasze zachowania seksualne są całkiem właściwe. Praktykujemy integrację poziomą. — Roześmiała się, a ja dodałem: — Wiem, że żadne z nas nie ma czasu, ale może lepiej będzie nam się pracowało w Trionie, jak weźmiemy wolny wieczór i wyjedziemy z miasta? Ot tak, spontanicznie.

— To brzmi ciekawie — przyznała. — Tak, myślę, że to mogłoby zwiększyć naszą wydajność.

— To dobrze. Zarezerwowałem dla nas pokój na jutro.

— Gdzie?

— Zobaczysz.

— Powiedz mi gdzie — upierała się.

— Nie, to będzie niespodzianka. Jak mawia nasz nieulękły przywódca, czasami trzeba po prostu wsiąść do wozu.

. . .

Podjechała po mnie swoim błękitnym kabrioletem Mazda Miata i ruszyła na wieś, kierując się moimi wskazówkami. W milczeniu raz po raz powtarzałem w myślach to, co zamierzam zrobić. Podobała mi się, w tym właśnie problem. A ja zamierzałem ją wykorzystać, by ocalić własną skórę. Czułem się jak ostatni łajdak.

Jazda trwała czterdzieści pięć minut. Po drodze mijaliśmy identyczne centra handlowe, stacje benzynowe i fast foody. Potem skręciliśmy w wąską krętą drogę przez las. W pewnym momencie Alana spojrzała na mnie i dostrzegła siniaka wokół oka.

— Co się stało? Biłeś się z kimś?

— Grałem w kosza.

— Myślałam, że nie grywasz już z Chadem.

Uśmiechnąłem się, nie odpowiedziałem.

W końcu dotarliśmy do wielkiej, staroświeckiej wiejskiej gospody. Miała białe ściany i ciemnozielone okiennice. Powietrze było chłodne i pachnące. W ciszy słyszało się jedynie śpiew ptaków.

— Hej! — Alana zdjęła okulary przeciwsłoneczne. — Ładnie tu. To podobno fajne miejsce.

Przytaknąłem.

— Zabierasz tu wszystkie swoje dziewczyny?

— Nigdy wcześniej tu nie byłem — odparłem. — Czytałem o tej gospodzie i uznałem, że to świetne gniazdko. — Ucałowałem Alanę, objąwszy ręką jej wąską talię. — Wezmę twoje torby.

— Tylko jedną — odparła. — Nie brałam dużo rzeczy.

Zaniosłem bagaże do frontowych drzwi. Wewnątrz pachniało

palonym drewnem i syropem klonowym. Małżonkowie, właściciele gospody, powitali nas jak starych przyjaciół.

Nasz pokój był uroczy, w wiejskim stylu. Było tam olbrzymie łoże z baldachimem, wyplatane dywaniki, perkalowe zasłony. Naprzeciw łóżka stał wielki, stary ceglany kominek, chyba często używany. Pokój umeblowano wyłącznie antykami, lekko rozchwianymi i rozklekotanymi — aż się bałem, że zaraz się rozlecą. U stóp łóżka stała wielka skrzynia. Łazienka była ogromna. Pośrodku ustawiono starą żeliwną wannę na szponiastych nogach, z tych, co wyglądają świetnie, ale jak chcesz wziąć prysznic, musisz stanąć w wannie i polewać się wodą, zupełnie jakbyś mył zabłoconego psa i nie chciał ochlapać całej posadzki. Z łazienki wychodziło się do małego gabinetu obok sypialni, wyposażonego w dębowe biurko i stary telefon na kulawym stoliku.

Łóżko skrzypiało. Odkryliśmy to, gdy po wyjściu gospodarza oboje na nie skoczyliśmy.

— Boże, wyobraź sobie, co oglądało to łóżko — powiedziałem.

— Mnóstwo tu perkalu — zauważyła Alana. — Jak w domu mojej babki.

— Czy dom twojej babki jest tak wielki jak ta gospoda?

Skinęła głową.

— Przytulnie tu. To był świetny pomysł, Adamie.

Wsunęła chłodną dłoń pod moją koszulę, pogładziła brzuch, a potem przesunęła ją w dół.

— Wspominałeś coś o integracji poziomej?

. . .

Gdy zeszliśmy na obiad do jadalni, w kominku płonął ogień. Przy stolikach siedziało już około dwunastu par, w większości starszych od nas.

Zamówiłem drogie czerwone bordeaux i nagle usłyszałem w głowie echo słów Jocka Goddarda: Kiedyś piłeś budweisera, teraz najlepsze roczniki pauillaca.

411

Obsługa była powolna — całą jadalnią zajmował się jeden kelner, przybysz z Bliskiego Wschodu ledwie znający angielski — ale wcale mi to nie przeszkadzało. Oboje czuliśmy się błogo, odurzeni niedawnym orgazmem.

— Widziałem, że zabrałaś komputer — powiedziałem. — Jest w bagażniku.

Alana uśmiechnęła się niewinnie.

— Nigdzie się bez niego nie ruszam.

— Jesteś uwiązana do biura? Masz pager, służbową komórkę i tak dalej?

— A ty nie?

— Kiedy ma się tylko jednego szefa — odparłem — nie jest aż tak źle.

— Ty szczęściarzu. Ja mam sześciu bezpośrednich zwierzchników, a do tego grupę naprawdę aroganckich inżynierów, z którymi muszę sobie radzić. I bardzo bliski termin.

— Jaki termin?

Zawahała się na moment.

— Ruszamy w przyszłym tygodniu.

— Wysyłacie produkt?

Pokręciła głową.

— To demo. Publiczna demonstracja prototypu urządzenia, nad którym pracujemy. Naprawdę wielka sprawa. Goddard ci nie mówił?

— Może i mówił, nie wiem. Opowiada mi o różnych rzeczach.

— O tym byś nie zapomniał. Pochłania mi to cały czas. Całe dnie i noce.

— Nie do końca — zauważyłem. — Miałaś czas na dwie randki ze mną, a dziś wieczór robisz sobie wolne.

— Zapłacę za to jutro i w niedzielę.

Zabiegany kelner zjawił się w końcu z butelką białego wina. Przypomniałem mu treść zamówienia, przeprosił wylewnie i wrócił po właściwy trunek.

— Czemu nie chciałaś ze mną rozmawiać na przyjęciu u Goddarda?

412

Alana spojrzała na mnie z niedowierzaniem. Jej szafirowe oczy otwarły się szeroko.

— Mówiłam poważnie o firmowym kodeksie. Romanse między pracownikami nie są mile widziane. Lepiej zachować dyskrecję, ludzie gadają. Uwielbiają plotkować o tym, kto z kim się pieprzy. A jak coś się zdarzy...

— Na przykład rozstanie.

— Na przykład. Wtedy zaczynają się kłopoty.

Rozmowa wyraźnie zmierzała w niewłaściwym kierunku. Spróbowałem zawrócić.

— Więc domyślam się, że nie mogę po prostu odwiedzić cię w pracy? Przyjść niezapowiedziany na czwarte piętro z bukietem lilii?

— Mówiłam już, nie wpuszczą cię.

— Myślałem, że moja karta otwiera wszystkie drzwi.

— Może większość, ale nie na czwartym piętrze.

— To znaczy, że ty możesz przyjść na piętro dyrektorskie, a ja nie mogę na twoje?

Wzruszyła ramionami.

— Masz ze sobą kartę?

— Nauczono mnie nie ruszać się bez niej nawet do łazienki. — Wyciągnęła kartę z małej czarnej torebki i machnęła ku mnie. Przyczepiła ją jak brelok do kółka z kilkoma kluczami.

Żartobliwie chwyciłem kartę.

— Nie jest tak złe jak zdjęcie w paszporcie, ale nie wysyłałbym go do agencji modelek.

Uważnie obejrzałem kartę — była bardzo podobna do mojej. Miała trójwymiarowe holograficzne logo Triona, zmieniające kolor w zależności od kąta padania światła, to samo jasnobłękitne tło z powtarzającym się wielokrotnie maleńkim białym napisem „Trion Systems". Na oko różniły się głównie tym, że karta Alany miała pośrodku czerwono-biały pasek.

— Pokażę ci moją, jak ty pokażesz mi swoją — rzuciła ze śmiechem.

Wyjąłem z kieszeni kartę i dałem ją Alanie. Tak naprawdę

różniły się ukrytym wewnątrz chipem. Zakodowano w nim informacje otwierające zamek drzwi. Jej karta oprócz zwykłych głównych wejść, garażu i tak dalej otwierała dodatkowo czwarte piętro.

— Wyglądasz jak wystraszony królik na drodze — powiedziała Alana i zachichotała.

— Chyba tak właśnie się czułem pierwszego dnia — przyznałem.

— Nie wiedziałam, że numery pracowników sięgają tak wysoko.

Czerwono-biały pasek na karcie musiał służyć do szybkiej identyfikacji wzrokowej, a więc oprócz czytnika kart był tam co najmniej jeden dodatkowy punkt kontrolny. Ktoś sprawdzał wchodzących pracowników. A to dodatkowe utrudnienie.

— Jak idziesz na lunch albo poćwiczyć, musi być z tym sporo zamieszania.

Wzruszyła ramionami, wyraźnie niezainteresowana tematem.

— Nie jest tak źle. Strażnicy mnie znają.

Właśnie, pomyślałem, o to chodzi. Nie można przejść przez drzwi, jeśli chip w karcie nie został właściwie zakodowany. A nawet gdy znajdziesz się już na piętrze, musisz przejść obok strażnika, który dokonuje identyfikacji wzrokowej.

— Przynajmniej nie każą wam przechodzić przez biometrykę — powiedziałem. — Musieliśmy to robić w Wyatcie. No wiesz, to czytnik odcisków palców. Mój przyjaciel w Intelu co dzień przechodził przez skaner siatkówki. Nagle zupełnie znikąd okazało się, że musi nosić okulary.

Było to zwykłe kłamstwo, ale przynajmniej ją zainteresowało. Spojrzała na mnie z dziwnym uśmiechem, niepewna, czy żartuję.

— To żart z tymi okularami, ale był pewien, że skanowanie zepsuje mu wzrok.

— No, mamy jeden dział wewnętrzny z biometryką, ale tam wchodzą tylko inżynierowie. To tam pracują nad prototypem. Ja mam kontakt tylko z Barneyem i Chetem, biednymi strażnikami, którzy całymi godzinami muszą siedzieć w swojej budce.

— Na pewno nie jest tak kretyńsko jak w Wyatcie podczas pierwszej fazy prac nad Lucidem. Kazali nam odbywać idiotyczny rytuał wymiany kart. Dawałaś swoją kartę strażnikowi, a on wręczał ci drugą, którą nosiłaś na piętrze. — Opowiadałem bzdury, powtarzając coś, co kiedyś usłyszałem od Meachama. — Powiedzmy, że nagle przypomina ci się, że zostawiłaś włączone reflektory albo zapomniałaś czegoś z bagażnika, albo chcesz zbiec do stołówki, żeby szybko przekąsić kanapkę...

Alana z roztargnieniem pokręciła głową i prychnęła cicho. Całkowicie straciła i tak niewielkie zainteresowanie subtelnościami systemów ochronnych. Chciałem wyciągnąć z niej więcej informacji, na przykład czy muszą podawać kartę strażnikowi, czy po prostu mu ją pokazują. Jeśli muszą ją podać, ryzyko, że strażnik odkryje fałszywą kartę, gwałtownie rosło. Czy w nocy ochrona jest mniej szczelna? A wczesnym rankiem?

— Hej — rzuciła — nawet nie tknąłeś wina. Nie smakuje ci?

Zanurzyłem dwa palce w kieliszku.

— Pyszne — mruknąłem.

Ten szczeniacki męski wygłup tak ją rozśmieszył, że wybuchnęła głośnym śmiechem, mrużąc oczy. Niektóre kobiety — no dobra, większość kobiet — w tym momencie poprosiłyby o rachunek, ale nie Alana.

Naprawdę mi się podobała.

81

Po kolacji oboje byliśmy objedzeni i lekko odurzeni winem. Szczerze mówiąc, Alana wydawała się nieco bardziej ubzdryngolona. Upadła na trzeszczące łóżko z szeroko rozłożonymi ramionami, jakby chciała objąć cały pokój, gospodę, noc. Ja także powinienem paść koło niej. Ale nie mogłem, jeszcze nie teraz.

— Przynieść ci laptop z samochodu?

Jęknęła.

— Och, czemu o tym wspomniałeś? I tak za dużo mówisz o pracy.

— Może po prostu przyznaj od razu, że jesteś pracoholiczką, i miejmy to z głowy. — Przybrałem poważny ton, jakbym był na spotkaniu Anonimowych Alkoholików. — Cześć, nazywam się Alana i jestem pracoholiczką. Cześć, Alano.

Pokręciła głową i wywróciła oczami.

— Pierwszy krok to przyznanie, że nie potrafisz poradzić sobie z pracoholizmem. Poza tym zostawiłem coś w twoim samochodzie, więc i tak tam schodzę. — Wyciągnąłem rękę. — Kluczyki.

Alana leżała wygodnie. Najwyraźniej nie miała ochoty się ruszać.

— Uhm, tak, jasne — powiedziała z wahaniem. — Dzięki.

Przekręciła się na bok, wyłowiła z torebki klucze i wręczyła mi je dramatycznym gestem.

— Wracaj szybko, dobrze?

O tej porze parking był ciemny i pusty. Obejrzałem się na gospodę, stojącą trzydzieści metrów dalej. Raz jeszcze sprawdziłem. Okna naszego pokoju nie wychodziły na parking. Nie mogła mnie widzieć.

Otworzyłem bagażnik miaty i znalazłem torbę na laptop — szarą, nylonową, o fakturze flaneli. Nie żartowałem, naprawdę coś tam zostawiłem, niewielki plecak. W bagażniku nie było nic więcej. Zarzuciłem torbę i plecak na ramię i wsiadłem do wozu.

Znów obejrzałem się w stronę gospody. Nikogo nie było.

Mimo wszystko nie zapalałem światła. Poczekałem, aż moje oczy przywykną do ciemności. W ten sposób nie przyciągnę uwagi.

Czułem się jak ostatni drań, ale musiałem realistycznie spojrzeć na sytuację. Nie miałem wyboru. Alana stanowiła moją najlepszą szansę, by dostać się do AURORY, a teraz po prostu musiałem się tam dostać. Tylko tak mogłem ocalić własną skórę.

Szybko rozsunąłem zamek, wyciągnąłem laptop i włączyłem. Wnętrze wozu rozjaśniło błękitnawe światło. Czekając, aż system ruszy, otworzyłem plecak i wyjąłem błękitną plastikową apteczkę.

Wewnątrz zamiast plastrów i tym podobnych kryło się kilka małych plastikowych pojemników. W każdym z nich — porcja miękkiego wosku.

W błękitnym świetle obejrzałem klucze na jej breloczku. Niektóre wyglądały obiecująco. Może jeden z nich otworzy szafki z dokumentami na temat AURORY.

Kolejno przyciskałem klucze do wosku. Ćwiczyłem to kilka razy z człowiekiem Meachama i teraz byłem mu za to wdzięczny. Opanowanie tej sztuki zabrało trochę czasu. Na ekranie mrugał na mnie kursor, a pod nim okienko na wpisanie hasła.

Cholera, nie wszyscy chronią swoje laptopy hasłami. Cóż, przynajmniej nie do końca zmarnowałem czas. Wyjąłem z plecaka mały czytnik pcProx, który dał mi Meacham, i podłączyłem do palmtopa. Uruchomiłem go i machnąłem przed nim kartą Alany.

Małe urządzenie przechwyciło wszystkie dane z karty i zapisało w palmtopie.

Może to dobrze, że miała hasło do laptopa. Nie mogłem zostać na parkingu zbyt długo. Wkrótce zacznie się zastanawiać, gdzie się podziałem. Zanim wyłączyłem komputer, ot tak, na wszelki wypadek wpisałem kilka zwyczajowych haseł: datę urodzenia, którą znałem na pamięć, pierwsze sześć cyfr numeru pracowniczego. Nic. Potem wpisałem „Alana". Okienko zniknęło i ekran zapłonął jasnym blaskiem.

Rany, łatwo poszło.

I co teraz? Ile czasu mogę jeszcze tu zostać? Ale jak mógłbym nie wykorzystać takiej sposobności? Może już nigdy się nie powtórzy.

Alana była niezwykle zorganizowaną osobą. Dane w komputerze uporządkowała w sposób przejrzysty i logiczny. Jeden z katalogów nosił nazwę AURORA.

W środku było wszystko. No, może nie wszystko, ale prawdziwa kopalnia złota. Dane techniczne chipa optycznego, notatki marketingowe, kopie e-maili, które wysyłała i otrzymywała, rozpiski spotkań, listy personelu z kodami dostępu, nawet plany piętra.

Było tego tak dużo, że nie miałem czasu, by przejrzeć choćby nazwy plików. Jej laptop był wyposażony w nagrywarkę, ja miałem ze sobą szpulę czystych płyt. Chwyciłem jedną i wsunąłem do napędu.

Nawet na superszybkim komputerze Alany skopiowanie wszystkich plików AURORY zabrało ponad pięć minut. Tyle ich było.

· · ·

— Gdzie się tak długo podziewałeś? — spytała z nadąsaną miną, gdy wróciłem do pokoju.

Leżała pod kołdrą, z daleka widziałem jej nagie piersi. Sprawiała wrażenie śpiącej. Z niewielkiego odtwarzacza CD, który najwyraźniej przywiozła ze sobą, dobiegały dźwięki ballady Steviego Wondera *Love's in Need of Love Today*.

— Nie potrafiłem znaleźć klucza od bagażnika.

— Taki spec od samochodów jak ty? Myślałam już, że sobie pojechałeś i mnie tutaj zostawiłeś.

— A wyglądam na durnia?

— Wygląd bywa mylący — powiedziała z przebiegłym uśmieszkiem. — Chodź do łóżka.

— Nie wiedziałem, że lubisz Steviego Wondera — mruknąłem. Istotnie, w życiu bym tego nie zgadł, zważywszy na jej kolekcję płyt gniewnych folkowych pieśniarek.

— Tak naprawdę wcale mnie jeszcze nie znasz.

— Nie? Ale daj mi trochę czasu — odparłem. Wiem o tobie wszystko, pomyślałem, a zarazem nic. Nie tylko ja mam sekrety. Położyłem jej laptop na dębowym biurku obok łazienki. — Proszę — powiedziałem, wracając do sypialni i zdejmując ubranie. — To na wypadek gdyby w środku nocy przyszedł ci do głowy jakiś genialny pomysł.

Goły podszedłem do łóżka. Piękna naga kobieta leżała przede mną, odgrywając rolę uwodzicielki, ale tak naprawdę to ja ją uwodziłem. Nie miała pojęcia, jaką grę prowadzę, i poczułem nagle falę wstydu połączoną, o dziwo, z podnieceniem.

— Chodź tutaj — szepnęła dramatycznie, patrząc na mnie. — Właśnie przyszło mi do głowy coś genialnego.

Oboje wstaliśmy po ósmej — raczej późno jak na pracoholików pierwszej klasy. Jakiś czas zabawialiśmy się w łóżku, potem wzięliśmy prysznic i zeszliśmy na wiejskie śniadanie. Wątpię, by ludzie na wsi naprawdę tak jadali. W przeciwnym razie wszyscy przypominaliby prosiaki. Paseczki boczku (tylko w wiejskich gospodach boczek podaje się „w paseczkach"), wzgórki owsianki, świeżo pieczone gorące babeczki z jagodami, jajka, grzanki, kawa z prawdziwą śmietanką... Alana pałaszowała wszystko z zapałem, co mnie zdumiało u tak szczupłej dziewczyny. Z radością patrzyłem, jak zajada. Była kobietą znającą znaczenie słowa „apetyt". To mi się podobało.

Potem wróciliśmy do pokoju. Znów trochę się pobawiliśmy i porozmawialiśmy. Starannie unikałem tematu procedur bezpieczeństwa i kart. Ona chciała mówić o śmierci taty i pogrzebie. I choć wspomnienia mnie przygnębiały, zgodziłem się na krótką rozmowę. Koło jedenastej niechętnie opuściliśmy pokój. Randka dobiegła końca.

Chyba oboje chcieliśmy, by trwała nadal, musieliśmy jednak wrócić do domu, do naszych gniazd, popracować i zjawić się na kolejnej szychcie, by nadgonić czas poświęcony rozkosznym rozrywkom.

W czasie jazdy po wiejskiej drodze odkryłem, że nucę pod nosem. Mijaliśmy rozświetlone słońcem drzewa, a ja spędziłem właśnie noc z najwspanialszą, najpiękniejszą, najzabawniejszą i najseksowniejszą kobietą, jaką kiedykolwiek spotkałem.

Co ja właściwie robiłem?

82

W południe znalazłem się z powrotem w moim apartamencie i natychmiast zadzwoniłem do Setha.

— Będę potrzebował więcej gotówki, stary — oznajmił.

Dałem mu już kilka tysięcy dolarów z konta, na które wpływały pieniądze z Wyatta — czy skąd tam naprawdę pochodziły. Zdumiało mnie, że tak szybko je wydał.

— Nie chciałem się chrzanić i kupować najtańszego sprzętu — rzekł. — Wszystko jest w pełni profesjonalne.

— Chyba faktycznie tak będzie najlepiej — przyznałem. — Choć użyjemy go tylko raz.

— Mam kupić kombinezony?

— Tak.

— A karty?

— Pracuję nad tym.

— Nie boisz się?

Zawahałem się chwilę. Miałem ochotę skłamać, by podbudować jego odwagę, ale nie potrafiłem.

— Potwornie.

Nie chciałem myśleć o tym, co może się stać, jeśli cokolwiek pójdzie źle. Jedną z najlepszych części mojego mózgu zajęła nieustanna troska, obsesyjne analizowanie wszystkich elementów planu, jaki opracowałem po rozmowie z szefem Setha.

A jednocześnie inna część mojego mózgu pragnęła jedynie

uciec w świat marzeń. Chciałem rozmyślać o Alanie. Zdawałem sobie sprawę z ironii całej sytuacji, tego, jak starannie skalkulowana operacja uwiedzenia poprowadziła mnie w nieoczekiwaną stronę. Czułem się niesłusznie wynagrodzony za zdradę.

Na przemian ogarniały mnie wyrzuty sumienia — co za draństwo, żeby tak potraktować biedną dziewczynę! — i uczucie, jakie wobec niej żywiłem. Nigdy wcześniej nie doświadczyłem niczego podobnego. W moich myślach pojawiały się drobne szczegóły. To, jak myła zęby, nabierając wody z kranu dłonią, zamiast użyć szklanki. Wdzięczne zagłębienie w dole pleców i krzywizna pośladków. Niewiarygodnie seksowny sposób, w jaki nakładała szminkę... Myślałem o jej miękkim jak aksamit głosie, szalonym śmiechu, poczuciu humoru, słodyczy.

I co najdziwniejsze, rozmyślałem o naszej wspólnej przyszłości. Zwykle ta myśl dla facetów po dwudziestce bywa raczej przerażająca. Ja jednak wcale się nie bałem. Nie chciałem stracić tej kobiety. Czułem się, jakbym wpadł do sklepu, by kupić piwo i los na loterię, i wygrał główną nagrodę.

Dlatego nie chciałem, by kiedykolwiek dowiedziała się, co naprawdę robię. To mnie przerażało. Mroczna, straszliwa myśl stale do mnie powracała i przerywała niemądre fantazje, niczym klown, który zawsze wyskakuje z pudełka.

Nagle w barwnym bajkowym filmie moich marzeń pojawiała się nieostra czarno-biała klatka, ujęcie z kamery ochrony: oto ja, siedzący w samochodzie na ciemnym parkingu i zgrywający zawartość jej laptopa na płytę, przyciskający klucze do wosku, kopiujący kartę.

Odpychałem złośliwego klowna i nadchodził dzień naszego ślubu. Alana idzie przez kościół, skromna i cudowna, wsparta na ramieniu ojca, siwowłosego mężczyzny o kwadratowej szczęce, odzianego w elegancki garnitur.

Ślubu udziela Jock Goddard, pełniący funkcję sędziego pokoju. Zjawiła się cała rodzina Alany. Jej matka przypomina Diane Keaton z filmu *Ojciec panny młodej*. Siostra nie dorównuje Alanie urodą, ale i tak jest urocza. I wszyscy reagują zachwytem — pamiętajcie, to przecież fantazja — że wychodzi właśnie za mnie. Nasz pierwszy wspólny dom, prawdziwy dom, nie mieszkanie, budynek w starym zadrzewionym mieście na Środkowym Zachodzie. Wyobrażałem sobie rezydencję, w której mieszkała rodzina Steve'a Martina w *Ojcu panny młodej*. Ostatecznie oboje jesteśmy bogatymi członkami najwyższej kadry kierowniczej. Bez trudu przenoszę ją przez próg, a ona śmieje się z tego, jak banalnie się zachowuję. A potem dmuchamy się w każdym pomieszczeniu, by ochrzcić nasz dom, łącznie z łazienką i bieliźniarką. Razem wypożyczamy filmy i oglądamy je, siedząc w łóżku i jedząc pałeczkami chińskie dania z pudełek. Od czasu do czasu spoglądam na nią ukradkowo i nie mogę uwierzyć, że naprawdę poślubiłem tą niesamowitą babeczkę.

· · ·

Draby Meachama oddały mi komputery i tak dalej. Na szczęście. Potrzebowałem ich.

Wsunąłem do napędu płytę z materiałami skopiowanymi z laptopa Alany. Znaczną ich część stanowiły e-maile dotyczące ogromnych możliwości marketingowych AURORY. Trion miał zająć tę przestrzeń samotnie, jak to mówią ludzie z branży elektronicznej. Zapowiadali ogromny wzrost mocy obliczeniowej i że chip AURORA zmieni cały świat.

Jednym z ciekawszych dokumentów okazała się rozpiska publicznej demonstracji AURORY. Miało do niej dojść w środę, za cztery dni, w centrum konferencyjnym w kwaterze głównej Triona, w olbrzymim modernistycznym audytorium. Dzień wcześniej wszystkie media miały otrzymać e-maile, faksy i telefony. Najwyraźniej zapowiadała się wielka impreza. Wydrukowałem wszystko.

Najbardziej jednak zaintrygował mnie plan czwartego piętra i wskazówki ochrony, które otrzymali wszyscy członkowie zespołu AURORY.

W kuchni otworzyłem szafkę na śmieci. Wewnątrz owinięte w foliowy worek leżały przedmioty zapakowane starannie w szczelne torebki — płyta Ani DiFranco, którą zostawiłem na wierzchu z nadzieją, że Alana ją podniesie, co istotnie uczyniła, i jej kieliszek po winie.

Meacham dał mi zestaw do zdejmowania odcisków palców, zawierający niewielkie pojemniki z proszkiem, przejrzystą taśmę i pędzelek z włókna szklanego. Nałożyłem parę lateksowych rękawiczek i opyliłem czarnym grafitowym proszkiem kieliszek i płytę.

Najlepszy odcisk kciuka znalazł się na płycie. Zdjąłem go ostrożnie na kawałek taśmy i wsunąłem do sterylnego pojemnika.

Następnie napisałem e-mail do Nicka Wyatta.

Oczywiście zaadresowałem go do „Arthura":

> W poniedziałek wieczorem/we wtorek rano zakończę zadanie i zdobędę próbki. Wczesnym rankiem we wtorek przekażę je we wskazanym miejscu i czasie. Po zakończeniu zadania zrywam wszystkie kontakty.

Chciałem zawrzeć nutę niechęci. Nie daj Boże, by zaczęli cokolwiek podejrzewać.

Tylko czy Wyatt osobiście stawi się na miejsce spotkania?

Oto najważniejsze pytanie. Jego przybycie nie było kluczowym elementem planu, choć bardzo chciałem, by przyjechał. W żaden sposób nie zdołałbym go do tego zmusić. W istocie, gdybym nalegał, zapewne wzbudziłbym tylko podejrzenia. Lecz do tej pory poznałem go już dość dobrze i byłem niemal pewny, że nie zaufa nikomu innemu.

Bo widzicie, miałem dać Nickowi Wyattowi to, czego chciał.

Zamierzałem mu dać prawdziwy prototyp chipa AURORA, który ukradnę wraz z Sethem z zabezpieczonego czwartego piętra skrzydła D.

Musiałem mu przekazać prototyp, prawdziwą AURORĘ. Z różnych przyczyn nie zdołałbym go sfałszować. Wyatt, inżynier, natychmiast by się zorientował, że ma do czynienia z fałszywką.

Lecz najważniejszy powód był inny. Z e-maili Camillettiego i danych Alany dowiedziałem się, że ze względów bezpieczeństwa prototyp AURORY oznaczono mikroskopijnymi znakami identyfikacyjnymi, numerem seryjnym i logo Triona, wygrawerowanymi laserem i widocznymi jedynie pod mikroskopem.

Właśnie dlatego chciałem, by miał przy sobie skradziony chip, autentyk.

Ponieważ w chwili gdy Wyatt — albo w najgorszym razie Meacham — odbierze skradziony chip, będę go miał w garści. FBI dowie się z dużym wyprzedzeniem, by mogło skoordynować grupę uderzeniową, ale do ostatniej chwili nie poznają nazwisk ani miejsca. Zamierzałem do końca kontrolować sytuację.

Howard Shapiro, szef Setha, zadzwonił do nich w moim imieniu.

— Zapomnij o układach z biurem prokuratora generalnego — rzekł. — Tak złożona sprawa musi przejść przez Waszyngton. To potrwa całe wieki. Zwrócimy się wprost do FBI. Tylko oni mogą to rozegrać na takim poziomie.

Nie wymieniając nazwisk, zawarł ugodę z FBI. Jeśli wszystko się powiedzie i wystawię im Nicka Wyatta, dostanę nadzór kuratorski, nic więcej.

Cóż, zamierzałem wystawić im Wyatta, ale po swojemu.

83

W poniedziałek rano przyjechałem do pracy wcześniej. Za-stanawiałem się, czy będzie to mój ostatni dzień w Trionie.

Oczywiście, jeśli wszystko pójdzie dobrze, czeka mnie po prostu zwykły dzień pracy. Jedna chwila w długiej wspaniałej karierze.

Lecz szanse na to, że wszystko w tym niezwykle skompliko-wanym planie pójdzie, jak należy, były nader mizerne i doskonale o tym wiedziałem.

W niedzielę zrobiłem kilka kopii karty Alany, wykorzystując do tego Prox Programmera, małe urządzenie, które dostarczył mi Meacham, oraz przechwycone wcześniej dane.

Wśród plików Alany znalazłem plan czwartego piętra skrzydła D. Niemal połowę zajmował zakrzyżykowany obszar podpisany „bezpieczna strefa C".

W bezpiecznej strefie C testowano prototyp.

Niestety, nie miałem pojęcia, co kryje się w środku, gdzie w całej strefie przechowuje się chipa. Gdy już tam wejdę, będę musiał improwizować.

Przez resztę niedzieli grzebałem na stronie Triona. Zdumiewają-ce, jak wiele informacji udostępniano pracownikom — od planów pięter po procedury bezpieczeństwa, a nawet spis sprzętu zainstalo-wanego na czwartym piętrze skrzydła D. Meacham przekazał mi częstotliwość radiową, na której porozumiewali się strażnicy firmy.

Nie znalazłem wszystkiego, czego potrzebowałem na temat zabezpieczeń, o nie. Ale odkryłem kilka ważnych rzeczy. Potwierdzały słowa Alany przy kolacji w gospodzie.

Na czwarte piętro prowadziły tylko dwa wejścia, oba strzeżone. Przy pierwszych drzwiach używałeś karty, ale potem musiałeś pokazać twarz strażnikowi, siedzącemu za kuloodporną szybą, a on porównywał nazwisko i zdjęcie z tymi zapisanymi w komputerze, po czym otwierał drzwi prowadzące na piętro.

I nawet wtedy nie byłeś jeszcze w pobliżu bezpiecznej strefy C. Dalej musiałeś przejść korytarzami wyposażonymi w kamery przemysłowe, potem przez kolejny obszar naszpikowany i kamerami, i czujnikami ruchu. W końcu docierałeś do drzwi. Nikt ich nie pilnował, ale żeby otworzyć zamek, należało użyć czujnika biometrycznego.

Wynikało z tego, że dotarcie do prototypu AURORY będzie nieprawdopodobnie trudne, może wręcz niemożliwe, nie zdołałbym nawet przejść obok pierwszego strażnika. Nie mogłem użyć karty Alany — nikt nie wziąłby mnie za nią. Lecz gdybym dotarł na czwarte piętro, jej karta mogłaby się przydać.

Czujnik biometryczny był jeszcze trudniejszą barierą do przebycia. Trion zwykle korzystał z najnowszych wynalazków, a identyfikacja biometryczna — czytniki odcisków palców, dłoni, automatyczne rozpoznawanie twarzy, identyfikacja głosowa, skanowanie tęczówki, siatkówki — to najnowsze osiągnięcie w dziedzinie zabezpieczeń biznesowych. Każda z wymienionych metod ma swoje mocne i słabe strony, lecz za najlepsze uważa się zwykle czytniki odcisków palców. Wiarygodne, niezbyt uciążliwe, nie za często podające zafałszowane wyniki.

Na ścianie przed wejściem do bezpiecznej strefy C zamontowano czytnik odcisków palców Identix.

Późnym popołudniem zadzwoniłem z własnej komórki do zastępcy dyrektora centrum ochrony skrzydła D.

— Cześć, George — rzuciłem. — Mówi Ken Romero z zabezpieczeń sieci, z działu instalacji. — Ken Romero istniał naprawdę, był starszym kierownikiem. To na wypadek gdyby George postanowił mnie sprawdzić.

— Czym mogę służyć? — spytał. Sprawiał wrażenie człowieka, który otworzył paczkę ciasteczek i znalazł w niej łajno.

— Dzwonię, bo Bob chciał, żebym was zawiadomił, że jutro rano będziemy zmieniali i unowocześniali okablowanie w D-cztery.

— Aha. — Zapewne miało to znaczyć: „A po co mi to mówisz?".

— Nie wiem, po co im światłowód L-tysiąc czy serwer Ultra-Dense Blade, ale w końcu nie ja za to płacę. Pewnie mają tam aplikacje wymagające dużej przepustowości łączy i...

— O co chodzi, panie...?

— Romero. Przypuszczam, że ludzie z czwartego piętra nie chcą zamieszania w czasie pracy, bo prosili o wymianę wczesnym rankiem. To nic takiego, ale chcemy was zawiadomić, bo przy okazji uruchomimy wszystkie czujniki zbliżeniowe, ruchu i tak dalej. Włączą się między czwartą i szóstą rano.

W głosie zastępcy szefa ochrony zabrzmiała ulga na wieść, że nie będzie musiał nic robić.

— Mowa o całym czwartym piętrze? Nie mogę wyłączyć całego cholernego piętra bez...

— Nie, nie — przerwałem mu. — Będziemy mieli szczęście, jeśli moi ludzie zdołają załatwić dwie, trzy skrzynki, biorąc pod uwagę, jak często robią sobie przerwy. Chodzi mi o obszary... zaraz sprawdzę. Obszary dwadzieścia dwa A i B, sekcje wewnętrzne. Na pewno wasze tablice kontrolne rozświetlą się jak choinki. Wolałem was uprzedzić, żebyście nie wpadli w szał.

George westchnął ciężko.

— Jeśli mowa tylko o dwadzieścia dwa A i B, to chyba mogę je wyłączyć...

— Jak wam wygodniej. Po prostu nie chcemy robić zamieszania.

— Mogę wam dać trzy godziny.

— Nie powinno zająć nam to aż tyle, ale na wszelki wypadek dzięki za pomoc.

84

Około siódmej wieczorem jak zwykle wyszedłem z budynku Triona i pojechałem do domu. Przespałem się smacznie.

Tuż przed czwartą rano wróciłem i zaparkowałem na ulicy, nie w garażu firmowym, by nikt nie zarejestrował mojego powrotu do budynku. Dziesięć minut później obok mnie zatrzymała się furgonetka z napisem „J.J. Rankenberg & Co, Sprzęt do profesjonalnego czyszczenia okien i środki chemiczne, rok powstania 1963". Za kierownicą siedział Seth, ubrany w niebieski kombinezon z logo J.J. Rankenberga na lewej kieszeni.

— Cześć, kowboju — rzucił.

— Sam J.J. ci to pożyczył?

— Staruszek już nie żyje. — Seth palił, co oznaczało, że jest naprawdę zdenerwowany. — Musiałem to załatwić z Juniorem. — Wręczył mi złożony niebieski kombinezon. Naciągnąłem go na dżinsy i koszulkę polo; to niełatwe zadanie, jeśli siedzisz w kabinie starej furgonetki. Wnętrze cuchnęło rozlaną benzyną.

— Zdawało mi się, że Junior cię nie znosi.

Seth wyciągnął lewą rękę i potarł kciukiem o palec wskazujący, co oznaczało kasę.

— Pożyczka na krótko, do załatwienia szybkiej robótki w firmie ojca mojej dziewczyny.

— Ty nie masz dziewczyny.

— Jego obchodzi tylko to, że nie musi zgłaszać zarobku. Gotów do tańca, staruszku?

— Gazu, mały. — Wskazałem ręką służbowy wjazd na parking skrzydła D i Seth skierował tam furgonetkę. Siedzący w budce nocny strażnik zerknął na kartkę i znalazł nazwę naszej firmy.

Seth zaparkował przy dolnej rampie wyładowczej. Wyjęliśmy z furgonetki wielkie nylonowe worki pełne sprzętu. Były w nich profesjonalne myjki Ettore i zielone kubły, czterometrowe rozkładane drążki, plastikowe pojemniki pełne jadowicie żółtego płynu do mycia szyb, liny, haki, foteliki, sprzęt Sky Genie i zaczepy Jumar. Zapomniałem już, ilu najróżniejszych śmieci wymagała ta robota.

Nacisnąłem duży, okrągły stalowy przycisk obok stalowych drzwi garażu. Kilka sekund później drzwi zaczęły się unosić. Podszedł do nas brzuchaty blady strażnik o sumiastych wąsach. W ręku trzymał notatnik.

— Potrzebujecie pomocy? — spytał kurtuazyjnie.

— Nie, damy sobie radę. Gdyby tylko nam pan pokazał windę towarową na dach...

— Żaden problem. — Stał z notatnikiem; niczego w nim nie zapisywał, po prostu go trzymał, by pokazać, kto tu ma władzę, i patrzył, jak zmagamy się ze sprzętem. — Naprawdę potraficie myć okna, gdy na dworze jest ciemno? — spytał, prowadząc nas do windy.

— Szczerze mówiąc, lepiej to robić, gdy jest ciemno — odparł Seth.

— Nie wiem czemu, ale ludzie wkurzają się, kiedy patrzymy przez okno, jak pracują — dodałem.

— Tak, to nasza główna rozrywka — rzucił Seth. — Straszenie ludzi, doprowadzanie tych z biura do ataku serca.

Strażnik się roześmiał.

— Wystarczy nacisnąć „D". Jeśli drzwi na dach są zamknięte, powinien tam ktoś być. Chyba ma na imię Oscar.

— Dzięki — rzuciłem.

. . .

Gdy dotarliśmy na dach, przypomniałem sobie, czemu tak nie znosiłem mycia okien w wieżowcach. Może dla niektórych zwisanie na linie z budynku sto metrów nad ziemią to sport ekstremalny, mnie bardziej przypominało to próbę samobójczą. Budynek Triona miał zaledwie siedem pięter, nieco ponad trzydzieści metrów, lecz w ciemności równie dobrze mogliśmy znajdować się na szczycie Empire State Building. Wokół świszczał wiatr, było zimno i wilgotno i nawet o tej porze z dołu dobiegały odgłosy ruchu ulicznego.

Strażnik z szóstego piętra, Oscar Fernandez (przynajmniej według jego identyfikatora), był niskim facetem w granatowym mundurze — Trion miał własną ochronę, nie wynajmował firmy zewnętrznej. Do pasa miał przypiętą krótkofalówkę, z której dobiegał szum i zniekształcone głosy. Czekał na nas przy windzie towarowej, niezręcznie przestępując z nogi na nogę, podczas gdy my wyładowywaliśmy swoje rzeczy. Sam pokazał nam schody na dach.

Podążyliśmy za nim. Otwierając drzwi wiodące na dach, zagadnął:

— Słyszałem, że się zjawicie, ale trochę mnie zaskoczyliście. Nie wiedziałem, że pracujecie tak wcześnie.

Nie sprawiał wrażenia podejrzliwego, po prostu nawiązywał rozmowę.

Seth powtórzył swój wcześniejszy tekst, ponownie odegraliśmy scenkę o straszeniu ludzi z biur. Oscar także się roześmiał. Odparł, że to chyba ma sens, że ludzie nie chcą, by zakłócać im pracę. Wyglądaliśmy jak prawdziwi czyściciele szyb, mieliśmy odpowiedni sprzęt i kombinezony. Kto inny chciałby wdrapywać się na dach wysokiego budynku i to wszystko dźwigać?

— Przychodzę na nocki zaledwie od paru tygodni — rzekł. — Byliście już tutaj? Znacie to miejsce?

Wyjaśniliśmy, że nie pracowaliśmy jeszcze w Trionie, toteż pokazał nam gniazda zasilające, hydranty, zaczepy bezpieczeństwa. W dzisiejszych czasach wszystkie nowo zbudowane budynki muszą mieć na dachach zaczepy bezpieczeństwa, montowane co parę metrów, około półtora metra od krańca dachu, dostatecznie mocne, by utrzymać ciężar półtorej tony. Zwykle przypominają one hydrauliczne kolanka, zaopatrzone dodatkowo w uchwyty.

Oscar był zbytnio zainteresowany naszymi przygotowaniami. Stał z boku, patrząc, jak mocujemy do uchwytów stalowe karabińczyki i pomarańczowo-białe liny wspinaczkowe.

— Fajnie — rzucił. — Pewnie w wolnym czasie się wspinacie. Seth spojrzał na mnie.

— A ty w wolnym czasie pilnujesz budynków?

— Nie. — Oscar się roześmiał. — Chodzi o to, że lubicie wysoko się wdrapywać i tak dalej. Ja sam umarłbym chyba ze strachu.

— Można do tego przywyknąć — rzekłem.

Każdy z nas miał dwie oddzielne liny. Jedną podstawową, drugą zabezpieczającą, na wypadek gdyby pierwsza pękła. Chciałem zrobić wszystko jak należy i nie tylko po to, by zachować pozory. Żaden z nas nie miał ochoty się zabić, spadając z budynku Triona. Podczas paskudnego miesiąca, gdy pracowaliśmy w firmie czyszczącej okna, wciąż słyszeliśmy, że śmiertelność w tym fachu to zaledwie dziesięć osób rocznie. Nigdy jednak nam nie mówili, czy statystyka ta obejmuje cały świat, czy może tylko Stany, czy wręcz jeden stan. A my nie pytaliśmy.

Wiedziałem, że to, co robimy, jest niebezpieczne. Nie orientowałem się tylko, skąd nadejdzie niebezpieczeństwo.

Po kolejnych pięciu minutach Oscar się znudził, głównie dlatego, że przestaliśmy z nim rozmawiać, i wrócił na swoje piętro.

Nylonową linę doczepia się do urządzenia zwanego sky genie, przypominającego długą metalową tuleję z trzpieniem z utwardzanego aluminium. Linę owija się wokół trzpienia. sky genie służy do kontrolowania tempa schodzenia — dzięki sile tarcia powoli zwalnia linę. Nasze sky genie były odrapane i mocno sfatygowane. Podniosłem jeden.

— Nie mogłeś kupić nówek? Dałem ci pięć tysięcy.

— Były na stanie furgonetki. A zresztą czym się przejmujesz? Każdy z nich utrzyma półtorej tony. Ale fakt, ostatnio trochę przytyłeś.

— Chrzań się.

— Jadłeś kolację? Mam nadzieję, że nie.

— To nie jest śmieszne. Czytałeś kiedyś instrukcję tego badziewia?

— Tak, wiem, „niewłaściwe użytkowanie może skończyć się śmiercią bądź kalectwem". Pewnie boisz się też oderwać metkę od koszuli?

— Niezłe mają hasło reklamowe: „Sky Genie — twoja droga w dół".

Seth nawet się nie zaśmiał.

— Osiem pięter to nic, stary. Pamiętasz, jak obrabialiśmy Civic...

— Nawet mi nie przypominaj — przerwałem mu. Nie chciałem wyjść na mięczaka, ale nie miałem ochoty na popisy czarnego humoru. Nie na krawędzi dachu Triona.

Sky genie przyczepiało się do nylonowej uprzęży zabezpieczającej, połączonej z pasem i wyściełanym siodełkiem. W fachu czyścicieli okien wszystko określano słowami „zabezpieczający", „bezpieczny, „chroniący przed upadkiem", co tylko ci przypominało, że jeśli cokolwiek pójdzie nie tak, masz przechlapane.

Jedyną nietypową rzeczą, jakiej używaliśmy, były dwie wciągarki Jumar, które pozwolą nam wejść z powrotem na dach. Zwykle, gdy myje się okna w wysokim budynku, nie ma powodów, by wracać na górę. Po prostu pracuje się aż do samej ziemi.

My jednak zamierzaliśmy w ten sposób uciec.

Tymczasem Seth zamontował do jednego z zaczepów dachowych dużą elektryczną wciągarkę i podłączył ją do prądu. Był to stupiętnastowoltowy model, zdolny udźwignąć czterysta pięćdziesiąt kilogramów. Podczepił do niej obie nasze liny, upewniając się, czy mamy dość luzu, by móc zsunąć się na dół.

Mocno szarpnąłem linę, by sprawdzić, czy trzyma się pewnie. Potem obaj przeszliśmy na krawędź dachu i spojrzeliśmy w dół. Popatrzyliśmy po sobie, Seth uśmiechnął się z miną w stylu „a co mi tam".

— I co, już się dobrze bawimy? — spytałem.

— O tak. Gotów, stary?

— Tak — odparłem. — Gotów jak Elliot Krause w kiblu.

Żaden z nas się nie zaśmiał. Powoli wdrapaliśmy się na barierkę i ruszyliśmy w dół.

85

Mieliśmy jedynie spuścić się dwa piętra niżej, okazało się to jednak niełatwe. Obaj wyszliśmy z wprawy, dźwigaliśmy ciężkie narzędzia i musieliśmy bardzo uważać, by nie rozkołysać się na boki.

Na fasadzie budynku zamontowano kamery przemysłowe. Z planów wiedziałem dokładnie, gdzie są rozmieszczone. Znałem też pełną specyfikację kamer, rozmiar obiektywów, jakość zbliżeń i tak dalej.

Innymi słowy, wiedziałem, gdzie pozostały martwe pola.

I właśnie spuszczaliśmy się ku jednemu z nich. Nie przejmowałem się tym, że ochrona zobaczy, jak zjeżdżamy po ścianie. Spodziewali się przecież czyścicieli okien. Martwiło mnie natomiast, że gdyby przyjrzeli się nam chwilę, dostrzegliby, że tak naprawdę nie myjemy okien, ale opuszczamy się powoli i pewnie w stronę czwartego piętra. Zobaczyliby też, że nie ustawiamy się nawet naprzeciwko okna.

Wisieliśmy przed stalową kratą wentylacyjną.

Dopóki nie zaczniemy kołysać się na boki, pozostaniemy poza zasięgiem kamer. To ważne.

Opierając stopy o gzyms, wyjęliśmy narzędzia i zaczęliśmy pracować nad śrubami. Solidnie je zamocowano, przechodziły przez stal i beton i było ich mnóstwo. Wraz z Sethem pracowaliśmy w ciszy, po naszych twarzach spływał pot. Ktoś w środku, przechodząc obok, mógł nas zobaczyć, jak zdejmujemy śruby przytrzymujące kratę, i zastanowić się, co robimy. Czyściciele okien używają do pracy myjek i wiader, nie bezprzewodowych elektrycznych śrubokrętów.

Ale o tej porze korytarzami przechadzało się niewiele osób. Gdyby ktoś podniósł przelotnie wzrok, uznałby, że zajmujemy się rutynową konserwacją.

Na to przynajmniej liczyłem.

Wykręcenie i zdjęcie śrub zabrało nam piętnaście minut. Część z nich zardzewiała i musieliśmy użyć środków chemicznych.

Potem na mój sygnał Seth wyjął ostatnią śrubę i obaj unieśliśmy kratę, zdejmując ją ze stalowej obudowy. Była bardzo ciężka. Ledwie starczyło nam sił. Musieliśmy złapać ją za ostre końce — na szczęście mieliśmy rękawice — i przechylić tak, by oparła się o gzyms. Wówczas Seth, ściskając kratę dla równowagi, zdołał wsunąć nogi do pomieszczenia. Z cichym stęknięciem skoczył na podłogę magazynu ze sprzętem mechanicznym.

— Twoja kolej — rzucił. — Ostrożnie.

Złapałem kraniec kraty, wsunąłem nogi do szybu i opadłem na podłogę, rozglądając się szybko.

Magazyn pełny był masywnych urządzeń, w większości ciemnych. Oświetlał je tylko blask odległych reflektorów zamontowanych na dachu. Przechowywano tu najróżniejszy sprzęt: dmuchawy, wentylatory, wielkie klimatyzatory i kompresory, a także inne urządzenia do filtrowania i schładzania powietrza.

Staliśmy tam w uprzężach, wciąż podczepieni do podwójnych lin, które kołysały się w szybie wentylacyjnym. Szybko odpięliśmy pasy i wysunęliśmy się z nich.

Uprzęże zawisły w powietrzu. Oczywiście nie mogliśmy tak ich zostawić, lecz wcześniej podczepiliśmy przecież liny do elektrycznej wciągarki na dachu. Seth wyjął małego czarnego pilota i nacisnął przycisk. Z daleka usłyszeliśmy jęk silnika. Uprzęże zaczęły powoli się wznosić.

— Mam nadzieję, że ściągniemy je tu, gdy będą potrzebne — powiedział Seth, ale ja ledwie go słyszałem w ogłuszającym szumie.

Nie mogłem powstrzymać myśli, że dla Setha wszystko to tylko zabawa. Jeśli go złapią, co z tego, nic mu nie zrobią. To ja tkwiłem po uszy w gównie.

Z powrotem podciągnęliśmy kratę tak, by z zewnątrz wydawało się, że tkwi na miejscu. Potem wziąłem dodatkowy kawałek liny, przeplotłem między prętami i obwiązałem dookoła pionowej rury.

W pomieszczeniu znów zapadł mrok, wyjąłem więc latarkę i włączyłem. Podszedłem do ciężkich stalowych drzwi i sprawdziłem dźwignię — otworzyły się. Wiedziałem, że drzwi magazynów z częściami mechanicznymi według przepisów muszą pozostać otwarte od środka, tak by nikogo nie dało się w nich uwięzić, ale ulgę przyniosła mi świadomość, że możemy uciec.

Tymczasem Seth wyjął z torby dwie krótkofalówki Motoroli. Wręczył mi jedną, a potem zza pasa wyciągnął małe czarne radio, trzystukanałowy skaner policyjny.

— Pamiętasz częstotliwość ochrony? Około czterystu UKF, prawda?

Z kieszeni koszuli wyjąłem mały notes i odczytałem dokładną częstotliwość. Seth wprowadził ją do skanera, a ja tymczasem rozłożyłem plan piętra i zacząłem go studiować.

Teraz denerwowałem się jeszcze bardziej niż przed chwilą, gdy zjeżdżaliśmy po ścianie budynku. Mieliśmy całkiem niezły plan, ale zbyt wiele rzeczy mogło pójść nie tak.

Na przykład w okolicy mogli kręcić się ludzie, nawet o tak wczesnej porze. AURORA była projektem o najwyższym priorytecie. Za dwa dni miała nastąpić prezentacja. Inżynierowie pracują o dziwnych porach — zwykle o piątej rano w robocie nikogo nie ma, ale nigdy nic nie wiadomo. Lepiej zostać w kombinezonie pomywacza i nieść w ręku wiadro i myjkę — sprzątacze są właściwie niewidzialni. Mało prawdopodobne, by ktoś zatrzymał się i spytał, co tu robię.

Istniała jednak straszliwa możliwość, że natknę się na kogoś, kto mnie pozna. Trion zatrudniał dziesiątki tysięcy pracowników, a ja spotkałem dotąd około pięćdziesięciu, toteż prawdopodobieństwo działało na moją korzyść. Nie natknę się na nikogo znajomego, nie o piątej rano. Mimo wszystko... Na wszelki wypadek zabrałem żółty kask, choć czyściciele okien zwykle ich nie używają. Wsadziłem go sobie na głowę i nałożyłem okulary ochronne.

Gdy wydostanę się z ciemnego pomieszczenia, będę musiał przejść paręset metrów korytarzami, z celującymi we mnie kamerami przemysłowymi. Jasne, w centrum dowodzenia ochrony w piwnicy z pewnością pracuje teraz paru gości. Ale muszą obserwować jednocześnie tuzin monitorów, a pewnie przy okazji oglądają telewizję, piją kawę i gadają o bzdurach. Wątpię, by ktoś zwrócił na mnie uwagę.

Póki nie dojdę do bezpiecznej strefy C, pilnie chronionej.

— Mam — oznajmił Seth, wpatrując się w ekranik skanera policyjnego. — Właśnie usłyszałem „ochrona Triona" i coś jeszcze Triona.

— W porządku. Słuchaj dalej i zawiadom mnie, jeśli stanie się coś, o czym powinienem wiedzieć.

— Jak myślisz, ile ci to zajmie?

Wstrzymałem oddech.

— Może dziesięć minut, może pół godziny. Zależy, jak pójdzie.

— Bądź ostrożny, Cas.

Skinąłem głową.

— Zaczekaj. — Popatrzył na wielki kubeł na kółkach, który stał w kącie. Przyciągnął go do mnie. — Zabierz go ze sobą.

— Świetny pomysł. — Przez chwilę patrzyłem na mojego starego druha. Chciałem powiedzieć coś w stylu „życz mi powodzenia". Potem jednak uznałem, że brzmi to zbyt nerwowo i melodramatycznie. Więc tylko uniosłem oba kciuki, jakbym świetnie się bawił. — Do zobaczenia wkrótce.

— Nie zapomnij włączyć tego gadżetu. — Wskazał krótkofalówkę.

Pokręciłem głową na myśl o własnej sklerozie i uśmiechnąłem się.

Powoli otworzyłem drzwi, wyjrzałem na zewnątrz, nie zauważyłem nikogo i zamknąłem je za sobą.

86

Piętnaście metrów przede mną, wysoko na ścianie pod sufitem, wisiała kamera. Czerwone światełko pomrugiwało w półmroku. Wyatt twierdził, że jestem dobrym aktorem. Teraz naprawdę musiałem nim być. Musiałem wyglądać zwyczajnie, jak nieco znudzony, zajęty i przede wszystkim nieczujący lęku sprzątacz. To wymagało umiejętności aktorskich.

Oglądajcie dalej prognozy pogody czy cokolwiek pokazują w telewizji, modliłem się w duchu, myśląc o ludziach z centrum dowodzenia ochrony. Pijcie kawę, jedzcie pączki... rozmawiajcie o koszykówce albo futbolu. Nie zwracajcie uwagi na człowieka za zasłoną.

Moje robocze buty skrzypiały cicho, gdy szedłem wyściełanym wykładziną korytarzem, pchając przed sobą kubeł.

W pobliżu nie było nikogo. Co za ulga.

Nie, pomyślałem. Lepiej, gdyby byli tu inni. Odwróciliby uwagę ode mnie.

Postanowiłem zadowolić się tym, co mam. Miałem nadzieję, że nikt nie spyta, dokąd idę.

Skręciłem i znalazłem się wśród otwartych boksów. Poza kilkoma światłami awaryjnymi w pomieszczeniu panował mrok.

Pchając kubeł przejściem biegnącym środkiem sali, widziałem kolejne kamery. Napisy w boksach, dziwaczne, zupełnie nie-śmieszne plakaty wskazywały na to, że pracowali tu inżynierowie.

Na półce nad jednym z boksów siedziała lalka Love Me Lucille. Patrzyła na mnie złośliwie.

Robię tylko swoje, powiedziałem sobie w duchu.

Wiedziałem z planu, że po drugiej stronie sali zaczyna się krótki korytarz, prowadzący wprost do zamkniętej części piętra. Tabliczka na ścianie (bezpieczna strefa C, wstęp tylko dla upoważnionego personelu i strzałka) tylko to potwierdziła. Byłem niemal u celu.

Wszystko szło znacznie gładziej, niż oczekiwałem. Oczywiście wokół wejścia do zabezpieczonego obszaru rozmieszczono mnóstwo czujników ruchu i kamer.

Jeśli jednak mój telefon do ochrony wywołał pożądany skutek, zostały one wyłączone.

Rzecz jasna, nie mogłem być tego pewien. Dowiem się za kilka sekund, gdy się zbliżę.

Kamery niemal na pewno pozostały włączone. Miałem jednak plan.

Nagle ostry dźwięk sprawił, że aż podskoczyłem. Był to wysoki świergot krótkofalówki.

— Jezu — westchnąłem. Czułem, jak wali mi serce.

— Adamie — z głośniczka dobiegł głos Setha, zdyszany i naglący. Nacisnąłem przycisk z boku.

— Tak?

— Mamy problem.

— To znaczy?

— Wracaj tu.

— Czemu?

— Po prostu wracaj!

O cholera. Odwróciłem się na pięcie, zostawiłem kubeł i puściłem się biegiem. Nagle przypomniałem sobie, że jestem obserwowany, i zwolniłem kroku. Co się mogło stać? Zdradziły nas liny? Spadła krata? A może ktoś otworzył drzwi do magazynu i znalazł Setha?

Wędrówka z powrotem trwała całą wieczność. Tuż przede mną otwarły się drzwi biura, ze środka wyszedł facet w średnim

441

wieku. Miał na sobie brązowe spodnie z poliestru i żółtą koszulę z krótkimi rękawami. Wyglądał jak staroświecki inżynier mechanik. Wcześnie zaczynał — a może siedział całą noc? Zerknął na mnie i bez słowa spuścił wzrok.

Byłem sprzątaczem, niewidzialnym.

Kilkanaście kamer ochrony uchwyciło mój obraz, ale nie zwrócę niczyjej uwagi. Byłem sprzątaczem, gościem z obsługi, miałem prawo tu być. Nikt nawet się nie zastanowi.

W końcu dotarłem do magazynu. Przystanąłem przed drzwiami, nasłuchując, gotów do ucieczki, gdyby w środku z Sethem był ktoś jeszcze, choć nie chciałem go przecież zostawiać. Słyszałem jednak tylko cichutkie popiskiwanie skanera policyjnego.

Szarpnąłem drzwi. Stojący po drugiej stronie Seth przyciskał do ucha radio. Wyglądał na spanikowanego.

— Musimy się stąd wynosić — szepnął.

— Co się...

— Facet na dachu, na szóstym piętrze, ten z ochrony, który nas wpuścił.

— Co z nim?

— Musiał wrócić na dach, z ciekawości albo coś. Popatrzył w dół i nas nie zobaczył. Zobaczył za to liny i uprząż, ale ani śladu nas. Zgłupiał. Może się wystraszył, że coś nam się stało.

— Co?

— Słuchaj!

Ze skanera dobiegały piski i szmery. Usłyszałem urywek rozmowy:

— Piętro za piętrem, odbiór.

A potem:

— Oddział Bravo, zgłoś się.

— Bravo, odbiór.

— Bravo, podejrzewamy nielegalne wtargnięcie. Skrzydło D jak David. To chyba robota czyścicieli okien. Na dachu jest porzucony sprzęt, ani śladu robotników. Macie przeszukać cały budynek. Kod dwa. Bravo, wasi ludzie sprawdzą parter.

Zrozumiałem. Spojrzałem na Setha.

— „Kod dwa" znaczy chyba, że to pilne.

— Przeszukują budynek — wyszeptał Seth. Ledwo słyszałem jego głos wśród szumu maszyn. — Musimy stąd zjeżdżać, i to już.

— Jak? — syknąłem. — Nie możemy zrzucić lin, choćby wciąż wisiały na miejscu. I z całą pewnością nie możemy przejść przez klapę na tym piętrze.

— To co, do diabła, zrobimy?

Odetchnąłem głęboko, starając się oczyścić umysł. Miałem ochotę na papierosa.

— W porządku. Znajdź komputer, jakikolwiek komputer, zaloguj się na stronę Triona. Poszukaj firmowych procedur bezpieczeństwa. Sprawdź, gdzie są wyjścia awaryjne. Windy towarowe, schody przeciwpożarowe, cokolwiek. Liczy się każda droga ucieczki. Nawet gdybyśmy musieli skakać.

— A ty co będziesz robił?

— Wracam tam.

— Chyba żartujesz. W budynku roi się od strażników, kretynie!

— Nie wiedzą, gdzie jesteśmy. Tyle że w tym skrzydle, a to sześć pięter.

— Chryste, Adamie.

— Nigdy już nie będę miał takiej szansy — powiedziałem, biegnąc do drzwi. Pomachałem ku niemu krótkofalówką. — Powiedz mi, kiedy znajdziesz wyjście. Ja idę do bezpiecznej strefy C znaleźć to, po co przyszliśmy.

87

Nie biegnij.

Cały czas musiałem sobie o tym przypominać. Zachowaj spokój. Szedłem korytarzem, próbując sprawiać wrażenie znudzonego. W rzeczywistości miałem wrażenie, że zaraz wybuchnie mi głowa. Nie patrz w kamery.

Pokonałem już połowę drogi przez dużą salę, gdy krótkofalówka zapiszczała dwukrotnie.

— Słucham.

— Stary, potrzebuję identyfikatora i hasła.

— Cholera, no jasne.

— Mam się zalogować jako ty?

— O Boże, nie, użyj... — Wyciągnąłem z kieszeni notesik. — Użyj loginu ChadP. — Przeliterowałem, nie zwalniając kroku.

— Hasło? Masz hasło?

— MJ dwadzieścia trzy — odczytałem.

— MJ...?

— Pewnie od Michaela Jordana.

— Jasne, dwadzieścia trzy to numer Jordana. Ten ChadP to mistrz kosza czy jak?

Czemu Seth zawracał mi głowę? Musiał umierać ze strachu.

— Nie — odparłem rozkojarzony, wchodząc między boksy. Zdjąłem żółty kask i okulary; już ich nie potrzebowałem. Nie zwalniając kroku, wepchnąłem je pod najbliższe biurko. — Tylko jest arogancki jak Jordan. Obaj sądzą, że są najlepsi. Jeden z nich ma rację.

— W porządku, wszedłem — oznajmił. — Chodzi o stronę ochrony?

— Procedury bezpieczeństwa firmy. Zobacz, czy znajdziesz coś na temat rampy wyładowczej. Czy da się tam dotrzeć windą towarową? To może być najlepsze wyjście.

— Pośpiesz się — rzucił.

Przed sobą widziałem szare stalowe drzwi z małym okienkiem w kształcie rombu, wzmocnionym metalową siatką. Na drzwiach wisiała tabliczka „Wstęp wyłącznie dla upoważnionych".

Podszedłem do drzwi z ukosa i zajrzałem przez okienko. Po drugiej stronie ujrzałem niewielką przemysłową poczekalnię. Betonowa podłoga, dwie kamery wysoko na ścianie pod sufitem. Czerwone światełka mrugały ostrzegawczo. Włączone. W kątach widziałem też niewielkie białe wypukłości: pasywne czujniki ruchu na podczerwień. Ich światełka kontrolne nie świeciły. Nie byłem pewien, ale wyglądały na wyłączone. Może ochrona naprawdę je odcięła?

W ręce trzymałem notatnik. Starałem się wyglądać oficjalnie, jakbym postępował zgodnie z wydrukowanymi instrukcjami. Drugą dłonią sprawdziłem klamkę. Zamknięte. Na ścianie po lewej stronie framugi był niewielki szary czujnik zbliżeniowy, podobny do wszystkich innych w budynku. Czy karta Alany otworzy drzwi? Wyjąłem jej kopię, machnąłem przed czujnikiem, w myślach błagając czerwone światełko, by zmieniło kolor na zielony.

I wtedy usłyszałem głos:

— Hej! Ty!

Odwróciłem się powoli. Biegł ku mnie strażnik Triona, drugi nieco wolniej maszerował za nim.

— Stój! — wrzasnął pierwszy.

Cholera. Serce szarpnęło mi się w piersi. Złapali mnie.

Co teraz?

Wpatrywałem się w strażników. Wyraz mojej twarzy się zmieniał. Zaskoczenie zastąpiła arogancja. Odetchnąłem głęboko i spytałem cicho:

— Już go znaleźliście?

— Hę? — spytał pierwszy strażnik, zwalniając.

— Waszego cholernego intruza — powiedziałem, podnosząc głos. — Alarm włączył się pięć minut temu, a wy wciąż uganiacie się jak idioci, drapiąc się po tyłkach!

Dasz radę, powtarzałem sobie w duchu. Tylko tak dalej.

— Proszę pana...

— Kretyni, nie macie nawet pojęcia, którędy wszedł? — Wrzeszczałem na nich niczym sierżant w wojsku, opieprzający rekrutów. — Mogliśmy wam to jeszcze bardziej ułatwić? Na miłość boską, wystarczyło sprawdzić obwód zewnętrzny! To pierwsza rzecz, strona dwudziesta trzecia w cholernym podręczniku! Gdybyście to zrobili, znaleźlibyście zdjętą kratę przewodu wentylacyjnego.

— Kratę przewodu? — spytał pierwszy.

— Mieliśmy zostawić wam na ścianach strzałki wymalowane sprayem? A może wręczyć wytłaczane zaproszenia na niezapowiedzianą kontrolę ochrony? W ostatnim tygodniu sprawdzaliśmy trzy różne budynki. Jak dotąd jesteście najgorszymi amatorami. — Uniosłem notatnik i długopis i zacząłem pisać. — No dobra, podajcie mi nazwiska i numery odznak. Wy tam! — Obaj strażnicy zaczęli się cofać, powoli, krok za krokiem. — Wracajcie tu. Myślicie, że ochrona firmowa to tylko telewizja i pączki? Wierzcie mi, kiedy przekażemy raport, polecą głowy.

— McNamara — przedstawił się niechętnie drugi strażnik.

— Valenti — powiedział pierwszy.

Zapisałem nazwiska.

— Numery odznak. Ech, do cholery, niech któryś z was otworzy te pieprzone drzwi. A potem wynoście się stąd.

Pierwszy strażnik podszedł do czytnika i machnął kartą. Rozległ się szczęk, zapłonęło zielone światełko.

Z niesmakiem pokręciłem głową i otworzyłem drzwi. Strażnicy zawrócili i szybkim krokiem ruszyli w głąb korytarza. Usłyszałem, jak pierwszy mówi gniewnie do drugiego:

— Zaraz sprawdzę w centrali. To mi się nie podoba.

Serce waliło mi tak głośno, że z pewnością słychać je było z zewnątrz. Wyłgałem się jakoś, ale wiedziałem, że zyskałem tylko kilka minut. Strażnicy połączą się z dyspozytorem i natychmiast poznają prawdę — nie przeprowadzano żadnej niezapowiedzianej kontroli. Wtedy wrócą z posiłkami.

Obserwowałem czujnik ruchu zawieszony wysoko na ścianie w małym przedsionku, czekając, czy zabłyśnie światełko. Ale nie.

Włączone czujniki ruchu uruchamiały kamery, przesuwając je w stronę poruszającego się obiektu.

Lecz czujniki nie działały. Kamery pozostawały bez ruchu.

Zabawne. Meacham i jego pomocnik nauczyli mnie pokonywać znacznie bardziej skomplikowane systemy ochronne. Może Meacham miał rację — lepiej zapomnieć o filmach, w rzeczywistości ochrona tajemnic w firmach bywała prymitywna.

Teraz mogłem wejść do środka niewidziany przez kamery celujące w drzwi prowadzące wprost do bezpiecznej strefy C. Postawiłem kilka pierwszych nieśmiałych kroków, przyciskając plecy do ściany. Przesuwałem się wolno pod jedną z kamer. Wiedziałem, że obiektyw mnie nie widzi. Byłem niewidzialny. I wtedy krótkofalówka ożyła.

— Wynoś się stamtąd, do diabła! — wrzasnął Seth. — Wszystkim polecono gnać na czwarte piętro! Właśnie słyszałem.

— Nie, nie mogę, jestem już prawie na miejscu — odkrzyknąłem.

— Szybciej! Jezu, zjeżdżaj stamtąd!

— Nie mogę, jeszcze nie.

— Cassidy...

— Seth, posłuchaj. Musisz się stąd wynosić... schodami, windą towarową, nieważne. Zaczekaj na mnie w wozie na zewnątrz.

— Cassidy...

447

— Idź! — wrzasnąłem i wyłączyłem krótkofalówkę.

Nagle rozległ się przeszywający dźwięk, który przeniknął mnie aż do szpiku kości. Gardłowe, mechaniczne „uuaa" — alarm. Dobiegał z bardzo bliska.

Co teraz? Nie mogłem się zatrzymać zaledwie kilka kroków od AURORY. Nie tak blisko! Musiałem iść dalej.

Alarm nie milkł — „uuaa, uuaa" — był ogłuszająco donośny, niczym syrena ostrzegająca przed nalotem.

Wyciągnąłem z kieszeni niewielką puszkę z olejem Pam do smażenia, w aerozolu. Podskoczyłem ku kamerze i spryskałem obiektyw. Ujrzałem warstewkę oleju na szklanym oku. Gotowe.

Syrena wyła.

Teraz kamera była ślepa. Pokonana — lecz nie w sposób, który przyciąga natychmiastową uwagę. Ktokolwiek obserwował monitor, widział tylko rozmazany obraz. Może uzna, że to wina prac remontowych na piętrze, o których ich uprzedzono? Jeden rozmazany obraz na jednym z wielu monitorów nie rzuca się w oczy. Tak przynajmniej zakładałem.

W tej chwili jednak całe to staranne planowanie wydawało się właściwie bez sensu, bo strażnicy już się zbliżali. Słyszałem ich. Ci sami, których przed chwilą nabrałem? Inni? Nie miałem pojęcia. Ale byli coraz bliżej.

Słyszałem tupot wielu nóg, dobiegające z daleka krzyki. Odgłosy w tle, wtórujące przeszywającemu dźwiękowi alarmu.

Może jednak się uda.

Jeśli się pośpieszę.

Kiedy znajdę się wewnątrz laboratorium AURORY, nie będą mogli pójść za mną. A przynajmniej nie tak łatwo. Chyba że mają stosowne uprawnienia, co wydawało się mało prawdopodobne.

Może nawet nie zorientują się, że tam jestem.

Jeśli, rzecz jasna, dostanę się do środka.

Okrążyłem pomieszczenie, trzymając się poza zasięgiem kamery, póki nie dotarłem do drugiej. Stojąc w martwym polu, podskoczyłem, psiknąłem olejem i trafiłem bezbłędnie.

Teraz ochrona nie widziała mnie na swoich monitorach. Nie widziała, co właśnie robię.

Byłem już prawie w środku. Jeszcze kilka sekund — taką miałem nadzieję — i skradnę tajemnicę AURORY.

A jak się wydostanę — o, to już zupełnie inna sprawa. Wiedziałem, że jest tam winda towarowa, do której nie ma dostępu z zewnątrz. Czy uruchomi ją karta Alany? Oby. To moja jedyna szansa.

Cholera, z trudem zbierałem myśli. Syrena wyła, głosy stawały się coraz donioślejsze, kroki bliższe. Mój umysł pracował gorączkowo. Czy strażnicy wiedzą o istnieniu AURORY? Jak pilnie strzeżono jej tajemnic? Jeśli nie wiedzą, może nie orientują się, dokąd zmierzam. Może po prostu ganiają po korytarzach każdego piętra w poszukiwaniu drugiego intruza.

Tuż po lewej stronie lśniących stalowych drzwi na ścianie wisiała niewielka beżowa skrzynka. Czytnik odcisków palców Identix.

Z przedniej kieszeni kombinezonu wyjąłem przezroczyste plastikowe pudełeczko. Potem drżącymi palcami wyciągnąłem z niego fragment taśmy z odciskiem kciuka Alany, splotem linii papilarnych z grafitowego proszku.

Delikatnie przycisnąłem taśmę do czytnika w miejscu, gdzie zwykle kładzie się kciuk. Czekałem, aż światełko zmieni się z czerwonego na zielone.

Nic się nie stało.

Nie, błagam, Boże, nie, pomyślałem gorączkowo, ogarnięty zgrozą. Nieznośne „uuaa" rozdzierało mi mózg. Niech to zadziała, proszę, Boże. Światełko wciąż pozostawało czerwone, uparcie czerwone.

Nic się nie działo.

Meacham urządził mi długą sesję szkoleniową na temat oszukiwania czytników biometrycznych. Ćwiczyłem to mnóstwo razy, aż w końcu uznałem, że opanowałem tę umiejętność. Niektóre czytniki odcisków palców były trudniejsze do pokonania niż inne, to zależało od technologii. Ten należał do najpowszechniejszych. W środku zamontowano czujnik optyczny. To, co właśnie zrobiłem, sprawdzało się w dziewięćdziesięciu przypadkach na sto. Dziewięćdziesiąt procent prób pozwalało oszukać czujnik. Oczywiście pozostaje jeszcze dziesięć procent, pomyślałem. Słyszałem kroki zbliżające się coraz bardziej. Były już bardzo blisko, może zaledwie kilka metrów dalej, pośród boksów.

Cholera, to nie działało!

Czego jeszcze mnie nauczyli?

Czegoś o foliowym worku pełnym wody... Ale nie miałem ze sobą żadnego worka... Co jeszcze? Stare odciski palców pozostają na powierzchni skanera niczym ślady na lustrze — oleiste ślady wpuszczonych do środka ludzi. Stare odciski można ożywić wilgocią.

Owszem, to brzmiało wariacko. Ale nie bardziej wariacko niż wykorzystanie taśmy ze zdjętym odciskiem. Pochyliłem się, przyłożyłem dłonie do niewielkiego czujnika i chuchnąłem. Mój oddech omiótł szkło i natychmiast się skroplił. Zniknął po sekundzie, lecz to wystarczyło.

Pisk brzmiał niemal jak świergot, radosny powitalny śpiew.

Na skrzynce zapłonęło zielone światło.

Przeszedłem. Wilgoć mojego oddechu ożywiła stary odcisk palca. Oszukałem czytnik.

Lśniące stalowe drzwi bezpiecznej strefy C zaczęły powoli rozsuwać się na szynach. Wtedy za moimi plecami trzasnęły drugie drzwi. Usłyszałem głos:

— Stać!

I drugi:

— Nie ruszaj się!

Wpatrywałem się w wielką otwartą przestrzeń bezpiecznej strefy C, nie wierząc własnym oczom. Mój umysł nie pojmował tego, co przed sobą widziałem.

Musiałem popełnić błąd.

To nie mogło być to miejsce.

To wszystko nie miało sensu. Widziałem sektor opisany jako bezpieczna strefa C.

Spodziewałem się sprzętu laboratoryjnego, rzędów mikroskopów elektronowych, sterylnych sal, superkomputerów, zwojów światłowodów...

A ujrzałem jedynie nagie stalowe wsporniki, gołą betonową podłogę, pył i gruz.

Olbrzymią, kompletnie pustą przestrzeń.

Nic tam nie było.

Gdzie krył się projekt AURORA? Dotarłem we właściwe miejsce i nic nie znalazłem.

I wtedy przyszła mi do głowy zaskakująca myśl, która sprawiła, że ugięły się pode mną kolana. Uderzyła mnie jak obuchem.

A jeśli tak naprawdę projekt AURORA nie istnieje?

— Ani kroku dalej! — krzyknął ktoś za moimi plecami.

Posłuchałem.

Nie odwróciłem się do strażników, zamarłem. Nie mógłbym się ruszyć, choćbym chciał.

88

Odrętwiały, oszołomiony, odwróciłem się powoli i ujrzałem grupkę strażników, pięciu czy sześciu, wśród nich parę znajomych twarzy. Faceci, których oszukałem, teraz wrócili wściekli.

Jeden ze strażników, ciemnoskóry mężczyzna, który przyłapał mnie w biurze Nory — ten od mustanga — celował do mnie z pistoletu.

— Pan... pan Sommers? — sapnął.

Obok niego, w dżinsach i podkoszulku, który wyglądał jak naciągnięty chwilę temu, rozczochrany i nieogolony, stał Chad. W dłoni trzymał komórkę. Natychmiast zrozumiałem, skąd się wziął. Widać chciał się zalogować, odkrył, że już jest zalogowany, i zadzwonił...

— To Cassidy, zadzwońcie do Goddarda! — wrzasnął Chad. — Dzwońcie do cholernego prezesa!

— Nie, chłopie, nie tak się to robi — odparł strażnik, wciąż we mnie celując. — Cofnąć się! — krzyknął. Paru innych strażników rozeszło się na boki. — Nie dzwonimy do prezesa — dodał, zwracając się do Chada. — Dzwonimy do szefa ochrony, a potem czekamy na gliny. Takie mam rozkazy.

— Zadzwoń do cholernego prezesa! — wrzasnął Chad, wymachując komórką. — Mam numer domowy Goddarda. Nie obchodzi mnie, która jest godzina. Chcę, żeby Goddard wiedział, co zrobił jego pieprzony osobisty asystent, ten kłamliwy sukinsyn!

Nacisnął parę guzików w telefonie, uniósł go do ucha.

— Ty dupku — rzucił. — Masz przejebane.

Po długiej chwili ktoś odpowiedział.

— Panie Goddard — zaczął Chad. Mówił cicho, z szacunkiem. — Przepraszam, że dzwonię tak wcześnie, ale to niezwykle ważne. Nazywam się Chad Pierson, pracuję w Trionie. — Przez kilka minut mówił do słuchawki. Z jego twarzy powoli znikał złośliwy uśmiech. — Tak, proszę pana — rzekł.

Podał mi telefon.

— Powiedział, że chce z tobą mówić — oznajmił Chad. Wyglądał na zaskoczonego.

CZĘŚĆ DZIEWIĄTA

AKTYWNE ŚRODKI

Aktywne środki: rosyjskie określenie operacji wywiadowczych wpływających na politykę i działania innego kraju. Operacje te mogą być tajne bądź jawne. Obejmują najróżniejsze czynności, łącznie z zabójstwem.

Księga szpiegów: Encyklopedia szpiegostwa

89

Dochodziła szósta rano, gdy strażnicy umieścili mnie w zamkniętej sali konferencyjnej na czwartym piętrze — nie było tam żadnych okien, tylko jedne drzwi, stół zasłany pobazgranymi notatnikami i pustymi butelkami po napojach. Do tego projektor, niewytarta tablica i, na szczęście, komputer.

Tak naprawdę nie byłem więźniem, zostałem jedynie „zatrzymany". Dano mi jasno do zrozumienia, że jeśli nie będę współpracował, natychmiast przekażą mnie policji. Nie wydało mi się to najlepszym pomysłem.

Poinformowano mnie, że kiedy pan Goddard się zjawi, chce ze mną rozmawiać.

Później dowiedziałem się, że Seth zdołał uciec z budynku, choć bez furgonetki. Odebrali mi komórkę, telefon w sali konferencyjnej nie działał, więc próbowałem wysłać Jockowi e-mail. Nie wiedziałem, co powiedzieć, jak się wytłumaczyć. Napisałem więc tylko:

Jock,
musimy porozmawiać. Chcę ci wszystko wyjaśnić.
Adam

Nikt nie odpowiedział.

Uznałem, że mam kilka godzin, nim zjawi się Goddard, a nie mogłem po prostu siedzieć i roztrząsać tego, co zrobiłem. Uczyniłem więc to, co zawsze w wolnej chwili: wszedłem do sieci.

I wtedy powoli zacząłem rozumieć.

90

Właśnie sprawdzałem pocztę — „Arthur" poinformował mnie, że Wyatt nie zjawi się na umówione spotkanie, bo coś mu wypadło — gdy otwarły się drzwi sali konferencyjnej.

To był jeden ze strażników, których poznałem już wcześniej.

— Pan Goddard jest na dole, na konferencji prasowej — oznajmił. Był wysoki, koło czterdziestki, w okularach w drucianej oprawie. Granatowy mundur straży nie leżał na nim zbyt dobrze. — Powiedział, że mam cię zaprowadzić do centrum konferencyjnego.

Skinąłem głową.

W głównym holu budynku A roiło się od ludzi. Słychać było podniesione głosy, fotografowie i reporterzy kłębili się wokół. Wprost z windy wstąpiłem w chaos. Czułem się zdezorientowany. W gwarze nie słyszałem, kto co mówi; wszystkie dźwięki zlewały się w jeden donośny szum. Jedne z drzwi wiodących do olbrzymiego futurystycznego audytorium wciąż otwierały się i zamykały. Dostrzegłem przez nie widoczny na ekranie ogromny obraz Jocka Goddarda, usłyszałem wzmocniony głos.

Przecisnąłem się przez tłum. Wydało mi się, że ktoś wykrzykuje moje nazwisko, ale parłem naprzód, poruszając się wolno niczym zombie.

Podłoga w audytorium opadała ku rozświetlonej scenie, na której stał Goddard skąpany w blasku reflektorów, ubrany jak

458

zwykle w czarny półgolf i brązową tweedową marynarkę. Wyglądał jak profesor filologii klasycznej z małego college'u w Nowej Anglii. Wizerunek ten zakłócał jedynie pomarańczowy telewizyjny puder na jego twarzy. Z tyłu wisiał olbrzymi ekran, na którym wyświetlano samą głowę Goddarda.

Salę szczelnie wypełniali dziennikarze i operatorzy. Światło reflektorów kłuło w oczy.

— ...ten zakup — mówił właśnie Goddard — podwoi naszą sprzedaż. Podwoi też, a w niektórych sektorach nawet potroi nasze udziały w rynku.

Nie wiedziałem, o czym mówi. Stałem z tyłu, słuchając uważnie.

— Łącząc dwie wielkie firmy, dwóch niedawnych konkurentów, tworzymy prawdziwego światowego lidera w dziedzinie nowych technologii. Trion Systems jest obecnie bez cienia wątpliwości jedną z największych na świecie firm produkujących elektronikę użytkową. Chciałbym ogłosić coś jeszcze — ciągnął Goddard. Uśmiechnął się, jego oczy błysnęły. — Zawsze wierzyłem, że należy nie tylko brać, ale i dawać. Toteż tego ranka Trion z dumą ogłasza powstanie nowej wspaniałej fundacji dobroczynnej o kapitale początkowym wynoszącym półtora miliona dolarów. Mamy nadzieję, że nasza fundacja w ciągu kilku najbliższych lat zdoła wyposażyć w komputery wszystkie ubogie rodziny w Ameryce. Uważamy, że to najlepszy sposób zniwelowania nierównego dostępu do najnowszej technologii. To projekt, nad którym pracujemy od dawna. Nazwaliśmy go projektem AURORA, od imienia Aurory, greckiej bogini jutrzenki. Wierzymy, że projekt AURORA stanie się jutrzenką nowej świetlanej przyszłości dla nas wszystkich w tym wspaniałym kraju.

Odpowiedziały mu gorące oklaski.

— I w końcu chciałbym powitać w rodzinie Triona niemal trzydzieści tysięcy utalentowanych i lojalnych pracowników Wyatt Telecommunications. Dziękuję bardzo. — Goddard skłonił się lekko i zszedł ze sceny. Rozbrzmiewały kolejne oklaski, które powoli przeradzały się w entuzjastyczne owacje.

Olbrzymia twarz Jocka Goddarda zniknęła z ekranu, zastąpiona dziennikiem telewizyjnym — porannym programem finansowym CNBC *Squawk Box*.

Na jednej połowie ekranu Maria Bartiromo nadawała na żywo z parkietu giełdy nowojorskiej. Na drugiej widniało logo Triona i wykres pokazujący ceny akcji w ciągu ostatnich kilku minut — linię biegnącą stromo w górę.

— Zainteresowanie akcjami Trion Systems osiągnęło nie-spotykany poziom — mówiła Bartiromo — ceny akcji Triona niemal się podwoiły i cały czas rosną. Wszystko zaczęło się, gdy dziś rano tuż przed otwarciem giełdy założyciel i prezes Triona, Augustine Goddard, ogłosił, że wykupił swego głów-nego konkurenta, nękaną kłopotami firmę Wyatt Telecommuni-cations.

Poczułem, jak ktoś klepie mnie w ramię. To była Flo, elegancka, z bardzo poważną miną. Na głowie miała bezprzewodowe słuchawki z mikrofonem.

— Adamie, zechcesz przejść do centrum biznesowego w pent-housie? Jock chce się z tobą widzieć.

Skinąłem głową, nadal jednak patrzyłem. Nie potrafiłem skupić myśli.

Teraz na ekranie pojawił się Nick Wyatt, wyprowadzany z budynku Wyatt Telecom przez paru strażników. Wyglądał na wściekłego i poniżonego takim traktowaniem.

— Wyatt Telecommunications przeżywała poważne kłopoty. Firma zadłużyła się niemal na trzy miliardy dolarów, gdy wczoraj rozeszła się zdumiewająca wieść, że błyskotliwy i ekscentryczny założyciel firmy, Nicholas Wyatt, podpisał bez zgody i wiedzy rady nadzorczej tajną nieautoryzowaną umowę, i dokonał zakupu niewielkiej firmy z Kalifornii, Delphos, niemal pozbawionej dochodów, za pięćset milionów dolarów gotówką — ciągnęła Maria Bartiromo. — To pozostawiło Wyatta bez środków na obsługę zadłużenia. Wczoraj po południu zebrała się rada nad-zorcza i ogłosiła, że zwalnia Wyatta za rażące naruszenie zasad gospodarności. Stało się to, nim akcjonariusze wymusili sprzedaż firmy Trion Systems za dziesięć centów od każdego dolara wartości. Nie zdołaliśmy skontaktować się z Nickiem Wyattem, lecz jego rzecznik oświadczył, że postanowił spędzić czas z rodziną. Nick Wyatt nie jest żonaty i nie ma dzieci. Davidzie?

Kolejne klepnięcie w ramię.

— Przepraszam, Adamie, ale Jock chce cię widzieć natychmiast — oznajmiła Flo.

91

W drodze do penthouse'u winda zatrzymała się na poziomie stołówki. Do środka wsiadł mężczyzna w hawajskiej koszuli, z włosami związanymi w kucyk.

— Cassidy — pozdrowił mnie Mordden. W jednej dłoni ściskał cynamonową bułeczkę, a w drugiej kubek kawy. Mój widok wcale go nie zaskoczył. — Od zera do bohatera w świecie mikrochipów. Chodzą słuchy, że wosk skrzydłach Ikara już się roztopił.

Skinąłem głową. Ukłonił się lekko.

— Najwyraźniej stare powiedzenie nie kłamie. Doświadczenie to coś, co zdobywamy dopiero po tym, jak jest nam potrzebne.

— Właśnie.

Nacisnął guzik i milczał. Drzwi zamknęły się, kabina ruszyła w górę. Zostaliśmy sami.

— Widzę, że jedziesz do penthouse'u, do centrum biznesowego. I zapewne nie będziesz podejmował dygnitarzy ani biznesmenów z Japonii.

Patrzyłem na niego bez słowa.

— Teraz może naprawdę zrozumiesz naszego nieulękłego przywódcę — dodał.

— Nie, nie sądzę. Prawdę mówiąc, nie rozumiem nawet ciebie. Z jakiejś przyczyny jesteś tu jedyną osobą, która żywi wobec

Goddarda uczucie szczerej, głębokiej pogardy. Wszyscy o tym wiedzą. Jesteś bogaty, nie musisz pracować, a wciąż tu tkwisz.

Wzruszył ramionami.

— Z wyboru. Jak już mówiłem, jestem nietykalny.

— Co to właściwie znaczy? Wkrótce mnie tu nie będzie, możesz mi powiedzieć.

— Przyjmijmy, że nie mianowano mnie zasłużonym inżynierem Triona z powodu mojego czarującego charakteru. — Mrugnął porozumiewawczo.

— A mówiąc po ludzku?

— Och, bardzo bym chciał wszystko ci wyłożyć. Ale stanowiłoby to naruszenie umowy o tajności, którą podpisałem osiemnaście lat temu.

— Hę?

Winda przystanęła, Mordden wysiadł. Przytrzymał dłonią drzwi.

— Ta umowa warta jest dla mnie obecnie około dziesięciu milionów w akcjach Triona. Według dzisiejszych cen ze dwa razy więcej. Z pewnością nie leży w moim interesie naruszenie jej warunków, a naruszyłbym je, przerywając ciszę.

— Co to za umowa?

— Jak już mówiłem, zdecydowanie nie chciałbym narażać na szwank mojej lukratywnej umowy z Augustine'em Goddardem. Nie mogę ci zatem powiedzieć, że słynny modem Goddarda nie został wynaleziony przez Jocka Goddarda, dość kiepskiego inżyniera, choć błyskotliwego gracza biznesowego, lecz przez niżej podpisanego. Czemu miałbym ryzykować dziesięć milionów dolarów, ujawniając, że ów przełom technologiczny, który przekształcił tę firmę w giganta komunikacyjnego, nie był dzieckiem korporacyjnego gracza, lecz jednego z jego najdawniejszych pracowników, maluczkiego inżyniera? Goddard mógł go dostać za darmo, zgodnie z ustaleniami umowy o pracę. Chciał jednak przypisać wszystkie zasługi sobie. Było to dla niego warte mnóstwo pieniędzy. Czemu miałbym ujawniać coś takiego i podważać legendę, nieposzlakowaną reputację kogoś, kogo „Newsweek" nazwał kiedyś „szacownym przywódcą korporacyjnej Ameryki". Z pewnością nie leży w moim interesie wskazywanie ci, jak płytka jest cała ta dobroduszna, przyziemna otoczka Goddarda, skrywająca bezwzględnego biznesmena. Na miłość boską, zupełnie jakbym ci powiedział, że Święty Mikołaj nie istnieje. Czemu miałbym pozbawiać cię iluzji i ryzykować swoje zyski?

— Mówisz prawdę? — Tylko to przyszło mi do głowy.

— Nic nie mówię — odparł Mordden. — Nie leży to w moim interesie. *Adieu*, Cassidy.

92

Nigdy w życiu nie widziałem czegoś takiego, jak penthouse budynku A Triona.

Zupełnie nie przypominał reszty firmy — nie było tu ciasnych gabinetów i zatłoczonych boksów, szarych przemysłowych wykładzin i jarzeniówek.

Znalazłem się w rozległym otwartym pomieszczeniu z sięgającymi od sufitu do podłogi oknami, przez które wpadały promienie słońca. Posadzki wyłożono czarnym granitem. Tu i ówdzie leżały orientalne dywany. Ściany pokrywała boazeria z lśniącego tropikalnego drewna. Przestrzeń dzieliły przesłony z bluszczu, skupiska nowoczesnych foteli i kanap. Pośrodku szemrał olbrzymi wodospad. Woda spływała z niewidocznego źródła po nierównych różowych kamieniach.

Oto legendarne centrum biznesowe, w którym przyjmuje się ważnych gości: sekretarzy stanu, senatorów, kongresmenów, prezesów firm, głowy państw. Nigdy wcześniej tu nie byłem i nie znałem nikogo, kto był. Nic dziwnego, to miejsce nie przypominało stylem Triona. Było mało demokratyczne. Wszystko tu wyglądało wzniośle, porażająco, wspaniale.

Pomiędzy wodospadem i kominkiem, w którym spośród ceramicznych drew wystrzeliwały gazowe płomienie, ustawiono niewielki stół jadalny. Dwoje młodych Latynosów, mężczyzna i kobieta w brązowych uniformach, rozmawiało cicho po hiszpańsku, rozstawiając na blacie srebrne dzbanki z kawą i herbatą, kosze ciastek, dzbanuszki soku pomarańczowego. Nakrywali dla trzech osób.

Oszołomiony rozejrzałem się wokół, nikogo jednak nie dostrzegłem, nikt na mnie nie czekał. Nagle usłyszałem dzwonek i ujrzałem, jak po drugiej stronie pomieszczenia rozsuwają się niewielkie drzwi windy z matowej stali.

Jock Goddard i Paul Camilletti.

Obaj śmiali się głośno, nabuzowani, tryskający energią. Goddard dostrzegł mnie, umilkł nagle i powiedział:

— No, jest. Przepraszam cię, Paul. Rozumiesz, prawda?

Camilletti uśmiechnął się, poklepał Goddarda po ramieniu i pozostał w windzie. Staruszek wysiadł, drzwi zamknęły się za nim. Ruszył niemal biegiem przez pustą przestrzeń.

— Pójdziesz ze mną do toalety? — zaproponował. — Muszę z siebie zmyć ten cholerny makijaż.

Bez słowa podążyłem za nim do lśniących czarnych drzwi, na których widniały niewielkie srebrne sylwetki mężczyzny i kobiety. Gdy weszliśmy, zapłonęło światło. Łazienka była przestronna, elegancka; ze szkła i czarnego marmuru.

Goddard przejrzał się w lustrze. Wydawał się nieco wyższy. Może sprawiła to jego postawa: już się nie garbił.

— Chryste, wyglądam jak pieprzony Liberace — rzucił. Kilka razy nacisnął pojemnik z mydłem i zaczął myć twarz. — Nigdy tu nie byłeś, prawda?

Pokręciłem głową, obserwując w lustrze, jak pochyla się ku umywalce i znów unosi twarz. Ogarnęła mnie burza sprzecznych emocji — strach, gniew, szok — tak złożonych, że sam nie wiedziałem, co właściwie czuję.

— Znasz świat biznesu — ciągnął Goddard. Mówił niemal przepraszającym tonem. — Wszyscy przykładają ogromną wagę do otoczki, pompy, fajerwerków, cyrku i tak dalej. Nie mógłbym przyjmować w moim skromnym gabinecie prezydenta Rosji czy następcy tronu Arabii Saudyjskiej.

— Gratulacje — powiedziałem cicho. — To wielki dzień.

466

Wytarł twarz.

— Kolejne fajerwerki — rzekł lekceważąco.

— Wiedziałeś, że Wyatt kupi Delphos niezależnie od ceny. Nawet jeśli miałby zbankrutować.

— Nie mógł się oprzeć — przyznał Goddard. Odrzucił na marmurowy blat ręcznik, pokryty teraz pomarańczowobrązowymi plamami.

— Nie — powiedziałem. Czułem, jak moje serce powoli przyśpiesza. — Nie, póki wierzył, że lada moment ogłosisz światu swoje wspaniałe, przełomowe osiągnięcie, optyczny chip. Ale on nigdy nie istniał, prawda? — Goddard uśmiechnął się łobuzersko. Odwrócił się i wyszedłem za nim z łazienki. — Dlatego nie złożono wniosków patentowych, nie było akt w kadrach...

— Chip optyczny — Goddard niemal pędził po orientalnych dywanach w stronę stołu — istnieje jedynie w rozgorączkowanych umysłach i rozdętych notatnikach garstki trzeciorzędnych fantastów w małej upadającej firemce w Palo Alto. Wszyscy oni ścigają marzenie, które być może urzeczywistni się za twojego życia. Na pewno nie za mojego. — Usiadł za stołem i gestem wskazał mi miejsce obok siebie.

Ja także usiadłem. Dwoje eleganckich kelnerów, czekających dyskretnie wśród bluszczu, podeszło do nas i nalało nam kawy. Byłem nie tylko przerażony, wściekły i oszołomiony, ale też głęboko wyczerpany.

— Może są to trzeciorzędni fantaści — oznajmiłem — ale ponad trzy lata temu kupiłeś ich firmę.

Przyznaję, był to tylko domysł — według dokumentów, które znalazłem w internecie, głównym inwestorem Delphos była firma joint venture z Londynu, która przelała pieniądze przez bank inwestycyjny z Kajmanów. Oznaczało to, że Delphos należy w istocie do ukrytego za pięcioma czy sześcioma przykrywkami wielkiego gracza rynkowego.

— Bystry jesteś — zauważył Goddard. Chwycił słodką bułkę i pożarł ją łakomie. — Bardzo trudno rozwikłać prawdziwy łańcuch własności. Poczęstuj się ciastkiem, Adamie. Te babeczki z malinami i serem są naprawdę zabójcze.

Teraz zrozumiałem, dlaczego Paul Camilletti, człowiek, który zawsze stawiał kropkę nad i, „zapomniał" o podpisaniu klauzuli o pierwokupie. Gdy Wyatt się o tym dowiedział, zrozumiał, że ma niecałe dwadzieścia cztery godziny, w ciągu których może sprzątnąć firmę sprzed nosa Triona. A to zbyt mało czasu, by zyskać zgodę rady nadzorczej, o ile w ogóle by się zgodziła. Raczej nie było na to szans.

Zauważyłem trzecie nakryte miejsce i zastanawiałem się, kim będzie drugi gość Goddarda. Nie miałem apetytu ani ochoty na kawę.

— Ale Wyatt mógł połknąć haczyk tylko wtedy — ciągnąłem — gdy przynęta pochodziła wprost od jego szpiega.

Mój głos drżał. Inne uczucia zniknęły, pozostał jedynie gniew.

— Nick Wyatt to bardzo podejrzliwy gość — przytaknął Goddard. — Doskonale go rozumiem, bo jestem taki sam. Przypomina nieco CIA. Oni nigdy nie wierzą w żadne informacje, jeśli nie zdobędą ich podstępem.

Pociągnąłem łyk lodowatej wody, tak zimnej, że zabolało mnie gardło. W całej pustej sali słychać było tylko plusk i szmer wodospadu. Jasne światła raziły mnie w oczy. Panowała tu dziwnie radosna atmosfera. Kelnerka zbliżyła się z kryształowym dzbankiem wody, by ponownie napełnić moją szklankę, Goddard jednak machnął ręką.

— *Muchos gracias*, możecie odejść. Chyba już sami sobie poradzimy. Zechcecie poprosić drugiego gościa?

— Nie pierwszy raz tego dokonałeś, prawda? — spytałem.

Kto mi to opowiedział? Za każdym razem, gdy Trion stał na krawędzi bankructwa, ich konkurent czynił fatalny w skutkach błąd i Trion powracał silniejszy niż przedtem.

Goddard zerknął na mnie z ukosa.

— Trening czyni mistrza.

Zakręciło mi się w głowie. Prawdę zdradzał życiorys Paula Camillettiego. Goddard przejął go z innej firmy, Celadon Data, która w owym czasie stanowiła największe zagrożenie dla Triona. Wkrótce potem Celadon popełnił legendarny błąd w stylu Betemax kontra VHS i zbankrutował tuż przedtem, zanim wykupił go Trion.

— Przede mną był Camilletti — dodałem.

— A przed nim inni. — Goddard pociągnął łyk kawy. — Nie, nie byłeś pierwszy, ale powiedziałbym, że najlepszy.

Komplement ten bardzo mnie zabolał.

— Nie rozumiem, jak podsunąłeś Wyattowi pomysł z kretem.

Goddard uniósł wzrok. Drzwi windy, tej samej, którą przed chwilą przyjechał, otwarły się cicho.

Ujrzałem Judith Bolton i wstrzymałem oddech.

Ubrana była w granatowy kostium i białą bluzkę, wyglądała bardzo elegancko i oficjalnie. Usta i paznokcie miała koralowoczerwone. Podeszła do Goddarda, szybko ucałowała go w usta. Potem sięgnęła ku mnie, uścisnęła oburącz moją dłoń. Jej palce były chłodne, pachniały ziołowym kremem.

Usiadła obok Goddarda i rozłożyła na kolanach lnianą serwetkę.

— Adam jest ciekaw, jak przekonałaś Wyatta — powiedział Goddard.

— Och, nie musiałam używać siły — odparła z gardłowym śmiechem.

— Jesteś na to zbyt subtelna — dodał Goddard.

Patrzyłem na Judith.

— Czemu ja? — spytałem w końcu.

— Dziwię się, że pytasz — odparła. — Spójrz na to, czego dokonałeś. Masz ogromny talent.

— A poza tym mieliście mnie w garści z powodu pieniędzy.

— Mnóstwo ludzi w korporacji przekracza granice, Adamie. — Judith pochyliła się ku mnie. — Mieliśmy wybór, ale ty wyróżniałeś się z tłumu. Miałeś zdecydowanie najlepsze kwalifikacje. Wrodzony dar oszukiwania, a do tego problemy z ojcem.

Wezbrał we mnie gniew tak silny, że nie mogłem już usiedzieć i spokojnie słuchać. Wstałem, stanąłem nad Goddardem.

— Pozwól, że o coś cię zapytam. Jak sądzisz, co teraz pomyślałby o tobie Elijah?

Goddard spojrzał na mnie pustym wzrokiem.

— Elijah. Twój syn.

— Ach tak, Elijah. — Jego zdumienie zniknęło, zastąpione cierpkim rozbawieniem. — No tak, jasne. To był pomysł Judith. — Zachichotał.

Pomieszczenie zawirowało wokół mnie, stawało się coraz jaśniejsze, bledsze. Goddard patrzył na mnie błyszczącymi oczami.

— Adamie... — W głosie Judith dźwięczała troska i współczucie. — Usiądź, proszę.

Stałem bez ruchu.

— Obawialiśmy się, że zaczniesz coś podejrzewać, jeśli wszystko pójdzie zbyt łatwo — ciągnęła. — Jesteś niezwykle inteligentnym młodym człowiekiem o głęboko rozwiniętej intuicji. Wszystko musiało mieć sens, w przeciwnym razie domyśliłbyś się prawdy. A tego nie mogliśmy ryzykować.

Przypomniałem sobie nagle gabinet w domku nad jeziorem. Nagrody, które — jak teraz wiedziałem — były fałszywe. Zręczną sztuczkę Goddarda, który strącił jedną z nich na ziemię.

— No wiesz — dodał Goddard. — „Staruszek ma do mnie słabość, przypominam mu jego zmarłego syna" i tak dalej. To ma sens, prawda?

— Nie można niczego zostawić przypadkowi — powiedziałem głucho.

— Właśnie — przytaknął Goddard.

— Bardzo niewielu ludzi zdołałoby zrobić to co ty. — Judith się uśmiechnęła. — Większość nie zniosłaby rozdarcia, nie umiała balansować na granicy. Jesteś niezwykłym człowiekiem, mam nadzieję, że zdajesz sobie z tego sprawę. Właśnie dlatego cię wybraliśmy. I dowiodłeś, że mieliśmy rację.

— Nie wierzę — szepnąłem. Nogi ugięły się pode mną, zachwiałem się mocno. Musiałem się stąd wydostać. — Po prostu w to nie wierzę.

— Adamie, wiem, jakie to dla ciebie trudne — powiedziała łagodnie Judith.

Głowa bolała mnie niczym otwarta rana.

— Pójdę opróżnić gabinet.

— Nie zrobisz nic takiego! — krzyknął Goddard. — Nie odejdziesz, nie pozwolę na to. Zbyt rzadko spotyka się tak inteligentnych młodych ludzi. Potrzebuję cię na szóstym piętrze.

Promień słońca oślepił mnie, nie widziałem ich twarzy.

— I zaufasz mi? — spytałem z goryczą, odwracając się od słońca.

Goddard wypuścił z płuc powietrze.

— Szpiegostwo przemysłowe, mój chłopcze, jest równie amerykańskie jak szarlotka i chevrolet. A jak sądzisz, w jaki sposób Ameryka stała się potęgą gospodarczą? W roku tysiąc osiemset jedenastym Jankes Francis Cabot Lowell pożeglował do Wielkiej Brytanii i skradł największy sekret Anglii, warsztat tkacki Cartwrighta, podstawę całego przemysłu włókienniczego. Sprowadził do Ameryki pieprzoną rewolucję przemysłową, przekształcił nas w olbrzyma. Wszystko dzięki jednemu aktowi szpiegostwa przemysłowego.

Odwróciłem się i ruszyłem naprzód po granitowej podłodze. Gumowe podeszwy butów piszczały w zetknięciu z kamieniem.

— Mam dość bycia marionetką — oznajmiłem.

— Adamie — powiedział Goddard. — Mówisz jak zgorzkniały przegrany człowiek, taki jak twój ojciec. A ja wiem, że jesteś inny. Ty jesteś zwycięzcą. Jesteś błyskotliwy, inteligentny. Masz wszystko, czego trzeba.

Uśmiechnąłem się i zaśmiałem cicho.

— To znaczy, że jestem kłamliwym dupkiem. Łgarzem. Oszustem najwyższej klasy.

— Wiesz, nie zrobiłeś niczego, czego nie robi się codziennie w korporacjach na całym świecie. Masz w swoim biurze książkę Sun Zi. Czytałeś ją? Każda wojna opiera się na oszustwie, a biznes to jest wojna. Wszyscy to wiedzą. Biznes na najwyższych poziomach to oszustwo. Nikt nie przyzna tego publicznie, ale taka jest prawda. — Jego głos złagodniał. — Gra wszędzie wygląda podobnie, tyle że ty grasz w nią lepiej niż ktokolwiek inny. Nie jesteś kłamcą, Adamie. Jesteś mistrzem strategii.

Przewróciłem oczami, z niesmakiem pokręciłem głową i ponownie skierowałem się ku windzie. Goddard zawołał za mną cicho:

— Wiesz, ile w zeszłym roku zarobił Paul Camilletti?

Nie oglądając się, odparłem:

— Dwadzieścia osiem milionów.

— Za kilka lat ty także mógłbyś tyle zarabiać. Jesteś dla mnie tyle wart, Adamie. Jesteś twardy, pomysłowy i cholernie inteligentny.

Prychnąłem cicho; chyba nie usłyszał.

— Czy mówiłem ci już, jak bardzo jestem wdzięczny za uratowanie nam tyłków z projektem Guru? Za to i tysiąc innych rzeczy. Pozwól, że wyrażę swoją wdzięczność. Daję ci podwyżkę, do miliona rocznie. Uwzględniając opcje na akcje i to, jak dziś zdrożały, mógłbyś w przyszłym roku zarobić okrągłe sześć milionów. Rok później dwa razy więcej. Będziesz pieprzonym multimilionerem.

Zamarłem. Nie wiedziałem, co robić, jak zareagować. Jeśli się odwrócę, pomyślą, że przyjmuję ofertę. Jeśli pójdę dalej, uznają, że odmawiam.

— To najwyższy krąg wtajemniczenia, złoty krąg — dodała Judith. — Otrzymujesz coś, za co wielu byłoby gotowych zabić. Ale pamiętaj, to nie jest prezent. Zasłużyłeś na to. Jesteś stworzony do takiej pracy. Nigdy nie spotkałam nikogo lepszego. Czy wiesz, co sprzedawałeś przez ostatnie miesiące? Nie komunikatory, telefony komórkowe, odtwarzacze MP3, lecz samego siebie. Sprzedawałeś Adama Cassidy'ego. A my go kupiliśmy.

— Nie jestem na sprzedaż — usłyszałem własne słowa i natychmiast się ich zawstydziłem.

— Adamie, odwróć się — rzucił gniewnie Goddard. — Odwróć się, natychmiast!

Posłuchałem z nadąsaną miną.

— Rozumiesz, co się stanie, gdy stąd wyjdziesz?

Uśmiechnąłem się.

— Jasne. Wydasz mnie. Policji, FBI, komuś takiemu.

— Nic takiego nie zrobię. Nie życzę sobie, by te wydarzenia dotarły do wiadomości publicznej. Lecz bez samochodu, bez mieszkania, bez pensji... co ci zostanie? Żadnych środków, nic. Co to za życie dla tak utalentowanego chłopaka?

„Należysz do nich. Jeździsz pieprzonym firmowym samochodem, mieszkasz w firmowym mieszkaniu, nosisz firmowy mundurek i nic nie należy do ciebie. Całe twoje życie do ciebie nie należy".

Mój ojciec, zepsuty zegar, miał rację.

Judith wstała od stołu i podeszła bardzo blisko mnie.

— Adamie, rozumiem, co czujesz — powiedziała cicho. Oczy miała wilgotne. — Jesteś zraniony, wściekły. Czujesz się zdradzony, zmanipulowany. Chcesz uciec w kojący gniew dziecka. To całkowicie zrozumiałe. My też niekiedy się tak czujemy. Czas jednak odrzucić dziecięce reakcje. Widzisz, odnalazłeś samego siebie. Wszystko jest w porządku, Adamie. Jest dobrze.

Goddard odchylił się na krześle ze splecionymi rękami. Widziałem fragmenty jego twarzy odbite w srebrnym dzbanku z kawą, w cukiernicy. Uśmiechnął się dobrodusznie.

— Nie odrzucaj tego wszystkiego, synu. Wiem, że postąpisz, jak należy.

Moje porsche, jakże stosownie, zostało odholowane. Zeszłej nocy zaparkowałem je wbrew przepisom. Czego się spodziewałem? Wyszedłem więc z budynku Triona i poszukałem taksówki. Nie dostrzegłem ani jednej. Przypuszczam, że mogłem skorzystać z telefonu w holu, ale czułem potężną, niemal fizyczną, wszechogarniającą potrzebę, by wydostać się z tego budynku. Niosąc białe kartonowe pudło z paroma rzeczami z gabinetu, wędrowałem skrajem ulicy.

Kilka minut później mały czerwony samochód zjechał w moją stronę i zwolnił, dotrzymując mi kroku. Był to austin mini cooper wielkości tostera. Okno od strony pasażera otworzyło się bezszelestnie, poczułem w powietrzu ciepły kwiatowy zapach Alany.

— Hej, podoba ci się? — zawołała do mnie. — Właśnie go kupiłam. Czy nie jest świetny?

Skinąłem głową, próbując uśmiechnąć się porozumiewawczo.

— Czerwony kolor przyciąga gliny.

— Nigdy nie przekraczam dozwolonej prędkości.

Przytaknąłem.

— Może zejdzie pan z motoru i wystawi mi mandat?

Skinąłem głową, nie zwalniając kroku. Nie miałem ochoty na gierki.

Cały czas jechała obok mnie.

— Co się stało z twoim porsche?

— Odholowali je.

— Kiepsko. Dokąd idziesz?

— Do domu. Do Harbor Suites.

Już niedługo nie będzie to mój dom, uświadomiłem sobie z bolesnym ukłuciem. Mieszkanie nie należało do mnie.

— Nie będziesz przecież szedł piechotą. Nie z tym pudłem. No dalej, wsiadaj, podwiozę cię.

— Nie, dzięki.

Wciąż jechała obok, tocząc się powoli poboczem.

— Daj spokój. Adamie. Nie wściekaj się.

Przystanąłem, podszedłem do samochodu i położyłem ręce na niskim dachu. Miałem się nie wściekać? Przez cały czas się zadręczałem, że nią manipuluję, a ona wykonywała tylko swoją cholerną pracę.

— Kazali ci się ze mną przespać, prawda?

— Adamie — odparta rozsądnym tonem. — Otrzeźwiej. Nie należało to do moich obowiązków służbowych. Kadry nazywają to niespodziewaną premią. — Roześmiała się donośnie i dźwięk ten zmroził mi krew w żyłach. — Chcieli tylko, żebym cię poprowadziła, przekazała pewne wskazówki i tak dalej. A potem ty zacząłeś mnie podrywać...

— Chcieli, żebyś mnie poprowadziła. O rany. Niedobrze mi. — Podniosłem pudełko i ruszyłem naprzód.

— Robiłam tylko to, co mi kazali. Ze wszystkich ludzi na świecie ty powinieneś rozumieć to najlepiej.

— Jak moglibyśmy kiedykolwiek sobie zaufać? Nawet teraz po prostu robisz to, czego chcą, prawda?

— Och, daj spokój. — Alana westchnęła. — Adamie, kochany. Nie bądź takim paranoikiem.

— A ja myślałem, że coś nas łączy.

— Było miło. Świetnie się bawiłam.

— Naprawdę?

— Boże, nie traktuj tego tak poważnie, Adamie. To tylko seks. I interesy. Co w tym złego? Wierz mi, nie udawałam.

Wciąż szedłem naprzód, rozglądając się za taksówką. Żadnej jednak nie widziałem. Nie wiedziałem nawet, w jakiej części miasta jestem. Zgubiłem się.

— No dalej, Adamie. — Alana podjechała jeszcze bliżej. — Wsiadaj do samochodu.

Szedłem naprzód.

— Daj spokój. — Jej aksamitny głos sugerował wszystko, nie obiecywał niczego. — Po prostu wsiądź do samochodu.

Podziękowania

Oto napisy końcowe. Są zabójczo długie, to fakt, ale i ja długo się przygotowywałem i pracowałem nad tą książką.

Podczas zbierania materiałów do poprzednich powieści podróżowałem po całym świecie, trafiłem nawet do siedziby KGB w Moskwie, nic jednak nie przygotowało mnie na spotkanie z dziwnym, fascynującym światem amerykańskich firm elektroniczno-informatycznych. Nikt nie otworzył przede mną tak wielu drzwi i nie poświęcał więcej czasu niż mój stary druh David Hsiao z Cisco Systems. W tej samej firmie uzyskałem nieocenioną pomoc Toma Fallona, Dixie Garr, Pete'a Longa, Richarda Henkusa, Gene'a Choya, Katie Foster, Billa LePage'a, Armena Hovanessiana, Sue Zanner i Molly Tschang. Kate Lepow z Apple Computer także bardzo mi pomogła. Mój przyjaciel Carter Kersh z firmy Nortel stał się moim mądrym (i dowcipnym) przewodnikiem i zorganizował spotkania z kolegami, w tym z Martinem McNarneyem, Alyene Mclennan, Mattem Portonim, Rajem Ramanem, Guyvesem Achtarim i Alison Steel. Odbyłem też fascynujące rozmowy z Mattem Zannerem z Hewlett-Packarda, Tedem Spragiem z Cieny, Richem Wyckoffem z Marimby, Richem Rothschildem z Ariby, Bobem Scordino z EMC, Adamem Steinem z Juniper Networks i Colinem Angle'em z iRobot.

Grupa niezwykle inteligentnych znajomych pomogła mi opracować knowania finansowe i kombinacje stanowiące tło opowieści. Dziękuję zatem Rogerowi McNamee, Jeffowi Bone'owi, Gloverowi Lawrence'owi, a zwłaszcza mojemu przyjacielowi Gilesowi McNamee, z którym wspólnie urządzaliśmy burze mózgów niczym prawdziwi spiskowcy. Nell Minow z waszyngtońskiej Corporate Library pomogła mi zrozumieć polityczne zawiłości działania wielkich korporacji.

W dziedzinie ochrony korporacyjnej i wywiadu przemysłowego nieocenionego wsparcia udzielili mi najwięksi znawcy tematu: Leonard Fuld, Arthur Hulnick, George K. Campbell, Mark H. Beaudry, Dan Geer i specjalista od szpiegostwa korporacyjnego Ira Winkler. W dziedzinie zawiłości prawnych doradzał mi mój wspaniały przyjaciel Joe Teig; Jackie Nakamura z firmy Day Casebeer Madrid & Batchelder (dziękuję Alex Beam, która nas sobie przedstawiła), Robert Stein z firmy Pryor Cashman Sherman & Flynn oraz dwaj jego koledzy, Jeffrey Johnson, a zwłaszcza Jay Shapiro. Głęboka wiedza Adama na temat najnowszych produktów pochodzi od Jima Manna z Compaqua, głównego projektanta iPaqa, Berta Keely'ego z Microsoftu, Henry'ego Holtzmana z Media Lab MIT, Simsona Garfinkela, Joela Evansa z Geek.com, Wesa Salmona z PDABuzz.com i, zwłaszcza, od Grega Joswiaka, wiceprezesa marketingu sprzętowego Apple Computer.

Inspiracją dla niektórych młodzieńczych wspomnień Adama stały się opowieści Keitha McGratha, Jima Galvina z bostońskiej policji i Emily Bindinger. Jeśli chodzi o stan zdrowia Francisa X. Cassidy'ego, pomógł mi mój brat, dr Jonathan Finder, oraz Karen Heraty, prawdziwy anioł wśród pielęgniarek. Jack McGeorge z Public Safety Group jak zawsze pomógł mi w kwestii detali technicznych. Mój bliski przyjaciel Rick Weissbourd także wspierał mnie na wszystkie możliwe sposoby. Mam to szczęście, że współpracuje ze mną grupa wspaniałych asystentów, wśród nich: John H. Romero, Michael Lane oraz wielki Kevin Biehl. A moja osobista asystentka, Rachel Pomerantz, jest po prostu najlepsza.

Z pokorą wspominam olbrzymi entuzjazm i wsparcie, jakiego udzielił mi cały zespół wydawniczy z St. Martin's Press: John Sargent, Sally Richardson, Matthew Shear i John Cunningham, a także Matthew Baldacci, Jim DiMiero i Nancy Trypuc z marketingu, John Murphy i Gregg Sullivan z reklamy; Mike Storrings, Christina Harcar, Mary Beth Roche, Joe McNeely, Laura Wilson, Tom Siino, Tom Leigh i Andy LeCount. Rzadko się zdarza w życiu pisarza, że kibicuje mu i wspiera go całe wydawnictwo, toteż chciałbym szczerze podziękować im wszystkim.

Howie Sanders z United Talent Agency od początku entuzjastycznie kibicował powstawaniu tej książki. Moja agentka literacka, Molly Friedrich, jest po prostu wspaniała, niezłomnie lojalna, inteligentna i mądra — to naprawdę dobry człowiek.

Mój brat, Henry Finder, dyrektor wydawniczy „The New Yorkera", to świetny redaktor. Mam to szczęście, że jest moim pierwszym czytelnikiem, redaktorem i współpracownikiem. Nie da się przecenić jego wkładu w tę książkę. A Keith Kahla, mój redaktor z St. Martin's Press, to nie tylko wspaniały fachowiec, ale też dyplomata, lobbysta, niestrudzony kibic i szara eminencja, a wszystko to łączy z cierpliwością świętego. Jestem mu wdzięczny bardziej, niż umiem wyrazić, i z pewnością bardziej, niż pozwoliłby mi tu napisać.

Spis treści

Polecamy thrillery Josepha Findera

GRA POZORÓW

Jake Landry, młody inżynier w korporacji Hammond Aeroscape, otrzymuje zaproszenie na zamkniętą imprezę integracyjną dla firmowej elity. Trzy dni bez telefonów komórkowych, laptopów i samochodów w miejscu odciętym od świata, luksusowym ośrodku wędkarskim w Kanadzie. Wśród uczestników Jake rozpoznaje swoją byłą dziewczynę Ali Hillman, obecnie asystentkę nowej szefowej korporacji. Wystawna kolacja zostaje przerwana przez intruzów. Uzbrojeni mężczyźni biorą całe towarzystwo na zakładników, żądają gigantycznego okupu. Skąd wiedzieli o spotkaniu? Mieli informatora wewnątrz firmy? Terroryści nie są tymi, za których wszyscy ich uważają. Nie jest nim także Jake – jedyny człowiek, który wie, co trzeba zrobić, by przeżyć.

ZNIKNIĘCIE

Lauren i Roger Heller padają ofiarą brutalnej napaści w popularnej dzielnicy Waszyngtonu Georgetown. Kiedy po 24 godzinach Lauren odzyskuje przytomność, dowiaduje się, że jej mąż, dyrektor finansowy Gifford Industries, zniknął bez śladu. Wezwany na pomoc brat Rogera, Nick Heller, były żołnierz sił specjalnych, obecnie agent w prywatnej firmie wywiadowczej, natychmiast wkracza do akcji. Okoliczności ataku, a także późniejsze wydarzenia sugerują, że jego powodem mogły być jakieś podejrzane interesy Rogera. Czy mężczyzna nadal żyje? Czy rzeczywiście został porwany, czy może wszystko ukartował? Dlaczego tak często odwiedzał w więzieniu ojca, odsiadującego wyrok za wielomilionowe defraudacje? Im głębiej Nick i Lauren zagłębiają się w sprawę, tym więcej mnoży się zagadek. I niebezpieczeństw. Śledztwo wiedzie do powiązanej z Pentagonem firmy ochroniarskiej Paladin Worldwide, największej na świecie prywatnej armii. Najemnicy z Paladin zrobią wszystko, by go powstrzymać – nim dokopie się tajemnic, które mogą zagrozić wielu wysoko postawionym ludziom w Waszyngtonie...